CLIVE CUSSLER

avec Paul Kemprecos

Serpent

Un roman tiré des dossiers de la NUMA

TRADUIT DE L'AMÉRICAIN PAR CLAUDIE LANGLOIS-CHASSAIGNON

GRASSET

Titre original :

SERPENT

A novel from the NUMA files
Pocket Books (Simon & Schuster Inc.), New York, 1999.

PRESENTATION D'UN AMI

Lorsqu'on m'a demandé de présenter Kurt Austin, Joe Zavala et leurs amis qui, tous, travaillent pour l'Agence Nationale Marine et Sous-Marine (NUMA), j'ai accepté avec grand plaisir et enthousiasme. J'ai le privilège de connaître Kurt et Joe depuis de nombreuses années. Nous avons fait connaissance lorsque, sur l'invitation de l'amiral Sandecker, ils ont rejoint les rangs de la NUMA, peu après qu'Al Giordino et moi-même en avions fait autant. Bien que nous n'ayons jamais eu l'occasion de travailler sur le même projet, les escapades de Kurt et de Joe sur l'eau et sous l'eau avaient souvent enflammé mon imagination et m'avaient donné l'envie d'avoir fait moi-même tout ce qu'ils avaient réalisé.

D'une certaine façon, Kurt et moi nous ressemblons. Il a quelques années de moins que moi et nos traits ont peu de similitude mais il habite un vieux hangar à bateaux remis à neuf sur le fleuve Potomac et collectionne les anciens pistolets de duel, ce qui est bien plus raisonnable quand on considère qu'il est tout de même plus simple de les ranger et de les maintenir en bon état que les vieilles voitures qui emplissent mon hangar d'aviation. Il est aussi passionné de rame et de voile, ce qui m'épuise rien que d'y penser.

Kurt est plein de ressources et d'audace et il a plus de cran qu'un requin blanc nourri aux stéroïdes.

C'est surtout un homme bien, plein d'intégrité, croyant au drapeau, aux mères et aux tartes aux pommes.

A mon grand regret, les femmes le trouvent plein de charme, bien plus qu'elles ne m'en trouvent à moi. Ce qui m'amène à cette triste conclusion — et je suis navré de l'admettre — que, de nous deux, c'est lui qui a le plus d'allure !

Je suis heureux que les exploits de Kurt et de Joe puissent enfin être extraits des dossiers de la NUMA. Et, je n'en doute pas une seconde, vous allez trouver qu'ils constituent une façon passionnante et fascinante de passer le temps. En tout cas, moi, j'ai adoré !

Dirk PITT

REMERCIEMENTS

Nous sommes particulièrement reconnaissants à Don Stevens qui nous a permis de pénétrer l'*Andrea Doria* sans nous mouiller les pieds, ainsi qu'à deux excellents écrivains, Alvin Moscow et William Hopper, dont les ouvrages *Collision Course* et *Saved*[1] décrivent si bien le côté humain de cette grande tragédie de la mer. Et nous saluons la ténacité de l'intrépide explorateur John L. Stephens qui a bravé les moustiques et la malaria pour sillonner le Yucatán afin de découvrir les merveilles de la civilisation disparue des Mayas.

1. *Cap Collision* et *Sauvés*.

PROLOGUE

25 juillet 1956,
au sud de l'île de Nantucket.

Le navire pâle apparut si vite qu'on aurait pu le croire émergé des profondeurs, luminescent comme un spectre dans la lueur argentée émanant de la lune presque pleine. Des tiares de hublots éclairés scintillaient le long de ses flancs blancs tandis qu'il filait vers l'est dans la nuit chaude. Son étrave effilée fendait la mer calme comme une lame coupant du satin noir.

Tout en haut du pont obscur du liner américano-suédois, le *Stockholm,* à sept heures et cent trente milles à l'est de New York, le commandant en second Gunnar Nillson scrutait l'horizon baigné de clarté lunaire. Les grandes fenêtres rectangulaires tout autour de la timonerie offraient une vue panoramique aussi vaste que ce que le regard peut embrasser. L'eau était calme avec, ici et là, quelques vagues rouleaux. La température était d'un peu plus de 20°C, ce qui était bien agréable après l'air chaud et humide qui avait pesé sur le *Stockholm* ce matin-là, lorsque le navire avait quitté son mouillage sur le môle de la 57e Rue pour s'engager dans la rivière Hudson. Des restes de nuages cotonneux s'étiraient devant la lune de porcelaine. La visibilité était d'à peu près six milles sur tribord.

Nillson porta son regard vers bâbord où la ligne fine et sombre de l'horizon se perdait dans une obscurité brumeuse qui voilait les étoiles et soudait le ciel à la mer. Il se laissa un moment emporter par la magie de la scène, sans toutefois perdre de vue le vide immense et désert qu'il allait devoir traverser. C'est là un sentiment commun à tous les marins, qui aurait pu durer davantage si Nillson n'avait ressenti un picotement sous la plante de ses pieds. Les 14 600 chevaux développés par les deux moteurs Diesel massifs paraissaient monter de la salle des machines et faire vibrer le pont puis pénétrer dans tout son corps qui oscillait presque imperceptiblement pour compenser le léger roulis. Son rêve éveillé, fait de crainte et d'émerveillement, fit place au sentiment de puissance que l'on ressent lorsqu'on a la chance d'être aux commandes d'un fin navire traversant l'océan au maximum de sa vitesse.

Avec ses cent cinquante-huit mètres de la proue à la poupe et ses vingt mètres d'un flanc à l'autre, le *Stockholm* était le plus petit paquebot des transports transatlantiques. Et pourtant c'était un navire très spécial, fin comme un yacht, avec des lignes de coursier s'élançant de son long gaillard d'avant jusqu'à sa poupe arrondie comme un verre à vin. Sa surface brillante était toute blanche avec juste une cheminée jaune. Nillson se livrait avec délices au pouvoir du commandement. Un claquement de doigts et les trois marins de quart se précipiteraient pour prendre ses ordres. Une pichenette sur le levier relié au télégraphe de bord et il pouvait déclencher toute une série de cloches qui feraient se hâter les hommes à l'action.

Il eut un petit rire, reconnaissant là un signe d'orgueil démesuré. Son quart de quatre heures consistait en une série de tâches de routine dont le seul but était de garder le navire sur une ligne imaginaire pour l'amener jusqu'à un point imaginaire non loin du bateau-feu, rouge et massif, qui gardait les traîtres écueils de Nantucket. Là, le *Stockholm* appuierait au nord-est pour prendre un cap qui emmènerait ses cinq cent trente-quatre passagers au large de l'île Sable, puis directement dans l'Atlantique jusqu'au nord de l'Ecosse et, finalement, au port de Copenhague.

Agé de vingt-huit ans seulement et bien qu'il n'ait été engagé sur le *Stockholm* que trois mois plus tôt, Nillson avait arpenté des ponts de bateaux depuis qu'il savait marcher. Adolescent, il avait travaillé sur des harenguiers dans la mer Baltique puis, plus tard, comme apprenti marin pour une énorme société navale. Ensuite, après des études à l'Académie de Marine de Suède, il avait passé un certain temps dans la marine suédoise. Le *Stockholm* représentait un grand pas en avant dans l'accomplissement de son rêve : commander son propre navire.

Nillson faisait exception au stéréotype qui veut que les Scandinaves soient grands et blonds. Il y avait en lui plus de Vénitien que de Viking. Il avait hérité les gènes italiens de sa mère, ses cheveux bruns, sa peau mate et son tempérament ensoleillé. Les Suédois aux cheveux sombres ne sont pas inhabituels. Parfois Nillson se demandait si la chaleur méditerranéenne de ses yeux sombres avait un rapport avec la froideur dont son commandant faisait preuve à son égard. Il s'agissait plus probablement d'un mélange de réserve scandinave et de tradition maritime suédoise de stricte discipline. Néanmoins, Nillson travaillait plus durement qu'il n'était nécessaire. Il ne voulait pas donner au commandant la moindre raison de le prendre en faute. Même par cette nuit paisible, sans le moindre trafic maritime, sur cette mer d'huile, avec ce temps parfait, Nillson arpentait le pont d'un bord à l'autre comme si le navire se trouvait dans les mâchoires d'un ouragan.

Le pont du *Stockholm* était composé de deux parties : la timonerie, de six mètres de large à l'avant avec, derrière elle, la salle des cartes séparée. Les portes donnant sur les flancs étaient ouvertes à la légère brise de sud-ouest. De chaque côté du pont se trouvait un radar RCA et un transmetteur de bord. Au centre de la timonerie, l'homme de barre, debout sur une plate-forme de quelques centimètres plus haute que le plancher poli, tournait le dos au mur de séparation, les mains agrippant la roue du gouvernail, les yeux sur le gyrocompas à sa gauche. En face de la barre, sous la fenêtre centrale, la boîte d'indicateur de cap : trois cubes de bois dans la boîte affichaient les chiffres du cap afin de permettre au timonier de garder à l'esprit le cap imposé.

Pour l'heure, les blocs affichaient 090.

Nillson vint vérifier, quelques minutes avant sa veille de 8 h 30 les rapports météo. On prévoyait du brouillard dans la zone entourant le bateau-feu de Nantucket. Rien de surprenant. Les eaux chaudes des écueils de Nantucket étaient une véritable usine à brouillard. L'officier achevant son quart lui dit que le *Stockholm* se trouvait juste au nord du cap fixé par le commandant. Mais il ne put lui dire de combien. Les balises donnant les positions par radio étaient trop loin pour qu'on ait une donnée fixe.

Nillson sourit. Là non plus, rien de surprenant. Le commandant suivait toujours le même cap, vingt milles au nord de la route est, recommandée par les accords internationaux. Cette route n'était aucunement obligatoire et le commandant préférait celle passant plus au nord, qui lui faisait gagner du temps et du fuel.

Les commandants scandinaves ne prennent pas de garde sur le pont, préférant laisser le navire aux mains d'un seul officier. Nillson s'attela rapidement à une série de tâches. Arpenter le pont. Vérifier le radar de droite. Jeter un coup d'œil aux transmetteurs d'ordres aux machines, de chaque côté du pont, pour s'assurer qu'ils étaient bien fixés sur En Avant Toute. Scruter la mer depuis chaque flanc. S'assurer que, sur les deux mâts blancs, les feux de navigation étaient bien allumés. Retourner à la timonerie. Etudier le gyrocompas. Garder l'homme de barre sous pression. Et arpenter de nouveau le pont.

Le commandant monta vers vingt et une heures après avoir dîné dans sa cabine située sous le pont. Homme taciturne non loin de la soixantaine, il paraissait plus que son âge. Son profil taillé à la serpe ressemblait à un promontoire rocheux à peine érodé par les mouvements incessants de la mer. Il se tenait toujours raide comme un parapluie, dans un uniforme impeccablement repassé. Ses yeux d'un bleu d'iceberg brillaient avec vivacité au milieu de son visage aux traits rudes et rougeauds. Il arpenta le pont une dizaine de minutes, regardant l'horizon et respirant l'air chaud tel un chien de chasse reniflant la présence d'un faisan. Puis il entra dans la timonerie et étudia la carte de navigation comme s'il y cherchait un présage.

— Changez le cap à zéro-huit-sept, dit-il après un silence.

Nillson tourna les blocs de la boîte de cap pour afficher 087. Le commandant resta assez longtemps pour s'assurer que l'homme de barre réglait le gouvernail puis retourna à sa cabine.

De retour dans la chambre des cartes, Nillson effaça la ligne de 90 degrés, traça au crayon le nouveau cap donné par le commandant et indiqua la position estimée du navire. Il allongea la ligne en fonction de la vitesse et du temps écoulé et dessina une croix. La nouvelle ligne les amènerait à environ cinq milles du bateau-feu. Nillson pensa que les forts courants du nord allaient pousser le navire à moins de deux milles de celui-ci.

Il alla jusqu'au radar installé près de la porte de droite et fit passer le rayon de quinze à cinquante milles. Le mince balayage jaune atteignit le bras étroit de Cape Cod et les îles de Nantucket et de Martha's Vineyard. Les bateaux étaient trop petits pour que le radar les indique. Il remit le rayon à sa portée d'origine et reprit sa promenade d'inspection.

Vers dix heures, le commandant remonta.

— Je serai dans ma cabine, j'ai de la paperasserie

à faire, annonça-t-il. Appelez-moi si vous apercevez le bateau-feu avant.

Il jeta un coup d'œil par une fenêtre comme s'il pressentait quelque chose qu'il ne pouvait pas voir.

— Ou s'il y a du brouillard ou toute autre forme de mauvais temps.

Le *Stockholm* naviguait maintenant quarante milles à l'ouest du bateau-feu, assez proche de lui pour recevoir ses signaux radio. La localisation par ondes radioélectriques indiquait que le *Stockholm* était à plus de deux milles au nord du cap demandé par le commandant. Nillson en conclut que les courants devaient le pousser vers le nord.

Une nouvelle localisation, quelques minutes plus tard, montrait que le navire était maintenant à peu près à trois milles au nord de sa route. Il n'y avait pas encore de quoi s'inquiéter. Il fallait simplement surveiller ça de près. Les ordres permanents étaient d'appeler le commandant en cas de dérive importante. Nillson imagina l'expression de celui-ci et le mépris à peine voilé qu'il lirait dans ses yeux. « Vous m'avez fait quitter ma cabine pour *ça* ? » Il se frotta le menton d'un air songeur. Peut-être le problème venait-il du localisateur. Les signaux radio étaient peut-être trop loin pour être lus correctement.

Nillson savait qu'il n'était que le jouet de la volonté du commandant. Cependant, c'était lui, après tout, l'officier chargé de la bonne marche du pont. Il prit sa décision tout seul.

— Barre à 89, ordonna-t-il à l'homme de barre.

Le gouvernail tourna vers la droite, ramenant le navire légèrement au sud, plus près de la route d'origine.

L'équipage du pont changea de quart, comme il le faisait toutes les quatre-vingts minutes. Lars Hansen vint prendre sa place à la barre.

Nillson fit la grimace, appréciant peu le changement. Il ne se sentait jamais à son aise quand il partageait un quart avec cet homme. La marine suédoise est très « service service ». Les officiers ne s'adressent aux marins que pour donner des ordres. Il n'y a jamais d'échange de plaisanteries. Nillson brisait parfois cette règle, partageant de temps en temps une bonne blague ou une observation ironique avec un homme d'équipage. Jamais avec Hansen.

C'était le premier voyage de Hansen sur le *Stockholm.* Il était monté à bord pour un remplacement de dernière minute, prenant la place de l'homme de barre qui ne s'était pas présenté. Selon ses certificats, il avait navigué sur pas mal de bateaux. Pourtant, personne ne le connaissait, ce qui était difficile à croire. Hansen avait les mâchoires carrées, les épaules larges et des cheveux blonds coupés à la limite du rasage. Cette description aurait pu convenir à quelques millions de Scandinaves d'une vingtaine d'années. Mais il était difficile d'oublier son visage. Une vilaine cicatrice courait sur sa pommette proéminente presque jusqu'au coin de sa bouche, remontant ses lèvres en une sorte de rictus grotesque d'un seul côté. Il avait servi sur des cargos, ce qui pouvait expliquer son anonymat. Mais Nillson soupçonnait qu'il s'agissait davantage de l'attitude de Hansen... Il faisait bande à part, ne parlait que si on s'adressait à lui — et encore, pas beaucoup. Personne ne l'avait jamais interrogé sur l'origine de sa cicatrice.

Il se révéla bon marin, Nillson devait l'admettre. Il exécutait rapidement les ordres sans poser de questions. C'est pour cela que Nillson fut surpris quand il vérifia le compas. Lors de ses précédents quarts, Hansen s'était révélé un homme de barre capable. Ce soir, il laissait le navire dériver comme s'il pensait à autre chose. Nillson savait qu'il fallait un moment pour bien sentir le gouvernail. Mais pourtant, à part le courant, la manœuvre n'avait rien de très difficile. Il n'y avait pratiquement pas de vent, aucune vague démesurée ne déferlait sur le pont. Il suffisait de tourner la roue un petit peu par ici, un petit peu par là.

Nillson vérifia le gyrocompas. Aucun doute, le

navire dérivait légèrement. Il se planta près de l'homme de barre.

— Gardez une ligne serrée, Hansen, dit-il d'un ton calme. Nous ne sommes pas un navire de guerre, vous savez ?

La tête de Hansen pivota sur son cou musclé. La lueur du compas se refléta dans ses yeux, leur donnant un éclat sauvage et accentuant la profondeur de sa cicatrice. Son regard paraissait flamboyer. Sentant son agressivité muette, Nillson faillit reculer machinalement. Il s'efforça de rester immobile et montra du doigt les chiffres inscrits sur les cubes de la boîte de cap.

Le barreur le regarda quelques secondes sans expression puis hocha imperceptiblement la tête.

Nillson s'assura que la route était régulière, marmonna une approbation et se retira dans la chambre des cartes.

« Ce type me donne la chair de poule », se dit-il en frissonnant tandis qu'il prenait une nouvelle fois la balise radio pour vérifier l'effet de la dérive. Il y avait quelque chose de bizarre. Même avec les deux degrés de correction au sud, le *Stockholm* était encore trop au nord de trois milles.

Il retourna à la timonerie et, sans regarder Hansen, ordonna :

— Deux degrés à droite.

Hansen passa le gouvernail à 91 degrés.

Nillson changea les chiffres des blocs et resta près du compas jusqu'à ce qu'il ait pu s'assurer que Hansen avait bien amené le navire sur la nouvelle route. Il se pencha sur le radar. La lueur jaune de l'écran donnait à son teint mat une couleur olivâtre. L'aiguille mouvante illumina quelque chose sur la gauche de l'écran, à environ douze milles. Nillson leva les sourcils.

Le *Stockholm* n'était pas seul.

Sans que Nillson en ait conscience, la coque et la superstructure du *Stockholm* étaient baignées de vagues électroniques invisibles qui se répercutaient sur l'antenne tournante du radar, au-dessus du pont d'un navire qui se précipitait vers lui, venant de la direction opposée. Quelques minutes plus tôt, à l'intérieur du vaste pont du paquebot italien *Andrea Doria,* l'officier en charge de l'écran radar avait appelé un homme trapu coiffé d'un béret de marin et vêtu d'un uniforme bleu sombre.

— Commandant, je décèle un navire, à dix-sept milles, à quatre degrés sur bâbord.

Le radar était constamment branché sur un rayon de vingt milles depuis trois heures du matin quand le commandant Piero Calamai monta sur le pont et aperçut de minces volutes grises flottant sur la mer occidentale telles des âmes de marins noyés.

Il avait immédiatement ordonné de mettre en marche l'équipement de navigation par temps de brouillard. L'équipage de 572 marins était en état d'alerte. La corne de brume sonnait automatiquement toutes les cent secondes. La vigie se planta à l'avant pour assurer une meilleure surveillance. L'équipe de la salle des machines fut priée de se tenir prête à réagir immédiatement à tout risque d'urgence. On ferma les portes entre les onze compartiments étanches du navire.

L'*Andrea Doria* entamait la dernière partie des quatre mille milles d'un voyage de neuf jours qui, depuis Gènes, transportait 1 134 passagers et 400 tonnes de fret. En dépit de l'épais brouillard qui s'était abattu sur ses ponts, le *Doria* croisait presque à pleine vitesse, ses deux moteurs Diesel jumeaux de 35 000 chevaux poussant le gros paquebot à vingt-deux nœuds.

La compagnie de navigation italienne ne prenait pas de risques avec ses bateaux et ses passagers. Mais elle ne payait pas non plus ses commandants pour arriver en retard à destination. Le temps, c'est de l'argent. Et nul ne le savait mieux que le commandant Calamai qui avait dirigé le navire sur toutes ses croisières transatlantiques. Il était bien décidé à atteindre New York sans perdre une minute sur l'heure qu'il avait dû concéder à un orage, deux nuits auparavant.

Quand le *Doria* avait enfin aperçu le bateau-feu à 10 h 20 ce soir-là, le pont put enregistrer le vaisseau sur son radar et entendre le mugissement de sa corne de brume mais il était invisible à moins d'un mille. Quand il eut dépassé le bateau-feu, le commandant du *Doria* ordonna de mettre le cap plein ouest vers New York.

Le bip du radar indiquait l'est, juste *sur* le *Doria*. Calamai se pencha sur l'écran, les sourcils froncés, surveillant la progression du top d'écho. Le radar ne pouvait indiquer au commandant quelle sorte de navire se trouvait là, ni sa taille. Avec leur vitesse combinée de 40 nœuds, les deux navires se rapprochaient l'un de l'autre de deux milles toutes les trois minutes.

La position de ce navire était étonnante. Les bateaux se dirigeant vers l'est étaient supposés suivre une route située vingt milles *au sud*. Peut-être s'agissait-il d'un bateau de pêche.

Suivant les lois maritimes, les navires se dirigeant directement l'un vers l'autre en haute mer sont censés passer bâbord à bâbord, flanc gauche à flanc gauche, comme des automobiles venant de directions opposées. Au cas où des bateaux manœuvrant pour se plier à cette loi sont forcés à un croisement dangereux, ils peuvent à la rigueur passer tribord à tribord.

D'après ce qu'indiquait le radar, l'autre navire pouvait passer sans difficulté à droite du *Doria* si les deux bateaux tenaient le même cap. Comme des voitures sur une autoroute anglaise, où les conducteurs roulent à gauche.

Calamai ordonna à l'équipage de surveiller de près l'autre navire. Il ne coûte rien d'être prudent.

Les navires étaient à environ dix milles l'un de l'autre quand Nillson alluma la lumière sous le tableau de manœuvre BIAL, près de l'installation radar et se prépara à imprimer le changement de position du top d'écho.

Il appela :

— Quelle est notre course, Hansen ?

— 90 degrés, répondit l'homme de barre.

Nillson marqua d'une croix la carte de pointage et tira des traits pour les relier, vérifia à nouveau le top d'écho puis ordonna à la vigie de continuer à surveiller la mer depuis l'aile de pont bâbord. Son relèvement montrait que l'autre navire avançait dans leur direction sur une route parallèle, un peu à gauche. Il sortit sur le flanc du *Stockholm* et tenta de percer la nuit avec ses jumelles. Aucun signe d'un autre navire. Il passa plusieurs fois d'un flanc à l'autre, s'arrêtant chaque fois près du radar. Il demanda un nouveau rapport de cap.

— Toujours 90 degrés, monsieur, dit Hansen.

Nillson vérifia le gyrocompas. La plus petite dérive pouvait se révéler critique et il tenait à s'assurer que le cap était bon. Hansen tendit le bras et tira le cordeau de ride par-dessus sa tête. La cloche du navire sonna six coups. Onze heures. Nillson aimait entendre le passage du temps sur le navire. Quand il était de quart, tard dans la nuit, lorsque la solitude et l'ennui se combinaient, le tintement de la cloche de bord concrétisait l'attachement romantique qu'il ressentait pour la mer, au cours de sa jeunesse. Plus tard, ce son évoquerait pour lui celui de l'apocalypse.

Distrait un instant de sa tâche, Nillson regarda l'écran du radar et inscrivit une nouvelle marque sur la carte de relèvement.

Onze heures. Sept milles séparaient les deux paquebots. Nillson calcula qu'ils se croiseraient bâbord à bâbord avec une distance plus que suffisante entre eux. Il repassa sur le pont latéral et regarda à la jumelle vers la gauche. C'était exaspérant. Il n'y avait que de l'obscurité là où le radar affirmait que se trouvait un navire. Peut-être ses feux de route étaient-ils en panne. Ou bien il s'agissait peut-être d'un bateau en manœuvre.

Il regarda à droite vers le large. La lune brillait vivement sur l'eau. Il revint vers la gauche. Toujours rien. Le navire était-il noyé dans le brouillard ? C'était peu vraisemblable. Aucun bateau ne pourrait naviguer à une telle vitesse dans un brouillard épais. Il songea un instant à réduire la vitesse du *Stockholm*. Le commandant entendrait le bruit du télégraphe de bord et se précipiterait sur le pont. Il le traiterait de trouillard stupide *après* que les navires se seraient croisés sans encombre.

A 11 h 03, les radars des deux transatlantiques indiquaient que quatre milles les séparaient.

Toujours pas de lumières !

Nillson envisagea de nouveau d'appeler le commandant et de nouveau y renonça. Il ne donna pas non plus l'ordre d'envoyer un signal d'alarme comme l'exigeaient les lois maritimes. Ce serait une perte de temps. Ils étaient en haute mer, la lune était pleine et la visibilité d'au moins cinq milles.

Le *Stockholm* continua à fendre la nuit à 18 nœuds. L'homme de vigie appela :

— Lumière sur bâbord.

Enfin !

Plus tard, les experts hocheraient la tête sans comprendre. Ils se demanderaient comment deux navires équipés de radars avaient pu être attirés l'un vers l'autre comme des aimants en pleine mer.

Nillson regagna l'aile bâbord et étudia les feux de l'autre navire. Deux feux blancs, l'un en haut, l'autre en bas, brillaient dans l'obscurité. Bon. La position des feux de navigation indiquait que le navire passerait à gauche. Le feu rouge bâbord apparut, confirmant que le bateau s'éloignait du *Stockholm*. Le radar indiquait une distance de deux milles. Il regarda l'horloge. Elle marquait 11 h 06.

D'après ce que le commandant de l'*Andrea Doria* lisait sur l'écran radar, les navires devaient se croiser sans encombre par la droite. Quand ils furent à moins de trois milles et demi l'un de l'autre, Calamai ordonna de virer de 4 degrés sur la gauche pour élargir cet espace. Bientôt, une lumière spectrale apparut dans le brouillard et, peu à peu, on commença à apercevoir des lumières blanches. Le commandant Calamai s'attendait à voir le feu vert sur le flanc tribord de l'autre navire. Cela ne devait pas tarder.

Un mille de distance.

Nillson se rappela qu'un observateur disait que le *Stockholm* pouvait virer sur une pièce de dix *cents* et rendre huit *cents* de monnaie. Il était temps de vérifier cette souplesse.

— Tribord deux points, ordonna-t-il au barreur.

Comme Calamai, il souhaitait augmenter la distance du passage.

Hansen tourna le gouvernail de deux tours complets sur la droite. La proue du navire vira de vingt degrés sur tribord.

— Redressez au centre et gardez le cap constant.

Le téléphone mural sonna. Nillson alla répondre.

— Ici le pont, dit-il.

Certain que tout se passerait bien, il tournait le dos aux fenêtres.

L'appel venait de la vigie.

— Feux de position 20 degrés sur bâbord.

— Merci, dit Nillson avant de raccrocher. Il alla vérifier le radar, sans savoir que le *Doria* avait pris une nouvelle trajectoire. Les tops d'écho étaient maintenant si proches les uns des autres que leur lecture ne signifiait rien d'intelligible pour lui. Il se rendit sur le flanc bâbord, sans se presser, leva ses jumelles et les régla sur les feux de navigation.

Là, son calme l'abandonna.

— Mon Dieu ! dit-il d'une voix blanche en voyant pour la première fois le changement des feux sur le grand mât.

Les feux, en haut et en bas, s'étaient inversés. Le feu rouge bâbord de l'autre navire n'était plus de son côté. Le feu était *vert,* maintenant. Sur tribord.

Depuis qu'il l'avait regardé pour la dernière fois, l'autre semblait avoir tourné complètement sur la gauche. Les feux de pont de l'énorme navire noir surgissaient de l'épais brouillard qui l'avait caché et il présentait maintenant son flanc droit en plein sur le chemin du *Stockholm.*

Il hurla de changer de cap.

— A tribord, toute !

Faisant demi-tour, il saisit les leviers du télégraphe de bord, les tira sur « Stop » puis les fit descendre jusqu'au bout de leur course, comme s'il pouvait arrêter le navire par sa seule détermination. Un bruit de ferraille insensé remplit l'air.

En Arrière, A Toute Vitesse !

Nillson revint en hâte au gouvernail. Hansen s'y tenait, tel le gardien de pierre à la porte d'un temple païen.

— Nom de Dieu ! J'ai dit *en arrière toute,* hurla Nillson d'une voix rauque.

Hansen commença à tourner la roue du gouvernail. Nillson ne pouvait en croire ses yeux. Hansen ne tournait pas la roue vers tribord, ce qui aurait pu leur laisser une chance, ne serait-ce qu'une toute petite, d'éviter la collision. Il la faisait tourner lentement et délibérément *à gauche !*

La proue du *Stockholm* suivit la direction mortelle. Nillson entendit une corne de brume et comprit que ça devait être celle de l'autre navire.

La salle des machines était en plein chaos. L'équipage tournait frénétiquement le volant qui stoppait le moteur tribord. Ils se hâtaient d'ouvrir les vannes qui inverseraient sa puissance et arrêteraient le moteur bâbord. Le navire frissonna tandis que le freinage s'accentuait. Trop tard. Le *Stockholm* filait comme une flèche sur le bateau sans protection.

Sur le pont d'aile bâbord, Nillson s'agrippa de toutes ses forces au télégraphe de bord.

Comme Nillson, le commandant Calamai avait vu les feux de mât se matérialiser puis s'inverser. Il avait vu le feu de position rouge bâbord briller comme un rubis sur le ciel de velours noir. Il avait compris que l'autre bateau avait pris un virage serré à droite et venait directement sur la route du *Doria*.

Sans avertissement. Sans corne de brume. Sans sifflet.

A cette vitesse, il était hors de question de s'arrêter. Il faudrait des milles et des milles pour y arriver. Calamai ne disposait que de quelques secondes pour agir. Il pouvait ordonner de virer à droite, droit *vers* le danger, en espérant que les deux bâtiments se frôleraient. Peut-être la vitesse du *Doria* lui ferait-elle dépasser l'agresseur.

Il prit une décision désespérée.

— A gauche, toute ! aboya-t-il.

Un officier de pont cria. Le commandant voulait-il que l'on arrête les moteurs ? Calamai secoua la tête.

— Maintenez toute la vitesse.

Il savait que le *Doria* virait mieux à sa vitesse la plus haute.

Faisant tourner comme un fou les rayons du gouvernail, le barreur utilisa ses deux mains pour le faire virer sur bâbord. Le sifflet hurla deux fois pour indiquer le changement à gauche. Le gros navire lutta contre son erre avant sur un demi-mille avant de prendre le début du virage.

Le commandant savait qu'il prenait un gros risque en exposant le vaste flanc du *Doria*. Il pria pour que l'autre bateau s'écarte pendant qu'il était encore temps. Il ne pouvait pas croire qu'ils allaient se télescoper. Tout cela ressemblait à un mauvais rêve.

Le hurlement d'un de ses officiers le ramena brutalement à la réalité.

— Il vient droit sur nous !

Le navire suédois menaçait le flanc tribord où Calamai se tenait, glacé d'horreur. La proue pointue semblait le viser directement.

Le pacha du *Doria* avait une réputation d'homme solide et peu enclin à la panique. Mais à ce moment précis, il fit ce qu'aurait fait tout homme sain d'esprit dans sa position.

Il courut pour sauver sa vie.

La proue cuirassée du navire suédois perça la plaque métallique du rapide *Andrea Doria*. Aussi facilement qu'une baïonnette, pénétrant près d'un tiers des vingt-sept mètres de barrot du transatlantique avant de s'arrêter.

Avec un poids de 29 000 tonnes, près de deux fois supérieur à celui du *Stockholm*, le navire italien sembla avaler l'autre navire, pivotant autour du point d'impact au-dessus et au-dessous de son pont de flanc tribord. Tandis que le *Doria*, frappé, plongeait vers l'avant, la proue en morceaux du *Stockholm* se libéra, éventrant cinq des ponts de passagers du transatlantique comme le bec d'un oiseau de proie arrachant la chair de sa victime. Il râpa tout le long de la coque noire, allumant une pluie brillante d'étincelles.

Le trou béant triangulaire dans le flanc du *Doria* avait douze mètres en son point le plus large et se rétrécissait à un peu plus de deux mètres sous la ligne de flottaison.

Des milliers de litres d'eau se précipitèrent dans l'énorme blessure et remplirent les réservoirs vides déchirés dans la collision. Le navire gîta à droite sous le poids d'au moins 500 tonnes d'eau qui alla se déverser dans la salle du générateur. Une rivière huileuse roula par un tunnel d'accès et les écoutilles puis monta par les caillebotis du sol de la salle des machines. L'équipage des mécaniciens lutta pour sortir sur les ponts pleins d'huile comme des clowns exécutant des cascades.

L'eau continuait à entrer et montait autour des réservoirs de bâbord encore en état, les engloutissant comme des bulles de savon.

Quelques minutes après le choc, le *Doria* prit de la bande de façon inquiétante.

Nillson s'attendait à être plaqué au sol par l'impact. Le choc fut étonnamment peu violent mais assez cependant pour le sortir de sa paralysie. Il se précipita de la timonerie à la chambre des cartes et appuya de toutes ses forces sur le bouton d'alarme qui fermait les portes étanches du *Stockholm*.

Le commandant surgit en criant sur le pont.

— Au nom du ciel, que s'est-il passé ?

Nillson essaya d'articuler une réponse mais les mots refusèrent de sortir de sa gorge. Il ne savait comment décrire la scène. Hansen ignorant son ordre de virer sur tribord. Le rapide tournoiement de la barre vers bâbord. Hansen, les yeux fixés sur le gouvernail, les mains serrées sur les rayons comme si elles étaient soudain gelées. Aucune peur, aucune horreur dans ses yeux. Rien qu'une froideur bleue et glaciale. Nillson avait d'abord pensé que c'était un tour que lui jouait la lumière, que l'illumination de la tablette du gyrocompas avait joué sur sa vilaine cicatrice. Mais non, il n'y avait pas d'erreur. Tandis que les navires se jetaient vers un désastre certain, l'homme *souriait !*

Non, il n'y avait aucun doute dans son esprit. Hansen avait *délibérément* éperonné l'autre navire, dirigeant le *Stockholm* comme il l'aurait fait d'une torpille. Aucun doute, non plus, personne, ni le commandant ni personne d'autre sur ce bateau ne croirait jamais qu'une telle chose pût se produire.

Les yeux pleins d'angoisse de Nillson allaient du visage furieux du commandant au gouvernail, comme si la réponse pouvait se trouver entre les deux. La roue abandonnée du gouvernail tournait follement sans contrôle.

Dans la confusion, Hansen avait disparu.

Jake Carey fut tiré de son sommeil par un terrifiant craquement de métal. Ce bruit sinistre ne dura qu'un instant mais fut suivi du hurlement torturé de l'acier contre de l'acier, de l'éclatement et de l'écrasement de quelque chose d'énorme, comme si le pont supérieur de la cabine était en train d'exploser. Carey ouvrit les yeux, cilla et fixa peureusement ce qui paraissait un mur blanc grisâtre, à quelques mètres de lui.

Il s'était endormi quelques minutes auparavant. Il avait embrassé sa femme Myra, lui avait souhaité une bonne nuit et s'était glissé entre les draps frais d'un des lits jumeaux de leur cabine de première classe. Myra avait lu quelques pages de son roman avant de fermer les yeux. Elle avait éteint la lumière, tiré la couverture autour de son cou et soupiré en repensant avec plaisir aux vignes toscanes baignées de soleil de son souvenir.

Plus tôt, Jack et elle avaient fêté au champagne la réussite de leur séjour dans la salle à manger des premières. Carey avait proposé le coup de l'étrier au salon Belvédère mais Myra avait répondu que si elle entendait encore une fois l'orchestre jouer « Arrivederci Roma », elle ne mangerait plus jamais de spaghettis. Ils se retirèrent peu avant 10 h 30. Après avoir parcouru, main dans la main, le pont foyer et ses boutiques, ils avaient pris l'ascenseur un étage au-dessus et avaient marché jusqu'à leur grande cabine du pont supérieur, côté tribord. Ils avaient posé leurs bagages dans le couloir où les stewards devaient les prendre en prévision de l'arrivée à New York le lendemain. Il y avait un léger roulis car le navire était moins lourd de tout le carburant utilisé et donc plus haut sur l'eau. Le mouvement donnait la sensation d'être bercé dans un berceau géant et Myra n'avait pas tardé à s'endormir à son tour.

Soudain, le lit de son mari fit un bond violent. Il fut catapulté en l'air comme un siège éjectable. Jake eut l'impression de voler pendant une éternité avant de s'écraser dans une mare profonde d'obscurité.

La mort arpentait les ponts de l'*Andrea Doria*... Elle errait des cabines de luxe, sur les ponts les plus hauts, jusqu'aux chambres de la classe touriste, sous la ligne de flottaison. Cinquante-deux personnes étaient mortes ou mourantes sur le sillage du crash. Dix cabines étaient démolies sur le pont des premières où le trou était le plus large. Il était plus bas au fond mais les cabines de ce pont étaient plus petites et plus pleines, aussi l'effet fut-il plus dévastateur. Des passagers moururent ou vécurent suivant le caprice du destin. Un passager de première classe qui était en train de se laver les dents courut vers sa chambre pour constater que le mur avait disparu et sa femme aussi. Sur le pont du foyer de luxe, deux personnes avaient été tuées sur le coup. Vingt-six émigrants italiens, dans les cabines bon marché du pont inférieur, exactement sur la ligne de collision, moururent écrasés par la masse d'acier. Parmi eux se trouvaient une femme et ses quatre jeunes enfants. Mais il y eut aussi des miracles. Une jeune fille arrachée à sa cabine de première classe revint à elle sur la proue en miettes du *Stockholm*. Dans une autre cabine, le plafond s'effondra sur un couple qui réussit à ramper jusqu'au corridor.

Ceux qui faisaient le voyage sur les deux ponts les plus bas subirent le plus de dommages et durent se frayer un chemin en remontant les coursives envahies de fumée et en luttant contre un flot d'eau de mer chargée d'huile. Peu à peu, les gens se mirent à rejoindre du mieux qu'ils purent les aires de rassemblement où ils attendirent les ordres.

Le commandant Calamai était sur la partie la plus éloignée du pont encore en état quand les navires s'étaient percutés. A peine remis du premier choc, il tira le levier du télégraphe de bord jusqu'à Stop. Le navire finit par s'arrêter au sein de l'épais brouillard.

L'officier en second se rendit à grandes enjambées à l'indicateur de gîte, l'instrument qui mesure l'angle du navire.

— 18 degrés, dit-il.

Puis, quelques minutes plus tard :

— 19 degrés.

Un doigt glacé serra le cœur du commandant. Le gîte ne devait pas dépasser 15 degrés, même avec deux compartiments inondés. Un gîte de plus de 20 degrés submergerait les compartiments étanches.

Sa raison lui disait que la situation était impossible. Les constructeurs avaient garanti que le navire resterait en équilibre même si n'importe quel groupe de deux compartiments était submergé. Il demanda à voir les rapports de dommages de chaque pont et surtout l'état des portes étanches puis ordonna qu'on lance un S.O.S. en donnant la position du navire.

Les officiers revinrent en hâte sur le pont avec les rapports demandés. L'équipage de la salle des machines pompait les compartiments tribord mais l'eau entrait plus vite qu'ils ne pouvaient l'évacuer. La salle des chaudières était submergée et l'eau envahissait deux autres compartiments.

Le problème, c'était le pont A, supposé servir de rideau d'acier au-dessus des cloisons de traverse divisant le navire en compartiments. L'eau se déversait par les escaliers des passagers jusqu'aux autres compartiments.

L'officier demanda un nouveau relevé.

— 22 degrés.

Le commandant Calamai n'avait pas besoin de regarder l'indicateur de gîte pour savoir que l'inclinaison avait dépassé le niveau où on aurait pu la corriger. Il lui suffisait de regarder le plancher incliné de la pièce jonché de cartes à ses pieds.

Le navire se mourait.

Il était assommé de tristesse. L'*Andrea Doria* n'était pas n'importe quel navire. Roi des lignes italiennes, ce paquebot de vingt-neuf millions de dollars était le plus magnifique et le plus luxueux de tous les transatlantiques en service. Agé de quatre ans à peine, il avait été lancé pour montrer au monde qu'il fallait maintenant compter avec la marine italienne d'après guerre. Avec sa gracieuse coque noire et sa superstructure blanche, sa cheminée élancée rouge, blanc et vert, le paquebot ressemblait plus à l'œuvre d'un sculpteur qu'à celle d'un architecte de marine.

De plus, c'était *son* bateau. Il avait commandé

l'*Andrea Doria* lors de ses essais et ensuite de sa centaine de traversées de l'Atlantique. Il connaissait mieux ses ponts que les pièces de sa propre demeure. Il ne se lassait jamais de les parcourir, d'un bout à l'autre, comme un spectateur dans un musée admire les œuvres des trente et un meilleurs artistes qui mirent tout leur savoir pour la gloire de la Renaissance dans leurs miroirs, leurs dorures, leurs bois rares, leurs fines tapisseries et leurs belles mosaïques. Comme entouré des fresques massives qui avaient fait le renom de Michel-Ange et des autres maîtres italiens, il s'arrêtait dans le salon des premières classes devant la statue imposante d'Andrea Doria, qui ne pouvait le céder en grandeur qu'à Christophe Colomb. Le vieil amiral génois semblait prêt à dégainer son sabre au premier signe d'un pirate barbaresque.

Et tout cela allait disparaître !

Mais les passagers étaient la priorité du commandant. Il était sur le point de donner l'ordre d'abandonner le navire quand un officier vint rapporter l'état des canots de sauvetage. Tous ceux de bâbord étaient inutilisables, ce qui laissait les huit canots de tribord. Mais ceux-ci étaient suspendus trop haut au-dessus de l'eau. Même si l'on pouvait les mettre à la mer, il n'y avait de place que pour la moitié des passagers. Il n'osa pas donner l'ordre d'abandon. Les passagers, pris de panique, se précipiteraient à bâbord et ce serait le chaos.

Il pria pour que des navires de passage aient entendu leur S.O.S. et réussissent à les trouver dans le brouillard.

Il ne pouvait plus qu'attendre.

Angelo Donatelli venait de servir tout un plateau de martinis à une table de braillards new-yorkais célébrant leur dernière nuit à bord du *Doria* lorsqu'il jeta un coup d'œil à l'une des fenêtres drapées qui s'ouvraient sur trois des murs de l'élégant salon

Belvédère. Quelque chose, un mouvement fugitif, avait attiré son attention.

Le salon donnait sur le pont des canots avec sa large promenade. De jour et par nuits claires, les passagers de première classe pouvaient jouir d'une large vue sur la mer. La plupart avaient, ce soir, renoncé à percer le léger mur gris entourant le salon. C'était par hasard qu'Angelo avait levé les yeux et vu les lumières et le bastingage d'un grand navire blanc se mouvant dans la brume.

— *Dio mio !* murmura-t-il.

Il avait à peine prononcé ces mots que se produisit une explosion aussi forte que celle d'un monstrueux pétard. Le salon fut plongé dans l'obscurité.

Le pont trembla violemment. Angelo perdit l'équilibre, tenta de le retrouver et, le plateau rond dans une main, fit une imitation passable de la célèbre statue du Discobole. Le beau Sicilien de Palerme était un athlète-né qui avait toujours fait preuve d'agilité en tournoyant entre les tables, ses verres en équilibre.

Les lumières de secours s'allumèrent au moment où il se remettait debout. Les trois couples à sa table étaient tombés de leurs chaises. Il aida d'abord les femmes à se relever. Personne ne paraissait sérieusement blessé. Il regarda autour de lui.

Le magnifique salon avec ses tapisseries doucement éclairées, ses tableaux, ses sculptures et ses panneaux brillants de bois blond, était sens dessus dessous. Sur le plancher luisant de la piste de danse où, quelques secondes plus tôt, des couples glissaient sur les accords de « Arrivederci Roma » s'entassaient des corps contorsionnés. La musique avait brusquement cessé, remplacée par des cris de douleur et de désarroi. Les musiciens tentaient de s'extirper d'un enchevêtrement d'instruments. Il y avait partout des bouteilles et des verres brisés et l'air sentait l'alcool. Les vases de fleurs fraîches s'étaient éparpillés sur le sol.

— Mais, au nom du ciel, que se passe-t-il ? demanda un homme.

Angelo tint sa langue, se demandant s'il n'avait pas rêvé ce qu'il avait cru voir. Regardant à nouveau par la fenêtre, il ne distingua que du brouillard.

— Nous avons peut-être heurté un iceberg, proposa l'épouse de l'homme qui avait parlé.

— Un *iceberg* ? Réfléchis un peu, Connie, nous longeons la côte du Massachusetts ! *En juillet !*

La femme fit la moue.

— Bon, alors c'était peut-être une mine.

L'homme regarda l'orchestre et sourit.

— Je ne sais pas ce que c'était mais du moins ça les a obligés à cesser de jouer cette chanson exaspérante !

Tous ses amis rirent de la plaisanterie. Les danseurs brossaient leurs vêtements, les musiciens inspectaient leurs instruments. Les barmans et les serveurs se précipitèrent.

— Nous n'avons rien à craindre, dit un autre passager. Un des officiers m'a assuré que ce navire était insubmersible.

Son épouse cessa de vérifier son maquillage dans le miroir de son poudrier.

— C'est ce qu'on avait dit du *Titanic,* rappela-t-elle d'une voix tremblante.

Il y eut un silence tendu. Puis un rapide échange de regards apeurés. Comme s'ils avaient entendu un signal muet, les trois couples se hâtèrent vers la sortie la plus proche, tels des oiseaux fuyant une côte inhospitalière.

Le premier instinct d'Angelo fut de débarrasser la table des verres et des bouteilles. Il eut un petit rire.

— Il y a trop longtemps que tu fais ce métier, dit-il entre ses dents.

La plupart des passagers étaient maintenant debout et se dirigeaient vers les sorties. Le salon se vidait rapidement. Si Angelo ne se hâtait pas, il se retrouverait bientôt seul. Haussant les épaules, il jeta par terre sa serviette blanche et s'approcha de la porte pour voir ce qui se passait.

Des vagues noires menaçaient d'entraîner Jake Carey par le fond. Il lutta contre le courant sombre qui tirait son corps et se sentit flotter sur le bord flou de la conscience mais il tint bon. Il entendit un gémissement et réalisa que c'était lui qui l'avait émis. Il gémit à nouveau mais cette fois consciemment. Bon. Les morts ne gémissent pas. Sa pensée suivante fut pour sa femme.

— Myra ! appela-t-il.

Il entendit vaguement quelque chose bouger dans l'obscurité grise qui l'entourait. Plein d'espoir, il soupira puis appela de nouveau.

— Je suis par ici, répondit la voix étouffée de Myra qui semblait venir de loin.

— Dieu merci ! Tu vas bien ?

Il y eut un silence. Puis :

— Oui. Qu'est-il arrivé ? Je m'étais endormie...

— Je ne sais pas. Peux-tu bouger ?

— Non.

— Je vais venir t'aider, dit Carey.

Il se tourna sur son côté gauche, le bras sous son corps, un poids pressant son flanc droit. Ses jambes étaient coincées. Il se sentit glacé de peur. Peut-être avait-il le dos brisé. Il essaya encore de bouger, plus fort. La douleur vive qui remontait de sa cheville à sa hanche fit monter des larmes à ses yeux mais du moins cela voulait-il dire qu'il n'était pas paralysé. Il cessa de lutter. « Il faut que je réfléchisse », se dit-il.

Carey était ingénieur et avait fait fortune en construisant des ponts. Ce problème n'était guère différent de tous ceux qu'il avait résolus en s'appuyant sur la logique et la persévérance. Et beaucoup de chance.

Il poussa avec son coude droit et sentit un tissu doux. Il était sous le matelas. Il poussa plus fort, pliant son corps pour faire levier. Le matelas bougea un peu puis refusa de céder davantage. Seigneur ! Il semblait que toute cette saleté de plafond lui était tombée dessus. Carey prit une profonde inspiration et, de toute la force de son bras musclé, poussa de nouveau. Le matelas glissa sur le plancher.

Les deux bras libres maintenant, il se pencha et sentit quelque chose de solide sur sa cheville. Explorant la chose des doigts, il comprit qu'il devait s'agir de la table de nuit qui séparait les deux lits. Le matelas avait dû le protéger des morceaux de murs et du plafond. De ses deux mains libres, il bougea un peu la petite commode de quelques centimètres et glissa ses jambes, l'une après l'autre. Il se massa les chevilles pour que le sang y circule à nouveau. Elles lui faisaient mal mais n'étaient pas cassées. Lentement, il se mit à genoux en s'appuyant sur ses mains.

— Jake ! dit à nouveau Myra d'une voix plus faible.

— J'arrive, chérie. Tiens bon.

Quelque chose allait de travers. La voix de Myra semblait venir de l'autre côté de la cabine. Il appuya sur un commutateur. La cabine resta dans l'obscurité. Désorienté, il rampa dans le chaos. A tâtons, il trouva la porte. La tête penchée, il écouta ce qui ressemblait au bruit des vagues sur la plage, avec des mouettes criant au loin. Il réussit à se mettre debout, écarta les gravats autour de la porte et l'ouvrit sur un véritable cauchemar.

La coursive était bondée de passagers poussant et jouant des coudes, baignant dans la clarté ambrée des lumières de secours. Des hommes, des femmes, des enfants, certains tout habillés, d'autres en vêtements de nuit sous leurs manteaux, certains les mains vides, d'autres agrippant des sacs, poussaient, bousculaient, marchaient ou rampaient pour atteindre le pont supérieur. Le couloir était plein de poussière et de fumée et oscillait comme le plancher des roulottes de cirque. Quelques passagers, essayant de retourner à leurs cabines, luttaient contre le flot humain comme des saumons remontant le courant.

Carey regarda derrière lui la porte qu'il venait de franchir et réalisa, d'après les chiffres qu'elle portait, qu'il avait rampé hors de la cabine voisine de la sienne. Il avait dû être projeté d'une cabine à l'autre. Ce soir-là, dans le salon, Myra et lui avaient bavardé avec les occupants, un couple italo-américain d'un certain âge revenant d'une réunion de famille. Il pria le ciel que ces pauvres gens ne se soient pas, comme à leur habitude, couchés de bonne heure.

Carey se fraya vigoureusement un chemin jusqu'à la porte de sa cabine. Elle était fermée à clef. Il retourna à la cabine qu'il venait de quitter et poussa les débris pour atteindre le mur. Il s'arrêta plusieurs fois pour écarter des meubles et des morceaux de plafond ou de mur. Parfois il dut ramper sur des gravats, parfois se faufiler en dessous, poussé par un sentiment d'urgence. La gîte du pont signifiait que le navire prenait l'eau. Il atteignit le mur et appela de nouveau sa femme. Elle répondit depuis l'autre côté. Frénétiquement maintenant, il tâtonna pour trouver une ouverture, découvrit que le bas était amolli et tira jusqu'à faire un trou assez large pour qu'il puisse s'y faufiler, à plat ventre.

Sa cabine était dans une semi-obscurité, les formes et les objets baignés d'une lumière pâle. Se relevant, il en chercha des yeux la source. Une brise fraîche et salée souffla sur son visage. Il ne put en croire ses yeux ! Tout l'extérieur de la cabine avait disparu. A sa place, un trou gigantesque lui permettait de voir l'océan illuminé de lune. Il agit avec fièvre et, quelques minutes plus tard, fut enfin près de sa femme. Il essuya le sang qui maculait son front et ses joues avec un coin de sa veste de pyjama et l'embrassa tendrement.

— Je ne peux pas bouger, dit-elle comme en s'excusant.

Ce qui l'avait projeté dans la cabine d'à côté avait jeté le sommier d'acier du lit de Myra contre le mur comme le ressort d'une souricière. Myra était presque debout, heureusement protégée de la pression des ressorts par le matelas mais coincée contre le mur par le cadre. Derrière elle se trouvait le puits d'acier de l'ascenseur du navire. Son seul bras libre pendait le long de son corps.

Carey entoura de ses doigts le bord du cadre. Il avait cinquante-cinq ans mais toute sa force grâce à une vie de labeur. Il tira avec toute la puissance dont sa grande carcasse était capable. Le cadre bougea un petit peu pour revenir à la même place dès qu'il le lâcha. Il essaya de le forcer avec un morceau de bois mais cessa dès que Myra cria de douleur. Il jeta le morceau de bois d'un air dégoûté.

— Chérie, dit-il en essayant de garder une voix calme, je vais chercher de l'aide. Il faut que je te laisse, un tout petit moment. Je reviens, je te le promets.

— Jake, il faut que tu sauves ta vie. Le bateau...

— Tu ne te débarrasseras pas de moi aussi facilement, mon amour.

— Ne sois pas têtu, je t'en supplie.

Il embrassa de nouveau son visage. Sa peau, d'habitude si chaude au toucher, était morte et froide.

— Pense à la Toscane ensoleillée en m'attendant. Je reviens très vite, promis.

Il lui pressa la main, tourna la clef qui fermait la serrure de la porte et sortit dans la coursive sans savoir le moins du monde ce qu'il allait faire. Un homme massif et apparemment musclé venait vers lui. Jake le saisit par l'épaule et commença à lui demander de l'aide.

— Foutez le camp !

Le regard fou, il repoussa Jake malgré la haute taille de celui-ci.

Il tenta désespérément de recruter encore un homme ou deux avant d'abandonner. Pas de bons Samaritains en vue. C'était aussi difficile que de détourner un bœuf d'un troupeau assoiffé courant vers un trou d'eau. Il ne pouvait guère les blâmer. Il aurait traîné Myra jusqu'au sommet si elle n'était retenue prisonnière par ce fichu machin. Il comprit que les passagers ne lui seraient d'aucune utilité. Il fallait trouver un membre de l'équipage. Luttant pour rester debout malgré la gîte du pont, il se joignit à la foule qui se dirigeait vers le pont supérieur.

Angelo jeta un rapide coup d'œil au navire. Ce qu'il voyait ne lui plaisait pas du tout, surtout le côté tribord qui penchait de plus en plus vers la mer.

Cinq canots de sauvetage avaient été mis à l'eau et étaient pleins de membres de l'équipage. Des dizaines de serveurs et de garçons de cuisine sautaient dans les canots déjà surchargés et se dirigeaient de leur mieux vers un bateau blanc. Un coup d'œil à la proue éclatée et au trou béant dans le flanc du *Doria* lui suffit pour comprendre ce qui s'était passé. Il remercia le ciel que de nombreux passagers se soient trouvés hors de leurs cabines en train de fêter la dernière nuit à bord quand la collision s'était produite.

Il se dirigea vers bâbord. Il était difficile de remonter le pont incliné dont la surface ressemblait à une patinoire à cause de l'eau mêlée d'huile qu'y avaient déposée les semelles des passagers et de l'équipage. Il avança centimètre par centimètre le long de la coursive en se tenant au bastingage et aux montants des portes. Enfin il atteignit le pont promenade. La plupart des passagers s'étaient instinctivement regroupés sur le côté le plus éloigné de l'eau. Là, ils attendaient des instructions. Dans la lumière aveuglante des lampes de secours, ils se tenaient aux chaises longues éparpillées sur le sol et se blottissaient avec anxiété parmi les piles de valises placées là plus tôt en attendant l'accostage. Les marins faisaient de leur mieux pour bander les bras et les jambes cassés. Les hématomes et les petits bobos devraient attendre.

Certains passagers portaient des tenues de soirée, d'autres des vêtements de nuit. Tous étaient étonnamment calmes, sauf quand le navire frémissait.

Alors des cris d'angoisse et de colère emplissaient l'air humide.

Angelo savait que ce calme se changerait en hystérie si ces gens apprenaient que des marins s'étaient approprié les seuls canots disponibles en abandonnant les passagers sur un bateau qui coulait peu à peu.

Le pont promenade était prévu pour que les passagers, par les portes-fenêtres coulissantes, puissent aller directement aux canots de sauvetage accrochés au pont des embarcations. Les officiers du navire et ce qui restait de l'équipage tentaient en vain de décrocher les canots. Mais les portemanteaux n'avaient pas été prévus pour fonctionner sous un angle aigu et il était impossible de détacher les embarcations. Le cœur d'Angelo se serra. C'est pour cela qu'on n'avait pas demandé aux passagers de quitter le navire. Le commandant craignait la panique.

La moitié des canots emmenait l'équipage et l'autre moitié étant inutilisable, il n'y avait pas suffisamment de place pour les passagers. D'après ce qu'il lui sembla, il n'y avait même pas assez de gilets de sauvetage pour tout le monde. Il n'y aurait aucune issue pour tous ces gens si le navire sombrait. Pendant une fraction de seconde, il envisagea de repartir vers tribord et de sauter dans un canot avec les autres marins. Mais il chassa cette idée, prit une brassée de gilets que portait un autre marin et commença à les distribuer. Maudit soit le code d'honneur des Siciliens ! Un de ces jours, ça allait le tuer.

— Angelo !

Une apparition ensanglantée jouait des coudes dans la foule en criant son nom.

— Angelo, c'est *moi*, Jake Carey.

Le grand Américain à la ravissante épouse. Mme Carey avait l'âge d'être sa mère mais, *mamma mía,* quels beaux yeux elle avait et comme la légère surcharge pondérale due à son âge ajoutait de volupté à ses courbes autrefois juvéniles. Angelo était immédiatement tombé amoureux d'elle, une folie de très jeune homme. Les Carey lui avaient donné de bons pourboires et, ce qui comptait davantage, le traitaient avec respect. D'autres, même des compatriotes, regardaient de haut sa peau bronzée de Sicilien.

Ce Jake Carey personnifiait la prospérité américaine, toujours en forme à la cinquantaine passée, des épaules larges remplissant ses vestes sans tromperie, des cheveux gris bien peignés et un visage bronzé. Le passager bien habillé qu'il avait aperçu plus tôt ce soir-là avait disparu. L'homme aux yeux affolés qui courait vers lui portait un pyjama sali de poussière et de gras, le devant taché de grandes marques rouges. Il s'approcha et saisit Angelo par le bras en le serrant à lui faire mal.

— Grâce au ciel, quelqu'un que je connais ! dit-il d'un ton las.

Angelo regarda la foule.

— Où est la signora Carey ?

— Coincée dans notre cabine. J'ai besoin de votre aide, ajouta-t-il, les yeux pleins de feu.

— Je viens, répondit Angelo sans hésiter.

Il attira l'attention d'un steward et lui remit les gilets de sauvetage puis suivit Carey jusqu'à l'escalier le plus proche. Carey, tête baissée, fendit la marée humaine qui déferlait vers le pont. Angelo agrippa le dos du pyjama souillé pour ne pas le perdre. Ils se ruèrent vers le pont supérieur où se trouvaient la plupart des cabines de première. Mais seuls quelques retardataires couverts d'huile se traînaient encore le long des coursives.

Angelo eut un choc en voyant Mme Carey. Elle paraissait subir une torture médiévale. Ses yeux étaient fermés et il la crut morte un instant. Mais quand son mari lui toucha doucement la main, elle battit des paupières.

— Je t'avais dit que je reviendrais, chérie, dit Carey. Regarde, Angelo est venu nous aider.

Angelo lui prit la main et l'embrassa avec style. Elle lui adressa un sourire attendri.

Les deux hommes saisirent le cadre du lit et tirèrent en grognant, plus par frustration que sous l'effort, ignorant la douleur que les bords coupants du métal infligeaient à la chair de leurs paumes. Le cadre céda de quelques centimètres, plus que la première fois. Mais dès qu'ils le lâchèrent, il retomba à sa place. A chaque essai, Mme Carey fermait les yeux et serrait les lèvres de toutes ses forces. Carey jura. Sa force lui avait permis de réussir tant de choses auparavant qu'il s'était habitué à la réussite. Mais cette fois, ça ne marchait pas.

— Il nous faut d'autres hommes, dit-il en haletant.

Angelo haussa les épaules, embarrassé.

— La plupart des marins sont dans les canots.

— Doux Jésus ! murmura Carey.

Il avait déjà eu assez de peine à trouver Angelo. Carey réfléchit un moment, prenant le problème du point de vue de l'ingénieur qu'il était.

— Nous pourrions réussir rien qu'à nous deux, dit-il enfin, si nous avions un cric.

— Un quoi ? dit le serveur qui ne connaissait pas le nom anglais de l'instrument.

— Un *cric,* insista Carey en cherchant le bon mot et en faisant des mouvements de pompage avec sa main. Pour une automobile.

Les yeux sombres d'Angelo brillèrent. Il avait compris.

— Ah ! dit-il, un *levier.* Pour une voiture.

— C'est ça, répondit Carey avec une excitation croissante. Regardez, nous pourrions le mettre ici et arracher le cadre du mur pour avoir assez d'espace pour faire sortir Myra.

— *Sí.* Le garage. Je reviens.

— Oui, c'est ça, le garage. (Carey regarda le visage épuisé de sa femme.) Mais il faut faire vite.

Carey n'était pas homme à prendre ses désirs pour des réalités. Angelo pourrait bien sauter dans le plus proche canot dès qu'il aurait quitté la cabine. Il ne l'en blâmerait d'ailleurs pas. Il saisit le bras du Sicilien.

— Je ne saurais vous dire à quel point j'apprécie ce que vous faites, Angelo. Quand nous serons à New York, je ferai en sorte que vous en soyez récompensé.

— Hé ! Signore ! Je ne fais pas ça pour de l'argent !

Il sourit, envoya un baiser à Mme Carey et disparut de la cabine en emportant un gilet de sauvetage.

Il courut le long du couloir, descendit un escalier jusqu'au pont du foyer mais ne put aller plus loin. La proue du *Stockholm* avait pénétré presque jusqu'à la chapelle, laissant dans le foyer une masse de métal tordu et de verre brisé. Il s'éloigna de ce lieu qui semblait le plus abîmé du navire et suivit un couloir central qui l'amena vers la poupe puis, par une autre série d'escaliers, arriva au pont A. Là aussi, la plupart des cabines tribord avaient tout simplement disparu. Il redescendit au pont suivant par un chemin tortueux.

Angelo s'arrêtait et se signait chaque fois qu'il allait descendre à un autre pont. Le geste le réconfortait, même s'il le savait inutile. Même Dieu ne serait pas assez fou pour le suivre dans les entrailles d'un navire en train de couler.

Il s'arrêta pour se repérer. Il était sur le pont B où se trouvait le garage et de nombreuses petites cabines. La *grande autorimessa* qui pouvait contenir cinquante voitures était prise en sandwich entre des cabines de classe touriste à l'avant. Le garage climatisé s'étendait sur toute la largeur du navire. Des portes de chaque côté permettaient aux automobiles de se rendre directement sur le quai.

Angelo n'était venu qu'une fois en ce lieu. L'un des mécaniciens du garage, sicilien comme lui, avait voulu lui montrer une fabuleuse Chrysler qui revenait d'Italie. La Norseman aux lignes fluides avait demandé un an d'étude et Ghia, de Turin, avait passé quinze mois à construire cette voiture de cent millions de dollars. Il avait pu admirer les merveilleuses lignes modernes par les interstices de la caisse qui la protégeait. Mais les deux hommes avaient été encore plus intéressés par une Rolls-Royce qu'un riche Américain de Miami Beach envoyait chez lui après une lune de miel à Paris. Angelo et son ami avaient rêvé l'un et l'autre qu'ils en étaient les chauffeurs et, pourquoi pas, les passagers.

Angelo se souvint d'avoir entendu dire qu'il y avait neuf voitures dans le garage. Peut-être l'une d'elles aurait-elle le levier dont il avait besoin. Il n'eut guère d'espoir lorsqu'il découvrit les dommages qu'avait subis la paroi tribord du garage. L'autre navire l'avait éventrée d'un bout à l'autre. Il s'arrêta dans la semi-obscurité pour reprendre son souffle et essuyer la sueur qui lui coulait dans les yeux. Et maintenant ? *Mamma mía !* Et si les lumières s'éteignaient ? Il ne retrouverait jamais son chemin. La peur paralysait ses jambes et il eut du mal à se remettre en marche.

Attends un peu !

Le jour où il avait visité le garage, son ami lui avait montré un autre véhicule, un énorme camion blindé, dans un coin reculé, loin du côté de l'impact. Il n'y avait aucune marque visible sur la carrosserie métallique noire et luisante. Quand Angelo avait posé des questions, son ami s'était contenté de faire les gros yeux et de hausser les épaules. Peut-être un transport d'or. Tout ce qu'il savait c'est que le camion était gardé jour et nuit. Tandis qu'ils bavardaient, Angelo avait aperçu un homme en uniforme gris foncé qui les avait surveillés jusqu'à ce qu'ils s'éloignent.

Le pont trembla sous ses pieds. Le navire gîta d'un degré de plus environ. Angelo était au-delà de la peur, en proie maintenant à une véritable terreur.

Ses battements de cœur se précipitèrent puis se calmèrent un peu quand le navire cessa de bouger. Il se demanda s'il était sur le point de sombrer. Il regarda le gilet de sauvetage qu'il portait et se mit à rire. Ce truc ne lui servirait pas à grand-chose si le bateau chavirait et coulait pendant que lui-même était tout en bas de ses entrailles. Cinq minutes.

C'était tout ce qu'il s'accordait. Ensuite il remonterait sur le pont le plus élevé, aussi rapide qu'un lièvre. Carey et lui trouveraient un moyen de se débrouiller. *Il le fallait.* Il trouva l'entrée du garage, prit une profonde inspiration, ouvrit la porte et entra.

L'espace caverneux était dans le noir à l'exception de quelques flaques de lumière de secours sur les plafonds hauts. Il regarda vers tribord et vit par les reflets mouvants que le garage prenait l'eau. D'ailleurs il en eut bientôt jusqu'aux chevilles. L'eau devait se jeter là-dedans, et si le garage n'était pas encore englouti, il le serait dans quelques minutes. Il y avait tout à parier que les voitures avaient été écrasées par la proue aiguë de l'autre navire. Il ne disposait pas de beaucoup de temps. Il marcha le long d'un mur jusqu'au coin le plus éloigné. Il aperçut une forme carrée dans l'ombre et une lumière pâle luisant à ses fenêtres obscures. Sa raison lui disait que ce serait une dangereuse perte de temps d'aller plus loin. Il fallait sortir de là et remonter sur le pont supérieur. *Presto.* Avant que le garage ne se transforme en aquarium.

Il eut soudain la vision de Mme Carey plaquée contre le mur comme un papillon. Le camion était sa dernière chance et pourtant, ça n'en était peut-être pas une du tout. A tous les coups, le cric serait enfermé à l'intérieur. Il était presque convaincu qu'il devrait repartir les mains vides et s'arrêta pour jeter un long regard au camion. C'est alors qu'il découvrit qu'il n'était pas seul.

Un pinceau de lumière perça l'obscurité près du véhicule. Puis un autre. *Des éclairs de flash !* Puis des torches électriques s'allumèrent sur le sol pour illuminer le véhicule. Dans leur lueur, il vit des gens bouger. Plusieurs hommes étaient là, certains en uniformes gris, d'autres en costumes de ville noirs. Angelo ne distinguait pas ce qu'ils faisaient, seulement qu'ils étaient très absorbés par leur travail. Il était à environ deux tiers du garage et ouvrit la bouche pour appeler « Signori ». Le mot ne passa pas ses lèvres.

Quelque chose bougeait dans l'ombre. Des silhouettes grises apparurent soudain comme des acteurs sur une scène obscure. Disparurent dans l'ombre. Réapparurent. Quatre d'entre elles, toutes vêtues de cottes de mécaniciens, traversèrent toute la largeur du garage. Quelque chose dans leur allure furtive, comme le mouvement feutré d'un chat se préparant à bondir sur un oiseau, incita Angelo à garder le silence. Un garde se tourna, aperçut les silhouettes qui approchaient, cria un avertissement et saisit le pistolet attaché à sa hanche.

Les hommes en tenue de mécaniciens se baissèrent sur un genou avec une précision militaire et levèrent les objets qu'ils transportaient à leurs épaules. Le mouvement délié et délibéré indiqua à Angelo qu'il s'était trompé sur leurs outils. On ne vit pas au pays de la Mafia sans savoir à quoi ressemble une mitraillette et comment on s'en sert.

Quatre bouches de canons ouvrirent le feu simultanément, concentrées sur la menace immédiate, le garde qui avait un pistolet et le pointait. La fusillade le coupa net et son pistolet vola au loin. Son corps parut se désintégrer dans un nuage écarlate de sang, de chair et de vêtements sous l'impact de centaines de balles à têtes arrondies. Le garde virevolta en une danse macabre lente et grotesque sous l'effet stroboscopique des armes aux nez chauffés à blanc.

Les autres tentèrent de fuir pour s'abriter mais tombèrent sous le feu implacable de l'acier avant d'avoir fait un pas. Les murs de métal renvoyèrent encore et encore l'écho des affreux claquements et des sifflements fous des balles ricochant contre le blindage du camion et du mur derrière. Même après qu'il fut évident que personne n'avait survécu, les hommes armés continuèrent à tirer sur les corps étendus.

Soudain, tout ne fut plus que silence.

Un voile pourpre de fumée volait dans l'air épais de cordite et de mort.

Les tueurs retournèrent méthodiquement chaque corps. Angelo pensa devenir fou. Il s'aplatit contre la cloison, immobile, glacé d'effroi, maudissant son sort. Il avait dû tomber sur un cambriolage. Il s'attendait à voir les tueurs retirer du camion des sacs d'argent. Mais au lieu de cela, ils firent une chose étonnante. Ils soulevèrent les corps sanglants de l'eau qui ne cessait de monter et les tirèrent l'un après l'autre à l'arrière du camion. Puis ils les entassèrent à l'intérieur, claquèrent les portes et les verrouillèrent.

Angelo sentit le froid atteindre ses pieds, un froid qui n'avait rien à voir avec la peur. L'eau était montée jusqu'à l'endroit où il se trouvait. Il s'éloigna du camion tout en restant dans l'ombre. Quand il approcha la porte par laquelle il était entré, elle lui arrivait aux genoux. Avant longtemps elle atteignit ses aisselles. Il enfila le gilet de sauvetage qu'il avait tenu serré comme un enfant serre sa couverture fétiche.

Nageant sans bruit, il atteignit la porte. Là il se retourna pour jeter un dernier regard. L'un des tueurs jeta un bref coup d'œil en direction d'Angelo. Puis lui et ses camarades rangèrent leurs armes, plongèrent et se mirent à nager. Angelo se glissa hors du garage, priant pour qu'ils ne l'aient pas vu. Le corridor était inondé et il continua à nager jusqu'à ce qu'il sente des marches sous ses pieds. Ses chaussures et ses vêtements pesaient du poids de l'eau. Avec une force née de sa terreur effrénée, il monta l'escalier en courant comme si le tueur sombre au mince visage qui avait paru sentir la présence du jeune Italien courait sur ses talons.

Quelques instants plus tard, il entrait en trombe dans la cabine des Carey.

— Je n'ai pas pu trouver de cric, dit-il en haletant. Le garage...

Il se tut soudain.

Le cadre du lit avait été détaché du mur et Carey

dégageait doucement sa femme avec l'aide du médecin de bord et d'un autre homme d'équipage. Carey aperçut le serveur.

— Angelo ? Je me faisais du souci pour vous.

— Est-ce qu'elle va bien ? demanda Angelo, inquiet.

Mme Carey avait les yeux fermés. Sa chemise de nuit était humide de sang. Le médecin lui tâtait le pouls.

— Elle s'est évanouie mais elle est vivante. Il y a peut-être des blessures internes.

Carey remarqua les vêtements dégoulinants et les mains vides d'Angelo.

— Ces hommes m'ont trouvé. J'ai fait venir un cric d'un des navires qui sont venus à notre secours. Je suppose que vous n'avez rien trouvé dans le garage.

Angelo secoua la tête.

— Mon Dieu, mon pauvre ami, vous êtes trempé. Je suis désolé que vous ayez dû subir tout ça.

— Ce n'est rien, dit Angelo en secouant à nouveau la tête.

Le médecin planta une aiguille hypodermique dans le bras de Mme Carey.

— Je lui injecte de la morphine pour éviter la douleur, expliqua-t-il en essayant de cacher l'anxiété de son regard. Il faut la sortir de ce bateau le plus vite possible.

Ils enveloppèrent la femme inconsciente dans une couverture et la portèrent jusqu'au pont promenade du côté le plus bas. Le brouillard avait miraculeusement disparu et une petite flottille entourait le navire en illuminant la mer de puissants projecteurs. Des hélicoptères des gardes-côtes volaient partout comme des libellules. Un défilé régulier de canots de sauvetage allait et venait entre le transatlantique brisé et les navires de secours.

La plus grande partie des canots faisaient la navette entre le *Doria* et un immense paquebot dont la proue portait les mots *Ile de France*. On avait installé des phares de recherche de l'*Ile de France* sur le

Doria. Personne n'avait ordonné d'abandonner le navire. Après une attente de deux heures, les passagers avaient eux-mêmes décidé de s'approcher du bastingage. Les femmes, les enfants et les personnes âgées furent transbordées d'abord. Les progrès étaient lents car on ne pouvait quitter le bateau qu'au moyen de cordes et de filets.

Mme Carey fut attachée sur une civière qu'on descendit lentement par des cordes jusqu'à un canot immobile où des mains amicales la prirent en charge.

Carey se pencha au-dessus du plat-bord jusqu'à ce que son épouse soit posée saine et sauve puis se tourna vers Angelo.

— Il vaudrait mieux tirer vos fesses de ce bateau, mon ami. Il va sombrer.

Angelo jeta autour de lui un regard triste.

— Bientôt, monsieur Carey. Mais je dois aider quelques autres passagers. Rappelez-vous ce que je vous ai dit de mon prénom, ajouta-t-il en souriant.

Quand il avait rencontré les Carey, il avait plaisanté sur son prénom en disant qu'Angelo voulait dire « ange » et qu'il était destiné à servir les autres.

— Je m'en souviens, dit Carey en prenant les mains d'Angelo dans les siennes. Merci. Je ne pourrai jamais vous rendre ce que vous avez fait. Si jamais vous avez besoin de quoi que ce soit, je veux que vous veniez me voir. D'accord ?

— *Grazie,* accepta Angelo. C'est d'accord. S'il vous plaît, dites au revoir pour moi à la *bella signora*.

Carey hocha la tête, enjamba le plat-bord et se laissa glisser le long d'une corde jusqu'au canot. Angelo lui fit au revoir de la main. Il n'avait parlé ni à Carey ni à personne de la scène sauvage du garage. Ce n'était pas le moment. Peut-être ne serait-ce *jamais* le moment. Personne ne croirait à une histoire aussi fantastique racontée par un modeste serveur. Il repensa à un proverbe sicilien : « *L'oiseau qui chante dans un arbre finit dans une casserole.* »

La veillée mortuaire était presque achevée.

Les derniers survivants avaient quitté le navire dans la lumière rosâtre de l'aurore. Le commandant et quelques marins y restèrent jusqu'à la dernière minute pour éviter qu'on le qualifie de prise de sauvetage. Maintenant, eux aussi glissaient le long des cordes et prenaient place dans un canot.

Tandis que montait le chaud soleil matinal dans un ciel sans nuage, la gîte du navire s'accentua. A 9 h 50 du matin, il penchait sur son flanc tribord sur un angle de 54 degrés. La proue était partiellement immergée.

Le *Stockholm* avait mis en panne environ trois milles plus loin, sa proue n'étant plus qu'une masse de métal tordu. L'eau pleine d'huile était jonchée de débris. Deux escorteurs et quatre cotres des gardes-côtes naviguaient autour de lui. Des avions et des hélicoptères tournoyaient au-dessus.

La fin arriva à environ dix heures. Onze heures après la collision, l'*Andrea Doria* roula complètement sur son flanc droit. Les canots vides qui avaient défié tous les efforts de l'équipage pour les détacher flottaient maintenant tout seuls, enfin libérés de leurs portemanteaux. Des geysers écumeux explosèrent tout autour du navire lorsque l'air enfermé dans la coque fut libéré sous la pression qui avait fait exploser les hublots.

Le soleil faisait briller l'énorme gouvernail et les pales mouillées des hélices jumelles de 5,70 mètres qui l'avaient fièrement poussé à travers l'océan. En quelques minutes, l'eau engloutit la proue. La poupe s'éleva en un angle aigu et le navire glissa lentement sous la mer comme s'il avait été aspiré par les puissants tentacules d'un gigantesque monstre marin.

Tandis qu'il coulait, l'eau se précipita dans la coque et remplit tous les compartiments et les cabines de luxe. La pression déchirant le métal et arrachant les rivets produisit le gémissement presque humain qui fait toujours passer un frisson glacé dans le dos des sous-mariniers quand ils coulent un navire.

L'*Andrea Doria* plongea vers le fond où il garda presque la même position qu'il avait en coulant. Soixante-huit mètres plus bas, il s'arrêta d'un seul coup pour s'installer sur sa tombe de sable, sur le flanc tribord. Des bulles échappées de centaines d'ouvertures transformèrent les eaux normalement sombres autour de l'épave en un lac d'eau bleu clair.

Pendant plus d'un quart d'heure, des détritus tourbillonnèrent autour d'un vortex gigantesque. Quand l'eau recouvra son calme, un bateau des gardes-côtes s'approcha pour poser une bouée balise à l'endroit où le navire avait coulé.

Deux millions de dollars de vins, de riches tissus, mobilier et huile d'olive venaient de disparaître de la vue du monde. Et aussi des œuvres d'art incroyables, des tapisseries, des tableaux et la statue de bronze du vieil amiral.

Et puis, enfermé au plus profond du navire, le camion noir blindé avec les corps criblés de balles et le mortel secret pour lequel ils étaient tous morts.

Le grand homme blond descendit la passerelle de l'*Ile de France* sur le môle 84 et s'approcha du bâtiment des douanes. Vêtu d'un long manteau et d'un bonnet de marin en laine noire, rien ne le distinguait des centaines de passagers qui déboulaient sur le quai.

L'exécution de sa charge humanitaire avait retardé le programme du paquebot français de trente-six heures. Il avait trouvé, en arrivant à New York, le mardi après-midi, un accueil enthousiaste, et il y resta le temps nécessaire au débarquement des 736 survivants de l'*Andrea Doria*. Ayant accompli ce sauvetage historique, le navire exécuta un rapide demi-tour et remonta la rivière Hudson pour regagner la haute mer. Après tout, le temps c'est de l'argent.

— Au suivant, dit l'officier des douanes en relevant la tête.

Il se demanda une seconde si l'homme qui lui faisait face avait été blessé au cours de la collision mais décida que sa cicatrice était beaucoup plus ancienne.

— Le département d'Etat renonce à exiger des passeports pour les survivants. Signez juste cette carte vierge de déclaration. Tout ce qu'il me faut, c'est votre nom et une adresse aux Etats-Unis, dit l'inspecteur des douanes.

— Oui, merci. C'est ce qu'on nous a dit sur le navire.

L'homme blond sourit. Ou peut-être la cicatrice en donna-t-elle l'impression.

— Je crains que mon passeport ne soit au fond de l'océan Atlantique, ajouta-t-il.

Il dit s'appeler Johnson et se rendre à Milwaukee.

— Suivez cette ligne, monsieur Johnson, dit l'officier. Le service de Santé publique doit vous ausculter pour s'assurer que vous n'avez aucune maladie contagieuse. Cela ne devrait pas vous prendre trop de temps. Suivant, s'il vous plaît.

L'inspection médicale fut brève, comme promis. Quelques minutes plus tard, l'homme blond franchit les grilles. La foule des survivants, des parents et des amis avait envahi le quai jusqu'à la rue. Des voitures, des autobus, des taxis klaxonnaient et ralentissaient la circulation. L'homme s'arrêta sur le trottoir et observa les visages autour de lui jusqu'à ce que deux yeux rencontrent les siens. Puis deux autres et encore deux autres. Il fit un signe de tête pour montrer qu'il avait reconnu ses camarades avant que tous se dispersent dans différentes directions.

Il s'éloigna de la foule vers la 44e Rue et arrêta un taxi. Il était épuisé après les fatigues de la nuit et attendait avec impatience l'occasion de se reposer.

Leur travail était achevé.

Pour l'instant.

1

10 juin 2000,
Sur les côtes marocaines.

Nina Kirov se tenait en haut de l'ancien escalier, scrutant les eaux vertes presque stagnantes du lagon. Elle pensait n'avoir jamais vu de côte plus aride que cette bande isolée de plage marocaine. Rien ne bougeait dans l'oppressante chaleur de four. Le seul signe qu'il y ait jamais eu là un campement humain était un amas de tombes ocre surmontées de voûtes encorbellées qui dominaient le lagon comme une construction de vacances pour les disparus. Des siècles de sable soufflé dans les portails arrondis s'étaient mélangés à la poussière des morts. Nina eut un sourire d'enfant ravi à la vue de ses jouets sous l'arbre de Noël. Pour une archéologue de marine, cet environnement austère était plus beau que le sable blanc et les palmiers d'un paradis tropical. La laideur même de ce lieu lugubre l'avait protégé de la plus grande crainte de la jeune femme : la contamination des sites.

Nina remercia mentalement le Dr Knox qui l'avait persuadée de se joindre à l'expédition. Au début elle avait refusé en disant à son interlocuteur de l'université de Pennsylvanie, chargé du très respectable département d'anthropologie, que ce serait une perte de temps. Chaque centimètre de la côte marocaine avait dû être passé au peigne fin. Même si quelqu'un découvrait un site sous-marin, il serait probablement enterré sous des tonnes de béton depuis l'époque des Romains qui avaient inventé le renouvellement du front de mer. Certes, Nina admirait leur habileté, mais elle les considérait comme des blancs-becs responsables de la détérioration de tous les grands projets de l'Histoire.

Elle savait que son refus tenait plus du dépit que d'un souci archéologique. Nina essayait de se sortir d'une montagne de paperasserie générée par un projet d'épave retrouvée au large des côtes de Chypre et réclamée par les Turcs. Les premières recherches suggéraient qu'il s'agissait probablement d'un ancien navire grec, perpétuel sujet d'affrontement entre ces vieux ennemis. L'honneur national était en jeu, les F-16 d'Ankara et d'Athènes chauffaient déjà leurs moteurs quand Nina plongea sur l'épave et l'identifia comme étant un navire de commerce syrien. Ce qui attira les Syriens dans la bagarre mais diminua les risques d'une rencontre sanglante. En tant que propriétaire, présidente et unique employée de sa société de consultation archéologique « Mari-Time Research », Nina héritait, sur son bureau, de toute la paperasserie.

Quelques minutes après qu'elle eut dit à l'université être trop occupée pour accepter son invitation, Stanton Knox appela.

— Je dois avoir un problème d'audition, docteur Kirov, dit-il de cette voix nasale qu'elle avait entendue des centaines de fois lorsqu'il donnait ses conférences. J'ai cru entendre quelqu'un me dire que notre expédition marocaine ne vous intéressait pas. Mais bien sûr, on a dû se tromper.

Il y avait des mois qu'elle n'avait pas parlé à son ancien professeur. Elle sourit, revoyant ses cheveux blancs neigeux, l'éclair un peu fou derrière les lunettes à monture métallique et la moustache de dandy, soigneusement retroussée aux pointes au-dessus d'une bouche malicieuse.

Nina essaya de se blinder contre l'offensive de charme qu'il n'allait pas manquer de lancer.

— Avec tout le respect que je vous dois, professeur Knox, je doute qu'il existe un bout de la côte nord africaine qui n'ait été construit et reconstruit par les Romains ou découvert par quelqu'un d'autre.

— *Brava !* Je suis flatté de constater que vous n'avez pas oublié les trois premières leçons d'Archéologie 101, docteur Kirov.

Nina gloussa devant la facilité avec laquelle Knox endossait son costume de professeur. Elle avait une trentaine d'années, dirigeait une affaire de consultante prometteuse et possédait presque autant de diplômes que Knox lui-même. Et pourtant elle se sentait comme une étudiante devant lui.

— Comment pourrais-je l'oublier ? Du scepticisme, du scepticisme et encore du scepticisme.

— Exact, dit-il avec une joie évidente. Les trois chiens grondants du scepticisme qui vous dévoreront si vous ne leur offrez pas un repas de solide évidence. Vous n'imagineriez pas le nombre de fois où mes leçons sont tombées dans l'oreille de sourds. (Il émit un soupir théâtral et son ton redevint professionnel.) Bon. Je comprends votre inquiétude, docteur Kirov. En d'autres circonstances, je vous suivrais en ce qui concerne la contamination des sites, mais ce lieu précis est sur la côte atlantique, au-delà des colonnes de Melkart[1], loin de l'influence romaine.

Intéressant. Knox utilisait le nom *phénicien* de la partie occidentale de la mer Méditerranée où Gibraltar s'étire pour embrasser Tanger. Les Grecs et les Romains l'appelaient les Colonnes d'Héraclès. Nina savait, en repensant à d'amères expériences scolaires, que lorsqu'il était question de noms, Knox était aussi précis qu'un chirurgien du cerveau.

— Eh bien, c'est que je suis extrêmement occupée...

1. Melkart : Dieu phénicien. *(N.d.T.)*

— Docteur Kirov, je ferais aussi bien de l'admettre, la coupa Knox, j'ai besoin de votre aide. Terriblement. Je suis entouré jusqu'au cou d'archéologues terrestres si timides qu'ils portent des sandales de caoutchouc pour prendre leur bain. Nous avons *réellement* besoin de quelqu'un dans l'eau. C'est une petite expédition d'environ douze personnes et vous seriez la seule à plonger.

Knox avait une réputation méritée de pêcheur à la mouche. Il lui faisait passer sous le nez les rapports avec les Phéniciens, mettait l'hameçon dans son appel à l'aide puis la tirait à lui en suggérant qu'étant la seule à plonger, elle serait la seule à tirer gloire de tout ce qu'elle pourrait trouver au fond de l'eau.

Nina imaginait parfaitement le nez rose du professeur se plisser de jubilation. Elle déplaça quelques dossiers sur son bureau.

— J'ai une tonne de paperasserie à finir...

Knox ne la laissa pas poursuivre.

— Je suis parfaitement au courant de votre affaire chypriote, dit-il. Félicitations, à propos, pour avoir évité une crise entre partenaires de l'OTAN. Mais je me suis occupé de tout. J'ai deux collègues extrêmement compétents qui adoreraient gagner un peu d'expérience en s'occupant du côté bureaucratique qui est, hélas, une part répondérante de nos jours, dans l'archéologie. Il s'agit d'un relèvement. Nous n'y passerons qu'une semaine, dix jours au plus. Après, mes jeunes et fiables myrmidons auront mis tous les points sur tous les I. Vous n'avez pas besoin de vous décider à la seconde. Je vais vous faxer quelques informations. Jetez-y un coup d'œil et appelez-moi.

— De combien de temps puis-je disposer, docteur Knox ?

— Disons une heure. Salut.

Nina raccrocha et éclata de rire. *Une heure !*

Presque aussitôt le fax commença à cracher du papier comme de la lave d'un volcan en éruption. C'était la proposition du projet que Knox soumettait pour obtenir les fonds nécessaires. Il voulait de l'argent pour accomplir les relèvements d'une zone gréco-romaine ou, si possible, *d'autres ruines*. Le ton habituel de Knox, un mélange attirant de faits et d'hypothèses ayant pour but de faire ressortir son projet en écrasant tous les autres quémandeurs.

Nina lut la proposition d'un regard machinal puis concentra son attention sur la carte. Le lieu de relèvement se situait entre l'embouchure de l'oued Draa et le Sahara occidental, sur la plaine côtière marocaine qui va de Tanger à Es Saouira[1]. Tapotant ses dents du bout de son stylo à bille, elle étudia la partie agrandie de la zone. Le découpage de la carte donnait l'impression que le cartographe avait eu le hoquet en dessinant la côte. Notant la proximité du site avec les îles Canaries, elle s'appuya au dossier de sa chaise et pensa à quel point elle avait besoin de travailler en plein air avant de devenir folle. Elle saisit le combiné du téléphone et composa un numéro. Knox décrocha avant la fin de la première sonnerie.

— Nous partons la semaine prochaine.

Maintenant, tandis que Nina regardait le lagon, les lignes et les gribouillis de la côte prenaient une existence physique. Le bassin était à peu près circulaire, entouré de deux pinces de roche rouge brique éboulée. En deçà de l'entrée s'étendait un bas-fond qui, à marée basse, révélait des plaques de boue ondulée. Des milliers d'années auparavant le lagon ouvrait directement sur l'océan. Ses eaux naturellement abritées avaient probablement attiré de nombreux marins de l'époque qui avaient sans doute pris l'habitude de s'ancrer de part et d'autre du promontoire pour attendre le beau temps ou le lever du jour. Près de là s'étirait le lit asséché d'une rivière, que les indigènes appelaient un *wadi*. C'était encore un bon signe. Les gens s'installent souvent près d'une rivière.

Du lagon, un étroit chemin sablonneux partait à travers les dunes et se terminait devant les ruines d'un petit temple grec.

1. Nom local de Mogador.

Le port aurait été trop étroit pour les navires romains et leurs jetées massives. Elle devina que les Grecs avaient utilisé la crique comme mouillage temporaire. La côte abrupte aurait découragé le transbordement de denrées à l'intérieur des terres. Elle avait vérifié sur de vieilles cartes. Ces sites étaient à des kilomètres de tout village ou ville ancienne connus. Même aujourd'hui, le village le plus proche, un camp berbère endormi, était à seize kilomètres au bout d'une route de terre pleine d'ornières.

Nina protégea ses yeux du soleil et observa un navire ancré au loin. La coque en était peinte en turquoise, de la zone de flottaison à la superstructure. En plissant les yeux, elle distingua les lettres *NUMA*, l'acronyme de l'Agence Nationale Marine et Sous-Marine, peintes au milieu de la coque. Elle se demanda vaguement ce qu'un bateau appartenant à une agence gouvernementale américaine pouvait bien faire au large d'une côte marocaine isolée. Puis elle empoigna un grand sac de toile et descendit la dizaine de marches de pierre usée jusqu'à l'endroit où les vagues léchaient doucement la marche du bas.

Ellc enleva sa casquette de base-ball de l'université de Pennsylvanie. Le soleil fit briller des tresses couleur de blé mûr nattées ensemble derrière sa tête. Elle enleva aussi un T-shirt trop large. Le bikini à fleurs qu'elle portait en dessous révélait un corps ferme aux longues jambes. Elle mesurait presque un mètre quatre-vingts.

Nina avait hérité son prénom, ses cheveux dorés, son visage un peu arrondi et son endurance de paysanne qui aurait pu en remontrer à bien des hommes, de son arrière-grand-mère, une forte paysanne qui avait trouvé l'amour dans un champ de coton d'Ukraine auprès d'un soldat tsariste. La mère géorgienne de Nina lui avait légué ses yeux gris presque asiatiques, ses pommettes hautes et sa bouche pleine de sève. Lorsque la famille avait émigré aux Etats-Unis, la génétique des femmes de la famille avait aminci leur silhouette, resserré leurs tailles et leurs hanches larges, laissant une rondeur agréable et une poitrine saine.

De son sac, Nina tira un appareil de photo digital Nikon dans un coffret de plastique Ikelight. Elle en vérifia le réglage. Puis elle sortit des bouteilles d'air comprimé et un compensateur de flottabilité de plongeur de la marine, une combinaison sèche Henderson noir et pourpre, des bottes de plongée, des gants, une cagoule, une ceinture plombée et un masque avec son tuba. Elle revêtit tout cela et attacha sur sa tête une lampe Niteriser Cyclops qui lui permettait d'avoir les mains libres puis attacha la boucle à ouverture rapide du compensateur de flottabilité ainsi que celle de sa ceinture plombée. Enfin elle fixa sur sa cuisse un couteau Divex de 18 cm en titane. Ayant suspendu à un crochet fonctionnel un sac qui lui permettrait de rapporter ses trouvailles éventuelles, elle régla l'heure de son dernier jouet, une montre de plongée Aqualand affichant la profondeur.

N'ayant aucun compagnon de plongée pour vérifier son équipement, Nina refit deux fois mentalement l'inspection avant de plonger. Satisfaite du résultat, elle s'assit sur une marche de l'escalier et enfila ses palmes puis se laissa glisser avant que le chaud soleil d'Afrique du Nord ait le temps de la cuire dans sa combinaison sèche. L'eau tiède s'infiltra entre sa peau et la combinaison où elle prit rapidement la température de son corps. Elle testa ses régulateurs principaux et auxiliaires puis, quittant l'escalier, elle se tourna et plongea lentement dans le lagon qui ressemblait à une piscine.

Il n'y avait virtuellement aucun mouvement de vague et l'eau visqueuse était légèrement saumâtre mais, malgré la surface écumeuse, Nina jouissait de sa liberté. Elle donna quelques légers coups de palmes avec une pensée pour les malheureux archéologues liés à la terre qui rampaient à genoux en maniant des pelles et des balais, les yeux pleins de sueur et de poussière. Nina se mouvait dans une fraîcheur confortable comme un avion prenant un relèvement aérien.

Une petite île basse apparut, surmontée d'un bouquet maigre et rabougri qui en gardait l'accès. Elle envisagea de nager directement vers l'île en traversant le lagon, en explorer chaque moitié séparément en faisant une série de passages parallèles et tourner à angle droit jusqu'à sa base. Cette grille de recherche était semblable à celle qu'on utilise pour rechercher une épave en pleine mer. Ses yeux feraient le travail du sonar latéral et du magnétomètre. Pour les mesures de précision, on verrait plus tard. Tout ce qu'elle désirait, c'était se faire une idée de ce qu'il y avait en profondeur.

Une fois passé la surface brouillée, l'eau était relativement claire et Nina put voir jusqu'au fond qui se trouvait à six mètres au plus. Ce qui signifiait qu'elle pouvait plonger avec son tuba et économiser l'air de ses bouteilles. Une série de lignes droites apparut. Elles se croisaient pour former des rectangles créés par des blocs de pierres soigneusement ajustés. L'escalier continuait sous l'eau, menant à un ancien quai. C'était une découverte significative car elle indiquait que le lagon avait autrefois été un véritable port et non un simple lieu d'ancrage temporaire. Le fond était probablement couvert de plusieurs couches représentant des civilisations successives sur une longue période et non juste un bric-à-brac d'objets lancés par-dessus bord par des marins de passage.

Bientôt elle remarqua des lignes plus profondes et des piles de gravats. Des ruines de bâtiments. Bingo ! Des entrepôts, des maisons ou des bâtiments de capitainerie pour un dock ou un maître de port. Non, vraiment, il ne s'agissait pas d'un mouillage pour la nuit.

L'obscurité menaçait et elle pensa avoir atteint l'extrémité du quai. Elle passa au-dessus d'une grande ouverture carrée et se demanda s'il pouvait s'agir d'un réservoir à poissons, ce que les anciens appelaient *piscina.* Mais non, il était trop grand. Au moins autant qu'une piscine olympique.

Nina souffla pour se débarrasser du tuba, mordit l'embout du régulateur et plongea plus profondément. Elle longea l'un des côtés de la cavité béante. Ayant atteint un coin, elle vira et longea le mur suivant, nageant jusqu'à ce qu'elle ait couvert tout le périmètre. Elle calcula trente mètres par quarante-cinq.

Nina alluma sa lampe frontale et plongea dans l'ouverture. Le sol boueux était parfaitement plat et à environ deux mètres cinquante du niveau du quai. L'étroit faisceau de sa lampe éclaira des poteries cassées et divers débris. Utilisant son couteau, elle détacha des morceaux de poterie et les mit dans son sac après avoir soigneusement marqué leur position. Elle découvrit un chenal et le suivit en direction de la mer. Il la conduisit directement dans le lagon. L'ouverture était assez large pour autoriser le passage d'un ancien navire. L'espace taillé dans le quai avait toutes les caractéristiques d'un port artificiel connu sous le nom de *cothon.* Elle découvrit plusieurs passages, tous assez grands pour accueillir des navires de plus de quinze mètres de long et une vraie *piscina,* ce qui confirma sa théorie du *cothon.*

Quittant le quai, elle continua sa ligne de base en prenant pour référence la langue de terre à sa droite. Elle nagea entre l'île et la terre jusqu'à ce qu'elle trouve un môle submergé ou un brise-lames à quelques mètres sous la surface. Il était fait de blocs de pierres parallèles entremêlés de gravats. Il avait autrefois relié l'île à la terre.

Revenue sur l'île, elle mit à l'abri ses affaires de plongée et traversa les rochers couverts d'épines jusqu'à l'autre côté. L'île mesurait un peu plus de quinze mètres de large sur environ trente de longueur. Elle était presque plate. Les arbres qu'elle avait aperçus de la rive lui arrivaient à peine au menton.

Près de l'entrée du lagon, des piles de pierres provenaient sans doute des fondations. Il y avait aussi un cercle de blocs. C'était l'endroit idéal pour un phare ou une tour de guet, offrant à une sentinelle au regard acéré une vue panoramique sur le trafic maritime. On pouvait rassembler des défenseurs venus du continent dès qu'une voile apparaissait.

S'engageant dans le cercle, Nina escalada un escalier auquel il manquait des marches et regarda le navire ancré qu'elle avait vu plus tôt. De nouveau elle se demanda ce qui pouvait amener un vaisseau du gouvernement américain sur cette côte aride et déserte. Après quelques minutes elle reprit son équipement de plongée. La fraîcheur et l'absence de pesanteur de l'eau lui firent du bien et elle se dit que ses ancêtres pêcheurs avaient commis une grosse erreur en quittant la mer pour les terres sèches.

Nina traversa à la nage l'entrée du lagon. L'autre péninsule partait plus bas de la terre, s'élargissant graduellement en remontant en un à-pic noueux. Les rochers rougeâtres plongeaient dans l'eau comme les remparts d'une forteresse. Nina sauta et nagea jusqu'à ce qu'elle atteigne la base du mur aveugle, cherchant un chemin. N'en trouvant pas, elle continua sous l'eau vers le flanc donnant sur la mer du promontoire qui se terminait par une plaque rocheuse. C'était une parfaite position défensive d'où les archers pouvaient lancer un feu croisé meurtrier sur les ponts de tout envahisseur tentant d'entrer dans le port.

Une plaque horizontale saillait comme un auvent de l'âge de pierre de la face rocheuse de la plateforme. Sous cet auvent se trouvait une ouverture rectangulaire de la taille et de la forme d'une porte. Nina s'en approcha pour regarder, à travers la vitre de son masque, tentant de percer l'obscurité menaçante. Elle ralluma sa lampe frontale. Un rayon lumineux tomba sur quelque chose qui tourbillonnait de façon fantomatique. Elle recula, effrayée. Puis un rire fit fuser des bulles de son régulateur. Le banc de poissons argentés qui s'étaient nichés là avait eu plus peur qu'elle.

Son pouls revenu à la normale, elle se souvint de l'avertissement du Dr Knox. Ne jamais risquer sa peau pour un brin de savoir qui irait finir dans un livre poussiéreux que personne ne lirait jamais. Avec une joie diabolique, il racontait, en utilisant des détails horribles, le sort des scientifiques qui étaient allés trop loin. Furbush avait été dévoré par des cannibales. Rozzini était mort de malaria. O'Nell était tombé dans une crevasse sans fond.

Nina était certaine que Knox avait inventé tous ces gens mais elle comprenait ce qu'il avait voulu leur faire comprendre. Elle était seule, sans aucun cordage fixe pour la ramener le cas échéant. Personne ne savait où elle se trouvait. L'élément même du danger qui aurait dû la retenir était cependant justement ce qui l'attirait le plus. Elle vérifia sa jauge de pression. En nageant avec le tuba, elle avait économisé l'air comprimé et il lui restait du temps.

Elle fit un pacte avec elle-même, se promettant de s'arrêter derrière l'ouverture et de ne pas aller plus loin. Le tunnel ne pouvait pas être bien long. Il avait été creusé dans le rocher avec des outils primitifs, sans foret de diamant. Elle prit quelques photos de l'entrée puis avança.

Incroyable !

Le sol était parfaitement plat, les murs lisses à part quelques excroissances d'animaux marins.

Elle continua à avancer, oubliant son pacte et les sages recommandations de Knox. Ce tunnel était la plus belle œuvre d'art qu'elle eût jamais vue. Il était déjà plus long que le passage semblable de la ville engloutie d'Apollonia[1].

Les parois lisses disparurent brutalement, laissant place à une caverne aux murs rugueux qui se rétrécissaient puis s'élargissaient, cheminant plus ou moins en ligne droite avec de petits passages s'y

1. Sifnos, en Grèce. *(N.d.T.)*

ouvrant çà et là. De petites patères pour accrocher des torches étaient plantées dans les murs noircis de carbone. Les limites du tunnel terminaient cette caverne naturelle par une caverne artificielle. Nina s'étonna de l'adresse et de la détermination de ces mineurs de l'Age de Bronze morts depuis si longtemps.

Le passage s'élargit à nouveau, ses murs devenant moins rugueux. Nina se faufila par-dessus une pile de gravats, encouragée par une lueur verdâtre au loin. Elle nagea vers la lumière qui brillait davantage à mesure que la jeune femme s'en approchait.

A la recherche d'un peu de savoir, Nina avait traversé des piles de guano de chauve-souris et des repaires gardés par des scorpions au caractère ombrageux. Aussi merveilleux que puisse être le tunnel, elle était impatiente d'en sortir et poussa un soupir de soulagement quand elle en atteignit l'extrémité. Elle se laissa flotter jusqu'en haut d'un escalier et passa une arche. Elle émergea dans un espace en plein air, entouré de fondations écroulées.

Nina suspectait le Dr Knox d'avoir eu une petite idée de ce qu'elle allait trouver dans le lagon mais il n'aurait pu en deviner l'importance. *Personne* n'aurait pu. Tiens bon, ma fille. Mets de l'ordre dans tes pensées. Commence à agir comme une scientifique, pas comme Huckelberry Finn[1].

Elle s'assit sous l'eau sur un bloc de pierre et fit le compte de ses découvertes. Le port avait probablement été à la fois un poste militaire et un site de commerce qui repoussait les marchands étrangers et gardait la flotte commerciale. Son oreille siffla. Les chiens du scepticisme exigeaient leur repas de faits scientifiques solides.

Avant de rendre définitives ses découvertes, elle devrait explorer et évaluer chaque centimètre carré du port.

1. Jeune héros d'aventures de l'auteur américain Mark Twain (1835-1910). *(N.d.T.)*

Elle se dit que peut-être le port avait été englouti par un glissement des plaques tectoniques. Peut-être lors du grand tremblement de terre de l'an 10. Les tremblements de terre ne sont pas aussi communs ici qu'en Méditerranée mais c'était possible. *Grr !* Je sais, je sais, pas de conclusions sans avoir toutes les preuves. Elle regarda les bulles que sa respiration envoyait à la surface, pensant qu'il y avait peut-être un moyen plus rapide d'atteindre la vérité.

Nina avait un don hors de l'ordinaire et de l'explicable. Elle en avait parlé avec quelques amis proches puis, en termes médicolégaux, s'était comparée à un de ces « profilers » du FBI sur les lieux d'un crime, capables de déchiffrer la scène comme des témoins oculaires. Il n'y avait là rien de médiumnique, elle en était convaincue. Rien qu'une totale maîtrise de son sujet combinée à une mémoire photographique et une imagination vive. Un peu comme les sourciers qui trouvent de l'eau avec une baguette de coudrier.

Elle avait découvert ce don par hasard, lors de son premier voyage en Egypte. Elle avait appuyé ses mains contre un énorme bloc de fondation de la grande pyramide de Khephren.

Il s'agissait d'un geste naturel, un essai tactile pour comprendre l'énormité de l'incroyable amoncellement de pierres, mais quelque chose d'étrange et d'effrayant arriva. Tous ses sens furent assaillis d'images. La pyramide n'était encore construite qu'à moitié, son sommet envahi de centaines d'hommes noirs vêtus de pagnes qui soulevaient des blocs de pierres avec un échafaudage primitif. La sueur luisait sur leur peau cuite de soleil. Elle entendait leurs cris. Le crissement des poulies. Elle arracha ses mains de la pierre comme si elle était devenue brûlante.

Près d'elle, une voix proposait : « Une promenade à dos de chameau, mam'selle ? »

Elle avait cligné les yeux. La pyramide achevée dardait à nouveau sa pointe vers le ciel. Les hommes noirs avaient disparu. Elle ne voyait qu'un chamelier qui, tout sourire, se penchait sur le pommeau de sa selle.

— Une petite promenade à dos de chameau, mam'selle ? Je vous ferai un bon prix.

— Choukrane, merci, pas aujourd'hui.

Le chamelier avait hoché tristement la tête et s'était éloigné. Nina avait repris ses esprits et était rentrée à l'hôtel où elle avait dessiné le bloc et l'arrangement des poulies. Plus tard, elle l'avait montré à un ami ingénieur. Il l'avait regardée, confondu.

— C'est rudement ingénieux, avait-il murmuré.

Puis il lui avait demandé s'il pouvait lui voler l'idée pour l'utiliser sur un projet de grue qu'il étudiait.

Il y avait eu d'autres expériences semblables depuis Gaza. Ce n'était pas quelque chose qu'elle pouvait faire sur commande. Si elle avait dû recevoir un appel longue distance du passé chaque fois qu'elle ramassait une œuvre ancienne, elle serait déjà enfermée dans un asile. Il fallait qu'elle soit *attirée* par quelque chose, comme du fer par un aimant. Devant une version miniaturisée du Colisée, située dans un site impérial hors de la ville de Rome, elle avait eu une vision de douleur et de terreur très forte, vu du sable taché de sang, des membres arrachés et des cris de mourants si vifs qu'elle avait failli vomir. Elle avait cru un moment avoir perdu l'esprit et n'avait pas pu dormir pendant plusieurs nuits. C'était peut-être pour cela qu'elle n'aimait pas les Romains.

Mais elle n'était pas dans un amphithéâtre romain, se gourmanda-t-elle. Avant de se raisonner comme il faut, elle nagea jusqu'au bout du quai, posa ses palmes sur les pierres bien scellées et ferma les yeux. Elle se représenta les hommes de cette côte transportant des amphores pleines de vin ou d'huile, entendit le claquement des voiles contre les mâts, mais cela ne pouvait qu'être le fruit de son imagination. Elle respira de soulagement. Cela lui apprendrait à court-circuiter le processus scientifique.

Nina prit quelques photos, déçue de n'avoir pas trouvé une épave. Elle ramassa d'autres morceaux de poterie, trouva une ancre de pierre à demi ensablée et prenait quelques photos supplémentaires quand elle vit des protubérances arrondies sortir du fond sableux.

Elle nagea jusque-là et dégagea le sable de la main. La bosse venait de quelque chose de gros. Intriguée, elle se mit à genoux et dégagea un gros nez de pierre appartenant à un visage sculpté d'environ deux mètres cinquante du menton émoussé jusqu'au haut du crâne. Le nez était plat et large, la bouche large avec des lèvres charnues.

La tête était couverte d'un bonnet ou d'un casque serré. Son expression avait quelque chose de mauvais. Elle cessa de creuser et passa les doigts sur la pierre noire. Les lèvres charnues parurent se courber comme pour lui parler.

Touche-moi, j'ai beaucoup de choses à te dire !

Nina recula et fixa le visage impassible. Les traits avaient retrouvé leur impassibilité. Elle écouta la voix. *Touche-moi...* Plus faible, maintenant, perdue dans le gargouillement métallique de sa respiration passant par le régulateur.

« Ma fille, tu es restée trop longtemps sous l'eau. »

Elle pressa la valve de son compensateur de flottabilité. L'air siffla en pénétrant dans son gilet gonflable. Le cœur encore battant, elle remonta lentement vers son monde réel.

2

L'homme basané et trapu vit Nina approcher du cercle des tentes et courut vers elle, la main tendue. D'une voix fortement teintée d'accent espagnol, il lui dit :

— Puis-je vous aider à porter votre sac, docteur Kirov ?

— Ça va, merci...

Nina avait l'habitude de transporter son équipement et, en fait, préférait ne pas le quitter des yeux.

— Cela ne poserait aucun problème, reprit l'homme galamment en lui adressant son plus beau sourire.

Trop fatiguée pour discuter et ne souhaitant pas le vexer, Nina lui tendit son fardeau. Il le prit comme s'il était plein de plumes.

— Avez-vous eu une journée fructueuse ?

Nina essuya la transpiration de son front et avala une rasade de limonade tiède. Elle n'était pas un de ces professeurs distraits. Dans un domaine où une perle ou un bouton peut constituer une découverte importante, un archéologue est entraîné à chercher le moindre détail. Elle ne situait pas bien Gonzalez. Elle avait noté quelques petites choses à son propos, surtout quand il ne se savait pas observé. Elle l'avait surpris en train de l'étudier en oubliant son sourire et ses grandes dents, les yeux, sous ses paupières lourdes, aussi durs que des billes de marbre. Nina était une femme attirante et bien des hommes la regardaient. Cette fois, pourtant, c'était un peu comme un lion observant une gazelle. Finalement, elle réalisait que ce type était *toujours là,* regardant par-dessus son épaule. Et pas seulement elle. On aurait dit qu'il surveillait tous les membres de l'expédition.

Mais la joie de ses découvertes eut raison de sa prudence habituelle.

— Oui, merci, dit-elle. *Très* fructueuse.

— Je n'en attendais pas moins d'une scientifique aussi douée que vous. Et je suis impatient de vous entendre en parler.

Il porta le sac jusqu'à sa tente, le posa devant l'entrée puis alla parcourir le camp comme s'il était un inspecteur général faisant sa ronde.

Gonzalez racontait qu'il avait pris une retraite précoce grâce à l'argent qu'il avait gagné en vendant des terrains en Californie du Sud et qu'il satisfaisait depuis un amour de toute une vie pour l'archéologie, en amateur, bien sûr. Il était plus petit que Nina, épais, avec le corps puissant d'un forgeron. Ses cheveux, peignés en arrière, brillaient d'un noir profond. Il s'était joint à l'expédition grâce à Time-Quest, une organisation qui envoyait des volontaires payants sur les fouilles archéologiques. Quiconque possédait au moins deux mille dollars pouvait passer une semaine à creuser la poussière avec une pelle d'enfant et un tamis. Les brûlures du soleil au troisième degré étaient comprises dans le prix.

Outre Nina et le Dr Knox, le groupe comptait dix personnes. Gonzalez, bien sûr, et M. et Mme Bonnell, un couple d'Américains d'un certain âge, venu de l'Iowa par une autre organisation. Et, au grand regret de Nina, l'insupportable Dr Fisel, du Département marocain des Antiquités, qui se prétendait le cousin du roi. Pour compléter le groupe, il y avait un jeune assistant de Fisel, Kassim, un cuisinier et deux chauffeurs berbères, qui fouillaient également.

L'expédition s'était rassemblée à Tarfaya, un port pétrolier de la côte sud. Le gouvernement marocain s'était arrangé pour louer à une société pétrolière trois monospaces Renault pour transporter les gens et les équipements. Les véhicules avaient roulé sur des routes poussiéreuses mais en bon état, en suivant la plaine côtière sur environ trois cent vingt kilomètres.

Même aujourd'hui, la plus grande partie du pays était désolée et inhabitée, à part quelques villages berbères çà et là. Le territoire était resté inexploité jusqu'à ce que Mobil et d'autres sociétés commencent à rechercher des nappes de pétrole offshore.

Le camp était derrière les dunes, dans un champ desséché de figuiers de Barbarie, au bout d'une plaine morne qui se déroulait jusqu'à un lointain plateau. Quelques oliviers rachitiques tiraient assez d'eau du sol pour assurer leur pauvre existence. Le peu d'ombre qu'ils dispensaient était plus illusoire qu'efficace. L'endroit était proche de piles de maçonnerie et de colonnes abattues là où l'expédition creusait.

Nina se dirigea vers l'un des dômes de Nylon coloré plantés en cercle sur un endroit plat et sablonneux. Elle se lava la figure pour enlever le sel et passa un short et un T-shirt propres. Prenant son bloc à dessin, elle s'assit sur une chaise longue devant la tente, dans la lumière de l'après-midi, et commença à dessiner ses découvertes. Elle en avait déjà couvert plusieurs pages quand les volontaires revinrent des fouilles.

Le short et la chemise kaki du Dr Knox étaient tachés de sueur et de poussière, ses genoux entamés et meurtris tant il avait rampé sur le sol dur. Son nez rose crevette commençait à peler. La différence qu'il présentait avec son personnage de l'université était stupéfiante. En classe, Knox était toujours impeccablement vêtu. Mais, sur les fouilles, il se jetait littéralement dans les excavations comme un enfant dans un bac à sable. Avec son casque colonial, son short informe et les épaulettes sur ses épaules minces, il paraissait sorti d'un vieux numéro du magazine *National Geographic.*

— Quelle journée, grommela-t-il. Je suis sûr de devoir creuser au moins six mètres de plus avant de trouver quelque chose de plus ancien que la guerre du Rif ! Et si vous pensez que c'est une fichue épreuve de travailler *avec moi,* je vous mets au défi d'en faire la moitié avec ce crétin pompeux de Fisel.

Sa voix joyeuse à l'idée de creuser démentait son apparente mauvaise humeur.

— En tout cas, vous du moins avez l'air à votre aise, ajouta-t-il, faussement accusateur. Comment cela s'est-il... Laissez tomber, je le vois dans vos yeux. Racontez vite, Nina, ou je vous oblige à faire des devoirs supplémentaires.

Que Knox utilise son prénom la ramenait à l'époque de ses études. Nina y vit sa chance de se venger un peu de ses petites railleries d'alors.

— Ne voulez-vous pas vous rafraîchir d'abord ?

— Sûrement pas ! Pour l'amour du ciel, ne soyez pas sadique, jeune fille. Ça ne vous va pas du tout.

— J'ai eu un excellent professeur pour ça, dit-elle en souriant. Ne désespérez pas, professeur. Pendant que vous vous installez dans une chaise longue, je vais vous servir du thé glacé et vous raconter toute l'histoire.

Quelques minutes plus tard, Knox l'écoutait attentivement, la tête légèrement inclinée. Elle décrivit ses explorations depuis le moment où elle avait mis les pieds dans l'eau, n'omettant que la découverte de la tête sculptée. Elle se sentait inexplicablement gênée d'en parler. Plus tard, peut-être.

Knox resta silencieux pendant tout son récit, sauf quand Nina reprenait haleine, ne pouvant s'empêcher de dire « je le savais, je le savais, oui, oui, continuez ».

— C'est là toute l'histoire, assura-t-elle en achevant son récit.

— Beau travail. Conclusion ?

— Je crois qu'il y avait là un port *très* ancien.

— *Bien sûr* qu'il est ancien, répondit-il sur un ton faussement ennuyé. Je l'ai su dès que j'ai vu les photos aériennes de votre petit étang prises par un observateur d'une société pétrolière. La moindre chose dans un rayon de cent mètres d'ici est vieille. Mais de combien ?

— Souvenez-vous des chiens affamés du scepticisme, rappela-t-elle.

Knox se frotta les mains, appréciant le jeu.

— Supposons que le maître-chien ait capturé ces ennuyeuses créatures et que pour le moment elles se languissent joyeusement dans un point d'eau. Quel est, ma chère enfant, votre avis d'experte ?

— Si vous le prenez sous cet angle, mon avis est qu'il s'agit d'un port phénicien militaire et commercial.

Elle lui tendit son bloc à dessin et les morceaux de poterie qu'elle avait trouvés.

Knox étudia les débris de vases, caressant amoureusement des doigts leurs bords irréguliers. Il les posa et regarda les croquis, faisant de petits mouvements des lèvres qui faisaient danser sa moustache.

— Je crois, dit-il avec une délectation évidente et théâtrale, je crois que vous devriez soumettre votre histoire au très estimé Dr Fisel.

Gamiel Fisel était assis sous un grand parasol. Son corps rond cachait pratiquement la chaise sur laquelle il était perché. Vêtu d'un pantalon et d'une chemise de toile brune assortis à son teint, il avait l'air d'une pomme au caramel. Il avait étalé sur la table devant lui des morceaux de poterie retirés des fouilles et en observait un fragment avec une grosse loupe style Sherlock Holmes. Près de lui son assistant, Kassim, un jeune homme agréable prétendument étudiant en archéologie, tenait surtout le rôle de serveur de thé.

— Bonsoir, docteur Fisel, le Dr Kirov a fait d'intéressantes observations, aujourd'hui, dit Knox avec un orgueil qu'il ne cachait pas.

Fisel leva les yeux comme si un moustique importun venait de se poser sur son nez. Il avait l'habitude de voir des femmes sur le terrain. De nombreuses Marocaines y travaillaient en professionnelles. Il ne savait simplement pas comment se comporter face à une femme du même rang académique que lui, possédant même plus de diplômes que lui et qui, de plus, le dépassait de près de trente centimètres. Comme il n'était pas plongeur, il était à la merci de Nina quant au site sous-marin et il détestait ne pas avoir le contrôle total de la situation.

Nina alla droit au cœur du sujet.

— Je crois qu'il y a là un port, petit mais important et qu'il date des Phéniciens.

— Encore une tasse de thé, Kassim, dit-il.

Le jeune homme se précipita vers la cuisine du camp. Fisel se tourna vers Knox comme si Nina n'était pas là.

— Votre assistante a une imagination débordante. Vous lui avez expliqué, j'en suis sûr, que nos fouilles sur le site primaire n'ont produit que des objets grecs et romains.

Il avait un débit rapide, lançant ses phrases comme des balles de mitraillette.

Nina avait fait son rapport à Fisel mais ne pouvait ignorer davantage sa grossièreté.

— D'abord, je ne suis *pas* l'assistante du Dr Knox, dit-elle d'un ton glacial. Je suis sa *collègue.* Ensuite, je ne doute aucunement de l'influence gréco-romaine mais le centre principal d'activité se trouvait dans l'eau et non sur la terre. Et il était phénicien.

Le bloc à dessins atterrit sur la table et Nina souligna du doigt le *cothon.*

— Les Phéniciens étaient les seuls à creuser des ports artificiels comme celui-ci sur les côtes. Ces tessons nous permettront une datation qui confirmera mes dires.

Elle étala ses fragments de poterie sans se soucier du fait qu'ils se mélangeaient aux autres. Prenant son temps, Fisel en prit un, l'examina puis en étudia un autre. Après quelques instants, il leva les yeux. Le regard humide et brun hésita derrière les verres épais de ses lunettes mais il fit de son mieux pour ne pas montrer son excitation.

Il se racla la gorge et s'adressa à Knox.

— Vous n'allez quand même pas accepter *ceci* comme une preuve formelle de la théorie du Dr Kirov ?

— *Bien sûr que non,* docteur Fisel. Il y a beaucoup de travail à faire encore et le Dr Kirov le sait aussi bien que nous. Mais vous devez admettre que c'est un bien étrange commencement.

Supposant qu'il avait détecté une faille dans la défense de Knox, Fisel passa d'une moue dubitative à un sourire à quatorze carats.

— Je suis obligé de ne rien admettre avant que le cas soit tranché.

Kassim arriva avec un verre de thé chaud. Fisel le remercia d'un signe de tête et reprit sa loupe. L'audience du cousin du roi était terminée.

Nina grinça des dents avec colère tandis qu'elle s'éloignait de la tente de Fisel.

— Sale petit crétin prétentieux ! Il sait parfaitement que j'ai raison.

Knox eut un petit rire avunculaire.

— A mon avis, Fisel est tout à fait d'accord avec votre trouvaille et ne va pas perdre une seconde pour en informer son autorité de tutelle.

Elle saisit le bras du professeur et planta ses yeux sur son visage poussiéreux.

— Je ne comprends pas. A quoi sert cette comédie ?

— Oh ! C'est parfaitement clair. Il veut s'attribuer la découverte de votre port phénicien.

— C'est donc ça ! (Elle fit demi-tour pour retourner à la tente de Fisel.) S'il croit qu'il va s'en sortir comme ça...

— Attendez, mon petit. Je vous ai promis que vous tireriez tout le profit de vos découvertes sous-marines et je m'y tiens. Rappelez-vous, c'est nous qui avons les atouts en main. Vous êtes la seule à pouvoir plonger dans cette expédition.

— Il peut faire venir d'autres plongeurs.

— En effet. Il a beau être petit, gros, chauve et myope, Fisel a beaucoup de poids au sens propre et au sens figuré, dans son département des antiquités. Il peut faire venir ici toutes les ressources dont il a besoin. Mais entre-temps, je veux que vous acheviez vos esquisses, que vous classiez ce que vous avez trouvé et que vous continuiez votre exploration en utilisant des méthodes scientifiques.

Elle n'était pas tout à fait convaincue.

— Et s'il m'empêche de plonger ?

— Il s'agit d'une expédition en partenariat. J'ai autant de droits que lui de commander. Il ne peut aller plus loin que ce qui lui sera autorisé. Cela prendra des jours. Si vous pensez que *notre* bureaucratie est écrasante, rappelez-vous que le Maroc est fortement influencé par les Français, qui sont les inventeurs du mot *bureaucratie.* Je vais le caresser dans le sens du poil mais je souhaite que vous fassiez quelque chose de très difficile. Envisagez de donner à Fisel *un peu* de crédit sur ce coup, s'il s'avère qu'il s'agit bien de Phéniciens. Ce pays est le sien et nous y faisons des fouilles, après tout. Il a peut-être des ancêtres phéniciens.

Nina, calmée, se permit de rire.

— Vous avez raison, je suis désolée pour cette scène. La journée a été longue.

— Inutile de vous excuser. C'est *vraiment* un sale con mais je lui rappellerai que, sans notre coopération pour que ces fouilles soient un partenariat, il perdra lui-même tout le crédit de ses découvertes au profit d'un de ses crétins de collègues, plus haut placé que lui dans la hiérarchie.

Nina remercia le professeur, l'embrassa sur la joue et rentra dans sa tente. Elle travailla à ses dessins jusqu'à ce que sonne la cloche du dîner. A table, Fisel évita son regard. Le couple de l'Iowa qui avait tiré de la terre une poignée de cruche intacte tint le centre de la scène. Personne ne fit attention quand Nina s'excusa et se retira sous sa tente.

Après avoir rédigé un rapport sur ses découvertes sur son IBM portable, elle accrocha certains de ses dessins et les photographia. Elle fit passer les images dans son ordinateur. Photos et dessins étaient parfaitement clairs.

— D'accord, Fisel, voyons maintenant si tu peux mettre la main là-dessus.

L'ordinateur était relié à une petite valise contenant un téléphone par satellite. Ça lui avait coûté la peau du dos mais lui permettait de rester en contact avec sa base, où qu'elle se trouvât dans le monde. Elle composa un numéro et envoya le texte et les photos dans l'éther où ils percutèrent un satellite de communication Immarsat en orbite basse qui les renvoya à la vitesse de la lumière jusqu'à la banque de données de l'université de Pennsylvanie.

Nina coupa l'ordinateur, satisfaite de savoir que ses rapports et ses images reposaient en sécurité dans la banque de données de son université. Elle ignorait que même les autoroutes de l'information ont parfois des détours dangereux.

3

San Antonio, Texas.

Sur les plans officiels, la pièce sans fenêtres, située près du toit de la tour de verre surplombant les eaux calmes de la rivière San Antonio, n'existait pas. Même les inspecteurs de la ville ignoraient sa présence. La société de sous-traitance qui avait bâti les murs insonorisés, posé les lignes électriques séparées et les verrous de sécurité ne s'ouvrant qu'à la voix, avait été assez grassement payée pour garder le silence. S'ils avaient trouvé bizarre de construire une porte secrète dans le mur de la douche d'une salle de bains privée, ils avaient évité d'exprimer leur opinion.

Le décor de la pièce était aussi fonctionnel que celui d'un laboratoire. Des murs beiges sans décoration. Une banque de récepteurs d'ordinateurs IBM et d'unités de disques durs, un coffre-fort à documents et un bureau au centre. Un homme était assis devant un des ordinateurs, son visage dur éclairé par la lumière froide de l'écran surdimensionné. Il feuilleta quelques pages de documents et de photos et s'arrêta sur une série de dessins.

Il cliqua sur le curseur qui agrandit un dessin particulier et zooma sur une section de l'écran, ses yeux bleu sombre enregistrant chaque détail. Satisfait d'avoir vu le dossier en entier, il le sauvegarda sur une disquette et pressa la touche d'impression. Tandis que l'imprimante à grande vitesse ronronnait, il mit la disquette dans une enveloppe qu'il alla enfermer dans le coffre. Il rassembla les feuilles imprimées dans un dossier beige, passa la porte installée dans la douche, entra dans son bureau par une autre porte et appuya sur la touche d'un Interphone.

— J'ai besoin de quelques minutes. Tout de suite, dit-il.

— Il a le temps, maintenant, répondit une voix féminine. Dix minutes entre deux rendez-vous.

L'homme quitta le bureau avec le dossier et traversa un dédale de pièces aux moquettes épaisses. Il était grand, au moins un mètre quatre-vingts, plus très jeune, mais sa seule concession à l'âge était sa chevelure argentée coupée court et un léger affaissement de ses épaules musclées. Son corps athlétique était encore souple et dur grâce à un régime alimentaire spartiate et beaucoup d'exercice. Il souriait rarement et ne fronçait pas souvent les sourcils, de sorte qu'il avait peu de rides autour de la bouche et des yeux, comme s'il s'était fait tirer la peau au-dessus de ses mâchoires carrées et de ses pommettes hautes.

L'étage était réservé aux bureaux administratifs de la société et seuls pouvaient y accéder ceux dont la main et la voix avaient été mémorisées. Tous les autres services se trouvaient à d'autres étages et il ne rencontra personne avant d'entrer dans le vaste salon de réception. Du sol au plafond haut, cette pièce était décorée de tons brun rouge, marron et vert aux motifs répétés de flèches stylisées et de dessins indiens, sur les tapis et les murs. Derrière la réceptionniste, une tapisserie un peu abstraite représentait des silhouettes à la peau brune et des plumes géantes de quetzal tellement entrelacées qu'il était difficile de dire si la tapisserie représentait un sacrifice humain ou une réunion mondaine. La réceptionniste se tenait derrière un bureau qui paraissait flotter sur une mer moquettée d'orange et de brun et ne se souciait guère de la scène tissée derrière elle.

L'homme s'arrêta devant le bureau et, sans dire un mot, regarda une porte épaisse en bois sculpté de dizaines de silhouettes tordues et tourmentées, comme la vision qu'un paysan pouvait avoir de l'enfer.

— M. Halcon va vous recevoir, dit la réceptionniste, une femme entre deux âges choisie pour son affabilité, son efficacité et sa loyauté indéfectible.

La porte sculptée s'ouvrit, donnant sur un bureau en angle presque aussi vaste que le salon de réception et où la décoration reprenait le thème de l'Amérique centrale. Halcon se tenait devant une porte-fenêtre et tournait le dos à la porte d'entrée.

— Monsieur, si vous avez une minute...

Halcon se tourna à demi, montrant un nez aquilin fiché sur un visage étroit et pâle dont le profil lui avait valu son surnom dans les arènes.

— Entrez, Guzman, dit-il.

Guzman traversa la pièce et vint se tenir près de Halcon, plus jeune que lui. Halcon avait la quarantaine et dépassait Guzman de trois ou quatre centimètres. Il était ascétiquement mince et paraissait presque délicat. Mais, comme tout ce qui le concernait, il ne fallait pas se fier aux apparences. Pour se plier à son rôle d'homme d'affaires, il avait coupé sa mèche de matador et ses rouflaquettes à la Valentino et mis au placard son habit de lumière. Cependant, son onéreux costume sur mesure cachait mal le corps cruel du matador connu sous le nom d'El Halcon, le Faucon, qui avait utilisé sa vivacité et sa puissance pour mettre à mort des dizaines de braves taureaux. S'il y avait eu quelques doléances de la part des aficionados qui avaient suivi sa brève mais fulgurante carrière, c'était qu'El Halcon tuait les bêtes avec une efficacité glaciale et manquant de passion. A une autre époque, il eût été un bretteur à la lame mortelle, qui aurait transpercé le cœur des hommes et non des taureaux.

— Savez-vous pourquoi j'ai décidé de construire

ce bureau particulier, dans ce lieu particulier, Guzman ?

— Si je pouvais me permettre de deviner, Don Halcon, je dirais qu'il offre une vue parfaite sur la plupart des propriétés de votre société.

Halcon gloussa.

— Voilà une réponse directe et honnête, telle que je l'espérais de mon bon vieux gardien, bien qu'elle ne soit pas flatteuse. Je ne suis pas un de ces nobliaux gardant l'œil sur ses terres.

— Acceptez mes excuses, Don Halcon. Je n'avais pas l'intention de vous offenser.

— Vous ne m'avez pas offensé. C'est un raisonnement naturel mais erroné.

Son sourire disparut et ses paroles prirent le ton coupant que les hommes dangereux donnent à leur voix.

— J'ai choisi ce bureau pour une seule raison : la vue qu'il offre sur la Mission San Antonio de Valero. Cela me rappelle ce qui est passé, ce qui est présent et ce qui sera.

Il fit un geste large vers la cité étendue, visible par les portes-fenêtres en verre teinté.

— Je reste souvent là, à réfléchir à toutes les directions inattendues que peut prendre l'Histoire et qui sont drastiquement changées par les actions de quelques-uns. Alamo fut une défaite pour ses défenseurs mais ce fut le début de la fin pour Santa Anna[1]. Il fut capturé à San Jacinto et il suffit d'un engagement décisif pour que le Texas devînt indépendant du Mexique. La leçon de l'Histoire est claire, n'est-ce pas ?

— Ça ne serait pas la première fois que la mort de martyrs entraîne la chute des puissants.

— Précisément. Et ce ne sera pas la dernière. Ce qui est arrivé une fois peut se reproduire. A Alamo,

1. Général et homme politique mexicain qui dut reconnaître l'indépendance du Texas, du Nouveau-Mexique et de la Californie. *(N.d.T.)*

183 défenseurs ont lutté contre 6 000 soldats mexicains, ce qui montre que la détermination d'un petit nombre peut transformer le monde pour un monde plus grand.

Il se tut, seul avec ses pensées, les yeux perdus sur la ville tentaculaire. Après un moment, il se tourna vers Guzman comme s'il émergeait d'un rêve.

— Pourquoi vouliez-vous me voir ?

— Une question d'une certaine importance, monsieur. Je viens d'intercepter cette transmission du Maroc vers l'université de Pennsylvanie.

Il tendit le dossier à Halcon.

Celui-ci feuilleta les papiers et s'arrêta sur le dessin.

— Incroyable ! murmura-t-il. Il n'y a pas d'erreur possible ?

— Notre système de surveillance est pratiquement à toute épreuve. Comme vous le savez, toutes les expéditions archéologiques du monde envoient des propositions à notre fondation Time-Quest pour demander des fonds et des volontaires. Nous donnons la priorité à ceux qui présentent un potentiel sérieux. Les ordinateurs accèdent automatiquement à toutes les transmissions des lieux de fouilles vers les bases de domicile et cherchent les mots clé préprogrammés, les fax, les télex et les courriers électroniques.

— Los Hermanos ont un observateur sur place ?

— Oui. Gonzalez est là-bas.

— Excellent, dit Halcon. Il sait ce qu'il doit faire.

Guzman hocha la tête et claqua légèrement les talons. Lorsqu'il se tourna pour sortir, ses lèvres semblèrent se retrousser en un sourire de guingois. Mais ce n'était qu'un effet d'ombre et de lumière causé par la cicatrice qui courait sur sa pommette droite jusqu'au coin de sa bouche.

4

Maroc.

Nina amena la caméra jusqu'à la vitre de son masque, visa le mur de fondation et prit la photo en appuyant sur le bouton de la boîte étanche de son appareil. Le moteur ronronna doucement en faisant avancer le film. C'était la dernière photo dont elle avait besoin pour achever la mosaïque photo. *Enfin !*

Elle souffla rapidement pour dégager l'eau de son tuba puis nagea sans se presser vers l'escalier. Ça avait été une tâche assommante que de dresser seule la carte du fond. Elle avait installé d'abord un certain nombre de petites bornes sphériques en ligne pour lui servir de guides. Puis nagé, stoppé, photographié, encore et encore. Elle avait en tête un véritable plan du port. Si l'eau s'était par miracle retirée, elle aurait pu le parcourir les yeux bandés jusqu'au vieux quai sans se cogner dans un mur et sans tomber ni dans une *piscina* ni un *cothon.*

Remettre en place des dizaines et des dizaines de photos pour en faire une carte composite allait représenter un travail considérable. Elle avait essayé de faire en sorte que les photos s'assemblent en utilisant les bouées par paires avec des marques distinctives sur le fond. Un procédé un peu rudimentaire mais qui convenait pour l'instant. Nina ne recherchait pas une précision scientifique, elle voulait un ensemble *spectaculaire* qui donnerait aux radins contrôlant l'argent de l'expédition le rêve de se voir à la une de *USA Today* ou d'articles spéciaux dans *Time* ou dans *Unsolve Mysteries.*

Elle se hissa sur les marches et enleva son équipement de plongée. En se séchant, elle regarda le lagon et décida de laisser la bouée en place jusqu'au lendemain matin. Elle aurait la peau fripée comme un raisin sec si elle restait dans l'eau une minute de plus. Lorsqu'elle emprunta le sentier menant au campement, il y avait de l'insouciance dans sa démarche. Elle avait de bonnes raisons d'être satisfaite. Elle avait accompli un travail considérable en fort peu de temps.

Les gens travaillaient encore sur le site des fouilles et le campement était désert. Enfin presque. En approchant des tentes, elle vit, à la périphérie du campement, Gonzalez discuter avec quelqu'un dans une Jeep. Quand elle s'approcha, la Jeep démarra avant qu'elle ait pu apercevoir le visage du conducteur.

— Qui était-ce ? demanda-t-elle en regardant le nuage de poussière soulevé par le véhicule.

Le sourire automatique de Gonzalez se mit en place comme si quelqu'un avait appuyé sur un bouton.

— Quelqu'un qui était perdu. Je lui ai indiqué le chemin.

Perdu ? De quoi parlait Gonzalez ? Ça n'était pas un endroit où on pouvait prendre la mauvaise bretelle d'une autoroute. Le campement était à des kilomètres de tout. C'était un lieu solitaire, sans aucun attrait — sauf pour une dizaine de chercheurs d'os. Il fallait le vouloir pour se perdre ici. Quand elle avait aperçu l'homme à la Jeep, elle avait pensé qu'il avait pu être appelé par Fisel. Aussi, tout en ne gobant pas l'explication, elle fut soulagée de l'entendre.

Au petit déjeuner, le Dr Fisel avait annoncé l'arrivée inattendue de plongeurs marocains dans quelques jours. Il « conseilla » fortement à Nina d'écourter ses explorations pour ne pas déranger le site. Nina s'était penchée sur la table, le menton vers lui. Elle lui dit calmement qu'un appareil photo était rarement gênant mais il y avait une telle fureur dans ses yeux gris que le Dr Fisel se plaignit à la fin du repas d'avoir des glaçons dans sa moustache. Il lui rappela d'un ton bégueule ses responsabilités envers son cousin, le roi, puis réitéra l'excuse peu convaincante de son désir de préserver l'intégrité du site.

Nina dut admettre qu'elle était un peu sournoise elle-même. Elle enlevait des objets du site, ce qui était tout à fait interdit et dont, bien sûr, elle n'avait parlé ni à Fisel ni à Knox. Fisel ignorait aussi que ses premières découvertes se trouvaient maintenant dans les cybervoûtes de l'université de Pennsylvanie. La tête de pierre aussi était restée secrète. Elle trouvait de bonnes raisons à cette attitude qui lui était si peu habituelle. Des moments drastiques exigent des mesures drastiques.

Kassim, le serveur de thé de Fisel, lui adressa un geste amical de la main. Bête comme ses pieds mais pas méchant quand on le connaissait. Savourant sa tranquillité, Nina alla dans sa tente, enleva son maillot de bain et passa des vêtements secs. Elle ouvrit son ordinateur et vit clignoter l'icône du courrier électronique. Le message venait du Dr Elinor Sanford, membre de la Faculté de Pennsylvanie, à qui elle avait adressé sa transmission.

Sandy Sanford et Nina étaient d'anciennes camarades d'université avant d'élire chacune sa spécialité. Sandy avait choisi les études méso-américaines, expliquant que ses préférences concernaient plus la cuisine que la culture. Elle préférait les galettes de maïs au couscous. Ses préférences culinaires pouvaient être soumises à caution mais pas sa bourse d'études. Elle venait d'être nommée conservatrice du musée de l'université. Nina fit défiler le message.

Félicitations, Nina. Inutile de m'apporter la tête d'Hannibal pour me convaincre que tu es tombée sur un port phénicien. J'aimerais bien pouvoir montrer les choses fabuleuses que tu m'as transmises au comité jurassique, ici, dans ces lieux secrets de l'académie archéologique. Cela pourrait déclencher une nouvelle guerre punique. Mais je m'en tiendrai à ton souhait de garder les choses sous le boisseau. Qu'en pense El Grande Profesor ? Je suis très impatiente de te voir. Reste au sec. Amitiés. Sandy.

Et ce n'était pas tout.

P.S. Redessine la grosse tête de pierre. C'est une blague, non ? Vérifie ton fax.

Nina appela la fonction fax. Une photo du visage de pierre apparut sur l'écran. Elle crut d'abord qu'il s'agissait de la statue du lagon. Mais à côté, pour qu'elle puisse comparer, figurait le dessin qu'elle avait envoyé. Elle regarda l'écran, les yeux écarquillés. Les sculptures étaient identiques. Elle fit défiler les images. D'autres têtes de pierre apparurent. Toutes auraient pu être faites par le même sculpteur. A quelques détails près, notamment dans les coiffures, elles partageaient le même regard boudeur et les mêmes lèvres charnues et impassibles. Sous les images, il y avait une autre note de Sandy.

Encore moi. Bienvenue dans l'un des plus épais mystères de tous les mystères méso-américains. En 1938, la National Geographic Society et le Smithonian ont envoyé des expéditions au Mexique pour enquêter sur des têtes de basalte géantes enterrées jusqu'aux sourcils. Elles découvrirent onze statues de pierre de type africain comme celles-ci sur trois sites et près de La Venta, un centre sacré de la culture olmèque. A près de 30 km du golfe du Mexique. Hautes de 1,80 à 2,70 m, pesant jusqu'à 40 tonnes chacune. Ce qui n'est pas mal, si l'on considère que la carrière se trouve 16 km plus loin et qu'elles furent transportées sans utilisation de roues ni d'animaux de trait. Toutes portaient ce drôle de casque qui les fait ressembler à des pompiers. Elles datent de 800 à 700 av. J.-C. Dis-moi un peu ce qu'une gentille fille comme toi fricote avec des méso-Américains.

Nina se hâta d'envoyer une réponse.

Merci pour l'info. Très intéressante ! Serai rentrée la semaine prochaine. Je t'appellerai. Amitiés. Nina.

Elle appuya sur la touche Envoi, ferma l'ordinateur et se cala sur sa chaise, stupéfaite.

Une tête mexicaine olmèque ! « Calme-toi, ma fille. Reprends les faits. » La tête qu'elle avait trouvée avait des traits africains. La belle affaire ! Cet endroit *est* en Afrique, après tout. Naturellement, cela n'expliquait pas la ressemblance avec les têtes mexicaines à des milliers de kilomètres de là. Une ou deux possibilités pouvaient peut-être expliquer les similitudes. Les têtes de La Venta avaient pu être sculptées en Afrique et transportées à Mexico. Invraisemblable. Pas si elles pesaient quarante tonnes. L'autre théorie n'était guère plus vraisemblable. Qu'une tête de La Venta ait été sculptée au Mexique et transportée en Afrique. Avec l'un et l'autre de ces scénarios, il restait le problème de la datation. Les têtes auraient été sculptées des centaines d'années avant que Christophe Colomb traverse l'océan.

« Aïe, pensa Nina. Voilà que je fais du diffusionnisme ! » Elle regarda par-dessus son épaule comme si quelqu'un cherchait à lire dans ses pensées. Faire admettre à un esprit ouvert que le diffusionnisme était naturel constituait le meilleur moyen de se faire rayer des listes des archéologues. Les diffusionnistes croient que les cultures n'évoluent pas si elles restent isolées, qu'elles *se diffusent* d'un endroit à un autre. Les similitudes entre les vieux mondes et les nouveaux avaient toujours intrigué Nina. Les fans des OVNI et d'Atlantis ont embrouillé les choses en suggérant que les pyramides et les lignes de Nazca sont les produits d'extraterrestres venus de l'espace ou d'êtres de continents disparus. Une femme diffusionniste serait *doublement* perdante dans cette affaire. Et elle avait déjà assez de problèmes en tant que femme dans un monde d'hommes.

La théorie diffusionniste s'était toujours heurtée à un obstacle de taille : l'absence de preuve scientifique vérifiable qui prouverait qu'un contact a eu lieu entre un hémisphère et l'autre avant Christophe Colomb. Les gens pouvaient raconter ce qu'ils voulaient sur les ressemblances entre les pyramides d'Egypte, les temples cambodgiens et les pyramides tronquées mexicaines, mais personne n'avait jamais découvert l'artefact permettant de les relier. *Jusqu'à présent !* Et dans un port phénicien. *Oh ! Seigneur !*

Cela allait déclencher un sacré bazar. Ce serait peut-être la plus grande découverte depuis celle du roi Tut. L'establishment archéologique en serait bouleversé. Cette chose dans le lagon prouvait qu'il existait un lien entre l'Ancien et le Nouveau Monde deux mille ans avant que Christophe Colomb se fasse offrir trois navires par le roi d'Espagne. Assez ! Nina mit un frein à ses élucubrations avant de plonger dans la folie. Il lui fallait réfléchir à tout cela la tête froide. Elle chassa quelques mouches et s'allongea sur son lit de camp, essayant de ne penser à rien et de se concentrer sur sa respiration. Elle n'eut plus conscience de rien avant d'être éveillée par la cloche du dîner.

En bâillant et en se frottant les yeux, elle sortit d'un pas incertain. Un magnifique coucher de soleil pourpre et or se préparait. Elle alla vers la tente servant de mess et s'assit au bout de la table, aussi loin que possible de Fisel qui tenait sa cour. Toujours le même bla-bla. Elle n'y porta pas d'attention et bavarda gaiement avec le couple de l'Iowa. Elle s'excusa avant le dessert, regagna sa tente et mit en marche l'ordinateur.

Elle travailla tard et tapa un résumé pour accompagner sa mosaïque de photos. Lorsqu'elle eut terminé, le camp s'était installé pour la nuit. Elle enfila une chemise de nuit en flanelle, se félicitant d'avoir pensé à l'emporter. Les jours étaient chauds et secs mais, la nuit, une brise fraîche venait de l'océan. Elle se glissa sous sa couverture et écouta les rires et les conversations en arabe de l'équipe de nettoyage du mess après le dîner. Les voix s'éteignirent bientôt et le camp s'endormit.

Sauf Nina. Elle resta allongée en se reprochant d'avoir fait ce petit somme avant le dîner. Elle se tourna et se retourna, tombant enfin dans un sommeil léger dont la tira le crépitement du feu. Ouvrant les yeux, elle scruta l'obscurité. Décidément, elle n'arriverait pas à dormir.

Bien éveillée à nouveau, Nina s'entoura les épaules de la couverture comme une Navaja, enfila ses sandales et se glissa dehors. Une branche d'olivier en flamme explosa en une pluie d'étincelles sur le feu plein de fumée. La seule autre source de lumière venait des lanternes au propane suspendues devant les tentes pour éviter que quelqu'un ne tombe en allant, la nuit, satisfaire un besoin naturel.

Nina regarda le ciel noir. L'air était si pur, si cristallin qu'elle eut l'impression de discerner à l'œil nu les lointaines nébuleuses. Sur une impulsion, elle prit une lampe torche dans son sac de voyage et se dirigea vers le lagon. Les tombes luisaient comme de l'étain sous la lueur de la demi-lune. Arrivée à l'escalier, elle s'assit sur la première marche et contempla le reflet de la lune sur l'eau.

De petites lumières jaunes luisaient sur l'océan. Le navire turquoise de la NUMA devait encore être au large. Elle respira profondément. La nuit sentait l'eau stagnante, la végétation pourrissante, le marécage et un âge incroyable. Elle ferma les yeux et écouta. Dans son imagination, le bruit des roseaux mouvants devenait le claquement des voiles contre les mâts de bois et le coassement des grenouilles, les cris de marins vêtus de pagnes, transportant des amphores d'huile et de vin. Bientôt, l'air froid pénétra la couverture. Elle frissonna et se rendit compte qu'elle avait perdu la notion du temps. Jetant un dernier regard au lagon, elle se dirigea vers le campement.

Lorsqu'elle atteignit le haut des dunes, un bruit étrange provint du camp. On aurait dit un oiseau ou un animal criant sous l'attaque d'un prédateur. Elle l'entendit à nouveau. Mais il ne s'agissait ni d'un oiseau ni d'un autre animal. *C'était humain.* Quelqu'un hurlait de peur ou de douleur.

Elle hâta le pas, dépassant les dunes d'où elle pouvait voir le camp.

On aurait dit une scène de Dante, avec des démons sans visages menant les nouveaux damnés vers leurs punitions infernales. Les membres de l'expédition, en vêtements de nuit, étaient poussés par des silhouettes vêtues de noir et armées de mitraillettes. Elle aperçut le couple de l'Iowa. La femme trébucha et tomba. Un des intrus saisit ses longs cheveux blancs et la tira sur le sol tandis qu'elle hurlait de terreur. Son mari tenta d'intervenir. Un coup de crosse le fit tomber à terre où il resta, sanglant et immobile.

Vêtu de son pyjama de flanelle, le professeur Knox sortit précipitamment de sa tente et regarda autour de lui. Nina était assez proche pour lire l'expression de son visage, plus surpris qu'effrayé. La silhouette ronde de Fisel apparut à son tour et quelqu'un le poussa contre Knox. Fisel cria un défi mais Nina ne put saisir ce qu'il disait dans le tumulte des cris et des hurlements. Presque tous les membres de l'expédition étaient dehors, maintenant, serrés en un groupe terrifié. Nina aperçut les chauffeurs et le cuisinier. Gonzalez devait être avec les autres mais elle ne le vit pas.

Les hommes en noir cessèrent leur attaque brutale et reculèrent de quelques mètres. Knox avait recouvré sa dignité et se tenait debout, la tête haute. Il paraissait changé en pierre. Son visage semblait avoir mille ans. Fisel comprit ce qui allait arriver. Il cria en arabe mais ses paroles se perdirent dans l'horrible claquement des mitraillettes.

La force des balles faucha Fisel et les autres

comme la lame d'une faux. Incroyablement, malgré l'intensité du feu mortel, des plaintes pitoyables s'échappaient des corps entassés. Si Nina avait eu l'espoir qu'il y avait des survivants, il l'abandonna lorsque deux des assassins se penchèrent sur leurs victimes. Sept coups de feu claquèrent à quelques secondes d'intervalle. Les gémissements cessèrent. On n'entendit plus que le faible crépitement du feu de bois.

Nina pouvait à peine respirer. Elle avait l'impression que sa bouche était emplie de sciure. Son cœur battait follement. Son dîner remonta dans sa gorge et elle fit un effort pour ne pas vomir. Elle voulut courir. Dans quelques secondes, les tueurs allaient l'apercevoir au bord de la clairière. Mais elle était comme clouée au sol, trop effrayée pour sauver sa vie.

Une silhouette sortit de l'ombre derrière une tente et courut dans sa direction. *Kassim !* Il avait dû être dehors quand les tueurs avaient frappé. Ceux-ci le virent tenter de s'échapper et levèrent leurs armes. L'un d'eux se rua à la poursuite du jeune homme.

Fou de terreur, Kassim courut droit vers Nina sans la voir. Il l'aurait probablement percutée s'il n'avait trébuché sur une racine qui le fit tomber. Il tenta de se relever mais son assaillant fut plus rapide qu'un faucon fondant sur un lapin. Il saisit Kassim par le menton et lui releva la tête.

Une lueur fit briller l'acier froid. Comme on coupe un ananas, il passa son couteau sur toute la largeur du cou du jeune Arabe en un mouvement tranchant et rapide. Le cri de Kassim mourut dans un gargouillement tandis que ses poumons s'emplissaient et le noyaient dans son propre sang.

Sa tâche meurtrière accomplie, le tueur se releva et aperçut Nina. Il était vêtu de noir des pieds à la tête. Le turban enroulé autour de son crâne couvrait aussi son visage à l'exception de ses yeux qui brillaient d'une haine meurtrière. Ils s'agrandirent en voyant la jeune femme puis se resserrèrent avant qu'il ne bondisse, tenant le poignard ensanglanté au-dessus de sa tête.

Nina arracha la lourde couverture de ses épaules et la tenant à deux mains comme s'il s'agissait d'un gourdin, la lança au visage de son agresseur. Il hésita, leva son bras gauche pour l'éviter, ne s'attendant pas à voir cette victime sans défense lui résister. Nina appuya la couverture comme une cagoule sur la tête du tueur et, profitant de ce qu'il était momentanément aveugle, lui assena un coup de genou dans les parties génitales.

— Aaaïïee !

Le cri lui indiqua qu'elle avait visé juste. Elle refit la même chose avec l'intention de heurter son menton. Elle dut avoir à nouveau bien visé car il s'étala sur le sol et hurla de douleur.

Les autres silhouettes noires virent tomber leur camarade et s'approchèrent en courant mais elle tira avantage de leur retard. Elle fila comme une biche et courut de toutes ses forces, distançant ses poursuivants.

Elle entendit leurs cris derrière elle.

— *La mujer ! La mujer !*[1]

Elle perdit une de ses sandales et se débarrassa de l'autre. Nu-pieds maintenant, elle passa le sommet de la dune et descendit la pente qui menait vers l'eau en douceur. La dune la cacherait un moment. Tandis qu'elle courait vers le lagon, son pied nu écrasa un morceau de bois ou une pierre pointue. Une douleur fulgurante inonda sa chair tendre. Elle se mit une seconde sur un genou, se mordit les lèvres jusqu'au sang pour retenir son envie de hurler puis se remit à courir en boitant.

Elle passa devant les tombes sombres et pensa se cacher à l'intérieur mais rejeta vite cette idée, trop évidente. Elle y serait piégée si les tueurs la trouvaient. Elle décida de courir le long de la plage et de contourner ses poursuivants. Ce plan fut anéanti par

1. La femme, la femme ! (En espagnol.)

les rayons de leurs lampes torches perçant l'obscurité derrière elle. Ils avaient deviné son intention. Prenant leur temps, ils se déployèrent le long de la ligne des dunes pour couper sa retraite sur ses flancs et l'attraper dans un mouvement classique de ciseaux.

Elle courut droit au lagon. Quelques secondes plus tard, elle était sur le haut de l'escalier. Les tueurs se rapprochaient de tous les côtés. Dans quelques secondes, ils seraient sur elle.

Son cerveau travaillait avec fièvre. Elle pouvait plonger du haut des marches et nager sous l'eau mais cela ne ferait que retarder l'inévitable. Quand elle referait surface pour respirer, ils arroseraient le lagon jusqu'à ce que leurs balles l'atteignent. *Il fallait* qu'elle reste sous l'eau jusqu'à ce qu'elle soit hors de portée. Impossible. Aucune chance.

Idiote ! Bien sûr qu'il y a un moyen. Elle courut le long de la côte rocheuse. Son regard fouilla l'eau éclairée par la lune. Elle vit la tache grise d'une bouée.

Les lumières semblaient se rapprocher de tous les côtés. Elle serait bientôt prise dans le filet qui se resserrait.

— Faites que je ne sois pas ce poisson ! pria-t-elle.

Pliant ses longues jambes comme des ressorts, Nina sauta des rochers, les bras tendus. Elle atteignit l'eau en un long plongeon et nagea vers la bouée à grands mouvements des bras. La bouée brilla d'une lueur orangée quand le faisceau d'une lampe trouva sa surface réfléchissante. Autour d'elle, l'eau se couvrit de taches frissonnantes.

Encore quelques brasses et elle l'atteignit.

Une fusillade s'ouvrit et la surface du lagon éclata en un geyser miniature sur sa droite.

Pas le temps de prendre son souffle.

Elle emplit ses poumons autant qu'elle put et son corps souple s'enfonça en un plongeon de surface. Juste sous la balise, vaguement illuminée par le reflet des lampes torches, s'ouvrait l'arche de pierre. Elle s'y faufila et nagea jusqu'à ce qu'elle sente le bord dur vertical qui annonçait le tunnel. Elle s'y engagea rapidement.

En nageant, elle sentait du bout des doigts le mur lisse comme un sonar tactile et rudimentaire.

Atteindre l'extrémité du tunnel n'était pas chose facile sans air et sans palmes mais même si ce maudit trou devait être sa tombe, au moins aurait-elle la satisfaction de savoir que ses poursuivants ne sauraient jamais ce qu'il lui était arrivé. Elle ralentit un peu, essayant de garder une allure régulière. Paniquer brûlerait son oxygène et son énergie.

Elle nagea plus profond. Le mur devint irrégulier au toucher. Elle se trouvait donc dans la caverne. Il allait être plus difficile de se diriger ici. Elle ralentit encore pour négocier les tournants et les virages, s'engagea dans une impasse et dut faire demi-tour. Elle avait l'impression de ne pas avoir repris son souffle depuis des heures. Ses poumons se pressaient contre ses côtes comme si sa poitrine allait exploser. Combien de temps encore pourrait-elle retenir son souffle ? Une minute ? Deux ? Peut-être si elle trouvait une occasion de s'hyperventiler et de reprendre ses capacités. « Seigneur, dans combien de temps ? »

Sa tête heurta une surface dure. Elle était sûre d'en ressentir le choc dans les os mêmes de son crâne. Elle cria instinctivement et perdit un peu de l'air qu'elle avait en réserve.

Minée. Elle avait oublié la pile de gravats. Elle tâta le haut des débris et se fraya un chemin par l'ouverture. Elle avait atteint la moitié du chemin !

Le mur redevint lisse. Bon. Elle était à nouveau dans le tunnel artificiel. Plus qu'une dizaine de mètres. Ses poumons étaient en feu. Elle souffla un petit peu comme si cela pouvait abaisser la pression et émit des sons de pigeon. Seigneur ! Elle ne voulait pas se noyer. Pas ici. Elle battit désespérément des jambes sans plus tenter de conserver son énergie.

Le manque d'oxygène lui donnait des vertiges. Elle

n'allait pas tarder à s'évanouir et à avaler de l'eau. Ce serait une mort douloureuse, épouvantable. Nina résista avec entêtement à prendre cette respiration fatale. Elle chercha le mur de la main. Rien. Puis elle chercha le plafond. Rien encore.

« Attends ! Tu es sortie du tunnel ! »

Elle tendit son corps vers le haut, battant frénétiquement des jambes et émergea à la surface où elle respira goulûment.

Sa respiration redevint à peu près normale. Elle regarda vers la côte où les lumières bougeaient comme des libellules. Puis elle contourna le promontoire et nagea parallèlement à la plage. Quand elle ne put plus nager, elle vira vers la terre. Des algues frôlèrent ses pieds et elle sentit sous ses orteils le fond frais et boueux. Elle rampa sur le sable mais ne se reposa que quelques minutes avant de se relever et de marcher le long de la plage. Elle arriva au vieux lit de la rivière, suivit le *wadi* sur une centaine de mètres dans les terres puis escalada la rive et marcha dans les dunes jusqu'à ce qu'elle ne puisse plus aller plus loin. Elle rampa dans un buisson de hautes herbes et se coucha.

L'horreur du massacre lui revint à l'esprit. Le Dr Knox, Fisel, Kassim. Tous morts. Pourquoi ? Qui étaient donc ces hommes ? Pourquoi la poursuivaient-ils ? Des bandits pensant que l'expédition avait découvert un trésor ? Non, la fureur concentrée de l'attaque était trop bien organisée pour être l'œuvre de bandits. Ce massacre était *organisé.*

Frissonnant de froid, Nina enleva sa chemise de nuit en flanelle, l'essora et la remit par-dessus son caraco et ses sous-vêtements. Le tissu mouillé lui donna la chair de poule. Elle arracha des poignées d'herbe dont elle bourra sa chemise de nuit jusqu'à ce qu'elle ressemble à un épouvantail. Cette isolation primitive la démangeait mais du moins la protégeait-elle un peu de l'air froid. Elle continua cependant à frissonner et ne tarda pas à s'endormir.

Presque à l'aube, elle fut réveillée par un murmure

de voix venant du lit de la rivière. Peut-être que de l'aide était arrivée et qu'on la cherchait. Elle retint son souffle et écouta.

De l'espagnol !

Sans perdre une seconde, elle se faufila dans les herbes hautes de la plage comme une salamandre effrayée.

5

L'herbe coupante et cassante semblable à des ongles de fakir qui s'accrochait à la chemise de nuit de Nina écorchait la peau de ses jambes et de ses bras. Ignorant la douleur, elle enfonçait ses genoux et ses coudes dans le sable, continuant à avancer. Elle n'avait pas le choix. Si elle se levait pour courir, elle mourrait.

Les assassins l'avaient trouvée trop vite, presque comme s'ils avaient suivi une carte jusqu'à sa cachette. Elle jura dans la langue de sa grand-mère. Mais oui, ils avaient une carte ! Le diagramme du port qu'elle avait péniblement reconstitué était resté sur sa table de travail. Le tunnel y était reconstitué en deux lignes épaisses et clairement expliquées. Dès que les assassins avaient découvert le chemin de sa fuite, ils n'avaient plus eu qu'à fouiller la plage, chercher la trace de ses pas et la suivre dans le *wadi*.

Les voix étaient maintenant plus fortes et plus aiguës, de plus en plus excitées, venant de l'endroit d'où elle était sortie du lit de la rivière. Ils avaient dû découvrir le lieu où elle avait dérangé la berge. Nina vira et rampa parallèlement à sa direction précédente, en sens inverse, jusqu'à ce qu'elle atteigne à nouveau le lit de la rivière. Elle regarda à travers les feuillages. Il n'y avait personne dans le *wadi*. Elle enjamba la berge et courut, tête baissée, vers la plage. D'innombrables traces de pas avaient écrasé la boue des rives, prouvant qu'une troupe nombreuse était à sa recherche. Elle aperçut bientôt le bleu vert de la mer. Le navire turquoise était toujours ancré au large. Elle s'arrêta à l'endroit où, autrefois, la rivière se jetait dans l'océan. La plage déserte s'étirait comme une autoroute à droite et à gauche.

Des voix et des bruits de pas résonnèrent derrière elle. De nouveau les tueurs s'étaient dépliés comme des chasseurs rabattant une caille. Qu'elle parte à droite ou à gauche, on la verrait. Comme la nuit précédente, l'eau demeurait son seul atout.

Elle se débarrassa de sa chemise de nuit déchirée et tachée de sable et, en camisole et sous-vêtements, courut vers le delta aux cailloux serrés que les siècles avaient amassés là avec l'eau de l'ancienne rivière. Elle espéra que le sommet de la dune la cacherait jusqu'à ce qu'elle atteigne le bord de la mer. Il n'y eut pas de cris quand elle plongea dans l'eau peu profonde. Elle savait à quel point elle était vulnérable, en pleine vue, sans la protection de l'obscurité ou du tunnel. A tout instant, les assassins pouvaient atteindre le haut des dunes et elle serait une cible facile pour leurs balles.

L'eau lui arrivait aux genoux et le fond plat semblait s'étendre à l'infini. Elle se hâta, courant à grandes enjambées. Enfin elle eut de l'eau jusqu'à la taille. Elle plongea au moment même où l'air se déchirait de sifflements énervés. Derrière elle, l'eau se mit à bouillonner en une écume furieuse. Nina plongea plus bas et nagea en diagonale tant qu'elle put, émergeant pour respirer et replongeant comme un marsouin. Quand elle eut dépassé la ligne brunâtre couvrant les bas-fonds et atteint le bleu plus sombre de l'océan, elle jeta un coup d'œil vers la plage. Une bonne douzaine de silhouettes étaient rassemblées sur la rive. Certaines avaient même avancé dans l'eau peu profonde. Les tirs paraissaient avoir cessé.

Nina pivota et fixa son regard sur le navire, craignant qu'il ne lève l'ancre et la laisse entre les démons et la haute mer. Elle n'avait nullement envie de nager jusqu'aux Canaries. Elle se mit sur le dos et regarda les nuages bouffis en reprenant son souffle. Du moins était-ce une belle journée pour nager. Elle se reposa une minute, pour laisser son sang regagner la totalité de son corps.

« Calme-toi, repose-toi quand c'est nécessaire et pense que tu as de la chance. La mer est calme et il n'y a ni vent ni courant. C'est comme si tu faisais à la nage la troisième épreuve d'un triathlon. A un détail près : Si tu perds cette course, tu meurs. »

Prenant comme objectif le mât principal du navire, elle partit en crawl, un bras après l'autre.

Sans sa montre, elle n'avait aucun moyen de savoir depuis combien de temps elle nageait. L'eau se refroidissait à mesure que la profondeur augmentait. Elle compta ses mouvements de bras pour éviter de penser au froid qui sapait son énergie. Faire des signes au navire ne serait qu'une perte de temps. De loin, son bras ressemblerait au cou d'un oiseau de mer.

Elle essaya de chanter des chansons de marins. Les vieux airs qui rythmaient le travail à bord l'aidaient à battre régulièrement des bras.

Son répertoire était maigre et quand elle eut chanté « Oh ! Hisse Hé Ho » pour la cinquième fois, elle se contenta de battre les vagues de la mer.

Elle s'approchait un peu du navire mais ses mouvements perdaient de leur vigueur et elle s'arrêtait plus souvent pour se reposer. Un instant elle se retourna et vit avec plaisir que la bande brune de la plage était loin derrière elle. Pour se donner du courage, elle s'imagina en train de grimper à bord du navire et de se débarrasser de la sécheresse salée de sa bouche en buvant une tasse fumante de café chaud.

Le bruit sourd du moteur fut d'abord si faible qu'elle ne le remarqua pas immédiatement. Même quand elle s'arrêta pour écouter, Nina pensa qu'il s'agissait sans doute de la pression de l'eau dans sa tête, ou peut-être du bruit d'un générateur de navire. Elle mit une oreille sous l'eau et écouta.

Le ronronnement s'amplifia.

Nina se retourna lentement. Un objet noir, venant de la plage, filait dans sa direction. Elle pensa d'abord qu'il s'agissait d'un bateau mais, à mesure que sa taille augmentait, Nina reconnut la coque courtaude, noire et laide d'un gros hovercraft, un véhicule amphibie se déplaçant, sur terre comme sur l'eau, grâce à un coussin d'air.

Il sillonnait l'eau d'avant en arrière en une série de virages serrés mais Nina devina que ce n'était pas pour la sauver qu'il exécutait une telle grille de recherche. Sa course était trop déterminée, trop agressive. D'un seul coup, il cessa de zigzaguer et fonça vers elle comme un boulet de canon. On avait dû la repérer. Il couvrit rapidement la distance qui le séparait d'elle et arrivait pratiquement au-dessus d'elle quand elle plongea aussi profondément qu'elle put.

L'hovercraft effleura la surface à environ vingt-cinq centimètres sur son coussin, agitant l'eau avec une frénésie sauvage.

Quand elle ne put rester plus longtemps sous l'eau, Nina fit surface et avala de l'air mais toussa quand la fumée pourpre du pot d'échappement emplit ses poumons. L'hovercraft exécuta un demi-tour et passa à nouveau au-dessus d'elle. Elle plongea à nouveau. Et à nouveau elle fut ballottée et secouée et dut remonter à la surface où elle se tint dans le sillage de l'embarcation.

L'hovercraft s'arrêta, s'installant sur l'eau avec son moteur ronronnant, face à Nina, comme un gros chat jouant avec une souris. Une souris épuisée et imprégnée d'eau. Puis les moteurs reprirent vie, l'hovercraft remonta sur ses pattes invisibles et chargea encore.

Nina plongea et tomba comme un rocher dans une machine à polir. Elle avait l'esprit vide et le sang martelait ses oreilles. Elle ne réagissait que par instinct. Mais le jeu allait bientôt finir. Ce sacré engin tournait presque sur place. Chaque fois qu'elle faisait surface, elle avait moins de temps pour faire provision d'air et l'embarcation était plus proche que jamais.

La coque carrée revenait vers elle, bien qu'elle puisse à peine la voir avec le nuage de fumée de son échappement et le fait que l'eau de mer irritait ses yeux fatigués. Trop épuisée pour plonger, elle n'aurait pas la force de retourner à la nage jusqu'à la plage. Elle essaya de son mieux de sortir du chemin de l'hovercraft, mais après quelques battements de bras, se tourna pour faire face à son attaquant comme si elle pouvait le battre à coups de poing.

L'hovercraft était presque au-dessus d'elle, son rugissement flatulent emplissant ses oreilles. Elle serra les dents et attendit.

L'horreur des heures écoulées ne fut rien comparée à ce qui arriva ensuite. L'hovercraft n'était qu'à quelques secondes d'elle quand elle sentit ses chevilles serrées par une poigne d'acier. Elle fut tirée vers les profondeurs froides de la mer.

6

Les bras battant comme un moulin à vent dans la tempête, Nina lutta pour se dégager mais l'étau de fer enserrant ses chevilles ne céda pas, même quand le malstrom créé par l'hovercraft fouetta l'eau autour d'elle avec une fureur frénétique. Elle vida ses poumons en un dernier geste de défi et un cri de colère et de frustration sortit de sa gorge avec une explosion muette de bulles.

L'étau se desserra un peu et une forme vaguement humaine prit forme dans le nuage turbulent de bulles remontant vers l'hovercraft. Comme un cyclope sorti d'un OVNI, la silhouette informe s'approcha et prit une réalité quand le Plexiglas d'un masque de plongeur fut à quelques centimètres de son visage. Derrière l'ouverture transparente, deux yeux bleus perçants parurent dispenser force et réassurance plutôt que menace.

Une main gantée se leva, passant devant elle l'embout d'un respirateur et pressa le poussoir de débit continu pour que l'embout crachant de l'air attire son attention. Nina saisit le respirateur et le mit goulûment dans sa bouche. Aucun air parfumé d'été ne pouvait être plus agréable que cet air comprimé qui lui rendait la vie en atteignant ses poumons. La main à plat dans l'eau montait et descendait.

— *Tranquillisez-vous ! Du calme !*

Nina fit signe de la tête qu'elle avait compris ce que

voulait dire le plongeur et sentit qu'on lui serrait amicalement l'épaule. Elle continua à respirer par le tuyau qui sortait comme un tentacule du réservoir de secours que le plongeur portait sur le dos jusqu'à ce que sa panique ait cessé et que sa respiration ait repris un rythme normal.

Un autre signal de la main. L'index et le pouce formèrent un vague O.

— *Okay ?*

Nina imita le geste.

— *Je vais bien.*

Derrière le masque, un des yeux cligna. Elle ignorait qui était cet aquanaute ni d'où il venait mais du moins était-il amical. Sa tête était couverte d'une cagoule très ajustée et d'un casque combiné au masque. Elle voyait seulement qu'il s'agissait d'un homme grand aux larges épaules.

Nina leva les yeux. La lumière était déchirée dans le sillage du passage violent de l'hovercraft et les moteurs hurlaient au-dessus de l'eau. Ils la cherchaient encore.

Une pression sur son épaule. L'aquanaute montra la surface et ferma sa main en poing.

— *Danger !*

Elle fit oui de la tête, vigoureusement. Le pouce montra le fond. Elle baissa les yeux vers les profondeurs sombres. Même l'inconnu était préférable aux dangers réels qui la menaçaient à la surface. Elle hocha de nouveau la tête et fit le signal donnant son accord. Il mit ses mains l'une dans l'autre.

— *On se tient par la main.*

Nina prit la main gantée du plongeur et, lentement, ils commencèrent à descendre.

L'eau passa du cobalt à l'indigo tandis qu'ils poursuivaient leur plongeon mesuré. Elle devint si sombre que Nina sentit le froid du fond boueux avant même de le voir.

De sa ceinture, l'homme tira une petite mais très puissante lampe Tektite de forte intensité qu'il tint au-dessus de sa tête. Elle ferma les yeux pour ne pas être aveuglée par l'éclair intense d'un blanc argenté qu'elle savait devoir se produire. Quand elle les rouvrit, une luciole sous-marine luisait dans la distance.

Le plongeur mit ses deux index l'un contre l'autre.

— *Nageons l'un et l'autre dans cette direction.*

Se tenant toujours par la main, ils nagèrent vers la lumière vibrante jusqu'à ce qu'ils soient proches d'un second plongeur qui, voyant les deux nageurs venir vers lui, éteignit la lampe qu'il tenait à la main et mit en marche le micro de son casque Aquaset.

— Je ne peux t'emmener nulle part, dit-il. Si je te quitte des yeux une minute, tu reviens avec une sirène vivante.

Le premier plongeur dévisagea Nina puis son corps mince et décida que la description était assez proche de la réalité. Avec ses tresses dorées, ses longues jambes et son vêtement réduit, elle aurait facilement pu passer pour une néréide, à un détail près.

— Les sirènes sont à demi poissons, dit-il.

— Je préfère ce nouveau modèle. Comment s'appelle-t-elle ?

— Bonne question. Nous n'avons pas encore été officiellement présentés. Je suis tombé sur elle pendant que je remontais chercher quelque chose sur le bateau. Elle avait quelques ennuis, alors je lui ai donné la main. Les mains, en fait.

Nina n'avait jamais utilisé d'appareils de communication sous-marine mais elle reconnut l'équipement et comprit qu'ils parlaient d'elle. Aussi reconnaissante qu'elle puisse être, elle souhaita qu'ils arrêtent. Elle était *gelée.* Si elle ne bougeait pas rapidement, elle s'évanouirait. Elle croisa les bras sur sa poitrine.

— *J'ai froid !*

Le plongeur qu'elle avait baptisé aquanaute hocha la tête. Protégé par sa combinaison sèche, il avait oublié combien il devait faire froid pour un corps sans protection.

— Ramenons notre sirène à bord avant qu'elle ne se transforme en poisson surgelé.

L'autre plongeur vérifia sa boussole et ouvrit la voie. Le nouvel ami de Nina lui fit signe de nager près de lui et lui prit gentiment la main. Elle supposa qu'ils se dirigeaient vers le navire mais, dans l'état de froid et d'épuisement qui était le sien, elle n'était pas sûre d'y arriver. Le plongeur parut sentir combien elle luttait pour le suivre sans palmes et lui serra la main plusieurs fois pour l'encourager.

Ils nagèrent quelques minutes seulement avant de s'arrêter pour flotter. Deux objets jaunes étaient posés sur le fond. Ils étaient en plastique et ressemblaient à des torpilles miniatures avec des oreilles arrondies. Nina reconnut des DPV, appareils de propulsion de plongeurs, ou scooters des mers, comme on les appelle souvent.

Les plongeurs prirent chacun un DPV et mirent les gaz. Deux sifflements fusèrent quand les moteurs jumeaux alimentés par une batterie mirent en marche les deux hélices. L'aquanaute montra son dos. Nina grimpa sur ses épaules et ils remontèrent jusqu'à mi-hauteur où il faisait déjà plus chaud.

Tandis qu'ils remontaient, le plongeur de Nina appela le navire et demanda si quelqu'un pouvait voir un gros hovercraft dans les parages. Il n'était pas homme à prendre des risques.

— Il y en a eu un plus tôt, répondit-on. Il est reparti vers la rive et semble avoir disparu.

— *Roger !*[1] S'il vous plaît, préparez-vous à recevoir une visiteuse.

Il y eut un court silence.

— Redites-moi ça ?

— Peu importe. Préparez-vous seulement à soigner une hypothermie.

Ils firent surface près du navire et contournèrent sa poupe. Un groupe attendait pour aider Nina à monter à bord et la couvrir de serviettes et de cou-

1. Bien compris !

vertures. La jeune femme avait le visage marbré et les lèvres bleues. Elle refusa la civière mais fut heureuse de la main secourable qui l'aida à marcher, les jambes chancelantes et claquant des dents, jusqu'à l'infirmerie. Elle boitait du pied qu'elle avait blessé en fuyant ses assaillants.

Les deux plongeurs se débarrassèrent de leurs équipements et ne perdirent pas de temps pour aller à l'infirmerie. Ils attendirent patiemment devant la porte fermée, comme de futurs pères à la maternité. Avant longtemps, l'assistante médicale, une jeune femme attirante et soignée qui servait de docteur à bord, sortit sur la coursive.

— Elle va bien ? demanda le plus grand des deux hommes.

L'assistante sourit.

— C'est une sacrée bonne femme, dit-elle avec admiration. J'ai mis de l'antiseptique sur ses coupures et ses contusions. Elle était pratiquement en hypothermie, alors je voudrais qu'elle reste au chaud pour le moment. Elle va pouvoir boire une tasse de bouillon.

— Pouvons-nous la voir ?

— Bien sûr. Vous pouvez la distraire pendant que j'essaierai de lui trouver des vêtements et d'arranger une couchette dans ma cabine pour qu'elle puisse se reposer tranquillement.

— Comment s'appelle-t-elle ?

L'assistante leva un sourcil.

— Vous ne savez pas ? Vous devez passer trop de temps sous l'eau, les gars, surtout toi, Zavala. Je pensais que vous connaissiez son numéro de téléphone et le genre de fleurs et de restaurants qu'elle préfère.

José « Joe » Zavala avait une réputation qui le suivait depuis Washington, ce qui n'était pas surprenant puisqu'il était déjà sorti avec l'assistante médicale. Toujours charmant avec les dames, il était très populaire parmi toutes les célibataires à cause de son allure jeune, très Ricardo Montalban. Un léger sourire, presque timide, joua sur ses lèvres.

— Je dois être sur le déclin, dit-il.

— Ça, ce serait génial !

Elle fit une grimace et se hâta vers ses occupations.

Nina était assise sur une table d'examen quand les deux hommes entrèrent. Elle portait un pull-over trop grand et une épaisse couverture de laine autour des épaules. Bien qu'elle eût les yeux rougis par l'eau de mer et que ses longs cheveux fussent encore emmêlés, un peu de couleurs étaient revenues sur son visage et ses lèvres avaient perdu leur teinte bleue. Les mains serrées autour d'une grande tasse de café, elle semblait en apprécier la chaleur. Elle leva les yeux et vit le grand homme qui remplissait toute la hauteur de la porte. Avec son physique costaud et le contraste entre sa peau bronzée et la couleur presque blanche de ses cheveux, il ressemblait à un héros nordique sorti d'un opéra de Wagner. Pourtant sa voix était très douce quand il parla.

— J'espère que je ne vous dérange pas ?

Nina repoussa une longue mèche de cheveux de son visage.

— Pas du tout. Entrez.

Il s'avança, suivi par un homme au teint sombre avec un beau sourire.

— Je m'appelle Kurt Austin et voici Joe Zavala.

— Je suis Nina Kirov.

Elle reconnut les yeux de l'aquanaute aperçus derrière le masque de plongée. Ils lui rappelaient la couleur d'un récif de corail sous l'eau douce.

— Je crois que nous nous sommes déjà rencontrés ?

Austin sourit, ravi d'avoir été reconnu.

— Comment vous sentez-vous ?

— Pas mal, merci. J'irai mieux encore après une douche bien chaude. Quel est ce navire ? demanda-t-elle en regardant autour d'elle.

— Vous êtes sur le *Nereus*, le vaisseau de recherche de la NUMA.

— Vous travaillez pour l'Agence Nationale Marine et Sous-Marine ?

— C'est exact. Je dirige l'équipe des Missions spéciales. Joe est l'ingénieur maritime de l'équipe.

— J'aime à penser que j'en suis le *propulsionniste*, corrigea Zavala.

— Joe est modeste. C'est lui qui nous fait avancer, sur l'eau et sous l'eau.

Zavala était en fait un professionnel pour tout ce qui concerne la propulsion. Il pouvait réparer, modifier ou restaurer n'importe quel moteur, qu'il soit à vapeur, diesel ou électrique, sur une automobile, un navire ou un avion. Il n'hésitait jamais à se salir les mains quand il était confronté à un problème mécanique. Il avait imaginé et dirigé la construction de nombreux véhicules sous-marins, conduits par l'homme ou sans équipage, y compris certains qui, pour l'heure, étaient sur le navire de recherches. Ses talents s'étendaient aussi au pilotage aérien. Il avait deux mille heures de vol en hélicoptère et sur les petits appareils à réaction ou turbopropulsés.

— Vous dites que vous faites partie d'une équipe de mission spéciale ?

— C'est exact. Nous sommes un noyau de quatre personnes. Nous avons un géologue océanographe et un biologiste de marine mais ils sont sur d'autres missions. En général, nous travaillons sur des sujets qui sortent un peu des tâches ordinaires de la NUMA.

Il aurait pu ajouter « et de la surveillance du gouvernement ».

— Et que peut bien faire votre navire dans ce coin ?

— Nous sommes sur une croisière de fouilles revenant de la Méditerranée, dit Austin. Le gouvernement marocain a peur que le forage de pétrole au large de ses côtes n'affecte ses pêcheries de sardines. Le *Nereus* allait dans ce coin alors nous avons accepté de faire un rapide relèvement du fond.

— *Nerus*[1], le Vieil Homme de la Mer, murmura Nina en penchant la tête. Il y a une citation d'Hérode, le poète grec : « Un dieu doux et fidèle aux pensées justes, aimables, et qui ne ment jamais. »

Austin jeta un coup d'œil à Zavala. Peut-être Nina était-elle vraiment une sirène. Elle était assez jolie pour cela.

— J'ignore si le navire est digne d'être le Vieil Homme de la Mer. Le *Nereus* n'a été lancé qu'il y a deux mois mais Hérode avait raison de dire qu'il ne ment jamais. Ce navire est bourré de la proue à la poupe d'un matériel de relèvement dernier cri.

— Le concepteur du navire prétend que nous, les scientifiques, ne servons à bord que de ballast, ajouta Zavala.

Nina avait du mal à se faire à l'idée qu'Austin, avec ses larges épaules, et son compagnon à la jolie voix puissent être des savants et des scientifiques. Ils étaient si différents de ceux auxquels elle était habituée. Elle considéra les deux hommes d'un œil analytique. Avec son mètre quatre-vingt-cinq et ses quatre-vingts kilos, Austin était bâti comme un professionnel du football américain. Il avait le visage bronzé de ceux qui passent le plus clair de leur temps en plein air avec, en plus, ce poli métallique propre à ceux qui vivent constamment en mer. A part les lignes de sourire autour de la bouche et des yeux, sa peau n'était pas ridée. Bien que proche de la quarantaine seulement, sa chevelure avait prématurément pris une couleur gris acier, presque aussi blanche que le platine.

Le sombre et élégant Zavala mesurait à peu près un mètre soixante-dix-sept et paraissait moins puissamment bâti qu'Austin. Cependant, ses quatre-vingts kilos étaient bien répartis et tout en muscles, surtout autour des bras et du cou et il avait des traces de cicatrices autour des sourcils, souvenirs du temps

1. Nérée, le dieu marin, père des Néréides, personnifiait les vagues dans la mythologie grecque. *(N.d.T.)*

où la boxe professionnelle comme poids moyen l'avait aidé à payer ses études universitaires. Il avait gagné vingt-deux combats dont deux par K.-O. et n'en avait perdu que six. Sa chevelure noire et raide était peignée en arrière. Le petit sourire amusé qu'elle avait vu, quand il était entré dans la salle d'examens, n'avait pas quitté ses lèvres. Se rappelant le commentaire de l'assistante, elle comprenait comment son regard plein d'âme pouvait attirer la gent féminine.

Mais les manières courtoises des deux hommes ne cachaient pas leur heureux naturel. Austin, le plus musclé, était en ce moment positivement affable mais elle ne pouvait oublier la détermination intense qu'il avait mise à l'arracher du chemin de l'hovercraft. Et derrière la sociabilité de Zavala se cachait une dureté de pierre, elle en était sûre. La façon dont tous deux se complétaient, comme les rouages d'une machine bien huilée, démontrait, comme elle l'avait vu lorsqu'ils l'avaient ramenée saine et sauve à bord, qu'ils avaient l'habitude de travailler en équipe.

— Pardonnez ma mauvaise éducation, dit-elle en se rappelant son sauvetage. Je ne vous ai pas encore remerciés tous les deux.

— Mes excuses pour vous être tombé dessus en vous saisissant comme ça, répondit Austin. J'ai dû vous faire une sacrée peur.

— Pas autant que de voir cet affreux bateau jouer au water-polo avec ma tête. Je ne pourrai jamais assez vous remercier. Je vous en prie, tombez-moi dessus pour me sortir du danger chaque fois que vous le voudrez. Une question idiote, reprit-elle après un silence, est-ce que vous parcourez *toujours* l'Atlantique à la recherche des demoiselles en détresse ?

— Pur hasard, dit-il en haussant les épaules. Joe et moi étions en train de bricoler dans l'eau. J'ai sorti la tête pour prendre un roulement sur le pont quand je vous ai vue jouer à cache-cache avec l'hovercraft.

A mon tour de poser une question. Qu'est-ce qu'il vous voulait ?

Le sourire de la jeune femme disparut.

— C'est tout simple. Ils essayaient de me tuer.

— Je pense que c'était évident, mais pourquoi ?

— Je l'ignore, dit-elle d'une voix monocorde, les yeux ternes.

Austin sentit qu'elle essayait d'éviter de parler de quelque chose.

— Vous ne m'avez pas dit d'où vous veniez, dit-il d'une voix douce.

Ce fut comme s'il avait retiré une prise.

— Mon Dieu ! murmura-t-elle. L'expédition ! Le Dr Knox !

— Quelle expédition ?

Elle regarda dans le vide comme si elle essayait de se souvenir d'un rêve.

— Je suis une archéologue de marine. J'étais avec le groupe de l'université de Pennsylvanie. On travaillait sur une excavation, pas très loin d'ici.

Elle raconta le massacre et sa fuite. L'histoire était tellement fantastique qu'Austin ne l'aurait peut-être pas crue s'il n'avait vu l'attaque de l'hovercraft et une peur absolue sur le visage de Nina. Quand elle eut achevé son récit, Austin se tourna vers Zavala.

— Qu'en penses-tu ?

— Je crois que nous devrions y jeter un coup d'œil nous-mêmes.

— Moi aussi. Mais nous appellerons d'abord les autorités marocaines. Mademoiselle Kirov, êtes-vous en état de nous indiquer comment aller à votre campement ?

Nina tentait de surmonter le remords d'être la seule à avoir échappé à la mort. Elle avait besoin d'agir. Elle glissa au bas de la table et se tint sur ses jambes encore peu solides.

— Je ferai mieux que cela, dit-elle d'une voix presque coupante. Je vais vous *montrer*.

7

Le capitaine Mohamed Mustapha, de la gendarmerie royale marocaine, se pencha sur le pare-chocs chaud de sa Jeep et regarda la grande Américaine aller et venir dans la clairière sablonneuse, la tête penchée vers le sol.

Comme la plupart des policiers de ce pays rural, le capitaine occupait ses longues journées à faire la chasse aux petits truands parmi les écoliers villageois, à remplir des constats d'accidents ou à vérifier les papiers des étrangers qui étaient, hélas, trop rares. La disparition d'un chameau sur laquelle il avait enquêté l'année précédente avait présenté d'intéressantes possibilités avant qu'on ne conclue que l'animal s'était tout simplement enfui. Et maintenant, cette affaire lui offrait enfin l'occasion inespérée de rechercher un groupe d'archéologues disparus.

Mustapha connaissait bien cette zone que les Berbères appellent le Lieu des Morts à cause des vieilles tombes et il avait entendu parler des ruines proches. C'était bien en dehors des chemins fréquentés par les patrouilles territoriales qui couvraient deux cent cinquante kilomètres carrés. Il avait une fois visité ce lieu solitaire et y était resté assez longtemps pour décider qu'il n'y remettrait pas les pieds sans y être obligé.

La femme s'arrêta et resta un moment immobile,

les mains sur les hanches, comme si elle était perdue, puis s'approcha de la Jeep.

— Je ne comprends pas, dit-elle, le front plissé d'étonnement. Nous avons campé juste ici. Les cinq tentes, les vans, *tout* a disparu !

Le capitaine se tourna vers l'homme aux larges épaules dont les cheveux avaient la teinte de la neige sur les montagnes de l'Atlas.

— Peut-être que la demoiselle se trompe d'endroit.

Nina jeta à l'officier un regard noir.

— La demoiselle ne se trompe pas !

Il soupira.

— Ces gens qui vous ont attaqués, étaient-ce des voleurs ?

Elle réfléchit un instant.

— Non. Je ne crois pas qu'ils aient été des voleurs.

Mustapha eut un haussement d'épaules digne d'un Parisien, alluma une Gauloise et repoussa la visière de sa casquette sur ses cheveux noirs. Il se sentait vaguement mal à l'aise en présence d'une femme aux bras et aux jambes nus mais n'était pas insensible. Il aurait fallu être aveugle pour ne pas voir les lacérations qui marquaient sa peau et il était évident qu'elle était effrayée. Pourtant il voyait de ses propres yeux qu'il n'y avait ni tentes, ni piles de cadavres, ni véhicules. En fait, il n'y avait rien qui indiquât que l'histoire fût vraie.

L'officier tira une bouffée de sa cigarette et rejeta la fumée par les narines.

— On m'a indiqué, naturellement, qu'il y avait une expédition près du Lieu des Morts. Peut-être sont-ils partis sans vous prévenir.

— Super ! rétorqua Nina. De tous les flics du Maroc, il a fallu que je tombe sur la version berbère de l'inspecteur Clouzot[1].

Les nerfs tendus de Nina la rendaient irritable. Austin ne pouvait lui en vouloir de réagir ainsi à la

1. Voir *La Panthère Rose.*

stupidité du policier après tout ce qu'elle avait subi. Il décida néanmoins qu'il était temps d'intervenir.

— Nina, vous avez mentionné un feu de camp. Pouvez-vous me montrer où il était ?

L'officier de police les suivant lentement, Nina le conduisit vers le centre de la clairière et dessina une croix dans la poussière avec le bout de sa chaussure.

— A peu près ici, dit-elle.

— Avez-vous une pelle ? demanda Austin au policier.

— Oui, bien sûr. C'est un outil indispensable quand on conduit dans le désert.

Mustapha alla sortir du coffre de la Jeep une pelle à manche pliant, probablement militaire. Austin la prit et s'agenouilla aux pieds de Nina, où il commença à creuser une série de tranchées parallèles d'environ quinze centimètres de profondeur. Les deux premières ne révélèrent rien d'intéressant mais la troisième, si.

Austin ramassa une poignée de terre noircie et la sentit.

— Les cendres d'un feu. Et encore chaudes, dit-il en posant sa paume sur le sol.

Nina écoutait à peine. Elle fixait un point derrière Austin, où quelque chose semblait bouger.

— Là ! murmura-t-elle.

La tache sombre était formée de milliers de créatures rampantes. Avec le bord de la pelle, Austin dégagea un espace entre les petits groupes de fourmis et commença à creuser. Quinze centimètres sous la surface, il retira une pelletée de terre tachée de rouge sombre. Il agrandit le trou. D'autres taches rougeâtres apparurent. Le sol en était imbibé. Nina s'agenouilla à côté de lui. L'odeur fade du sang séché lui emplit les narines.

— C'est ici qu'on a tiré sur eux, dit-elle, la voix serrée par l'émotion.

Le capitaine Mustapha regardait rêveusement en l'air, se demandant quand il pourrait rentrer chez lui pour dîner avec sa femme et ses enfants. Sentant un changement d'atmosphère, il jeta sa cigarette et vint s'agenouiller près de Nina. Son visage bronzé pâlit un peu quand il comprit ce que signifiait la terre décolorée.

— Allah soit béni ! murmura-t-il.

Quelques secondes plus tard, il était dans sa Jeep et parlait en arabe rapide à la radio.

Nina était toujours à genoux, le corps raidi, les yeux fixés sur le sol comme si les horribles événements de la nuit précédente sortaient du trou peu profond. Austin se dit qu'elle s'écroulerait s'il ne l'en éloignait pas. Il la prit par le bras et l'aida à se lever.

— J'aimerais bien jeter un coup d'œil au lagon, si vous n'y voyez pas d'inconvénient.

Elle cilla, comme une somnambule soudain réveillée.

— C'est une bonne idée, dit-elle. Il y a peut-être quelque chose là-bas.

Elle le conduisit à travers les dunes. Le canot pneumatique Zodiac qui les avait amenés du navire de la NUMA était sagement posé sur l'escalier de pierre.

Nina fouilla du regard le lagon, si paisible maintenant.

— Je ne peux pas croire qu'ils aient aussi emporté *mes bouées balises,* dit-elle sombrement.

Austin un pas derrière elle, elle longea la côte solitaire en décrivant le tunnel invisible et le *cothon.* Austin montra du doigt une douzaine de poissons morts flottant à la surface.

— Manque probable d'oxygène, dit Nina. Le lagon n'est pas très sain pour les créatures vivantes. (Elle sourit de son ironie involontaire.) Il y a une chose dont je n'ai pas encore parlé.

Elle décrivit brièvement la tête de pierre qu'elle avait trouvée. Austin était à peine capable de cacher son incrédulité.

— Olmèque ? Ici ? (Il se mordit la lèvre inférieure, cherchant en vain une façon polie d'exprimer ses doutes.) Il n'y a aucune chance.

— Je n'y croirais pas moi-même si je ne l'avais pas vue. Je suppose que vous changerez d'avis après avoir plongé. Je vais vous montrer.

Elle ôta les tennis qu'on lui avait prêtées. Austin n'avait rien contre un bain rafraîchissant et le plongeon permettrait à Nina de chasser les images horribles de la clairière. Et leurs shorts et leurs T-shirts sécheraient vite au soleil.

Nina plongea et Austin la suivit. Ils parcoururent une courte distance jusqu'à ce que Nina s'arrête pour prendre un caillou sur un ou deux points de repère. Puis elle plongea la tête la première. Après une minute environ, elle remonta vivement à la surface puis replongea. Près du fond, elle parcourut un cercle puis remonta comme un boulet de canon, Austin juste derrière elle.

— Elle a disparu ! dit-elle en haletant. La tête a disparu !

— Etes-vous sûre que c'est le bon endroit ?

— Aucune erreur. J'avais aligné des points de repère quand j'ai posé une balise ici. Cette tête a disparu. Venez, je vais vous montrer.

Sans un mot, elle replongea.

Quand Austin la rattrapa, elle nageait en long et en large près du fond, montrant ce qui ressemblait à un cratère lunaire. Elle ramassa quelque chose dans la boue et ils remontèrent, l'un en face de l'autre, dégoulinants.

— Ils l'ont fait sauter, dit-elle en lançant en l'air un morceau de roche noircie. Ils ont fait sauter la tête en mille morceaux !

Elle se mit à nager vers la rive.

Zavala les attendait près de l'escalier. Il avait vérifié la sécurité du périmètre du camp.

— Le capitaine t'informe qu'il a appelé le quartier général de sa brigade, dit-il. Ils vont se mettre en rapport avec la Sûreté nationale à Rabat. C'est la Sûreté qui s'occupe des grandes enquêtes criminelles.

Nina tendit ses trouvailles à Austin.

— C'est du basalte volcanique. Je suis sûre que ça vient de la tête de la statue.

Austin étudia les pierres.

— Les bords sont ébréchés et brûlés. Ce morceau a été soumis à une récente explosion. Ce qui explique les poissons morts, ajouta-t-il en regardant le lagon.

— Tout ceci n'a aucun sens, dit Nina en secouant la tête. Ils tuent tout le monde, ils tentent de me tuer. Et puis, au lieu de s'enfuir, ils prennent la peine de faire sauter une œuvre d'art. Pourquoi ?

Un silence suivit cette question car personne n'avait de réponse à proposer. Austin suggéra de faire le point avec le capitaine et de retourner au bateau. Ils se dirigèrent donc vers le lieu du campement, Nina en tête. Zavala traîna volontairement pour marcher près d'Austin. A voix basse, pour que Nina n'entende pas, il dit :

— J'ai demandé au capitaine s'il voulait qu'on creuse autour du lieu de fouille.

Austin leva un sourcil.

— Nina a dit que l'expédition travaillait depuis plusieurs jours, ajouta Zavala. Et pourtant, on ne voit aucune fouille ouverte. La moindre tranchée a été rebouchée. Ça ne te dit rien ?

— J'ai bien peur que si. C'est peut-être un de ces cas où les victimes ont creusé leurs propres tombes.

Zavala tendit à Austin une paire de lunettes à monture métallique. Les verres ronds étaient cassés.

— J'ai trouvé ça près des fouilles.

Austin les regarda et, sans un mot, les mit dans sa poche.

Tandis que le Zodiac se rangeait près du navire de recherches, Nina put admirer les atouts de fonction et de formes que présentait la fine coque bleu-vert.

— Hier, quand j'ai vu le *Nereus* depuis la plage, je me suis dit que c'était un merveilleux bateau. Mais il est encore plus beau de près.

— Il est plus que beau, corrigea Austin en aidant Nina à gagner le pont arrière. C'est le navire de recherches le plus moderne du monde. Soixante-quinze mètres de la proue à la poupe, avec des kilomètres de fibres optiques et de communications de données à grande vitesse un peu partout. Le *Nereus* a des propulseurs à l'avant qui lui permettent de virer dans un mouchoir et de rester stable par grosse mer. Et puis c'est le dernier cri en matière de véhicules submersibles. Il a même un système sonar monté dans la coque qui nous permet de faire des cartes des fonds marins sans nous mouiller les pieds.

Austin montra une grande structure cubique derrière le pont.

— C'est là que se trouvent les entrepôts des scientifiques. Il y a là-dedans des laboratoires où nous rangeons les submersibles dans de l'eau de mer, ainsi que les traîneaux des caméras et autres équipements. Le navire est capable de fonctionner avec un petit équipage d'environ vingt personnes, et nous pouvons accueillir plus de trente scientifiques.

Nina boitait toujours à cause de sa blessure au pied de la veille. Ils montèrent trois ponts au-dessus, prirent une coursive et s'arrêtèrent devant la porte d'une cabine.

— C'est ici que vous coucherez pendant les jours à venir.

— Je ne veux prendre la place de personne.

— Vous ne prendrez la place de personne. Nous avons à bord un nombre impair de femmes et il y a une couchette libre dans la cabine de l'assistante médicale. C'est un endroit idéal pour vous. Il est proche de la bibliothèque et aussi de la partie la plus importante du navire. Venez, je vais vous montrer.

Il la conduisit le long de la coursive jusqu'à la cuisine où Zavala buvait un café en lisant le *New York Times* reçu par fax. Cette pièce stérile et son air conditionné furent un puissant antidote à la désolation du Lieu des Morts. On y trouvait le décor habituel des cuisines de bord, Formica et aluminium, avec les tables et les chaises rivées au sol. Mais les arômes n'avaient rien à voir avec les sempiternelles odeurs de bacon et de graisse qui envahissent la plupart des popotes de navires.

Nina s'assit, heureuse de soulager son pied du poids de son corps.

— Je dois être affamée, dit-elle en reniflant autour d'elle. Ça sent comme dans un quatre étoiles.

— Cinq étoiles. Nous autres, pauvres employés sous-payés de la NUMA, devons endurer bien des choses. La liste des vins est excellente ici, mais vous ne trouverez que des vins de Californie dans notre cave.

— Nous sommes sur un navire américain, expliqua Austin en faisant mine de s'excuser. Ça ne se fait pas d'avoir un bordeaux ou un bourgogne à bord, bien que notre chef ait tous les diplômes de cordon-bleu, si cela peut vous rassurer.

— Pour dîner ce soir, nous pourrons choisir entre un steak *au poivre*[1] et du flétan *au beurre blanc*[1], ajouta Zavala. Je dois vous prier d'excuser le chef. Il est originaire de Provence et a tendance à avoir la main lourde sur le basilic et l'huile d'olive.

Nina regarda autour d'elle les appareils fonctionnels et secoua la tête avec admiration.

— Je crois que je survivrai.

Maintenant que la jeune femme était détendue, Austin estima qu'il pouvait revenir à un sujet moins agréable. Il lui offrit d'abord un grand verre de thé glacé.

— Si vous vous sentez assez forte pour revenir sur les événements d'hier soir, j'aimerais que nous revoyions ce que nous savons, au cas où quelque chose nous aurait échappé, dit-il.

Elle but une gorgée de thé comme si cela pouvait la rendre plus forte.

— Ça ira, affirma-t-elle.

Elle reprit le récit de ce qui s'était passé la nuit précédente.

Austin écouta, les yeux mi-clos comme un lion

1. En français dans le texte. *(N.d.T.)*

assoupi, absorbant chaque mot, chaque inflexion, entassant les faits dans sa mémoire, cherchant ce qui pouvait ne pas coller avec le premier récit.

— Je pense que vous n'êtes pas d'accord avec la théorie des malfrats du capitaine Mustapha, dit-il quand elle eut terminé. Des malfaiteurs auraient pu tuer certains de vos compagnons pour les voler mais, d'après ce que vous décrivez, il s'agissait d'un massacre délibéré.

— Et les terroristes fondamentalistes musulmans ? proposa Zavala. Ils ont tué des milliers de gens à Alger.

— Peut-être, mais les terroristes aiment généralement se vanter de ce qu'ils ont fait. Ceux-ci ont fait tout ce qu'ils ont pu pour cacher les preuves. Pourquoi des fondamentalistes auraient-ils détruit la tête de pierre ? C'est un autre fait qui me chagrine, à ce propos. Il leur aurait fallu des explosifs très spéciaux pour cela.

— Ce qui signifie qu'ils auraient connu depuis longtemps l'existence de la statue, remarqua Zavala.

— C'est exact. Ils sont venus avec l'intention de la démolir sous l'eau.

— Impossible, coupa Nina.

Puis, moins sûre d'elle-même, elle ajouta :

— Je ne vois pas comment ils en auraient connu l'existence.

— Moi non plus, avoua Zavala. Etes-vous certaine qu'ils parlaient espagnol ?

Elle fit oui d'un vigoureux hochement de tête.

— On peut presque aller à pied en Espagne, dit Austin, en traversant le détroit de Gibraltar depuis Tanger, et Tanger n'est pas loin d'ici.

Zavala ne parut pas d'accord.

— Ça ne veut rien dire. Je parle espagnol mais je suis un Américain du Mexique qui n'a jamais mis les pieds en Espagne.

Nina parut se souvenir de quelque chose.

— Oh ! Ça me rappelle que je n'ai pas parlé de Gonzalez.

— Qui est Gonzalez ? demanda Austin.

— Un volontaire du groupe de fouille. En fait, il a *payé* pour en faire partie, par l'intermédiaire d'une organisation à but non lucratif appelée Time-Quest. Je l'ai vu parler à un homme, un étranger dans une Jeep, hier après-midi. Gonzalez a dit que le type s'était perdu. J'ai trouvé ça bizarre.

— Et vous avez eu raison, dit Austin. Ce n'est peut-être rien mais nous allons faire des recherches sur Time-Quest et voir s'il y a quelque chose sur ce Gonzalez. Je suppose qu'il a été tué avec les autres ?

— Je ne l'ai pas vu, mais j'ignore comment il aurait pu s'échapper.

— Et l'hovercraft qui a poursuivi Nina ? demanda Zavala à Austin. Il y a peut-être une piste de ce côté-là.

— D'après ce que j'ai pu en voir de la surface, il ressemblait à un modèle des douanes. Peut-être un Griffon fabriqué en Angleterre. J'ai appelé la NUMA un peu plus tôt pour demander qu'on vérifie les propriétaires de tous les hovercrafts Griffon. Il ne doit pas y en avoir beaucoup de par le monde. A mon avis, ils l'ont acheté par l'intermédiaire d'une société écran.

— Ce qui veut dire qu'il ne sera pas facile à retrouver.

— Peut-être même impossible, mais ça vaut le coup d'essayer. (Il regarda le vide en réfléchissant.) Nous sommes toujours confrontés à la question principale. Pourquoi quelqu'un voudrait-il faire disparaître toute trace d'une expédition archéologique inoffensive ?

Nina était silencieuse, le menton appuyé sur une main.

— Peut-être n'était-elle pas aussi inoffensive que ça, dit-elle enfin.

— Que voulez-vous dire ?

— Je ne cesse de repenser à la tête olmèque. Elle est au centre de toute cette histoire.

— Elle me pose toujours un problème, cette statue olmèque. Surtout depuis qu'on l'a réduite en un tas de cailloux.

— Il ne s'agit pas de ma seule évaluation. N'oubliez pas que c'est Sandy qui l'a identifiée. Elle est l'une des spécialistes les plus respectées du pays sur les objets méso-américains. Sandford a écrit des articles et fait des fouilles dans presque tous les grands sites, comme Tikal et un tas d'autres moins célèbres.

— D'accord, admettons que Sandy et vous ayez raison. Pourquoi cette statue est-elle si importante ?

— Elle pourrait révolutionner la communauté archéologique et historique. Depuis des années, on s'est demandé s'il y avait eu des contacts entre l'Ancien et le Nouveau Monde avant Christophe Colomb.

— Comme Leif Eriksson et les Vikings ? Je croyais qu'on avait déjà quantité de preuves là-dessus, dit Zavala.

— Il y en a mais elles sont acceptées à contrecœur. Je parle de contacts transatlantiques, des centaines d'années *avant* les Vikings. Le problème a toujours été le manque de preuves matérielles. La tête olmèque aurait été cette preuve matérielle.

— Et alors ? dit Austin en levant les sourcils.

— Pardon ? dit-elle, presque vexée.

— Disons que cette statue prouve de façon concluante un contact précolombien. C'est forcément et sûrement sujet à controverses. Mais quelle importance cela a-t-il maintenant, autrement que pour les archéologues, les historiens et les chevaliers de Christophe Colomb ?

— Oh ! Je vois ce que vous voulez dire, dit-elle, radoucie, mais je ne peux pas vous répondre sauf que je crois que ma découverte a, en quelque sorte, précipité les événements.

— Personne, au camp, ne connaissait votre trouvaille ?

— Non. Ils auraient fini par le savoir. Déontologiquement, j'aurais dû en informer le Dr Knox et

Fisel immédiatement. J'ai supposé qu'il s'agissait d'une œuvre olmèque mexicaine, mais ça paraissait tellement fantastique que j'ai voulu une confirmation avant d'en parler. C'est pour cela que j'ai contacté Sandy.

— A part vous, votre collègue à l'université étaitelle la seule personne à avoir vu ce que vous aviez trouvé ?

— Oui, mais Sandy n'en aurait jamais parlé à personne. Grâce au ciel, les données préliminaires sont en sécurité entre ses mains. Il faut que je rentre le plus vite possible, ajouta-t-elle après un silence.

— Nous nous dirigions vers la péninsule du Yucatán pour examiner la zone d'impact d'un astéroïde qui aurait pu être responsable de la disparition des dinosaures. Nous avons encore une journée de relèvement ici avant de partir, dit Austin. Nous souhaitons que vous restiez avec nous jusque-là, ensuite nous pourrons vous laisser à Marrakech où vous prendrez un vol pour New York. Cela vous permettrait de vous reposer un peu et de mettre vos réflexions au point.

— Merci, dit Nina. Je ne me sens pas encore très solide mais je me sens en sécurité ici.

— Vous serez plus qu'en sécurité, vous serez nourrie.

— Juste une chose. Je dois prévenir l'université de ce qui est arrivé au Dr Knox et à l'expédition. Le département d'archéologie va être anéanti. Le Dr Knox était une institution. Tout le monde l'adorait.

— Pas de problème, dit Zavala. Je vous emmène à la salle radio.

Austin prit un verre de café glacé et le posa sur la table. Il y mit une grosse cuiller de crème et regarda le liquide sombre comme s'il pouvait y lire la réponse aux problèmes de Nina. Toute cette histoire n'avait ni queue ni tête, et il n'y avait trouvé aucune solution quand Zavala revint avec Nina.

— Vous avez fait vite, remarqua Austin. Vous n'avez pas pu joindre l'université ?

Zavala était inhabituellement sombre.

— Si, nous l'avons eue immédiatement, Kurt.

Austin remarqua les yeux pleins de larmes de Nina.

— J'ai parlé à l'administration, dit-elle, le teint cendré. D'abord, ils n'ont rien voulu me dire mais je sentais qu'on me cachait quelque chose. Seigneur ! poursuivit-elle après un silence... mais que se passe-t-il donc ?

— Je ne comprends pas, dit Austin qui commençait cependant à comprendre.

Aussi ne fut-il pas très surpris quand Nina acheva :

— C'est Sandy. Elle est morte !

8

Allongé sur sa couchette, Austin contemplait le plafond en écoutant avec envie le doux ronflement de Zavala, à l'autre bout de la cabine. Comme prévu, le chef avait eu la main lourde sur les herbes et l'huile, mais l'estomac d'Austin allait bien. C'est son esprit qui le tenait éveillé. Comme un employé au classement, il compulsait mentalement les événements de la journée et n'était pas près de se reposer.

La croisière inaugurale du *Nereus* aurait dû être de tout repos, une chance de se reposer des explorations fatigantes de l'équipe de la NUMA et des énigmes sinistres sur et sous la surface des océans du monde. Puis Nina avait surgi avec tous les chiens de l'Enfer sur ses talons et lui était pratiquement tombée entre les bras. Peut-être était-ce la pensée de cette ravissante jeune femme, dans la cabine voisine, qui le tenait éveillé.

Il jeta un coup d'œil aux aiguilles phosphorescentes de sa montre Chronosport. Trois heures du matin. Austin se rappela qu'un médecin lui avait un jour expliqué que c'était vers trois heures du matin que la plupart des grands malades rendaient l'âme. Cette pensée le fit sauter du lit. Il enfila un pantalon de survêtement et un coupe-vent de Nylon, ainsi que ses vieilles chaussures de marin, si confortables.

Laissant Zavala à son sommeil paisible, il prit le couloir et monta quatre ponts plus haut.

La porte de la timonerie était ouverte sur l'air frais

de la nuit. Austin y passa la tête. Un jeune marin nommé Mike Curtis avait pris le dernier quart de la nuit. Il était assis sur une chaise, le nez dans un livre.

— Salut, Mike, dit Austin. Je ne pouvais pas dormir. Que diriez-vous d'un peu de compagnie ?

Le marin sourit en posant son livre.

— Je ne dirais pas non. C'est un peu rasoir, ici. Voulez-vous un café ?

— Oui, merci. Un noir.

Tandis que Mike remplissait deux tasses fumantes, Austin prit le livre de géologie.

— C'est un sujet bien austère pour la garde à l'heure du cimetière.

— Je piochais un peu pour préparer le relèvement au Yucatán. Croyez-vous vraiment qu'un météore ou une comète ait pu faire disparaître les dinosaures ?

— Quand un objet aussi gros que Manhattan s'abat sur la Terre, ça fait bouger pas mal de choses. Que les gros lézards aient été à la veille de s'éteindre, c'est une autre question. Cette étude du plancton devrait mettre un terme à des tas de discussions. C'est assez ironique en un sens qu'un petit animal unicellulaire puisse nous indiquer ce qui est arrivé à la plus grosse créature vivante de tous les temps.

Ils bavardèrent jusqu'à ce que Mike aille remplir certaines tâches de routine. Austin vida sa tasse et passa de la salle radio à la salle des codes, à l'arrière du pont. Les grandes fenêtres panoramiques doublaient l'espace, formant une salle de contrôle arrière dont l'équipage pouvait se servir quand il faisait marche arrière.

Austin étala une carte des côtes marocaines sur la table de navigation et dessina une croix pour noter la position actuelle du navire. Les lèvres serrées, il étudia pensivement la carte, suivant des yeux le renflement occipital du continent africain en forme de crâne, de Gibraltar au Sahara. Il secoua la tête. La carte ne lui apprenait rien. Un hovercraft aurait aussi bien pu venir de la terre que de la mer.

Il tira une chaise, mit les pieds sur la table, et lut

tout ce qui avait été noté dans le livre de bord depuis le début du voyage. La croisière avait été parfaite jusqu'à présent. Rapide et sans rien de notable, le navire avait traversé l'Atlantique, fait une brève escale à Londres pour accueillir quelques scientifiques, puis passé deux semaines en Méditerranée pour tester le submersible, et enfin atteint le Maroc où il s'était arrêté deux jours auparavant.

L'histoire de Nina était bizarre sur tous les plans. L'attaque de l'hovercraft et les preuves sanglantes sur les lieux du campement l'avaient convaincu de sa véracité. Et la terrible nouvelle de la mort de sa collègue lui avait ôté les doutes qu'il pouvait encore avoir. Un accident de voiture. C'est bien pratique. Ces assassins avaient le bras long. Ils avaient effacé les données que Nina avait transmises à U. Penn. Elle était maintenant la seule à détenir des informations de première main sur la mystérieuse œuvre d'art olmèque et sur son authenticité. Il était heureux de la savoir dans sa cabine, dormant à poings fermés grâce à un léger sédatif que lui avait donné sa compagne de chambre.

Austin sortit s'appuyer au bastingage d'une petite plate-forme derrière la salle des cartes. Le navire était dans l'obscurité à part quelques projecteurs illuminant une partie de la superstructure blanche et les balises qui éclairaient le niveau bas des ponts. Au-delà de ces lignes lumineuses, il n'y avait que la vaste obscurité veloutée. L'odeur de végétation pourrissante qui arrivait à ses narines était la seule indication qu'une grande masse de terre s'étendait à moins d'une lieue de lui. Il se demanda combien d'expéditions comme celle de Nina avaient disparu de sa masse obscure. Peut-être ne connaîtrait-on jamais la vérité.

Mais assez de philosophie. Austin bâilla et hésita entre regagner sa cabine ou rester où il était pour voir le soleil se lever. Il resta un instant à savourer la beauté de la nuit. Le *Nereus* était comme une phalène au repos. Il aimait sentir autour de lui le navire endormi, entendre le ronronnement des systèmes électriques, les craquements et les grognements d'un bateau à l'ancre.

Tink !

Austin se baissa et tendit l'oreille. Le bruit métallique venait d'en bas. Métal contre métal.

Tink ! Ça recommençait.

Le bruit n'était pas fort, mais il détonnait sur le fond sonore normal du navire. Intrigué maintenant, Austin descendit silencieusement au premier niveau et parcourut le pont désert, la main posée légèrement sur le plat-bord mouillé. Il s'arrêta. Ses doigts avaient rencontré une grosse bosse. Il regarda de plus près et vit la dent d'un grappin de fer couvert de toile pour étouffer le bruit.

Explorant plus loin du bout des doigts, il sentit le métal nu du support qui avait dû causer le bruit métallique en heurtant le flanc du bateau.

Il s'éloigna de la lumière et regarda par-dessus le bastingage. De tout en bas, au niveau de la ligne de flottaison, montait un léger bruissement. C'était peut-être le bruit des vagues contre la coque. Il mit sa main autour de son oreille pour mieux entendre.

Des murmures de voix se distinguaient du bruit de la mer. Il aperçut des ombres mouvantes.

Austin n'attendit pas de savoir si les visiteurs étaient amis ou ennemis. Pour lui, la réponse était évidente. Il gagna à la hâte l'escalier le plus proche et remonta au niveau des cabines. Quelques minutes après, il secouait Zavala pour le réveiller. Son camarade de chambre dormait comme un drogué mais il avait toujours eu ce don de se retrouver parfaitement en alerte comme s'il avait un interrupteur électrique dans la tête. Zavala savait qu'Austin ne le réveillerait pas à moins d'avoir une raison importante. Grognant pour faire savoir qu'il était prêt à agir, il sortit du lit et enfila un short et un T-shirt.

Austin avait ouvert la porte de son placard et fouillait parmi ses affaires. Il sortit un holster de cuir et, une seconde après, tenait la crosse de bois d'un

Ruger Redhawk. Avec son gros canon de 101 millimètres, le revolver 375 Magnum, fabriqué sur commande par Bowen, était compact mais extrêmement dangereux.

Zavala l'appelait « le canon de Kurt » et prétendait qu'il était chargé de barres de chemin de fer. En réalité, l'arme utilisait des balles de calibre .50.

— Nous avons de la compagnie, dit Austin en vérifiant les cylindres de la chambre du Bowen à cinq coups. Sur tribord. Ils montent à bord avec des grappins. Ce sont les types que nous connaissons. Mais il peut y en avoir d'autres. Nous aurons besoin d'armes.

Le regard de Zavala fit le tour de la cabine et il marmonna :

— C'est bien ma chance ! Quelqu'un m'a dit que cette croisière devait être un vrai voyage de lune de miel. Je n'ai même pas apporté un pistolet à amorces. J'ignorais que nous allions devoir repousser des pirates barbaresques.

Austin passa le holster sur son épaule.

— Je l'ignorais aussi. C'est pourquoi je n'ai pas apporté de balles de rechange. Je dispose de cinq coups et c'est tout.

Zavala s'anima.

— Dis donc, et ton achat de Londres ?

Austin fouilla à nouveau son placard d'où il sortit une boîte de bois, plate et brillante.

— Mes Joe Manton spéciaux ? Diable ! Pourquoi pas ?

Zavala sortit d'un tiroir un poignard de plongeur à fixer sur le mollet.

— Ce cure-dents est tout ce que j'ai comme arme, dit-il.

— Ce n'est pas exactement ce que j'appellerais un puissant arsenal. Il faudra improviser au fur et à mesure.

— Ça ne sera pas la première fois, dit Zavala en hochant la tête.

Austin s'apprêtait à sortir.

— A mon avis, ils cherchent Nina. Je vais la réveiller ainsi que tous ceux de ce niveau. Tu peux descendre et faire bouger le reste de l'équipage et des scientifiques. On les entassera dans la salle des propulseurs, à l'avant des quartiers de l'équipage.

— Ils vont être serrés !

— Je sais mais ils pourront verrouiller la porte étanche, ce qui nous laissera libres d'agir. On ne peut pas se permettre de laisser une troupe d'universitaires et de matelots de pont désarmés se balader partout au risque d'être blessés ou pris en otage. Malheureusement, le *Nereus* est un navire de recherches, pas un navire de guerre.

— Je commence à le regretter, commenta Zavala.

Rapide comme l'éclair, il disparut au bas de l'escalier.

Les yeux pleins de sommeil, l'assistante médicale répondit aux coups d'Austin sur la porte de la cabine attenante. Sans faire de discours, Austin lui dit de s'habiller pendant qu'il réveillerait Nina.

Elle était encore groggy sous l'effet du médicament mais quand elle vit l'expression tendue du visage d'Austin, elle ouvrit grands les yeux.

— Ils sont revenus, n'est-ce pas ? dit-elle d'une voix encore ensommeillée.

Austin fit oui de la tête. Quelques minutes plus tard, les deux femmes et lui étaient dans la coursive où, de cabine en cabine, ils réveillaient les autres. Bientôt, plus d'une dizaine d'hommes et de femmes renfrognés étaient rassemblés dans l'étroit passage, en vêtements de nuit ou en tenues disparates enfilées à la hâte.

— Pas de questions pour l'instant, ordonna Austin d'un ton sans réplique.

Il conduisit le groupe endormi jusqu'au pont inférieur. Zavala l'y attendait avec les autres. Comme des gardiens de troupeau, ils les dirigèrent dans la partie de la proue à l'avant des quartiers de l'équipage où ils jouèrent des coudes pour s'installer au milieu des propulseurs qui servent à stabiliser le navire par gros temps.

Austin résuma brièvement la situation.

— Je vais vous dire ce qui se passe en quelques mots et aussi suavement que possible. Des attaquants armés sont en train de nous aborder. N'ouvrez cette porte à personne d'autre qu'à Joe ou à moi.

— Qu'allez-vous faire ? demanda un chercheur.

« Damnés scientifiques, pensa d'abord Austin. Toujours à poser des questions ! » Il n'avait pas le temps de se montrer aussi directement honnête que d'habitude.

— Ne vous inquiétez pas. Joe et moi avons un plan, répondit-il avec confiance. Nous allons revenir.

Il se hâta de quitter les lieux et referma la porte sur leurs visages effrayés.

— A t'entendre, on te prendrait pour Terminator, dit Zavala juste derrière lui. Je suis content de savoir que *nous* avons un plan. J'espère que ça ne te dérangera pas de me mettre au courant.

Austin appliqua une grande claque sur l'épaule de son ami.

— C'est simple, Joe. Toi et moi allons virer ces salauds de notre bateau.

— Et ça, c'est un *plan* ?

— Tu préférerais peut-être leur demander poliment de partir ?

— Pourquoi faire simple ? D'accord, compte sur moi. On commence comment ?

— On remonte en vitesse sur le pont. C'est là que nos hôtes indésirables iront d'abord. J'espère qu'ils n'y sont pas déjà.

— Comment sais-tu qu'ils iront sur le pont ?

— Parce que c'est ce que moi je ferais. Ils peuvent couper les communications et prendre le contrôle du navire en un rien de temps.

Austin courut vers l'escalier le plus proche.

— Essaie de rester hors de leur vue. Si c'est le même gang que celui qui a anéanti l'expédition, mon petit revolver ne fera pas le poids en face d'armes automatiques.

Empruntant l'escalier intérieur, ils montèrent les six ponts jusqu'au pont de passerelle. Ils s'arrêtèrent à chaque niveau avant de grimper au suivant mais ne virent aucun signe des intrus. Au pont sous la passerelle, ils se séparèrent. Zavala alla prévenir la vigie. Austin réveilla le commandant dont la cabine se trouvait sous la timonerie. Il lui résuma brièvement la situation et lui suggéra de se mettre à l'abri.

Le commandant Joe Phelan, le visage taillé à la serpe, solide comme un vieux loup de mer, était un vétéran quinquagénaire de la NUMA. Il répondit d'un haussement d'épaules à la proposition d'Austin.

— J'étais là quand on a posé la quille du *Nereus*, aboya-t-il avec de la colère dans le regard de ses yeux noisette. J'ai attendu trente ans pour prendre la barre d'un bateau comme celui-ci. Alors vous parlez si je vais me cacher dans un placard pendant que ces types piquent mon navire !

Phelan savait faire naviguer le *Nereus* avec l'agilité d'une danseuse classique, mais Austin n'était pas sûr de ses capacités lors d'un combat rapproché, ce qui serait peut-être le cas. D'un autre côté, ne serait-il pas risqué d'envoyer le commandant maintenant dans la partie avant du navire, alors que les assaillants grouillaient peut-être déjà partout ?

Phelan remonta la fermeture Eclair de son blouson de marine et prit sur le mur un fusil à pompe.

— Ce n'est qu'un .410, s'excusa-t-il. On ne sait jamais s'il n'y a pas un risque de mutinerie. (Notant le froncement de sourcils étonné d'Austin, il eut un petit rire.) Quelquefois, je tire dans une écope sur le pont.

— Cette fois, l'écope risque de répondre en vous tirant dessus, répondit sombrement Austin.

Phelan sortit deux boîtes de cartouches et les jeta

dans un sac de toile avec la boîte de bois que portait Austin. Puis ils se hâtèrent vers le pont passerelle.

Avant qu'ils entrent dans la timonerie, Austin appela à voix basse :

— Joe, c'est nous.

C'était une riche idée car lorsqu'ils passèrent la porte, ils se trouvèrent face au canon d'un fusil à fusées éclairantes.

Zavala baissa son arme.

— Mike envoie un S.O.S.

Le jeune marin avec lequel Austin avait bu un café un peu plus tôt entra dans la timonerie, venant de la salle radio.

— Le signal est automatique et va diffuser notre position jusqu'à ce que quelqu'un le coupe.

Austin n'espérait guère que la cavalerie se pointe à leur rescousse. Le navire était à des kilomètres de toute civilisation. Il leur faudrait agir sans aide extérieure.

— M'étonnerait que nous nous ennuyions pendant un moment, dit-il au marin qui ouvrait de grands yeux.

— En effet, mais pourquoi nous ennuierions-nous ?

— Il est trop tard pour que vous alliez en bas avec les autres, alors je vais vous mettre au travail. Montez tout en haut de la passerelle où vous aurez une bonne vue sur tout le bateau. Commandant, quand je vous ferai signe, je veux que le *Nereus* soit aussi illuminé que Broadway et la 42e. Mais laissez la passerelle dans l'ombre.

Avec un bref hochement de tête et sans poser de question, Phelan se dirigea vers une console et mit les mains sur un panneau de boutons. Austin et Mike sortirent sur l'aile tribord et Zavala prit position sur le flanc bâbord.

Tandis que Mike grimpait l'échelle vers le roof de la passerelle, Austin indiqua :

— Quand les lumières s'allumeront, je veux que vous comptiez tous les étrangers que vous verrez et que vous vous rappeliez *où* vous les avez vus. Nous ferons la même chose en bas. Et rappelez-vous, profil bas !

Dès que tout le monde fut en place, Austin cria au commandant :

— *Lumières,* skipper !

Le navire était équipé de projecteurs dans tous les coins pour que l'équipage et les scientifiques puissent travailler de nuit aussi facilement que de jour. Les doigts de Phelan dansèrent sur la console. En un instant, le *Nereus* brilla comme un navire de croisière des Caraïbes : chaque pont fut baigné de lumières d'un bout à l'autre.

Deux ponts plus bas, Austin vit trois silhouettes se raidir puis filer à toute allure se mettre à l'abri comme des cafards dans un garde-manger.

— *Coupez !* cria-t-il.

Les lumières s'éteignirent. Mike cria :

— J'ai vu trois types au-dessus du garage des submersibles. Ils se dirigeaient vers vous. Personne à l'avant.

— Aplatissez-vous et restez planqués pour l'instant.

Austin pénétra dans la timonerie au moment où Zavala arrivait du flanc opposé.

— Trois de mon côté, trois ponts plus bas. Habillés comme des ninjas.

— La même chose pour moi. Mike en a vu trois venant du pont arrière. Ça en fait neuf. En tout cas à notre connaissance. Commandant, est-ce que Joe peut emprunter votre fusil à pompe ? Il a un peu plus d'expérience que vous pour tirer sur... euh... les écopes.

Le commandant savait qu'il y avait une grande différence entre tirer sur un pigeon d'argile et tirer pour tuer. Il tendit le fusil à Zavala.

— La sécurité est levée, lui dit-il calmement.

Sur le conseil d'Austin, il alla se mettre dans la salle radio où il serait hors de leur zone d'action.

Austin et Zavala étaient dos à dos au milieu de la

timonerie obscure, leurs armes pointées vers les portes ouvertes de chaque côté. Ils n'eurent que quelques minutes à attendre avant que leurs hôtes indésirables n'arrivent.

9

Deux silhouettes se matérialisèrent devant la porte tribord où elles se découpaient sur le bleu sombre de la nuit, l'une derrière l'autre, sans essayer de se cacher. C'était une erreur fatale. Sautant sur l'occasion, Austin visa l'intrus de tête et appuya sur la détente. Le rugissement étourdissant du Bowen fit trembler les fenêtres de la timonerie en accompagnant la lourde balle de calibre .50 qui s'écrasa sur le sternum du premier attaquant, le réduisant en échardes osseuses, sortit de sa cage thoracique et alla traverser le cœur du second. La force de l'impact envoya voler les ninjas dont les corps passèrent violemment par-dessus le bastingage.

Le fusil se redressa. Austin se retourna, les oreilles battantes et, à travers le voile de fumée, vit un autre attaquant entrer crânement par le côté bâbord. Le tir de Zavala était passé à côté et les balles rebondirent assez haut sur le chambranle. Zavala remit rapidement une cartouche dans la chambre et tira de nouveau. Cette fois, les balles ne manquèrent pas la cible. L'intrus poussa un cri et recula, non sans avoir envoyé une rafale de mitraillette sans viser. La rafale se perdit dans l'espace, sauf une balle.

Celle-ci laboura les côtes d'Austin, passant à travers sa chair sous l'aisselle gauche. Il eut l'impression d'être fouetté par un fil barbelé chauffé à blanc.

Zavala secouait la tête, dégoûté, et ne vit pas Austin tomber sur un genou.

— J'ai visé correctement, dit-il, incrédule. En plein dessus. Je ne pouvais pas le manquer !

Le commandant sortit de la salle radio, frappant un poing contre sa paume.

— *Nom de Dieu !* J'ai oublié de vous dire que ce fusil tirait à droite. Il faut viser deux centimètres à gauche.

Zavala se retourna et vit Austin à genoux.

— Kurt, dit-il avec inquiétude, ça va ?

— J'ai déjà été mieux, dit Austin en serrant les dents.

Des années en mer avaient affiné les réflexes du commandant Phelan dans les situations d'urgence. Il apporta la mallette de premiers soins et, pendant que Zavala montait la garde, allant d'une porte à l'autre, le commandant arrêta d'une compresse le sang de la blessure.

— On dirait que c'est votre jour de chance, dit-il en lui fabriquant une écharpe. Ils ont manqué l'os.

— Dommage que je n'aie pas le temps de jouer à la loterie. (Il se mit debout avec l'aide de Phelan.) J'en ai eu deux avec une seule balle. Malheureusement, ils ont emporté leurs armes par-dessus bord.

— Tu cherches à m'humilier ? dit Zavala avec mauvaise humeur. Je crois que je n'ai fait que blesser mon bonhomme.

— A mon avis, ils ont cru nous attraper au lit et sans armes alors ils se sont montrés trop audacieux pour leur bien. Mais ça n'arrivera plus. Ils vont nous tester la prochaine fois, nous faire tirer pour voir ce que nous avons. Et ils découvriront très vite que le bateau est presque désert et concentreront leurs forces sur la passerelle. On ferait bien de ne pas y être à ce moment-là.

— On peut toujours bouger par les conduits, proposa le commandant. Je les connais mieux que ma propre salle à manger.

— Bonne idée. Notre opération guérilla sera encore plus efficace si nous pouvons surgir là où ils nous attendent le moins. Soyez prudents, ces types sont dangereux mais pas invincibles. Ils se sont fait avoir en laissant filer Nina et maintenant en étant trop impatients, et ça leur a coûté cher. Donc ils font des erreurs.

— Nous aussi, dit Zavala.

— Mais il y a une différence. Nous pouvons nous permettre de faire nos propres fautes.

Ils verrouillèrent la porte de la timonerie et passèrent dans la salle radio. Le S.O.S. était toujours émis inutilement dans la nuit. Austin se demanda qui l'entendrait et ce qu'on ferait du message. Il s'arrêta et leva le Bowen de son bras valide. Le poids était trop important pour une seule main et le revolver oscilla.

— Je ne peux pas viser correctement. Tu ferais mieux de le prendre.

Il passa l'arme à Zavala qui l'enfonça dans sa ceinture puis tendit le fusil au commandant en lui demandant de surveiller la porte.

— Rappelez-vous, il tire à droite. (Il souleva le revolver.) Deux pierres d'un coup. Beau travail. Avec quatre balles, on peut descendre huit de ces salauds.

— On peut même les tuer tous d'un seul coup s'ils sont alignés, mais à ta place, je n'y compterais pas trop, dit Austin.

Il prit le mince coffret de bois qu'il avait tiré de ses bagages.

— Tout n'est pas perdu, ajouta-t-il. Nous avons les Mantons.

Zavala eut un léger sourire.

— Les pauvres types n'auront pas une chance contre tes pistolets de duel à un coup, dit-il.

— En temps normal, je dirais que tu as raison, mais ces petits bijoux ne sont pas n'importe quels pistolets de duel.

Deux antiques pistolets à silex reposaient dans le coffret douillettement séparé en compartiments recouverts de serge verte. Leurs canons brunâtres et luisants étaient octogonaux et leurs crosses polies s'arrondissaient comme le pommeau d'une canne.

Pendant l'escale du navire à Londres, Austin était allé voir un antiquaire de Brompton Street avec lequel il avait déjà fait de bonnes affaires. Cette paire de pistolets faisait partie d'une liquidation, lui avait expliqué le propriétaire, un homme plus âgé que lui appelé Mr Slocum.

D'après leur superbe finition et leur manque d'armements, Austin aurait pu deviner qui avait fabriqué ces pistolets, même s'il n'avait pas vu l'estampille de Joseph Manton sur une étiquette dans le boîtier. Joseph Manton et son frère John étaient les fabricants de pistolets les plus réputés de toute l'Angleterre du XVIIIe siècle, là où se faisaient les plus belles armes de duel. Ceux de Manton, peu décorés, avaient tout ce qui comptait vraiment dans les affaires d'honneur : la précision mécanique. Quand Austin entendit leur prix astronomique, il tiqua.

— J'ai déjà des Mantons dans ma collection, dit-il.

Slocum resta inébranlable.

— Je pourrais vous faire remarquer que ceux-ci ont été fabriqués sur commande par Mr Manton, dit-il avec le même respect du nom que si le fabricant était encore en vie. Ce sont les armes les plus efficaces pour les *chenapans*.

Austin ne s'offusqua pas, comprenant exactement ce que voulait dire Scolum. Ces armes étaient une assurance en elles-mêmes. Combinant de son mieux des chèques de voyage et son compte American Express, il sortit de la boutique avec les pistolets.

Quand il montra son acquisition à Zavala, celui-ci en prit un et dit, le bras tendu :

— On dirait que le chargeur est vide.

— En effet, expliqua Austin. Les fabricants comme Manton savaient à quel point on peut être nerveux en face d'un calibre .59. Les duellistes ont tendance à viser haut. Le canon pèse assez pour qu'ils visent plus bas. La maîtrise de la prise et le renfoncement sous le pontet pour ton majeur t'aideront à le maintenir stable.

— Et quelle précision a cet engin ?

— Les duels sont supposés être réglés par la chance. Viser délibérément ou vider son canon est considéré comme indigne d'un gentilhomme. Voire même comme une tentative de meurtre.

Il sortit l'autre pistolet du coffret.

— Ce pistolet donne la possibilité de « tirer à l'aveuglette ». Manton a fait en sorte que les sept rayures s'arrêtent quelques centimètres avant la gueule. On ne les voit pas quand on regarde dans le canon mais il y en a assez pour te donner une bonne précision. De trois à cinq mètres, il devrait être parfaitement sur la cible pour l'atteindre.

Debout maintenant dans la salle radio, Austin leva vivement le pistolet et inspecta le canon de vingt-cinq centimètres comme s'il était un prolongement de son bras.

— C'est juste ce qui convient à un manchot.

Plus tôt, Austin avait donné à Zavala une rapide leçon pour le charger, de sorte qu'il savait comment s'y prendre même s'il manquait de pratique. La poire à poudre plate se fermait par une capsule à ressort qui permettait de mettre l'exacte quantité nécessaire. Zavala n'avait pas de problème pour enfoncer dans le canon la lourde balle de plomb et la capsule fulminante mais il répandit trop de poudre dans le bassinet. Il lui fallut deux fois moins de temps pour charger le second pistolet et l'opération s'avéra plus propre. Austin le complimenta en lui affirmant qu'il aurait fait un excellent témoin dans une affaire d'honneur. Il enfila un des pistolets dans l'écharpe qui soutenait son bras et tint l'autre dans sa main droite.

Décidant qu'il serait trop dangereux de repasser par la timonerie, ils entrèrent dans la salle des cartes dont le commandant ouvrit lentement la porte arrière donnant sur le pont. Le Bowen prêt à servir, Zavala scruta soigneusement l'obscurité par la porte entrouverte. La voie était libre. Ils se glissèrent dans la nuit.

Austin appela doucement Mike et lui dit de se

mettre à plat ventre, puis proposa de descendre les échelles extérieures et de se faufiler vers l'arrière pour mener les attaquants à l'opposé de l'endroit où se cachaient les autres. Le commandant et lui descendirent avec précaution du côté tribord et Zavala prit sur bâbord. Ils atteignirent en même temps le pont qui s'étendait pour servir de toit à l'entrepôt des scientifiques. L'extension de la superstructure du pont passerelle avait une hauteur de trois étages sur presque toute la largeur du bateau. Ce toit servait aussi de parking pour les canots gonflables.

On avait aperçu, plus tôt, trois attaquants sur ce toit. Austin scruta la nuit, se disant que le lieu était parfait pour une embuscade. Il craignit que les intrus aient des lunettes à vision nocturne. Le toit aurait été un endroit très dangereux, même si leur puissance de tir n'avait rien de risible.

— Connais-tu des insultes en espagnol ? murmura-t-il à Zavala.

— Tu plaisantes ? Mon père est né à Morales.

— Il nous faut quelque chose d'assez fort pour tirer nos visiteurs de leur cachette.

Zavala réfléchit une seconde, mit ses mains en porte-voix autour de sa bouche et déversa un torrent de paroles en espagnol. Le seul mot que reconnut Austin fut *madre* répété plusieurs fois. Il ne se passa rien.

— Je ne comprends pas, dit Zavala. Les Hispaniques deviennent fous quand on insulte leur mère. Peut-être devrais-je essayer avec leurs sœurs.

Il cria quelques nouvelles insultes. Plus fort et avec plus de mépris dans la voix. L'écho des derniers mots était à peine éteint que deux silhouettes sortirent de derrière les canots et arrosèrent le pont de balles. Austin était accroupi avec Zavala et le commandant derrière un gros treuil. La fusillade cessa soudain, les tireurs ayant vidé leurs chargeurs.

— Je crois qu'ils l'ont mal pris, dit Austin.

— C'est peut-être mon accent mexicain. Que penses-tu de leurs armes ? Des AK-71 ? L'AK-74 est la nouvelle version de l'arme préférée des terroristes, le vénérable AK-47.

— C'est aussi mon avis. Il est difficile de ne pas en reconnaître le son...

Ses paroles furent noyées dans un vilain crépitement d'armes automatiques. L'air était rempli du bourdonnement des balles qui ricochaient et que la mitraillette envoyait à environ quatre cents par minute. De nouveau, le feu cessa d'un seul coup.

Austin et Zavala profitèrent de l'interruption pour se lever jusqu'à une position leur permettant de viser clairement. Ils entendirent le commandant crier :

— Derrière vous !

Les deux hommes pivotèrent tandis qu'une ombre tombait silencieusement du toit juste au-dessus d'eux. Austin la vit le premier. Son bras valide eut un mouvement vif et il appuya sur la détente. Après un laps de temps, les étincelles du silex embrasèrent la capsule fulminante puis la poudre. Après ce qui leur parut des heures, le pistolet cracha des flammes comme un vrai dragon. La silhouette fit un pas en avant et s'effondra. L'arme qu'il tenait résonna sur le pont.

Zavala fit un mouvement pour la prendre. Mais c'était trop risqué maintenant que l'éclair du pistolet avait révélé leur position. Zavala couvrant ses arrières, Austin et le commandant coururent vers l'escalier le plus proche et descendirent jusqu'au pont suivant.

Ça tirait de toutes les directions. Ils cherchèrent un abri. Trop tard. Le commandant cria, se prit la tête à deux mains et tomba. Zavala le saisit par un bras et le tira hors du chemin des balles. De nouveaux tirs et Zavala tomba à son tour quand un projectile laboura sa fesse gauche.

Ils avaient le dos appuyé au quartier des scientifiques. Austin ouvrit la porte d'une cloison et, sans vérifier s'il n'y avait pas de danger, saisit le commandant par le col et le tira à l'intérieur. Zavala rampa, une jambe traînant mollement derrière lui. Austin l'aida et il passa la porte à son tour.

Austin verrouilla la porte d'acier et regarda autour de lui. Ils étaient dans un des labos « humides », ainsi nommés à cause de deux grands éviers sur lesquels coulait de l'eau de mer. Il connaissait parfaitement la pièce et trouva facilement une lampe de poche puis une mallette de premiers soins dans un placard.

Il examina la blessure de Zavala et poussa un soupir de soulagement en constatant que la balle n'avait fait que traverser la chair. Pendant qu'Austin s'occupait à refermer la blessure, ce qui n'était pas facile d'une seule main, Zavala tenait le Bowen dirigé vers la porte par laquelle ils étaient entrés.

— Est-ce que c'est très vilain ? demanda-t-il.

— Tu auras du mal à t'asseoir pendant quelque temps et tu devras sans doute expliquer que tu ne t'enfuyais pas dans les collines quand on t'a tiré dessus. Autrement, tu survivras. Je ne crois pas qu'ils nous aient visés. Ils ont tiré au hasard.

Zavala regarda le bras en écharpe d'Austin puis la silhouette prostrée du commandant.

— Je n'aimerais pas être dans le coin quand ils visent pour de bon.

Austin examina la tête du commandant. Ses cheveux courts poivre et sel étaient tachés de sang mais la blessure semblait n'être qu'une égratignure. Phelan grogna quand Austin appliqua de l'antiseptique sur la plaie.

— Comment vous sentez-vous ? demanda-t-il.

— J'ai un foutu mal de tête et j'ai du mal à voir.

— Dites-vous qu'il s'agit d'une gueule de bois sans le goût de l'alcool dans votre bouche, conseilla Austin.

Les soins terminés, il regarda ses compagnons tachés de sang et secoua la tête.

— Et voilà pour la guérilla !

— Désolé d'avoir perdu le fusil, dit le commandant.

— *J'espère bien !* dit Zavala. Il aurait pu me servir de béquille. Voyez-vous quelque chose ici, ajouta-t-il, qui puisse nous servir à faire une bombe atomique ?

Austin examina les rangées de produits chimiques et prit un bidon vide.

— On pourrait utiliser ceci pour faire des cocktails Molotov.

Il jeta un coup d'œil à la porte.

— Nous ne pouvons pas rester ici. Ils vont finir par comprendre ce qui nous est arrivé en voyant les traces de sang.

Austin aida son partenaire à passer dans la pièce à côté, le garage à haut plafond abritant le submersible quand il n'explorait pas les profondeurs.

— Et pour ces cocktails Molotov ? demanda Zavala.

Les lèvres d'Austin s'étirèrent en un sourire serré et peu plaisant. Un éclair de colère s'alluma dans ses yeux qui avaient pris une teinte entre le bleu cobalt et l'eau glacée. Car, malgré toutes leurs vannes, Zavala et lui savaient que, s'ils ne réussissaient pas, Nina et tout le monde à bord risquaient fort de mourir. Les gens entassés dans la proue seraient vite découverts et les tueurs vêtus de noir les abattraient avec le même sang-froid que les archéologues de l'expédition. Austin se promit que cela n'arriverait pas tant qu'il serait capable de respirer.

— Laisse tomber les cocktails, dit-il d'une voix chargée de calme férocité. J'ai une meilleure idée.

10

Austin s'adossa au revêtement métallique du submersible et, sous le regard aveugle de son hublot, expliqua son plan. Zavala, assis au bord d'un panneau pour reposer son arrière-train blessé, hocha la tête pour montrer son approbation.

— Stratégie classique à la Kurt Austin, dépendant d'un timing au quart de seconde, d'hypothèses non vérifiables et d'une tonne de chance. Mais puisque nous sommes le dos au mur, j'adhère.

Le commandant hocha la tête à son tour, d'accord avec la grimace de Zavala. Il aurait suffi d'une petite pression pour le faire tomber, néanmoins il se comportait comme s'il avait derrière lui toute une division du Cinquième de Cavalerie. La crosse du pistolet de duel émergeant de son écharpe trempée de sang, Austin, avec ses cheveux argentés, aurait pu passer pour un boucanier d'Hollywood dans un film d'Errol Flynn. Phelan se dit que s'il devait se battre pour garder son bateau contre des forces aussi malveillantes, il était content que ces deux cinglés soient à ses côtés.

Leur stratégie mise au point, ils passèrent en rampant la porte du fond du garage jusqu'au pont arrière. Juste derrière la haute structure de l'entrepôt des scientifiques, on avait attaché deux petits vans portables pour servir d'espace supplémentaire aux labos. Les trois hommes contournèrent les vans et traversèrent le pont jusqu'à la pointe la plus extrême de la poupe, sous les piliers massifs du châssis de grue en pyramide utilisé pour entrer ou sortir le submersible de l'océan.

Le pont paraissait désert mais Austin savait qu'ils ne seraient pas longtemps seuls et, en fait, comptait bien avoir bientôt de la compagnie.

— Que voulez-vous que je fasse ? demanda Phelan à Austin.

Celui-ci se reprocha d'avoir un jour douté du vieux loup de mer.

— Vous êtes le seul à disposer de vos deux bras et de vos deux jambes. Etant donné que ce n'est pas le côté cérébral qui compte dans cette phase de l'opération, vous allez devoir vous contenter de la main-d'œuvre.

Sous la direction d'Austin, le commandant transporta quatre réservoirs d'essence utilisés pour les canots et les plaça à égales distances sur une ligne à travers le pont, à peu près à mi-chemin entre le châssis de la grue et les vans laboratoires. Chacun des réservoirs de polyéthylène rouge contenait quarante litres d'essence.

Le commandant dut se reposer après cela car la tête lui tournait. Austin, la tête également un peu vague à cause du sang qu'il avait perdu, ne lui en fit pas reproche. Zavala avait trouvé un petit aviron de bois pour lui servir de canne et parcourait le pont comme Long John Silver[1]. Il dit qu'il allait très bien mais serrait les dents en s'appuyant contre le tambour d'enroulement de câble d'un treuil de pont.

— Je suppose que nous ne sommes pas en état de donner notre sang à la banque du sang, dit Austin. On ferait bien de mettre ce spectacle à l'affiche avant qu'on nous fasse tous passer par-dessus bord. Il est vital de les faire venir par ici.

— Je peux essayer de les saluer à nouveau en espagnol. Ça a marché la première fois.

Se rappelant la violente réaction provoquée par les

1. Voir *L'Ile au Trésor* de R.L. Stevenson. *(N.d.T.)*

injures de Zavala sur le pont inférieur, Austin l'encouragea à recommencer.

Zavala respira profondément et, de sa voix la plus forte, prononça un chapelet d'insultes émettant des doutes sur la moralité de tous les membres des familles des tueurs. Les pères, les frères et les sœurs eurent droit à des vestes multiples faites de toutes les perversions imaginables. Austin n'avait aucune idée de ce que criait son ami mais son ton méprisant et piquant ne laissait aucun doute sur la signification des horreurs qu'il leur adressait.

Pendant que Zavala lançait l'hameçon, Austin serra entre ses doigts l'un des tuyaux de pont et fit signe au commandant d'ouvrir l'arrivée d'eau. Le tuyau se tendit comme s'il était vivant. Austin traversa le pont et l'arrosa d'avant en arrière.

L'eau frappa le bois, crachant avec un sifflement noyé sous les insultes de Zavala. A peine visible dans la clarté lunaire, l'eau blanche et mousseuse se mit à avancer. Austin continua jusqu'à ce que la vague miniature atteigne presque les réservoirs d'essence.

Les persiflages scatologiques de Zavala n'eurent pas d'effet cette fois. L'ennemi s'en était fatigué depuis le dernier épisode. Austin s'impatienta. Il tira le pistolet de duel de l'écharpe de son bras, le pointa vers le ciel et tira. Si son plan échouait, ce n'était pas une seule balle qui ferait la différence. Mais la ruse fonctionna. Avant longtemps, des formes sombres, plus fantomatiques que réelles dans la lueur pâle de la lune, sortirent de l'ombre autour des conteneurs et commencèrent, lentement, à avancer dans leur direction.

Austin se demanda à nouveau s'ils avaient des lunettes à vision nocturne mais il chassa l'idée de son esprit. Les intrus avançaient avec plus de précautions que lors de leurs attaques précédentes, sans paraître cependant moins déterminés à accomplir leur tâche. Austin estima qu'il ne se passerait que quelques secondes avant que les puissantes mitraillettes et leurs projectiles mortels ne balaient le pont.

La vague avait presque atteint les conteneurs.

Des lumières rouges trouèrent l'obscurité. Des lasers qui permettaient aux tueurs de viser à coup sûr.

Austin donna le signal à Zavala.

— *Maintenant !*

Zavala était assis au centre du pont, sur sa bonne fesse, les yeux rivés sur la ligne de mousse à peine visible qui marquait le bord de l'eau continuant d'avancer. Il leva le Bowen à deux mains, visant le réservoir le plus éloigné sur sa droite et appuya sur la détente.

Le revolver gronda comme un obus miniature. Le réservoir se désintégra et un flot d'essence inonda le pont. Zavala visa alors le réservoir de gauche. Il fit encore feu trois fois. Trois autres réservoirs explosèrent et les cent soixante litres d'essence se répandirent en une mare envahissante.

Austin ordonna au commandant de fermer l'arrivée d'eau. Flottant à la surface mouvante, l'essence avança et tourbillonna autour des silhouettes couchées des attaquants à plat ventre sur le pont depuis le premier coup de feu du monstrueux pistolet d'Austin. Ils se levèrent, comme s'ils se rendaient compte qu'ils couraient un danger dans leurs vêtements imbibés d'essence tandis que la nappe de carburant portée par la nappe d'eau léchait leurs chaussures. Mais il était trop tard pour y remédier. Il ne restait plus qu'à transformer le pont en enfer grâce à une étincelle que Zavala fut heureux de provoquer.

Il posa le Bowen vide et saisit le pistolet à fusées éclairantes. Austin surveillait les silhouettes qui se relevaient.

— Maintenant ! cria-t-il encore.

Zavala tira. Le projectile lumineux sortit comme un éclair et glissa en traversant le pont en une explosion phosphorescente de banderoles multiples. Le pont parut entrer en éruption et Zavala leva les bras pour se protéger de la chaleur.

Un mur mouvant de flammes jaunes se précipita vers les silhouettes noires qui s'y détachaient tandis que le liquide volatile qui les léchait les consumait comme une bombe au napalm. Le feu les enveloppa bientôt, alimenté encore par leurs vêtements imprégnés d'essence et les transforma en torches vivantes. L'intense chaleur vida leurs poumons de l'air qu'ils contenaient. Avant de pouvoir faire un pas, ils s'écroulèrent sur le pont. Les balles de leurs armes inutiles se mirent à fuser dans toutes les directions à travers de grosses volutes de fumée noire.

Austin n'avait pas prévu les dangereux effets secondaires de son plan. Il cria au commandant de se mettre à l'abri puis aida Zavala. Ils se cachèrent derrière le treuil jusqu'à ce que le mitraillage s'arrête.

L'explosion épuisa l'essence et le feu se calma aussi vite qu'il avait commencé. Austin conseilla au commandant et à Zavala de rester à couvert et s'avança sur le pont. Cinq cadavres fumants étaient couchés là, en position fœtale.

— Tout va bien ? cria Zavala.

— Ouais, mais c'est la dernière fois qu'ils assisteront à un de nos barbecues.

La voix de Zavala hurla :

— Attention, Kurt, il y en a un autre !

Austin porta automatiquement la main à son écharpe mais réalisa qu'il avait laissé l'inutilisable pistolet de duel derrière le treuil. Il se glaça lorsqu'une ombre se détacha de derrière la base de la grue. Il était au milieu du pont. Le Bowen était vide. Il était mort. Il attendit qu'une giclée de plomb brûlant le mette en pièces. Il faisait une cible parfaite devant les flammes qui brûlaient encore à la surface de l'eau. Zavala et le commandant seraient les victimes suivantes.

Il ne se passa rien. La silhouette courut vers le flanc tribord où Austin avait découvert le grappin.

Austin fit un pas pour le suivre puis s'arrêta. Sans

armes, blessé et épuisé, il ne put que rester là, impuissant, tandis qu'un moteur hors-bord se mettait en marche. Il attendit que le ronronnement du moteur disparaisse dans le lointain et revint vers Zavala et le commandant.

— Je pense qu'on avait mal compté, dit Zavala.

— Je suppose.

Austin relâcha la respiration qu'il avait retenue. Il voulait s'allonger et dormir un peu mais il avait encore quelque chose à faire. Mike était toujours sur le toit de la passerelle et l'équipage et les scientifiques barricadés dans la proue.

— Attendez ici. Je vais dire aux autres qu'ils peuvent sortir.

Il contourna les corps calcinés et se dirigea vers l'avant où se cachaient les autres. Austin n'était pas un tueur de sang-froid mais il réservait sa compassion pour ceux qui la méritaient. Quelques minutes auparavant, des entités de chair et de sang avaient habité ces corps fumants et carbonisés, avec l'intention de le tuer, lui et ses amis et collègues. Et ça, il n'aurait pu le laisser faire sous aucun prétexte. Surtout Nina, pour laquelle il ressentait un attachement croissant. C'était aussi simple que cela.

Il s'agissait, de toute évidence, de la même équipe que celle qui avait anéanti l'expédition d'archéologues. Ils étaient venus finir le travail. Mais Austin et les autres s'étaient trouvés sur leur chemin. Ils avaient arrêté les assassins mais Austin savait que, tant que Nina Kirov serait vivante, les choses ne s'arrêteraient pas là.

11

En Inde.

Les moussons qui balaient l'Inde, venant de la mer d'Arabie, déversent la plus grosse partie de leurs pluies sur la chaîne de montagnes connue sous le nom de Ghats occidentales. Lorsque les courants d'air humides atteignent le plateau du Deccan, au sud-est de l'Inde, le déluge diminue à quelque sept centimètres à peine. Le professeur Arthur Irwin se tenait dans l'ouverture de la caverne, regardant le rideau de pluie tomber du ciel gris ardoise. Il avait du mal à croire qu'il s'agissait du même taux de pluie que celui que recevait Londres. L'averse de l'après-midi, qui se terminait à peine, aurait suffi à noyer le Palais de Westminster.

La caverne s'ouvrait sur le flanc d'une colline dominant une vallée étroite étouffée de plantes luxuriantes. La forêt dense, au sud du Gange, constitue la partie la plus ancienne de l'Inde et on disait autrefois le lieu dangereux et hanté de démons.

Irwin s'occupait moins des démons que du bien-être de son expédition dont il ne savait, pour l'instant, où elle se trouvait. Il y avait six heures que le professeur Mehta était parti pour le village avec leur guide taciturne. Ce village se trouvait à une heure de marche par une route boueuse traversant une rivière. Il espéra que le pont ne s'était pas effondré à la suite d'une crue soudaine. Il soupira. Il ne pouvait qu'attendre. Il avait suffisamment de vivres et beaucoup à faire. Irwin pénétra à nouveau dans la caverne, entre deux piliers soutenant un arc en fer à cheval, jusqu'à la nef centrale ou la chapelle.

Pauvre Mehta. C'était *son* expédition, après tout. Il s'était montré tellement excité quand il avait téléphoné.

— J'ai besoin d'un ethnologue de Cambridge, pas trop jeune, pour une petite expédition. Pouvez-vous venir en Inde ? A mes frais.

— Le musée indien est-il soudain devenu moins parcimonieux ?

— Non, mais il ne s'agit pas du musée. Je vous expliquerai plus tard.

Les moines bouddhistes qui avaient percé la caverne dans la roche avec des pics et des pioches avaient suivi les paroles du Maître, lequel conseillait à ses disciples de profiter du « repos que donne la pluie » pour méditer et étudier pendant la saison des moussons.

Des portes, de chaque côté de la chapelle, ouvraient sur les cellules spartiates des moines. Les couches en pierre sur lesquelles Irwin et ses compagnons étendaient leurs sacs de couchage n'étaient certes pas des plus confortables mais du moins étaient-elles sèches.

La salle principale était construite comme une basilique chrétienne. La lumière de la porte atteignait le fond, où se serait tenu l'autel dans une église. Irwin était émerveillé par les piliers artistiquement sculptés qui supportaient le plafond voûté. Les murs étaient décorés de scènes de la vie du Bouddha et, ce que l'archéologue trouvait le plus intéressant, de scènes domestiques montrant l'existence quotidienne de ces gens et qui avaient permis de dater la caverne de l'an 500 environ.

Le Deccan est célèbre pour ses monastères troglodytes qui, d'après ce qu'on sait, ont tous été découverts. Et puis on avait trouvé celui-ci, dont la végétation cachait l'entrée. Lors de leur première visite, Mehta et Irwin examinaient les peintures quand leur guide, qui se promenait un peu plus loin, les avait appelés du vestibule.

— Venez vite. *Un homme !*

Ils avaient échangé un regard, pensant que le guide avait découvert un squelette. Quand ils avaient pénétré dans la pièce sombre et fraîche et pointé le rayon de leurs lampes dans l'angle, ils avaient distingué une silhouette de pierre d'environ un mètre cinquante de long. L'homme était allongé, la tête tournée sur le côté. Il tenait sur son ventre un réceptacle en forme de plat.

Irwin l'avait regardé un moment, incrédule, puis était retourné s'asseoir dans la chapelle où Mehta l'avait suivi.

— Qu'y a-t-il, Arthur ?

— Cette statue. Avez-vous déjà vu quelque chose de semblable ?

— Non, mais de toute évidence, vous, si.

Irwin avait nerveusement tripoté sa barbe.

— J'ai fait un voyage au Mexique, il y a quelques années. Nous nous sommes arrêtés près des ruines mayas de Chichen Itzà. J'y ai vu une version plus grande de la statue qui est là. Cela s'appelle un *chac moul.* Ce réceptacle en forme de plat qu'il a sur le ventre servait à recueillir le sang pendant les sacrifices.

— *Au Mexique ?* avait dit Mehta sans conviction.

Irwin avait confirmé d'un hochement de tête.

— Quand je l'ai vu ici, cela m'a paru tellement déplacé, aussi bien pour le lieu que le temps...

— Je comprends, bien sûr. Mais vous vous trompez peut-être. On trouve de grandes similitudes dans les cultures.

— Peut-être, en effet. Nous devons l'emporter pour la faire identifier.

Les yeux de Mehta s'étaient voilés de tristesse.

— Nous n'avons même pas commencé notre travail !

— Il n'y a aucune raison pour ne pas le faire plus tard, mais ceci est important.

— Bien sûr, Arthur, avait dit Mehta avec résignation, en se rappelant combien Irwin était impulsif, même lorsqu'ils étaient étudiants à Cambridge.

Ils étaient retournés au village, avaient repris leur camion et s'étaient dirigés vers la ville la plus proche pour téléphoner. Mehta avait proposé d'appeler Time-Quest, la fondation qui finançait l'expédition originale, pour demander une nouvelle subvention afin d'emporter la statue. Il avait rappelé à son ami que leur seule obligation envers Time-Quest était de prévenir en cas de trouvaille importante.

Après une longue conversation, Mehta avait raccroché et souri.

— Ils disent que nous pouvons engager quelques villageois mais qu'il faut attendre qu'ils nous envoient quelqu'un avec l'argent. J'ai dit que c'était presque la saison des pluies mais ils ont répondu : quarante-huit heures.

Ils étaient retournés à la caverne et avaient photographié et catalogué le site. Deux jours plus tard, Mehta et le guide étaient partis pour le village afin de rencontrer le représentant de Time-Quest. Puis les pluies avaient commencé.

Irwin travailla sur ses notes. Les autres n'étant pas arrivés au crépuscule, il fit cuire du riz et des haricots. La nuit tomba et il se dit qu'il la passerait seul. Aussi fut-il ravi d'entendre des pas tandis qu'il achevait de laver les plats avec de l'eau de source dans une cuvette.

— Enfin, mes amis, dit-il par-dessus son épaule. Je crains que vous n'ayez pas dîné mais je peux vous faire cuire un peu de riz.

Il n'y eut pas de réponse. Il se retourna et vit une silhouette debout un peu à l'extérieur du cercle de lumière de la lampe. Irwin pensa qu'il pouvait s'agir d'un villageois envoyé par Mehta.

— Vous m'avez fait peur, lui dit-il. Mehta vous a-t-il remis un message ?

Pour toute réponse, l'homme fit un pas en avant. Un objet métallique brillait dans sa main et, au dernier moment terrifiant de sa vie, Irwin comprit ce qui était arrivé à Mehta et au guide, même s'il ignorait pourquoi.

12

En Chine.

— A combien sommes-nous du site, Chiang ?

L'homme filiforme, debout à la longue barre de la péniche, leva deux doigts.

— Deux kilomètres ou deux *heures* ? demanda Jack Quinn.

Un sourire découvrit les dents incomplètes sur le visage ratatiné du barreur. Il haussa les épaules et montra une de ses oreilles. Soit la question dépassait le peu d'anglais qu'il comprenait, soit il n'entendait rien à cause du bruit émis par l'antique moteur hors-bord Evinrude. Ses soupapes usées, son silencieux défectueux et son châssis desserré qui vibrait comme un tambour se combinaient en un tumulte que réverbéraient les rives et empêchaient toute tentative de communication orale.

Quinn passa ses doigts dans ses cheveux noirs qui se raréfiaient et changea la position de son corps massif, essayant en vain de trouver un moyen plus confortable de caser son postérieur. L'embarcation, basse et étroite, avait vaguement la forme d'une planche de surf que recouvrait en partie un pont rudimentaire dont la surface chauffée par le soleil encourageait peu à s'y installer.

Quinn finit par abandonner. Les épaules basses, il regarda d'un œil terne défiler le paysage. Ils avaient quitté les rizières et les plantations de thé. De temps à autre, ils longeaient un village de pêcheurs et croisaient quelques buffles d'eau en train de brouter. Mais bientôt il n'y eut plus rien que des champs dorés s'étirant jusqu'aux lointaines montagnes enveloppées de brume. Il ne pensait qu'à Ferguson, son directeur de projet.

Le premier message de Ferguson s'était révélé passionnant.

— Trouvé de nombreux soldats d'argile. Cela pourrait être plus important qu'à Xi'an.

Quinn avait immédiatement compris que Ferguson faisait allusion à l'armée de sept mille soldats de terre cuite découverte dans un mausolée impérial, près de la ville chinoise de Xi'an. Quinn adorait annoncer ce genre de nouvelle au conseil d'administration de la Fondation d'Extrême-Orient dont il était le directeur général.

La Fondation était l'œuvre de riches mécènes pour promouvoir la compréhension entre l'Est et l'Ouest et expier le trafic d'opium. Les sommes ainsi allouées étaient, de plus, exonérées d'impôts, de sorte que ceux qui vivaient confortablement des fortunes amassées par leurs aïeux en volant précisément des centaines de milliers de Chinois avec les drogues, pouvaient profiter en conscience de leurs richesses.

Une partie du programme de la Fondation consistait à sponsoriser des fouilles archéologiques en Chine. Ces actions étaient très prisées par le Conseil car elles ne lui coûtaient rien. En effet, les amateurs enthousiastes payaient pour y participer et leur permettaient même parfois de faire la une du *New York Times*.

Quinn ne visitait les sites que lorsqu'il était sûr d'une publicité favorable. Mais autrement, il était plutôt difficile de l'arracher au confort de son bureau de cuir et d'acajou de New York.

Le second message du terrain était encore plus sensationnel que le premier.

— Trouvé objet d'art incroyable. Détails suivront.

Quinn avait déjà prévu ses contacts avec les médias quand arriva le troisième message :

— L'objet est *maya* !

Avant de travailler pour la Fondation, Quinn avait dirigé un musée universitaire et n'avait qu'une connaissance limitée des cultures anciennes. Il envoya une réponse sèche à Ferguson.

« Les Mayas ne sont *pas* des Chinois. Impossible. »

Il reçut quelques jours plus tard la réponse de Ferguson.

« Impossible mais vrai. Je ne plaisante pas. »

Cette nuit-là, Quinn fit son sac et prit le premier vol pour Hong Kong où il attrapa un train vers l'intérieur. Après un voyage de plusieurs heures en autobus, il atteignit juste à temps la rivière pour louer les services de Chiang. Celui-ci fournissait en vivres l'expédition mais servait aussi de facteur, passant les communications au bureau des télégraphes, ce qui expliquait l'exaspérante lenteur des messages.

Quinn apprit que Chiang avait visité le site quelques jours auparavant. C'était probablement à cette occasion qu'il avait pris la dernière lettre de Ferguson. La colère de Quinn n'avait pas cessé de croître tout au long de ce long et difficile voyage. Il en était à se demander s'il fallait virer Ferguson ou le jeter à l'eau d'abord. A mesure qu'ils approchaient du site, Quinn se dit que Ferguson était devenu complètement cinglé. Cela venait peut-être de quelque chose dans l'eau.

Quinn n'avait pas encore décidé de ce qu'il allait faire lorsque le bateau vira et heurta la rive à l'endroit où elle était usée par des milliers de pas.

Ils suivirent le chemin entre des champs de hautes herbes jaunes. Quinn demanda encore une fois :

— C'est encore loin ?

Un doigt. Quinn supposa une heure ou un kilomètre. Une minute plus tard, ils atteignirent une zone où l'herbe avait été écrasée sur une surface plus ou moins circulaire.

Chiang posa sa charge et fit signe à Quinn d'en faire autant.

— Où est le campement ? demanda Quinn en cherchant les tentes et les gens.

Le visage de Chiang se plissa pour exprimer son ignorance et sa surprise. Grattant sa barbe hirsute, il montra le sol avec insistance.

« Fin d'une belle journée », pensa Quinn avec colère. Il était sale et fatigué, son estomac se manifestait bruyamment et maintenant son guide était perdu. Chiang prononça quelques mots en chinois et fit signe à Quinn de le suivre. Ils marchèrent quelques minutes quand le Chinois s'arrêta et montra à nouveau le sol. A peu près un hectare de poussière avait été retourné.

Quinn arpenta le périmètre de terre dérangée et soudain son regard tomba sur un objet rond dépassant de la poussière. Il creusa avec les mains et révéla bientôt la tête et les épaules d'un soldat de terre cuite. Il creusa plus loin et en trouva d'autres.

Le site ne pouvait être que celui-là mais il aurait dû y avoir plus de dix personnes. Où diable étaient-ils tous passés ? Chiang regarda autour de lui avec crainte.

— Des diables ! dit-il et, sans un mot de plus, tourna les talons et repartit vers la rivière.

L'air sembla soudain plus froid, comme si un nuage passait devant le soleil. Quinn réalisa qu'il était seul. Il n'entendait que le sifflement du vent dans l'herbe, semblable à celui d'un serpent. Il regarda une dernière fois autour de lui puis se mit à courir vers la petite silhouette fuyante, laissant derrière lui l'armée silencieuse des soldats enterrés sous la poussière.

13

Comté de Fairfax, Virginie.

Dans l'air immobile et étouffant de ce matin de Virginie, Austin fit glisser la barque sur la rampe, serra ses doigts épais autour des rames en fibre de carbone et, d'un mouvement long et sans à-coup, propulsa comme une flèche la mince embarcation sur les eaux étincelantes du Potomac.

La séance d'aviron sur le Potomac était un rituel quotidien qu'Austin suivait fidèlement entre deux missions. Comme l'avait ordonné le médecin, il avait reposé son côté gauche. Les points de suture cicatrisés, il avait commencé son propre régime de guérison en utilisant les poids et les machines de sa salle de gymnastique et fait des séances de natation dans sa piscine. Il avait graduellement augmenté les exercices jusqu'au jour où il avait pu ramer sans risque de déchirer le muscle nouvellement guéri.

Le moment de cet essai arriva par une journée particulièrement radieuse, où le chant des sirènes de la rivière paraissait irrésistible. Il tira sa mince embarcation de course Maas Aero, longue de six mètres trente, du sous-sol du hangar à bateaux dont il avait fait sa maison, juste au-dessous des palissades du Comté de Fairfax. Le transport de la légère coquille de noix de la rampe à la rivière n'était pas difficile. Ce qui l'était davantage, c'était de s'y installer sans la faire chavirer.

Son premier essai avec les rames avait été un vrai désastre. Les avirons Concept II étaient légers comme des plumes mais, avec leurs 2,70 mètres de long, leur poids et leur pression contre l'eau, Austin ne put tenter que quelques douloureux mouvements avant de faire demi-tour, couvert de sueur froide. Son flanc gauche lui faisait l'effet d'un morceau de viande sur une esse de boucher. Il gagna délibérément la plage, alla en chancelant jusque chez lui et regarda son reflet au teint cendreux dans la glace de son armoire à pharmacie. Il avala quelques analgésiques qui endormirent un peu la douleur. Il attendit plusieurs jours avant d'essayer de nouveau. Il se servait surtout de son bras droit, et les coups de rame de forces inégales envoyaient la barque parcourir une série d'arcs bizarres. Mais, du moins, il avançait. En quelques jours, il put ramer sans serrer les dents.

Finalement, la douleur disparut. Aujourd'hui, le seul souvenir qu'il gardait du coup manqué de l'assassin était un vague tiraillement pendant qu'il s'échauffait. Dès qu'il se glissait dans le cockpit ouvert, qu'il calait ses pieds dans les sabots vissés au repose-pied et poussait le siège en avant et en arrière pour exercer ses abdominaux, il se sentait bien. Il réglait alors les « boutons », les bagues qui reposent contre les tolets d'outriggers, pour s'assurer qu'ils étaient dans une position lui permettant la puissance maximale à chaque coup de rames.

Se penchant, Austin trempa les pales dans l'eau et tira avec précaution les poignées en arrière, laissant le poids de son corps travailler pour lui. L'embarcation glissa sur la surface comme un insecte aquatique. Il se sentait ce jour-là mieux que jamais. S'il lui restait une vague douleur, elle disparaissait dans la joie de pouvoir ramer de nouveau à un rythme normal. Il se redressa, les mains plus étendues pour tirer plus facilement sur les avirons. Il rama doucement au début, modérant la longueur de son coup avant et tirant largement. A la fin de chaque coup de rame, il remontait les avirons, les mettant presque à l'horizontale pour réduire la résistance au vent, les pales à quelques centimètres de l'eau. Il ronronnait presque de satisfaction. Il ramait bien.

Le canoë remontait silencieusement le courant et passait devant les vieilles maisons imposantes le long de la rivière. L'air un peu brumeux, parfumé et fleuri, emplissait ses poumons comme l'odeur d'un vieil amour. Ce qui était vrai, dans un certain sens. Pour Austin, le canotage était bien plus que son exercice principal. Mettant l'emphase sur la technique plus que sur la puissance, le corps et l'esprit se mêlaient comme pour la méditation zen. Totalement concentré maintenant, il accrut le nombre de ses coups de rame, relâchant graduellement la puissance de ses larges épaules jusqu'à ce que le cadran Strokecoach, placé au-dessus de ses pieds, indique qu'il avait atteint vingt-huit coups de rame par minute.

La sueur coulait par-dessous sa casquette turquoise de la NUMA, le dos de son maillot de rugby était trempé et ses fesses semblaient engourdies malgré le rembourrage de son short de vélo. Mais tous ses sens lui criaient qu'il était *vivant*. Le mince canot filait sur la rivière comme si ses rames étaient des ailes. Il avait l'intention de remonter le courant vingt-cinq minutes puis de faire demi-tour et de se laisser paresseusement aider par le courant, au retour. Il n'aurait servi à rien d'en faire trop.

Un éclair aveuglant venant de la rive attira son regard. Le soleil se réfléchissait sur le verre d'une lunette d'approche montée sur un trépied. Sur la rive, un homme assis sur une chaise pliante regardait dans sa direction. Il portait un chapeau de coton blanc tiré bas sur ses sourcils, le reste de son visage étant caché par le télescope. Austin avait vu le même homme pour la première fois plusieurs jours auparavant et l'avait pris pour un observateur d'oiseaux. A un détail près. La lunette était toujours dirigée sur lui.

Quelques minutes plus tard, Austin fit le demi-tour prévu et repartit vers l'aval. Quand il approcha de l'observateur d'oiseaux, il remonta ses rames, laissant le courant le guider et fit un grand salut, en espérant que l'homme lèverait la tête. Mais son œil resta collé à la lentille. Austin détailla l'ornitophile tandis que le canot glissait silencieusement devant lui. Puis il sourit et, en hochant la tête, reprit les rames et rentra.

Le hangar à bateaux de style victorien faisait partie de la propriété du bord de l'eau. Avec ses bardeaux bleu pâle et son toit mansardé surmonté d'une tourelle, il reproduisait en miniature la maison principale, sauf pour les modifications intérieures. Austin vira vers la rive, grimpa la rampe et tira le canot à l'intérieur. Il le plaça dans un rack, à côté d'un autre de ses jouets, un petit hydroglisseur hors-bord. Austin avait deux autres bateaux, un catamaran de six mètres cinquante et un grand hydroglisseur de course, tous deux amarrés dans la marina de Chesapeake Bay.

Il aimait les lignes classiques du catamaran, son histoire et le fait que, malgré sa coque boulotte et sa voile unique, il était rapide, surtout avec les modifications qu'il lui avait apportées. Il pouvait laisser sur place un bateau plus fin et de plus grandes dimensions. Le cat était ardent aussi, et il le poussait aux extrêmes quels que soient le temps et la distance, juste pour le plaisir. Il aimait, certes, les défis que présentaient les bateaux, qu'il avait appris à manœuvrer presque depuis qu'il savait marcher. Il avait pris goût à la vitesse dès son enfance et, à l'âge de dix ans, participait déjà à des courses. Ce qu'il aimait le plus, pendant ses loisirs, c'était toujours de participer à des courses de bateaux.

Quand son canot fut en place, il monta un escalier intérieur jusqu'au rez-de-chaussée, puis un autre qui le mena à sa chambre dans la tourelle. Jetant ses vêtements de sport dans un panier d'osier, il prit une douche chaude pour se laver des efforts du matin.

Devant la glace, il examina la trace de la balle. Elle avait perdu sa teinte rouge agressive pour une couleur rosâtre. Bientôt, elle ressemblerait aux autres cicatrices qui ressortaient, plus pâles, sur sa peau bronzée. Toutes lui rappelaient des rencontres violentes. Il se demandait parfois si son corps attirait naturellement les projectiles et autres armes blanches comme un aimant la limaille de fer.

Vêtu d'un short et d'un T-shirt propres, il alla à la cuisine se préparer un café fort et des œufs au bacon. Il porta le plateau sur le balcon dominant le Potomac et regarda couler le fleuve en prenant son petit déjeuner. Toujours sous le charme de la montée d'adrénaline, il se resservit une tasse de café puis alla dans l'antre qui lui servait de bureau. Il mit un CD de Coltrane sur la platine stéréo, s'installa dans un fauteuil de cuir noir et écouta l'instrument d'Anton Sax chanter comme son créateur n'aurait osé l'en croire capable. Il n'était pas surprenant qu'Austin aime le jazz progressif. D'une certaine façon, les sons de Coltrane, d'Oscar Peterson, de Keith Jarrett, de Bill Evans et d'autres artistes dont les disques emplissaient ses rayonnages reflétaient bien la personnalité d'Austin : un calme d'acier masquant une énergie et un dynamisme intenses, l'aptitude à aller chercher tout au fond de lui la force de réaliser un effort surhumain quand il le fallait et un talent pour l'improvisation.

La vaste pièce renfermait une collection éclectique de neuf et de vieux, un authentique mobilier colonial en bois sombre et, sur les murs blancs, des originaux de peintres contemporains. Curieusement, pour un homme élevé sur la mer ou près d'elle et qui passait une si grande part de sa vie sur l'eau et sous l'eau, il y avait peu d'objets rappelant son domaine. Une peinture primitive d'un clipper exécutée par un Picasso de Hong Kong pour un commandant de cargo chinois, une carte du Pacifique datant du XIXe siècle, un ou deux outils de construction navale, une photo de son catamaran et un modèle réduit de son hydroglisseur de course dans une vitrine.

Dans sa bibliothèque, voisinaient les aventures marines de Joseph Conrad et d'Herman Melville, reliées en cuir, et une dizaine d'ouvrages sur les sciences océaniques. Mais la plupart des volumes, maintes fois consultés, étaient des œuvres d'auteurs comme Platon, Kant et autres grands philosophes qu'il aimait étudier. Austin avait conscience de cette dichotomie mais n'y voyait rien d'étrange. Plus d'un commandant de marine s'était retiré à l'intérieur des terres après une carrière vécue sur toutes les mers du globe. Austin n'était certes pas prêt à se retirer au Kansas mais la mer était une maîtresse sauvage et il avait besoin de ce refuge tranquille loin de ses bras exigeants.

Après avoir bu son café, son regard tomba sur la paire de Mantons, accrochés au mur au-dessus de la cheminée. Austin possédait près de deux cents paires de pistolets de duel. La plupart étaient rangés dans une voûte ignifugée. Il ne gardait dans sa maison du bord de l'eau que ses plus récentes acquisitions. Le magnifique travail de l'artisan et la mortelle beauté des pistolets le fascinaient, tout comme les méandres de l'Histoire qui aurait pu s'arrêter là pour lui, avec une balle bien placée tirée par un beau matin calme. Il se demanda ce que serait devenue la République si Aaron Burr n'avait pas tué Alexander Hamilton[1].

Les Mantons le ramenèrent à l'incident du *Nereus*. Quelle étrange nuit ! Depuis qu'il était rentré pour se soigner, Austin avait revécu mentalement l'attaque encore et encore, en accéléré, en plans fixes, en marche arrière, comme sur une vidéocassette.

Après la bataille, la fatigue et la perte de sang avaient eu raison de lui. Il avait fait une dizaine de pas puis s'était effondré, au ralenti, pour se retrouver assis. Le commandant Phelan avait lui-même

1. Aide de camp de Washington, un des rédacteurs de la Constitution américaine, fondateur de la Banque nationale.

averti l'équipage que tout était calme et tous avaient quitté leurs cachettes. Ils avaient allongé Austin et Zavala sur des civières et les avaient transportés à l'infirmerie. En chemin, ils avaient dépassé le corps de l'assaillant qu'Austin avait abattu d'un seul coup de son pistolet de duel. Sur la demande d'Austin, ils s'étaient arrêtés et un marin à l'estomac solide avait enlevé le masque du visage du mort. L'homme avait une trentaine d'années, le teint sombre, une épaisse moustache brune et des traits sans rien de remarquable, à part un trou au milieu du front.

Zavala s'était assis sur sa civière et avait émis un sifflement.

— Dis-moi que tu avais un laser sur ta pétoire ! Une silhouette mouvante dans l'obscurité ! Si je ne l'avais vu de mes yeux, je dirais qu'un tir comme celui-là était impossible.

— Il *était* impossible, avait dit Austin avec un petit sourire satisfait. Je jouais sur du velours avec une cible humaine.

Comme il l'avait expliqué à Zavala tandis qu'on soignait leurs blessures, son incroyable précision n'avait rien à voir avec son tir ni avec les rayures peu sûres du canon du pistolet. Dans sa hâte, Austin avait tourné la petite vis réglant la pression située à côté de la détente, dans le mauvais sens, donnant ainsi à la gâchette une sensibilité exceptionnelle.

— Je remercie le ciel pour le canon équilibré des Mantons à l'épreuve des imbéciles, avait-il ajouté.

Un hélicoptère d'une société pétrolière répondant à l'appel radio d'urgence avait embarqué les blessés et Nina Kirov sur le *Nereus* pour les déposer à Tarfaya. Le commandant Phelan ayant refusé de quitter son navire, l'assistante médicale l'avait assuré qu'il serait en état d'exercer son commandement à condition de ne pas se fatiguer pendant quelques jours, alors il était resté à bord pour ramener le *Nereus* au Yucatán.

Quelques heures plus tard, Austin et Zavala s'installaient dans un jet appartenant à la direction de la

NUMA, venant de Rome et qu'on avait dévié sur le Maroc. Quant à Nina, elle avait pris un avion jusqu'à Washington. L'anesthésique qu'avait dû prendre Austin l'avait fait dormir pendant tout le voyage. Au réveil, il se rappela vaguement avoir rêvé qu'un ange blond lui avait posé un baiser léger sur la joue.

Il s'était réveillé à Washington. Nina était partie par la navette pour Boston. Il s'était demandé s'il la reverrait jamais. Après deux jours à l'hôpital, Zavala et lui avaient été renvoyés chez eux avec ordre de prendre régulièrement leurs médicaments et de laisser à leurs corps une chance de guérir.

La sonnerie du téléphone tira Austin de sa rêverie. Il décrocha et entendit un salut crispé.

— Bonjour, Kurt. Comment vous sentez-vous ?

— De mieux en mieux, amiral Sandecker. Merci de prendre de mes nouvelles. Je dois admettre que je m'ennuie un peu.

— Content de l'apprendre. Votre ennui va très vite cesser. Nous avons rendez-vous demain à neuf heures pour voir si nous pouvons venir à bout de cette affaire marocaine. J'amènerai Zavala. On l'a vu du côté d'Arlington dans sa décapotable. D'où je conclus que l'inactivité lui pèse, à lui aussi.

Zavala, qui conduisait une Corvette 1961 surtout parce que c'était le dernier modèle à posséder un coffre, avait passé le temps à bricoler dans sa cave où il aimait restaurer toutes sortes de mécanismes et créer de nouveaux appareils techniques sous-marins. Dès qu'il avait pu marcher sans tomber, il s'était entraîné dans une salle de gymnastique. Joe ne s'ennuyait jamais quand il y avait des femmes autour de lui, et il avait su tirer parti de la sympathie que lui attirait sa blessure.

Austin lui avait téléphoné de nombreuses fois. Car Joe avait beau s'amuser, il était impatient d'agir. Austin ne mentit donc pas en répondant à Sandecker :

— Je suis sûr qu'il est impatient de se remettre au travail, amiral.

— Splendide. A propos, j'ai cru comprendre que

vous étiez assez en forme pour faire partie de l'équipe olympique d'aviron.

— Comme barreur, peut-être. Puis-je faire une suggestion, monsieur ? La prochaine fois que vous engagerez quelqu'un pour jouer les observateurs d'oiseaux, assurez-vous qu'il ne porte pas de chaussures vernies et de mi-bas.

— Je n'ai pas besoin de vous rappeler que la NUMA ne dispose pas d'autant d'agents secrets que vos voisins de Langley[1]. J'ai demandé à Joe McSweeney, un de nos comptables, de surveiller discrètement vos progrès. Il passe devant chez vous en allant travailler. Il a dû attraper le virus de James Bond et prendre la chose plus sérieusement que je ne l'avais imaginé. J'espère que vous ne m'en voudrez pas.

— Aucun problème, monsieur J'apprécie votre intérêt. C'est mieux que de recevoir des appels quotidiens de notre quartier général.

— En effet, j'ai pensé que vous préféreriez cela. A propos, Mac s'y connaît vraiment en ornithologie.

— J'en suis certain, dit Austin. A demain, amiral.

Austin raccrocha, riant du paternalisme de Sandecker et de sa flèche du Parthe contre le quartier général de la CIA situé, en effet, à moins d'un kilomètre de son hangar à bateaux. L'Agence de l'amiral était surtout scientifique, mais ses opérations, en tant qu'équivalent sous-marin de la NASA, étaient naturellement destinées à rassembler des renseignements et rivalisaient, voire surpassaient, ce que la CIA pouvait offrir de mieux.

Sandecker enviait le budget illimité de la CIA et le fait que l'Agence n'ait de comptes à rendre à personne, ou presque. Lui-même, cependant, n'y allait pas par quatre chemins quand il fallait mendier de l'argent au Congrès. Il pouvait compter sur l'appui de vingt universités de premier plan enseignant les sciences marines, ainsi que sur une foule de grandes compagnies. Avec ses cinq mille scientifiques, ingé-

1. Siège de la CIA.

nieurs et autres, ses études en cours sur la géologie des profondeurs et des mines océaniques, ses études biologiques de la vie marine, ses départements d'archéologie marine, de climatologie, et sa vaste flotte de bateaux et d'avions, la portée de la NUMA s'étendait partout sur la Planète.

Engager Austin en lui faisant quitter la CIA avait été un des meilleurs coups de Sandecker. Austin avait rejoint la NUMA de façon détournée. Il avait passé ses diplômes de direction de systèmes à l'université de Washington et suivi une école de plongée de très haut niveau à Seattle. Il était devenu un très bon bricoleur sous-marin, ce qui signifiait qu'il était compétent pour toutes les opérations de base telles que la soudure, l'application commerciale des explosifs ou plonger dans la boue. Il s'était spécialisé dans le flottage, consistant à remonter des objets lourds de la mer, et la plongée à saturation dans divers environnements en utilisant des chambres de mélange sous-marines. Après avoir travaillé près de deux ans sur des plates-formes pétrolières en mer du Nord, il était retourné à la société de sauvetage en mer de son père pendant six ans avant d'être attiré dans une branche peu connue de la CIA, spécialisée dans le rassemblement de renseignements sous-marins. Il était le directeur adjoint d'un service travaillant sur le fonctionnement d'un sous-marin russe et sur le sauvetage et l'enquête d'un porte-conteneurs iranien transportant des armes nucléaires, coulé clandestinement par un sous-marin israélien. Il menait également des recherches sur des lignes commerciales aériennes, dont les avions avaient été mystérieusement abattus au-dessus de la mer. Il devait les localiser, les remonter et enquêter sur les incidents.

A la fin de la guerre froide, la CIA avait cessé ses activités d'enquêtes sous-marines. Austin aurait probablement été muté dans un autre service de l'Agence si l'amiral Sandecker ne l'avait engagé pour des tâches sous-marines spécifiques qui devaient souvent se dérouler un peu en dehors de la zone de surveillance du gouvernement. Sandecker pouvait faire la fine gueule et montrer Langley du doigt tant qu'il voulait, il n'en était pas moins très familier des opérations clandestines.

Austin regarda sa montre. Dix heures. Il en était sept à Seattle. Il composa un numéro. Une voix grinçante répondit.

— Bonjour, dit Austin. C'est ton fils préféré.

— Oh ! Eh bien tu y as mis le temps !

— Je t'ai parlé hier, papa.

— Un tas de choses peuvent arriver en vingt-quatre heures, répondit le père de Kurt d'un ton bourru.

— Ah oui ? Quoi, par exemple ?

— Comme décrocher un contrat de plusieurs millions de dollars avec les Chinois. Voilà. Pas mal pour un vieux débris !

C'est de son père qu'Austin avait hérité son physique charpenté et son entêtement. Agé maintenant de soixante-quinze ans, Austin père avait les épaules légèrement voûtées mais il abattait chaque jour un travail qui en aurait tué de plus jeunes. La société de sauvetage en mer basée à Seattle l'avait enrichi. Mais il la dirigeait tout seul, surtout depuis la mort de sa femme, quelques années plus tôt. Comme pour de nombreux self-made men, c'était le jeu et non l'argent qui l'intéressait.

— Félicitations, papa. Ça ne me surprend pas. Mais tu n'as rien d'un vieux débris et tu le sais.

— Ne perds pas ton temps à me flatter. Les paroles sont du vent. Quand viens-tu fêter ça avec une bouteille de Jack Daniel's ?

« C'est exactement ce qu'il me faudrait ! pensa Austin. Une soirée avec un père buvant aussi sec me ramènerait à l'hôpital en moins de deux ! »

— Pas pour l'instant. Je retourne travailler.

— C'est pas trop tôt ! Tu as fait du lard assez longtemps.

Il y avait cependant de la déception dans sa voix.

— Tu as dû parler à l'amiral. Il a dit presque la même chose que toi.

— Non, j'ai mieux à faire.

Le père de Kurt plaisantait à peine. Il avait un très grand respect pour Sandecker mais, en même temps, il voyait en lui un rival auprès de son fils et n'avait jamais abandonné l'espoir que Kurt recouvre un jour assez de bon sens pour prendre sa succession. Austin Junior se disait parfois que cet espoir maintenait son père en vie.

— Je vais voir ce qu'il me veut et je te rappellerai.

— D'accord, dit Austin père avec un gros soupir. Fais ce que tu as à faire. Bon, il faut que je raccroche. On m'appelle sur l'autre ligne.

Austin contempla un instant le récepteur silencieux et secoua la tête. Lorsqu'il était d'humeur blagueuse, il se demandait ce qu'il arriverait si son ours de père avait un tête-à-tête orageux avec Sandecker, plus fragile physiquement mais mauvais comme un coq de combat. Il ne parierait pas sur le résultat mais il était sûr d'une chose : il ne tenait pas à être dans le coin si cela arrivait.

Le CD de Coltrane se terminait. Austin le remplaça par un disque de Gerry Mulligan et se rassit dans son fauteuil de cuir, un sourire aux lèvres, tandis qu'il se préparait à savourer ses dernières heures de loisir avant, peut-être, des semaines. Il était content que Sandecker ait appelé et que ses vacances soient finies. Il s'ennuyait vraiment trop. L'amiral n'était pas le seul à vouloir aller, comme il l'avait dit, au fond de « cette histoire marocaine ».

14

Hiram Yaeger s'appuya au dossier de sa chaise, les mains croisées sur sa nuque, et regarda, à travers ses lunettes de grand-mère à monture d'acier, la photographie en trois dimensions de la femme de Sumatra à la forte poitrine. La photo était d'autant plus « vivante » qu'elle était holographique, projetée sur l'énorme écran derrière sa console en fer à cheval. Il se demanda combien de millions de jeunes mâles avaient pris leur première leçon d'anatomie féminine en regardant les filles sombres figurant sur les pages du *National Geographic*.

Il dit avec un soupir de nostalgie rêveuse :

— Merci pour la distraction, Max.

— A ton service, répondit la voix féminine désincarnée de l'ordinateur. J'ai pensé qu'une pause te ferait du bien.

L'image de la jeune vierge disparut, renvoyée en 1937 où le portrait qu'avait fait d'elle un photographe du *Geographic* l'avait figée dans le temps.

— Ça m'a rappelé des souvenirs agréables, dit Yaeger en buvant une gorgée de café.

De son terminal personnel situé dans une petite salle, le chef du réseau de communications de l'Agence pouvait, d'un seul coup d'œil, accéder aux vastes fichiers du complexe de données informatiques occupant tout le dixième étage du bâtiment de la NUMA. Les câbles de l'Agence faisaient généralement la une des journaux du monde. Les exploits réalisés par ses navires de recherches très pointus, ses sous-marins à submersion profonde et tous ses divers robots sous-marins frappaient l'imagination du public. Mais l'une des plus grandes contributions de Sandecker était le joyau invisible de la couronne, le vaste réseau informatique rapide que Yaeger avait mis au point librement et sans limitation de fonds, grâce à l'amiral.

Sandecker avait « fauché » Yaeger pour la NUMA lors d'un raid sur une société d'informatique de Silicon Valley. Il l'avait engagé à construire ce qui allait être indéniablement le centre d'archives le plus grand et le plus complet du monde sur les sciences des mers. Cette immense bibliothèque de données était la joie et la passion de Yaeger. Il lui avait fallu dix ans pour rassembler des siècles de connaissances humaines glanées dans les livres, les articles, les thèses scientifiques et historiques. Tout ce qui avait été écrit sur la mer était disponible non seulement pour les membres de la NUMA mais pour les étudiants en science marine, les océanographes professionnels, les ingénieurs et les archéologues sous-marins du monde entier.

Yaeger était le seul à la NUMA à ignorer le code vestimentaire de Sandecker sans avoir à en souffrir, ce qui était le signe le plus éloquent de ses talents. Avec ses jeans et ses blousons Levi's, ses longs cheveux gris blond attachés en queue de cheval et ses moustaches indomptables qui cachaient l'ardeur enfantine de son visage, Hiram Yaeger était assez négligé pour avoir l'air d'un survivant d'une communauté hippie des années 60. En réalité, il ne vivait pas sous la tente mais dans un faubourg très chic du Maryland où il se rendait dans une BMW nantie de toutes les options. Sa ravissante épouse était une artiste, ses deux filles adolescentes fréquentaient une école privée et leur seule raison de mécontentement était que Yaeger passait plus de temps avec sa famille électronique qu'avec celle de chair et de sang.

Yaeger était toujours émerveillé de la formidable

puissance dont il disposait. Il avait abandonné clavier et écran pour les commandes orales et la représentation holographique. Son incursion dans l'aspect le plus révélateur des articles du *Geographic* était une excuse pour se reposer un peu de la tâche exigeante sur laquelle il travaillait à la demande de Sandecker. A première vue, les directives de l'amiral paraissaient simples : trouver s'il y avait eu d'autres attaques sur des expéditions archéologiques semblables à celle qui s'était produite au Maroc. La tâche se révéla monumentale. Il en avait négligé, encore plus que de coutume, sa femme et ses enfants pourtant compréhensifs, dans son désir passionné de résoudre le puzzle.

Bien que les systèmes de la NUMA soient centrés sur les océans, Max allait souvent fouiller d'autres systèmes, sans autorisation, pour rassembler des informations et transférer des données venant de bibliothèques, de morgues, de journaux, de centres de recherches d'universités et d'archives historiques dans le monde entier. Yaeger commença par établir une liste des expéditions, divisée chronologiquement par décades, sur les cinquante dernières années. Il y avait des centaines de noms et de dates. Puis il prépara un programme informatique basé sur les faits connus de l'incident marocain. Il demanda à Max de comparer ce modèle à chaque expédition, lui donnant de nombreuses sources tirées d'articles académiques publiés, de journaux scientifiques et de rapports des médias, vérifiant les données pour déterminer si certaines de ces expéditions avaient connu une fin aussi inattendue et cherchant toujours des modèles.

Les sources étaient souvent fragmentées et parfois douteuses. Comme un sculpteur essayant de trouver une silhouette dans un bloc de marbre, il travailla la liste de base et en réduisit les données. Elle était encore longue et assez compliquée pour décourager les chercheurs les plus expérimentés mais le défi excita seulement l'appétit de Yaeger. Après quelques jours, il avait amassé un nombre considérable de renseignements. Maintenant il allait demander aux ordinateurs de faire le tri dans les données et d'affiner les résultats pour un usage plus pratique.

— Max, imprime ce que tu trouveras quand tu auras fouillé tous tes réseaux, dit-il à l'ordinateur.

— Je serai bientôt prêt. Désolé pour le délai, répondit la voix douce et monocorde. Pourquoi ne pas te servir une autre tasse de café en attendant ?

« Le temps ne compte pas pour un ordinateur, se dit Yaeger en suivant le conseil de Max. Il fait ce qu'il fait à une vitesse inimaginable mais aussi rapide et efficace qu'il puisse être, il n'a aucune idée de ce que c'est que d'avoir Sandecker sur les talons. »

Yaeger avait promis à l'amiral les résultats pour le lendemain matin. Pendant que Max travaillait, il aurait pu se reposer, aller à la cafétéria de la NUMA ou simplement quitter un moment son sanctuaire pour une courte promenade. Mais il détestait quitter ses enfants électroniques et occupait son attente à explorer d'autres options.

Il contempla le plafond et se rappela que Nina Kirov avait affirmé que les tueurs étaient venus la nuit, qu'ils avaient massacré les archéologues puis caché ou emporté les cadavres.

— Max, jetons un coup d'œil à « assassins ».

Max était composé d'un certain nombre d'ordinateurs qui, comme le cerveau humain, pouvaient travailler sur plusieurs tâches compliquées à la fois.

— Il ne devrait pas y avoir de problème.

Une seconde plus tard, la voix de l'ordinateur énonçait :

— Assassins. Traduction anglaise de l'arabe *haschâschîn,* signifiant personne qui s'adonne au haschich. Ordre secret islamique politico-religieux du XIe siècle, présidé par un maître absolu et des maîtres adjoints. Une obéissance aveugle était exigée des membres de la secte appelés aussi les « fidèles », ceux qui assassinaient les leaders politiques et se louaient comme mercenaires. On donnait du haschich aux tueurs ainsi qu'une forte dose de plaisirs sensuels en les persuadant que ce n'était qu'un avant-goût du paradis qui les attendait s'ils accomplissaient leur tâche. La secte a répandu la terreur pendant près de deux cents ans.

Intéressant. Mais était-ce vrai ? Yaeger gratta sa barbe désordonnée tandis que Max décrivait d'autres groupes d'assassins tels que les Thugs en Inde et les Ninjas au Japon. Ces groupes ne correspondaient pas exactement au profil des tueurs marocains mais, ce qui était plus important, ils étaient dissous depuis des siècles. Il ne les rejeta pas définitivement, cependant. S'il devait former une équipe d'assassins, il se tournerait sans doute vers le passé pour voir comment eux opéraient.

Le Dr Kirov avait dit que les tueurs avaient détruit une sculpture de pierre qui aurait pu prouver l'existence d'un contact précolombien entre le Vieux et le Nouveau Monde. S'il demandait des données sur la culture précolombienne, même à la vitesse où travaillait Max, il faudrait des années pour tout trier. Au lieu de cela, Yaeger avait établi ce qu'il appelait « un paradigme parallèle », c'est-à-dire une série de questions pour demander à l'ordinateur, de façons différentes, qui serait ennuyé par la révélation que Christophe Colomb ne serait pas le premier représentant du Vieux Monde à poser le pied sur le Nouveau Monde. Et vice versa.

Quelques jours auparavant, il avait mis les ordinateurs au travail sur le problème mais avait été trop occupé depuis pour lire les réponses.

Pendant que les machines travaillaient sur le sujet principal posé par Sandecker, il disposait d'un peu de temps pour étudier les résultats.

— Appelle « Parpar », dit-il en se servant du nom de code qu'il avait donné pour résumer l'imprononçable Paradigme Parallèle.

— Parpar est prêt, Hiram.

— Merci, Max. Qui serait ennuyé si l'on découvrait que Christophe Colomb n'a pas découvert l'Amérique ?

— Certains érudits, des historiens et des écrivains. Certains groupes ethniques. Veux-tu des précisions ?

— Pas maintenant. Cette croyance serait-elle dangereuse ?

— Non. Veux-tu que je cherche un lien avec le passé ?

Yaeger avait programmé son ordinateur pour qu'il donne des réponses courtes qui éviteraient d'interminables tangentes sans qu'on le lui ait spécifiquement demandé.

— Vas-y, dit-il.

— L'Inquisition espagnole a déclaré que toute croyance à des contacts précolombiens était une hérésie passible du bûcher. Les inquisiteurs affirmaient que Colomb avait été inspiré par Dieu pour amener la civilisation espagnole au Nouveau Monde. Le lien avec Vespucci ?

— Vas-y.

— Quand Amerigo Vespucci a scientifiquement prouvé que Colomb n'avait pas atteint les Indes mais avait découvert un nouveau continent il fut, lui aussi, menacé d'hérésie.

— Pourquoi était-ce si important ?

— Admettre que quelqu'un d'autre avait découvert le Nouveau Monde invaliderait les revendications sur ses richesses et amoindrirait le pouvoir de l'Etat espagnol.

Yaeger réfléchit à la réponse. L'Espagne n'était plus une puissance mondiale et ses anciennes possessions dans les Amériques étaient toutes devenues des pays indépendants. Il y avait quelque chose qu'il ne saisissait pas. Il se sentait comme un enfant qui sait qu'il y a un monstre caché dans l'ombre du placard, qui entend sa respiration bruyante et voit le vert de ses yeux, mais constate que le monstre disparaît quand il allume la lumière.

L'ordinateur, sur les notes du carillon de Big Ben,

fit apparaître une caricature souriante de lui-même en hologramme.

— Exécution du programme et imprimante, annonça son double animé. Ouah ! Je vais m'envoyer une bière !

Yaeger passait tellement de temps avec son ordinateur qu'il avait inévitablement programmé certains traits de sa personnalité.

— Merci, Max. Je suis preneur, dit-il.

Se demandant ce qu'il ferait si un jour Max le prenait au mot, Yaeger passa dans une pièce voisine et détacha l'impression assez longue qu'il avait demandée. En étudiant le rapport Parpar sur les expéditions archéologiques, il ouvrit des yeux comme des soucoupes et commença à répéter plusieurs fois le mot « incroyable ». Il n'avait pas encore terminé la lecture du rapport quand il décrocha le téléphone et composa un numéro.

Une voix brusque répondit.

— Si vous avez une minute, amiral, dit Yaeger, j'ai là quelque chose que j'aimerais vous montrer.

15

A 8 h 45 du matin, Austin glissait la Jeep Cherokee turquoise de l'Agence dans l'espace réservé au parking souterrain du quartier général de la NUMA, l'imposant immeuble de verre d'Arlington, en Virginie. L'immeuble abritait deux mille scientifiques et ingénieurs de la NUMA et assurait la coordination avec trois mille autres, un peu partout dans le monde. Joe Zavala appela Austin en traversant le hall en atrium avec ses chutes d'eau, ses aquariums et l'énorme globe au centre du sol dallé de marbre vert marin. Austin fut heureux de constater que son ami boitait à peine.

L'ascenseur les déposa au dernier étage où l'amiral Sandecker avait sa suite de bureaux. Lorsqu'ils sortirent de la cabine, deux hommes attendaient d'y entrer. L'un était grand et solide, un mètre quatre-vingt-dix, visage bronzé et taillé à la serpe, des yeux vert opale et des cheveux souples, noir d'ébène avec une touche de gris aux tempes. Il n'était pas aussi large d'épaules qu'Austin mais avait le corps mince et nerveux.

L'autre paraissait son contraire. Il ne mesurait qu'un mètre soixante-cinq mais avait la poitrine massive d'un bulldog, avec des bras et des jambes bien musclés. Les cheveux noirs et frisés, le visage basané et les yeux noisette trahissaient une ascendance italienne.

Le plus grand des deux tendit la main.

— Kurt ! Il y a au moins trois mois que je ne t'ai vu !

Dirk Pitt, le directeur des projets spéciaux de la NUMA et son efficace assistant Al Giordino étaient des légendes vivantes au sein de l'Agence. Leurs exploits, durant de nombreuses années depuis que l'amiral Sandecker avait créé la NUMA, avaient fait l'objet de nombreux romans. Bien que les chemins de Pitt et d'Austin ne se soient pas souvent croisés, ils étaient devenus bons amis et avaient souvent plongé ensemble.

Austin répondit à sa poignée de main ferme.

— Quand serez-vous libres tous les deux pour déjeuner avec nous et nous raconter vos dernières escapades ?

— Pas avant deux semaines, j'en ai peur. Nous décollons dans une heure de la base aérienne d'Andrews.

— Et où allez-vous ? demanda Zavala.

— Sur un projet que l'amiral nous a concocté en Antarctique, répondit Giordino.

— J'espère que vous n'avez pas oublié vos préservatifs de laine, dit Zavala avec un clin d'œil.

— Je ne pars jamais sans eux, répliqua Giordino en souriant.

— Et Joe et toi ? demanda Pitt.

— Nous devons voir l'amiral pour savoir ce qu'il nous a concocté à nous.

— J'espère que vous irez dans des eaux plus tranquilles.

— Moi aussi, dit Austin en riant.

— Appelle-moi quand vous serez de retour, dit Pitt. Nous dînerons chez moi.

— Je n'y manquerai pas, assura Austin. J'adore admirer ta collection de voitures.

L'ascenseur d'à côté arriva et Pitt et Giordino y entrèrent.

— A bientôt, les gars, dit Giordino. Et bonne chance où que vous alliez.

Les portes se refermèrent sur eux.

— C'est la première fois que je vois Dirk et Al sans qu'ils boitent, qu'ils saignent ou qu'ils soient couverts de bandages, dit Austin.

Zavala leva les yeux au ciel.

— Merci de me rappeler à quel point il peut être dangereux de travailler pour la NUMA.

— Pourquoi penses-tu que la NUMA ait tant d'intérêts dans les hôpitaux et cliniques ? demanda Austin tandis qu'ils pénétraient dans la salle d'attente aux murs couverts de photos de l'amiral se pavanant avec des présidents et autres grands de ce monde, politiciens, savants et artistes. La réceptionniste leur dit d'entrer directement.

Sandecker se prélassait derrière l'immense bureau taillé dans un panneau d'écoutille d'un navire confédéré briseur de blocus, récupéré par l'Agence. Vêtu d'un pantalon gris anthracite aux plis parfaits et d'un blazer marine hors de prix avec une ancre dorée sur la poche de poitrine, l'amiral n'aurait eu besoin que d'une casquette blanche pour compléter son image de sportif. Mais il n'était pas un capitaine de yacht-club. Il dégageait une autorité naturelle faite de trente ans dans la marine, de beaucoup de décorations, et tempérée par le travail parfois écrasant de chef d'un empire maritime gouvernemental qu'il avait construit à partir de zéro. Les anciens de Washington disaient que la présence imposante de Sandecker leur rappelait George C. Marshall, général et Secrétaire d'Etat qui, entrant dans une pièce sans prononcer une parole, pouvait faire savoir que c'était lui le chef. Comparé au général à la forte carrure, Sandecker était petit et mince grâce à son jogging quotidien de sept kilomètres et un régime strict.

Il bondit de son fauteuil comme s'il était monté sur ressorts et contourna son bureau pour saluer les deux arrivants.

— Kurt ! Joe ! Ça fait plaisir de vous voir, dit-il avec effusion en leur serrant les mains à les écraser. Vous paraissez en forme. Je suis heureux que vous ayez tous deux pu venir à cette réunion.

Sandecker paraissait lui aussi en forme et compétent comme toujours. Les bords impeccables de sa barbe à la Van Dyke aussi rousse que ses cheveux auraient pu être taillés au laser.

Austin leva un sourcil. Il n'avait jamais été question que Joe et lui aient pu manquer de se présenter. Le très autoritaire fondateur et président de la NUMA n'était pas du genre à tolérer un refus. Réprimant un sourire ironique, Austin répondit :

— Merci, amiral. Joe et moi récupérons vite.

— Bien sûr, dit Sandecker. Une récupération rapide est pratiquement incluse dans les contrats avec la NUMA. Demandez à Pitt et à Giordino si vous ne me croyez pas.

L'ennui, comme le savait Austin, c'était que Sandecker plaisantait à peine. Et le pire, c'était qu'Austin et Zavala étaient impatients de commencer une nouvelle mission.

— Je penserai à comparer mes blessures à celles de Dirk en buvant une tequila avec du citron vert et des glaçons, la prochaine fois que je le verrai, monsieur.

Zavala ne put résister à la tentation de faire un peu d'humour.

— Deux invalides comme nous ne peuvent être d'une grande aide pour la NUMA, dit-il d'un ton sérieux.

Sandecker gloussa et donna une claque vigoureuse sur l'épaule de Zavala.

— J'ai toujours admiré votre sens de l'humour, Joe. Vous feriez un bon comique dans les boîtes de nuit où, d'après ce que je sais, vous avez passé vos soirées en compagnie de ravissantes jeunes femmes. J'imagine qu'elles vous ont aidé à guérir ?

— Des infirmières privées, répondit Zavala avec une expression angélique peu crédible.

— Comme je le disais, Joe, vous avez raté votre vocation. Plaisanterie mise à part, comment va votre... euh... postérieur ?

— Je ne suis pas prêt à courir un marathon mais

j'ai abandonné ma béquille il y a un moment, monsieur.

— Je suis heureux de l'apprendre. Avant d'aller retrouver les autres, je voulais vous féliciter tous les deux pour l'affaire du *Nereus*. J'ai lu les rapports. Beau travail.

— Merci, dit Austin. Le commandant Phelan mérite une bonne part de ce crédit. Il est né trop tard. Il aurait été très à l'aise avec un coutelas à la main, repoussant les pirates barbares. Je crains qu'il n'ait perdu son bateau dans cette histoire.

Sandecker fixa Austin de son regard bleu et froid.

— Il va avoir des choses à faire, Kurt. J'ai parlé au commandant, hier. Le navire a été remis en état au Yucatán. Il se sent bien et assure que le *Nereus* a été « arrangé de façon impeccable ». (Sandecker avait utilisé les termes anciens pour décrire un navire solide.) Il m'a prié de vous remercier encore d'avoir sauvé son bateau. Bon. Etes-vous prêts tous les deux à reprendre le travail ?

Zavala fit de la main un grand salut digne d'un personnage de Gilbert et Sullivan[1].

— Arrangé de façon impeccable, affirma-t-il avec un sourire.

Il y eut un coup bref à la porte latérale qui s'ouvrit dans le panneau de bois sombre. Une sorte de géant entra en baissant la tête pour ne pas heurter le chambranle. Avec ses deux mètres trois, Paul Trout aurait probablement été plus à son aise sur un terrain de basket-ball que dans un des navires de la NUMA où il exerçait les fonctions de géologue des grands fonds océaniques au sein de l'équipe des Missions spéciales. En fait, on lui avait offert des bourses d'études dans plusieurs universités, plus intéressées par sa haute taille que par sa brillante intelligence.

Comme il convenait à son ascendance de Nouvelle-Angleterre, Trout ne parlait pas beaucoup mais sa réserve yankee ne put cacher son plaisir.

1. Auteurs comiques américains.

— Salut, les gars. Je suis heureux que vous soyez de retour. Vous nous avez manqué, ici. Nous sommes prêts, amiral, ajouta-t-il en se tournant vers Sandecker.

— Parfait. Je ne perdrai pas de temps en explications maintenant, messieurs. Les raisons de cette réunion vous seront bientôt claires.

Sandecker les précéda dans une vaste et confortable salle de conférence attenante à son bureau.

Austin comprit immédiatement que quelque chose d'important se préparait. L'homme nerveux aux épaules étroites assis au bout de la longue table d'acajou était le commandant Rudi Gunn, directeur adjoint de la NUMA et maître de la logistique. A côté de lui, image des années 1960, se tenait le génie des ordinateurs, Hiram Yaeger. En face des huiles de l'Agence était un homme plus âgé, plus distingué, dont le profil d'aigle et la moustache blanche rappelaient à Austin C. Audrey Smith, un vieil acteur de cinéma qui avait souvent incarné les officiers britanniques fanfarons. L'homme assis près de lui était plus jeune malgré sa tendance à la calvitie et une mâchoire saillante de querelleur.

Austin salua Gunn et Yaeger d'un signe de tête. Son regard rebondit sur les autres hommes comme une pierre ricoche sur l'eau pour s'arrêter sur la femme assise en bout de table. Ses cheveux blonds étaient nattés serré, ce qui mettait en valeur ses yeux gris et ses pommettes hautes. Austin s'approcha d'elle et lui tendit la main.

— Docteur Kirov, quelle bonne surprise ! dit-il avec un réel plaisir. Je suis ravi de vous voir.

Nina portait une veste assortie à sa jupe pervenche dont le ton ressortait sur sa peau dorée. Austin se disait que les hommes étaient bien stupides. Quand il avait vu Nina pour la première fois, elle lui avait paru aussi belle qu'une sirène légèrement vêtue. Maintenant, en tenue de ville cachant ses courbes et sa silhouette, elle lui paraissait encore plus ravissante.

La bouche de Nina s'éclaira d'un sourire ensorcelant.

— Je suis moi aussi ravie de vous voir, monsieur Austin. Comment vous portez-vous ?

— Parfaitement, maintenant, répondit-il.

Le côté formel de cet échange poli ne masquait pas son intensité silencieuse. Ils se tinrent la main un tout petit peu plus longtemps qu'ils n'auraient dû, jusqu'à ce que Sandecker brise l'enchantement en se raclant la gorge exagérément. Austin vit en se retournant les expressions étonnées de ses collègues de la NUMA et rougit. Il s'en voulut d'avoir réagi comme un écolier ingénu surpris par des copains en âge de détester les filles.

Sandecker fit les présentations. L'homme âgé était J. Prescott Danvers, président-directeur général d'une organisation appelée Conseil Mondial d'Archéologie. L'autre étranger était Jack Quinn, de la Fondation d'Extrême-Orient. Sandecker regarda sa montre.

— Maintenant que nous en avons fini avec les formalités, pouvons-nous nous mettre au travail ? Hiram ?

Tandis que Yaeger pianotait sur le clavier de son Macintosh Powerbook, Austin s'assit à côté de Trout. Comme d'habitude, Trout était impeccablement vêtu. Une raie partageait ses cheveux châtains au milieu de son crâne comme au bon vieux temps de l'âge du jazz et il était peigné en arrière. Il portait un costume de popeline brune, une chemise Oxford bleue et un nœud papillon très coloré dont il devait avoir toute une collection. Mais par contraste, Trout adorait les bottes de travail, une excentricité que certains attribuaient à un hommage rendu à son père, marin pêcheur. En réalité, c'était une habitude qu'il avait prise à l'Institut océanographique de Woods Hole, où de nombreux scientifiques en portaient aussi.

Fils d'un pêcheur de Cape Cod, Trout avait passé une grande partie de son enfance à tourner autour de cet institut mondialement connu. Il y avait fait des petits boulots de week-ends et de vacances et les scientifiques avaient fait de leur mieux pour se montrer amicaux envers ce jeune homme fasciné par l'océan. Son amour de la mer l'avait plus tard amené au sein de l'Institut océanographique Scripps, tout aussi renommé, où il avait étudié la géologie des grands fonds océaniques.

— Je vous croyais au Yucatán avec Gamay, dit Austin.

Il était inhabituel de voir Trout sans sa femme. Ils s'étaient rencontrés à Scripps où elle préparait un doctorat de biologie marine. Ils s'étaient mariés après leurs examens. Rudi Gunn, un de ses amis d'enfance, avait persuadé Paul de venir à bord comme membre d'une équipe spéciale créée par l'amiral Sandecker. Paul avait accepté à condition que sa femme soit engagée avec lui. Ravi d'avoir deux grosses têtes à la fois, Sandecker avait accepté avec plaisir.

Trout semblait constamment perdu dans ses pensées. Comme il en avait l'habitude, il parla en baissant la tête et, bien que portant des verres de contact, leva les yeux comme pour regarder par-dessus des lunettes.

Parlant avec l'accent nasal de Cape Cod, il répondit :

— Il y a des semaines qu'elle essaie d'obtenir un rendez-vous avec un savant du Musée national anthropologique de Mexico. Le type ne pouvait pas changer la date alors je nous représente tous les deux.

Sandecker avait pris place près d'un grand écran de rétroprojection relié à l'ordinateur de Yaeger. Il fit un signe à ce dernier et, une seconde plus tard, une carte du nord-ouest de l'Afrique apparut sur l'écran. Indiquant le Maroc en utilisant son cigare Managua éteint pour montrer une flèche rouge clignotante, Sandecker commença :

— Tout le monde ici a entendu parler de l'attaque

sur la personne du Dr Kirov et la disparition de son expédition. (Il se tourna vers Austin et Zavala.) Kurt, pendant que vous et Zavala récupériez, deux autres expéditions ont disparu.

Lui emboîtant le pas, Yaeger projeta une carte du monde. Il montra trois flèches rouges clignotantes.

— L'organisation de M. Quinn a perdu un groupe ici, en Chine. Deux scientifiques et leur guide ont disparu en Inde. Celui-ci, c'est celui du Maroc.

— Merci, Hiram, dit Sandecker. Docteur Danvers, pouvez-vous nous parler de votre organisation ?

— J'en serai ravi, répondit Danvers en se levant. (Sa voix élégante portait encore l'empreinte de son école chic pseudo-britannique.) Le Conseil mondial d'Archéologie à Washington est un office centralisateur d'informations concernant la communauté archéologique du monde. Il y a sans cesse des dizaines de projets en cours de réalisation un peu partout, dit-il en montrant la carte. Ils sont sponsorisés par des fondations, des universités, des entités gouvernementales, voire une combinaison des trois. Notre travail consiste à collecter toutes ces informations et à les leur redistribuer, à mesure des besoins, en quantités contrôlées.

— Pouvez-vous nous donner un exemple spécifique ? demanda Sandecker.

Danvers réfléchit un instant.

— L'un de nos membres, un universitaire dans le cas précis, a récemment désiré effectuer un travail en Ouzbékistan. Grâce à un appel à nos banques de données, nous avons pu lui indiquer tout le travail passé, actuel et futur dans ce pays, lui donner tous les articles publiés ces dernières années, les bibliographies des livres de référence et les noms des experts dans ce domaine particulier. Et nous disposons de cartes, d'informations sur la logistique telle que politiques locales, sources de main-d'œuvre, transports, conditions des routes, du temps, etc.

Sandecker le coupa.

— Avez-vous aussi des données sur les expéditions qui ont disparu ?

— Eh bien... (Danvers fronça ses épais sourcils) pas vraiment. Il appartient aux divers membres de fournir le matériau. Comme je vous l'ai dit, nous rassemblons et dispatchons. Notre matériau est essentiellement académique. Dans l'exemple de l'Ouzbékistan, il n'y a aucune mention de disparition sauf si l'université s'en charge. Peut-être en faisant savoir qu'une partie du territoire peut se révéler dangereux. D'un autre côté, l'information existe peut-être, dispersée dans les banques de données, mais il faudrait rassembler tout cela, ce qui représenterait un travail monumental.

— Je comprends, dit Sandecker. Hiram, pouvez-vous nous aider dans ce domaine ?

Yaeger pianota de nouveau le clavier. L'une après l'autre, des flèches rouges se mirent à clignoter sur divers continents. Il avait ajouté une douzaine de nouveaux sites aux trois figurant déjà sur la carte.

— Tout ceci représente des expéditions qui ont disparu au cours des dix dernières années.

Les narines de Danvers frémirent comme s'il respirait une mauvaise odeur.

— *Impossible !* dit-il. Où avez-vous trouvé des informations vous permettant de faire une affirmation aussi grotesque ?

Yaeger haussa les épaules.

— Dans les dossiers de votre organisation.

— Ceci ne peut pas être ! affirma Danvers. Il faut être membre du CMA pour accéder à notre banque de données. Et beaucoup de ces informations sont protégées. Même les membres ne peuvent aller d'un dossier à l'autre. Ils doivent y être autorisés et donner leurs noms de code.

Ce n'était pas la première fois que Yaeger entendait quelqu'un suggérer que ses bêtes électroniques pouvaient à peine marcher alors qu'en réalité, elles couraient plus vite que les autres. Et il avait appris depuis longtemps à ne pas discuter. Il se contenta de sourire.

Regardant les flèches qui clignotaient joyeusement sur la carte, Sandecker intervint.

— Je pense que nous sommes tous d'accord sur le fait que tout ceci dépasse le terrain des coïncidences.

Danvers était encore abasourdi de ce que sa base de données ait pu être violée par un homme qui ressemblait à un des acteurs de *Hair*.

— Ça le dépasse de beaucoup, en effet, dit-il en faisant de son mieux pour préserver sa dignité.

— Mes excuses les plus sincères, docteur Danvers, dit Sandecker. La première fois que j'ai entendu parler de l'incident marocain, j'ai demandé à Hiram de chercher des cas semblables dans les articles de presse et de les vérifier par tout autre moyen disponible. Qu'il ait choisi votre organisation pour s'introduire de force dans le cyberespace ne fait que prouver l'importance du CMA. Mais je crains cependant que l'information soit pire encore.

Yaeger avait suivi la conversation et intervint.

— J'ai juste jeté un coup d'œil sur les histoires archéologiques qui paraissent dans tous les journaux importants. Je les ai comparées à vos dossiers puis j'ai affiné la recherche en séparant le bon grain de l'ivraie. Pour les cinq dernières années, ça n'a pas été facile. Et ça l'a été encore moins quand je suis remonté à l'époque où l'on n'avait pas d'ordinateur. Cette étude n'est pas complète mais ce qui y figure est assez sérieusement documenté. J'ai éliminé toutes les expéditions dont on n'a pas retrouvé les corps et celles qui ont été anéanties par des catastrophes naturelles.

Il cliqua sur la souris. Danvers parut avoir le souffle coupé. La carte était illuminée comme une publicité de Times Square. Des dizaines de petites flèches clignotaient sur tous les continents. Quinn eut une réaction de colère.

— C'est dingue ! dit-il. Nous ne jouons pas à Indiana Jones, nom de Dieu ! Des fouilles archéologiques ne disparaissent pas de la face du monde sans que personne ne le sache !

— Vous avez mis le doigt dessus, monsieur Quinn, dit calmement Sandecker. Nous aussi avons été étonnés du nombre d'expéditions qui ont tout simplement disparu comme ça. Le public n'est pas indifférent à ces événements mais les incidents s'étendent sur des dizaines d'années et il fut un temps où les explorateurs disparaissaient pendant des années sans que cela intéresse personne. Et parfois même de façon permanente. Saurions-nous ce qui est arrivé au Dr Livingstone si l'intrépide Stanley n'était parti à sa recherche ?

— Mais vous avez parlé d'articles de journaux ? dit Quinn.

— D'après ce qu'Hiram m'a expliqué, répondit Sandecker, il arrive que quelqu'un ayant à traiter un sujet important et disposant de sources comme le *New York Times* cherche dans ses archives et trouve un événement semblable qu'il compare à un incident récent. Quand une énorme publicité est attachée à l'événement, comme par exemple en 1936, la disparition d'une équipe du *National Geographic* en Sardaigne, l'incident est simplement attribué à des bandits ou à la malchance. Nous pouvons en écarter un certain nombre. Les inondations et les éruptions volcaniques, par exemple. Ce que je trouve dérangeant, poursuivit-il après une pause, c'est que ces incidents ont tendance à se multiplier.

Toujours peu convaincu, Austin se pencha et regarda intensément la carte.

— Les communications sont infiniment plus efficaces qu'à l'époque de Stanley, dit-il. Est-ce que *cela* pourrait avoir quelque chose de commun avec ces disparitions ?

— J'ai mis cela dans l'équation, Kurt, dit Yaeger. La courbe est quand même ascendante.

Rudi Gunn enleva ses lunettes à monture d'écaille et en mordilla pensivement une branche.

— Ça me rappelle un film que j'ai vu, dit-il. Ça

s'appelait *Quelqu'un est en train de tuer les Grands Chefs de l'Europe.*

— Sauf qu'ici, il ne s'agit pas de chefs et que les incidents ne se limitent pas à un seul continent, remarqua Sandecker. Si l'expérience du Dr Kirov est un exemple convenable, quelqu'un est en train de tuer les grands archéologues du monde.

Danvers s'appuya au dossier de son siège, son visage généralement rougeaud aussi pâle que du plâtre.

— Seigneur, murmura-t-il d'une voix rauque. Mais que peut-il bien se passer ?

— En effet, que peut-il se passer, reprit Sandecker. J'ai demandé à Hiram de codifier les éléments communs à toutes ces disparitions. En surface, rien ne s'est présenté. Les expéditions étaient toutes incroyablement diverses. Sur le nombre des participants, d'abord, allant de trois à plus de vingt personnes. Elles étaient organisées par une vaste gamme d'organisations ou d'individus. Il y avait bien, cependant, des dénominateurs communs... Ce que la police appelle le *modus operandi* était le même dans tous les cas antérieurs au Maroc. Les expéditions ont tout simplement disparu. L'expérience du Dr Kirov a été traumatisante mais ce fut peut-être un coup de chance pour la suite des événements si cela nous permet d'éviter des désastres semblables. Nous savons que ces expéditions ne se sont pas désintégrées toutes seules. Elles ont été anéanties par des équipes d'assassins entraînés.

— Des *Thughis,* dit calmement Gunn.

— Qu'est-ce que ça veut dire ? demanda Quinn.

— C'est de là que vient notre mot *thug*[1] qui veut dire « voleur » en hindi. Ils appellent ainsi les adorateurs de Kali, la déesse indienne. Ils infiltraient les caravanes, étranglaient les gens la nuit, cachaient leurs cadavres et volaient leurs biens. Les Anglais ont fait cesser ce culte dans les années 1800 et la plupart

1. En anglais, gangster. *(N.d.T.)*

des adeptes l'abandonnèrent en effet. Une de ces disparitions, parmi les dernières, est survenue en Inde.

Ceux qui connaissaient Gunn ne s'étonnèrent pas de l'entendre énoncer ce genre de renseignement secret. Gunn était un vrai génie. Major de sa promotion à l'Académie navale, l'ancien commandant avait un poste important au ministère de la Marine. Il était diplômé en chimie, en économie et en océanographie mais avait préféré les sciences sous-marines à celles de la guerre. Il servait dans les sous-marins en tant que second de Sandecker et, quand l'amiral avait démissionné de la marine pour créer la NUMA, Gunn l'avait suivi. En compilant les rapports et en cherchant sans cesse à se cultiver, il avait absorbé une somme énorme de connaissances et lu des centaines de livres.

— J'ai vérifié, dit Yaeger. Les Ninjas et les *haschâschîn* aussi. Vous avez raison, il y a des similitudes.

Sandecker ne rejeta pas complètement la suggestion.

— L'idée d'une société secrète d'assassins est certes intéressante, admit-il. Mettons-la de côté un moment, le temps de parler de cet autre élément commun. Pour autant que nous le sachions, toutes les expéditions assassinées au cours des récentes années avaient paraît-il trouvé des objets d'art précolombiens dans des lieux où ils n'auraient pas dû être. Selon les découvertes d'Hiram, toutes étaient plus ou moins subventionnées par Time-Quest. L'un d'entre nous, messieurs, sait-il quelque chose sur cette organisation ?

— Bien sûr, dit Quinn. Notre Fondation a utilisé leurs services assez souvent. Pour autant que je sache, ils sont tout à fait respectables. Vous trouverez leurs pubs dans tous les magazines d'archéologie. Ils ont la réputation d'être très généreux dans leurs subventions. Ils peuvent financer votre expédition si elle leur plaît. Mieux encore, ils vous enverront des volontaires, des gens qui paient pour le plaisir de creuser. Ils ont des liens avec nombre d'associations pour l'environnement et d'organisations de retraités. Comme je vous le disais, ils sont réglo.

Danvers parut s'éveiller en sursaut d'un sommeil profond.

— Oui, je suis d'accord. Beaucoup de nos clients sont passés par Time-Quest. Nous avons un dossier sur eux, si ça peut vous être utile.

— J'ai déjà enquêté sur eux, dit Yaeger. J'ai cherché des infos ailleurs, aussi. Listes des sociétés à but non lucratif, agences nationales et fédérales qui s'occupent de ces sociétés. Relevés bancaires, Internet. Ils ont un site impressionnant sur le Web. Leur quartier général est à San Antonio. Le conseil d'administration est composé de gens nationalement connus.

Austin fronça les sourcils.

— Des gens pleins de bonnes intentions ont souvent, sans le savoir, prêté leur nom à des extrémistes de droite ou de gauche pour organiser des crimes en pensant soutenir une bonne cause.

— Bien dit, Kurt, acquiesça Sandecker. Hiram, avez-vous quelque chose montrant que Time-Quest sert d'écran à des extrémistes ?

Yaeger fit non de la tête.

— Toutes les données affirment que Time-Quest est clean.

— Vous n'avez donc rien trouvé qui sorte de l'ordinaire ? insista Sandecker.

Son oreille exercée avait détecté une légère réticence dans la voix de Yaeger.

— Je n'ai pas dit ça, amiral. Il y a une tonne de renseignements disponibles sur l'organisation principale, mais ils viennent surtout d'articles de presse qui ne nous apprennent vraiment pas grand-chose. Quand j'ai essayé d'aller au-delà de la surface, je n'ai plus rien trouvé.

— Ils bloquent l'accès ?

— C'est ce qui cloche. Pas vraiment. C'est plus sophistiqué que ça. Quand l'accès est bloqué, c'est comme ne pas avoir de clef pour entrer dans une pièce. Moi, j'ai eu la clef mais quand je suis entré dans la pièce, elle était dans l'obscurité et je ne pouvais pas tourner l'interrupteur.

— Si votre meute électronique n'a pas pu suivre la piste jusqu'au bout, ça doit être en effet sacrément sophistiqué. Mais votre travail nous apprend cependant quelque chose. L'organisation n'éteindrait pas ses lumières si elle n'avait pas quelque chose à cacher.

Nina, qui était restée silencieuse pendant toute la présentation, dit soudain :

— Gonzalez !

— Je vous demande pardon ? dit Sandecker.

— Je réfléchissais à ce que le commandant Gunn avait dit des *Thughis*. Il y avait un homme appelé Gonzalez dans notre expédition. J'en ai parlé à MM. Austin et Zavala. Il venait grâce à Time-Quest. Il était... il était bizarre.

— De quelle façon, docteur Kirov ?

— C'est difficile à dire. Il était extrêmement obséquieux. Et toujours partout à regarder par-dessus votre épaule. Quand quelqu'un lui demandait d'où il venait, il racontait toujours la même histoire. Il ne variait jamais. Il devenait évasif quand on voulait des détails. Par exemple, le dernier jour, quand je l'ai questionné à propos de l'étranger à qui il avait parlé... (Elle se tut et fronça pensivement les sourcils.) Je pense que ça avait un rapport avec l'attaque.

— J'ai lu ce détail dans votre rapport, dit Sandecker. Ce Gonzalez a-t-il été tué avec les autres ?

— Je le suppose. Il y avait une grande confusion. Il a disparu en même temps que tout le monde, alors...

— Nous vérifierons lors de l'identification des corps exhumés autour des fouilles, et s'il ne figure pas parmi eux, Hiram cherchera sa trace.

— Une question, dit Austin. Time-Quest était en rapport avec toutes les expéditions qui ont disparu ces dernières années, mais est-ce que certaines de ces expéditions sont rentrées saines et sauves ?

— Je vais vous répondre, dit Sandecker. Oui. Il y a eu de nombreuses expéditions au cours desquelles les plus gros accidents furent des coups de soleil. De nouveau, celles qui ont disparu ont toutes fait savoir qu'elles avaient fait des trouvailles inhabituelles et, dans certains cas plus spécifiques, la preuve de contacts précolombiens. Qu'en concluez-vous, docteur Danvers ?

— La communauté archéologique examinerait certainement de telles affirmations avec le plus grand scepticisme, répondit Danvers. Mais dire qu'elles ont pu entraîner des meurtres, eh bien, je ne sais que penser. Il ne pourrait sûrement pas s'agir d'une série de coïncidences, aussi invraisemblable que cela puisse paraître ?

Nina secoua la tête.

— Il est aussi improbable qu'il s'agisse d'une coïncidence que la statue précolombienne que j'ai retrouvée détruite. Et que la preuve de son existence effacée de la banque de données de l'université. Comment cela a-t-il pu se faire ? demanda-t-elle à Yaeger.

— Ça n'a rien de difficile quand on sait comment faire, dit-il en haussant les épaules.

Sandecker regarda à nouveau sa montre.

— Nous avons fait tout ce que nous pouvions faire ici pour l'instant. Je voudrais vous remercier d'être venus, messieurs et vous, docteur Kirov. Nous discuterons de notre prochaine action et vous tiendrons au courant de nos progrès.

Tandis que la réunion s'achevait, Kurt alla parler à Nina.

— Allez-vous rester à Washington ?

— Je crains que non. Je dois partir tout de suite pour commencer à travailler sur un nouveau projet.

— Eh bien...

— On ne sait jamais, il se peut que nous travaillions ensemble un de ces jours.

Austin respira le vague parfum de lavande émanant des cheveux de Nina et se demanda s'ils seraient capables d'un vrai travail.

— Cela se fera peut-être.

Zavala s'approcha.

— Désolé de vous interrompre. Sandecker veut nous voir dans son bureau.

Austin dit à regret au revoir à Nina, suivit les autres dans l'antre de l'amiral et s'assit dans l'un des confortables fauteuils de cuir. Sandecker était derrière son bureau. S'appuyant au dossier de son fauteuil pivotant, il tira plusieurs fois sur son cigare géant qu'il avait enfin allumé. Il allait ouvrir la discussion quand son regard tomba sur Zavala qui tirait sur le même barreau de chaise. Sandecker ignorait fort peu des choses qui se passaient dans le monde, mais l'un des mystères les plus irritants et les plus intolérables de sa vie était relié à l'humidificateur posé sur son bureau. Depuis des années, il essayait de comprendre comment Al Giordino piquait des cigares dans son coffret sans jamais se faire prendre.

Sandecker transperça Zavala d'un regard aigu.

— Avez-vous rencontré Giordino ? demanda-t-il.

— Dans l'ascenseur. Pitt et lui partaient sur un projet en Antarctique, répondit Zavala avec une innocence angélique. Nous avons bavardé brièvement sur les affaires de la NUMA.

Sandecker se racla calmement la gorge. Il n'avait jamais rien dit à Giordino et se garderait bien de donner à Zavala la satisfaction de savoir qu'il était irrité ou démonté.

— Certains d'entre vous doivent se demander pourquoi une agence dont la vocation est l'océan et ce qui s'y trouve peut se trouver impliquée dans les problèmes d'une poignée de fouilleurs de pierres du désert, dit-il. La raison principale est que la NUMA a la meilleure capacité du monde pour le renseignement. On atteint ces sites par la mer ou par des rivières qui se jettent dans la mer, donc, techniquement, nous avons autorité pour nous en occuper. Eh bien, messieurs, une idée ?

Austin, qui avait observé la bataille des cigares avec intérêt, réfléchit à la question de l'amiral.

— Reprenons ce que nous savons. Il y a un schéma à toutes ces disparitions, dit-il en comptant sur ses doigts chaque nouvel argument. Les gens ne disparaissent pas mais sont assassinés par des tueurs bien organisés et bien équipés. Les expéditions ont toutes un lien avec une boîte appelée Time-Quest qui semble avoir quelque chose à cacher.

Yaeger intervint.

— Se peut-il qu'ils cachent seulement des actifs aux impôts et que cela n'ait rien à voir avec les meurtres ?

— On pourrait découvrir que c'est le cas, dit Sandecker, c'est pourquoi je souhaite que vous poursuiviez vos recherches. Explorez tous les angles possibles.

— Avez-vous trouvé quelque chose menant à l'hovercraft qui a essayé d'enlever le Dr Kirov ? demanda Zavala.

— J'ai eu un peu plus de chance, dit Yaeger. D'après votre description, j'en ai conclu que le fabricant était une firme anglaise appelée Griffon Hovercraft Ltd. Seulement on en a fabriqué des tas du modèle que vous avez décrit. Celui-ci est spécialement intéressant. Il s'appelle le type L.C.A.C.

— Jargon naval pour « Landing Craft Air Cushion »[1], si je ne me trompe, dit Gunn.

— C'est exact. C'est la version gonflée d'un modèle commercial. Vingt-six mètres de long. Deux hélices et quatre turbines à gaz qui lui permettent d'atteindre les quarante nœuds avec charge utile. Il est armé de mitraillettes de calibre .50, de lance-grenades et d'une mitraillette M-60. Nous en avons quelques-uns dans l'US Navy.

1. Engin de débarquement sur coussin d'air. *(N.d.T.)*

— Pourquoi n'ont-ils pas utilisé leurs armes pour arrêter le Dr Kirov ? s'étonna Zavala.

— A mon avis, parce qu'ils ont eu peur qu'on retrouve son corps. On aurait posé des questions. Ont-ils reçu des commandes de sociétés privées ? demanda Austin à Yaeger.

— Une seule. D'une boîte de San Antonio.

Austin se pencha.

— C'est bien là que se trouve le quartier général de Time-Quest ?

— Exact, reconnut Yaeger. C'est peut-être une coïncidence. L'hovercraft appartient à une société d'exportation de pétrole mais elle pourrait n'être qu'une des nombreuses sociétés écrans. Je vais prendre un moment pour voir si elles sont liées. C'est un peu négligent de leur part de nous laisser une chance de les relier.

— Pas vraiment, dit Austin. Ils ne pensaient pas qu'il puisse y avoir de témoin. S'ils avaient réussi leur attaque contre le Dr Kirov, personne n'aurait rien su des tueurs. Les gens du *Nereus* ont bien remarqué l'hovercraft mais ils étaient trop loin pour voir s'il servait à un assaut et des voies de fait.

— Kurt a raison, Hiram, dit Sandecker. J'aimerais que vous exploriez un peu cette piste de San Antonio. Quelqu'un a-t-il une autre action directe à proposer ?

— Oui, dit Austin. J'ai réfléchi. Nous pourrons peut-être les faire venir à nous. Le point commun de ces incidents est l'angle précolombien. Supposons que nous mettions au point une expédition archéologique et que nous fassions savoir à Time-Quest que nous avons trouvé quelque chose de précolombien ?

— Ensuite, on met nos gilets pare-balles et on voit ce qui se passe, dit Zavala. (Il tira sur son cigare comme Diamond Jim Brady.) Une arnaque. C'est brillant !

Sandecker leva un sourcil.

— L'esprit de Zavala mis à part, comment nous y prendrions-nous pour faire ça ? demanda-t-il. Ça prendrait des semaines, peut-être même des mois pour l'organiser, n'est-ce pas, Rudi ?

— J'en ai peur, monsieur. Il y aurait un tas de choses à mettre au point.

Austin ne comprenait pas pourquoi Gunn semblait si amusé par sa proposition et il ne put empêcher l'irritation de paraître dans sa voix en répondant :

— Peut-être que si on essaie sérieusement, on peut accélérer le processus d'une façon ou d'une autre.

— Inutile de partir ventre à terre, mon ami, dit Sandecker en découvrant ses dents de requin en un sourire satisfait. Pendant que Joe et vous vous la couliez douce, Rudi, Hiram et moi avons planché sur la même idée et avons commencé à faire bouger les choses. Tout est en place. Pour des raisons d'urgence et pour simplifier la logistique, nous nous sommes décidés pour le sud-ouest américain. L'appât sera un objet de l'Ancien Monde trouvé sur le sol américain. Cela devrait attirer l'attention de quelqu'un. Considérez qu'il s'agit d'un boulot pour l'équipe des missions spéciales de la NUMA.

— Boulot accepté, dit Austin. Et Gamay ?

— Il serait difficile d'expliquer la présence d'une biologiste de marine en plein désert, dit l'amiral. Je ne vois aucune raison de l'éloigner de son travail au Yucatán. Faites-lui savoir ce que nous allons faire. Si nous avons besoin d'elle, elle peut se rendre disponible en quelques heures. Elle a travaillé très dur, ces temps-ci. Elle est probablement en train de profiter du soleil des tropiques sur les plages de Cozumel ou de Cancún pendant que je vous parle.

Zavala prit une longue bouffée de son cigare et souffla un rond de fumée.

— Il y a des gens qui ont toutes les chances, dit-il.

16

Le Yucatán, Mexique.

Le quatrième membre permanent de l'équipe de Missions spéciales de la NUMA aurait été la dernière à se qualifier de *chanceuse*. Pendant que ses collègues profitaient du confort et de l'air conditionné, Gamay Morgan-Trout dégoulinait de transpiration et sa nature généralement agréable se détériorait au fur et à mesure que montait la température ambiante déjà à 27°C qui continuait à grimper. Elle avait du mal à croire que l'humidité était de 100 %, sans un nuage dans le ciel.

Les bras croisés sur sa poitrine, elle appuyait sa longue silhouette souple contre la Jeep garée sur le bas-côté herbeux du long ruban d'asphalte qui coupait à travers la forêt. Des mirages, au-dessus des flaques d'eau frémissantes, dansaient sur l'asphalte gris. Cet endroit désolé lui rappelait l'autoroute déserte de *North by Northwest* où Cary Grant était poursuivi par un avion pulvérisateur.

Gamay regarda le ciel pâle. Pas de pulvérisateur en vue. Rien que de vieux vautours volant paresseusement en cercles. L'endroit était peu propice aux busards affamés. Les restes des victimes de la route devaient être bien minces. Une seule voiture était passée au cours de l'heure précédente. Elle entendit le bruit du vieux camion bien avant de le voir. Il faisait un bruit de ferraille, avec son chargement de poulets à moitié morts, laissant dans son sillage un nuage de plumes blanches. Le chauffeur n'avait même pas ralenti pour voir si elle avait besoin d'aide.

Se disant qu'il était stupide de rester au soleil, Gamay alla se mettre à l'ombre dans la Jeep, sous le toit décapotable, et but une gorgée d'eau fraîche dans une Thermos. Pour la troisième fois, au moins, elle déplia la carte que le professeur Chi lui avait faxée de Mexico. Le papier était humide et ramolli par la sueur de ses mains. Dans la matinée elle avait roulé vers l'intérieur des terres, venant de Ciudad del Carmel où le *Nereus* était à l'ancre, suivant la carte à la lettre dans le paysage plat et monotone du Yucatán, en faisant très attention aux notations nettement écrites du kilométrage précis et s'arrêtant exactement où l'indiquait la flèche. Elle étudia soigneusement les lignes dessinées. Aucune erreur possible. Une croix marquait l'endroit. Elle était exactement où elle était supposée être.

Au milieu de nulle part.

Gamay regrettait de s'être fait excuser quand son mari et elle avaient reçu la convocation à Washington pour une importante réunion de l'équipe des Missions spéciales de la NUMA. Elle avait essayé d'avoir ce rendez-vous avec le professeur Chi depuis des jours et des jours et ignorait si elle aurait jamais une autre occasion de le rencontrer. Elle se demanda ce qui pouvait bien justifier une convocation au quartier général à aussi bref délai. Ils avaient rejoint le *Nereus*, peu après son arrivée au Yucatán, pour prendre part au projet Météorite. Paul devait réaliser des graphiques par ordinateur sous-marin, ce qui était sa spécialité. Gamay devait offrir son expérience de biologiste marine. La mission paraissait vraiment agréable. Rien de lourd à lever. Puis était venu l'appel du quartier général.

Elle eut un sourire. Kurt Austin devait être revenu en scène. Il se passait presque toujours quelque chose quand Austin était quelque part. Comme cette histoire rocambolesque dont elle avait entendu parler sur le *Nereus*. Elle avait téléphoné à Paul pour voir si elle pouvait faire un saut par avion à la maison.

« Dieu du ciel, se demanda-t-elle en regardant autour d'elle, pourquoi le professeur m'a-t-il donné rendez-vous dans cet endroit perdu ? » Les seuls signes de présence humaine, passée ou présente, étaient les vagues traces de pneus presque recouvertes d'herbes, qui disparaissaient dans la forêt. Elle chassa un insecte qui chatouillait le bout de son nez. L'efficacité du produit censé éloigner les bestioles diminuait. Sa patience aussi. Peut-être devrait-elle partir maintenant. Non, elle allait attendre encore quinze minutes. Si le professeur Chi ne se montrait pas, elle ferait ses paquets et regagnerait le navire de la NUMA. Et elle devrait admettre que les deux heures de conduite dans cette Jeep louée n'auraient servi à rien.

Quelle barbe ! Elle n'aurait plus jamais une occasion pareille. Elle voulait vraiment rencontrer Chi. Il avait eu l'air si aimable au téléphone, avec son accent américain et sa courtoisie espagnole.

Une mèche de ses cheveux acajou massés sur le dessus de sa tête tomba sur son nez. Elle souffla vers le haut pour la déplacer. Comme cela ne réussit pas, elle la repoussa de la main, vérifiant par habitude dans le rétroviseur. Elle aperçut une tache sur la route, tache qui grandit lentement, vibrant dans les vagues de chaleur. Elle se pencha par la portière pour mieux voir. L'objet se matérialisa en un autobus bleu et blanc. Elle se dit qu'il était sans doute perdu. Elle rentra la tête et buvait une autre gorgée d'eau quand elle entendit le crissement des freins à air.

Le bus s'était arrêté derrière la Jeep. La porte s'ouvrit et le silence de mort fut brisé par l'explosion d'une musique mexicaine hurlante de décibels et d'instruments de cuivre. Les autobus locaux étaient tous équipés de haut-parleurs datant probablement de Woodstock. Un unique passager descendit du bus.

Il portait la tenue traditionnelle des Indiens, une chemise de coton, un large pantalon blanc et des sandales. Un chapeau de paille au bord légèrement roulé complétait sa tenue. Comme la plupart des Mayas, il était plutôt petit, un mètre cinquante-cinq au plus. Il y eut un échange de mots pressés en espagnol entre le passager et le chauffeur du bus et un signe d'adieu. La porte se referma avec bruit et, dans le grincement de ses engrenages, l'autobus reprit la route comme un gros Juke-box à roulettes.

Ouille !

Gamay se pencha pour écraser un insecte qui venait d'enfoncer son dard dans son mollet. Quand elle regarda à nouveau dans le rétroviseur, l'homme avait disparu en même temps que le bus. Elle vérifia le rétro extérieur. Il ne montrait que la route déserte. Bizarre ! Il fallait attendre. Elle perçut un mouvement sur sa droite et se raidit. Des yeux comme des pierres noires la regardaient par la fenêtre côté passager de la Jeep.

— Docteur Morgan-Trout, je suppose ?

L'homme avait la même voix douce à l'accent américain qu'elle avait entendue lors de l'appel téléphonique à Mexico. Elle se hasarda.

— Professeur Chi ?

— A votre service.

Il réalisa que Gamay fixait le fusil à canon double qu'il tenait au creux de son bras et se hâta de le baisser.

— Désolé, je n'avais pas l'intention de vous faire peur. Et toutes mes excuses pour ce retard. J'étais parti chasser et j'aurais dû prévoir plus de temps. Juan, notre chauffeur, a bon cœur mais il lui faut bavarder avec toutes les passagères, jeunes ou vieilles. J'espère que vous n'avez pas attendu trop longtemps.

— Non, ça va très bien.

Ce petit homme brun avec sa large face couleur de noix, ses pommettes hautes et son long nez légèrement courbe n'était pas exactement ce qu'elle avait attendu. Elle se gronda de penser en stéréotypes.

Le Dr Chi avait vécu assez longtemps dans le monde des Blancs pour reconnaître une réaction embarrassée. Son expression figée ne changea pas mais les yeux sombres étincelèrent de bonne humeur.

— Je vous ai sans doute surprise. Un étranger surgissant soudain avec un fusil, comme un *bandido* ! Je vous prie d'excuser mon apparence. Quand je suis chez moi, je redeviens indigène.

— C'est moi qui devrais vous présenter des excuses ! Je vous laisse là en plein soleil. (Elle tapota le siège à côté d'elle.) Je vous en prie, venez vous asseoir à l'ombre.

— Je transporte mon ombre autour de moi mais j'accepte votre aimable invitation.

Il enleva son chapeau, révélant des mèches grises sur un front fuyant, enleva de son épaule un carnier de toile et s'installa sur le siège du passager en posant le fusil avec soin, culasse ouverte, entre les sièges, le canon tourné vers l'arrière. Il posa le carnier sur ses genoux.

— Si j'en crois ce sac, la chasse a été bonne, dit Gamay.

Il soupira théâtralement.

— Je dois être le chasseur le plus paresseux du monde. Je me mets au bord de la route. L'autobus me prend et me transporte. Je marche dans la forêt. Pan ! Pan ! Je retourne sur la route et je prends le bus suivant. De cette façon, je peux profiter des délices solitaires de la chasse et la récompense sociale de partager mes succès ou mes échecs avec mes voisins. Le plus difficile est le timing des bus. Mais oui, ça s'est bien passé. Deux perdrix bien grasses, dit-il en soulevant le carnier de toile.

Gamay lui adressa un large sourire qui révéla le petit espace séparant ses deux dents du haut. C'était une femme attirante, pas superbe ni trop sexy mais pleine d'allant et vive comme un garçon manqué, ce que les hommes trouvent généralement attendrissant.

— Bien, dit-elle. Vos oiseaux et vous accepteriez-vous que je vous conduise quelque part ?

— Ce serait très aimable à vous. En échange, puis-je vous offrir un rafraîchissement ? Vous devez avoir très chaud à force d'attendre ici.

— Ce n'était pas si terrible, dit Gamay, bien que ses cheveux soient clairement hors de son contrôle, que son T-shirt soit collé au siège et que son menton dégouline de sueur.

Chi hocha la tête, appréciant le mensonge poli.

— Si vous pouviez faire marche arrière et suivre ce chemin un moment...

Elle remit le moteur en marche, engagea la marche arrière et, très lentement, quitta la route en tournant. Les pneus suivirent les ornières de boue sèche dans une forêt dense. Après environ quatre cents mètres, les arbres se raréfièrent et les ornières laissèrent place à une clairière ensoleillée dominée par un abri indigène. Les murs de la hutte étaient faits de bois, et le toit de chaume avec des feuilles de palmier. Ils sortirent de la Jeep et entrèrent dans la cabane. Le mobilier consistait en une table pliante en métal, une chaise de camping et un hamac tressé. Deux lanternes au gaz propane pendaient des chevrons.

— Même aussi humble que celle-ci, il n'y a pas de *casa* comme *mi casa,* dit Chi qui paraissait énoncer une certitude. Grattant le sol de terre battue de son orteil, il ajouta :

— Cette terre a toujours été dans ma famille. Des dizaines de maisons se sont élevées ici même au cours des siècles et le paysage n'a pas changé depuis qu'on a construit la première, au commencement des temps. Mon peuple a appris qu'il était plus facile de laisser une maison s'écrouler de temps en temps plutôt que d'essayer d'en construire une capable de résister aux ouragans et à la pourriture de l'humidité. Puis-je vous servir quelque chose à boire ?

— Oui, dit Gamay en cherchant une glacière des yeux. Avec plaisir.

— Suivez-moi, s'il vous plaît.

Il la conduisit hors de la hutte jusqu'à un sentier usé passant par les bois. Après une minute de marche, ils atteignirent une construction cylindrique couverte d'un toit de métal rouillé. Le professeur ouvrit la porte sans verrou et ils entrèrent. Chi s'approcha d'une alcôve sombre dans laquelle il fouilla, marmonnant en espagnol. Au bout de quelques secondes, un moteur se mit en marche.

— Je coupe le générateur chaque fois que je m'en vais pour économiser le carburant, expliqua-t-il. Le climatiseur se mettra en route dans très peu de temps.

Une ampoule nue s'alluma au-dessus de leurs têtes. Ils étaient dans une petite entrée. Chi ouvrit une porte et appuya sur le commutateur. Une lumière fluorescente clignota avant d'illuminer une grande pièce sans fenêtre meublée de deux tables de travail. Sur les tables étaient posés un ordinateur portable, un scanner et une imprimante laser, un tas de papier, un microscope et des plaquettes ainsi qu'un assortiment de sacs en plastique contenant des morceaux de pierre. D'autres, plus gros, soigneusement étiquetés, étaient posés çà et là. Partout s'empilaient des dossiers. Les rayons de la bibliothèque croulaient sous le poids d'ouvrages épais. Les murs portaient des cartes topographiques de la péninsule du Yucatán, des photos de sites et des dessins représentant des sculptures mayas.

— Mon labo, dit Chi avec un orgueil évident.

— Impressionnant !

Gamay ne se serait jamais attendue à voir un laboratoire d'archéologie tout équipé dans... enfin, au milieu de nulle part. Le Dr Chi était plein de surprises. Il sentit son étonnement.

— Les gens sont épatés quand ils voient le contraste entre l'endroit où je vis et celui où je travaille. Au-dehors de Mexico, je n'ai besoin que de fort peu de chose pour vivre. Un endroit pour dormir, un hamac avec une moustiquaire, un toit pour m'abriter de la pluie. Mais c'est autre chose quand il faut travailler. On a besoin d'outils. Et ici, l'outil le plus important, c'est la bonne conduite d'une enquête scientifique.

Il s'approcha d'un réfrigérateur déglingué mais utilisable, y fourra le carnier de toile et sortit deux Seven-Up et des cubes de glace qu'il mit dans des timbales en plastique. Frottant la table de sa manche, il ménagea un espace au milieu des dossiers et apporta deux chaises pliantes. Gamay s'assit, but un peu de la boisson gazeuse et laissa le liquide frais descendre le long de sa gorge parcheminée. Cela lui parut meilleur que du champagne. Ils restèrent un moment silencieux, profitant de leur boisson.

— Merci, docteur Chi, dit Gamay en acceptant un second verre, d'eau en bouteille cette fois. Je crois que je suis plus déshydratée que je ne le pensais.

— Il n'est pas difficile de perdre de l'eau dans ce pays. Maintenant que nos énergies sont rechargées, dites-moi en quoi je puis vous aider.

— Comme je vous l'ai dit au téléphone, je suis biologiste de marine. Je travaille sur un projet au large de la côte.

— Ah ! Oui, les relèvements de la NUMA près du site de tectite où est tombé la météorite du Chixulub.

Gamay pencha la tête.

— Vous étiez au courant ?

— Le téléphone arabe, répondit-il en riant devant son expression étonnée. Bon, je ne sais pas mentir. J'ai vu un e-mail adressé au musée, venant du Q.G. de la NUMA et nous informant par politesse du relèvement.

Il ouvrit le tiroir d'un classeur et en sortit une chemise en carton.

— Attendez, dit-il en lisant le contenu du dossier. Gamay Morgan-Trout, trente ans. Résidante à Georgetown, née dans le Wisconsin. Plongeuse experte.

Possède un diplôme d'archéologie de l'université de Caroline du Nord. A changé de spécialité en s'enrôlant à l'institut Scripps d'océanographie où elle a obtenu un doctorat de biologie marine. Met ses talents au service de l'Agence Nationale Marine et Sous-Marine, de réputation mondiale.

— Pas une seule erreur, dit Gamay en levant un de ses sourcils joliment courbés.

— Merci, répondit Chi en replaçant le dossier dans le tiroir approprié. C'est en fait le travail de ma secrétaire. Après votre appel, je lui ai demandé de se brancher sur le site de la NUMA. Il y a une description complète des projets en cours avec de brèves biographies des participants. Etes-vous parente de Paul Trout, le géographe des grands fonds dont le nom est aussi cité ?

— Oui, Paul est mon mari. Le Web ne mentionne probablement pas que nous nous sommes rencontrés au Mexique. Nous travaillions sur un terrain à La Paz. A ce détail près, je dirais qu'on vous a remis un excellent travail.

— C'est mon entraînement strictement académique, j'en ai peur.

— J'ai aussi tendance à retenir les détails. Voyons si je peux m'en souvenir. (Gamay ferma les yeux.) Dr José Chi. Né à Quintana Roo, péninsule du Yucatán. Père fermier. A fait d'excellentes études, envoyé par le gouvernement dans des écoles privées. Etudiant à l'université de Mexico. Diplômé de l'université d'Harvard où il est toujours affilié au prestigieux Musée Peabody d'Archéologie et d'Ethnologie. Conservateur du Musée national d'Anthropologie de Mexico. Lauréat du Prix MacArthur pour son aide à la rédaction d'un recueil d'inscriptions mayas. Travaillant actuellement à un dictionnaire de la langue maya.

Elle ouvrit les yeux et vit le large sourire de Chi qui applaudit légèrement.

— Bravo, docteur Morgan-Trout.

— Appelez-moi Gamay, je vous en prie.

— Un joli nom et peu commun.

— Mon père était grand amateur de vins. La couleur de mes cheveux lui a rappelé ce raisin du Beaujolais.

— Bien choisi, docteur Gamay. Je dois cependant corriger un détail. Je suis fier de mon travail sur le dictionnaire mais le recueil est en réalité l'œuvre de plusieurs personnes de talent. Des artistes, des photographes, des cartographes, des archivistes, etc. J'y ai apporté mon humble talent de « découvreur ».

— De découvreur ?

— *Sí.* Je vais vous expliquer. Je chasse depuis que j'ai huit ans. J'ai exploré le Yucatán, le Belize et le Guatemala de fond en comble. Au cours de mes vagabondages, je suis souvent tombé sur des ruines. Certains prétendent que je devrais porter une planche à Ouija autour du cou. Je crois qu'un chasseur doit être à la fois attentif à ce qui l'entoure et capable de parcourir de grandes distances. Si l'on marche assez longtemps et assez loin dans ces endroits, on tombe immanquablement sur ces restes laissés par mes industrieux ancêtres. Maintenant, dites-moi, quel intérêt une biologiste de marine peut-elle trouver au travail d'un chercheur totalement terrien ?

— J'ai une requête étrange à vous soumettre, docteur Chi. Comme vous l'avez noté dans mon C.V., j'étais *chercheuse d'os sous-marins* avant de m'intéresser plutôt à ce qui vit dans l'eau. Mes deux zones d'intérêt se sont combinées au cours des années. Chaque fois que je suis dans un nouveau territoire, je cherche des rappels d'anciennes preuves artistiques de la vie marine. La coquille Saint-Jacques en est un bon exemple. Les Croisés en ont fait leur emblème. On trouve des représentations graphiques et des sculptures de coquilles Saint-Jacques datant de milliers d'années, des Grecs et des Romains et même avant.

— C'est un passe-temps intéressant, dit Chi.

— Ce n'est pas vraiment un passe-temps, bien que

je trouve cela amusant et reposant. Ça me permet un coup d'œil dans le passé, avant l'époque des dessins scientifiques. Je regarde les peintures et les sculptures et j'ai une idée de ce à quoi l'espèce ressemblait il y a des centaines ou des milliers d'années. En la comparant à la créature telle qu'elle est aujourd'hui, je peux voir s'il y a eu une évolution ou une mutation génétique. J'envisage de tirer un livre de ma collection. Connaissez-vous des sites archéologiques où l'on trouve des représentations de la vie marine ? Je cherche des poissons, des coquillages, des coraux. En fait, toute créature marine ayant retenu l'œil d'un artisan maya.

Chi avait écouté attentivement.

— Ce que vous faites est fascinant. Et utile car cela prouve que l'archéologie n'est pas une science morte et inutile. Dommage que vous ne m'ayez pas dit ça au téléphone. Ça vous aurait épargné le voyage jusqu'ici.

— Ce n'est pas un problème car je souhaitais vous rencontrer personnellement.

— Je suis heureux que vous l'ayez fait mais les sujets des artistes mayas sont plutôt les oiseaux, les jaguars et les serpents. Je crains que toute représentation de vie marine soit tellement stylisée que vous n'y reconnaîtrez rien de ce que vous avez vu dans les livres de biologie. Comme ces sculptures de perroquets dont certaines personnes prétendent qu'ils ressemblent à des éléphants.

— C'est justement ce qui rend le sujet plus intéressant. J'ai un peu de temps libre pendant les recherches sur le tectite. Si vous pouviez m'indiquer quelques ruines, je vous en serais reconnaissante.

Il réfléchit un instant.

— Il y a un site à environ deux heures d'ici. Je vous y emmènerai. Vous pourrez farfouiller, vous y trouverez peut-être quelque chose.

— Vous êtes sûr que cela ne vous dérangera pas ?

— Pas du tout ! (Il regarda une pendule.) Nous pourrions y être à l'heure du déjeuner, y passer une heure ou deux et être de retour en fin d'après-midi. Et vous pourriez rentrer au navire de recherches avant qu'il fasse nuit.

— Ce serait parfait. Nous pouvons prendre ma Jeep.

— Ce ne sera pas nécessaire, dit Chi. J'ai ma machine temporelle !

— Pardon ? dit Gamay.

— Il y a une salle de bains, ici. Pourquoi ne pas vous rafraîchir pendant que je prépare quelques sandwichs.

Gamay haussa les épaules. Elle prit son sac à dos dans la Jeep puis revint à l'intérieur, se rinça le visage et se peigna. Chi fermait une glacière quand elle sortit de la salle de bains.

— Où prend-on la machine temporelle ? demanda-t-elle pour rester dans le ton.

— Ce n'est pas un module de transport temporel, dit-il sérieusement en lui ouvrant la porte. (Prenant le fusil il ajouta :) Qui sait si nous n'allons pas tomber sur quelques oiseaux ?

Ils contournèrent le bâtiment laboratoire jusqu'à un sentier menant à un autre abri indigène. Celui-ci n'avait pas de murs, le toit étant supporté par des poteaux aux quatre coins. Sous le toit de palme était garé un véhicule bleu à quatre roues motrices Hum Vee. Gamay ne put retenir un cri de surprise.

— C'est votre machine temporelle ?

— Quel autre nom donner à ce dispositif qui peut vous mener dans des villes où ont autrefois fleuri d'anciennes civilisations ? Je me rends bien compte qu'il ressemble beaucoup à la version civile d'un véhicule militaire utilisé pendant la guerre du Golfe mais ça a été fait exprès pour décourager les curieux.

Il posa la glacière à l'arrière et ouvrit la portière à Gamay. Elle occupa le siège du passager, reconnaissant le tableau de bord aussi couvert d'instruments que celui d'un avion. Paul et elle avaient eu une Hummer autrefois, à Georgetown. Fabriquée pour remplacer la Jeep, sa largeur imposante en faisait un formidable atout dans la circulation de Washington. Et les week-ends où ils ne travaillaient pas à remodeler leur maison de brique, ils aimaient partir avec elle sur les routes de campagne.

— Le chemin que nous avons pris avec la Jeep est en fait le chemin arrière, expliqua Chi. Il y a une piste par là qui mène droit à la route.

Il s'installa et mit le moteur en marche. Il arrivait à peine au-dessus du volant.

« En avant pour l'aventure », pensa Gamay. Elle s'appuya au dossier du siège et dit :

— Vitesse Facteur six, monsieur Sulu[1] !

— D'accord pour le facteur six, dit-il en passant une vitesse. Mais si ça ne vous ennuie pas, nous ferons d'abord un détour par le XIIe siècle.

1. Personnage de *Star Trek*.

17

Tucson, Arizona.

Le pic rocailleux du mont Lemmon, s'élevant de la chaîne Santa Catalina, fut visible depuis le hublot d'Austin lorsque le jet exécuta son approche de l'aéroport international de Tucson. L'atterrissage se fit en douceur et, quelques minutes plus tard, en compagnie de Zavala, il mit sur son épaule son sac marin et sortit de l'aéroport sous le dur soleil d'Arizona. Ils cherchèrent leur chauffeur. Une vieille Ford F-150 poussiéreuse klaxonna et s'approcha du trottoir. Austin entra par la portière côté passager et ouvrit de grands yeux. Au volant se trouvait la dernière personne qu'il s'attendait à voir. Nina Kirov.

Nina avait échangé le tailleur chic qu'elle portait lors de la réunion de la NUMA contre un short marron et un chemisier bleu pâle.

— Puis-je vous emmener quelque part, les gars ? demanda-t-elle en prenant l'accent traînant du Sud. Je ne vous ai jamais rendu cette super balade en scooter des mers.

Austin éclata de rire, un peu pour cacher son étonnement.

— Je pourrais dire que nous devrions cesser de nous rencontrer comme ça, mais je ne le penserais pas.

Zavala fut stupéfait lorsqu'il vit à qui Austin parlait.

— Salut, Joe, dit Nina. Si Kurt et vous voulez bien mettre vos sacs à l'arrière, on va pouvoir y aller.

Tandis qu'ils s'exécutaient, Zavala murmura avec une évidente admiration :

— Comment as-tu réussi ce coup-là ?

Austin grogna quelque chose sans se compromettre et adressa un clin d'œil entendu à son ami. Ils entrèrent dans la voiture qui se glissa dans la circulation en quittant l'aéroport. Ils tournèrent sur Tucson Boulevard en direction du nord.

— Je devrais tout de même vous expliquer deux ou trois choses, dit Nina. J'ai vraiment une nouvelle mission. Je vais travailler avec votre équipe et vous sur ce projet.

— C'est une agréable surprise. Je me demande seulement pourquoi vous n'en avez rien dit lorsque nous nous sommes vus à Washington.

— L'amiral Sandecker m'avait demandé de ne rien dire.

Zavala eut un petit rire.

— Bienvenue dans le monde singulier et farfelu de la NUMA.

— Il a dit que vous aviez été un peu en dehors du coup pendant un moment, poursuivit Nina. Il tenait à vous mettre au courant de ce qui se passait petit à petit. Il voulait aussi vous savoir concentrés pour la réunion et craignait que vous ne soyez... euh ! distraits si vous appreniez que j'allais travailler avec vous.

Austin secoua la tête. On pouvait toujours compter sur Sandecker pour faire ce qu'on n'attendait pas de lui.

— Il a raison, j'aurais été *totalement* distrait.

Elle sourit.

— Il avait besoin d'une archéologue pour que le projet ait l'air vrai. Il m'a demandé si je voulais bien l'aider. J'ai dit oui, bien sûr, c'était la moindre des choses. (Sa voix se durcit.) Je veux attraper ces gens quels qu'ils soient.

— Je comprends ce que vous ressentez, Nina, mais nous ne savons pas à qui nous avons affaire. Cela pourrait être dangereux.

— J'ai réfléchi à tout cela. Et l'amiral m'a laissé tout loisir de refuser.

— Je vous prie de ne pas prendre mal ce que je vais vous dire mais n'avez-vous pas pensé une seconde que c'est justement pour cela que l'amiral vous a demandé de participer au projet plutôt que pour votre expertise technique ?

Nina le considéra de ses yeux gris et sérieux.

— Il ne me l'a pas caché une seconde.

— Alors vous savez que vous allez servir d'appât ?

— C'est la raison principale de ma présence ici, confirma-t-elle. Essayer d'attirer les gens qui ont tué le Dr Knox, Sandy et les autres. Je veux qu'on les livre à la justice à n'importe quel prix. De plus, il n'est pas du tout certain que je les intéresse encore. Je suis retournée à Cambridge et j'y suis restée plusieurs semaines. Ce que j'ai rencontré de plus dangereux, c'est la circulation d'Harvard Square. Aucun bonhomme vêtu de noir n'est jamais sorti d'un placard, je n'ai pas eu de gardes du corps et je suis toujours en vie.

Austin décida de ne pas dire à Nina que les gardes du corps qu'ils avaient engagés pour jeter un coup d'œil sur elle étaient encore dans le coin. Elle ne les avait pas vus, c'est tout. On ne pouvait se tromper sur la moue têtue et volontaire de la jeune femme. Elle était bien décidée à aller jusqu'au bout de cette affaire.

— Mon ton paternel et sévère pourrait suggérer le contraire, mais je suis très heureux de vous voir.

La mine renfrognée qu'avait montrée Nina pendant le sermon d'Austin fit place à un sourire.

Peu après ils tournèrent dans Pioneer Parkway pour aller vers Oracle Junction. Les résidences firent bientôt place au désert et aux cactus. Zavala, qui avait écouté sans rien dire, savait que l'esprit d'Austin fonctionnait sur deux plans, ses inquiétudes professionnelles et les autres, plus personnelles. Par son héritage latin, Joe était un grand romantique mais il savait que Sandecker avait raison de craindre de possibles distractions. Il profita d'un silence pour lancer la discussion dans une direction plus pratique.

— Maintenant que ce sujet est réglé, nous pourrions peut-être discuter de la façon de les arnaquer.

— Merci de me le rappeler, dit Austin. Rudi nous a briefé mais il vaut mieux tout revoir en détail au cas où il aurait oublié quelque chose.

— Je vais vous dire ce que je sais, dit Nina. Quand nous avons commencé à parler, il est vite devenu apparent que les obstacles pour mettre au point un plan élaboré en si peu de temps étaient importants.

— Je ne vois pas pourquoi, dit Austin. Tout ce dont nous avons besoin, c'est d'un site archéologique prometteur, une fausse expédition qui ait l'air crédible, des gens sur lesquels on puisse compter pour creuser, un objet d'art extraordinaire à découvrir et un moyen de faire connaître notre trouvaille à nos amis comme à nos ennemis.

— Voilà qui résume tout. En somme, c'est comme mettre au point une production pour Broadway, dit Nina. Sauf qu'on ne jouera pas sur une scène et qu'on n'aura ni acteurs ni scénario. L'amiral a confié au commandant Gunn l'organisation des attractions. Il a suggéré que nous prenions la suite d'une expédition qui aurait déjà eu lieu. Mais ceci risque de présenter un autre genre de difficulté.

— En effet, dit Austin. Il faudrait se couler dans une fouille légitime. Dire « on prend la suite mais oh ! à propos, nous souhaitons enterrer une fausse œuvre d'art parce que nous voulons attirer une bande d'assassins armés ». Oui, ça pourrait en effet poser un problème.

— Un *gros* problème. Alors le commandant nous a proposé quelque chose qui est un vrai trait de génie.

— C'est souvent le cas avec lui, dit Austin.

— Son idée est de construire *une légende.* Les Romains d'Arizona.

— Ça ressemble au nom d'une équipe de football, ricana Zavala.

— Peut-être mais ce n'est pas le cas. En 1924, près d'un vieux four d'adobe[1] relais de diligence de Nine Mile Hole, des gens ont déterré ce qui ressemblait à une croix religieuse en plomb, pesant trente kilos. Ils ont pensé qu'elle avait peut-être été laissée là par des missionnaires jésuites ou des conquistadores espagnols. La croix était incrustée de *caliche*[2], une croûte dure de carbonate de calcium. Quand ils ont enlevé la concrétion, ils ont trouvé deux croix attachées l'une à l'autre par des rivets de cuivre. Et il y avait une inscription sur le métal.

— « Zorro est passé par ici ? » proposa Zavala.

— Sauf que ce Zorro-là a écrit en latin. L'université d'Arizona a traduit l'inscription qui racontait une histoire incroyable. Comment, en 775, sept cents hommes et femmes conduits par Theodorus le Renommé sont venus de Rome par la mer, où les orages de l'océan les ont menés à cet endroit. Là, ils ont abandonné leurs bateaux et sont partis vers le nord, à pied, jusqu'à ce qu'ils atteignent un désert chaud. Ils y ont construit une ville qu'ils ont baptisée Terra Calabus, qui a prospéré jusqu'à ce que les Indiens, qui avaient été réduits en esclavage, se révoltent et tuent Theodorus. La cité fut reconstruite mais les Indiens se révoltèrent encore. Le plus ancien des Romains, un nommé Jacobus, fit inscrire cette inscription sur la croix.

— Les Romains avaient des navires assez gros et tout à fait capables de traverser les mers pour faire un tel voyage, dit Austin, mais tout ceci a l'air de sor-

1. Brique non cuite séchée au soleil.
2. Minerai dont on extrait le nitrate de sodium au Chili et au Pérou.

tir d'un magazine à sensation. Style Conan le Barbare.

— Ou Amalric, l'homme-dieu de Thoorana, ajouta Zavala.

— D'accord, vous deux, dit Nina en feignant d'être fâchée. C'est une histoire sérieuse. Comme en témoigne si éloquemment votre réaction, l'histoire va faire rigoler les sceptiques, ce qui a été le cas à l'époque. Mais ils ont changé d'avis quand une tête romaine gravée dans le métal a été trouvée près du site de la croix, elle aussi couverte de *caliche*. Un archéologue de l'université a alors organisé une fouille. Ils ont trouvé d'autres croix, neuf sabres anciens et un *labarum,* un étendard impérial romain. Certaines personnes se mirent à y croire, d'autres prétendirent que les objets avaient été laissés là par les Mormons.

— Ils auraient fait tout le chemin depuis l'Utah pour enterrer ces objets ? s'étonna Austin.

Nina haussa les épaules.

— La controverse fut mondiale. Certains experts prétendirent que la profondeur des objets et la croûte de caliche prouvaient qu'ils n'avaient pas pu être un canular, sauf si ce canular avait été perpétré avant Christophe Colomb. Les sceptiques ont prétendu que les phrases écrites ressemblaient à celles des livres de grammaire latine. Quelqu'un a dit que les objets auraient pu être laissés par un exilé politique à l'époque de Maximilien, que Napoléon avait mis sur le trône du Mexique.

— Que sont devenus les objets ?

— L'université a décrété que le projet était devenu trop commercial. Depuis, on les a mis dans une banque. Il n'y avait pas d'argent pour continuer les fouilles.

— Je crois que j'ai une petite idée de ce que nous allons faire de tout ceci, dit Austin. Après tout ce temps, on a pu trouver l'argent nécessaire à la reprise des fouilles. Et à mon avis, on va le trouver dans le budget de la NUMA.

— Ouais, ouais. Nous prétendons que l'expédition est financée par un riche banquier qui tient à garder l'anonymat. Cette personne aurait été fascinée depuis son enfance par cette histoire et voudrait faire éclaircir ce mystère une fois pour toutes. Les relevés des magnétomètres indiquent d'intéressantes possibilités dans un ranch abandonné près du site d'excavation. Alors nous creuserons là et nous trouverons une relique romaine.

— Tu parles d'une histoire, dit Zavala. Vous pensez que quelqu'un va la gober ?

— Nous en sommes *sûrs*. Les journaux et les stations de télé ont déjà publié des articles qui ont aidé à nous donner une bonne crédibilité. Quand nous avons contacté Time-Quest, ils étaient au courant du projet et impatients de nous aider.

— Ils vous ont donné de l'argent ? demanda Austin.

— Nous n'en avons pas demandé. Ce sont des volontaires qu'il nous fallait. Ils en ont envoyé deux. En échange, ils ont demandé comme c'est leur habitude d'être mis au courant avant la presse de tout ce que nous pourrions trouver d'inhabituel. Ce que nous avons déjà fait.

Austin pensait au futur.

— Avec toute cette publicité, il va être assez difficile de faire disparaître l'expédition de la face du monde.

— L'amiral a parlé de ça. Il pense que la nature publique des fouilles découragera toute tentative d'assassinat. Ils essaieront de voler ou de détruire la relique.

— Ils ne viendront peut-être pas avec des mitraillettes mais je ne conseillerais à personne de se mettre sur leur chemin si c'est le cas, dit Zavala.

— Quand avez-vous parlé de la relique à Time-Quest ? demanda Austin.

— Il y a trois jours. Ils nous ont demandé de n'en parler à personne pendant soixante-douze heures.

— Ce qui signifie qu'ils devraient agir ce soir.

Nina leur parla de l'excavation. Elle était l'archéologue du projet. Les performances sous-marines des membres de la NUMA avaient été un peu trafiquées pour leur donner des références plus orientées vers la recherche terrestre. Trout avait enfilé sans peine la casquette d'un géologue. Austin serait vaguement engagé comme ingénieur, Zavala comme métallurgiste.

La camionnette poursuivait son ascension vers le haut pays désertique aux alentours de Tucson. Ils quittèrent l'autoroute en fin d'après-midi et prirent une route en terre battue bordée de buissons de mesquites, de chulos et de cactus. Ils s'arrêtèrent près de deux Winnebago RV[1] et d'autres véhicules, serrés près d'un écroulement de briques d'adobe. Austin descendit et jeta un coup d'œil aux lieux.

De vieux murs de pierre définissaient vaguement le ranch abandonné. Les rayons du soleil de cette fin d'après-midi, filtrant derrière une masse de nuages, donnaient au désert une teinte cuivrée.

La silhouette dégingandée de Trout s'approchait, la main tendue. Il portait une sorte de pantalon de treillis kaki paraissant provenir d'un surplus de l'armée, une chemise de tissu noir finement rayé de blanc, boutonnée jusqu'en bas, et un nœud papillon Paisley[2] plus petit et un peu moins flamboyant que ceux qu'il arborait d'habitude. La seule concession à la nature salissante des fouilles archéologiques était ses bottes de travail, bien que le cuir parût en avoir été récemment passé au chiffon de laine.

— Je suis arrivé de Washington ce matin avec Nina, expliqua-t-il. Venez, je vais vous faire visiter.

Il les mena derrière les ruines de la vieille hacienda où un carré de terre avait été jalonné en grille. Un couple plus âgé travaillait sur un tamis de bois et de fil de fer. L'homme lançait des pelletées de terre dans

1. RV : Recreational Vehicle, véhicule de tourisme.
2. Ville d'Ecosse productrice d'un tissu qui porte son nom, voisin du cachemire.

le tamis que la femme secouait pour chercher des objets que retenait le fond de grillage métallique. Elle les plaçait ensuite dans des sacs en plastique. Trout fit les présentations. George et Harriet Wingate formaient un couple charmant d'environ soixante-dix ans mais doué de la forme et de l'énergie de personnes bien plus jeunes. Ils venaient de Washington, expliquèrent-ils.

— Je veux dire de *l'Etat* de Washington, corrigea Mme Wingate avec un sourire fier.

— Spokane, précisa son mari, un homme grand à la barbe et aux cheveux argentés.

— Jolie ville, dit Austin.

— Merci, répondit le mari. Merci aussi d'être venus nous donner un coup de main. Les fouilles archéologiques sont un peu plus fatigantes que dix-huit trous au golf. J'ai du mal à réaliser que nous avons *payé* pour faire ce boulot !

— Non, mais écoutez-le ! Il n'aurait laissé passer une pareille occasion pour rien au monde. George, parle-leur un peu du chapeau d'Indien Jones que tu veux acheter.

Son mari montra le soleil.

— C'est *Indiana* Jones, chérie. Comme l'Etat d'Indiana. Et c'est juste pour éviter une insolation, ajouta-t-il avec un sourire que ses moustaches blanches broussailleuses cachaient presque.

Après un échange de plaisanteries, on conduisit les nouveaux arrivants aux fouilles. Deux hommes étaient à genoux dans le puits peu profond où ils raclaient la poussière avec des déplantoirs de jardin. Austin les reconnut. Il s'agissait de deux anciens SEALs[1] de la marine qui avaient été rattachés à la NUMA au cours de précédentes missions. Sandecker ne laissait rien au hasard. Ces deux hommes étaient les meilleurs de la division de protection de l'Agence. Le plus grand, qu'Austin connaissait seulement sous le nom de Ned, avait les épaules larges et la taille fine

1. Commando très entraîné de l'U.S. Navy.

des habitués du body-building. Le déplantoir avait l'air d'un cure-dents entre ses mains. Carl, son compagnon, était plus petit mais plus nerveux. Cependant Austin savait par expérience qu'il était le plus dangereux des deux.

— Ça avance ? demanda Nina.

— Pas mal, dit Ned en riant, mais personne ne nous a dit ce qu'on devait faire si on trouvait vraiment quelque chose.

— Je lui ai conseillé de l'enterrer de nouveau, dit laconiquement Carl.

— C'est peut-être une bonne idée, dit Austin. Cela vaut mieux que d'expliquer ce que deux plongeurs de la NUMA fabriquent au milieu du désert d'Arizona. Est-ce que des étrangers se sont pointés aujourd'hui ? ajouta-t-il en repensant à ce que Nina lui avait raconté de l'incident marocain.

Trout et les deux hommes échangèrent un regard et éclatèrent de rire.

— Si vous parlez de gens bizarres, nous en avons eu plus que notre lot. C'est fou le genre de cinglés qu'attire un projet comme celui-ci.

— Je me demande si tu n'es pas injuste, dit Carl. Un type a suggéré que je cherche des traces de rapports entre les OVNI et l'Atlantide. Ses arguments m'ont paru très sensés quand j'ai fini de parler avec lui.

— Au moins aussi sensés que toute cette opération, dit Austin avec un sourire désabusé. Personne d'autre ?

— Deux personnes avec des appareils photo et des calepins, dit Trout. Ils ont affirmé être des reporters de la T.V. et de la presse.

— Avaient-ils des papiers d'identité ?

— Nous ne leur avons pas demandé. Ça m'a paru une perte de temps. Si ces types sont aussi organisés que nous le croyons, ils auront de faux papiers. Nous avons vu un tas de promeneurs et de volontaires. Nous leur avons expliqué que nous faisions juste des recherches préliminaires, nous avons pris leurs noms et promis de les contacter au besoin. Chacun a été filmé par la caméra de surveillance cachée en haut de ce cactus.

Austin repensait à la bataille à bord du *Nereus*, où ils avaient dû repousser le groupe d'attaquants bien armés. Ils avaient eu pour eux l'élément de surprise et beaucoup de chance. Mais les cicatrices que Zavala et lui portaient témoignaient que les événements auraient pu très mal tourner. Même ces rudes ersatz de fouilleurs de tombes seraient vite mis à mal par une attaque en force.

— Qu'avons-nous comme soutien ? demanda-t-il.

— Six hommes dans cette vieille station-service juste avant le tournant, dit Ned. Ils peuvent être là en moins de cinq minutes après avoir reçu le signal. Nous les avons chronométrés. (Il toucha l'émetteur à sa ceinture.) Je presse un bouton et ils se mettent en route.

Austin regarda l'environnement puis fouilla du regard les montagnes au loin. Curieusement, pour un homme de la mer, il se sentait toujours chez lui dans le désert. Il trouvait des ressemblances entre les deux, la vue à l'infini, les possibles changements violents du temps et l'impitoyable hostilité envers la vie humaine.

— Qu'en penses-tu, Joe ? De quel côté viendrais-tu si tu voulais attaquer ?

Zavala, qui avait déjà réfléchi à la question, répondit sans hésiter.

— La route par laquelle nous sommes venus offre l'accès le plus facile, de sorte que la ligne d'attaque la plus évidente est celle du désert. D'un autre côté, ils pourraient souhaiter que nous pensions au désert, auquel cas ils pourraient venir par la route. Cela dépend de leur moyen de transport. Je n'ai pas oublié qu'ils ont utilisé un hovercraft au Maroc.

— Moi non plus. Mais un hovercraft peut être difficile à cacher dans le désert.

— Les apparences peuvent être trompeuses. Je suis allé reconnaître le terrain autour du ranch. Il y a plus de rides de sable qu'à Sun City. Des arroyos[1], des vagues de sable, des cuvettes naturelles. On ne peut sûrement pas y cacher une armée mais une équipe de choc assez importante pour rendre la vie intéressante, si.

— Intéressante et courte, dit Austin. Alors parions pour le désert. Est-ce que les gars qui sont à la station-service ont prévu des contrôles sur la route, la nuit ? Et est-ce que quelqu'un les soutient ?

— Oui, oui, dit Ned en hochant la tête. Un hélico et une douzaine d'autres hommes armés jusqu'aux dents campent dans une cuvette à cinq bornes d'ici. Cinq minutes de temps d'arrivée estimé pour eux aussi.

« Cinq minutes, ça peut être long », pensa Austin mais, dans l'ensemble, ces arrangements le rassuraient. Il regarda dans la direction où travaillait le couple de Spokane.

— Et nos gens de chez Time-Quest ?

Trout gloussa.

— S'ils sont des assassins, c'est le meilleur déguisement que j'aie jamais vu. Nous avons vérifié, ils sont authentiques.

— Je ne pensais pas à ça, dit Austin. Il faut un plan pour les protéger si et quand les ennuis commencent.

— Pas de problème, répondit Trout. Ils habitent dans un motel discret, plus loin sur la route.

Austin se tourna vers Nina.

— Pourrai-je vous persuader de prendre vous aussi une chambre dans un motel ?

— Non, répondit-elle catégoriquement.

— Je ne sais pas pourquoi mais votre réponse ne m'étonne pas. Si vous insistez pour rester, je veux que vous restiez près de Joe et moi. Et que vous fassiez exactement ce qu'on vous dira de faire. Mainte-

1. Dans les pays tropicaux, chenaux reliant les cours d'eau. *(N.d.T.)*

nant, où est cette statue incroyable qui est supposée provoquer l'attaque ?

— Nous l'avons mise dans le « caveau », dit-elle en souriant.

Ned et Carl retournèrent à leur travail et Nina les conduisit à un abri métallique qui avait été édifié près d'un des RV. Elle ouvrit la porte cadenassée avec une clef qu'elle portait à la ceinture. Il n'y avait pas d'électricité aussi allumèrent-ils une lampe de camping. On avait disposé deux chevalets avec de grosses planches croisées. Sur les planches reposait un objet recouvert d'une grande toile de peintre.

— C'est incroyable, dit Trout, ce que la science moderne peut faire pour vieillir n'importe quoi. Les gars du labo de la NUMA ont concocté une couche de *caliche* qui n'aurait pu s'accumuler normalement qu'en plusieurs centaines d'années.

Il fit une pause un peu théâtrale puis enleva la bâche.

— *Voilà !*[1]

Austin et Zavala regardèrent un moment, ébahis, l'objet qu'éclairait la lampe à gaz, puis s'approchèrent pour mieux le voir. Austin avança une main pour toucher la surface de bronze.

— Est-ce que c'est ce que je crois que c'est ? demanda-t-il.

Trout se racla la gorge.

— Je pense que ses créateurs ont utilisé le terme de *licence artistique*. Qu'en dites-vous ?

Le visage d'Austin s'éclaira d'un grand sourire.

— J'en dis que c'est parfait !

1. En français dans le texte.

18

Péninsule du Yucatán, Mexique.

Gamay regrettait sa citation de Star Trek. La Hum Vee roulait en trombe sur la route à deux voies à la vitesse d'une abeille. Chi paraissait conduire avec un type de radar très nouveau. Comme il était trop petit pour voir au-dessus du volant, on ne pouvait expliquer autrement l'aisance avec laquelle il évitait à un poil près les nids-de-poule et les tatous suicidaires. Les arbres des deux côtés de la route n'étaient qu'une masse verte et confuse.

Essayant par la ruse de le faire ralentir, Gamay demanda :

— Docteur Chi, où en est votre dictionnaire maya ?

Le professeur essaya de parler malgré le vrombissement des énormes pneus de la voiture et le bruit du vent tourbillonnant autour du gros véhicule. Gamay mit une main autour de son oreille. Chi fit signe qu'il comprenait. Son pied de plomb relâcha un peu l'accélérateur et il mit en marche l'air conditionné.

Une fraîcheur agréable entra par les conduits.

— Je me demande pourquoi je n'ai pas fait cela plus tôt, dit-il. Merci de votre intérêt pour mon dictionnaire. Malheureusement, j'ai laissé tomber pour le moment.

— J'en suis désolée. Le musée doit vous donner beaucoup de travail.

Il répondit avec un regard amusé.

— Mes occupations au musée ne sont pas ce que j'appellerais écrasantes. Etant le seul Maya de pure race, c'est plutôt une sinécure. Je crois qu'on appelle cela « emplois fictifs » dans votre pays. Au Mexique, ce sont des situations de grand prestige. Et j'avoue qu'on me pousse plutôt à aller travailler sur le terrain, loin du bureau en tout cas.

— Je ne comprends pas. Le dictionnaire...

— ... passe au second plan devant un besoin plus exigeant. Je passe la plus grande partie de mon temps à combattre les pilleurs qui volent notre héritage. Nous perdons nos antiquités historiques à une vitesse alarmante. Mille pièces de belles poteries disparaissent de la région maya chaque mois.

— *Mille !* s'étonna Gamay, hochant la tête. Je savais que vous aviez des problèmes mais je n'imaginais pas que c'était si grave.

— Peu de gens l'imaginent. Malheureusement, ce n'est pas seulement la quantité d'objets volés qui est effrayante, mais la *qualité* ! Les trafiquants et contrebandiers ne perdent pas leur temps à voler des œuvres inférieures. Ils ne prennent que la dernière période classique, entre 600 et 900, qui vaut des milliers de dollars. Des pièces magnifiques. Je serais ravi d'en avoir quelques-unes moi-même.

Elle regarda par le pare-brise, les lèvres serrées de colère.

— C'est *vraiment* une tragédie.

— Beaucoup de pillards sont des *chicleros* qui travaillent dans les plantations de *chicle*. Des gens robustes. Le *chicle* est la sève utilisée pour faire du chewing-gum. Dans le passé, quand les Américains mâchaient moins, le marché du *chicle* s'est effondré, les travailleurs se sont tournés vers le pillage et nous avons perdu encore un peu plus de notre culture. Mais maintenant, c'est pire.

— De quelle façon, docteur Chi ?

— Le marché du *chicle* ne fait plus de différence, de nos jours. Pourquoi se briser les reins dans les champs quand on peut vendre un bon pot entre deux cents et cinq cents dollars ? Ils se sont habitués à l'argent, le pillage est organisé. Des groupes de pillards à plein temps travaillent pour des trafiquants à Carmelita, au Guatemala. Là, par bateaux ou par avions, les objets sont envoyés aux Etats-Unis ou en Europe. Les œuvres d'art font rentrer des milliers de dollars dans les caisses des galeries ou des salles de ventes. Surtout pour des musées ou des collections privées. Il n'est pas difficile de se procurer des certificats d'origine.

— Tout de même, ils doivent bien savoir que ces objets sont volés !

— Naturellement. Mais même s'ils le soupçonnent, ils prétendent préserver le passé.

— C'est une piètre excuse pour faire disparaître une culture. Mais que pouvez-vous y faire ?

— Comme je vous l'ai dit, je suis « un découvreur ». J'essaie de localiser des sites avant qu'ils ne soient pillés. Je ne fais savoir où ils se trouvent que lorsque le gouvernement peut m'assurer que les sites seront gardés jusqu'à ce que nous sortions les objets du sol. En même temps, j'utilise mes relations aux Etats-Unis et en Europe. Les gouvernements des pays influents sont les seuls qui puissent faire emprisonner les trafiquants, les frapper là où ça fait mal en confisquant leurs biens.

— Ça me paraît presque sans espoir.

— Ça l'est, dit-il gravement. Et c'est dangereux. Avec des enjeux aussi importants, la violence est devenue banale. Il n'y a pas longtemps, un *chiclero* a dit qu'au lieu d'envoyer les objets d'art à l'étranger, il vaudrait mieux les laisser où ils se trouvent et faire venir les touristes pour les voir. Que cela rapporterait plus d'argent à tout le monde.

— Ce n'est pas une mauvaise idée. L'a-t-on écouté ?

— Oh ! Oui ! dit-il avec un sombre sourire. Quelqu'un l'a entendu clair et fort. On l'a tué. Ouille !

Il appuya sur le frein. La Hum Vee ralentit comme un jet déployant un parachute-frein et se déporta sur la droite en un virage d'au moins douze G[1].

— Désolé, hurla Chi tandis que la voiture heurtait le talus et plongeait vers les arbres. Je me suis laissé emporter. Tenez bon, on va tout droit, cria-t-il dans le vacarme des branches qui se brisaient et le rugissement du moteur.

Gamay était certaine qu'ils allaient s'écraser mais le regard de Chi avait vu ce qu'elle n'avait pas vu, une ouverture à peine discernable dans la forêt dense. Tandis que le professeur tirait sur le volant comme un nain fou, la voiture brisait des branches à travers les arbres.

Ils firent ainsi des bonds pendant presque une heure. Chi suivait une route totalement invisible pour Gamay, aussi fut-elle surprise quand il annonça qu'ils avaient atteint le bout de la piste. Le professeur fit tourner le véhicule, démolissant une grande étendue de végétation, puis montra quelque chose du doigt et éteignit le moteur.

— Il est temps de faire une promenade à pied dans les bois.

Chi changea son chapeau de paille contre une casquette de base-ball d'Harvard dont il plaça la visière sur sa nuque pour qu'elle ne se prenne pas dans les branches. Pendant qu'il déchargeait les paquets, Gamay changea, elle, son short contre un jean afin de protéger ses jambes des ronces et des épines. Chi glissa ses bras dans les sangles d'un sac à dos contenant leur déjeuner. Il passa celle de son fusil sur son épaule et pendit une machette et sa gaine à sa ceinture. Gamay portait la caméra et le carnet de notes. Après un rapide coup d'œil au soleil pour s'orienter, il partit à grands pas à travers la forêt.

Gamay avait une silhouette athlétique, de longues

1. Force d'accélération.

jambes, des hanches minces et une poitrine moyenne. Enfant, elle avait tout du garçon manqué, courant partout avec une bande de gamins, construisant des cabanes dans les arbres, jouant au base-ball dans les rues de Racine, au Wisconsin. A l'âge adulte, elle devint une adepte de la forme, de la médecine holismique[1], du sport et des excursions dans la campagne de Virginie.

Avec son mètre soixante-dix-sept, elle mesurait près de trente centimètres de plus que le professeur. Mais aussi agile et musclée qu'elle fût, elle eut du mal à suivre Chi. Il semblait se fondre dans les branches et elle dut forcer le pas. Il était si silencieux dans la forêt que Gamay avait l'impression de faire autant de bruit qu'une vache écrasant un buisson. Ce n'est que lorsque Chi s'arrêtait pour couper à la machette des lianes qui leur barraient le chemin qu'elle pouvait reprendre son souffle.

A l'une de ces haltes, après qu'ils eurent escaladé une petite colline, il montra des morceaux de calcaire cassés, éparpillés sur le sol.

— C'est une partie d'une ancienne route maya. Des chaussées pavées comme celle-ci reliaient les villes dans tout le Yucatán. Aussi remarquables que tout ce que les Romains ont construit. A partir d'ici, nous allons marcher plus facilement.

Il ne s'était pas trompé. Bien que l'herbe et les buissons soient encore épais, le sol solidement étayé rendait la marche plus aisée.

Avant longtemps, ils s'arrêtèrent à nouveau et Chi indiqua une ligne basse de pierres tombées qui s'étirait à travers les arbres.

— Celles-ci sont les restes de la muraille d'une ville. Nous sommes presque arrivés.

Quelques minutes plus tard, la forêt se fit moins dense et ils en atteignirent l'orée. Chi remit sa machette dans sa gaine.

1. Le holisme est une théorie prônée par Jan Christiaan Smits (1916) sur l'évolution biologique des espèces. *(N.d.T.)*

— Bienvenue à Shangri-la.

Ils étaient au bord d'une plaine d'environ huit cents mètres de diamètre, couverte de buissons bas et brisée, çà et là, par des arbres. Elle n'avait rien de remarquable à part quelques monticules de forme bizarre, assez pentus, cachés sous une épaisse végétation, qui s'élevaient de l'herbe, entre l'endroit où elle se trouvait avec le professeur et la ligne d'arbres à l'autre bout du champ.

Gamay cligna les yeux à cause du changement brutal entre l'ombre de la forêt et la brillante lumière du soleil.

— Ce n'est pas exactement comme ça que j'imaginais l'Utopie, dit-elle en essuyant la sueur de son front.

— A vrai dire, le paysage s'est abaissé au cours des mille dernières années, se lamenta Chi. Mais vous devez admettre que c'est calme.

Il n'y avait d'autres sons que celui de leur respiration et le bourdonnement de millions d'insectes.

— Je dirais même que c'est *mortellement* calme.

— Ce que vous voyez ici est la place principale, d'environ quatre cents mètres carrés, d'une ville de bonne taille. Les maisons s'étendaient sur près de cinq kilomètres de chaque côté, avec des rues au milieu. Autrefois, cette place grouillait de petits hommes à la peau sombre comme moi. Des prêtres, reconnaissables à leurs ornements de plumes, des soldats, des fermiers et des marchands. La fumée des feux de bois embaumait l'air en sortant de centaines de huttes peu différentes de ma maison. Des cris d'enfants, des roulements de tambours. Tout a disparu. Ça fait réfléchir, non ? (Chi avait le regard fixe comme si ses visions avaient pris vie.) Bon, dit-il en revenant à la réalité, je vais vous montrer pourquoi je vous ai amenée dans cette région sauvage. Restez bien derrière moi. Il y a des trous un peu partout qui s'ouvrent sur de vieilles citernes en forme de dômes. J'en ai marqué certaines. Je pourrais avoir du mal à vous en retirer. Si vous marchez dans mes pas, tout ira bien.

Regardant prudemment l'herbe qui atteignait sa ceinture, de chaque côté de la piste à peine tracée, Gamay avança derrière le professeur qui se frayait un chemin dans le champ. Ils atteignirent le pied d'un monticule couvert de vrilles épaisses de végétation, mesurant environ neuf mètres de haut sur dix-huit mètres de base.

— C'est le centre de la place. Probablement un temple dédié à un dieu mineur ou à un roi. Le sommet s'est écroulé, ce qui a heureusement empêché le site d'être découvert. Les ruines sont toutes cachées par les arbres et ne dépassent pas la forêt. On ne peut vraiment pas voir cet endroit à moins d'être en plein dessus.

— Une chance que vous ayez chassé à proximité, dit Gamay.

— Cela aurait été plus théâtral si j'étais tombé dessus en sortant de la forêt à la poursuite d'une perdrix, mais j'ai triché. J'ai un ami qui travaille à la NASA. Un satellite espion dressant la carte des forêts a aperçu une tache vaguement rectangulaire. J'ai pensé que ça pourrait se révéler intéressant et je suis venu la voir de plus près. C'était il y a environ deux ans. J'y suis revenu une douzaine de fois. A chaque visite, je nettoie de nouveaux chemins et j'enlève la végétation qui recouvre les monuments et les maisons. Il y a d'autres ruines dans les bois environnants. Je pense que cela pourrait se révéler un site important. Maintenant, venez par ici.

Comme un guide faisant visiter un musée, Chi conduisit Gamay le long d'un chemin jusqu'à une structure cylindrique que leur avait cachée un monticule.

— J'ai passé mes deux dernières visites à dégager ce bâtiment.

Ils firent le tour de l'édifice qui était fait de blocs de pierre gris brun taillés avec précision et parfaitement assemblés.

Gamay regarda le toit arrondi qui était en partie écroulé sur lui-même.

— C'est une architecture inhabituelle, dit-elle. Un autre temple ?

Parlant en travaillant, le Dr Chi arracha des vrilles qui tentaient avec entêtement de reprendre possession du bâtiment.

— Non, c'est en réalité un observatoire céleste maya et une horloge. Ces corniches et ces ouvertures sont disposées de façon que le soleil et les étoiles brillent suivant les équinoxes et les solstices. Tout en haut se trouvait la chambre de l'observatoire où les astronomes pouvaient calculer les angles des étoiles. Mais regardez ici. C'est ça que je voulais vous montrer.

Il dégagea une nouvelle végétation d'une frise d'environ un mètre de large qui courait autour de la partie basse du mur puis recula et invita Gamay à regarder. La frise était sculptée au niveau du regard d'un Maya et Gamay dut se baisser pour la regarder. Elle représentait une scène nautique. Gamay passa les doigts sur une sculpture de bateau. Le navire avait un pont ouvert et une proue et une poupe très hautes. L'étrave était allongée comme pour figurer un long bélier. Le mât épais était pourvu d'une large voile carrée. Il n'y avait pas de bôme, les cargues de câbles tenant le haut de la voile étaient attachés à la vergue fixe, des lignes plongeant à l'avant et à l'arrière de la poupe en saillie, formant une sorte de double aviron de queue. Des oiseaux de mer volaient au-dessus et des poissons sautaient hors de l'eau près de la proue.

Le bateau était hérissé de tant de lances qu'il avait l'air d'un porc-épic. Les lances étaient tenues par des hommes coiffés de ce qui ressemblait à des casques de football. D'autres hommes ramaient avec de longs avirons dirigés vers l'arrière, sur le flanc du navire. Elle compta vingt-cinq rameurs, ce qui signifiait qu'il y en avait cinquante en tout, en comptant ceux du flanc opposé. Attachés à l'extérieur du bastingage, on distinguait ce qui paraissait une rangée de boucliers. En utilisant les silhouettes humaines, Gamay estima la taille approximative de l'embarcation à un peu plus de trente mètres.

Longeant la frise, elle vit d'autres bateaux de guerre et ce qui semblait être des navires marchands, avec moins de soldats, des ponts encombrés de formes rectangulaires qui pouvaient figurer des caisses de marchandises. Des hommes qu'elle supposa être l'équipage du navire en bout de vergue tiraient des cordages pour dresser la voile. Contrairement aux hommes casqués, ceux-là portaient des coiffures bizarres et pointues. Les motifs étaient variés mais il était évident que la frise représentait une flottille de navires marchands escortés de soldats.

Chi la regarda faire le tour du bâtiment, un regard amusé dans ses yeux sombres, et elle réalisa qu'il n'avait jamais eu l'intention de lui montrer des sculptures de vie maritime. Il voulait qu'elle voie cette série de bateaux.

Elle s'arrêta devant un navire et secoua la tête. Sur la proue était représenté un animal.

— Docteur Chi, ceci ne vous paraît-il pas un cheval ?

— Vous m'avez demandé de vous montrer la vie marine.

— Avez-vous daté ceci ?

Il s'approcha et passa un doigt le long des inscriptions au bord de la frise.

— Ces visages sculptés sont en réalité des chiffres. Ceci représente le zéro. Selon les hiéroglyphes qui sont taillés ici, ces bateaux ont été sculptés environ cent cinquante ans avant Jésus-Christ.

— Si la date est à peu près exacte, comment ce bateau peut-il comporter une tête de cheval ? Les chevaux ne sont arrivés ici qu'au XVIe siècle avec les Espagnols.

— Oui, c'est un mystère, n'est-ce pas ?

Gamay regardait quelque chose en forme de diamant dans l'image du ciel au-dessus des bateaux. Sous la forme pendait une silhouette humaine.

— Qu'est-ce que cela peut bien être ? demanda-t-elle.

— Je n'en suis pas sûr. J'ai pensé qu'il s'agissait d'une sorte de dieu céleste, la première fois que je l'ai vu, mais je ne saurais dire lequel. Il y a pas mal de choses à absorber à la fois. Avez-vous faim ? Nous pourrions revenir voir tout ça plus tard.

— Oui, parfait, dit Gamay comme si elle sortait d'un éblouissement. Elle eut du mal à reprendre ses esprits et à oublier les sculptures, les idées se bousculaient dans sa tête comme des abeilles dans une ruche.

A quelques pas de là se trouvait une pierre en forme de tambour d'environ un mètre de haut sur deux de large. Tandis que Gamay, derrière le monument, remettait le short qu'elle avait rangé dans son sac, Chi préparait le déjeuner sur une pierre plate. Le professeur prit une petite nappe et des serviettes de tissu dans son sac à dos et les étala sur la statue d'un guerrier maya en costume de plumes.

— J'espère que ça ne vous ennuie pas de déjeuner sur un autel sacrificiel taché de sang, dit Chi d'un air faussement inquiet.

— Si la stèle pointue sur laquelle je viens de m'asseoir indique quelque chose, je crois qu'à l'origine il s'agissait plutôt d'un cadran solaire, répondit Gamay sur le même ton.

— Bien sûr, dit-il innocemment. En réalité, l'autel sacrificiel était là-bas, près de ce temple. Spams[1] et crêpes de maïs, ajouta-t-il en tendant à Gamay un sandwich bien enveloppé. Dites-moi, que savez-vous des Mayas ?

Elle enleva le plastique et prit une bouchée de tortilla avant de répondre.

— Je sais qu'ils étaient à la fois violents et magnifiques. Qu'ils étaient d'incroyables bâtisseurs. Que

1. Pâté de porc en boîte. Spam est une marque déposée. *(N.d.T.)*

leur civilisation s'est effondrée mais que personne ne sait exactement pourquoi.

— La raison est moins mystérieuse que certains le supposent. La culture maya a subi de nombreux changements au cours des centaines d'années de son existence. Des guerres, des révolutions, des famines, tout y a contribué. Mais l'invasion des conquistadores et le génocide ont mis fin à leur civilisation. Tandis que ceux qui ont suivi Colomb tuaient notre peuple, d'autres assassinaient notre culture. Diego de Landa était un moine venu avec les Espagnols. Il fut nommé évêque du Yucatán. Il brûla tous les livres mayas qu'il put trouver. « Des mensonges du diable » comme il les appelait. Pouvez-vous imaginer une catastrophe semblable en Europe et les dommages que cela aurait engendrés ? Même les brutes d'Hitler n'ont pas été aussi radicaux. Nous ne connaissons que trois livres qui ont échappé à cette destruction.

— Comme c'est triste ! Ne serait-ce pas fantastique d'en trouver d'autres un jour ? dit Gamay en regardant la plaine depuis son perchoir. Quel est cet endroit ?

— J'ai d'abord pensé que c'était un centre de science pure, où l'on menait des recherches loin des sanglants rituels des prêtres. Mais plus je découvrais ce lieu, plus j'avais la conviction qu'il faisait partie d'un projet bien plus étendu. Une sorte de machine architecturale, si vous voulez.

— Je crois que je ne comprends pas bien.

— Je ne suis pas sûr de bien comprendre moi-même.

Il sortit une cigarette de la poche de sa chemise et l'alluma.

— Avec l'âge, reprit-il, on a le droit d'avoir quelques petits vices. Mais commençons par le micro. La frise et l'observatoire.

— Et le macro ?

— Le site dont je vous parlais. J'ai trouvé des constructions semblables dans d'autres sites. Avec quelques autres constructions, ils me font penser à un assez grand circuit imprimé.

Gamay ne put s'empêcher de sourire.

— Etes-vous en train de me dire que les Mayas pouvaient ajouter la science des ordinateurs à leurs autres réalisations ?

— Oui, d'une façon rudimentaire. Nous ne considérons pas là une machine IBM avec des tas de giga-octets. Mais peut-être une sorte de machine codée. Si nous savions comment l'utiliser, nous pourrions déchiffrer les secrets de ces pierres. Leurs emplacements ne sont pas l'effet du hasard. En réalité, la précision est tout à fait remarquable.

— Ces sculptures si... étranges. La tête de cheval. Est-ce que les hiéroglyphes disent quelque chose sur les inscriptions ?

— Ils racontent un long voyage qui eut lieu de nombreuses années auparavant, avec des centaines d'hommes et de grandes richesses.

— Avez-vous eu connaissance de cette histoire dans les traditions mayas ?

— Seulement sur les autres sites.

— Pourquoi ici, cependant, si loin de la côte ?

— Je me suis posé cette question. Pourquoi pas sur les monuments de Tulum, juste sur le golfe ? Venez, je vais vous montrer quelque chose qui offre peut-être une explication.

Ils rangèrent leurs affaires et se rendirent de l'autre côté de la plaine où la forêt reprenait, puis avancèrent sous les arbres et descendirent une petite pente. L'air se rafraîchit et une odeur de boue assaillit leurs narines quand ils atteignirent la rive d'une rivière paresseuse.

Chi montra quelque chose.

— Vous voyez où les rives sont érodées, un peu plus haut ? Cela signifie que la rivière était plus large en un point.

— Quelqu'un, sur le navire de recherches, a prétendu qu'il n'y avait ni fleuve ni rivière au Yucatán.

— C'est exact. Le Yucatán est, pour sa plus grande

partie, un vaste bloc de calcaire. Il y a quantité de cavernes et des cénotes aux endroits où le calcaire est troué. On est plus au sud, à Campeche, où le terrain est un peu différent. Quand on pénètre au Peto et au Guatemala, les grandes cités mayas sont effectivement construites sur des voies d'eau. C'est ce que j'ai pensé pour ici, que le bateau était peut-être une sorte de ferry.

— Vous avez raison, il y avait bien une rivière mais je ne crois pas qu'elle ait été assez large pour un vaisseau de cette taille. Avec sa proue et ses flancs hauts, son étrave fruste, ce navire était fait pour l'océan. Et il y avait quelque chose de plus. Ce que j'ai d'abord pris pour des poissons, ce sont des dauphins. Des créatures vivant dans l'eau salée. Qu'est-ce que c'est que ça ? demanda-t-elle après un silence.

Le soleil avait fait luire quelque chose de brillant au loin. Elle avança de quelques pas, Chi suivant sur ses talons. Un vieux canot d'aluminium avec un moteur hors-bord Mercury était échoué sur la berge.

— Ceci a dû dériver jusqu'ici.

Chi parut moins intéressé par la barque que par les empreintes de pieds dans la boue. Son regard fouilla les bois environnants.

— Il faut partir, dit-il calmement.

Il prit fermement la main de Gamay et la guida en une course en zigzag jusqu'en haut de la colline, tournant sans cesse la tête comme une antenne radar. Il s'arrêta près du sommet, les narines frémissantes, comme un chien de chasse.

— Je n'aime pas ça, dit-il à mi-voix en flairant l'air.

— Que se passe-t-il ? murmura-t-elle.

— Je sens de la fumée et de la sueur. Des *chicleros*. Nous devons partir.

Ils longèrent l'orée du bois puis prirent un sentier pour traverser la plaine. Au moment où ils passaient entre deux monticules carrés, un homme sortit de l'angle d'un des tertres et leur bloqua le chemin.

La main de Chi vola jusqu'à la gaine dont il sortit la machette en un éclair de métal. Il tint la lame aiguisée, d'un air menaçant, au-dessus de sa tête comme un samouraï. La mâchoire dressée, il montrait toute la défiance qui avait tant étonné les conquistadores lors de la guerre sanglante qu'ils avaient menée contre ses ancêtres pour les soumettre. Gamay fut surprise de la rapidité avec laquelle ce gentil petit homme fragile se transformait en guerrier maya. L'étranger ne parut pas impressionné. Il ricana, montrant des dents jaunies dont plusieurs manquaient. Il avait de longs cheveux noirs et graisseux et un visage dont la barbe de plusieurs jours ne cachait pas les cicatrices que la syphilis avait laissées sur son teint jaunâtre. Il portait le costume mexicain de *campesino,* un pantalon trop large, une chemise de coton et des sandales. Mais contrairement aux indigènes les plus pauvres du Yucatán, à l'apparence immaculée, il était sale et pas lavé. Il avait l'air d'un métis, à mi-chemin entre l'Espagnol et l'Indien, et ne faisait honneur ni aux uns ni aux autres. Il n'avait pas d'arme mais la machette ne paraissait pas l'inquiéter. Une seconde plus tard, Gamay comprit la raison de sa sérénité.

— *Buenos días, señora,* dit une nouvelle voix.

Deux autres hommes venaient d'apparaître de l'autre côté du monticule. Le plus proche était bâti comme une barrique, avec des bras et des jambes trop courts. Un gros toupet style banane à la Elvis surmontait un visage qu'on aurait dit descendu d'une statue maya. Ses yeux étaient bridés, son nez large et pointu, ses lèvres cruelles de la couleur d'une tranche de foie. Le canon d'un vieux fusil de chasse était pointé sur eux.

Le troisième étranger se tenait derrière Elvis. Il était plus grand que les deux autres mis ensemble. Lui était propre, son pantalon blanc et sa chemise semblaient fraîchement lavés. Il portait des pattes sombres bien peignées et une épaisse moustache. Il tenait sans le serrer un M-16 et un pistolet dans le holster d'une large ceinture soutenant son gros ventre.

Avec un sourire aimable, il s'adressa à Chi en espagnol. Le regard du professeur alla du M-16 à sa machette qu'il laissa tomber sur le sol. Puis il fit glisser le fusil de son épaule et le posa près de la machette. Sans prévenir, Dents Jaunes avança et frappa Chi au visage. Le professeur devait peser cinquante kilos et le coup lui fit pratiquement quitter le sol où il retomba dans l'herbe. Gamay s'interposa entre le professeur et son assaillant pour le protéger du coup de pied qui ne manquerait pas de suivre. Dents Jaunes se figea, la regardant avec étonnement. Au lieu de reculer, elle lui lança un regard menaçant puis se tourna pour aider le professeur à se relever. Elle allait lui prendre le bras quand sa tête fut projetée en arrière comme si ses cheveux s'étaient pris dans une essoreuse. Elle crut une seconde que sa chevelure allait céder.

Elle tenta de reprendre son équilibre mais fut de nouveau jetée à terre. Dents Jaunes tenait ses cheveux dans ses mains. Il la tira près de lui, si près que, lorsqu'il se mit à rire, elle faillit vomir tant son haleine était fétide. Mais sa colère eut raison de la douleur. Elle se détendit légèrement pour gagner de l'espace et lui laisser croire qu'elle ne résistait plus. Sa tête était vaguement tournée et, du coin de l'œil, elle regarda les sandales de l'homme. Son pied chaussé de tennis s'abattit sur son coup de pied et elle mit tout le poids de ses cinquante-cinq kilos dans son talon qu'elle fit tourner comme si elle écrasait un mégot.

Il émit un grognement porcin et relâcha son étreinte. Gamay, du coin de l'œil, vit son visage s'empourprer. Son coude partit en arrière en un arc dur et serré qui atteignit le nez et la pommette de l'homme avec un son satisfaisant pour elle de cartilages éclatés. Il hurla et la lâcha complètement. Elle fit demi-tour, déçue de voir qu'il était toujours debout. Il se tenait le nez mais sa colère, comme pour elle, noya sa douleur. Il s'élança vers elle, les doigts sales visant sa gorge. C'était un être humain misérable mais Gamay savait qu'elle ne ferait pas le poids devant sa force et sa corpulence. S'il l'attrapait, elle lui donnerait un coup de genoux dans les parties génitales, une défense de combat de rue à laquelle il s'attendait peut-être, puis elle lui enfoncerait les doigts dans les orbites pour voir s'il aimait ça. Elle se tendit pendant qu'il approchait.

— *Basta !*

Le gros homme qui ressemblait à Pancho Villa avait crié. Ses lèvres souriaient toujours mais ses yeux brillaient de colère.

Dents Jaunes recula. Il se frotta le visage où une ecchymose se formait sur sa peau malsaine. En reculant, il saisit son entrejambe. Le message était clair.

— J'ai quelque chose pour vous moi aussi, dit-il en anglais.

Il recula encore en voyant Gamay s'avancer vivement vers lui, ce qui fit hurler de rire ses compagnons.

Pancho Villa fut intrigué par la réaction courageuse de cette mince jeune femme. Il s'avança vers elle.

— Qui êtes-vous ? demanda-t-il en plongeant son regard dans le sien.

— Je suis le Dr Gamay-Trout. Et cet homme est mon guide, dit-elle en aidant Chi à se relever.

L'expression de Chi lui fit comprendre qu'il s'attendait à un futur difficile si ces hommes apprenaient son identité. Il adopta une attitude servile.

Le gros homme lança à Chi un regard méprisant et concentra son attention sur Gamay.

— Qu'est-ce que vous fichez ici ?

— Je suis une scientifique américaine. J'ai entendu parler de vieilles bâtisses et je suis venue voir à quoi elles ressemblaient. Et j'ai engagé cet homme pour m'amener ici.

Il l'étudia un moment.

— Qu'avez-vous trouvé ?

Gamay haussa les épaules et regarda autour d'elle.

— Pas grand-chose. Nous venons d'arriver. Nous

avons vu quelques sculptures là-bas, c'est tout. Je ne crois pas qu'il y ait grand-chose à voir.

Pancho Villa éclata de rire.

— Parce que vous n'avez pas su où regarder. Je vais vous montrer.

Il cracha un ordre en espagnol. Dents Jaunes poussa Gamay avec le fusil mais recula devant son regard furieux. Alors il concentra sa colère sur le Dr Chi, sachant que cela l'irriterait. Ils marchèrent vers la partie opposée de la prairie, jusqu'à un endroit où le sol était creusé d'une douzaine de tranchées. La plupart étaient vides, sauf une, remplie de poteries.

Sur l'ordre de Pancho, Elvis retira deux vases de la tranchée et les lui mit sous le nez.

— C'est ça que vous cherchiez ? demanda le gros homme.

Elle entendit Chi prendre une longue respiration et espéra que les autres ne l'avaient pas remarqué.

Prenant un des pots, elle examina les silhouettes dessinées en lignes noires sur la surface crème. La scène semblait représenter un événement historique ou légendaire. Les céramiques ressemblaient à celles dont le Dr Chi avait parlé tout à l'heure. Elle la rendit au gros homme.

— Très joli.

— Très joli, répéta Pancho Villa. Très joli. Ha ! Ha ! Très joli !

Après une rapide conférence, les pillards firent marcher leurs deux prisonniers encore quelques minutes. Pancho Villa ouvrait la marche. Elvis et Dents Jaunes marchaient derrière eux, fusil en main. Ils se dirigèrent vers un monticule herbeux partiellement exposé pour montrer les pierres sous la végétation. Pancho passa sous une voûte en berceau et parut disparaître. Gamay vit que le bâtiment abritait un large orifice dans le sol. Ils descendirent une volée de marches faites de pierres brutes irrégulières, jusqu'à la semi-obscurité d'une chambre souterraine au toit élevé.

Le gros homme dit quelques mots à Chi. Puis on les laissa seuls.

— Vous allez bien ? demanda Gamay au professeur.

Sa voix éveilla un écho.

Il frotta un côté de son visage, encore rougi des coups qu'il avait reçus.

— Je survivrai mais je ne dirai pas la même chose de la brute qui m'a frappé. Et vous ?

Se frottant la tête où son cuir chevelu lui faisait mal, elle répondit :

— De toute façon, j'avais besoin d'aller chez le coiffeur.

Pour la première fois, un grand sourire chassa l'expression dure du professeur.

— Merci. Je serais peut-être mort si vous n'étiez pas intervenue.

— Peut-être, dit Gamay.

Se rappelant la machette brandie, elle devina que le Dr Chi aurait coupé Dents Jaunes en morceaux. Elle jeta un regard à l'escalier par lequel ils étaient descendus.

— Qu'a dit le gros homme ?

— Il a dit qu'il ne prendrait pas la peine de nous attacher. Il n'y a qu'une seule sortie. Il va placer quelqu'un à l'entrée et, si nous essayons de sortir, il nous tuera.

— On ne peut guère être plus direct !

— C'est ma faute, dit tristement Chi. Je n'aurais pas dû vous amener ici. Je n'aurais jamais cru que les pillards avaient trouvé cet endroit.

— D'après ces poteries, ils ont dû travailler dur.

— Les objets qui sont dans ce fossé valent des centaines de milliers, peut-être des millions de dollars. Le gros homme est le patron. Les autres sont juste des hommes qu'il a loués. Des porcs ! C'est bien que vous n'ayez pas dit qui j'étais, ajouta-t-il après un silence.

— J'ignorais jusqu'où allait votre réputation mais

je n'ai pas voulu prendre de risques au cas où ils vous connaîtraient.

Elle regarda le plafond haut, à peine visible dans la lumière tombant de l'entrée.

— Où sommes-nous ? demanda-t-elle.

— Dans un cénote. Un puits où les gens qui vivaient ici venaient chercher leur eau. Je l'ai trouvé au cours de ma seconde visite. Venez, je vais vous montrer.

Ils couvrirent environ trente mètres. L'obscurité se fit plus profonde puis se dissipa lorsqu'ils atteignirent une grande mare d'eau. La lumière venait d'une ouverture dans le toit rocheux qu'elle estima à environ dix-huit mètres. La partie la plus éloignée du bassin formait un mur escarpé qui s'élevait jusqu'à la lumière fantomatique du plafond.

— Cette eau est pure, dit le Dr Chi. L'eau de pluie se masse sous le calcaire et se faufile ici et là jusqu'à la surface par des trous comme celui-ci et des cavernes souterraines.

Gamay s'assit au bord de l'eau.

— Vous connaissez ce type d'hommes, dit-elle. Que pensez-vous qu'ils feront ?

Le Dr Chi était stupéfait du calme de sa compagne. Il n'aurait pas dû être étonné, se dit-il. Elle n'avait montré aucune peur en le défendant et en s'en prenant à l'homme qui l'avait attaqué.

— Nous avons du temps. Ils ne feront rien avant d'avoir discuté, avec les trafiquants qui les ont engagés, de ce qu'ils doivent faire d'une Américaine.

— Et après ?

Il tendit les mains.

— Ils n'ont guère le choix. C'est une zone de fouille lucrative, qu'ils n'ont sûrement pas l'intention d'abandonner. Ce qu'ils devront faire s'ils nous laissent partir.

— De sorte qu'il vaudrait mieux pour eux que nous disparaissions. Personne ne sait où nous sommes, bien qu'ils ignorent ce détail. On pourra croire que nous avons été dévorés par un jaguar.

Il haussa les sourcils.

— Ils ne se seraient pas montrés aussi libres de nous faire voir leur butin s'ils avaient pensé que nous pourrions en parler à quelqu'un.

Elle regarda autour d'elle.

— Vous ne connaîtriez pas un passage secret pour sortir d'ici, par hasard ?

— Il y a des passages pour sortir de la pièce principale. Mais ou bien ils sont en culs-de-sac ou bien ils descendent sous la nappe d'eau et sont donc impraticables.

Gamay se leva et s'approcha du bord de l'eau.

— A votre avis, quelle profondeur y a-t-il ici ?

— Difficile à dire.

— Vous avez parlé de cavernes souterraines. Y a-t-il une chance pour que celle-ci ressorte ailleurs ?

— C'est possible, oui. Il y a d'autres trous dans ce coin.

Gamay se tint un moment près du bord de l'eau, essayant de juger de la profondeur.

— Que faites-vous ? demanda le professeur.

— Vous avez entendu ce qu'a dit ce minable ? Il veut me donner rendez-vous !

Elle plongea et nagea jusqu'au milieu du bassin.

— Vous savez, il n'est pas mon type, reprit-elle d'une voix qui résonna contre les murs de pierre.

Et, plongeant à nouveau, elle disparut sous l'eau immobile.

19

Nine Mile Hole, Arizona.

Pendant un moment, Austin crut que l'orage n'éclaterait pas. Des nuages sombres et boursouflés s'étaient accumulés tout l'après-midi en couches de sinistre présage sur un pic irrégulier. Tandis qu'Austin et Nina parcouraient les abords du ranch, on aurait pu les prendre pour un couple détendu, ce qui était l'impression qu'Austin souhaitait donner à d'éventuels surveillants invisibles. Ils s'arrêtèrent sous les branches bleu-vert d'un *palo verde* et regardèrent l'immensité immobile. Les rayons du soleil couchant teintaient le visage ridé des montagnes de tons brillants d'or, de bronze et de cuivre.

Austin prit doucement Nina par les épaules et ne rencontra aucune résistance quand il l'attira vers lui, si près qu'il sentit la chaleur de son corps.

— Etes-vous sûre que je ne pourrai vous persuader de partir ?

— Vous perdriez votre temps, dit-elle. Je veux aller au bout de cette affaire.

Leurs lèvres se touchaient presque et, en n'importe quelle autre circonstance, le romanesque de ce soleil couchant se serait achevé par un baiser. Austin plongea son regard dans les yeux gris auxquels le couchant ajoutait un reflet orange. Il sentit que la jeune femme était ailleurs, ne pensant qu'à ses amis et ses collègues assassinés.

— Je comprends, dit-il.

— Merci. J'apprécie. Pensez-vous qu'ils vont venir ? demanda-t-elle en contemplant le désert qu'envahissait la nuit.

— Pour moi, ça ne fait aucun doute. Comment pourraient-ils résister à un appât comme celui que nous leur avons préparé ?

— Je ne suis pas sûre de les intéresser encore.

— Je parle du buste romain. Une idée de génie.

— Ce fut une idée collective, dit Nina avec un sourire. Il nous fallait un modèle qui ressemble à un empereur romain. Paul est fabuleux en matière de dessin par ordinateur. Il a pris une photo dans un dossier, a simplement effacé la barbe, diminué les cheveux, les a peignés à la Jules César et a mis une cuirasse à la place du blazer. (Elle parut soudain alarmée.) Vous ne croyez pas que l'amiral Sandecker serait en colère s'il apprenait que nous avons pris son visage comme modèle, n'est-ce pas ?

— A mon avis, il serait plutôt flatté. Il pourrait juste s'offusquer d'avoir été immortalisé sous les traits d'un simple empereur. Et puis son expression est un peu trop bienveillante. (Il jeta un coup d'œil au ciel presque noir.) J'ai l'impression qu'il va éclater, en fin de compte.

La masse de sombres nuages s'était dégagée des pics montagneux et avançait rapidement dans leur direction. Les montagnes étaient maintenant plongées dans l'ombre. De vagues grondements résonnaient à travers le désert. Les rayons du soleil s'effilochaient et perdaient de leur brillance.

Après s'être arrêtés pour allumer l'intérieur des deux RV garés à l'abri, ils se dirigèrent dans la lumière jaunissante vers les ruines d'adobe de la maison où Trout occupait le poste de commandement.

Les Wingate, fatigués de creuser et de tamiser, avaient regagné leur motel de bonne heure. Ned, Carl et Zavala avaient tous trois pris place aux coins des bâtiments au-delà du vieux corral. Leurs positions leur permettaient une vue dégagée du désert s'étendant jusqu'à l'horizon. L'équipe de soutien allait se rendre sur la route pour la surveiller quand l'obscurité tomba.

Un coup de vent gifla le sable et des gouttes de pluie géantes frappèrent le sol tandis que Nina et Austin pénétraient dans la maison. Trout se trouvait dans la cuisine, la seule partie de la maison qui eût encore un toit. L'eau passant par quelques trous créa rapidement de petits ruisseaux dans le sol de terre battue, mais autrement, l'intérieur était relativement sec et abrité. Les ouvertures déchiquetées de ce qui était autrefois des portes avaient été bloquées par les RV. Les interstices entre les briques séchées permettaient de voir dans toutes les directions, comme les meurtrières dans les murs des châteaux forts.

Le vent et la pluie n'étaient que des préliminaires. Un orage électrique dans le désert ne se contente pas de balayer le paysage et de lâcher quelques éclairs intermittents. Il choisit un endroit et le pilonne, déversant des torrents de pluie et des lignes brisées d'éclairs à quelques secondes les unes des autres et parfois même plusieurs à la fois. Il frappe comme un forcené avec une malveillance presque humaine, battant la terre comme un barrage d'artillerie bien décidé à éliminer l'ennemi ou à briser sa volonté.

La lumière stroboscopique presque constante gelait les cinglantes gouttes de pluie. Pendant que Trout effectuait des vérifications visuelles, Austin restait en relation avec les gardes par sa radio portable. Il devait crier pour se faire entendre par-dessus les grondements du tonnerre et les battements de la pluie.

Les « chiens de garde » avaient reçu l'ordre d'appeler à intervalles réguliers ou immédiatement s'ils remarquaient quelque chose d'inhabituel. Les hommes du périmètre s'identifiaient par leurs propres noms. Les six hommes postés à l'ancienne station-service s'appelaient l'Equipe A. L'équipe de l'hélico était simplement l'Equipe B. Elle devait écouter et garder le silence.

La radio d'Austin craquait comme si l'électricité statique la dérangeait mais, en réalité, c'était le bruit de la pluie.

— Ned à Base. Rien.

— *Roger,* répondit Austin. Carl, à toi.

— Carl. Dito, fit la voix de Carl une seconde après.

Ayant à cœur d'obéir à Austin qui souhaitait que les messages fussent courts, Joe répondit : « Dito, dito. »

Puis, de la route :

— Equipe A, négatif.

L'orage dura presque une heure et, quand il s'éloigna, l'obscurité prématurée qu'il avait apportée demeura un moment, brisée seulement par les éclairs de plus en plus éloignés. L'air fraîchement nettoyé sentait fortement l'armoise. Les rapports des patrouilles arrivaient régulièrement. Tout était calme et silencieux. Puis soudain, un cri provint de l'équipe surveillant la route.

— Equipe A à base. Un véhicule arrive. Prenons position.

Le plan de l'équipe consistait à utiliser deux hommes pour intercepter le véhicule et deux pour les couvrir. Un homme surveillait leurs arrières, deux hommes de couverture et le sixième gardait le contact radio avec les autres.

Austin alla vers la porte et lorgna vers la route. Les phares étaient comme des têtes d'épingles dans l'obscurité.

Une minute passa.

— On a fait signe à la voiture de s'arrêter... elle s'arrête. Nous approchons prudemment.

Austin retint son souffle. Il n'y avait aucune raison pour que quelqu'un leur rende visite à cette heure de la nuit. Il imagina les hommes s'approchant de chaque côté de la voiture, leurs fusils levés. Il espéra qu'il ne s'agissait pas d'une diversion pendant que le véritable assaut arrivait d'ailleurs. Il fit rapidement le point avec les autres sentinelles. Tout était calme sur le front du désert.

L'équipe sur la route répondit après quelques minutes tendues.

— Equipe A. (La voix semblait plus calme.) Base, connaissez-vous quelqu'un qui s'appelle George Wingate ?

— Oui, dit Austin. Qu'est-ce qu'il a ?

— C'est lui qui conduit la voiture.

— Un homme assez âgé, barbe et cheveux blancs ?

— *Roger.* Il dit qu'il travaille sur nos fouilles.

— C'est exact. Sa femme est-elle avec lui ?

— Négatif. Il est seul.

— Que fait-il là ?

— Il dit que sa femme a perdu son portefeuille. Elle l'aurait laissé dans une salle de bains. Il voulait venir plus tôt mais l'orage l'a retardé. Instructions ?

— O.K., dit Austin en riant. Laissez-le passer.

— *Roger.* Terminé.

Quelques minutes plus tard, les phares déchirèrent l'obscurité pendant que la voiture avançait sur la route. La Buick de Wingate s'arrêta entre un RV et la cabane. La porte s'ouvrit et l'homme en sortit. La grande silhouette de Wingate disparut à l'angle d'une Winnebago. Une minute plus tard, il réapparaissait, portant quelque chose sous le bras. Il s'arrêta et fit une chose curieuse. Il se tourna vers le ranch et agita le bras. Austin fut certain que le geste n'était pas accidentel. Puis il monta dans sa voiture et s'en alla. Austin se tourna vers Nina qui avait trouvé un vieux billot de boucher pour s'asseoir. Elle avait dû voir l'expression étonnée de son visage.

— Des problèmes ? demanda-t-elle avec appréhension.

— Non, dit-il pour la rassurer. Une fausse alerte.

Un peu plus tard, l'équipe de la route appela.

— Visiteur parti. Equipe A, terminé.

— Merci. Bon travail. Base, terminé.

Trout haussa les épaules.

— Peut-être que cette nuit n'était pas la nuit.

Austin n'était pas convaincu.

— Peut-être, dit-il, un muscle vibrant sur sa mâchoire.

Personne ne fut surpris quand le téléphone cellulaire de Trout sonna un quart d'heure plus tard. Il avait essayé plusieurs fois de contacter Gamay et lui avait laissé un message pour qu'elle le rappelle. Il tira le petit Motorola de sa poche.

— Pas de nouvelles ? dit-il après un silence. Voulez-vous demander au *Nereus* de me prévenir dès qu'ils entendront parler d'elle... Oui, je serais ravi de lui parler. Salut, Rudi. (Il écouta un moment, les sourcils froncés.) D'accord. Je préviens Kurt et je te rappelle.

— C'est bizarre, dit-il après avoir éteint l'appareil. Rudi a monté une fausse corporation supposée coordonner ce projet. Un faux nom avec un numéro de téléphone au quartier général de la NUMA. Ils ont reçu il y a peu de temps un appel de la police du Montana. Il paraît qu'on a retrouvé un couple d'un certain âge qui errait sur l'autoroute. Ils racontent une histoire fantastique et disent avoir été kidnappés.

Austin était préoccupé par les non-événements de la nuit aussi n'écoutait-il que d'une oreille.

— Des OVNI ? demanda-t-il.

— Je ne crois pas qu'on doive prendre ça à la légère. Ils disent avoir été retenus deux jours, qu'ils se rendaient sur une fouille archéologique en Arizona.

Austin dressa l'oreille.

— La police a-t-elle leurs noms ?

— Wingate.

L'orage et l'ennui avaient un peu ralenti les réflexes d'Austin après leur morne surveillance. Une sonnette d'alarme résonna dans son crâne.

— Merde ! aboya-t-il. Paul, fais venir cet hélico ici en vitesse. Et envoie l'Equipe A sur le site.

Il ouvrit la porte et sortit comme une flèche. Il était à mi-chemin entre le ranch et les RV quand la cabane explosa en une balle de feu jaune rougeâtre. Il se laissa tomber sur le ventre, se couvrit la tête des deux mains et enfonça son visage dans le sol humide.

Les réservoirs à propane des RV sautèrent à leur tour en explosions secondaires qui secouèrent la terre et changèrent la nuit en jour. Des morceaux de métal rougis tombèrent du ciel mais le vent laissa à la queue de l'orage le soin de disperser tout cela. Il n'y eut donc que quelques étincelles brûlantes pour lui roussir légèrement le dos des mains.

Le crépitement des débris retombant à terre finit par cesser. Il releva la tête et cracha du sable. Les RV et la cabane avaient disparu. A leur place il n'y avait que des branches enflammées. Le sol tout autour était couvert de braises rougeoyantes.

Quand il fut certain que les explosions avaient complètement cessé, il se leva et s'approcha des décombres fumants. Trout et Nina coururent vers lui.

— Kurt, vous allez bien ? demanda Nina avec appréhension.

— Je vais bien. Mais, ajouta-t-il en regardant le bûcher et en crachant quelques derniers grains de sable, je préfère mes pétards du 4 juillet.

Carl, Ned et Joe arrivèrent quelques secondes plus tard. Puis des ombres mouvantes se matérialisèrent dans toutes les directions. L'Equipe A courait sans prendre garde de se faire voir. Leurs cris confus furent noyés par le *houp ! houp !* des pales de l'hélicoptère. Le pilote vit que ses rotors attisaient le feu et éparpillait les étincelles, aussi reprit-il un peu d'altitude pour aller se poser près de la maison.

Austin reprenait rapidement ses esprits.

— Paul, as-tu le numéro du motel où sont descendus les Wingate ?

— Oui, je l'ai en mémoire sur mon cellulaire.

— Appelle le motel. Vois s'ils y sont toujours.

Trout composa le numéro et demanda qu'on lui passe la chambre des Wingate.

— J'ai le directeur de nuit, dit-il en se tournant

vers Austin. Il dit que M. Wingate a payé sa note mais que leur voiture est encore là. Il va aller frapper à leur porte.

Le directeur revint au téléphone quelques minutes plus tard et parla longuement...

— Calmez-vous, monsieur, dit tranquillement Trout. Ecoutez-moi. Appelez la police. Ne touchez à rien dans la chambre.

Puis il coupa la communication.

— Le directeur a frappé chez les Wingate, dit-il à Austin, mais n'a pas eu de réponse. Alors il a essayé la porte. Elle n'était pas fermée à clef. Il est entré. Il y avait un corps dans la douche. Une femme. Mme Wingate.

Austin serra les mâchoires.

— Aucun signe de George Wingate ?

— Non. Le directeur dit qu'il a dû faire du stop avec quelqu'un.

— Ça, je parie que c'est vrai.

— Que se passe-t-il ? demanda Nina.

— Impossible de vous expliquer maintenant. Nous allons revenir.

Laissant Zavala voir s'il pouvait créer un peu d'ordre dans le chaos, Austin et Trout coururent vers l'hélicoptère qui décolla aussitôt. Ils filèrent vers la grand-route, la suivirent jusqu'à la brillante enseigne au néon du motel et se posèrent sur le parking.

La police était déjà arrivée et fouillait la pièce. Austin montra sa plaque d'identité qui le reliait vaguement à une agence fédérale, espérant qu'on le prendrait pour un membre du FBI. Il aurait été trop long d'expliquer ce que des membres de la NUMA faisaient sur les lieux du crime. Les policiers ne regardèrent pas sa plaque de trop près, impressionnés par son arrivée soudaine flanqué d'une équipe apparemment résolue de SWAT[1].

Le corps de Mme Wingate était ratatiné dans le bac à douche. Elle portait un peignoir de bain rose

1. Brigade spéciale de la police.

comme si elle sortait de la douche quand on l'avait tuée et remise dans le bac. Bien qu'il n'y eût aucune trace de sang, sa tête présentait un angle bizarre. Austin sortit et s'approcha de Trout qui parlait à nouveau au quartier général de la NUMA.

— Les Wingate ont envoyé des photos avec leurs candidatures, dit Trout.

— Et le motel doit avoir un fax, répondit Austin.

Ils allèrent au bureau et Trout se présenta comme celui qui avait appelé au téléphone. Le directeur avait bien un fax, tout neuf, dont il donna le numéro. Trout le communiqua à la NUMA et les photos ne tardèrent pas à arriver. Le couple âgé des photos n'avait rien de commun avec les Wingate qu'ils connaissaient, pas plus la morte que le vivant.

Austin et Trout interrogèrent le directeur, un petit homme chauve d'une cinquantaine d'années encore très secoué mais qui se révéla un bon témoin. Des années passées derrière un comptoir à s'occuper des gens lui avaient acéré le regard pour les détails.

— J'ai vu les Wingate rentrer en fin d'après-midi et aller dans leur chambre, dit-il. Puis il y a eu l'orage. La voiture de Wingate est partie quand la pluie a diminué. Elle est revenue un peu plus tard. Wingate est allé dans sa chambre et peu après est passé au bureau pour payer. Cash. Un peu plus je ne le reconnaissais pas.

— Pourquoi ?

— Seigneur ! Il avait rasé sa barbe. Je ne sais pas pourquoi il a fait ça. On voyait sa cicatrice.

— Faites comme si je ne savais pas de quoi vous parlez, dit Austin.

Avec son doigt, le directeur dessina une ligne imaginaire sur sa joue, de l'œil au coin de sa bouche.

— Une longue cicatrice, d'ici à là.

Austin et Trout parlèrent au directeur jusqu'à ce que la police vienne le questionner. Puis ils remontèrent dans l'hélicoptère et, sous la direction d'Austin, le pilote balaya les routes autour du lieu des fouilles. Ils virent des douzaines de phares mais il aurait été impossible de savoir dans quelle voiture se trouvait le faux Wingate. Ni même s'il était dans une voiture. Ils revinrent vers le ranch dont la lumière du feu se voyait à des kilomètres.

Austin raconta à Nina ce qui s'était passé au motel, le meurtre de Mme Wingate et la disparition de son mari.

— Je n'arrive pas à croire que M. Wingate soit l'un d'eux, dit-elle.

— C'est pour ça qu'il s'en est tiré. Il ne lui a fallu qu'une seconde pour poser la bombe dans la cabane. C'est un type qui ne se démonte pas, qui qu'il puisse être. Il a agi juste sous notre nez.

Elle frissonna.

— Mais qui était cette pauvre femme ?

— Nous ne le saurons pas avant un moment. Et peut-être jamais. J'ai réfléchi à propos de Wingate ou quel que soit son nom. Il a fait un geste du style « venez me chercher » juste avant que la bombe n'explose. Et il y a autre chose. Il n'avait pas besoin de se raser la barbe tout de suite. Il aurait pu garder son déguisement et faire ça plus tard. C'est presque comme s'il se fichait de nous. Ou qu'il nous montre son mépris.

Zavala essaya de tirer le meilleur de la situation.

— Au moins, l'amiral n'apprendra pas que nous avons utilisé son noble profil avec beaucoup d'irrespect.

— Il est probablement déjà au courant, Joe.

— Ouais, je suppose que tu as raison.

Zavala mit ses mains sur ses hanches et regarda les cendres rougeoyantes.

— Et maintenant, qu'est-ce qu'on fait ?

— Les autres surveillent peut-être encore cet endroit. Nous allons filer à Tucson et nous reposer quelque part. Nous prendrons un vol pour Washington demain matin.

— Ces types étaient bien plus malins et bien plus organisés que nous ne l'imaginions, dit Zavala. Ils ont tiré la leçon du camouflet que nous leur avons administré sur le *Nereus*.

— Un partout, admit Austin, le regard plein de colère glacée. Maintenant, nous allons voir qui marque le point...

20

Le Yucatán, Mexique.

La pression contre ses oreilles indiquait à Gamay que, selon sa jauge interne de pression, elle était à plus de neuf mètres de la surface noire. Elle nageait d'avant en arrière et d'arrière en avant comme un poisson cherchant sa nourriture dans un aquarium, remontant un peu à chaque traversée en zigzag. Ses mains exploraient la surface glissante des murs qu'elle ne voyait pas, le toucher remplaçant la vue.

L'année précédente, elle s'était adonnée à la plongée librc pour changer du masque et du tuba. Elle aimait la sensation de liberté totale de la plongée sans aucun accessoire encombrant et avait entraîné sa capacité pulmonaire à un peu plus de deux minutes.

La paroi de calcaire était grêlée de trous, de craquelures et de petits orifices. Aucune ouverture assez grande n'offrait un chemin de sortie. Elle fit surface, traversa le bassin et se hissa sur le bord pour se reposer et reprendre son souffle.

Chi lut la déception sur son visage.

— Rien ?

— *Mucho nada !* Excusez mon mauvais espagnol. (Elle s'essuya les yeux et regarda tout autour de la caverne.) Vous avez dit qu'il y avait des passages pour sortir de cette chambre ?

— Oui, je les ai explorés. Ils sont tous en culs-de-sac sauf un, qui est bloqué par l'eau.

— Avez-vous une idée de l'endroit où mène le tunnel plein d'eau ?

— A mon avis, il est comme les autres, il finit dans des petits bassins qui se remplissent ou non selon le niveau hydrostatique. Que cherchez-vous dans le bassin ?

Gamay repoussa ses cheveux et les tordit pour les essorer.

— J'espérais trouver une ouverture conduisant à une autre caverne et ressortir au niveau de l'eau. Attendez, je reviens.

Elle se leva et alla jusqu'à l'escalier menant à l'entrée de la caverne, grimpa calmement les marches et disparut en haut. Elle revint bientôt.

— Aucune chance de feinter le garde, dit-elle d'une voix triste. Ils ont bloqué l'entrée par de grosses pierres. Rien que nous puissions bouger, et en plus, ils nous entendraient si nous essayions.

Les mains sur les hanches, Gamay inspecta de nouveau leur prison. Son regard s'arrêta enfin sur le rayon de lumière luisant dans le trou du plafond au-dessus du bassin.

Chi suivit son regard.

— Les anciens creusaient des trous comme celui-là pour descendre des seaux dans les cénotes. Ça leur évitait de descendre et de remonter les marches chaque fois qu'ils voulaient faire un bol de soupe.

— Il est décentré, nota Gamay.

C'était exact. L'ouverture était proche d'un des murs.

— *Sí.* Ils n'avaient aucun moyen de savoir, en creusant là-haut, où était exactement le centre de la réserve d'eau. Ils s'en fichaient complètement pourvu qu'ils puissent y passer une corde et remplir leurs seaux.

Gamay s'approcha du bassin et leva les yeux vers l'ouverture. La végétation avait poussé tout autour et s'insinuait à l'intérieur de la chambre, se découpant dans la lumière.

— On dirait une plante grimpante qui descend.

Chi inspecta le plafond voûté.

— Il y a peut-être plus que cela. Ma vue n'est plus ce qu'elle était, dit-il avec une grimace.

Ce fut au tour de Gamay de grimacer. « Le professeur n'en est pas encore à la canne blanche », se dit-elle. Même avec sa vue parfaite, elle ne réussissait pas à voir la seconde plante grimpante. Elle baissa les yeux. Une partie importante du mur était dans l'ombre. Aucune raison de penser qu'il puisse être différent de la paroi du puits qu'elle avait exploré.

— C'est difficile à dire dans cette lumière chiche mais, vu d'ici, ce mur a l'air plus facile que pas mal de façades rocheuses que j'ai escaladées en Virginie de l'Ouest. Dommage que nous n'ayons ni crampon ni piolet. Sapristi ! ajouta-t-elle en riant, j'apprécierais même un couteau suisse.

Chi réfléchit un moment.

— J'ai peut-être quelque chose de mieux qu'un couteau suisse.

Il glissa sa main sous sa chemise et passa par-dessus sa tête une lanière de cuir qu'il tendit à Gamay. Dans la lumière faible, le pendentif qui s'y balançait ressemblait vaguement à une tête d'oiseau de proie. Gamay posa l'objet dans sa paume. Les yeux verts étincelaient malgré la semi-obscurité de la caverne et le bec blanc paraissait lumineux.

— C'est magnifique ! Qu'est-ce que c'est ?

— Une amulette. Kukulcan, le dieu de l'orage. Il était l'équivalent maya du Quetzalcóatl des Aztèques, le Serpent à Plumes. La tête est en cuivre, les yeux en jadéite, le bec en quartz. Je le porte pour qu'il me protège mais aussi pour couper mes cigares.

La base ronde tenait bien dans sa main. Elle tripota le bec acéré.

— Dites-moi, docteur Chi, ce calcaire est-il solide ?

— Il est fait de carbonate de calcium et d'anciens

coquillages marins. Dur mais friable comme il faut s'y attendre.

— Je me demandais si je pourrais creuser des prises pour mes pieds et mes mains dans ce mur. Assez pour me permettre d'atteindre les plantes grimpantes.

Elle ne savait pas vraiment ce qu'elle ferait une fois sortie de la caverne mais elle trouverait bien quelque chose.

— C'est possible. Le quartz est presque aussi dur que le diamant.

— Dans ce cas, j'aimerais vous emprunter un moment ce petit oiseau serpent.

— Je vous en prie, dit-il. Il sera peut-être nécessaire d'avoir avec nous la puissance des dieux afin de sortir de ce donjon.

Gamay se remit à l'eau et traversa le bassin puis longea le mur jusqu'à un petit renflement dans le calcaire. Se tenant d'une main au rebord, elle leva le bras et trouva un trou assez gros pour ses doigts. Utilisant l'amulette comme une herminette, elle creusa jusqu'à ce que l'espace soit assez large pour assurer une bonne prise à ses doigts. Puis elle tira sur son bras jusqu'à ce que son genou soit en équilibre contre le rebord et creusa un autre trou un peu plus haut.

Dès qu'elle put se tenir de toute sa hauteur, le travail devint plus rapide. Elle monta de quelques centimètres sur la face du mur. S'accrochant au rocher, le visage collé à la surface dure, elle avait une connaissance presque intime du caractère du calcaire. Comme elle le pensait, le mur était craquelé et troué. Elle utilisa les prises naturelles ou, quand c'était possible, élargit les trous existants. Une poudre blanche recouvrait maintenant ses cheveux. Elle dut s'arrêter de temps en temps pour s'essuyer le nez sur son épaule. Si elle éternuait, elle serait immanquablement projetée dans l'espace.

Comment faisait donc Spiderman pour que cela paraisse si facile ? Elle aurait donné n'importe quoi pour disposer des bandes de poignet du héros qui lui permettaient de grimper comme une araignée.

Il était déjà difficile de se tenir suspendue, mais ce qui l'épuisait le plus c'était de travailler le bras tendu au-dessus de sa tête. Son épaule lui faisait mal et elle devait souvent laisser pendre son bras endolori jusqu'à ce que le sang y circule à nouveau. Elle se demanda si elle arriverait à se débarrasser de la douleur de son cou.

A mi-hauteur, elle regarda en bas. Chi était à peine visible dans l'obscurité. Il surveillait sa progression.

— Ça va, docteur Gamay ? demanda-t-il d'une voix qui se répercutait sur les parois.

Elle cracha la poussière de sa bouche. Un geste peu féminin mais qu'importe !

— C'est du gâteau !

Nom d'une pipe, si seulement ce crétin aux dents jaunes ne lui avait pas volé sa montre avant de les enfermer là ! Elle avait perdu la notion du temps. La lumière entrant dans la caverne était plus en biais et plus éteinte que lorsqu'elle avait commencé. Le soleil devait se coucher. La nuit tropicale tombe à la vitesse d'une lame de guillotine. Bientôt la caverne serait aussi sombre que le fond d'un puits. Attraper les plantes grimpantes serait déjà assez difficile avec le peu de lumière qui entrait. Dans l'obscurité, ce serait impossible.

Le Dr Chi devait avoir senti son inquiétude. De nouveau sa voix encourageante lui parvint d'en bas, disant calmement qu'elle avançait bien, qu'elle était presque arrivée. Et tout d'un coup, elle y fut vraiment, juste à l'endroit où le plafond se courbait en voûte. Elle tourna la tête doucement et vit qu'elle était au niveau des plantes. Elle se souleva un peu pour se donner la marge d'erreur dont elle avait besoin si son saut devait réussir. Elle était maintenant sous le mur en voûte. Ses doigts fatigués le ressentaient durement. Il fallait agir vite ou pas du tout.

Un autre rapide coup d'œil. Les plantes pendaient à environ un mètre quatre-vingts du mur.

Pense à tes mouvements d'un bout à l'autre. Mais fais vite ! Mentalement, elle les révisa. Quitter le mur d'un bond, tourner son corps au milieu du saut, attraper la plante et tenir fort.

Comme elle l'avait dit au professeur, *du gâteau... au... au...* Elle avait l'impression qu'on lui avait arraché les doigts. Elle écarta son épaule du mur.

Plus le temps. *Maintenant !*

Elle prit une grande inspiration et sauta.

Elle tourna comme si son corps décrivait une parabole, les mains tendues avidement vers la plante. Elles la frôlèrent et l'attrapèrent. Sèche et friable ! Elle comprit à sa consistance qu'elle ne supporterait pas son poids. Clac ! De sa main libre, elle en attrapa une autre et la sentit casser.

Et elle tomba.

Tenant encore le morceau de plante inutile, elle frappa l'eau. Pas le temps de bouger ses pieds ou sa tête pour accomplir un plongeon correct. Elle arriva sur le flanc en un plat douloureux. Quand elle brisa la surface, son bras et sa hanche gauches ressentirent l'impact mais elle ignora la douleur et nagea une curieuse indienne jusqu'au bord du bassin.

La main de Chi, étonnamment forte, lui saisit le poignet et l'aida à sortir de l'eau. Elle s'assit un moment en essayant de calmer la douleur cuisante de sa cuisse en la frottant.

— Ça va ?

— Ça va, dit-elle entre deux halètements car la chute avait vidé l'air de ses poumons. Mince, alors, après tous ces efforts ! Je suppose que les dieux ont d'autres projets pour nous, ajouta-t-elle en lui rendant l'amulette.

— D'après ce que j'ai vu, ils auraient bien fait de vous donner des ailes.

— J'aurais préféré un parachute, dit-elle en éclatant de rire. Je devais avoir une fameuse allure en volant là-haut avec des morceaux de plante à la main.

Elle jeta le brin de plante qu'elle serrait encore.

— Je ne crois pas que Tarzan ait à craindre la concurrence, docteur Gamay.

— Moi non plus. Parlez-moi encore du passage, celui qui est plein d'eau.

Le professeur lui prit la main.

— Venez, dit-il.

La chambre était presque totalement obscure et Chi aurait pu la mener dans les mâchoires de l'Enfer, elle n'y aurait rien vu. Il s'arrêta soudain puis alluma son briquet dont la flamme créa des ombres grotesques sur les murs.

— Attention à votre tête, prévint Chi en l'emmenant dans un couloir. Le plafond s'abaisse mais nous n'allons pas loin.

Après quelques minutes, le tunnel s'élargit et Gamay put se redresser. Le sol en pente douce se terminait par un mur. Sous ce mur elle aperçut un petit bassin.

— Ici, le tunnel plonge sous le niveau hydrostatique, expliqua-t-il. Mais est-ce qu'il remonte ou est-ce qu'il descend plus loin, je l'ignore.

— Mais il n'est pas impossible que ce tunnel conduise à la surface ?

— *Sí.* La terre du Yucatán n'est qu'un bloc de calcaire truffé de cavernes naturelles et de tunnels creusés au fil des âges par l'action de l'eau.

Gamay frissonna, moins de froid et d'humidité que du sentiment de claustrophobie qu'elle ressentit à l'idée de nager dans la terre remplie d'eau. Elle fit taire sa peur mais pas tout à fait.

— Professeur Chi, je sais que c'est risqué. Mais je vais aller voir si ça mène quelque part. Je peux retenir ma respiration environ deux minutes, ce qui me permettra de parcourir une assez bonne distance.

— C'est très dangereux !

— Pas plus que d'attendre que ces clowns, là-haut, décident de nous emmurer ici. Après que mon copain aux dents jaunes aura pris quelque plaisir avec moi, évidemment.

Chi ne discuta pas. Il savait qu'elle avait raison.

— Bien, dit-elle. Il est temps de se mouiller les pieds.

Elle se glissa dans l'eau et commença une bruyante séquence d'hyperventilation pour remplir ses poumons d'oxygène. Quand elle eut absorbé de l'air au point d'en avoir la tête qui tourne, elle se coula dans l'eau et chercha l'ouverture du tunnel. Elle refit surface pour rapporter à Chi ce qu'elle avait trouvé.

— Ça fait un angle vers le bas mais j'ignore à quelle distance ça va.

Il hocha la tête.

— Assurez-vous que vous gardez assez d'air pour revenir. Et prenez mon briquet. Vous pourrez en avoir besoin où vous allez, dit-il en lui tendant l'objet.

Gamay avait déjà repris ses exercices de respiration profonde, aussi enfonça-t-elle le briquet dans la poche de son short, lui fit signe qu'elle était prête et plongea dans l'obscurité. Comptant les secondes dans sa tête — *un chimpanzé, deux chimpanzés,* comme un enfant calculant la proximité d'un éclair, elle nagea juste sous le plafond. Elle avait décidé d'aller jusqu'au bout de ses limites. Au bout de deux minutes, elle couvrirait de trente à cinquante mètres avant de devoir faire demi-tour aussi vite que possible pour que ses poumons n'explosent pas.

Or elle n'eut pas à faire exploser ses poumons. Elle avait à peine dépassé le soixantième chimpanzé quand le plafond remonta vivement et, en tendant le bras, elle sentit qu'elle pouvait sortir sa main de l'eau, puis sa tête une seconde après. Elle souffla et inspira. L'air sentait un peu le renfermé mais était respirable.

Gamay n'en croyait pas sa chance. Il était temps que les choses s'arrangent un peu. Le tunnel devait plonger puis remonter comme un tuyau d'écoulement sous un évier. Elle connaissait assez bien la plomberie à cause des constants travaux d'entretien que nécessitait sa maison de Georgetown. Elle rit à la pensée qu'elle nageait dans un tuyau d'écoulement géant mais sa gaieté était surtout due au soulagement. Le son de sa voix résonna dans l'obscurité mais elle se calma très vite en se rappelant qu'elle n'était pas encore au bout de ses peines. Loin de là.

Elle sortit de sa poche le briquet de Chi et le tint très haut, à la façon de la statue de la Liberté. Après quelques essais, la pierre fonctionna et la flamme s'alluma avec un sifflement. Nageant en chien, Gamay pirouetta et vit qu'elle se trouvait au fond d'un trou circulaire aux parois raides. Elle fit le tour du cercle en pensant que c'était là ce que devait ressentir un chaton tombé dans un puits. Comment diable allait-elle escalader ces parois ? Elle n'avait pas envie de répéter la performance de son plongeon façon Icare dans le cénote.

Elle flotta au-dessus d'une protubérance, comme une planche au niveau de l'eau, et leva le briquet. Il y avait une autre saillie un peu au-dessus de la première. Son cœur battit plus vite. Des marches ! Il y avait peut-être un moyen de sortir du puits, après tout. Sans perdre de temps, elle se hissa hors de l'eau et grimpa les marches en colimaçon à l'intérieur du cylindre de pierre.

Elle atteignit bientôt le bord du puits. Utilisant à nouveau le briquet, elle explora les alentours. Elle était dans une petite caverne. Son regard tomba sur l'étroit sillon sur le sol de pierre et le suivit jusqu'à un passage au plafond bas. Tenant le briquet près de l'ouverture, elle vit la flamme vaciller. De l'air soufflait par là. Confiné et chaud. Mais de l'air !

En quelques secondes elle fut à nouveau dans le puits. Elle s'hyperventila plusieurs fois puis refit en sens inverse le chemin parcouru. Remontant à la surface, elle dit tout à trac :

— Je crois que j'ai trouvé une sortie.

La voix du professeur résonna dans le vide obscur.

— Docteur Gamay, j'ai eu peur que vous soyez partie pour de bon. Il s'est écoulé tant de temps !

— Désolée de vous avoir fait attendre. Mais attendez que je vous montre ce que j'ai trouvé. Vous savez nager ?

— Autrefois, je faisais chaque jour plusieurs longueurs de piscine à Harvard. Combien de temps vais-je devoir retenir ma respiration ? demanda-t-il après un silence.

— C'est juste de l'autre côté du mur. Vous pouvez le faire.

Ils se prirent par la main et Chi sauta dans le bassin. Leurs têtes proches, Gamay lui montra comment faire les exercices de respiration. Entre deux expirations, il dit :

— J'aurais préféré que mes ancêtres soient des Incas et non des Mayas.

— Pardon ?

— D'énormes capacités pulmonaires à cause de l'air raréfié des montagnes. Moi, je suis un habitant des terres plates.

— Vous vous en tirerez très bien, même pour un habitant des terres plates. Prêt ?

— Je préférerais attendre qu'il me pousse des branchies mais puisque ce n'est pas possible, *vámonos !*

Il lui serra la main. Gamay plongea sous la surface, trouva rapidement la continuation du tunnel et tira pratiquement le professeur dans le passage. Le voyage lui parut durer moitié moins de temps que la première fois mais le professeur était tout essoufflé quand ils refirent surface et elle fut heureuse que la distance n'ait pas été plus longue.

Elle alluma le briquet. La tête de Chi émergeait un peu plus loin. Il avalait d'énormes gorgées d'air. D'une façon ou d'une autre, il avait réussi à garder sur sa tête la casquette de base-ball.

— Les marches sont là-bas, dit Gamay en le maintenant derrière elle puis en l'aidant à atteindre le haut du puits.

Chi regarda autour de lui.

— A mon avis, dit-il, les habitants de la ville utilisaient ce puits comme un réservoir de secours, quand le cénote et la rivière s'asséchaient après la saison des pluies.

Il se mit à genoux et tenta de voir le fond du puits.

— Quand l'eau était haute, ils n'avaient qu'à y tremper un seau. Quand le niveau se mit à descendre trop pour qu'ils puissent l'atteindre, ils ont creusé l'escalier. C'est comme cette publicité pour le café qui dit « Bon jusqu'à la dernière goutte ».

Il se releva et regarda les marques du sol.

— Il y a là les traces de nombreux pieds, dit-il avec surprise.

Gamay était aussi intéressée que lui par les civilisations anciennes mais la flamme du briquet diminuait. Quand elle le lui fit remarquer, il ramassa plusieurs morceaux d'écorce carbonisés sur le sol et les relia en torches très utiles qui donnèrent autant de flammes que de fumée.

— Ecorce de ricin, expliqua-t-il.

Revenu sur son élément sec et terrestre, il prit la direction des événements.

— Eh bien, Dorothy, allons-nous suivre la route qui mène au pays d'Oz ? dit-il en agitant la torche.

Tournant la tête pour s'assurer que Gamay le suivait, Chi se faufila dans l'ouverture du mur et pénétra dans le tunnel rugueux. Il était assez petit pour que sa tête ne frotte pas contre le plafond mais Gamay dut se baisser pour parcourir le passage tortueux et pentu. Le tunnel s'arrêta brusquement quelques minutes après, au bas d'un puits étroit. Gamay put enfin se redresser.

Une échelle rudimentaire tenait en haut du puits. Chi testa les échelons, déclara l'échelle branlante mais sûre et grimpa jusqu'en haut du puits. Là, il s'agenouilla sur le bord et tint la torche comme un fanal pour Gamay.

Miraculeusement, l'échelle tint bon et Gamay le rejoignit à l'ouverture d'un autre passage. Celui-là menait à une caverne deux fois plus grande que celle où se trouvait le puits. Et, comme pour cette chambre, il n'y avait qu'une seule sortie. Le tunnel mesurait environ un mètre de large et à peine plus de hauteur. Ils en parcoururent les méandres à quatre pattes. L'endroit aurait été chaud et étouffant même sans la fumée et la chaleur de la torche et Gamay eut parfois du mal à respirer. Il était difficile de calculer les distances et la direction mais elle supposa que ce tunnel mesurait environ vingt mètres et qu'il retournait sur lui-même en un point.

Elle rampait tête baissée, regardant de temps à autre au-dessus d'elle pour s'assurer qu'elle n'était pas trop près de Chi, quoique cela fût improbable. Il filait dans les tunnels comme une taupe. La lumière de la torche disparut soudain et elle vint se cogner contre les jambes du professeur. Elle se mit debout pour connaître les raisons de l'arrêt.

— Attendez, dit Chi en écartant les bras pour se donner plus d'emphase.

Il semblait changé en statue. A la lumière de la torche, Gamay comprit vite pourquoi. Le tunnel s'était terminé sur une saillie qui surplombait un gouffre béant. Trois rondins avaient été placés à travers le trou. Les ingénieurs d'autrefois qui avaient construit l'ouverture l'avaient renforcée par ces supports croisés et avaient aimablement attaché une sorte de bastingage de bois d'un côté.

— Je passe le premier, dit Chi.

Il posa délicatement son poids sur un des rondins et, voyant que ça tenait, avança un peu. En quelques pas rapides, il avait traversé.

— Ce n'est pas exactement le Golden Gate[1], s'excusa-t-il, mais ça a l'air d'aller.

L'expression « a l'air » resta... en l'air et fit de l'ombre au reste de la phrase rassurante. Gamay regarda d'un œil torve l'ouverture rudimentaire. Mais elle n'avait pas le choix. Se disant pour se rassurer qu'elle ne pesait que dix-sept kilos de plus que le professeur, elle traversa le pont comme un fildefériste. Il était plus stable qu'elle ne l'avait pensé et les

1. Le plus célèbre pont de San Francisco.

grosses bûches ne bougèrent pas. Elle fut néanmoins soulagée en attrapant la main tendue de Chi et en posant le pied sur le rocher massif.

— Beau travail, dit-il en la guidant vers un autre puits menant vers le haut. Gamay paniqua presque en ne voyant pas d'échelle, mais Chi lui montra les marches usées dans la roche humide et glissante. Elles étaient à peine assez larges pour ses orteils et ses doigts et elle dut utiliser chacun de ses muscles et tout son savoir de varappe. L'infrastructure, partout ici, était à la mesure des Mayas et leur frêle constitution, pas pour les grands Anglos, se gourmanda-t-elle.

En haut du puits, il y avait un autre tunnel. Gamay avait la gorge sèche comme si elle avait passé une journée chaude au Sahara. A force de grimper, de nager, de ramper, elle commençait à ressentir une certaine fatigue. Ses yeux la brûlaient à cause des cendres, ses genoux étaient presque à vif à force de ramper. A un endroit, le professeur et elle durent se faufiler dans le trou étroit d'un rocher. Gamay avait failli abandonner là mais le cri triomphant du professeur lui donna un coup de fouet.

— Docteur Gamay, nous sommes dehors !

Quelques secondes plus tard, ils se tenaient dans une chambre si grande que la lumière de la torche ne suffisait pas à en éclairer le plafond haut. Elle frotta ses yeux irrités de suie. Etaient-ce des colonnes ? Elle emprunta la torche et rit en voyant qu'il ne s'agissait pas de colonnes mais d'énormes stalactites. La caverne faisait un cercle irrégulier avec des passages s'ouvrant un peu partout. Une ouverture en forme de demi-cercle était deux fois haute comme un homme. Au contraire de la petite entrée qu'ils avaient prise, les portails étaient lisses et réguliers, la surface du sol incroyablement plate.

— On pourrait conduire une voiture, là-dedans ! s'exclama Gamay.

— Il y a des légendes qui parlent de grandes routes souterraines reliant les villages. J'ai toujours cru qu'il s'agissait d'exagérations, que certains des locaux avaient vu des tunnels naturels et les avaient pris pour des tunnels artificiels. Mais ceci...

Ils durent s'arrêter en un point où un morceau du toit écroulé leur bloquait le chemin et retourner dans la salle principale, s'arrêtant d'abord pour explorer un passage latéral. Ils entrèrent sur une *plaza* miniature dont le sol dallé rectangulaire était entouré de vraies colonnes et non de stalactites, cette fois. Le plafond voûté était lisse et plâtré de même que les murs, ornés de peintures murales représentant des silhouettes rouges de profil.

— Incroyable ! dit Gamay. S'agit-il d'un temple souterrain ?

Chi marcha le long des murs, louchant sur les silhouettes dont la peinture semblait aussi fraîche que si elle avait été appliquée la veille.

— Les silhouettes sont mayas mais, encore une fois, ne le sont pas, murmura le professeur.

La fresque représentait une procession de silhouettes de profil transportant des marchandises sur leurs épaules et leurs têtes. Des jarres, des paniers de pains, des conteneurs d'or et des formes bizarres qui pouvaient être des lingots.

— Encore les bateaux ! dit Gamay en montrant des navires marchands et des bateaux de guerre semblables à ceux sculptés dans les murs de la structure que Chi lui avait montrée plus tôt.

Toute une histoire se déroulait à mesure qu'ils longeaient les murs. Des navires qui arrivaient, leur déchargement, les marchandises emportées en procession. Il y avait même l'image d'un homme tenant une liste, de toute évidence un caissier. Des soldats surveillaient la scène. C'était le documentaire ancien d'un grand événement.

Leur attention se porta au centre de la pièce où un grand piédestal rond en pierre était supporté par quatre lourds pieds en colonnes. Sur la table il y avait une boîte taillée, d'une pierre pourpre enchâssée de cristal, d'apparence semblable aux structures des temples au sommet des pyramides mayas.

Gamay se baissa et regarda par l'ouverture carrée pratiquée dans une des faces de la boîte.

— Il y a quelque chose à l'intérieur, dit-elle.

Les doigts tremblants, elle sortit l'objet et le posa sur la surface polie de la table. Chi avait trouvé de nouvelles branches de ricin pour relancer la torche qui brillait plus fort que jamais.

L'appareil, car c'était sûrement un appareil, était fait d'une boîte en bois abritant une roue métallique elle-même renforcée par des attaches croisées. A l'intérieur de la roue, une sorte de grand embrayage tournait apparemment autour d'un pivot central et mêlait ses dents à celles de plus petites roues dentées.

— Qu'est-ce que c'est que ça ? demanda Gamay.

— Une sorte de machine...

— On dirait... Non, *ce n'est pas possible !*

— Ne me laissez pas dans l'ignorance, docteur Gamay.

— Eh bien, ça ressemble à quelque chose que j'ai déjà vu, un objet retiré d'une ancienne épave, un objet en bronze comme celui-ci mais terriblement corrodé. On a pensé qu'il s'agissait d'un astrolabe, un engin de navigation servant à déterminer la position du soleil et des étoiles. Quelqu'un l'a photographié aux rayons gamma. Ils ont trouvé des rapports entre les engrenages qui indiquaient des données astronomiques et calendaires. C'était beaucoup plus complexe qu'un simple astrolabe. Il y avait trente engrenages tous imbriqués et même un différentiel. En gros, c'était un ordinateur.

— Un ordinateur ? Où avez-vous vu cela ?

— Au musée national d'Athènes, dit-elle après un silence.

Chi regarda intensément la machine.

— *Impossible !*

— Professeur, pouvez-vous me donner un peu plus de lumière par ici, là où il y a ces griffures ?

Chi approcha tant la torche qu'il faillit griller les cheveux de Gamay mais elle n'y fit pas attention.

— Je ne connais pas grand-chose à l'écriture maya mais ceci n'en est pas.

Chi examina l'inscription à son tour.

— Impossible ! répéta-t-il mais avec moins de conviction.

Gamay regarda la chambre autour d'eux.

— Toutes ces choses, cette basilique cloîtrée, votre avenue souterraine, toutes sont également impossibles, dit-elle.

— Nous devons faire analyser ceci dès que possible.

— Je suis d'accord avec vous. Il y a juste un petit problème.

— Ah ! Oui, dit Chi en se rappelant où ils étaient. Mais je crois que nous sommes presque sortis des cavernes.

— Oui, j'ai moi aussi senti l'air frais.

Chi attacha les pans de sa chemise pour faire une sorte de sac afin de transporter l'objet puis ils firent demi-tour pour explorer la chambre principale. Une énorme échelle de bois presque perpendiculaire à la poutre abrupte enjambait l'obscurité au-dessus. L'échelle était faite de jeunes troncs couverts d'écorce, des arbres en réalité, au moins aussi épais que la cuisse d'un Maya et d'environ trois mètres cinquante de large. Les jeunes arbres étaient fermement fixés aux troncs, eux-mêmes attachés horizontalement à angles droits contre la face du rocher. Courant au centre de l'échelle, une sorte de division servait de rampe.

L'échelle était une impressionnante réalisation mais le temps avait hélas fait son œuvre. Certains des échelons ronds avaient glissé et pendaient. A certains endroits, les supports s'étaient cassés et l'échelle fléchissait. Le bois semblait assez robuste à Gamay. Mais le fait que les marches et les montants soient attachés avec des lianes la gênait un peu. Au cours de sa triste expérience, les lianes avaient cédé et s'étaient cassées. Sa confiance ne remonta guère lorsque l'échelon du bas se détacha de l'échelle quand elle y plaça son poids.

Chi leva le cou vers l'invisible sommet de l'échelle.

— Il va falloir faire une approche scientifique, dit-il en examinant la construction. Tout ce machin peut s'effondrer à tout moment. La sorte de rampe au milieu peut lui donner une certaine stabilité. C'est là-dessus qu'il conviendra de s'accrocher. Peut-être pouvez-vous passer la première. Si ça supporte votre poids, il n'y aura pas de problème pour moi.

Gamay apprécia le geste de Chi bien qu'elle ne fût pas d'accord avec lui.

— Votre esprit chevaleresque est peut-être mal placé, docteur Chi. Vos chances d'atteindre le sommet sont plus grandes que les miennes. Si je monte et que l'échelle craque, vous ne sortirez jamais d'ici.

— D'un autre côté, l'échelle pourrait se briser sous mon poids et nous serions tous les deux coincés.

« Maya têtu ! »

— D'accord. Je promets de me mettre au régime plus tard.

Gamay posa prudemment le pied sur l'échelon du bas et y appuya graduellement son poids. Le degré tint bon. Elle en attrapa de plus élevés afin de répartir la masse et commença à grimper. Elle s'obligea à ne pas regarder les lianes, craignant qu'elles ne se brisent sous la pression de son regard.

Elle s'arrêta au sixième échelon.

— L'air vient du haut de l'échelle, dit-elle gaiement. Quand nous serons en haut, nous serons probablement libres.

Elle monta un nouveau degré. Les liens se cassèrent d'un côté et le bout de l'échelon se libéra et prit un angle léger. Gamay se glaça, n'osant plus respirer. Rien d'autre ne tomba. Aussi lentement et délicatement qu'un paresseux, elle reprit son ascension. Les liens résistèrent jusqu'à ce qu'elle atteigne le milieu où l'échelle fléchit, mettant plus de pression sur la suspension. Un autre échelon se cassa et se balança sur le côté. Un support horizontal se détacha complètement et alla s'écraser sur le sol de la caverne. Elle fut certaine que l'échelle était sur le point de casser. Et pourtant elle tint bon. Quand le balancement s'arrêta, elle reprit son ascension.

Elle n'aurait pu dire si elle était sur cette échelle depuis quinze minutes ou quinze heures. Mais elle avançait régulièrement sans incident jusqu'à ce qu'elle soit à quelques échelons du haut. « Bon Dieu ! » pensa-t-elle en regardant en bas. L'échelle devait bien mesurer trente mètres de haut. Elle ne voyait plus depuis longtemps la lumière de la torche de Chi. De là où elle était, ce n'était qu'une étoile lointaine.

Gamay arriva en haut et, à son grand soulagement, sentit sous sa main la pierre et non plus l'écorce de bois. Encore plus doucement qu'avant, pour ne pas cogner ou abîmer un échelon, elle se hissa par-dessus la margelle, jusqu'à la sécurité. Là, elle se coucha sur le dos et offrit une prière de remerciement aux constructeurs d'échelles mayas puis roula sur le ventre et appela doucement Chi.

La torche s'agita en réponse puis disparut. Chi était en route et avait besoin de ses deux mains pour monter. Elle ne pensait pas qu'il aurait le moindre problème jusqu'à ce qu'elle entende le bruit.

Clunk ! Puis *clac... clunk !*

Elle imagina les supports épais se cassant et tombant au bas de l'échelle. Elle pensait que le bruit s'arrêterait là mais bientôt elle entendit d'autres claquements plus sourds. Un bruit terrifiant car il indiquait que l'incident ne s'était pas résumé à un seul soutien de bois. Une réaction en chaîne était en train de se produire. Si elle avait affaibli les lianes de son poids, il suffirait d'une légère pression pour briser les supports et envoyer tous les échelons s'écraser par terre. D'autres martèlements claquèrent dans l'obscurité. Le bruit se fit plus fort. Il était évident, dans ce raffut, que l'échelle, échelon après échelon, s'affaissait.

Elle alluma le briquet et le tint au-dessus du puits. Peut-être la petite flamme montrerait-elle à Chi à quel point il était près du haut. Enfin, s'il n'était pas enterré sous une épaisse pile de bois. Puis elle entendit la voix du professeur. Difficile de dire à quelle distance dans tout ce bruit.

— Votre main !

Elle se pencha et cria un encouragement. Quelque chose lui frôla les doigts. Elle ne l'aurait jamais cru si proche.

— Accrochez-vous à une prise ! cria-t-elle.

De nouveau elle sentit quelque chose, des doigts qui tentaient de la saisir, qui trouvaient son mince poignet et qui se refermaient dessus tandis que sa main à elle se refermait sur le poignet de Chi. Elle roula sur elle-même, utilisant le levier que faisait son corps, tirant Chi jusqu'à ce qu'il puisse saisir le bord avec sa main libre. Mais quelque chose allait de travers.

— *Attendez !*

Attendez quoi ?

Chi tâtonnait. Enfin, après quelques secondes horribles où elle pensa qu'elle allait le lâcher, Chi agrippa son avant-bras à deux mains et sortit une jambe d'abord, puis l'autre, sur la roche massive. Un nuage étouffant de poussière s'éleva de la caverne et mit plusieurs minutes à se dissiper. Ils regardèrent le fond du précipice. Il n'y avait rien de visible dans ce puits obscur.

— L'échelle s'est effondrée sous moi quand j'étais à peu près à moitié de sa hauteur, dit Chi. Tout s'est bien passé tant que j'ai pu aller plus vite que les morceaux qui se détachaient mais ils m'ont bientôt rattrapé. J'avais l'impression de monter un escalier mécanique descendant.

— Pourquoi m'avez-vous demandé d'attendre ?

Il tapota l'avant de sa chemise.

— Le nœud se desserrait. J'avais peur de perdre l'objet. On ne sait plus faire des échelles comme autrefois, ajouta-t-il en regardant craintivement le trou.

Gamay éclata de rire.

— Non, je crains que vous n'ayez raison.

Rafraîchis par le courant d'air frais, ils se nettoyèrent un peu et cherchèrent la source apparente de la brise qui devenait plus forte à mesure qu'ils avançaient sur le chemin battu dans un large tunnel sinueux. Le bourdonnement des insectes s'amplifiait. Ils montèrent une courte volée de marches et, par une ouverture étroite, entrèrent dans la nuit chaude et humide.

Gamay remplit ses poumons et souffla pour exhaler la poussière et tout ce qu'elle avait respiré. La lune baignait la vieille plaza de la ville, avec ses étranges monticules immobiles, d'une lumière couleur d'étain. Chi la guidant, ils se frayèrent un chemin vers le sentier qui les emmènerait à l'endroit où ils avaient laissé le Hum Vee. Ils avaient l'impression que des semaines s'étaient écoulées depuis leur arrivée ici.

Ils avancèrent prudemment de monticule en monticule. Ils étaient proches de l'orée du bois quand ils virent ce qui ressemblait à un rassemblement de lucioles. Sauf que ces têtes d'épingles lumineuses ne bougeaient pas. Elles étaient immobiles, déployées à travers la vieille plaza. Gamay et Chi réalisèrent en même temps qu'on avait découvert leur fuite. Et que le trio qui les avait emprisonnés avait reçu des renforts. Ils se mirent à courir.

Une voix grave cria en espagnol et une lumière aveuglante s'alluma devant leurs yeux. Puis ils entendirent un méchant rire qui fit comprendre à Gamay que son vieil ami Dents Jaunes l'avait retrouvée. Il avait l'air très content de lui. Il fit courir lentement le rayon de sa lampe sur le corps de Gamay, s'arrêtant sur des endroits précis, avant de le ramener sur les canons jumeaux du fusil du professeur, qu'il tenait au niveau de sa taille. Puis il cria en espagnol pour attirer l'attention de ses complices. Quelqu'un lui cria une réponse et des rayons de lumière commencèrent à bouger dans leur direction.

Gamay n'arrivait pas à y croire ! Après tout ce qu'ils avaient enduré, rampant dans la terre comme des taupes, tout ça pour être pris quelques secondes plus tard, comme un gibier craintif par une meute de chiens ! Elle était prête à s'avancer vers ce salaud et à lui arracher le fusil des mains. Chi dut sentir son humeur impétueuse.

— Faites ce qu'il dit. Ne vous inquiétez pas.

Chi se dirigea d'un côté et emprunta un chemin. Dents Jaunes lui hurla un ordre. Le professeur l'ignora et continua à marcher d'un pas lent et régulier. Dents Jaunes hésita. Rien de ceci n'aurait dû se produire. Les gens sont supposés obéir quand on agite un fusil devant eux. Avec un rapide coup d'œil à Gamay pour s'assurer qu'elle avait assez peur pour rester où elle était, il partit après Chi, criant en espagnol. Chi s'arrêta non sans avoir quitté le chemin pour l'herbe. Là, il s'agenouilla en position de supplique, les bras très haut au-dessus de sa tête.

Voilà qui était plus normal. La faiblesse était pour Dents Jaunes comme du sang frais pour un animal affamé. Avec un rugissement, la brute s'avança vers l'herbe, le fusil levé pour écraser la tête de Chi avec sa crosse. Puis il disparut. Sa lampe de poche vola en décrivant un grand arc de cercle avant de tomber dans l'herbe. Il y eut un hoquet de surprise, un bruit sourd, puis le silence.

Chi ramassa la lampe et en dirigea le rayon vers le sol. Quand Gamay approcha, il prévint :

— Attention, il y a un autre trou juste à votre droite.

Dents Jaunes était tombé dans un puits circulaire et reposait maintenant au fond d'une chambre en forme de dôme avec des murs en plâtre blanc.

— Des citernes, expliqua le professeur. Vous avez vu combien il était difficile de se procurer de quoi boire. Le peuple des villes gardait son eau dans ces choses. Je les ai marquées chaque fois que j'ai pu. Je suppose qu'il n'avait pas vu ça.

Il montra un mince ruban rouge orange attaché à un buisson.

— Allez-vous le laisser là ?

Chi regarda plus loin les lucioles qui s'approchaient.

— Nous n'avons pas le choix. Vous n'y attachez pas vraiment d'importance, n'est-ce pas ?

Gamay repensa à la longue et difficile ascension du cénote.

— J'aurais bien aimé récupérer ma montre. Mais pour être parfaitement honnête, je m'en fiche complètement. On va voir si ça lui plaît d'être coincé dans un trou à rats.

— Nous allons devoir nous diriger vers la rivière. C'est le seul chemin.

Ils coururent vers les bois.

On les avait vus. Des coups de feu trouèrent la nuit.

Mais ils coururent plus vite.

21

Arlington, Virginie.

José « Joe » Zavala vivait dans un petit bâtiment qui avait autrefois abrité une bibliothèque de quartier à Arlington, dans la banlieue de Washington. Son appartement du premier étage était décoré en style Sud-Ouest et son père avait construit la plus grande partie du mobilier. Il aimait ce décor pour sa couleur et sa chaleur et, de plus, il lui rappelait le chemin parcouru depuis ses humbles origines.

Ses parents, nés à Morales, au Mexique, avaient traversé le Rio Grande à l'ouest d'El Paso vers la fin des années 60. Sa mère était alors enceinte de sept mois et José était né à Santa Fe, au Nouveau-Mexique où sa famille s'était installée. Son père, charpentier, fabriquait des meubles. La mer avait attiré Joe et il avait pour elle quitté sa maison du désert montagneux. Ayant passé son diplôme d'ingénieur au New Maritime College[1], Zavala avait pour la mécanique un don qui touchait au génie. C'est ainsi qu'il fut recruté par l'amiral Sandecker dès sa sortie de l'université.

Austin avait suggéré qu'on se regroupe chez Zavala pour s'éloigner un peu de la présence écrasante du quartier général de la NUMA et des exigences de son

1. Aux Etats-Unis, un « college » est une université.

directeur. Il avait eu la tâche déplaisante d'appeler Sandecker, la veille au soir, pour l'informer de l'échec de leur piège. L'amiral lui avait conseillé une bonne nuit de sommeil et de rentrer à Washington aussi vite que possible. Austin et les autres avaient dormi quelques heures dans un motel près de l'aéroport et pris un vol national qui les avait ramenés à la capitale le lendemain un peu avant midi. Nina, qui avait la responsabilité d'une agence de conseil, prit une navette pour rentrer à Boston. Austin alla chez lui prendre une douche et se changer puis appela son bureau. Sa secrétaire l'informa qu'elle avait pour lui un tas de renseignements. Il la pria de les lui envoyer par porteur chez Zavala.

Trout était en retard pour la réunion, ce qui ne lui ressemblait guère. En l'attendant, Austin s'assit devant la lourde table de la salle à manger et lut le dossier arrivé de la NUMA. Zavala émergea du sous-sol où il avait fait de la mécanique. Austin lui tendit une photo en noir et blanc qu'il avait sortie du dossier.

— Ceci est arrivé du FBI.

— Jolie fille, dit Zavala.

La jeune femme blonde représentée n'était pas une beauté classique, mais elle était jolie, un peu paysanne, avec de grands yeux innocents et le sourire communicatif qu'il lui avait vu lors des fouilles en Arizona.

— Mme Wingate ?

— Oui. Mme Wingate avec quarante ans de moins. Elle s'appelle Crystal Day. On a dû penser qu'elle pourrait devenir une autre Doris Day[1]. Elle s'est taillé un petit succès au cinéma dans les années 50. Son plus beau rôle a été une scène dans les bras de Rock Hudson. Elle aurait pu faire carrière si elle n'avait été un peu trop portée sur l'alcool, la drogue et les hommes. Les dernières années, elle a

1. Actrice et chanteuse américaine qui joua, entre autres, dans *L'Homme qui en savait trop,* d'A. Hitchcock.

joué des petits rôles dans des séries ringardes à la télévision, mais même ces rôles furent peu nombreux et de moins en moins fréquents.

— Quelle perte tragique ! dit Zavala en secouant la tête. Comment en est-elle venue à mourir dans une douche ?

— Son agent dit qu'il a pensé à Crystal quand il a reçu un appel d'une prétendue société cinématographique indépendante cherchant une femme entre deux âges pour un petit rôle. Tournage immédiat et beaucoup d'argent. A mon avis, celui qui a engagé Crystal savait qu'elle était au bout du rouleau et qu'elle sauterait sur l'occasion d'avoir ce rôle, même quand elle a découvert que ce n'était pas ce qu'elle attendait et qu'il n'y aurait pas de caméra.

— Elle a été assez bonne pour nous tromper, dit Zavala.

— Oui, et son « mari » aussi, ce M. Wingate de Spokane.

— Le mystérieux homme à la cicatrice qui s'est rasé la barbe. A-t-on trouvé quelque chose sur lui ?

— Il a dû garder ses gants même au lit, répondit Austin en fronçant les sourcils. Les gars du labo ont même vérifié le crochet de sa serviette pour trouver des empreintes. Rien.

— C'est bien joué d'avoir mis une taupe sur le projet, dit Zavala avec une réelle admiration. Il a enlevé le fromage de notre piège à rat.

— Ça nous a donné une leçon que nous retiendrons. Nous avons appris à ne pas sous-estimer ces types. Nous savons qu'ils sont bien organisés. (Austin tapa du doigt sur la photo.) Et ils ne laissent pas de témoins.

— Nous avons aussi confirmation que Time-Quest est dans le coup. Ils envoient un couple de volontaires sur le projet puis ils les kidnappent pour mettre des gens à eux à leur place. Comme ça, Time-Quest est clean. C'est rudement intelligent.

— C'est même diabolique. Que penses-tu du signe amical de Wingate juste avant que la cabane saute, et du commentaire désinvolte que les gardes nous ont rapporté ?

— Un bel essai. Nous devons admettre qu'il a un certain sens de l'humour pour un meurtrier.

— Ça ne m'a pas fait rire. Il a remué le couteau dans la plaie alors que c'était inutile. Pourquoi ?

— Parce qu'il en avait envie.

— Peut-être, dit Austin en se grattant pensivement le menton. Je pense que ce n'était que de l'arrogance. Une façon de nous dire « je sais qui vous êtes » et de nous rappeler qu'il fait partie de quelque chose de si énorme qu'il peut se permettre de nous traiter par-dessus la jambe.

— Plus énorme que la NUMA ?

— J'aimerais le savoir, Joe. J'aimerais le savoir, répéta-t-il en remettant la photo dans le dossier.

— As-tu une idée de l'endroit où nous allons après ?

— En tout cas, plus de piège. Une chance que j'aie été en repos maladie quand ce plan a été mis au point. Nous allons continuer à chercher le lien entre le hovercraft et le meurtre.

— On ne peut pas dire que la piste soit lumineuse. Que dirais-tu si j'allais à San Antonio pour voir personnellement ce qu'est ce Time-Quest ?

— Ça pourrait valoir la peine. J'aimerais bien savoir qui finance Time-Quest.

On frappa doucement à la porte. Trout entra, baissant la tête sous le montant. Il avait l'air préoccupé mais paraissait semblable à lui-même.

— Désolé d'être en retard, les gars. Je viens d'appeler le *Nereus* à propos de Gamay.

Inquiet pour sa femme, Trout avait fréquemment téléphoné à la NUMA pendant qu'ils traversaient le pays, pour savoir si elle avait donné de ses nouvelles.

— On sait où elle est ? demanda Austin.

Trout installa sa grande carcasse dans un fauteuil et fit non de la tête.

— Ils ont confirmé qu'elle s'était fait conduire à terre, qu'elle avait loué une Jeep, qu'elle a dit avoir rendez-vous avec le professeur Chi, l'anthropologue du musée qu'elle tenait à rencontrer. Et qu'elle serait de retour dans la soirée.

— A-t-elle rencontré ce Chi ?

Trout bougea avec gêne.

— Je ne sais pas. Les gars m'ont dit qu'ils essayaient toujours de mettre la main sur lui. Il semble qu'il passe beaucoup de temps sur le terrain et ils m'ont conseillé de ne pas m'inquiéter. Mais ça ne ressemble pas à Gamay de ne pas donner de ses nouvelles.

— Qu'est-ce que tu veux faire, Paul ?

— Je sais que vous avez besoin de moi, répondit Trout comme pour s'excuser, mais j'aimerais retourner quelques jours au Yucatán pour tirer ça au clair. Il est difficile de suivre la piste de Gamay d'après des renseignements de seconde, voire de troisième main.

— Joe va aller au Texas voir un peu ce qu'est Time-Quest, dit Austin. Moi, je serai à Washington pour faire notre rapport sur le fiasco en Arizona. Pourquoi ne pas prendre quarante-huit heures pour chercher ce que tu peux apprendre ? Si tu as besoin de plus, j'arrangerai ça avec Sandecker.

— Merci, Kurt, dit Trout un peu rasséréné. J'ai retenu une place sur un vol qui m'emmènera là-bas en fin de journée. J'ai deux heures devant moi à consacrer à l'équipe.

— Y a-t-il une idée intéressante derrière ce grand front d'intellectuel ?

Trout fronça les sourcils.

— La seule chose que nous ayons solidement établie est que ce qui déclenche tous ces incidents, c'est la découverte d'objets précolombiens.

— Oui, c'est un fait, répondit Austin, mais nous ignorons pourquoi.

— En 1492, Christophe Colomb traversa le bleu de l'océan, murmura Zavala.

Austin, perdu dans ses pensées, leva les yeux, l'air stupéfait.

— Qu'est-ce que tu as dit ?

— C'est le premier vers d'un poème que j'ai appris au lycée. Tu as dû l'apprendre aussi.

— En effet, et je ne me rappelle pas plus que toi la suite.

— Je n'essayais pas d'avoir la meilleure note en poésie, dit Zavala. Je réfléchissais. Peut-être que *pré-colombien* n'est pas la clef. Il s'agit peut-être de *Christophe Colomb.*

— Un bon point, dit Trout.

— Sans blague ? répondit Zavala qui n'en était pas sûr lui-même.

— Paul a raison, dit Austin. Il n'y a pas de précolombien sans Christophe Colomb.

— En 1492... reprit Zavala.

— Exactement. Ce vers stupide résume bien ce que la plupart d'entre nous savons de Colomb. La date à laquelle il est parti et le fait que nous avons trois jours fériés en octobre grâce à lui. Mais que savons-nous vraiment de ce brave Christophe ? Que savons-nous qui pourrait avoir un rapport avec ces attaques meurtrières ?

L'esprit analytique de Trout tournait à fond.

— Je crois que je vois à quoi tu penses. Nous savons qu'il y a un lien *indirect* entre Colomb et ces incidents. Ergo[1]...

— Continue tes ergo, l'encouragea Zavala.

— Ergo la question, y a-t-il un lien *direct* ?

Ils échangèrent un regard.

— Perlmutter ! dirent-ils en même temps.

Austin saisit le téléphone et composa un numéro. Dans une vaste maison, autrefois relais de diligence de Georgetown, la ligne privée sonna comme une cloche de navire. Le combiné fut décroché par une main dodue appartenant à un homme aussi large qu'une porte de garage. Il portait un luxueux pyjama rouge foncé sous une robe de chambre de cachemire rouge et or. Il était en train de lire l'un des milliers

1. En latin « donc ». *(N.d.T.)*

de livres qui semblaient occuper chaque centimètre carré de chaque pièce.

— St Julien Perlmutter, bonjour, dit-il dans sa barbe magnifique. Exposez votre demande aussi brièvement que possible.

— Christophe Colomb, dit Austin. Est-ce assez bref pour vous ?

— Mon Dieu ! Est-ce vous, Kurt ? J'ai entendu dire que vous aviez combattu des pirates sur les côtes des Etats barbaresques.

— Je ne suis qu'un humble serviteur du gouvernement accomplissant son métier. Il faut bien que quelqu'un garde les mers pour protéger les navires américains.

— Je ne vis que pour apprendre, mon ami. J'ignorais que l'US Navy avait cédé la place à la NUMA.

— Nous avons décidé de leur donner encore une chance. Comme vous le savez, les pirates ne sont généralement pas la tasse de thé de la NUMA.

— Je vois. Ainsi, vous vous intéressez à l'Amiral des Océans ? Vous savez, c'est un miracle qu'il ait atteint l'ouest des îles Canaries.

— Erreur de navigation ?

— Mon Dieu ! Non ! Il fallait une estimation précise pour la tâche entreprise. Il lui aurait été difficile de manquer deux continents reliés par un isthme, même si c'est ce qui est arrivé. Non, je parle de la *nourriture* de l'équipage. Savez-vous que la ration de base était d'une livre par jour de biscuits durs, de viande salée, de poisson salé et d'huile d'olive ? Des haricots et des pois chiche, évidemment, ainsi que des amandes et des raisins secs comme dessert, dit-il d'une voix horrifiée. La seule gourmandise était la possibilité de poisson frais.

Austin sentit que Perlmutter s'engageait dans une dissertation au sujet de la bonne chère et des vins, son ardente passion que seul égalait son intérêt pour les navires et les épaves. Perlmutter était le type même du gourmet bon vivant. Pesant près de deux cents kilos, sa silhouette corpulente était familière et inspirait le respect dans les restaurants les plus élégants où il offrait souvent de somptueux dîners.

— N'oubliez pas les charançons florissants dans la nourriture, coupa Austin pour essayer d'arracher Perlmutter à son sujet favori.

— Je n'imagine même pas à quoi ressemblent les charançons. J'ai goûté aux locustes et aux chenilles en Afrique. Ce sont de bonnes sources de protéines, m'a-t-on dit, mais si je veux quelque chose qui ait le goût du poulet, je mange du poulet. Maintenant, vous allez me dire précisément ce que vous voulez savoir. Pourquoi êtes-vous si curieux de Colomb, si je peux me permettre de vous le demander ?

Perlmutter écouta silencieusement, son esprit encyclopédique absorbant chaque détail tandis qu'Austin résumait l'histoire, des meurtriers du Maroc au projet bidon éventé.

— Je crois que je vois ce que vous voulez. Vous cherchez pourquoi Colomb pourrait encore pousser des gens à tuer. Cela ne serait pas la première fois qu'il exciterait les imaginations. Il fut un incroyable survivant. Il s'est trompé en découvrant l'Amérique et pourtant c'est pour cela qu'il est célèbre. Jusqu'au jour de sa mort, il a juré avoir découvert la Chine. Il n'a jamais reconnu l'existence d'un continent entier. Il a commencé le commerce des esclaves dans les Amériques et amené les terribles gloires de l'Inquisition espagnole au Nouveau Monde. Il fut obsédé par l'or. Il fut un saint ou un coquin, selon les points de vue.

— Ça, c'était *à l'époque*. Moi, je parle d'*aujourd'hui*. Pourquoi quelqu'un irait-il jusqu'au meurtre pour empêcher que l'on discrédite ses découvertes ? Tout ce que je veux, c'est un lien.

— Ses voyages ont déclenché des tonnes de littérature et des millions de pages. Ce qu'on a écrit sur lui pourrait remplir une bibliothèque entière.

— Ça, je le sais et c'est la raison de mon appel. Vous êtes la seule personne que je connaisse qui puisse éliminer le superflu.

— Il ne sert à rien de me flatter...

— Je vous récompenserai de votre travail par un dîner dans un restaurant de votre choix.

— ... mais la promesse d'un dîner fera l'affaire. Comment pourrais-je résister à la double flatterie de mon ego et de mon estomac ? Je commencerai mes recherches après le déjeuner.

22

Perlmutter réfléchissait à la demande d'Austin tout en ingurgitant un succulent magret de canard farci aux raisins, sur une fougasse qui restait de son dîner de la veille, accompagné d'un rare chardonnay marcassin. Austin allait regretter le jour où Perlmutter l'avait tenté avec la bonne chère. Il y avait un nouveau restaurant français à Alexandria qu'il brûlait d'essayer. Un peu cher, peut-être, mais une promesse est une promesse. Ses yeux bleus dansaient joyeusement dans son visage rubicond à cette seule pensée. Austin en aurait pour son argent.

Perlmutter savait sans tourner une page qu'on avait écrit un océan de littérature au sujet de Christophe Colomb. Trop vaste pour y plonger directement. Il lui faudrait un guide et il n'imaginait personne de plus apte que celui auquel il pensait.

Après avoir débarrassé la table, il chercha dans son fichier et composa un numéro de téléphone à l'étranger.

— *Oigo,* répondit une voix grave.

— *Buenos días,* Juan.

— Ah ! Julien ! Quelle agréable surprise ! Vous allez bien ?

— Très bien. Et vous, mon vieil ami ?

— Je suis plus âgé que la dernière fois que je vous ai parlé, dit l'Espagnol en riant, mais parlons de choses plus agréables. Je suppose que vous m'appelez pour me dire que vous avez essayé ma recette de *codornices en hojas de parral* ?

— Les cailles en feuilles de vigne étaient en effet délicieuses. Comme vous me l'avez conseillé, j'ai farci chaque oiseau d'une figue fraîche au lieu du thym et du zeste de citron. Le résultat a été spectaculaire. J'ai aussi utilisé du bois de *mesquite*[1] pour le gril.

Perlmutter avait fait la connaissance de Juan Ortega à Madrid, lors d'une assemblée de collectionneurs de livres rares. Ils avaient découvert qu'en dehors de leur passion commune pour les ouvrages anciens, ils partageaient une tendresse de gourmets pour la bonne chère. Ils essayaient de se rencontrer au moins une fois par an pour céder à leurs penchants culinaires et échangeaient des recettes entre-temps.

— Du *mesquite* ! C'est un trait de génie ! Je n'en attendais pas moins de vous. Je suis heureux que la recette vous ait plu. Et je ne doute pas que vous en ayez une à me proposer.

Perlmutter entendit presque Ortega se lécher les babines.

— Oui, dans un moment. Mais je vous appelle pour une autre raison. Je dois faire appel à vos connaissances non en tant que cuisinier émérite mais en tant que Juan Ortega, la plus haute autorité vivante sur Christophe Colomb.

— Vous êtes trop aimable, mon ami, glousssa Ortega. Je ne suis que l'un des nombreux historiens ayant écrit des livres à son sujet.

— Mais vous êtes le seul savant assez astucieux pour m'aider à résoudre un problème inhabituel. Le fantôme du Señor Columbus semble être au centre d'activités assez bizarres. Permettez-moi de m'expliquer.

Perlmutter raconta les principaux événements tels qu'Austin les lui avait décrits.

1. Légumineuse odoriférante propre au Mexique.

— Voilà une histoire bien étrange, dit Ortega à la fin du récit. Surtout si l'on considère un incident récent. Figurez-vous qu'il y a quelques semaines, nous avons eu un crime, ici, à Séville, en rapport avec Colomb. Un vol de documents sur Colomb, à la Biblioteca Columnina dans la grande cathédrale de Séville. Est-ce une coïncidence ?

— Peut-être que oui. Et peut-être que non. Qu'a-t-on volé ?

— Une lettre se rapportant au cinquième voyage de Colomb, écrite par ses protecteurs, le roi Ferdinand et la reine Isabelle. Le roi, en réalité, car la reine était morte à l'époque.

— Quel dommage de perdre un document de cette valeur !

— Pas vraiment. Car Colomb *n'a pas accompli* de cinquième voyage.

— Bien sûr, j'aurais dû m'en souvenir. Mais je ne comprends pas cette lettre.

Le téléphone résonna d'un grand rire à près de cinq mille kilomètres de là.

— Un faux, *amigo*. Une contrefaçon. Comment dites-vous ça ? Les papiers étaient bidons.

— Comment savez-vous qu'ils étaient faux ? Par l'écriture ?

— Oh ! *No !* L'écriture était parfaite. Si authentique qu'aucun expert n'aurait pu faire la différence.

— Alors comment savez-vous que l'écriture était imitée ?

— C'est simple. Colomb est mort le 20 mai 1506. La lettre portait une date *postérieure à cette date*.

Perlmutter se tut un moment et réfléchit.

— Se pourrait-il qu'on se soit trompé sur la date de sa mort ?

— La maison de la Calle de Cristóbal Colón, où il est mort, a été préservée. Il y a une controverse, cependant, sur le lieu où il a été enterré. On dit que sa dépouille est à Séville ou à Santo Domingo ou à La Havane. Il existe au moins huit urnes funéraires supposées contenir ses cendres. (Ortega soupira profondément.) Quand vous avez affaire à cet homme, vous nagez dans des eaux troubles.

— Je repense à votre livre *Découvreur ou Démon*. Vous y affirmez que personne n'est certain de l'endroit où il est né.

— Oui, c'est exact. On ne sait pas vraiment non plus s'il est espagnol ou italien. Il prétend être né à Gênes mais Colomb n'était pas réputé pour son honnêteté. Certains prétendent qu'il est venu de l'île grecque de Chio. La version officielle dit qu'il était l'apprenti d'un tisserand italien. D'autres affirment que c'est faux, qu'il était en fait un marin espagnol du nom de Colón. Nous savons qu'il a épousé la fille d'un aristocrate portugais et qu'il vivait dans l'entourage du roi, ce qui aurait été difficile pour le fils d'un simple tisserand. Il n'existe aucun portrait authentique. Un véritable homme de mystère. C'est du reste ce qu'il souhaitait. Il a fait tout son possible pour brouiller les pistes permettant son identification.

— Ça m'a toujours intrigué.

— C'était une époque troublée, Julien. Des guerres, des intrigues, l'Inquisition. Peut-être était-il du mauvais côté d'une controverse royale. Il a pu servir un pays en guerre contre l'Espagne ou un pays dominé par l'Espagne. Il y avait aussi des raisons d'hérédité car il y avait des preuves laissant penser qu'il serait le bâtard d'un prince espagnol. D'où Cristóbal Colón, le nom sous lequel il fut connu plus tard dans sa vie.

— C'est vraiment fascinant, Juan. Nous devons en discuter en buvant un verre de sangria lors de notre prochaine rencontre. Mais j'aimerais en savoir davantage sur ce document volé.

— Vous connaissez le moine Las Casas ?

— Oui. Il a copié certaines parties du journal original de Colomb.

— C'est exact. Colomb a offert le journal de son premier voyage à sa protectrice, la reine Isabelle. En échange, elle en a fait faire une copie exacte qu'elle a remise à Colomb. A la mort de l'amiral, cette copie de Barcelone, comme on l'appelle, est revenue par héritage à son fils Diego en même temps que ses cartes, ses livres et ses manuscrits. Puis elle alla à Fernando qui était le fils illégitime de Colomb et de sa maîtresse. Vous me le rappelez beaucoup, Julien.

— Ce n'est pas la première fois qu'on me traite de bâtard et ce ne sera sûrement pas la dernière.

— Je ne me permettrais pas de douter de votre naissance, mon ami. Je voulais dire qu'il était comme vous un archiviste et un savant, un amoureux des livres, qui a constitué l'une des plus belles bibliothèques d'Europe. Quand il mourut, en 1539, ses possessions, ses livres et les papiers de Colomb allèrent à Luis, le fils de Diego. Sa mère confia la plupart des possessions de Fernando à un monastère, ici, à Séville. Sa mort, en 1544, fut une tragédie pour le monde.

— Pourquoi cela, Juan ?

— Elle s'était arrangée pendant vingt-trois ans pour empêcher son fils Luis d'avoir la collection. A sa mort, il eut tout et ce fut un désastre. Il pilla la collection en dilapidant les manuscrits pour payer sa vie dissolue. La copie de Barcelone a disparu, perdue à jamais, probablement vendue à qui lui en offrait le plus.

— J'imagine que ça atteindrait un sacré prix, maintenant, si elle refaisait surface.

— En effet, mais ça ne sera pas de notre vivant. Heureusement, avant qu'elle ne disparaisse, un ami de la famille l'avait vue. Le frère dominicain Las Casas fit un résumé manuscrit du journal. Il protégea beaucoup Colomb, omettant tout ce qui pouvait l'embarrasser mais, dans l'ensemble, c'était un bon résumé.

— Je ne suis pas sûr que ceci ait un rapport avec le document volé.

— Patience, mon ami. Le document du prétendu *cinquième voyage* aurait été transcrit par Las Casas.

Une fois encore, un résumé, des extraits du journal depuis longtemps perdu.

— L'avez-vous vu ?

— Oh ! Oui ! On le considérait comme une curiosité. J'ai même été jusqu'à le comparer au manuscrit original de Las Casas qui est à la *Biblioteca Nacional* de Madrid. C'était un faux excellent — sauf pour le contenu. Je dirais que je suis sûr à 90 % qu'il a été écrit par Las Casas.

— Vous rappelez-vous le sujet ?

— Inoubliable ! Cela ressemblait aux histoires fantastiques de cités disparues si populaires dans l'Espagne du XIIe siècle. Colomb a accompli son quatrième et dernier voyage en 1502. Il s'ensuivit une série de désastres, de déceptions et une dépression nerveuse. Les monarques le considéraient alors comme un loufoque mais se disaient qu'il pouvait néanmoins tomber sur quelque chose d'utile. Il était toujours convaincu d'avoir découvert l'Asie, qu'il allait y trouver d'énormes ressources en or et que ce voyage allait restaurer sa réputation ternie.

— Et ce fut le cas ?

— Ce fut le contraire. Son quatrième voyage fut un échec retentissant. Il perdit quatre navires et fut bloqué en Jamaïque par la malaria et l'arthrite. Pourtant le récit qui fut volé dit qu'il retourna en Espagne, qu'il arma secrètement un navire avec son propre argent et retourna au Nouveau Monde pour une dernière recherche de ce fabuleux trésor en or dont il avait entendu parler depuis son premier voyage.

— Et ce journal raconte-t-il ce qui est arrivé ?

— Le faussaire a trouvé un moyen littéraire très astucieux pour laisser le lecteur dans l'expectative. A un moment, le récit est continué par un marin. Puis il s'arrête d'un seul coup. On ne dit nulle part si le navire a réussi sa mission. Ou s'il est jamais retourné en Espagne.

— Evidemment, le bateau a pu se perdre et le journal être trouvé par d'autres voyageurs.

— Oui, vous voyez quel beau récit d'imagination on peut faire.

— Et si ce n'était pas une invention, Juan ?

De nouveau retentit un grand rire.

— Qu'est-ce qui vous fait dire ça ?

— Un certain nombre de choses. Pourquoi quelqu'un aurait-il fait cet excellent faux, par exemple ?

— Il y a une explication simple. Pour utiliser un exemple de votre pays, si vous voulez vendre à quelqu'un le pont de Brooklyn, vous aurez intérêt à montrer un contrat plein de sceaux officiels et de signatures.

— C'est un bon argument, Juan. Mais si je trouvais quelqu'un d'assez idiot pour m'acheter quelque chose qui, de toute évidence, ne m'appartient pas, je pourrais signer le contrat de ma main et partir avec l'argent. Fabriquer un contrat avec de fausses signatures serait un travail inutile.

— Ce document serait soumis à beaucoup plus d'examens que celui de votre contrat de vente mythique.

— C'est exactement ce que je veux dire. Le document est superbement fabriqué, comme vous le dites. En comparaison, si vous saviez que le pont appartenait à Brooklyn, aucun papier officiel ne vous persuaderait qu'il est à vendre. De la même façon, il ne serait pas nécessaire d'être un expert pour savoir que le document est un faux si vous savez qu'il porte une date *postérieure* à la mort de Colomb.

— Il y a une autre possibilité, dit Ortega. Que le document ait été écrit de la main de Las Casas mais que le moine ait su qu'il s'agissait d'un faux.

— Pourquoi Las Casas aurait-il accompli un travail aussi ennuyeux en sachant qu'il s'agissait d'un faux ? Vous dites que Las Casas cherchait à couvrir les divagations de Colomb. Est-ce que quelqu'un ayant cette disposition d'esprit voudrait mettre en circulation un document qui montrerait que les derniers mots de Colomb furent ceux d'un esprit complètement dément ?

— Peut-être Las Casas n'envisageait-il pas que quelqu'un le lise. Mais Luis a vendu le journal pour éviter la prison pour dettes ou pour s'offrir les attentions d'une femme.

— Peut-être, répondit Perlmutter, mais il y a autre chose. Le fait que quelqu'un ait pris la peine de le voler.

— Comme je vous l'ai dit, il s'agit d'une curiosité.

— Une curiosité assez curieuse pour risquer d'être arrêté et emprisonné ?

— Je comprends votre point de vue, Julien. Et je ne sais quelle explication vous donner. Si seulement je possédais l'original du journal que Las Casas a copié ! Mais hélas !

— Alors c'est un nouveau mystère Colomb ?

— Oui, et nous devrons en rester là. (Il y eut un silence.) Vous pourrez juger par vous-même quand je vous l'enverrai.

— Pardon ?

— Le document. J'en ai fait une copie et une traduction en anglais dans l'espoir de la présenter lors d'une conférence. Vous voyez, moi aussi je suis fasciné par l'étrange et le bizarre.

— Peut-être y a-t-il plus que cela, Juan. Peut-être avez-vous vous-même des doutes quant à sa fausseté ?

— Peut-être, mon ami. Comme je vous l'ai dit, c'est une très belle imitation. J'ai toujours votre numéro de fax. Vous le recevrez aujourd'hui même.

— Ça me fera très plaisir. Et pour vous remercier, et aussi pour votre magnifique recette de cailles, j'aimerais partager avec vous un gumbo de langoustines dont un chef de La Nouvelle-Orléans m'a donné la recette en me prévenant qu'il me couperait en deux et me farcirait comme un homard si je la communiquais à quelqu'un. Soyez discret, il y va de ma vie.

— Vous êtes un véritable ami, Julien. Le danger la

rendra encore plus délectable. Mais si vous devez trouver une fin aussi cruelle, je vous promets de vous porter un toast avec un séraphique *bon appétit !*

— *Bon appétit* à vous, *amigo.*

23

La machine du fax ronronna et les premières pages, nettement tapées à la machine, commencèrent à sortir. Comme promis, Ortega envoyait aussi les copies de l'original en pur espagnol castillan. Perlmutter fit de la place sur son bureau pour y mettre les papiers. Il but une tasse de cappuccino pour se mettre en train et commença à lire les mots qui avaient ou n'avaient pas été écrits par Christophe Colomb et recopiés par Las Casas.

23 mai de l'an de Notre Seigneur 1506,

Très puissant et très excellent prince, roi d'Espagne et des Iles de la mer Océane, notre Souverain et très noble Seigneur,

Je suis reparti une fois encore pour les Indes, peut-être pour n'en jamais revenir car je suis mortel, vieux et affaibli par la maladie et le chemin est difficile et plein de dangers. J'entreprends ce voyage sans la permission ni la bénédiction de Votre Seigneurie. A mes frais, j'ai utilisé ma maigre fortune pour gréer un seul vaisseau, le Niña, *dont je sais qu'il est adapté à cette entreprise car il m'a bien servi en de nombreuses occasions depuis mon premier voyage.*

Je ne pars pas en ma capacité de Grand Amiral de toutes les mers océanes mais comme je le fis lors de ma première expédition, comme un humble marin, un capitaine qui vogua depuis l'Espagne jusqu'aux Indes afin de trouver de nouvelles terres et de l'or pour la Castille, grâce auxquels mon Souverain pourra entreprendre la conquête de la Terre Sainte, ce qui a toujours été mon intention.

Mais mon histoire doit commencer quatre années avant celle-ci. Mon Souverain connaît bien les épreuves de mon dernier voyage, en l'an 1502 quand, m'ayant libéré de mes chaînes et pardonné mes erreurs, Sa clémence et Sa consolation ainsi que celles de ma Reine m'ont octroyé tant de faveurs, m'ont anobli et m'ont envoyé voguer avec quatre navires. Comment, sur ce grand voyage, notre flotte a survécu à un terrible orage et comment j'ai trouvé les nouvelles terres que j'ai réclamées, avec l'aide de Dieu, aux noms de mes Souverains, malgré la maladie qui m'a souvent fait voir les portes de la mort, commandant le navire depuis une petite cabine que j'avais fait construire sur le pont.

Celui-là fut le plus malheureux et le plus décevant de tous mes voyages. Nous ne trouvâmes pas le détroit vers l'ouest que nous cherchions, les indigènes nous accueillirent non point amicalement comme auparavant mais avec des arcs et des flèches. Tout était contre nous, les biscuits emplis de vers, le temps et le vent redoutables jusqu'à ce qu'enfin nos caravelles à bout de forces atteignent un port abrité où nous fûmes bloqués pendant une année et cinq jours en un lieu où jamais je n'eus cru possible de survivre, jusqu'au jour de joie où enfin on nous secourut. Ensuite vint la pire traversée de l'océan de toute ma vie.

Mais plus que des orages, la maladie ou les déprédations des indigènes, je souffrais de savoir qu'en dépit de tous mes efforts pour servir Vos Majestés avec autant d'amour et de diligence que j'en eusse mis pour gagner les portes du Paradis et plus, j'ai failli sur des sujets qui dépassaient mes connaissances et mes forces. Tandis que je relevais les cartes de terres nouvelles, je perdis quatre navires, trouvai peu d'or ou autres trésors. Pis encore, ma Reine mourut en laissant le royaume délivré de l'hérésie et de la vilenie pour être reçue selon son grand mérite par le Créateur éternel.

Je ne connaissais qu'un moyen pour remédier à ma tristesse et pour plaire à mon Prince très respecté. C'était de trouver ce qui s'était refusé à ma fortune au cours de mes précédents voyages. Car durant mon long séjour sur cette île parmi les plus infortunées, j'appris que ce que j'avais si longtemps cherché était à portée de ma main.

J'avais enfin la clef qui ouvrirait la porte d'un trésor si fabuleux en or qu'en comparaison tout ce que j'avais trouvé avant, qui n'était pourtant pas de mince conséquence, apparaîtrait comme une aumône à un mendiant et donnerait à la Castille, à mon Souverain et à ses successeurs la grandeur qu'ils méritent jusqu'à la fin des temps.

Je fus bien pourvu d'or pour mes voyages et ma part des revenus d'Hispañola et ne pus qu'être reconnaissant de ce que mon fils aîné Diego fut employé comme garde personnel du Roi et mon jeune Fernando comme page. Mais je fus sans cesse dans l'abattement à cause de mon échec. La sécurité du foyer n'est pas l'apanage du marin et je me résolus à reprendre la mer, peut-être pour la dernière fois, pour tenir ma promesse envers Votre Grandeur et mes obligations en tant que Grand Amiral.

Aussi fis-je ce mois-ci mon testament, lequel confirme Diego comme mon héritier et, utilisant mes propres deniers, en secret, armai le Niña, *engageai un petit équipage de quinze hommes loyaux, partis de nuit en naviguant comme lors de mon premier et plus grand voyage de 1492, dépassant Palos, changeant de course après les îles sombres des Canaries, vers le sud-ouest puis vers le sud par l'ouest.*

Perlmutter arrêta sa lecture pour boire une gorgée de café. Intéressant. Le narrateur savait que, de tous ses navires, Colomb préférait le *Niña*. Il était bien connu que Colomb était dévoré de frustration après son incapacité à trouver la route de la Chine. Qu'il fut un jour ramené chez lui chargé de chaînes, accusé d'avoir mal gouverné Hispañola dont il était le vice-roi, que le roi lui avait accordé son pardon et plus particulièrement sa protectrice, la Reine. Que l'on avait armé des navires pour son quatrième et très fatal voyage baptisé, à tort, « le Grand Voyage ». Il aurait été tout à fait dans le caractère de Colomb, qui avait vraiment souffert dans son orgueil, d'essayer de se racheter. Et évident que son obsession de trouver de l'or ait été le moteur de tous ses actes. Mais il y avait un problème, comme l'avait souligné Don Ortega. Colomb avait commencé la rédaction de cette lettre trois jours après la date supposée de sa mort. Oh ! Et puis après tout...

Perlmutter reprit sa lecture. Tandis que le document avait été écrit sous la forme d'une lettre personnelle, Colomb le marin n'avait pu s'empêcher d'en faire un journal de voyage, notant ses observations du vent, sa direction et les conditions météorologiques. Le voyage à travers l'Atlantique fut une répétition de sa première traversée. Il avait pris, au nord-est, les vents alizés qui commencent près de Madère, rendant agréable la poursuite des jours, poussé par des brises favorables et par une chance constante.

Il y avait cependant une intéressante différence. Perlmutter savait, d'après ses lectures sur le premier voyage, que Colomb avait navigué à l'estime. En d'autres termes, il avait l'œil sur sa boussole et sa vitesse et notait chaque jour sa position sur la carte. La vitesse du navire était mesurée avec un sablier qu'on appelait le « Journal du Hollandais ». Le pilote lançait un copeau de bois dans l'eau et disait une comptine pour calculer son temps de disparition.

Lors de son premier voyage, Colomb n'eut pas besoin d'une navigation très pointue car ce qui l'intéressait surtout était de garder le cap sur l'ouest. Il se fiait à sa boussole et à sa longue expérience de la mer et n'avait guère confiance en cet appareil un peu semblable au sextant que l'on appelait un octant. Perlmutter était donc intéressé par le fait que, plusieurs fois, Colomb ait noté les milles parcourus mais aussi de fréquentes observations célestes.

> *25 mai 1506,*
> *Pris relèvement sur l'étoile du nord, maintenant un cap sud-ouest...*
> *30 mai 1506,*
> *Reste sur un cap S-O, comme calculé par l'octant...*

C'était comme si Colomb voulait être précis parce qu'il *connaissait* sa destination exacte. Pas comme lors de son premier voyage, quand il croyait, comme l'indiquaient les cartes plus anciennes, qu'il allait rencontrer l'énorme masse de terre de la Chine ou de l'Inde et que, quelques degrés de latitude à l'est ou à l'ouest ne feraient guère de différence.

Ce qui prouvait aussi que Colomb suivait apparemment une route prédéterminée, c'était ses fréquentes références à la *torleta* du navire.

> *Je gouvernais O-S-O plus ou moins, tournant la barre une fois dans un sens puis dans l'autre, car les vents étaient contraires mais je faisais toujours soixante-six milles en naviguant selon la torleta des anciens.*

Perlmutter reposa le document puis, avec une précision infaillible, naviguant lui aussi à l'estime, se dirigea vers une étagère bourrée de livres et tira un volume sur la navigation médiévale. Il savait que *torleta* se référait à *torleta del marteloio,* la « table de la cloche », c'est-à-dire la table traçante utilisée pour inscrire la position quotidienne. La cloche sonnait chaque fois que l'on tournait le sablier. La *torleta* remontait au XIIIe siècle et était en fait semblable à un ordinateur analogique utilisé pour résoudre des problèmes trigonométriques. Elle avait la forme d'une grille et était surveillée par le pilote qui tirait un trait entre le début et la fin de la distance parcourue chaque jour. Le pilote entrait ses observations du vent et du courant ainsi que la dérive et faisait en quelque sorte une estimation plus ou moins exacte.

L'expression *torleta des anciens* intriguait Perlmutter. Peut-être s'agissait-il d'une traduction un peu vague signifiant que la table traçante était ancienne, ce qui serait logique si elle était d'origine sur le *Niña.*

Il poursuivit sa lecture. Colomb avait fait une traversée sans incidents. Le 26 juin, il était au sud d'Hispañola qui deviendrait un jour Haïti et la république de Saint-Domingue, avec sa capitale fondée par Colomb, à Saint-Domingue. Perlmutter comprenait le problème que rencontrait Ortega avec le document. Colomb était supposé naviguer dans les

Caraïbes à une époque où, historiquement, il était mort depuis plus d'un mois. Il sourit de plaisir. Il n'allait pas laisser un point technique mineur lui gâcher le plaisir de cette merveilleuse histoire, au moment où ça devenait intéressant.

Il déroula une carte des Caraïbes près de la lettre afin de tracer la route du navire. Le *Niña* passa Hispañola et Cuba et navigua vers la Jamaïque, où Colomb avait échoué avec son équipage lors de son précédent voyage. Le journal faisait un retour en arrière en décrivant cette période malheureuse.

Mon navire alla vers le sud et l'ouest, passant au large de Saint-Domingue avec un bon vent de nord-est dans les voiles pendant trois jours. Ce fut sur cette île que, quatre ans auparavant, les gens m'avaient parlé d'un lieu appelé Cigure où l'on trouvait de l'or en abondance, où les femmes portaient des perles et du corail et où les maisons étaient carrelées de ce précieux métal. Les indigènes me dirent que les navires de ces gens étaient grands et que les habitants de l'île portaient de riches vêtements et vivaient dans l'abondance. Qu'il y avait des pépites d'or aussi grosses et aussi nombreuses que des fèves.

J'avais là la preuve que le Seigneur utilise les plus humbles de ses créatures pour accomplir Sa volonté parce que ce fut sur cette terre étrange, lors de ma précédente traversée, plus loin que quiconque fût jamais allé, que les navires de mon Grand Voyage se brisèrent sous les coups du toredo, *le termite des navires. Nous fûmes arrêtés pendant plus d'une année. Mais ce fut pendant ma réclusion sur cette île prison que mes yeux se dessillèrent et que je vis comment atteindre les richesses que je désirais pour la Castille depuis tant d'années.*

Diego Mendez, le frère d'un de mes capitaines, partit dans un canot pour chercher de l'aide à Hispañola, à cinq cents milles de là. Pendant son absence, les Indiens avec qui il s'était lié d'amitié avaient changé dans leurs cœurs et refusèrent de nous approvisionner comme il avait été prévu. Je craignis que ce fût là le châtiment de Dieu, Sa punition pour la part que j'avais prise à la mort des cinq car, bien que je n'eus pas levé la main contre eux, j'avais laissé faire les Frères.

Je tombai à genoux, implorai Son pardon et promis d'accomplir de nombreux pèlerinages en Terre Sainte et d'abandonner à Sa cause tout ce que je trouverais. Il entendit ma prière et me fit repenser que, selon ma copie du Ragiomantanus, il devait se produire une éclipse de lune. Je dis aux Indiens et à leur chef que mon Dieu était fâché contre eux et qu'il ferait mourir la lune. Quand la lune disparut dans l'ombre, les Indiens furent très effrayés et nous rendirent nos provisions afin que je fasse revivre l'astre de la nuit. Le chef m'assura de sa gratitude et promit de plaire à mon Dieu en me montrant où trouver de l'or. Il m'emmena jusqu'à la pointe est de l'île. Là se dressait un temple aussi beau que n'importe quel palais d'Europe et il me montra une « pierre qui parle » gravée de silhouettes qui, me dit-il, me montrerait le chemin vers le trésor.

Perlmutter avait lu dans le livre d'Ortega l'épisode de l'éclipse. Il montrait combien Colomb pouvait être plein de ressources. Mais quelle était cette histoire si étrange de « pierre qui parle » ?

La narration se posait la même question.

Pendant plusieurs semaines, je m'interrogeai sur le sens de cette étrange pierre. Je compris qu'il s'agissait d'une carte de la côte que j'avais découverte mais les signes et marques diverses ne me livrèrent pas leurs secrets. De retour en Espagne, je la montrai à des hommes de science qui me dirent qu'il s'agissait d'un instrument de navigation mais ignoraient la signification de cette étrange écriture. Et puis, c'est au simple marin que j'étais que vint la réponse. Il s'agissait d'une torleta *utilisée par les anciens pour trouver leur chemin. La pierre étant trop lourde pour être portée, je fis faire des copies de ses marques et partis, comme je l'ai dit plus haut, pour mon cinquième voyage, me promettant de trouver quelqu'un qui pût comprendre cette étrange écriture.*

Voilà qui expliquait les références à la *torleta* des anciens. Il s'agissait apparemment d'une tablette de pierre, grande et lourde selon la description, gravée d'une façon indiquant qu'on l'avait utilisée pour la navigation. Etant donné que Colomb ne pouvait utiliser la pierre sans explication, il devait s'agir d'une carte au sens conventionnel du terme. La lettre continuait par le récit du cinquième voyage.

10 août,

Nous avons continué vers l'ouest, favorisés par de bons vents comme avant. Et maintenant, enfin, nous avons jeté l'ancre au large d'une côte telle qu'aucun homme n'en a atteint de si lointaine. Les indigènes à qui nous avons parlé avaient assuré qu'il y avait non loin de là plus d'or que nous ne saurions l'imaginer. Je crois que je suis proche du trésor du roi Salomon. Je ne suis pas bien, ayant une fois de plus été frappé de souffrance et de faiblesse par la chaleur et la maladie. Mais je sens que l'or est proche et je supplie Votre Majesté de m'accorder, quand je reviendrai avec ces montagnes d'or et de pierres précieuses, la permission d'aller en pèlerinage à Rome et à Jérusalem. Je n'écrirai plus avant d'avoir l'or entre mes mains...

La suite était datée de deux jours plus tard. L'écriture montrait une main plus ferme.

L'Amiral est parti ! Quand l'équipage s'est éveillé à l'aube, nous avons découvert qu'un canot avait disparu et que la cabine de l'Amiral était vide. Ses cartes avaient également disparu. J'ai envoyé à terre un groupe d'hommes pour le chercher. Ils ont trouvé le canot mais des indigènes les ont renvoyés au navire après avoir fait tomber sur eux une pluie de flèches. Hélas, je crains que l'Amiral ne soit mort, tué par ces sauvages sans Dieu. Nous attendrons au large et, à moins d'un signe qui nous fasse connaître qu'il est vivant, nous devrons bientôt lever l'ancre et voguer jusqu'à Hispañola pour chercher de l'aide. Dieu bénisse l'Amiral des mers Océanes.

Signé ce jour par Alonso Mendez, apprenti pilote.

Perlmutter tapota son menton en réfléchissant. Il était clair que Colomb délirait un peu à la fin de sa vie. L'or du roi Salomon ! Et quoi encore ? Il se demanda au large de quelle côte le *Niña* était ancré.

Il consulta de nouveau la carte. En naviguant vers l'est depuis la Jamaïque, il aurait pu atteindre l'Amérique centrale. N'importe où, de la péninsule du Yucatán au Mexique, jusqu'à Belize ou le Honduras s'il était à quelques degrés de là. Quand il aurait quelques heures, il consulterait les observations quotidiennes pour voir s'il pouvait se faire une idée de la route exacte jusqu'à sa fin.

Colomb avait emporté ses cartes mais qu'était devenue la pierre ? Perlmutter secoua la tête, amusé de voir à quel point il s'était laissé prendre par le récit. Il réagissait comme si le document qu'il venait de lire était vrai alors qu'il n'était peut-être pas plus historique et significatif qu'un problème de mots croisés difficile et stimulant.

Mais si le document était vraiment authentique ?

Quelles relations pourrait-il avoir avec le mélodrame moderne dont lui avait parlé Austin, quel rapport avec les assassins vêtus de noir qui surgissaient brusquement pour tuer d'innocents archéologues ? Quelle était cette étrange référence à « la mort des cinq » ? Colomb se sentait apparemment si coupable d'avoir pris part à cet événement qu'il prenait son abandon sur cette côte déserte pour une punition divine.

Perlmutter décida de relire la lettre pour voir si quelque chose ne lui avait pas échappé. Après quoi, il fouillerait dans sa propre bibliothèque.

Mais d'abord, il convenait de manger un morceau.

24

Cancún, Mexique.

L'humeur, à bord du vol pour Cancún, était plutôt à l'attente joyeuse depuis que l'avion avait décollé de Washington peu après la réunion chez Zavala. Tandis que le pilote effectuait son approche, les voyageurs vacanciers penchaient la tête pour contempler, au sol, les luxueux hôtels du bord de mer, alignés le long d'une eau bleu-vert et l'atmosphère tournait à l'impatience gaie et débridée. Vêtu de son costume gris très classique et d'un nœud papillon aux couleurs vives, Paul Trout, dont la tête dépassait les dossiers des sièges, aurait détonné sur la foule excitée même sans la gravité de son expression. Le nez dans une carte de la péninsule, il pensait à Gamay et ne relâcha sa concentration que lorsqu'il sentit l'avion amorcer sa descente.

En quelques minutes, l'appareil fut au sol. Trout se détacha de la foule des passagers se dirigeant vers les navettes des hôtels et s'approcha du comptoir d'une petite compagnie de charters. Quelques minutes plus tard, il bouclait la ceinture de son siège près du pilote d'un bimoteur Beechcraft Baron. Il était le seul passager, les trois autres places ayant été converties en espace de fret.

Le Beechcraft s'élança vers le ciel et Trout remercia silencieusement les spécialistes des voyages de la

NUMA qui avaient réussi à organiser son périple, lui trouver une place disponible sur un vol commercial en si peu de temps et ce passage presque immédiat sur le charter. Le petit avion allait à Campeche prendre un groupe de techniciens pétroliers du Texas qui devaient retrouver leurs épouses et leurs petites amies à Cancún.

Le pilote expliqua que le vol prendrait environ une heure. C'était un Mexicain bavard, âgé d'une trentaine d'années, qui parlait assez bien anglais et connaissait sur le bout du doigt les meilleurs bars de Cancún où l'on pouvait rencontrer des touristes du beau sexe. Très vite, sa voix se noya dans le ronronnement des moteurs. Le souci que se faisait Trout à propos de Gamay l'avait tenu éveillé toute la nuit à Tucson. Il ferma les yeux mais s'éveilla dès que le pilote annonça qu'on survolait Chichen Itzà. Trout regarda le sol tandis que le pilote montrait le grand temple pyramidal et le terrain qui l'entourait.

— On est à mi-chemin de Ciudad del Carmel, annonça-t-il.

Trout hocha la tête. Hypnotisé par le paysage plat et vert qui s'étendait jusqu'à l'horizon, il referma les yeux jusqu'à ce que le pilote le réveille.

— Voilà votre bateau.

La fine coque bleue du *Nereus* était à l'ancre dans le port près de pétroliers et de bateaux de pêche. C'était un tableau accueillant. Trout eut du mal à croire qu'il n'avait quitté le navire — et Gamay — que quelques jours auparavant. Il se reprocha de ne pas l'avoir obligée à venir à Washington avec lui. Il savait pourtant qu'elle n'aurait probablement pas accepté. Elle était trop désireuse de rencontrer le Dr Chi.

Avant de quitter Washington, Trout avait appelé le musée anthropologique mexicain et parlé à la secrétaire du professeur. Celle-ci avait vérifié l'agenda de Chi et confirmé qu'il devait rencontrer Gamay. Le professeur passait beaucoup de temps « sur le terrain » et appelait pour savoir s'il y avait des messages, à condition d'être près d'un téléphone et jamais régulièrement. Si on devait le trouver quelque part, ce serait à son laboratoire.

Pendant que le pilote attendait la permission d'atterrir, Trout lui demanda de prévenir de son arrivée par radio ceux qui décidaient de son prochain voyage. Il ne tenait pas à perdre une seule minute dans une salle d'attente d'aéroport.

Dès que le Beechcraft fut arrêté, Trout sortit de la cabine avec son sac, lançant un *adiós* et un *gracias* par-dessus son épaule avec son accent de Nouvelle-Angleterre.

Un gros homme en uniforme de policier, portant des lunettes de soleil argentées, l'attendait devant l'entrée.

— Docteur Trout, dit-il avec un sourire découvrant ses dents, je suis le sergent Morales. J'appartiens à la police fédérale mexicaine. Les *federales.* On m'a demandé de vous servir de guide.

La Brigade de Répression des Drogues avait une dette de reconnaissance envers Trout. Elle était redevable à la NUMA de quelques faveurs passées et fut heureuse de rendre service quand Trout avait demandé d'établir un contact avec la police nationale mexicaine.

— Heureux de vous voir, dit Trout en regardant sa montre. Je suis prêt si vous l'êtes.

— Il se fait tard, dit le policier. Je me demandais si vous ne préféreriez pas y aller demain.

Trout répondit poliment mais la détermination qui se lisait dans son regard brun et sérieux ne faisait aucun doute.

— Avec tout le respect que je vous dois, sergent, j'ai eu beaucoup de mal à arriver jusqu'ici aussi vite que possible pour commencer à chercher ma femme dès mon arrivée.

— Bien sûr, señor Trout, répondit le policier en hochant la tête avec compréhension. Je vous assure que ce n'est pas un de ces « mañana »[1] mexicains. C'est une question de bon sens. Moi aussi, je souhaite localiser votre femme. Cependant la nuit ne va pas tarder à tomber.

— De combien de temps disposons-nous avant la nuit ?

— Une heure, peut-être deux.

— Parfait pour les flics, Cap, dit Trout en répondant en argot de marin. On peut faire un tas de choses en deux heures...

Morales comprit qu'il était inutile de discuter avec ce grand Américain.

— *Bueno,* docteur Trout. L'hélicoptère est par là.

Le Jet Ranger Bell 206 chauffait déjà son moteur. Son rotor et son hélice de queue tournaient doucement. Trout se glissa dans l'un des trois sièges arrière et Morales prit place à côté du pilote. Quelques secondes plus tard, le moteur turbo démarrait et les patins quittèrent le tarmac. L'hélicoptère parut prendre son élan et atteignit en deux minutes une altitude de plus de trois mille pieds[2]. Ils firent demi-tour au-dessus de l'eau et, laissant la côte, se dirigèrent vers la terre, suivant les rails de chemin de fer.

Morales donna des instructions au pilote, consultant fréquemment une carte posée sur ses genoux... Ils quittèrent la voie de chemin de fer et survolèrent une route étroite menant plus ou moins est-ouest. L'hélico garda son altitude et sa vitesse de deux cents kilomètres heure jusqu'à ce qu'ils soient bien à l'intérieur des terres. Les bois denses étaient troués çà et là par un village ou une petite ville. Il y avait peu de routes pavées. De temps en temps, ils passaient au-dessus d'une ruine maya. Mais la plus grande partie du paysage n'était que monotonie ininterrompue, comme Trout l'avait noté depuis Cancún.

L'appareil vira sur une course plus au sud. Morales était un guide compétent à l'œil acéré, reconnaissant

1. Demain. *(N.d.T.)*
2. Neuf cents mètres.

des points de repère et relayant les informations au pilote. Trout regardait avec anxiété le soleil baisser vers l'horizon.

— C'est encore loin ? demanda-t-il sans pouvoir cacher son impatience.

Morales leva cinq doigts. Il montra au pilote un point sur la carte.

— *Aquí !*[1]

Le pilote hocha si légèrement la tête que Trout ne fut pas sûr qu'il eût entendu. Mais l'hélico réduisit sa vitesse et ils décrivirent un large cercle qui forma bientôt une spirale sans cesse plus serrée.

Morales s'appuya au Plexiglas et montra quelque chose au sol. Trout aperçut une clairière et des constructions grossières qui disparurent bientôt de son champ de vision. L'appareil prit un nouveau virage, se mit un instant en vol stationnaire puis commença à descendre. Leur cible était juste au-dessous d'eux et Trout ne vit pas où ils se posaient. Quand la cime des arbres se rapprocha, l'hélico parut un instant suspendu. Le pilote fit soudain ronfler le moteur et ils filèrent sur un côté, comme une luciole surprise.

Le pilote et Morales échangèrent quelques mots rapides en espagnol.

— Qu'est-ce qui ne va pas ? demanda Trout en essayant de voir dans la forêt.

— Pas de place pour atterrir. Il a peur de prendre les rotors dans les arbres.

Trout s'appuya au dossier de son siège et croisa les bras, gonflant ses joues de frustration. L'hélico avança jusqu'à survoler une petite route solitaire puis se posa légèrement sur un carré d'herbe au bord des troncs noirs. Tandis que les rotors s'arrêtaient lentement, Trout et Morales descendirent. Non loin de là, une piste s'enfonçait dans le bois.

— Ça mène à la maison du professeur Chi. Il faut y aller à pied.

1. Ici.

Trout se mit immédiatement en marche tandis que le policier tentait de ne pas se laisser semer sans perdre sa dignité. En s'enfonçant dans l'épaisse forêt, Trout remarqua qu'il y avait des ornières profondes, tracées assez récemment par de gros pneus écartés. Morales dit qu'il avait appelé la *policia* locale et leur avait demandé de se renseigner aux alentours. Plusieurs habitants se rappelaient avoir vu Chi dans un autobus. Il y était monté en revenant de la chasse et en était descendu sur la route non loin de l'endroit où il vivait. Ils se rappelaient qu'une Jeep l'attendait. « Ça colle », pensa Trout. Gamay avait loué une Jeep en quittant la côte.

— Connaissez-vous le Dr Chi ? demanda-t-il à Morales sans cesser de marcher.

— *Sí, señior.* Je l'ai rencontré. Quelquefois le musée me charge de lui porter un message. Il est *muy pacífico.* C'est un gentleman. Il veut toujours me cuisiner des tortillas.

Le sommet des arbres devenait aussi sombre que le tunnel du métro. Trout lorgnait à travers les branches, essayant d'apercevoir un rayon de soleil. Il se demanda s'ils réussiraient à retrouver leur chemin pour rentrer. Peut-être Morales avait-il raison, ils auraient dû attendre le matin pour avoir plus de lumière.

— Pourquoi le Dr Chi a-t-il installé son laboratoire par ici ? demanda Trout. Est-ce que ça n'aurait pas été plus pratique dans une ville ou un village ?

— Je lui ai posé la même question, répondit Morales en souriant. Il m'a répondu qu'il était né ici. « Mes racines sont ici », m'a-t-il dit. Comprenez-vous ce qu'il a voulu dire ?

Trout comprenait très bien l'attachement de Chi à son sol natal. Sa propre famille habitait Cape Cod depuis plus de deux cents ans, une longue chaîne de générations toutes liées à la mer, soit en tant que gardiens de phare, soit comme marins au service des sauveteurs en mer, soit encore comme navigants. La maison de famille des Trout, basse et entourée de galets argentés, avait elle aussi près de deux cents ans. Elle avait été bien entretenue au fil des années et on aurait pu la croire récemment construite. Ses ancêtres avaient tous eu le goût de la mer et il en était fier. Mais il réalisait que ses liens avec le passé n'étaient rien comparés à ceux des Mayas qui habitaient ce pays depuis des siècles avant l'arrivée des Espagnols.

Ils marchèrent péniblement pendant environ vingt minutes jusqu'à ce que la forêt devienne moins dense et s'ouvre sur une clairière. Le bâtiment carré de béton sembla jaillir des bois mais c'était dû au fait que Trout ne s'attendait pas à voir une bâtisse aussi grande dans ce lieu éloigné de tout.

— C'est le laboratoire du professeur, annonça Morales.

Il alla frapper à la porte mais personne ne répondit.

— Nous reviendrons ici après avoir vu s'il n'est pas dans la maison, proposa le policier mexicain.

La hutte au toit de chaume était semblable à celles que Trout avait vues, de l'hélicoptère, un peu partout au Yucatán. Il fut plus intéressé par la Jeep garée à côté de la cabane. Il se précipita pour fouiller le véhicule. Coincée dans le pare-soleil, il trouva la carte indiquant comment se rendre à la propriété de Chi et un flacon d'antimoustiques. Il passa les mains sur le volant et le tableau de bord où il sentit un peu du parfum qu'utilisait sa femme.

Ils fouillèrent la maison, ce qui ne prit que cinq minutes, vu le peu de meubles. Trout se plaça au centre du sol de terre battue, espérant trouver un indice qui aurait pu lui échapper.

— Bon. La Jeep nous indique qu'elle est venue jusqu'ici.

— J'ai une idée, dit Morales.

Trout le suivit au-delà du laboratoire jusqu'à une autre hutte.

— Ici, c'est le garage du professeur. Regardez. Sa voiture n'est plus là.

— C'est sans doute la raison des traces que nous avons vues en venant. Qu'est-ce qu'il a comme voiture ?

— Une grosse, dit Morales. Comme une Jeep mais bien plus large, expliqua-t-il en écartant les bras.

— Une Hum Vee ?

— *Sí !* répondit-il avec un grand sourire. Hum Vee. Comme celles qu'utilisent les militaires.

Ils étaient donc partis quelque part avec la Hummer. Mais où ?

— Il y a peut-être une note au labo, suggéra Trout.

Il faisait plus frais dans le bâtiment en parpaings qu'à l'extérieur, même sans que le conditionneur d'air fonctionne. La porte n'était pas verrouillée et ils entrèrent facilement. Trout considéra le matériel hautement technique et secoua la tête, stupéfait, comme l'avait fait sa femme la veille. Morales resta respectueusement en arrière, comme s'il craignait d'être surpris dans un lieu interdit. Paul s'approcha de l'évier. Il y avait deux verres dans l'égouttoir.

— On dirait qu'ils ont bu quelque chose.

Morales fouilla la poubelle et trouva les canettes de Seven Up. Plus tard, en reconstituant les événements, Trout supposa que Gamay avait attendu le professeur sur la route, qu'ils étaient ensuite venus là, avaient bu un soda puis étaient partis. Il vérifia le réfrigérateur et trouva deux perdrix mortes. Les oiseaux n'étaient encore ni plumés ni vidés. Chi avait probablement eu l'intention de revenir assez vite de l'endroit où ils étaient allés.

— Y a-t-il un village dans le coin où ils auraient pu se rendre ?

— Il y a une ville, *sí,* mais les gens là-bas auraient vu le Dr Chi dans sa grosse voiture bleue. Mais *nada.*

Trout examina les cartes fixées au mur. Apparemment, il en manquait une. Il alla ensuite regarder les papiers posés sur la table. Il ne lui fallut qu'un instant pour trouver la carte dont les trous correspondaient à ceux du mur. Chi avait dû la détacher pour la montrer à Gamay. D'un autre côté, elle pouvait avoir été là depuis des semaines. Il la montra à Morales.

— Savez-vous où ça se trouve ?

— Vers le sud, dit le sergent après l'avoir examinée, plus loin, dans le Campeche. A environ cent soixante kilomètres. Peut-être davantage.

— Qu'y a-t-il là-bas ?

— Rien. Des bois. C'est à l'extérieur de la réserve bioscientifique. Personne n'y va jamais.

Trout tapa sur la carte.

— *Quelqu'un* y est pourtant allé. A mon avis, c'est le Dr Chi. L'hélico peut nous y mener en une heure, ou moins.

— Je suis désolé, *señor*. Le temps que nous retournions à l'hélicoptère, il fera nuit.

Morales avait raison. Ils furent assez chanceux pour retrouver le chemin dans le bois. Quand ils arrivèrent à l'hélicoptère, il faisait noir. Trout était désespéré à l'idée que Gamay passe une autre nuit là où elle était. Tandis que l'appareil prenait de l'altitude au-dessus des arbres, il essaya de se consoler en imaginant d'autres possibilités. Par exemple, que Chi et Gamay avaient fini par arriver quelque part. Ils étaient peut-être en train de dîner tranquillement. D'autres scénarios moins idylliques s'imposèrent à lui. Non. C'était invraisemblable. Gamay n'était pas sujette aux accidents. Elle avait trop de jugeote et le pied trop sûr.

Trout savait que même les gens aux pieds les plus sûrs peuvent facilement faire une erreur au moins une fois dans leur vie. Il espéra que ce n'était pas le tour de Gamay.

[illegible] de la [illegible]

[illegible]

— [illegible] de la [illegible]

[illegible]

[illegible]

[illegible]

25

Le sergent Morales trouva pour Trout une chambre dans un petit hôtel près de l'aéroport. Trout resta allongé sur le lit pendant des heures à regarder le ventilateur au plafond, se demandant ce que faisait Gamay avant de sombrer enfin dans un sommeil intermittent pour quelques heures. Il s'éveilla à l'aube et prit une douche d'autant plus rafraîchissante qu'il n'y avait pas d'eau chaude. Il marchait de long en large sur le tarmac quand le pilote et le sergent arrivèrent, au moment où le soleil se levait à l'est.

L'hélicoptère suivit la carte de Chi en ligne droite, de toute la vitesse dont il était capable, volant à une altitude de mille cinq cents pieds. La forêt s'étirait sous l'appareil comme un grand tapis vert élimé. En arrivant sur la zone indiquée sur la carte de Chi, le pilote ralentit et descendit presque au niveau de la cime des arbres. Le Jet Ranger remplissait parfaitement son rôle d'appareil d'observation militaire. Trout, assis à l'avant, remarqua une différence de texture dans la verdure et demanda au pilote de voler en cercles. Morales distingua les bords à peine distincts d'une plaine rectangulaire. Après deux passages successifs pour se familiariser avec la configuration du sol, le pilote posa le Jet Ranger à peu près au centre.

Il ne fallut que trente secondes à Paul pour décider qu'il n'aimait pas ce coin perdu. Mais alors pas du tout ! Ce n'était pas seulement pour son côté perdu ni pour les monticules bizarres, ni encore pour l'obscurité qu'y imposait la forêt proche, même en plein jour. Quelque chose de sinistre se dégageait de ce lieu. Dans son enfance, il avait ressenti cette même gêne donnant la chair de poule chaque fois qu'il passait devant la maison déserte d'un marin qui avait mangé ses compagnons alors que son navire était immobilisé dans la mer des Sargasses. Il se dit que Gamay n'était peut-être jamais venue ici. Il examina ce lieu désolé. Tout ce qu'il avait, c'était la carte du Dr Chi et la possibilité qu'ils se soient dirigés vers cet endroit. Peut-être qu'il se baladait ici pendant que Gamay avait besoin de lui ailleurs. *Non.* Il serra les mâchoires. C'était *ici* et pas ailleurs. Il le sentait au plus profond de son être, comme son marin de père sentait qu'un orage se préparait.

Le sergent suggéra qu'ils se déploient en trois directions sans se perdre de vue, dans la mesure du possible, et qu'ils marchent jusqu'à l'orée du bois puis qu'ils retournent à l'hélico. Ils s'y retrouvèrent une demi-heure plus tard. Morales fut sur le point de parler mais se tut quand son œil entraîné de policier nota la preuve d'une visite ayant précédé la leur.

Il s'accroupit pour mieux voir.

— Regardez, l'herbe a été écrasée ici, dit-il. Ici, et encore ici ! Là où la lumière est parfaite, il y a des empreintes de pas.

Pensant qu'il valait mieux ne jamais avoir Morales sur sa piste, Trout suivit le geste du sergent et aperçut les ombres vagues qui avaient retenu son attention. Le sergent ordonna au pilote de rester près de l'appareil et celui-ci ne discuta pas. Le soleil matinal donnait déjà une idée de la chaleur de fournaise qu'il dispenserait dans les heures à venir. Ils avancèrent, Morales en tête. Ils avaient couvert une courte distance quand ils virent un monticule que l'on avait dégagé pour rendre visibles les blocs de pierre d'un de ses flancs. A la base de la structure, ils aperçurent une tache rougeâtre. Dans sa hâte de mieux voir,

Trout ignora les ordres du sergent de rester derrière lui. Il courut vers le monticule et ramassa le fourre-tout marron usé de Gamay, celui-là même qu'il lui avait offert pour Noël deux ans auparavant. Avec une impatience grandissante, il le fouilla et trouva sa caméra et son bloc de papier à dessins, quelques sacs en plastique de repas, des canettes de soda vides et une bouteille d'eau. A côté, il y avait un autre sac de toile ocre. Trout leva les deux sacs au-dessus de sa tête pour les montrer à Morales. Celui-ci se hâta pour le rattraper.

— Ce sac-là appartient à ma femme, dit le scientifique de la NUMA d'un air triomphant. L'autre porte le nom du Dr Chi sur une étiquette.

Morales inspecta le sac du professeur. Son visage s'assombrit.

— Ce n'est pas bon signe.

— Que voulez-vous dire, pas bon signe ? Ça montre qu'ils sont passés par ici.

— Vous ne comprenez pas, señor Trout, dit Morales en jetant un rapide regard autour de lui. J'ai trouvé un feu de camp avec des traces de nombreux *chicleros*.

Remarquant l'expression d'étonnement de l'Américain, il expliqua :

— Ce sont des hommes mauvais qui volent les antiquités pour les revendre.

— En quoi est-ce que cela concerne ma femme et le professeur ?

— Les cendres sont encore chaudes. Et, près de la rivière, il y a des traces d'hommes nombreux.

Il ouvrit la main et montra trois douilles. Trout en porta une à son nez. La balle avait été tirée récemment.

— Où les avez-vous trouvées ?

Trout regarda dans la direction qu'indiquait le policier puis l'endroit où il avait trouvé les sacs, comme pour tracer une ligne reliant les deux points. C'est alors qu'il remarqua les étranges sculptures sur le mur de pierre. Il s'en approcha et détailla les bateaux et les silhouettes représentées. Il devina que Gamay et le professeur avaient déjeuné puis étaient revenus vers ces sculptures. Gamay avait sûrement été intriguée par ces étranges dessins mais quelque chose avait dû interrompre leur observation. Il se tourna vers Morales.

— Vous pensez que ma femme et le professeur sont tombés sur ces *chicleros* ?

— *Sí,* dit le policier en haussant les épaules. C'est possible. Sinon, pourquoi auraient-ils laissé leurs sacs ?

— Je pensais la même chose. Sergent, voulez-vous me montrer où vous avez trouvé ces douilles ?

— Venez par ici, dit Morales avec un hochement de tête. Faites attention où vous mettez les pieds. Il y a des trous dans toute la plaine.

Ils traversèrent lentement le champ. Il y avait beaucoup plus de ces mystérieux monticules que Trout ne l'avait pensé. Si chacun cachait une structure de pierre, cet endroit avait dû être autrefois un village de bonne taille.

— Ici, dit Morales, et là-bas.

Trout vit des reflets de cuivre dans l'herbe et ramassa deux autres douilles, de pistolets et de mitraillettes. L'herbe était écrasée tout autour. Sa grande main se referma sur les douilles vides comme s'il voulait les écraser.

— Maintenant, puis-je voir le feu de camp et la rivière ?

Ils examinèrent le site et trouvèrent des bouteilles de tequila vides et de nombreux mégots. Ils trouvèrent de nouvelles douilles dans le bois. Près de la rivière, Trout chercha en vain les empreintes des chaussures de marche de Gamay mais la boue était trop brouillée. Il vit des traces indiquant qu'on avait tiré des bateaux sur la rive, et encore d'autres douilles. Cet endroit avait dû être un vrai stand de tir ! Mais Trout gardait l'espoir. Les douilles indiquaient que quelqu'un avait poursuivi, armé de mitraillettes et de pistolets, quelqu'un qui fuyait vers la rivière. Et ça, c'était une mauvaise nouvelle. Le fait que des armes aient servi sur la rive indiquait que Gamay et le professeur avaient dû se sauver.

Trout suggéra qu'ils reprennent l'hélico pour suivre la rivière à travers les bois. Morales accepta. Ils s'éloignèrent rapidement de la rive et avaient parcouru la moitié du chemin quand ils entendirent un grognement désincarné. Ils se figèrent, échangèrent un regard. Morales sortit son pistolet. Ils tendirent l'oreille, n'entendant que le bourdonnement des insectes.

Le grognement se répéta sur leur droite. Morales le couvrant, Trout avança avec précaution vers la source du bruit. Celui-ci paraissait provenir du sous-sol. Trout baissa les yeux. Partiellement caché par les hautes herbes, il vit un trou noir. Il s'agenouilla sur le bord mais ne distingua que l'obscurité. Se sentant ridicule de parler dans ce trou, il demanda :

— Qui est là ?

Un autre grognement, suivi d'un flot d'espagnol émis d'une voix faible.

Morales, agenouillé près de Trout, écouta un moment.

— C'est un homme. Il dit qu'il est tombé dans le trou.

— Qu'est-ce qu'il fichait dans ce coin ?

Morales traduisit la question et la réponse.

— Il dit qu'il se promenait.

— C'est un drôle d'endroit pour une promenade, dit Trout. Sortons-le de là.

Trout retourna à l'hélicoptère et trouva une corde de Nylon dans la boîte de secours. Il fit une boucle qu'il lança dans le trou puis lui-même, le pilote et Morales tirèrent leur côté de corde. D'abord la tête puis les épaules d'une créature dans un piteux état apparurent dans l'ouverture. La barbe broussailleuse de l'homme et ses longs cheveux graisseux étaient couverts de poussière grise et il ne restait pas grand-chose de la blancheur originelle de ses vêtements mal coupés. Il s'assit sur le sol, se frottant les bras, les jambes et la tête. Son nez avait pris un vilain coup.

Le policier lui donna une bouteille d'eau. Il l'avala à grand bruit, en renversant la moitié sur son menton. Rafraîchi, l'homme montra ses dents jaunes en un sourire suffisant et tapa le bidon pour en redemander. Sa manche se releva quand il leva le bras.

Trout donna un coup de pied dans le bidon qu'il envoya voler dans l'herbe. Sa grande main saisit le poignet poilu de l'homme. Même Morales fut choqué par ce mouvement inattendu.

— Señor Trout !

— C'est la montre de ma femme ! Demandez-lui où il l'a eue, dit-il, la colère faisant briller ses yeux habituellement calmes.

Morales posa la question et traduisit la réponse.

— Il dit qu'il l'a achetée.

Trout en avait assez de jouer aux devinettes.

— Dites-lui que s'il ne parle pas, nous le rejetterons dans le trou et l'y laisserons.

Le sourire disparut. La menace d'être rejeté dans la caverne déclencha un torrent d'espagnol. Morales écouta, hochant la tête.

— Il est fou ! Il s'appelle Ruiz. Il ne cesse de parler d'une diablesse et d'un nain qui ont obligé la terre à l'engloutir.

— Une diablesse ?

— *Sí.* Il a dit qu'elle lui a cassé le nez.

— Qu'est-il arrivé à cette femme ?

— Il l'ignore. Il était dans le trou. Il a entendu beaucoup de coups de feu. Puis le silence. Il dit que ses amis l'ont abandonné. Je lui ai demandé si ses amis étaient des *chicleros.* Il dit que non. C'est un foutu menteur, acheva Morales avec un sourire sans joie.

— Dites-lui qu'on l'emmène dans l'hélicoptère et qu'on le jettera par-dessus bord s'il ne dit pas la vérité.

L'homme regarda l'expression implacable sur le visage du gringo et comprit qu'il ne plaisantait pas.

— Non, dit-il. Je parle, je parle !

— Tu comprends l'anglais ?

— *Poco,* dit Ruiz en tenant son pouce et son index légèrement espacés.

En un anglais difficile, utilisant l'espagnol quand les mots anglais lui échappaient, il admit qu'il faisait partie d'un gang de *chicleros* venant là pour voler des antiquités. Ils avaient trouvé la femme et le petit vieux et les avaient enfermés dans une caverne d'où ils ne pouvaient pas s'échapper. Mais ils avaient trouvé un moyen pour sortir et l'avaient jeté, lui, dedans. Les autres *chicleros* leur avaient donné la chasse. Ils n'étaient pas revenus le chercher. Il ignorait ce qui était arrivé à l'homme et à la femme.

Trout réfléchit brièvement à cette histoire.

— D'accord. Mettez-le dans l'hélico.

Morales passa rapidement des menottes à l'homme en prenant soin de ne pas trop le toucher puis utilisa le bout de sa chaussure pour persuader Ruiz de se lever. Ils l'enfournèrent sur le siège arrière et Morales s'assit à côté de lui. L'homme sentait tellement mauvais que le pilote se plaignit, Morales se contenta de rire et dit que si ça devenait trop insupportable, on jetterait Ruiz dans le vide. L'intéressé ne trouva pas ça drôle et ses yeux s'élargirent de peur quand l'hélicoptère quitta le sol. Il était bien décidé à ne pas se faire remarquer. Ils firent deux fois le tour du terrain puis suivirent la rivière étincelante. Elle était à peine visible à travers les arbres mais, à eux trois, ils réussirent à en suivre le cours.

Trout était impatient d'apprendre à Gamay son nouveau sobriquet. *Diablesse !* Il espéra qu'elle vivait encore pour l'entendre.

26

Le bruit du vieux moteur hors-bord était si fort que Gamay n'entendit l'hélicoptère que lorsqu'il fut pratiquement au-dessus d'eux. Même alors, ce fut le visage de Chi qui l'avertit qu'ils avaient de la compagnie. Elle donna un grand coup à la barre et dirigea le canot vers la rive, heurtant le sol herbeux pour se trouver sous la voûte protectrice des grandes branches. Le canot serait presque impossible à distinguer du ciel sous la verdure épaisse. Gamay prit une assurance supplémentaire en le cachant dans un gros buisson de fougère. Elle ne voulait pas que le soleil montant se reflète sur la coque d'aluminium.

Un instant plus tard, l'air se remplit du claquement des rotors. Par intermittence, le reflet rouge et blanc du fuselage se distinguait dans le feuillage dense tandis que l'appareil passait très près des cimes. Gamay ne pensa pas une seconde qu'elle était en train de manquer son mari qui avait filé au Yucatán dès l'annonce de sa disparition, réquisitionné un hélicoptère et volait maintenant à quelques centaines de mètres au-dessus de sa tête. Depuis qu'elle était arrivée ici, elle s'était presque fait scalper, avait été menacée de viol, enfermée dans une caverne, elle avait rampé dans l'obscurité d'un tunnel presque sans air et été utilisée comme cible d'entraînement. Elle avait donc toutes raisons de croire que les gens qui l'avaient si mal traitée avaient trouvé un soutien aérien pour ajouter à ses misères. Elle poussa un soupir de soulagement quand le bruit de l'hélicoptère disparut au loin. Peu après, elle remit le canot à l'eau et reprit le cours de la rivière.

Après s'être débarrassés de Dents Jaunes, Gamay et Chi avaient gagné précipitamment la forêt, esquivant les balles qui sifflaient autour d'eux et escaladé la rive de la rivière. Trouvant trois vieux canots d'aluminium alignés près de la berge, ils en avaient détaché deux qui s'en allèrent voguer plus loin et avaient sauté dans le troisième, mis en marche le moteur hors-bord et foncé vers un endroit sûr.

Ayant navigué toute la journée sans incident, ils avaient passé une nuit tranquille en remontant le canot sur une berge et étaient repartis très tôt le lendemain matin. L'hélicoptère avait fait comprendre à Gamay à quel point ils s'étaient échappés de justesse et combien leur journée sans incident leur avait donné un sentiment de fausse sécurité.

Ils gardèrent désormais un œil sur le ciel et Gamay navigua près de la rive. Il n'y eut plus de signe de l'hélicoptère mais l'hélice se prit dans la végétation et elle dut diriger le canot vers la rive pour désengager les lames. Cela n'aurait pas dû les retarder de plus d'une minute ou deux. Mais quand Gamay voulut faire repartir le moteur, celui-ci fit le difficile. Elle ne put y croire ! Certes l'antique Mercury de 15 chevaux n'avait pas l'air d'un moteur neuf avec son capot nettoyé au sable. Et pourtant, il avait tourné comme une horloge jusqu'à ce qu'elle l'arrête. Elle essayait de comprendre quel était le problème quand ils entendirent des voix parlant l'espagnol venant de l'amont.

Il n'y a rien au monde de plus frustrant qu'un moteur hors-bord en panne, pensa Gamay, surtout quand ce morceau de métal récalcitrant est tout ce qui vous sépare de vos poursuivants. Elle s'arcbouta, le pied contre le barrot d'arcasse. Espérant amadouer l'esprit malveillant habitant la machine, elle fit un joli sourire et murmura « s'il te plaît » puis tira la corde du starter de toutes ses forces.

Le moteur répondit par un *pop pop* sans vigueur, un soupir asthmatique et mouillé puis le silence retomba, brisé par le cri de douleur de Gamay qui était tombée sur le dos et s'était égratigné les phalanges sur le siège métallique. Elle lâcha une bordée d'injures en appelant la malédiction des furies sur toutes les machines stupides et têtues du monde. Le professeur Chi était à l'avant, étreignant une branche basse pour que le canot ne parte pas à la dérive dans le courant paresseux pendant que Gamay fulminait et s'énervait sur le hors-bord. La sueur coulait jusque sur son menton. Avec sa bouche coléreuse, des mèches de cheveux roux sombre entourant son visage, elle aurait pu servir de modèle à un sculpteur grec pour figurer Méduse. Et le pire, c'est qu'elle savait à quel point elle ressemblait à une gorgone. Mais elle se pomponnerait plus tard.

Leur tentative de sabotage sur les canots de leurs poursuivants avait apparemment échoué. Ils ignoraient qu'il ne suffisait pas de faire dériver les canots, que l'un d'eux pourrait être bloqué par une racine et que l'autre reviendrait naturellement à la rive. Maintenant, le premier passait le coude de la rivière, émergeant des brumes matinales, suivi de près par le second. Il y avait quatre hommes dans chaque embarcation, parmi lesquels Pancho et Elvis. Pancho menait l'assaut, debout à l'avant du canot de tête et brandissait un pistolet. Aux cris excités qu'il poussa, il était clair qu'il avait aperçu ses proies.

Les canots se rapprochaient. Elle s'obligea à regarder à nouveau le moteur et découvrit que le starter était repoussé. Elle tira le bouton de plastique puis à nouveau la corde. Le hors-bord bégaya puis toussa quand elle régla légèrement les gaz. Elle jeta un coup d'œil en arrière. La barque de tête se détachait de l'autre. Elle avait peut-être plus de puissance ou peut-être son moteur fonctionnait-il mieux. Elle commençait à se rapprocher peu à peu dans une angoissante poursuite au ralenti. Avant longtemps, elle serait assez proche pour que les tireurs s'agenouillent à l'avant pour les canarder.

De la fumée sortit de la gueule d'un pistolet. Pancho avait tiré deux coups rapides, plus pour les impressionner que pour les atteindre. Ou son tir était mal réglé ou bien ils étaient encore hors de portée car les balles ne s'approchèrent pas. Elle perdit ses poursuivants de vue à la courbe suivante. Ce n'était qu'une question de minutes, en fait, avant qu'ils ne meurent dans l'eau.

Hack !

Gamay sursauta à ce bruit inattendu. Chi avait retrouvé sa chère machette au fond du canot. Il l'utilisait pour couper une grande branche, penchée un peu au-dessus de sa tête. Un autre éclair argenté de l'acier. Une autre branche qui tombait dans la rivière. Chi balançait sa machette comme un fou. Et de nouvelles branches tombaient avec de grands enchevêtrements de chaque côté du canot puis se rejoignaient en un barrage flottant de feuilles entrelacées. La rambarde improvisée s'installa au milieu de la rivière.

Le barreur du canot de tête ne vit le piège que lorsqu'il fut trop tard. Le canot prit le tournant du coude à toute vitesse. Il essaya de contourner l'obstacle mais l'embarcation le prit sur le flanc. Un *chiclero* se pencha pour le pousser et découvrit que Newton avait raison d'affirmer que toute action entraîne une réaction. Son corps était tendu entre le bateau et les branches. Il tomba lourdement à l'eau. Il y eut de grands cris et de la confusion lorsque le second canot heurta violemment le premier. Une arme tira toute seule, envoyant une rafale sauvage dans la forêt. Des oiseaux surpris envahirent le ciel en un nuage sombre et jacassant.

— *Oui !* cria Gamay avec enthousiasme. Bien joué, professeur !

Le sourire naissant sur le visage habituellement imperturbable du Maya montra qu'il était heureux de l'effet de son acte et des louanges de la jeune femme.

— Je savais bien que mon éducation à Harvard me servirait un jour, dit-il modestement.

Gamay sourit et manœuvra la barre pour éviter les eaux peu profondes le long des rives mais elle était loin de l'optimisme. Elle réalisa qu'après ce moment d'allégresse, elle n'avait aucune idée de l'endroit où ils allaient. Ni même s'ils auraient suffisamment de carburant pour y aller. Elle vérifia le réservoir. Il était à moitié plein. Ou à moitié vide si elle y pensait avec pessimisme, ce qui était peut-être plus prudent dans leur situation précaire.

Après un rapide entretien, ils décidèrent de filer le plus vite possible pour le moment, afin de mettre autant de distance qu'ils le pourraient entre le canot et ses poursuivants. Ensuite, ils se fieraient au courant de la rivière.

— Je ne voudrais pas avoir l'air de couper les cheveux en quatre, professeur, mais avez-vous idée de l'endroit où va cette rivière ?

Le professeur hocha la tête.

— Elle ne figure même pas sur la carte. A mon avis, nous allons vers le sud. Simplement parce que, comme vous l'avez fait remarquer, il y a peu de rivières au nord.

— On dit que lorsqu'on est perdu, suivre une rivière vous amène à la civilisation, dit Gamay sans conviction.

— Je l'ai entendu dire. Et aussi que la mousse pousse au nord des arbres. Mais moi j'ai vu que la mousse poussait tout autour des arbres. Vous avez dû être Guide.

— J'ai toujours préféré jouer avec les garçons. Je n'ai jamais dépassé les Jeannettes. Et tout ce que j'ai appris à tailler, c'est un bâton pour faire fondre les marshmallows au-dessus du feu.

— On ne sait jamais, ça pourrait vous servir un jour. En réalité, je ne suis pas très impatient de rencontrer la civilisation. Surtout sous la forme de nouveaux *chicleros*.

— Est-ce possible ?

— Ceux qui nous poursuivent sont arrivés après qu'on nous a enfermés dans la caverne. Cela signifie qu'ils ne viennent pas de très loin. Peut-être un camp de base.

— Peut-être remontaient-ils la rivière quand nous sommes tombés sur leurs copains.

— D'une façon ou d'une autre, je crois que nous ferions bien de nous préparer au pire, c'est-à-dire nous faire prendre en tenailles par deux groupes inamicaux.

Gamay leva les yeux vers les taches de ciel bleu qui commençaient à apparaître par les trous de la végétation.

— Pensez-vous que l'hélicoptère travaillait avec le gang ?

— Peut-être, bien que d'après ce que je sais, ces voleurs sont très peu équipés. Il ne faut pas un équipement très sophistiqué pour tirer du sol des antiquités et les transporter à travers la forêt. Comme vous l'avez constaté par la facilité avec laquelle nous avons échappé à l'hélicoptère, plus c'est simple, mieux ça marche.

— Nous avons déjà eu la nature pour nous. Nous arrivons en terrain plus découvert et il serait peut-être bien de réfléchir à ce que nous ferons s'il revient. (Gamay arrêta le moteur.) Nous allons dériver un moment. Nous pourrons sans doute établir un plan plus facilement sans ce bruit de moteur dans les oreilles.

La promenade en bateau était presque idyllique sans le ronronnement du hors-bord. Ils aperçurent des éclairs de plumes aux couleurs vives dans la verdure impénétrable qui bordait leur chemin. Les rives hautes de chaque côté de la rivière indiquaient qu'elle était très ancienne et qu'elle avait creusé son lit dans le sol calcaire pendant une très longue période. Comme si elle sentait peser sur elle toutes ces années, elle serpentait dans les bois d'un cours lent mais régulier, variant sa largeur. L'eau brillait comme une table de billard là où le soleil la frappait mais prenait ailleurs une teinte d'un vert plus sombre. Gamay cessa bientôt de s'émerveiller de la nature quand elle sentit son estomac gronder. Elle réalisa qu'ils n'avaient rien mangé depuis la veille et fit remarquer qu'il était bien dommage qu'ils n'aient plus de sandwichs. Chi répondit qu'il allait voir ce qu'il pouvait faire. Il lui demanda de s'approcher de la rive et coupa de sa machette un buisson chargé de baies. Elles étaient âpres mais nourrissantes. La rivière était couverte d'algues vertes mais, au passage du canot, l'eau était claire et réfléchissante.

Leur paix fut troublée par le son aigu d'un moteur hors-bord qui se rapprochait. Les canots réapparurent à environ deux cents mètres derrière eux. De nouveau, l'un devançait l'autre. Gamay ranima le moteur qui partit à pleine vitesse.

Ils étaient sur une partie droite, assez large, qui ne leur laissait aucune chance de feinter. Le bateau chasseur se rapprochait peu à peu et la distance entre eux diminuait lentement. Dans quelques minutes, ils redeviendraient une cible facile pour les armes. Les canots grossissaient à mesure qu'ils se rapprochaient, un tiers de la distance déjà, puis une moitié. Les *chicleros* n'avaient pas levé leurs armes. On aurait dit un groupe de types en croisière sur la rivière.

Chi cria :

— *Docteur Gamay !*

Gamay tourna la tête et vit le professeur à l'avant, regardant droit devant lui. Elle entendit un sourd grondement au loin.

— Qu'est-ce que c'est ?

— Les rapides !

Le bateau commençait à prendre de la vitesse bien qu'elle n'eût pas touché à la manette des gaz. L'air était plus frais qu'avant et humide d'une sorte de brouillard. En quelques minutes, le grondement devint rugissement et, à travers la brume recouvrant toute la rivière, elle distingua l'écume blanche et les pointes acérées de rochers noirs et luisants. Elle pensa au fond plat du canot et eut la vision d'un ouvre-boîtes déchirant le léger aluminium. La rivière s'était rétrécie et les tonnes d'eau se resserrant dans cet entonnoir naturel avaient transformé ce cours d'eau paresseux en une écluse en furie.

Elle regarda en arrière. Les canots s'étaient arrêtés et faisaient demi-tour. Il était évident que leurs poursuivants connaissaient les rapides. C'est pour cela qu'ils n'avaient pas tiré sur eux. Pourquoi gâcher des munitions ?

— On n'arrivera jamais à passer ces rochers ! cria Gamay malgré le bruit de tonnerre assourdissant des eaux. Je vais virer vers la terre. Il faudra courir vers les bois.

Elle poussa la manette à fond et le canot vira vers la berge. A dix mètres du but, le moteur toussa et s'arrêta. Gamay essaya sans succès de le faire repartir. Elle dévissa rapidement le bouchon du réservoir. Il ne restait que des vapeurs.

Le professeur Chi avait saisi une rame et essayait de pousser l'embarcation à la godille. Mais le courant était trop fort et lui arracha l'aviron des mains. Le canot prenait de la vitesse et commença à tourner sur lui-même. Gamay regardait, impuissante, la barque portée comme un bouchon vers les dents des rochers et l'eau blanche bouillonner tout autour.

C'est Trout qui eut l'idée de remonter la rivière. Quelques minutes plus tôt, le pilote avait tapé sur la jauge et ensuite sur sa montre, ce qui signifiait qu'on était au point où il fallait faire demi-tour. La minutie toute scientifique de Trout venait de l'époque où il travaillait, dans son adolescence, avec son oncle Henry, un artisan qui construisait des bateaux pour les pêcheurs locaux bien avant que les coques de plastique soient devenues à la mode.

— Mesure deux fois, ne coupe qu'une fois, disait

l'oncle Henry entre deux bouffées de sa vieille pipe. En d'autres termes, vérifie deux fois ce que tu fais.

Des années plus tard, Trout ne pouvait commencer un travail difficile sur son ordinateur sans entendre la voix de l'oncle Henry murmurer à son oreille.

Ce fut une réaction naturelle que de proposer, par l'intermédiaire de Morales, de rentrer en suivant la rivière, mais lentement cette fois-ci, au cas où quelque chose leur aurait échappé au premier passage. Ils volèrent à moins de quarante-cinq mètres, à vitesse modérée, descendant encore quand la rivière s'élargissait. Le Jet Ranger était très maniable, ayant été prévu pour l'observation par hélicoptère. Lorsqu'il servait aux militaires, il avait fait le même travail que le Kiowa. Avant longtemps, ils atteignirent les rapides qu'ils avaient aperçus lors de leur précédent passage.

Trout regarda l'étroite bande d'eau blanche puis, au-delà, la rivière calme juste au-dessus de la cataracte, où il aperçut quelque chose de curieux. Deux petits bateaux étaient arrêtés, l'un près de l'autre, tournant le dos aux rapides, surveillant apparemment une troisième embarcation qui dérivait vers l'aval. Quelqu'un, à l'avant, pagayait fiévreusement mais le fort courant le tirait inexorablement vers les rapides. Trout distingua l'éclair d'une chevelure roux foncé à l'arrière du canot.

— *Gamay !*

On ne pouvait pas se tromper sur cette chevelure, surtout quand le soleil faisait briller ses mèches mouillées. Et il comprit immédiatement ce qui allait arriver. Dans quelques secondes, le canot allait prendre de la vitesse et se jetterait contre les rochers pointus qui le déchiquetteraient.

Trout hurla à Morales :

— Dites au pilote de les repousser avec le vent des rotors.

Morales regardait, fasciné, ce qui se passait sur l'eau. Il essaya de dire au pilote ce que Trout venait de lui demander. La traduction dépassait son vocabulaire anglais. Il tenta quelques mots en espagnol puis abandonna. Trout tapa sur l'épaule du pilote. Avec de grands gestes, il montra le bateau en difficulté puis fit tourner son index en essayant d'expliquer ce qu'il voulait. A la surprise de l'Américain, le pilote saisit ce qu'on attendait de lui. Il hocha vigoureusement la tête, fit glisser l'hélicoptère en descendant et abaissa la vitesse au maximum jusqu'à ce qu'il soit entre le bateau dérivant et la crête des rapides où la rivière se rétrécissait. Faisant du surplace, l'hélico descendit jusqu'à ce que le vent des rotors balaie la surface comme un gigantesque batteur à œufs et crée une dépression d'écume en forme d'assiette.

Les vagues ondulèrent en grands cercles concentriques. La première ondulation frappa le canot, ralentit sa vitesse puis l'arrêta complètement pour diriger la légère embarcation vers la rive au-dessus des rapides. Le long rotor tourbillonnant n'était pas fait pour une opération d'une précision chirurgicale. Les vagues produites par le puissant courant d'air firent rouler le canot et menacèrent de le renverser. Trout, penché par la fenêtre, vit ce qui se passait. Il hurla au pilote de remonter en agitant son pouce vers le haut.

L'hélicoptère commença à remonter.

Trop tard. Une vague attrapa le canot et le renversa. Ses occupants disparurent sous la surface. Trout attendit que leurs têtes reparaissent. Mais il fut distrait par un bruit aigu et sec et un cri du pilote. Il se tourna pour découvrir une toile d'araignée de lignes sur le pare-brise qui avait été transparent la dernière fois qu'il l'avait regardé. Au centre de ce dessin dentelé, il vit un trou. On leur avait tiré dessus ! Une balle avait dû passer juste entre eux et avait frappé le cadre à quelques centimètres au-dessus de la tête de Ruiz qui se tenait immobile, les yeux écarquillés. Le *chiclero* commença à hurler en espagnol malgré les admonestations de Morales qui lui demandait de se taire. Morales, cessant de perdre son temps, se pencha et assena un énorme coup de poing dans la mâchoire de l'homme, qui le laissa inconscient. Puis le policier mexicain sortit son pistolet et tira sur les canots qui firent demi-tour.

Un autre bruit sec retentit dans le fuselage, comme si quelqu'un tapait sur le métal avec un marteau à panne bombée. Trout était déchiré d'indécision. Il aurait voulu attendre pour voir ce qui arrivait à Gamay, mais il savait que l'hélico était une cible facile. Le pilote prit les choses en main. Jurant en espagnol, il serra les dents et poussa la manette des gaz. L'appareil bondit en avant et fondit sur les deux canots comme un missile de croisière. Trout vit les hommes à bord se figer, incrédules, jusqu'à ce qu'ils soient éjectés de leurs canots par le souffle puissant du rotor. Le courant d'air retourna les bateaux vides comme des copeaux de balsa. A la dernière seconde, le pilote remonta le Jet Ranger puis le fit virer pour une seconde représentation. La manœuvre était inutile. Les bateaux retournés étaient déjà en train de couler. Des têtes sortirent de l'eau tandis que les hommes luttaient en vain contre le courant qui les tirait vers les rapides.

Le bateau de Gamay avait déjà commencé son passage dans l'enfer mousseux et Trout sentit un frisson remonter le long de son dos en pensant à ce qui aurait pu arriver. Il était toujours inquiet pour Gamay. Il ne vit aucun signe de sa femme ni de l'autre personne dont il devina qu'il s'agissait du professeur Chi. Le pilote fit deux cercles rapides puis montra à nouveau la jauge d'essence. Trout hocha la tête. Il n'y avait aucun endroit possible pour atterrir.

A contrecœur, il leva les pouces et l'hélicoptère s'éloigna de la rivière.

Trout était occupé à dresser des plans dans sa tête et ne remarqua pas depuis combien de temps ils volaient quand ils entendirent le moteur tousser. L'hélico perdit un instant de la vitesse puis parut en reprendre avant que le moteur ne se remette à tousser. Le pilote tripota ses instruments puis mit son doigt sur la jauge d'essence vide. Il se baissa, tentant de percer la jungle ininterrompue pour trouver un endroit où se poser. Le moteur s'étouffa comme une victime du choléra. Puis la toux s'arrêta, il y eut un craquement suivi d'un silence effrayant, comme si le moteur avait cessé de vivre et ils commencèrent à tomber du ciel comme un grêlon.

27

— Ne bougez pas, docteur Gamay !

La voix de Chi, douce et pourtant insinuante, la pénétrait comme un brouillard de gaze. Gamay souleva lentement ses paupières collées. Elle avait la curieuse sensation de nager dans une mer mouvante de gelée verte. Les gouttes gélatineuses devenaient plus précises, les couleurs se transformaient en feuilles et en brins d'herbe. Ses sens reprirent peu à peu leurs fonctions. Après la vue vint le goût, une amertume dans la bouche. Puis le toucher et l'humidité collante de ses cheveux et elle sentit une masse pulpeuse, comme si son cerveau avait explosé. Sa main s'en éloigna presque par réflexe.

Des doigts s'enfoncèrent dans son épaule.

— Ne bougez plus ou vous mourrez. La vieille Barbe Jaune vous regarde.

La voix de Chi était calme mais tendue. Son bras se figea au milieu de son geste. Elle était étendue sur le flanc gauche, Chi derrière elle, hors de sa vue mais assez proche pour qu'elle sentît son souffle dans son oreille.

— Je ne vois personne, dit-elle en sentant sa langue épaisse.

— Juste devant vous, à environ un mètre cinquante. Très beau, d'une beauté mortelle. Rappelez-vous de ne pas bouger.

Osant à peine cligner les yeux, Gamay scruta l'herbe. Son regard se posa sur une touffe décolorée qui se matérialisa en un motif de triangles bordés de noir posés sur un fond olivâtre, marquant les anneaux sveltes d'un serpent extrêmement long. La tête triangulaire au menton jaunâtre était relevée. Elle était assez près pour voir ses yeux aux pupilles verticales, les trous ressemblant à des narines extrêmement sensibles à la chaleur et la longue langue noire que l'animal entrait et sortait sans cesse.

— Qu'est-ce que c'est ? demanda-t-elle, la curiosité scientifique prenant le pas sur la peur.

— *Barba amarilla.* Et un gros à ce qu'il semble. Certains l'appellent le « fer de lance »[1].

Fer de lance ! Gamay en savait assez sur les serpents pour comprendre qu'elle était en face d'un tueur. La chair de poule envahit sa peau. Elle se sentait extrêmement exposée.

— Que devons-nous faire ? murmura-t-elle en regardant la tête aller et venir comme si elle suivait le rythme d'une musique silencieuse.

— Ne paniquez pas. Il devrait bientôt bouger pour sortir de la lumière du soleil, probablement pour chercher de l'ombre. S'il vient par ici, ne bougez pas, je vais distraire son attention.

Gamay était appuyée sur son coude et sa position devenait inconfortable et douloureuse. Elle se demanda combien de temps elle pourrait tenir. Elle voulait que le serpent s'en aille mais elle ne tenait pas à l'attirer dans sa direction.

L'animal se décida quelques minutes plus tard et commença à se déplier de toute sa longueur. Comme l'avait dit Chi, c'était un gros, aussi long qu'un homme debout. Il ondula silencieusement dans l'herbe vers l'ombre d'un petit arbre et s'installa près de la fidèle machette de Chi appuyée contre le tronc.

— Vous pouvez bouger maintenant. Il dort. Asseyez-vous doucement.

Elle tourna la tête. Chi était à genoux. Il reposa la grosse pierre qu'il tenait à la main.

1. En français dans le texte.

— Depuis combien de temps était-il là ?

— Environ une demi-heure avant que vous vous réveilliez. En général, les serpents battent en retraite si on leur en donne l'occasion mais avec Barbe Jaune, on ne sait jamais. Surtout si on le dérange pendant son sommeil. Il peut se montrer très agressif. Qu'il garde ma machette si ça lui fait plaisir. Comment vous sentez-vous ?

— Ça va, sauf que j'ai l'impression que quelqu'un a pris ma tête pour un ballon de football. Qu'est-ce que c'est que cette gélatine que j'ai à la place des cheveux ?

— Je vous ai fait un emplâtre de plantes médicinales. La pharmacie était fermée.

— Depuis combien de temps sommes-nous ici ? demanda-t-elle en frottant son coude douloureux pour y faire circuler le sang.

— Quelques heures. Vous avez dormi par périodes. Le goût amer que vous avez dans la bouche vient d'un remontant à base de racines. Vous vous êtes fait une vilaine bosse contre un rocher quand le bateau s'est retourné.

De vagues souvenirs d'eau blanche et furieuse flottèrent dans sa mémoire.

— Les rapides ! Pourquoi ne sommes-nous pas morts ?

Chi montra le ciel.

— Vous ne vous souvenez pas ?

— *L'hélicoptère !* Des fragments de souvenirs se heurtaient comme les pièces d'un puzzle. Le professeur et elle étaient dans le canot en panne d'essence. Le fort courant les entraînait vers les rochers. Puis le grondement de l'eau mortelle avait été noyé par un claquement mécanique. L'hélicoptère rouge et blanc qu'ils avaient vu auparavant avait fait des cercles au-dessus de la rivière. Gamay se souvint avoir pensé qu'ils étaient morts, entre les *chicleros* armés derrière eux, les rapides bouillonnants devant et l'hélicoptère au-dessus. Puis l'appareil était descendu comme une Walkyrie et était resté suspendu au-dessus de l'eau, entre le canot et les rapides. Le courant d'air de ses rotors avait avalé la rivière en un grand cercle et créé des vagues permettant au canot de sortir du courant, le renvoyant vers la berge. Mais la force de l'air dégagé par l'appareil avait fait dangereusement tanguer l'embarcation légère d'aluminium. La rive herbeuse à quelques mètres seulement, le canot s'était retourné.

Gamay avait été catapultée hors du bateau comme si elle avait eu un siège éjectable. Et puis *bang !* Sa tête avait heurté quelque chose de dur. Sa vision s'était brouillée et ses dents s'étaient serrées. Un éclair de lumière blanche puis une apaisante obscurité.

— L'hélicoptère nous a sauvés, dit-elle.

— Apparemment. Vous auriez été en parfait état si vous n'aviez pas heurté ce rocher de la tête. Ce n'était qu'un coup oblique mais assez fort pour vous assommer. Je vous ai tirée jusqu'à la rive puis jusqu'ici à travers les buissons. J'ai ramassé les racines et les feuilles nécessaires pour un cataplasme. Vous avez dormi toute la nuit mais vous auriez pu faire des rêves étranges. Le tonique que je vous ai fait boire est un peu hallucinogène.

Gamay se rappela en effet un rêve étrange. Paul était au-dessus d'elle, très haut, l'appelant par son nom et les mots apparaissaient dans des bulles de bandes dessinées avant qu'ils ne disparaissent dans un nuage de vapeur.

— Merci pour tout, dit Gamay en se demandant comment ce petit professeur entre deux âges avait réussi à la sortir de l'eau et à la tirer dans la forêt.

— Et les hommes qui nous pourchassaient ?

Le professeur secoua la tête.

— Je n'ai pas fait très attention à eux dans la confusion du moment. J'étais occupé à vous mettre à l'abri. Je crois avoir entendu des coups de feu mais tout est calme depuis. Ils pensent peut-être que nous sommes morts.

— Que faisons-nous maintenant ?

— Je me posais la même question quand notre ami à écailles est arrivé. Tout dépend de la longueur de sa sieste. J'aimerais bien récupérer ma machette. Dans ce pays, cela peut faire la différence entre la vie et la mort. Reposez-vous un moment. Si Barbe Jaune ne se réveille pas, nous discuterons d'un autre plan. Je suis venu par un sentier, probablement celui que les *chicleros* utilisent pour contourner les rapides. Nous pourrons l'explorer plus tard. En attendant, nous devrions peut-être aller un peu plus loin, au cas où il serait de mauvaise humeur en s'éveillant.

Gamay trouva cela parfait. Avec l'aide de Chi, elle se mit debout. Elle avait les jambes cotonneuses et se sentait comme un poulain nouveau-né. Elle regarda autour d'elle et vit qu'ils étaient dans une petite clairière baignée de soleil et protégée par des arbres et des buissons. Ils allèrent s'installer à l'autre extrémité de la clairière où Chi enleva le cataplasme de Gamay et annonça que ses bosses et ses ecchymoses avaient pratiquement disparu. Il dit qu'il allait cueillir quelques baies pour se remplir l'estomac en attendant que le serpent finisse sa sieste. Encore fatiguée, Gamay s'étendit sur l'herbe et ferma les yeux. Elle s'éveilla un instant plus tard. Une branche avait craqué. Chi n'aurait jamais fait autant de bruit.

Elle s'assit et regarda autour d'elle. Le professeur était au bord de la clairière, une branche chargée de baies à la main. Derrière lui se tenait le *chiclero* que Gamay avait baptisé Pancho. Il n'avait plus rien de l'homme qui avait ordonné qu'on les enferme dans la caverne. Ses cheveux si bien peignés ressemblaient à un nid d'orfraie et ses vêtements blancs étaient sales et déchirés. Son gros ventre pâle apparaissait à travers les déchirures. Disparu aussi le sourire sarcastique, remplacé par un masque de rage. Le pistolet qu'il tenait était le même que celui qu'il avait agité lors de leur première rencontre, cependant, et il était pointé sur la nuque du professeur.

L'homme posa le paquet qu'il portait et rugit en espagnol à l'adresse de Chi. Le professeur s'approcha de Gamay. Ils se tenaient là, côte à côte et le canon du pistolet allait de Chi à Gamay et de Gamay à Chi.

— Il veut que je vous dise qu'il va nous tuer pour venger ses hommes, dit Chi. Moi d'abord puis il s'en prendra à vous sur mon corps.

— Mais qu'est-ce que c'est que ces types ? aboya Gamay. Ne le prenez pas mal, professeur, mais une bonne partie de vos compatriotes semblent avoir le cerveau entre les jambes !

Il y eut une ombre de sourire sur le visage de Pancho. Gamay lui adressa à son tour un sourire de coquette comme si sa proposition l'intéressait. Elle pourrait peut-être gagner du temps pour le professeur et s'approcher suffisamment de ce gorille pour endommager sérieusement sa libido. Chi fut plus rapide qu'elle. Il tourna légèrement la tête, regarda sa machette au pied de l'arbre et se pencha un peu comme s'il allait prendre son élan pour aller la chercher. Gamay connaissait assez Chi pour se rendre compte que son mouvement était inhabituellement maladroit, comme s'il *voulait* attirer l'attention de Pancho.

Et ça marcha. Pancho suivit le regard de Chi jusqu'au long couteau posé contre l'arbre et sa bouche s'étira en un large sourire. Gardant les yeux et le pistolet sur le professeur, il recula, traversa la clairière et se baissa pour ramasser la machette.

Le sol explosa en un fouillis de triangles noirs.

Alerté par le pas lourd de l'homme, le serpent était en position pour frapper dès que Pancho voulut prendre l'arme blanche. Il plongea ses longs crochets dans son cou et frappa encore, très vite, vidant le reste de son venin dans son bras.

Le canon de l'arme se détourna et l'homme tira plusieurs balles sur le serpent, le changeant en une masse sanglante, rouge et verte. Puis il toucha la marque double près de sa carotide. Son visage pâlit, ses yeux s'agrandirent d'horreur et sa bouche s'ouvrit sur un hurlement silencieux. Terrifié, il regarda Chi et Gamay puis tituba dans les buissons.

Chi s'avança, évitant soigneusement les crochets qui mordaient l'air et les soubresauts du serpent mourant, et il suivit la trace du *chiclero*. Quelques instants plus tard, Gamay entendit un autre coup de feu. Quand Chi reparut, le pistolet fumait dans sa main. Il vit l'expression d'horreur dans le regard de la jeune femme. Enfonçant le pistolet dans sa ceinture, il s'approcha et prit la main de Gamay. La dureté de ses traits avait disparu et son regard était doux comme celui d'un bon grand-père.

— Le *chiclero* s'est suicidé, expliqua-t-il patiemment. Il savait que la mort par morsure du *barba* est très douloureuse. Le venin détruit les globules rouges et déchire les vaisseaux. On saigne par la bouche et la gorge qui gonflent douloureusement, on vomit et des spasmes agitent le corps. Rien qu'avec la morsure au cou, il aurait pu souffrir une heure ou deux. Rappelez-vous, avant de le plaindre, qu'il a voulu nous faire mourir dans la caverne et, plus tard, dans la rivière.

Gamay secoua la tête, étourdie. Chi avait raison. La mort du *chiclero* était infortunée mais il l'avait cherchée. Quel homme extraordinaire que ce professeur ! Elle ne comprenait pas comment les Espagnols avaient pu conquérir les Mayas. Ses réflexes de survie la remirent sur les rails.

— Il y en a peut-être d'autres qui ont entendu les coups de feu.

Chi ramassa sa machette et le paquet du mort.

— La rivière est notre seule chance. Même si nous savions où nous sommes, il serait trop risqué de suivre un sentier sur terre. (Il regarda le corps sanglant du serpent.) Comme vous l'avez constaté, il y a des créatures bien plus dangereuses que les *chicleros*. Ouvrez la marche, je vous suis.

Gamay accepta sans discussion. Ils avancèrent dans la forêt épaisse, Chi suivant sa boussole intérieure jusqu'à ce qu'ils atteignent un sentier d'un mètre de large, si fréquenté qu'on voyait le blanc du calcaire.

— C'est le chemin de transport dont je vous ai parlé.

— Ne risquons-nous pas de rencontrer quelqu'un si nous l'empruntons ?

— Je n'en suis pas si sûr. Rappelez-vous ce qu'a dit le gros homme à propos de ceux qu'il voulait venger. Je vais faire l'éclaireur. Restez derrière moi et, si je vous signale quelque chose, quittez la piste aussi vite que possible.

Ils s'engagèrent dans la forêt. Le chemin courait parallèlement à la rivière qui étincelait entre les arbres. Gamay marchait maintenant derrière le professeur. Rien ne troubla leur progression. Le seul signe de vie autre que les chants rauques des oiseaux fut un paresseux qui les regarda d'un œil endormi, de la branche où il était installé.

Chi s'arrêta, lui fit signe d'avancer puis disparut dans un tournant du chemin. Quand elle le rattrapa, le professeur se tenait sur une petite plage de sable. Trois canots identiques à celui qu'ils avaient perdu étaient tirés sous une construction de branches et de feuilles de palmier supposée les cacher à quiconque longeait la rivière ou la survolait en avion. Contrairement à ce qu'elle avait vu de la furie des eaux, la surface était à nouveau d'un vert brunâtre.

— On dirait qu'ils avaient des bateaux des deux côtés des rapides, observa Chi. Ils pouvaient ainsi transporter les marchandises le long du chemin pour contourner les eaux dangereuses.

Gamay n'écoutait que d'une oreille. Elle s'était éloignée de la rive pour examiner les cendres froides d'un feu de camp et remarqua une plate-forme montée sur pilotis. Une cabane à toit plat, semblable à celles que les enfants construisent dans les arbres, avait été élevée dessus. Elle ouvrit la porte qui n'était pas verrouillée et regarda à l'intérieur. Elle vit plusieurs bidons d'essence et une grande glacière de métal. Elle poussa la porte.

— Professeur Chi, appela-t-elle, j'ai trouvé quelque chose d'important !

Chi trotta vers elle et vit le bidon bleu qu'elle tenait. Un sourire énorme parut traverser son visage.

— Des spams ! murmura-t-il avec révérence.

Il y avait plus que des spams dans la glacière. Ils trouvèrent des boîtes de légumes et des jus de fruits, des bouteilles d'eau et des tortillas scellées dans des boîtes en plastique. Et des sardines et du corned-beef pour varier le menu.

L'abri primitif renfermait aussi des lampes de poche et des outils. Les allumettes étanches furent une trouvaille agréable, de même que le réchaud de camping. Et du savon. Allant chacun de leur côté de la rivière, ils lavèrent leurs corps et leurs vêtements qui séchèrent très vite au soleil brûlant.

Après leur bain et un repas bienvenu fait de hachis et d'œufs, Chi explora la zone tandis que Gamay entassait de la nourriture et des fournitures. L'endroit était étrangement calme mais ils décidèrent de ne pas s'y attarder. Ils chargèrent un canot, sabotèrent les autres en les coulant sous des rochers puis cachèrent les moteurs hors-bord dans la forêt après les avoir essayés pour voir lequel était le plus rapide. Puis ils montèrent dans le canot qu'ils s'étaient réservé, le poussèrent loin de la rive, firent tourner le moteur à vitesse lente, à peine au-dessus du point mort, utilisant juste assez de puissance pour dépasser le courant.

Ils avaient parcouru à peine deux kilomètres quand la rivière présenta un coude serré sur la droite. Puis, dans une poche où le lit de la rivière s'incurvait, entourés d'algues et de bois flottants, ils virent deux canots d'aluminium aux coques coupées et déchirées. Et autour, les cadavres puants d'hommes gonflés sous le soleil torride.

Chi murmura une prière en espagnol.

— A mon avis, c'est ici que nous aurions fini si nous étions tombés dans les rapides, dit Gamay en se protégeant le nez d'une main.

— Ils n'étaient pas près des rapides la dernière fois que nous les avons vus.

— C'est bien ce que je pensais, dit-elle en hochant la tête. Il a dû se passer quelque chose pendant que nous luttions avec notre canot retourné.

Elle repensa au livre de Conrad[1] *Au nom de l'obscurité,* à la scène où Kurtz, l'homme civilisé redevenu sauvage, murmure sur son lit de mort : « L'horreur... l'horreur. »

Les paroles de Kurtz toujours à l'esprit, Gamay dirigea le canot vers l'aval et augmenta les gaz. Elle voulait mettre des kilomètres entre eux et ce lieu de mort avant la tombée de la nuit, même si elle ignorait si oui ou non de nouvelles horreurs les attendaient plus tard.

1. Joseph Conrad, romancier anglais auteur de romans d'aventures (1857-1924). *(N.d.T.)*

28

Washington, D.C.

Quand Perlmutter appela pour leur proposer un brunch au lieu d'un dîner, Austin se réjouit pour deux raisons. Que le corpulent archiviste accepte de ne prendre qu'un repas léger au Kingshead, un restaurant populaire de Washington, signifiait que sa recherche avait été fructueuse. Et, de plus, la note serait moins élevée pour les finances d'Austin qu'un dîner avec qui sait combien de plats. Du moins était-ce ce qu'il pensa jusqu'à ce que Perlmutter choisisse un bordeaux de 1982 et commence à choisir des plats qui n'étaient même pas au menu, comme au restaurant chinois où l'on peut goûter un peu de tout.

— Je ne voudrais pas que vous pensiez que vous pouvez profiter de moi en m'offrant un petit déjeuner plutôt qu'un vrai déjeuner, dit Perlmutter pour expliquer ses extravagances.

— Mais bien sûr que non, répondit Austin en se demandant comment il pourrait faire payer la note de cette bombe sans trop se faire remarquer par le comptable aux yeux fouineurs de la NUMA.

Il poussa un très léger soupir de soulagement quand Perlmutter reposa le menu.

— Très bien. Alors, après que nous avons bavardé au téléphone, j'ai appelé mon ami Juan Ortega à Séville. Don Ortega est l'un des meilleurs experts sur

Colomb, et puisque vous avez l'air un peu pressé, j'ai pensé qu'il pourrait nous donner un résumé de la masse d'informations disponibles.

— Je vous en suis reconnaissant, Julien. J'ai lu les livres d'Ortega et je les ai trouvés très perspicaces. A-t-il pu nous aider ?

— Oui et non. Il a répondu à certaines questions mais il en a soulevé d'autres. Lisez ceci, ajouta Perlmutter en tendant à Austin les documents qu'Ortega lui avait faxés d'Espagne. Pour gagner du temps, je vais vous raconter ma conversation avec lui et résumer ce que vous trouverez là-dedans.

Perlmutter cristallisa ses découvertes, s'arrêtant de temps en temps pour avaler quelque chose.

— Un *cinquième voyage* ! s'étonna Austin. Voilà qui va secouer les historiens et demander une mise à jour des livres d'Histoire. Quelle est votre opinion personnelle ? La lettre est-elle un faux ?

Perlmutter réfléchit, la tête penchée, un doigt appuyé contre sa joue dodue.

— Je l'ai lue plusieurs fois et je ne peux toujours pas vous donner une réponse définitive. Si c'est vraiment un faux, il est rudement bien fait. Je l'ai comparé à d'autres documents authentiques et à l'écriture de Las Casas. Le style, la syntaxe, l'écriture se tiennent.

— Et, comme vous l'avez fait remarquer, pourquoi quelqu'un aurait-il pris la peine de voler un document faux ?

— En effet, pourquoi ?

Le serveur apporta le vin. Perlmutter leva son verre dans la lumière, en fit tourner le contenu, en respira le bouquet et finalement en but une gorgée. Il ferma les yeux.

— Superbe, comme je savais qu'il serait, dit-il avec un sourire béat. C'est vraiment une année de légende.

Austin goûta à son tour.

— Je dois dire que je suis d'accord avec vous, Julien. (Il reposa le verre.) Vous avez mentionné une référence dans la lettre disant que Colomb se sentait coupable de « la mort des cinq ». Qu'en dites-vous ?

Les yeux bleus dansèrent d'émotion.

— Je suis surpris que vous n'ayez pas saisi ça tout de suite. J'ai cherché dans ma bibliothèque et j'ai trouvé une étrange histoire racontée par un certain Garcilaso de la Vega. Cela pourrait vous éclairer. Il prétend que sept ans avant que Colomb ne lève l'ancre pour son premier voyage historique, un navire espagnol avait été pris dans un orage au large des Canaries et qu'il avait échoué sur une île des Caraïbes. De son équipage de dix-sept hommes, il n'y eut que cinq survivants. Ils réparèrent le navire et rentrèrent en Espagne. Colomb aurait entendu l'histoire et les aurait invités chez lui, où il les traita avec profusion. Au cours des festins, ils racontèrent naturellement en détail leurs aventures.

— Ce n'est pas surprenant. Les marins aiment se vanter de leurs aventures en mer, même sans l'aide de quelques verres de vin pour leur délier la langue.

Perlmutter pencha sa carcasse massive.

— C'était bien plus qu'un raout amical. Il s'agissait sans aucun doute d'une opération bien menée ayant pour but de rassembler le maximum de renseignements. Ces simples marins n'imaginaient même pas qu'ils possédaient un savoir d'une valeur inestimable. Colomb essayait d'organiser une expédition et de trouver des fonds. Et voilà qu'il avait les récits de témoins oculaires et des renseignements sur la navigation qui pouvaient déboucher sur de vastes richesses. Les rescapés pouvaient lui donner des détails sur les courants, la direction des vents, la lecture de la boussole, la latitude et le nombre de jours en mer. Peut-être avaient-ils vu des indigènes porter des ornements en or. Pensez à ce que cela signifiait. Leur expérience prouvait non seulement qu'il était possible de naviguer jusqu'à la Chine ou l'Inde, ce que Colomb était sûr de faire, mais cela montrait aussi comment en revenir. Il avait l'intention de réclamer de nouvelles terres pour l'Espagne. Il était convaincu qu'il trouverait de l'or et qu'au minimum il rencontrerait le Grand Khan et mettrait en place un monopole lucratif de commerce d'épices et autres marchandises de valeur. Il connaissait la gloire de Marco Polo et se figurait qu'il pouvait faire beaucoup mieux.

— Ce n'est pas très différent de l'espionnage industriel qui sévit de nos jours, commenta Austin. A la place des pots-de-vin, des écoutes téléphoniques et des prostituées offertes pour avoir des renseignements sur la concurrence, Colomb s'offrait des renseignements avec de la nourriture et des boissons.

— Il les a peut-être arrachés avec plus que cela.

Austin leva les sourcils.

— Les cinq hommes moururent après le dîner, dit Perlmutter.

— Une indigestion ?

— J'ai pris plusieurs repas qui ont failli me tuer mais de la Vega pense autrement. Il suggère que les hommes ont été empoisonnés. Il ne pouvait pas le dire ouvertement. Colomb avait de puissantes protections. Cependant, réfléchissez bien à ceci : il est historiquement prouvé que Colomb avait une carte des Indes lors de son premier voyage. (Il but une gorgée de vin et fit une pause pour accentuer l'effet dramatique de ses paroles.) Il est fort possible que sa carte ait été fondée sur ce qu'il avait appris de ces infortunés marins.

— C'est possible mais d'après ce que dit la lettre, Colomb nie les avoir fait mettre à mort.

— Exact. Il en rejette le blâme sur cette prétendue fraternité, *Los Hermanos*[1].

— Colomb n'avait-il pas un frère ?

— Si, il s'appelait Barthélemy. Mais Colomb utilise le mot au pluriel. *Frères.*

— D'accord, supposons que vous ayez raison. Donnons à Christophe le bénéfice du doute. Il invite ces types chez lui pour voir quels renseignements il

1. Les Frères.

pourrait tirer d'eux. *Los Hermanos* prennent la précaution de s'assurer qu'ils ne diront à personne d'autre ce qu'ils ont vu. Colomb est peut-être un débrouillard mais il n'est pas un tueur. L'incident le hante.

— C'est un scénario plausible.

— Avez-vous une idée de ce qu'était cette fraternité, Julien ?

— Pas la moindre. Je me replongerai dans mes livres après le déjeuner. A propos... Ah ! La soupe de poissons Thaï !

Perlmutter venait d'apercevoir le premier des nombreux plats qui arrivaient sur leur table.

— Pendant que vous chercherez ça, je demanderai à Yaeger de voir s'il a quelque chose sur eux dans ses dossiers.

— Splendide, dit Perlmutter. Maintenant, j'ai une question à vous poser. Vous avez une connaissance plus pratique qu'historique de la mer, comme moi. Que pensez-vous de la « pierre qui parle » que mentionne Colomb, cette *torleta* des anciens décrite dans la lettre ?

— Les techniques de navigation ancienne m'ont toujours fasciné, dit Austin. Je considère que leur développement a constitué un bond énorme pour l'humanité. Nos ancêtres ont dû intégrer des concepts abstraits tels que le temps, l'espace et la distance pour résoudre le problème consistant à aller d'un point à un autre. J'adore l'idée de pousser un bouton pour faire passer un signal jusqu'à un satellite et savoir exactement sur quel point du globe je me trouve. Mais je pense que nous nous fions trop aux gadgets électroniques. Ils peuvent tomber en panne. Et nous sommes moins enclins à comprendre l'ordre naturel des choses, le mouvement des étoiles et du soleil, les caprices de la mer.

— Bon, alors laissons de côté ces gadgets électroniques, dit Perlmutter. Mettez-vous à la place de Colomb. Comment feriez-vous pour vous servir de la *torleta* ?

Austin réfléchit un moment à la question.

— Revenons à son voyage précédent. Je suis coincé sur une île où on me fait découvrir une sorte de pierre ou de tablette portant d'étranges inscriptions. Les indigènes me disent que c'est la clef pour trouver un grand trésor. Je la rapporte en Espagne mais personne ne réussit à comprendre ce dont il s'agit. Sauf que c'est très ancien. Je la considère du point de vue d'un marin. Les marques sont semblables, d'une certaine façon, à une sorte de table traçante. J'en ai utilisé une pendant toute ma vie de marin. Elle est trop lourde pour que je la trimbale alors je fais ce que je peux faire de mieux. Je fais faire des cartes d'après les inscriptions et je mets les voiles. Le seul problème, c'est que je ne l'ai pas vraiment comprise. Il y a un trou dans mes connaissances.

— Quelle sorte de trou, Kurt ?

Austin prit son temps pour répondre.

— C'est difficile à savoir sans avoir une idée de ce à quoi ressemble vraiment la *torleta,* mais imaginons une situation hypothétique. Supposons que je sois un marin de l'époque de Colomb et que quelqu'un me donne une carte de la NOAA[1]. Les descriptions géographiques m'aideraient à naviguer mais les lignes des coordonnées de navigation à longue portée n'auraient aucun sens pour moi. Je ne saurais rien des signaux électriques envoyés par les stations à terre ou des récepteurs qui peuvent traduire les signaux en lieux précis. Une fois sur l'eau, loin de toute terre, je devrais revenir aux méthodes traditionnelles.

— Voilà une analyse très lucide. Ce que vous voulez dire c'est qu'une fois que Colomb fut en mer, la *torleta* des anciens ne lui servait pas à grand-chose.

— C'est mon avis. Les livres d'Ortega disent que Colomb n'avait pas grande foi dans les instruments

1. National Oceanic & Atmospheric Administration. Equivalent de l'IGN.

de navigation de son époque ou, peut-être, qu'il n'était pas très compétent pour les utiliser. C'était un marin de la vieille école, naviguant à l'estime. Cela lui servit parfaitement pour son premier voyage. Il savait qu'il devait être précis pour son dernier voyage aussi a-t-il engagé quelqu'un sachant utiliser les instruments de navigation.

— C'est intéressant, si l'on considère le dernier passage de la lettre écrite par l'assistant du pilote du *Niña*.

— Vous voyez, dit Austin, c'est la même chose que de louer les services d'un spécialiste pour faire un travail de nos jours. Maintenant, à mon tour de poser une question. A votre avis, qu'est devenue la pierre ?

— J'ai rappelé Don Ortega et lui ai demandé de la chercher. A son avis, elle a fait partie du lot que Luis Colomb a vendu pour se procurer l'argent nécessaire à la vie dégénérée qu'il menait. Ortega va contacter les musées et les universités d'Espagne, et s'il n'a pas de résultat, il agrandira le cercle de ses recherches aux pays voisins.

Austin pensait à Colomb le marin, à la façon dont il retourna au *Niña*, la vaillante caravelle qui l'avait si bien servi lors de ses précédents voyages. Peut-être qu'un *Niña* moderne pourrait les aider à trouver une solution au mystère.

— La tablette était originaire de ce côté-ci de l'Atlantique, observa Austin. Après le déjeuner, je vais appeler mon amie archéologue, le Dr Kirov, et lui demander si elle a jamais entendu parler d'un objet de ce genre. Bizarre, n'est-ce pas ? ajouta-t-il en riant. Nous cherchons des indices pour résoudre des crimes de notre époque dans des événements qui se sont peut-être déroulés il y a des siècles.

— Ce n'est pas inhabituel. D'après mon expérience, le passé et le présent sont souvent pareils. Des guerres. Des famines. Des raz de marée. Des révolutions. Des épidémies. Des génocides. Ces choses arrivent toujours et toujours. Il n'y a que les apparences qui changent. Mais assez de considérations morbides. Revenons à des sujets plus plaisants, dit Perlmutter avec un grand sourire. Je vois qu'on nous apporte un autre plat.

29

San Antonio, Texas.

Pendant qu'Austin se délectait d'un déjeuner hors de prix, Joe Zavala était à 2 500 kilomètres de là, grignotant un beignet au miel dans un café sur le Paseo del Rio, le quartier touristique et pittoresque des bords du fleuve San Antonio. Il consulta sa montre, avala le reste de son café et se dirigea vers le quartier des affaires, où il entra dans le hall d'un immeuble de bureaux.

Après avoir mis au point sa stratégie à Washington, Zavala avait pris son sac de voyage et un avion pour le Texas à bord d'un vol de l'Air Force qui l'amena à la base de Lackland. De la base, il prit un taxi pour un hôtel de seconde zone. Yaeger faisait peut-être des miracles avec ses bébés informatiques mais même lui dut admettre que Time-Quest était un gros morceau. Parfois, un œil et un esprit humains, avec leur capacité de sentir et d'analyser les nuances, sont plus efficaces que la machine la plus sophistiquée. Zavala chercha Time-Quest dans la longue liste des occupants de l'immeuble. Il prit ensuite un ascenseur qui le mena à un hall de grandes dimensions dont les murs étaient couverts de photos sépia géantes représentant les merveilles archéologiques du monde. Juste en face d'une photo de la Grande Pyramide, il vit un bureau en acier et émail qui paraissait déplacé tant il contrastait avec les antiquités représentées. Et la petite femme brune d'une trentaine d'années assise derrière ce bureau l'était plus encore.

Zavala se présenta, tendant à la réceptionniste une carte professionnelle qu'il avait fait imprimer le matin même.

— Oh ! Oui, Monsieur Zavala, le journaliste spécialiste des voyages, dit-elle. Vous avez appelé hier.

Elle consulta son agenda, appuya sur une touche de son téléphone et murmura un message.

— Mlle Harper va vous recevoir dans un instant. Vous avez de la chance d'avoir obtenu un rendez-vous si vite. Cela n'aurait pas été possible si elle n'avait pas eu une annulation inattendue.

— J'apprécie ma chance. Comme je vous l'ai expliqué, j'aurais appelé plus tôt mais c'est une affaire de dernière minute. J'étais en train de faire un reportage sur la vie nocturne de San Antonio et j'ai pensé que je pourrais en profiter pour écrire un article pour mon magazine de voyages.

Elle lui adressa un sourire amical.

— Venez me voir quand vous en aurez fini avec Mlle Harper et je pourrai peut-être vous suggérer des endroits intéressants.

La réceptionniste était jeune et séduisante et Zavala aurait été surpris qu'elle ne connaisse pas les endroits chauds de la ville.

— Merci infiniment, dit-il de sa voix la plus charmeuse. Cela m'aidera beaucoup.

La directrice des relations publiques de TimeQuest était une femme d'environ quarante ans, jolie et bien habillée. Phyllis Harper émergea d'un couloir et donna à Zavala une poignée de main ferme. Puis elle le guida le long du corridor à moquette épaisse jusqu'à un bureau aux grandes fenêtres avec une vue panoramique sur la ville tentaculaire et la Tour des Amériques en son centre. Ils s'assirent sans cérémonie autour d'une table basse.

— Je vous remercie beaucoup de l'intérêt que vous

portez à Time-Quest, monsieur Zavala. Je vous prie de m'excuser de ne pouvoir vous consacrer que quelques minutes. Melody vous a probablement dit qu'un bref rendez-vous avait été annulé.

— Oui, elle me l'a dit. Et j'apprécie que vous acceptiez de me consacrer un peu de votre temps. Vous devez être très occupée.

— Je dispose de quinze minutes avant de voir le directeur général. C'est un maniaque de l'exactitude, dit-elle en faisant les gros yeux. Pour être brève, je peux jacasser pendant dix minutes et vous en laisser cinq pour les questions que vous souhaiteriez me poser. Le dossier de presse sur notre organisation est très explicite.

De la poche de sa veste, Zavala sortit un magnétophone Sony miniature qu'il avait acheté dans un magasin discount et un carnet de notes pris le matin même dans un drugstore.

— Ça me va. Allez-y, jacassez.

Elle lui adressa un sourire éblouissant qui lui rappela qu'une femme plus mûre qui a de la classe peut être bien plus sexy qu'une jeune beauté comme Melody, la réceptionniste.

— Time-Quest est une association à but non lucratif. Nous avons un certain nombre d'objectifs. Nous souhaitons promouvoir la compréhension du présent et préparer le futur en étudiant le passé. Nous avons aussi un but éducatif en ce sens que nous soutenons l'étude de notre monde, particulièrement par le biais de programmes scolaires pour les jeunes et notre travail sur le terrain. Nous donnons aux gens ordinaires une chance de passer des vacances inhabituelles et aventureuses. Beaucoup de nos volontaires sont des retraités à qui nous offrons de réaliser le rêve de toute une vie.

Elle reprit son souffle et continua.

— En plus, nous soutenons de nombreuses expéditions archéologiques, culturelles et anthropologiques. Nous avons la réputation d'être faciles à persuader, dit-elle avec son agréable sourire. Les universités ne cessent de nous appeler à l'aide. Généralement, nous sommes heureux de l'accorder. Nous utilisons l'argent que paient nos volontaires de sorte que beaucoup de ces expéditions sont autofinancées. Nous fournissons des experts et nous aidons à les rémunérer. Nous avons patronné des expéditions dans tous les coins du monde. En retour, nous demandons à être informés de toutes les découvertes spéciales avant tout le monde. La plupart des gens trouvent que c'est une bien faible exigence en regard de ce qu'ils reçoivent. Avez-vous des questions ?

— Comment a commencé l'organisation ?

Elle montra le plafond.

— Nous sommes les auxiliaires bénévoles de la société qui occupe les six étages au-dessus.

— Qui est... ?

— Les Industries Halcon.

Halcon. Le nom espagnol du « faucon » ou « oiseau de proie ». Il secoua la tête.

— Je ne les connais pas.

— Il s'agit d'un groupe de sociétés avec beaucoup de départements. Nous sommes l'un d'entre eux. La plus grande partie de ses revenus vient d'un portefeuille diversifié comprenant surtout des mines mais aussi des transports maritimes, du bétail, du pétrole et du mohair.

— C'est en effet très diversifié ! Est-ce que la société est cotée en bourse ?

— Non, elle appartient entièrement à M. Halcon.

— Passer de l'excavation de mines à l'excavation de vieilles tombes, c'est un sacré saut, remarqua Zavala.

— Dit comme cela, c'est en effet curieux, mais quand on y réfléchit, c'est un peu vrai. La Ford Foundation a mis au point des projets ésotériques qui n'ont rien à voir avec la fabrication des voitures. M. Halcon est un amateur d'archéologie, d'après ce qu'on raconte. Il aurait aimé devenir un universitaire mais il a bien mieux réussi en tant qu'industriel.

Zavala hocha la tête.

— M. Halcon a l'air d'une personne intéressante. Y aurait-il une chance de l'interviewer, peut-être si je le demande longtemps à l'avance ?

— Il aurait été plus facile d'interviewer Henry Ford, dit-elle avec un nouveau sourire éblouissant. Je ne voudrais pas paraître impertinente, mais M. Halcon est un homme très privé.

— Je comprends.

Elle regarda sa montre.

— Je dois partir, j'en ai peur. (Elle fit glisser un épais dossier sur le bureau.) Voici votre dossier de presse. Jetez-y un coup d'œil et si vous avez d'autres questions, rappelez-moi, je vous en prie. Je serais ravie de vous mettre en contact avec des volontaires qui vous raconteront eux-mêmes leurs expériences.

— Ce serait très aimable à vous. Je pourrais m'inscrire un jour pour une expédition. Elles ne sont pas dangereuses, n'est-ce pas ?

Elle lui jeta un regard étrange.

— Nous sommes fiers des statistiques de sécurité de Time-Quest. Même dans les lieux les plus reculés, la sécurité est notre plus importante préoccupation. Rappelez-vous, j'ai dit que beaucoup de retraités participaient à nos programmes. Je parle des expéditions que nous organisons, reprit-elle après un silence. Celles que nous finançons partiellement font ce qu'elles veulent. Mais dans l'ensemble, nos statistiques sont très bonnes. Vous serez plus en sécurité au cœur d'une de nos aventures qu'en traversant la rue à San Antonio.

— Je m'en souviendrai, dit Zavala en se demandant si Mlle Harper était vraiment au courant de ce qui se passait dans sa société.

— Il y a un calendrier des événements pour l'année à venir dans ce dossier. Si quelque chose vous intéresse, faites-le-moi savoir. Je verrai ce que l'on peut faire.

Elle le reconduisit vers le hall et s'éloigna le long d'un couloir.

Melody sourit.

— Comment s'est passée l'entrevue ?

— Courte et agréable, dit-il en regardant disparaître la silhouette de Mlle Harper. Elle me rappelle une ancienne publicité qui passait à la télé où le type parlait comme une mitraillette.

Melody pencha la tête avec coquetterie.

— Bon, eh bien il reste les points chauds de la nuit.

— Merci de me le rappeler. Je cherche les endroits vraiment hors du commun où les jeunes vont en groupes. Si vous n'avez pas d'autre projet, je pourrais vous offrir à déjeuner et nous pourrions parler de la vie nocturne de cette ville.

— Il y a un grand restaurant pas très loin d'ici. Eclectique et très populaire. Je pourrai vous y retrouver vers midi.

Zavala griffonna les coordonnées de l'endroit et reprit l'ascenseur jusqu'au hall d'entrée. Il retourna voir l'annuaire et nota les départements d'Halcon Industries dans son carnet. Il y en avait huit en tout. Plusieurs se concentraient sur les mines et les transports maritimes, comme l'avait expliqué la directrice des relations publiques. Il reprit l'ascenseur, dépassa Time-Quest et entra dans un grand vestibule avec une réceptionniste et des photos de carrières de la taille des murs. Halcon Shipping[1]. Il dit à la réceptionniste qu'il avait dû se tromper d'étage et retourna à l'ascenseur.

Il répéta la manœuvre à l'étage de chaque société dépendant d'Halcon. Les bureaux étaient tous à peu près semblables, sauf pour les décorations murales, et les réceptionnistes, toutes jeunes et jolies. Il appuya sur le bouton de l'étage le plus élevé de la pyramide Halcon mais l'ascenseur le dépassa. Quand il sortit, il était à l'entrée ouatée d'un bureau d'avocats.

— Excusez-moi, dit-il à la secrétaire qui était quel-

1. Compagnie de Navigation Halcon.

conque mais apparemment efficace. J'ai appuyé sur le bouton de l'étage en dessous mais j'ai atterri ici.

— Ça arrive tout le temps. La suite du dessous est réservée aux directeurs de Halcon. Il faut un code spécial pour que l'ascenseur s'y arrête.

— Eh bien, si j'ai besoin d'un conseil juridique, je saurai où m'adresser.

Il retourna à l'entrée, espérant ne pas avoir éveillé la méfiance de l'équipe de sécurité avec ses entrées et sorties de l'ascenseur. Après la destruction de l'immeuble des Fédéraux d'Oklahoma City, il n'était pas raisonnable de se faire remarquer en train de se rancarder sur un immeuble de bureaux. Il descendit au rez-de-chaussée, appela un taxi puis en prit un autre pour s'assurer qu'il n'était pas suivi. Ensuite il s'attarda dans les rayons d'une librairie en attendant l'heure de retrouver Melody.

Le restaurant s'appelait le « Bomb Shelter »[1] et était décoré de thèmes des années 1950. Ils s'installèrent à une table dont les sièges venaient d'une décapotable De Soto de 1957. Melody était une fille du Texas, élevée à Fort Worth et travaillait pour Time-Quest depuis un an.

Pendant le déjeuner, Zavala lui demanda :

— Mlle Harper m'a parlé de votre grand homme M. Halcon. L'avez-vous déjà rencontré ?

— Pas personnellement mais je le vois tous les jours. Je reste au bureau une heure de plus que tout le monde pour étudier. Je suis des cours de droit. Je n'ai pas l'intention d'être réceptionniste toute ma vie, ajouta-t-elle en souriant. M. Halcon reste tard, lui aussi, et nous partons à la même heure. Il descend dans son ascenseur privé et une limousine l'attend pour l'emmener.

Elle avait entendu dire que Halcon habitait en dehors de la ville, mais à part ça, Melody ne savait pas grand-chose de lui.

— A quoi ressemble-t-il ? demanda Zavala.

1. L'Abri.

— Sombre, mince, riche. Assez bel homme mais du genre à vous flanquer la chair de poule. C'est peut-être dû à la lumière du garage.

Melody était intelligente et spirituelle. Zavala se sentit un peu mufle en prenant son numéro de téléphone pour organiser une virée dans les boîtes de nuit. Il se promit d'arranger les choses en lui téléphonant dès son retour à Washington. Après le déjeuner, il trouva une bibliothèque où il se servit de l'Internet pour se renseigner sur le holding des Industries Halcon. Ce qu'il trouva correspondait assez bien à la brève description que Mlle Harper lui avait faite. Puis il alla louer une voiture moyenne et d'aspect ordinaire et prit une brochure touristique sur Alamo. Autant se renseigner sur l'Histoire du Texas en attendant son rendez-vous avec le mystérieux M. Halcon.

30

Cambridge, Massachusetts.

Nina Kirov sourit en raccrochant le téléphone. Elle se dit que la vie était devenue bien intéressante depuis qu'elle avait rencontré Kurt Austin. Quand l'homme aux cheveux platine, au physique d'athlète et aux yeux magnifiques ne la tirait pas des eaux dangereuses du Maroc ou ne menait pas des opérations bidons en Arizona, il surgissait avec les demandes les plus curieuses. Comme celle-ci. Elle devait voir ce qu'elle pouvait trouver à propos d'un objet ancien, *probablement* en pierre, *peut-être* rapporté par Colomb de la Jamaïque au cours d'une de ses expéditions, qui *pouvait* servir à la navigation et qui pourrait *peut-être* se trouver encore en Espagne.

« Attends un peu que Doc entende parler de ça ! » pensa-t-elle en composant un numéro de téléphone.

Doc était le Dr J. Linus Orville, professeur à Harvard avec plus de lettres derrière son nom[1] qu'on ne pourrait en composer avec les lettres d'une soupe d'alphabet. Orville avait installé sa tanière derrière les murs couverts de lierre du musée Peabody d'Harvard. Il avait une réputation internationale d'ethnologue spécialisé dans la culture méso-américaine.

1. Les abréviations de ses titres universitaires.

Les universitaires de Cambridge reconnaissaient son intelligence supérieure mais le prenaient un peu pour un Professeur Nimbus.

Il est vrai que ses balades autour d'Harvard Square sur une antique Harley Davidson n'étaient guère dans les habitudes des professeurs très académiques. Quelques années plus tôt, il s'était taillé une grande réputation en hypnotisant des gens enlevés par des OVNI en affirmant publiquement qu'il croyait à leur histoire et que ces gens auraient vraiment été enlevés par des hommes de l'espace. Son numéro de téléphone était connu de tous les reporters hurluberlus de la ville. Chaque fois qu'ils étaient en mal de copie et voulaient faire un article sur n'importe quel sujet touchant de préférence au surnaturel, ils pouvaient compter sur ce bon vieux Doc, professeur à Harvard.

Il séparait soigneusement ses intérêts ésotériques de sa spécialité académique. Jamais on ne pourrait l'entendre affirmer que les temples aztèques avaient été construits par des réfugiés de l'ancien continent de l'Atlantide et de Mu. La direction d'Harvard tolérait ses bizarreries — il y a dans chaque université un type plus ou moins bizarre — mais dans son domaine, les références de Doc devaient rester sans défaut. Ceux qui avaient remarqué que la lueur qui s'allumait souvent dans les yeux d'Orville n'était pas celle de la folie mais d'un profond amusement suggéraient que les excentricités de Doc étaient tout à fait calculées et qu'elles lui permettaient de rencontrer des femmes et d'être invité par tout ce qui compte en ville.

Doc avait abandonné sa période OVNI quand Nina le rencontra au cours d'une réception mondaine. Orville l'avait remarquée et laissé tomber la ravissante étudiante avec laquelle il bavardait pour s'approcher d'elle. Elle ne l'avait jamais vu auparavant, mais reconnu à sa tignasse de longs cheveux roux celui que les étudiants appelaient « rétro-Einstein ». Quelques minutes plus tard, il l'entretenait de sa dernière passion, les vies antérieures.

Nina avait écouté attentivement puis demandé :

— Pourquoi tous ces gens ont-ils été, dans une vie passée, des rois, des reines ou autres personnages importants et non tout simplement des fermiers pleins de puces essayant de survivre dans la boue ?

— Ah ! avait-il répondu, le regard plein de jubilation, vous êtes une femme dangereuse. Une femme qui *pense !* Ces gens *choisissent* le corps qu'ils vont habiter dans leur nouvelle vie. Que dites-vous de cela ?

— Je dis que c'est du chiqué et que j'ai envie d'un autre verre de vin. Auriez-vous l'obligeance d'aller m'en chercher un ? Je préfère le rouge.

— Avec plaisir, avait-il répondu en se dirigeant vers le buffet comme un chiot obéissant et en revenant avec le verre demandé ainsi qu'un plateau de sandwichs aux crevettes et au caviar.

— Ne parlons plus des vies passées, avait-il dit. Je n'en parle que lorsque je rencontre des femmes fascinantes.

— *Vraiment ?* avait riposté Nina, choquée de sa franchise.

— Et pour être invité aux réceptions. Ça marche. Je suis ici et vous êtes ici.

— Je suis déçue. Tout le monde m'a dit que vous étiez un peu barjo.

— Je ne sais même pas comment ça s'écrit, avait-il soupiré. Vous savez, nous sommes tellement tristes, gris et vieux jeu, nous autres les professeurs. Nous nous prenons tellement au sérieux, pérorant comme si nous étions vraiment des savants et non juste des intellos à grosse tête trop instruits. Quel mal y a-t-il à être un peu excentrique pour sortir de la foule ? Et en plus, cela permet de faire fuir tous les vrais enquiquineurs indigestes.

— Les otages des OVNI ? Ce n'était qu'une blague, non ?

— Seigneur ! Pas du tout ! Et certains de mes collègues y croient aussi. Ils sont seulement jaloux parce que, eux, ne l'ont pas été. Je n'ai entendu que des compliments sur votre travail.

Et ils avaient bavardé. Derrière la façade un peu folle du professeur se cachait un homme intéressant et intéressé. Mais ce fut mieux. Ils étaient devenus des amis et des collègues qui se respectaient mutuellement.

— Orville, répondit la voix au téléphone.

Doc ne disait jamais allô.

— Salut, Doc, c'est Nina. J'ai besoin de votre aide pour répondre à une question bizarre, dit-elle en allant droit au but, sachant qu'il détestait les banalités.

— Bizarre est l'un de mes prénoms. Que puis-je faire pour vous ?

Nina lui communiqua la demande d'Austin.

— Vous savez, ça me paraît vaguement familier.

— Vous ne plaisantez pas, Doc ?

— Non, non, non. Il s'agit de quelque chose que j'ai vu dans mon dossier Fort.

Orville se considérait comme une version moderne de Charles Fort, le journaliste du XIXe siècle qui collectionnait les histoires concernant des faits étranges tels que la neige rouge, les lueurs inexpliquées ou les pluies de grenouilles.

— Pourquoi cela ne me surprend-il pas ? dit Nina.

— Je passe mon temps à réorganiser ce dossier. On ne sait jamais quand quelqu'un appellera pour me poser une question dingue.

Il raccrocha. Il n'avait pas non plus la réputation de dire au revoir.

Nina haussa les épaules et retourna à son travail.

Avant longtemps, le fax cracha une seule feuille. Elle portait une inscription à la main en haut : « Demandez et l'on vous donnera. Amicalement. Doc. » Il s'agissait de la copie d'un article du *Boston Herald* daté de mars 1956.

UN MYSTÉRIEUX OBJET ITALIEN
ARRIVÉ EN AMÉRIQUE.

Gênes, Italie. (A.P.) Une mystérieuse table de pierre découverte dans les caves poussiéreuses d'un musée va peut-être bientôt livrer ses secrets.

La pierre massive et gravée de personnages grandeur nature et d'étranges inscriptions a été découverte au Museo Archeologico de Florence au mois de mars de cette année. On la prépare en ce moment pour l'expédier aux Etats-Unis où elle sera examinée par des experts. Le musée préparait une exposition intitulée « Trésors de nos caves » destinée à mettre en lumière des pièces de ses collections laissées depuis des années dans les oubliettes.

L'objet de pierre a la forme rectangulaire d'un pavé et l'on se demande s'il ne provient pas d'une muraille. Il a plus de 1,80 m de long, 1,20 m de large et 30 cm d'épaisseur.

Ce qui a étonné les savants qui l'ont vu et déclenché une controverse dans la communauté scientifique, ce sont les sculptures figurant sur une de ses faces.

Certains assurent que les personnages et l'écriture sont sans aucun doute originaires d'Amérique centrale, probablement mayas...

« Il n'y a pas là grand mystère, affirme le Dr Stefano Gallo, conservateur en chef du musée. Même s'il s'agit d'un objet maya, il a pu être rapporté des Amériques au cours de la conquête espagnole. »

Pourquoi avoir transporté la pierre de l'autre côté de l'océan, voilà une autre question.

« Les Espagnols étaient surtout intéressés par l'or et les esclaves, pas par l'archéologie. Aussi quelqu'un a-t-il dû attacher une certaine valeur à cet objet au point de prendre la peine de le transporter. Cela ne ressemble en rien aux statues miniatures qu'un soldat de Cortez aurait pu rapporter en souvenir. »

Les efforts déployés pour connaître l'origine de l'objet n'ont pas été couronnés de succès. Le catalogue du musée indique que la pierre a été donnée par les curateurs du domaine Alberti. La famille Alberti fait remonter ses ascendants maternels jusqu'à la cour d'Espagne, à l'époque de Ferdinand et Isabelle.

Un porte-parole du domaine assure que la famille ne possède aucun renseignement sur la pierre, contrairement aux autres pièces de ses collections. La famille Alberti est originaire de Gênes. Elle a acheté de nombreux documents et des objets de valeur ayant appartenu à Christophe Colomb et au petit-fils du navigateur, Luis Colomb.

Les historiens qui ont étudié les récits des quatre voyages de Colomb n'y ont trouvé aucune mention de l'objet. La pierre fera bientôt le voyage à travers l'océan. Elle sera envoyée au musée Peabody de l'université d'Harvard, à Cambridge, Mass, pour y être examinée par des experts de l'Amérique centrale. Cette fois-ci, elle voyagera sur un grand pied, à bord du luxueux paquebot italien, *Andrea Doria.*

A cause de sa taille et de son poids, on l'enverra dans un camion blindé contenant d'autres pièces de valeur à destination de l'Amérique.

L'article était illustré d'une photo prise d'assez loin pour être entièrement visible dans le cadre. Un homme non identifié se tenait d'un air embarrassé près de l'objet dont la masse le dominait. Le photographe avait dû demander à la première personne disponible de poser à côté pour donner l'échelle de la pierre. Le journal avait été imprimé comme au temps des lettres de plomb et la reproduction de la photo n'était pas très contrastée. Nina put distinguer de vagues symboles, des hiéroglyphes et des personnages sculptés dans sa surface. Elle l'examina à la loupe. Ce fut inutile car le grain de la photo était encore plus flou que l'original.

Elle appela Doc.

— Alors, qu'en pensez-vous ? demanda-t-il.

— Ce qui est important, c'est ce que *vous* en pensez. C'est vous l'expert dans ce domaine.

— Eh bien, vous avez raison, bien sûr. (La modestie d'Orville était incommensurable.) C'est difficile sans voir l'objet lui-même mais il me paraît semblable au manuscrit de Dresde, l'un des rares livres mayas que les Espagnols n'aient pas brûlés. Vénus était très importante pour les Mayas postclassiques. La planète représentait Kukulcan le dieu barbu à la peau claire que les Toltèques appelaient Quetzalcóatl. Le Serpent à Plumes. Les Mayas calculaient les déplacements de Vénus pratiquement à la seconde près. En dehors de ça, il est difficile de dire quelque chose sans avoir vu l'objet en question.

— Rien d'autre ?

— Non, à moins que j'en trouve une très bonne photo ou une reproduction fidèle.

— Et que dites-vous des commentaires du Pr Gallo qui prétend que l'objet ne représente pas un grand mystère ?

— Oh ! Il a tout à fait raison. Le fait qu'un objet maya ait été trouvé en Italie n'est pas une grande affaire. Pas plus que le fait qu'il vous suffise d'entrer au British Museum à Londres pour voir les marbres du Parthénon. La partie la plus importante de l'équation est la provenance, comme vous le savez. Non l'endroit où l'objet a été trouvé mais comment il y est arrivé.

— Que pensez-vous de la lettre de Colomb dont je vous ai parlé ? dit-elle en se référant à un objet semblable à celui-ci. Comment cela peut-il être relié avec la mention de la collection Colomb appartenant à la famille Alberti ?

— On ne peut pas sauter aux conclusions en se basant seulement sur un vieil article de presse. Vous m'avez également dit que l'authenticité de la lettre était douteuse. Même si la lettre était vraie, il nous faudrait des preuves que l'objet est bien le même. C'est une pensée bien tentante, cependant. Il est tout à fait possible que Colomb l'ait rapporté sans que personne ne le sache. On sait qu'il n'était pas très honnête. Certains affirment qu'il a falsifié les données de son premier voyage afin que l'équipage ne sache pas à quelle distance ils étaient de la terre. Cela serait bien dans son caractère de cacher quelque chose. Malheureusement, nous ne devons pas oublier que nous sommes des scientifiques et non des écrivains de baratin archéologique populaire et semi-romancé.

Orville avait tout à fait raison. Il ne serait pas professionnel de tirer des conclusions hâtives.

— Le professeur italien marque un point, dit Nina. Les Espagnols s'intéressaient aux richesses, non à la science.

— Exact, et Cortez n'était pas Napoléon qui avait emmené avec lui les savants qui découvrirent la Pierre de Rosette.

Intéressant. Elle aussi avait pensé à la Pierre de Rosette, la découverte essentielle qui, portant le même texte en grec et en égyptien, avait permis de traduire les hiéroglyphes.

— Je donnerais n'importe quoi pour voir l'original de cette chose.

— Hum ! J'aimerais bien répondre à votre souhait et pour cause ! Hélas, notre objet n'est pas disponible.

— Bien sûr. Que je suis sotte ! L'*Andrea Doria* ! Il s'est cogné à un autre navire, n'est-ce pas ?

— En effet, le *Stockholm*. Et le résultat de ce lamentable accident, c'est que notre objet repose à plus de soixante mètres de profondeur, au fond de l'Atlantique. Espérons que les poissons sauront l'apprécier. Dommage ! Cela prouverait peut-être l'existence de l'Atlantide, ce qui ne manquerait pas de faire de gros titres particulièrement attirants. « Le professeur Nimbus a encore frappé ! » Ce genre de choses.

— Je suis sûre que vous trouverez quelque chose d'aussi discutable, dit chaleureusement Nina. Merci pour votre aide, Doc.

— J'ai été heureux d'avoir de vos nouvelles. Vous êtes restée absente bien trop longtemps. Que diriez-vous de déjeuner avec moi cette semaine ?

Nina lui demanda de l'appeler un matin après qu'elle aura pu consulter son agenda. Dès qu'elle eut raccroché, elle composa le numéro du *Boston Herald* et demanda qu'on lui passe la salle de rédaction. Une voix féminine répondit.

— Ici K.T. Pritchard.

— Salut, Kay Tee. Ici votre archéologue favorite appelant pour demander un service. Avez-vous un instant ?

— J'en ai toujours un pour vous, docteur Kirov. Vous avez de la chance, je viens juste de terminer un article. Mais tant que j'aurai l'air de travailler, personne ne viendra me demander d'en faire un autre. Que puis-je pour vous ?

Pritchard s'était servie de Nina pour écrire une série d'articles qui lui avaient valu un prix, racontant comment le très sérieux musée des Beaux-Arts de Boston avait acheté sans le savoir un vase étrusque volé. Depuis, elle était toujours disposée à lui rendre service. Nina expliqua à la journaliste qu'elle cherchait tout ce qu'elle pourrait trouver sur un objet archéologique transporté depuis l'Italie par l'*Andrea Doria*.

— Je vais me renseigner aux archives et je vous rappelle.

Le téléphone sonna une heure plus tard. C'était Pritchard.

— Vous avez fait vite ! s'étonna Nina.

— Tout est sur microfilm alors ça va assez vite. Il y a eu des tonnes d'articles sur l'*Andrea Doria* au moment de l'accident. Puis plus encore sur l'enquête, mais j'ai passé là-dessus. Le navire transportait un tas de fret de valeur. Apparemment c'était un musée flottant. Mais il n'y a aucune mention de quoi que ce soit ressemblant à ce que vous m'avez décrit. Alors j'ai consulté les éditions commémoratives. Vous savez combien les journaux aiment rappeler les désastres pour écrire et écrire encore *ad nauseam* quand les nouvelles se font rares. J'ai trouvé un article sur le trentième anniversaire. Ça parlait de héros et de lâches. Certains membres de l'équipage méritaient la prison alors que d'autres auraient dû recevoir des médailles. Enfin bref, il y avait une interview de l'un d'entre eux. Un serveur de restaurant. Ne m'avez-vous pas dit que cette chose était transportée dans un camion blindé ?

— C'est exact. En tout cas, d'après l'article de l'*Associated Press.*

— Hum ! Enfin bref, le serveur a dit avoir vu un camion blindé qu'on était en train de voler pendant que le navire coulait.

— *Un cambriolage !*

— C'est ça. Un groupe d'hommes armés. Le camion était dans le garage du navire.

— C'est incroyable ! Qu'a-t-il dit d'autre ?

— Rien. L'histoire lui a échappé pendant qu'il racontait au reporter comment il s'était rendu dans le garage pour y chercher un cric afin de libérer une des victimes. J'ai appelé le type qui l'avait interviewé. Charlie Flynn. Un vrai cheval de bataille. Il est à la retraite, maintenant. Il a essayé de pomper d'autres renseignements au type, il pensait que ça pourrait faire la une. Une histoire jamais racontée, vous pensez ! Un bateau en train de couler, des hommes masqués, un drame aux ponts inférieurs et tout ça. Mais le type n'a pas voulu parler. Il s'est fermé et a changé de sujet. Il a paru très inquiet. Il a demandé à Charlie de ne pas se servir de cette histoire.

— Mais Charlie l'a fait tout de même ?

— C'était comme ça, dans le temps. Ce que vous dites, le journal le dit. Ce n'est pas comme maintenant où l'on a des armées d'avocats sur le dos. Mais son truc était tout de même enterré tout au fond de l'article. On a dû penser que ça ne valait pas la peine d'en faire la une mais que c'était assez intéressant pour un entrefilet. Charlie a parlé à quelques survivants du *Doria* pour voir s'il y avait une autre source pour l'histoire. Mais personne n'en avait entendu parler.

— Comment s'appelait le serveur ?

— Je vous fais passer l'article mais attendez... Ah ! le voilà. C'était un Italien. Il s'appelait Angelo Donatelli.

— Auriez-vous son adresse ?

— Il habitait New York à l'époque. Charlie dit qu'il avait un restaurant chic là-bas. C'est tout ce qu'il savait du bonhomme. Dites-moi, docteur Kirov, y a-t-il une bonne histoire là-dessous ?

— Je n'en suis pas sûre, Kay Tee. Vous serez la première informée si c'est le cas.

— C'est tout ce que je demande. Appelez-moi quand vous voudrez.

Après avoir raccroché, Nina resta un moment rêveuse, essayant de voir quel rapport il pourrait y avoir entre un objet de pierre datant de l'époque de Colomb et un désastre en mer, un cambriolage à main armée et un massacre au Maroc. Mais c'était inutile. Il serait plus facile de trouver le lien entre un cunéiforme sumérien et un codage à prédiction linéaire. Elle renonça et appela Kurt Austin.

31

Washington, D.C.

Angelo Donatelli fut étonnamment facile à trouver. Austin chercha simplement son nom dans le réseau Internet et trouva quinze références dont un article de *Business Week* décrivant la réussite spectaculaire d'un serveur qui était devenu propriétaire d'un des restaurants les plus à la mode de New York. La photo de Donatelli discutant avec son chef de cuisine montrait un homme aux cheveux argentés, entre deux âges, ressemblant davantage à un diplomate européen distingué qu'à un restaurateur. Austin appela les renseignements de Manhattan et fut bientôt en ligne avec sa très aimable directrice adjointe.

— M. Donatelli est absent aujourd'hui, dit-elle.

— A quel moment pourrais-je le joindre ?

— Il doit rentrer demain de Nantucket. Vous pouvez essayer de l'appeler après trois heures.

Nantucket. Austin connaissait bien l'île au large de la côte du Massachusetts car il y avait souvent fait escale quand il faisait de la voile dans le Maine. Il essaya d'obtenir le numéro de téléphone de Donatelli à Nantucket mais il était sur liste rouge. Quelques minutes plus tard, il parlait au lieutenant Coffin du Département de Police de Nantucket. Austin se présenta comme appartenant à la NUMA et expliqua qu'il souhaitait entrer en contact avec M. Donatelli. Il comptait sur le fait que la police d'une petite ville connaît tout le monde et sait tout sur la communauté.

L'officier de police confirma que Donatelli avait une maison de vacances sur l'île mais se montra prudent.

Qu'est-ce que l'Agence Nationale Marine et Sous-Marine peut vouloir à M. Donatelli ?

— Nous rassemblons des renseignements historiques sur les collisions en mer. M. Donatelli était à bord de l'*Andrea Doria* quand il a été heurté.

— J'en ai entendu parler. Je l'ai rencontré une fois ou deux. C'est un chic type.

— J'ai essayé de lui téléphoner mais il est sur liste rouge.

— Ouais ! La plupart des gens font la même chose dans le coin où il habite. Ils construisent de grosses maisons afin d'avoir la paix.

— Je peux essayer de prendre un avion pour l'île en fin d'après-midi et tenter ma chance de le rencontrer.

— J'vais vous dire. Quand vous arriverez sur l'île faites donc un saut au poste de police de Water Street et demandez-moi. Je pourrai vous montrer sur la carte où il habite.

« Bon flic ! pensa Austin. Pas le genre à donner des renseignements sur un des riches propriétaires de l'île sans savoir à qui il a affaire. »

Il n'aurait jamais cru Nina capable de trouver si vite une piste à suivre.

Zavala étant au Texas et Trout au Yucatán, Austin pourrait sans doute trouver un moment pour rencontrer brièvement Donatelli. Il utilisa ses accointances gouvernementales pour obtenir une place sur une petite compagnie locale qui faisait des navettes régulières entre Washington et Nantucket. Deux heures plus tard, il était dans un coucou volant vers le sud-est.

Le vol lui laissa le temps de parcourir le dossier que Yaeger avait posé sur son bureau lorsque Austin allait le quitter. Il avait demandé au petit génie de l'informatique de faire travailler ses merveilles électroniques sur la Fraternité, la société secrète du XVIe siècle dont Perlmutter et lui avaient parlé en déjeunant. Et de chercher les liens que *Los Hermanos* pouvaient avoir eus avec Christophe Colomb. Austin regarda par le hublot l'océan étinceler tout en bas puis ouvrit le dossier et lut la note de Yaeger.

« Salut, Kurt,

Je crois que je l'ai ! Je me suis baladé dans les sociétés secrètes jusqu'à m'user les yeux mais, pris sous l'angle de Colomb, ça resserre les recherches. J'ai suivi un de ces faits isolés qui flottent sur l'écran de l'ordinateur, venant de Dieu sait où. Une note en bas de page d'une seule ligne dit que Colomb aurait été associé à une organisation appelée la Fraternité du Saint Sabre de la Vérité. (Ils aimaient les titres à rallonge, à l'époque.) Je ne peux pas te confirmer qu'il en ait été membre. Probablement pas.

La Fraternité a été fondée vers 1400 pendant l'Inquisition espagnole, par un archidiacre du nom d'Hernando Perez, à la tête d'un puissant monastère connu pour ses convictions extrémistes. En plein dans la flagellation et la mortification. Perez était un peu à droite de Torquemada, lui-même grand manitou de l'Inquisition. Perez réunit les plus fanatiques du monastère. Les frères constituèrent le cœur de sa Compagnie.

Perez était complètement dingue, inébranlable dans ses convictions, très heureux d'user de violence et de meurtre pour arriver à ses fins. Il accorda d'avance l'absolution à ses disciples, quelle que soit la quantité de sang répandu pour la cause, qui était d'éradiquer les hérétiques. Et si possible, de s'enrichir en même temps. Ils partageaient avec l'Inquisition le butin pris aux victimes. La Fraternité travaillait dans l'ombre, identifiant les infidèles pour nourrir la machine à tuer de l'Inquisition. Parfois ils envoyaient leurs propres escadrons. Ou bien, contre une somme importante, ils vous assuraient l'impunité. Du moment qu'ils pouvaient vous pomper de l'argent.

L'hérésie s'étendait très loin. Ce qui nous amène à voir les choses sous un autre angle. A l'époque, on pouvait être brûlé rien que pour avoir affirmé que Colomb avait découvert l'Amérique. Les Ecritures n'ont jamais parlé du continent américain. Ça ficherait en l'air toute l'histoire d'Adam et Eve. Alors quand Colomb affirma avoir atteint l'Inde ou la Chine, les puissances du temps l'ont soutenu.

En réalité, les vraies raisons furent politiques. L'Eglise et l'Etat, c'était la même chose. Quiconque menaçait le dogme de l'Eglise menaçait le Trône. Si jamais des doutes se manifestaient sur l'enseignement de l'Eglise en matière de géographie, le vulgum pecus pourrait tout à coup se demander pourquoi il mourait de faim alors que les évêques et les rois étaient bien nourris, et avant longtemps, la populace risquait de monter à l'assaut des châteaux.

Il y avait aussi des millions en jeu. L'Espagne voulait les richesses du Nouveau Monde pour elle seule. Si d'autres pays pouvaient prouver que Colomb n'était pas le premier à découvrir l'Inde, des rivaux de l'Espagne, comme le Portugal, pourraient réclamer pour eux les nouvelles terres et les richesses. L'or signifiait de nouveaux navires de guerre et la constitution de grandes armées, de sorte qu'il s'agit en réalité de domination européenne. C'est pourquoi l'Inquisition, qui servait d'instrument de terreur à l'Etat espagnol, considérait comme une hérésie punissable du bûcher de croire qu'il existait un continent qui séparait les civilisations et que ces civilisations avaient eu des contacts avec l'Ancien Monde avant Christophe Colomb. Et pour montrer à quel point cette idée était dangereuse, le roi envoya secrètement Amerigo Vespucci vérifier que Colomb *n'avait pas découvert* une route plus courte pour atteindre l'Inde, qu'il avait trouvé un nouveau continent et qu'il n'avait peut-être pas été le premier à s'y rendre. Vespucci fut accusé d'hérésie et dut se rétracter. En commettant ce crime capital, l'Espagne admettait tacitement *qu'il y avait bien eu* des contacts précédents. Torquemada était un vieux diable sournois. Il affirma que même si les Indiens *avaient reçu* un visiteur de l'Ouest, qu'ils appelaient Quetzalcóatl, l'étranger avait dû être blanc et espagnol. Cela signifiait que l'Espagne avait des droits sur les nouvelles terres même avant la naissance de Colomb.

J'ai vérifié que cinq marins étaient bien morts après avoir dîné chez Colomb. Je ne peux pas prouver que la

Fraternité ait eu quelque chose à voir dans ce crime. Ils ont pu être empoisonnés. Je n'ai plus rien découvert sur la Fraternité après le XVIIe siècle. Peut-être a-t-elle cessé de travailler avec l'Inquisition. Ci-joint les copies de mes sources. J'espère que ça t'aidera. Hiram. »

Le reste du dossier contenait les sources annoncées. Austin lut la pile de papiers et se dit que Yaeger avait fait du bon travail en résumant ses découvertes. Le récit sur la Fraternité était passionnant, surtout sur sa mission consistant à supprimer toute connaissance d'un contact entre le Nouveau et l'Ancien Monde. Un problème cependant : la Fraternité avait cessé d'agir depuis plus de trois cents ans.

La voix du pilote annonça que l'appareil passait près de Martha's Vineyard. On apercevait la forme en côtelette de Nantucket à l'est de Vineyard. Un brouillard océanique enveloppait la lande balayée par le vent et les longues bandes blanches ceignant l'île. Il était facile de comprendre pourquoi cet endroit avait attiré le capitaine Achat[1] à la jambe de bois et, dans la réalité, les capitaines baleiniers quakers et les armateurs qui bâtissaient leurs fortunes sur le commerce de la baleine. Nantucket avait à sa porte une autoroute marine d'où ses baleinières pouvaient atteindre les sept mers pour des voyages durant parfois des années.

Austin loua une voiture à l'aéroport Tom Nevers et se rendit en ville, passa devant d'imposants immeubles de brique construits avec l'argent de l'huile de baleine. La voiture tressauta sur la large rue principale pavée de galets qu'on utilisait autrefois pour le ballast des anciens navires à voile. Puis il entra dans Water Street, le long du port, où il s'arrêta au commissariat, à côté de la caserne de pompiers.

Le lieutenant Coffin était une grande asperge aux pommettes hautes et au nez osseux et proéminent

1. Héros de *Moby Dick,* roman d'Herman Melville.

qui avait pris trop de soleil. Il resta bouche bée de surprise lorsqu'Austin se présenta.

— *Mince !* Vous avez fait vite, dit-il en mesurant de l'œil l'homme aux larges épaules et aux cheveux prématurément blanchis. Vous avez des jets privés, à la NUMA ?

— Certains en ont. Moi, j'ai tenté ma chance avec un vol régulier. Une bonne excuse pour quitter Washington.

— Je ne peux pas vous en blâmer. L'île est superbe à cette époque de l'année. Et il n'y a pas foule non plus. (Ses yeux noisette se froncèrent.) Après votre appel, j'ai appelé la NUMA.

— Je ne peux pas vous en blâmer !

Coffin sourit.

— On dirait que vous faites partie des huiles. Ici, on est assez décontractés mais on ne saurait être trop prudents. Il y a pas mal de gens riches à Nantucket, avec de grandes maisons et plein d'impôts à payer. Mais je n'imagine pas un cambrioleur demander à la police où est la maison qu'il veut cambrioler. Enfin, on ne sait jamais ! C'est bien d'avoir appelé. Par ici, les gens s'occupent les uns des autres. Ils seraient capables de vous envoyer à l'autre bout de l'île. Je vais vous montrer comment y aller. (Il posa une carte touristique sur le comptoir.) Vous prenez la Polpis Road jusqu'à un chemin de sable marqué par une boîte aux lettres avec un bateau dessus.

Coffin dessina la route au marqueur.

Austin remercia l'officier de police et suivit ses instructions pour sortir de la ville, atteignit l'étroite route ondulante courant sous les pins et passant devant des fermes et des buissons de canneberges. A hauteur de la boîte aux lettres surmontée du modèle réduit noir et blanc d'un paquebot de métal, Austin emprunta la route de sable qui serpentait dans une forêt rabougrie jusqu'à une lande houleuse. L'odeur forte de la mer arrivait sur les rubans de brouillard qu'il avait vus depuis l'avion.

La grosse maison sortit soudain du brouillard. Elle

paraissait déserte. Aucun véhicule dehors, aucune lumière aux fenêtres malgré le soir qui tombait. Austin laissa la voiture sur le parking en fer à cheval couvert de coquilles écrasées, suivit une allée bordée d'une large pelouse bien entretenue jusqu'à un porche grand ouvert. Il sonna à la porte d'entrée. La sonnerie résonna à l'intérieur. Pas de réponse. Peut-être la directrice du restaurant s'était-elle trompée. Ou peut-être Donatelli avait-il changé ses projets et était-il rentré à New York plus tôt que prévu.

Austin fronça les sourcils. Ceci était peut-être une chasse au dahu pour lui faire perdre du temps. Il savait depuis le début que le lien était bien trop ténu qui tentait de relier un vol à main armée en mer, datant de plusieurs décennies, à l'assassinat des archéologues. Il se demanda s'il pourrait attraper un vol de retour jusqu'à Washington. Oh ! Merde ! Il rentrerait tout aussi vite s'il passait la nuit sur l'île et prenait le premier vol du matin. Ayant pris sa décision, il décida d'explorer les lieux. Il quitta la véranda et fit le tour de la maison.

Nantucket était affligé d'une plaie de « maisons trophées » si grandes qu'elles ressemblaient à de petits hôtels, construits par des gens riches pensant que plus la surface était grande, plus ils en imposaient à leurs voisins. La maison de Donatelli était grande et l'architecte avait réussi à inclure des caractéristiques architecturales italiennes aux décorations traditionnelles de galets argentés et de moulures blanches, mais le tout était de bon goût.

Derrière la maison s'étendait un assez grand potager. Il y avait aussi une balançoire d'enfant et un toboggan. Austin suivit le son des brisants au-delà de la grande pelouse jusqu'au bord d'une falaise sableuse et resta un moment en haut d'un escalier battu par le vent qui rejoignait la plage. Celle-ci était obscure et le brouillard étouffait un peu le bruit de l'océan. Mais il entendait les rouleaux frapper le sable, tout en bas. Il se retourna pour regarder la maison. Dans la brume et le soir qui descendait, elle était à peine visible.

Supposant qu'il avait fait tout ce qu'il pouvait, Austin regagna la voiture et rédigea une note avec son numéro de téléphone, demandant à Donatelli de l'appeler dès que possible. Il retourna vers la porte d'entrée. Un moyen peu technique de communiquer mais ça marcherait peut-être. Il lui passerait un coup de fil en rentrant au bureau.

Il grimpa les marches du large porche et glissa la note sous le heurtoir qui ornait la porte, pensant que le poids de cuivre empêcherait le papier de s'envoler. Il réalisa soudain qu'il avait quelque chose de plus important à craindre que le vent. Un métal dur et froid pressait sa nuque. Puis il entendit le son reconnaissable d'un très gros fusil que l'on arme. Il n'avait pourtant entendu aucun bruit de pas ni le moindre son.

— Les mains en l'air, dit une voix dure. Ne vous retournez pas !

L'homme parlait avec un accent. Austin leva lentement les mains.

— Monsieur Donatelli ?

— Ne parlez pas, dit l'homme en soulignant son ordre d'une nouvelle pression sur la nuque. Une main experte le fouilla, sortant rapidement son portefeuille de sa poche. Satisfait de constater qu'Austin ne portait pas d'arme, il lui ordonna de grimper les marches d'un escalier extérieur menant au porche d'une terrasse au second étage qui courait sur trois côtés de la maison. Le brouillard s'était épaissi comme pour se venger et, dans la lumière du crépuscule, Austin n'aurait pas pu distinguer la silhouette penchée sur la balustrade si son attention n'avait été attirée par la lueur orange d'une cigarette et l'odeur de tabac fort.

— Assis ! dit l'homme au fusil.

Austin obéit et se posa sur une chaise longue que la brume rendait humide. Le gardant en joue, l'homme parla en italien au fumeur. L'entretien dura une minute.

La silhouette enveloppée de brouillard parla enfin.

— Qui êtes-vous ?

— Je m'appelle Kurt Austin et j'appartiens à l'Agence Nationale Marine et Sous-Marine.

Un silence.

— Au moins, vous avez l'esprit de suite. C'est la même histoire que celle que vous avez racontée au lieutenant Coffin.

La voix avait un accent mais pas aussi marqué que celui du porteur de fusil.

— Vous avez parlé à Coffin ?

— *Evidemment !* La police essaie d'éviter des ennuis aux résidents. Surtout à ceux qui contribuent largement à leur fond d'équipement. Je lui avais demandé de me prévenir si quelqu'un me demandait. Il a même proposé de venir ici avec vous. Je lui ai répondu que je pouvais régler la situation tout seul.

— Alors vous êtes bien M. Donatelli ?

— C'est moi qui pose les questions. (Il reçut un choc douloureux dans la colonne vertébrale.) Qui êtes-vous vraiment ?

— Ma carte d'identité est dans mon portefeuille.

— On peut en faire une fausse.

Donatelli se montrait difficile à convaincre.

— Le lieutenant Coffin a appelé la NUMA et vérifié que j'étais bien celui que j'ai dit être.

— Je ne doute pas une seconde que vous soyez ce que vous dites. C'est ce que vous êtes *vraiment* qui m'intéresse.

La patience d'Austin s'épuisait.

— Disons que je ne comprends pas de quoi vous parlez, monsieur Donatelli.

— Pourquoi une grosse agence gouvernementale comme la NUMA voudrait-elle me parler ? Je dirige un restaurant à New York. Le seul rapport que j'aie avec l'océan, ce sont les fruits de mer que j'achète à Fulton Food Market.

Question raisonnable.

— Vous étiez sur l'*Andrea Doria.*

— Le lieutenant Coffin a dit que vous aviez parlé du *Doria.* C'est bien vieux, tout ça, vous ne trouvez pas ?

— Nous espérons que vous avez des renseignements pour une affaire sur laquelle nous travaillons.

— Parlez-moi de cette affaire, monsieur Austin. Vous pouvez baisser les mains mais rappelez-vous que mon cousin Antonio vient de Sicile et que, comme la plupart des Siciliens, il ne fait confiance à personne. Et il est très fort à la *lupara,* surtout d'aussi près.

La *lupara* était un fusil à canon scié très prisé de la Mafia sicilienne avant que la mode passe aux armes automatiques et aux voitures piégées. Une antiquité mais mortelle.

— Avant que je commence, dit Austin d'une voix calme, j'aimerais que vous demandiez au cousin Tony de cesser de m'appuyer sur la nuque ou sa *lupara* va aller finir là où le soleil ne brille pas.

Austin n'avait aucun moyen de mettre sa menace à exécution mais la journée avait été longue et il était fatigué de recevoir des coups dans la nuque. Donatelli traduisit pour son cousin. Antonio recula et se planta sur le côté, le fusil toujours dirigé sur Austin. Dans la fente qui aurait pu être sa bouche s'ouvrit ce qui était peut-être un sourire.

Un briquet s'alluma dans l'obscurité, éclairant les yeux enfoncés de Donatelli.

— Maintenant, racontez-moi votre histoire, monsieur Austin.

Kurt s'exécuta.

— Tout a commencé au Maroc, commença-t-il.

A partir de là, il raconta tout ce qu'il avait fait jusqu'à ce jour, expliquant comment ils avaient retrouvé Donatelli.

— Un de nos chercheurs est tombé sur votre nom dans un journal. Quand j'ai lu que vous aviez assisté au vol du camion blindé sur le navire, j'ai souhaité vous parler.

Donatelli resta un moment silencieux puis s'adressa en italien à son cousin. La silhouette râblée qui était restée près d'Austin passa silencieusement entre les volets et, une seconde plus tard, la lumière s'alluma dans la maison.

— Entrons, nous serons mieux à l'intérieur, monsieur Austin. Il fait humide, ici. C'est mauvais pour les os. Je dois vous présenter mes excuses. J'ai cru que vous étiez *l'un d'eux*. Ils ne se seraient pas donné la peine de concocter une histoire aussi fantastique. Alors elle doit être vraie.

Austin entra. Donatelli lui indiqua un fauteuil somptueux près d'une grande cheminée, s'installa dans celui d'en face et appuya sur un bouton de télécommande. Un feu de gaz se mit à brûler dans l'âtre. La chaleur qui arriva de l'écran de verre était très agréable. Austin était couvert d'une humidité qui n'avait rien à voir avec la rosée.

Son regard se posa sur le manteau de la cheminée où trônait un modèle réduit très minutieux de l'*Andrea Doria*. Ce n'était qu'un des objets constituant la collection du restaurateur : photos, peintures, même un appareil de flottaison, le tout exposé un peu partout dans le salon spacieux. Et tous se rapportaient au *Doria*.

Donatelli l'observait. La lumière dansante du foyer baignait les traits encore beaux d'un homme d'une soixantaine d'années. La chevelure abondante et ondulée, peignée en arrière, était plus grise qu'il n'y paraissait sur les photos des magazines. On pouvait dire que Donatelli vieillissait bien. Il était encore mince et, dans son jogging bleu pâle apparemment très coûteux et ses chaussures de course de marque, il paraissait homme à veiller sur sa forme.

Le cousin Antonio était exactement son contraire. Courtaud et épais, la tête rasée et les yeux attentifs dans un visage qui avait dû souvent servir de punching-ball, il avait le nez cassé, des oreilles en chou-fleur et une peau jaunâtre marquée de multiples cicatrices. Vêtu d'une chemise et d'un pantalon noirs, il reparut avec un plateau sur lequel se trouvaient deux verres d'alcool et le portefeuille d'Austin. Son image de garçon de café était cependant entachée par le fusil en bandoulière sur son épaule.

— De la *grappa,* annonça Donatelli. Ça brûle l'humidité des os.

Austin remit son portefeuille dans sa poche et goûta à la liqueur. L'eau de feu italienne lui brûla la gorge mais ça faisait du bien.

Donatelli en but une gorgée.

— Comment m'avez-vous trouvé ici, monsieur Austin ? J'avais laissé des instructions au bureau. On ne devait dire à personne où j'étais.

— On m'a dit au restaurant que vous étiez sur l'île.

Le vieil homme sourit.

— Autant pour mes mesures de sécurité !

Donatelli but une autre gorgée et regarda silencieusement le feu. Après un moment, il fixa Austin de son regard pénétrant.

— Ce n'était pas un vol à main armée, dit-il enfin.

— Le journal se serait-il trompé ?

— J'ai dit ça parce que c'était plus facile. Lors d'un vol, les voleurs *prennent* quelque chose. Là, ils n'ont pris que des vies.

Avec une mémoire vive de détails et assez d'humour, Donatelli raconta les événements de cette nuit mémorable de 1956. Même après toutes ces années, sa voix trembla en décrivant les mouvements du navire mourant tandis que lui-même se frayait un chemin dans l'obscurité noyée. Il raconta les meurtres des gardiens du camion blindé, sa fuite et son sauvetage à la fin.

— Vous m'avez dit que le camion transportait une pierre, dit-il. Pourquoi ces gens s'entre-tueraient-ils pour une pierre, monsieur Austin ?

— Peut-être n'était-ce pas *n'importe quelle* pierre.

Il hocha la tête sans comprendre.

— Monsieur Donatelli, vous avez dit tout à l'heure que vous pensiez que j'étais « l'un d'eux ». Que vouliez-vous dire ?

Le restaurateur choisit ses mots avec soin.

— Au cours des années qui ont suivi le naufrage, je n'ai parlé à personne de ce qui était arrivé. L'article du journal, c'était un lapsus de ma part. Je savais, au plus profond de moi-même, que j'avais raison de garder le secret sur tout cela. Après la parution de l'article, quelqu'un m'a appelé et m'a averti de ne jamais plus rien dire sur l'incident. Un homme avec une voix comme un glaçon. Il savait tout de moi et de ma famille. Il connaissait le coiffeur de ma femme, le nom de chacun de mes enfants et petits-enfants. Où ils habitaient. Il m'a dit que si jamais je parlais de cette nuit-là *à quiconque,* ils me tueraient. Mais qu'avant j'assisterais à la destruction de ma famille. (Il regarda à nouveau le feu.) Je viens de Sicile. Je l'ai cru. Je n'ai plus jamais accordé d'interview. J'ai demandé à Antonio de venir vivre avec moi. Il avait... euh... disons des ennuis chez lui et fut heureux de déménager.

D'après le visage marqué de Tony et son aisance à manipuler son arme, Austin n'eut aucun mal à deviner le genre d'ennuis qu'il pouvait avoir mais il ne posa pas de question.

— Je suppose que l'homme qui vous a appelé n'a pas laissé son nom. Ni celui de la personne pour laquelle il appelait.

— Si et non. C'est juste, il n'a pas laissé son nom. Mais il a précisé qu'il n'agissait pas seul et qu'il avait de nombreux frères.

— *Des frères !* N'a-t-il pas plutôt parlé de Fraternité ?

— Oui, je crois que c'est ce qu'il a dit. Vous en avez entendu parler ?

— Il existait une organisation appelée la Fraternité du Saint Sabre de la Vérité. Elle travaillait avec l'Inquisition espagnole. Mais c'était il y a des centaines d'années !

— La Mafia est née il y a des centaines d'années, répondit Donatelli avec un sourire amusé à son cousin. Pourquoi serait-ce différent ?

— L'existence continue de la Mafia est bien établie d'après ses activités incessantes.

— Oui, c'est vrai, mais même si les gens du Vieux Pays connaissaient son existence et savaient que la Main Noire était partie en Amérique avec les émigrants, la police n'a jamais rien su de Cosa Nostra avant de trouver quelqu'un qui, par accident, a brisé le code du silence. Le silence ou la mort.

— Vous voulez dire qu'il est possible qu'une organisation puisse opérer en secret pendant des siècles ?

Donatelli ouvrit ses mains tendues.

— La Mafia accomplissait des meurtres, des extorsions, des vols. Et pourtant, le chef du FBI, Hoover, jurait que Cosa Nostra n'existait pas.

Tout en réfléchissant aux paroles de Donatelli, pensant qu'il marquait un point, Austin examina la pièce.

— Vous avez parcouru un long chemin depuis que vous étiez serveur, dit-il en considérant les panneaux de bois et les décorations de cuivre.

— J'ai reçu de l'aide. Après le naufrage, j'ai décidé de ne jamais remettre les pieds sur un bateau, dit-il en riant. Il n'y a rien de tel que d'être prisonnier d'un navire qui coule pour ôter tout romantisme à la mer. La femme que j'ai essayé d'aider est malheureusement morte de ses blessures. Quand je suis allé à son enterrement, son mari m'a à nouveau remercié. Il a dit qu'il voulait faire quelque chose pour moi. Je lui ai avoué mon rêve d'avoir un petit restaurant à moi. Il m'a donné l'argent pour en acheter un à New York à condition que je suive des cours d'anglais et de gestion qu'il était prêt à payer. J'ai appelé le restaurant Myra, du nom de la femme de M. Carey. J'ai ouvert six autres restaurants dans de grandes villes de ce pays. Ils m'ont rendu millionnaire et m'ont permis de vivre comme ça. J'ai épousé une femme merveilleuse. Elle m'a donné quatre fils et une fille qui sont tous dans la restauration et beaucoup, beaucoup de petits-enfants.

Il finit son verre de grappa et le reposa sur la table.

— J'ai construit cette maison pour ma famille, mais aussi, je crois, parce que ce n'est pas loin de l'endroit où le navire a coulé. Les nuits de brouillard comme celle-ci, ça fait revenir les souvenirs. Voyez-vous, monsieur Austin, l'accident a été tragique pour des tas de gens comme M. Carey. Mais il a changé ma vie en mieux.

— Pourquoi me racontez-vous ça maintenant ? Vous auriez pu me donner juste les renseignements que je demandais.

— Ma femme est morte l'an dernier. Après avoir survécu à l'*Andrea Doria,* je me suis dit que je ne vivrai pas éternellement. J'ai vu dans sa mort le rappel du fait que moi aussi j'étais mortel, comme tout le monde. Je ne suis pas un homme religieux mais j'ai commencé à me dire qu'il fallait remettre certaines choses en ordre. Tous ces hommes qui sont morts dans les cales du navire. Peut-être aussi tous ceux dont vous m'avez parlé. Il faut que quelqu'un parle pour eux. (Ses mâchoires se serrèrent.) Je serai le porte-parole des morts.

Donatelli regarda la pendule murale.

— Il est tard, monsieur Austin. Avez-vous un endroit où dormir ?

— J'ai pensé prendre une chambre dans un motel.

— Ce ne sera pas nécessaire. Vous dormirez ici ce soir et vous serez mon hôte pour le petit déjeuner. Pour dîner ce soir, je vais vous préparer une pasta spéciale. Tomates et zucchini[1] du jardin.

— Il est impossible de repousser une offre pareille !

— Bien. (Il servit une nouvelle rasade de grappa et leva son verre.) Et quand nous aurons mangé et bu, nous trouverons le moyen de montrer à ces gens ce qu'il en coûte d'embêter un Sicilien.

1. Courgettes.

32

San Antonio, Texas.

En tant qu'américano-mexicain, Zavala ne savait trop que penser du lieu très sacré du Texas. Il admirait le courage des défenseurs d'Alamo, des hommes comme Buck Trevis, Jim Bowie et Davy Crockett dont les noms figuraient sur le cénotaphe de la Grande Place d'Alamo. Mais il était en même temps désolé pour les 1 550 soldats américains qui moururent pendant le siège, sous l'absurde commandement de Santa Anna. Les Texans perdirent 183 hommes. Les Mexicains perdirent le Texas.

Il se promena autour de la chapelle, dernier vestige d'un fort autrefois très étendu, fit un tour au musée et passa le reste de l'après-midi à regarder les gens dans un café. A 6 h 30 il garait sa voiture de location dans le garage en sous-sol de l'immeuble de Time-Quest. Il nota la zone de parking réservée aux Halcon Industries. Rien n'était réservé pour le Président. Zavala comprit que tous les gens de la société savaient que ce territoire était interdit et que Halcon ne voulait pas se faire remarquer.

Zavala se gara aussi près que possible de l'espace réservé à Halcon puis passa devant deux ascenseurs, le public et un autre marqué « Privé ». Il se posta non loin, dans l'ombre, derrière un gros pilier de béton. A 7 h 05, Melody sortit de l'ascenseur principal et marcha jusqu'à sa voiture. Zavala sentit à nouveau un vague regret de ne pouvoir sortir avec la jolie jeune femme et dut s'obliger à penser à autre chose. Il devait avoir l'esprit clair pour sa première rencontre avec le señor Halcon.

La surveillance de Zavala dans le parking souterrain allait bientôt payer. Peu après le départ de Melody, une limousine Lincoln noire vint se ranger silencieusement devant la porte de l'ascenseur privé. Presque aussitôt la porte s'ouvrit et un homme sortit.

Zavala porta son Nikon à ses yeux et visa le grand homme sombre quittant la cabine et se dirigeant avec aisance vers le véhicule qui l'attendait. Il prit plusieurs photos avant que Halcon entre dans la voiture puis visa le chauffeur qui lui tenait la porte. L'homme portait un costume sombre et ses cheveux blancs avaient une coupe militaire, très courte. Il était grand, large d'épaules, musclé et athlétique bien qu'il dût avoir au moins soixante ans. Zavala prit encore une photo avant que l'homme aux cheveux blancs balaie le garage du regard, comme s'il avait entendu le discret ronflement du moteur d'entraînement. Zavala se fondit dans l'ombre, osant à peine respirer, avant que la porte de la limousine claque enfin et que la voiture démarre.

A la seconde même où il avait eu dans son viseur l'homme aux cheveux blancs, Zavala avait imprimé son portrait sur sa rétine. Il s'appuya contre le béton froid, ayant du mal à croire ce que ses yeux venaient de voir. Exactement le même homme qu'en Arizona. Il en était sûr malgré le visage bien rasé et le costume fait sur mesure. Sauf que l'homme qui accompagnait Halcon avait eu au camp des vêtements de travail, des cheveux longs et une épaisse barbe blanche. Et une épouse morte depuis. On le connaissait alors sous le nom de George Wingate.

Reprenant ses esprits, Zavala courut à sa voiture de location. Il suivit la limousine, laissant un ou deux véhicules rouler entre lui et son objectif. Ils se dirigèrent vers la sortie de la ville par la voie express en direction du nord-ouest. Bientôt les faubourgs et les voies commerçantes se firent moins nombreux. Le terrain plat laissait la place à de rondes collines et à des zones plus boisées.

Zavala allait juste assez vite pour ne pas perdre la limousine de vue, ce qui l'obligea tout de même à dépasser la vitesse limite dès qu'ils furent sortis des quartiers habités. Ils roulèrent pendant environ une heure, quittant la route principale au crépuscule pour emprunter une route à deux voies peu fréquentée. Zavala resta bien derrière. Avant longtemps il aperçut l'éclair des freins et la limousine disparut. Il freina jusqu'à ce que ses phares accrochent un petit réflecteur de plastique cloué à un arbre, indiquant que la route n'était plus pavée. Il continua à rouler pour donner l'impression qu'il allait bien quelque part puis, une centaine de mètres plus loin, il fit rapidement demi-tour et revint jusqu'au réflecteur.

Il éteignit les phares pour s'assurer qu'il pouvait suivre la route de terre battue à condition de rouler au pas. Il se demanda ce qu'un homme aussi important que Halcon pouvait faire dans ce bled. Il y avait peut-être une cabane de chasse. Les bois épais l'enveloppèrent bientôt. Entre les arbres, il pouvait apercevoir les collines ridées de chaque côté. Il ne distinguait aucune lumière devant mais n'en était pas surpris car la route ne cessait de tourner. Pour éviter toute surprise désagréable, Zavala s'arrêtait toutes les deux ou trois minutes, sortait de la voiture et marchait, comme une sentinelle d'infanterie, pour regarder et écouter.

Lors d'un de ces arrêts, il aperçut une lumière plus loin devant. Prudemment il se dirigea vers la lueur et se rendit bientôt compte qu'il s'agissait d'une lampe unique en haut d'une haute barrière de grillage. Il amena la voiture sur le talus de la route et s'approcha de la barrière sous le couvert des bois, s'arrêtant au bord d'un andain. La barrière mesurait deux fois la taille d'un homme et était surmontée de fils de fer coupants comme des rasoirs. Une pancarte blanche attachée à la grille annonçait en lettres rouges que l'entrée était interdite et que des « chiens de garde étaient dressés à attaquer ». Son instinct l'avait bien guidé. Au-dessus de la pancarte, une petite boîte n'avait sans doute d'autre utilité que de contenir une caméra de surveillance.

La grille était trop haute pour être escaladée et il n'avait rien pour se protéger des barbelés et des chiens. Il se dit que la barrière était probablement reliée à une alarme. Se rappelant avoir vu une petite colline non loin de là, il retourna à sa voiture et s'éloigna de la grille en reculant pour qu'on ne distingue pas ses feux arrière. Puis il quitta la route et s'engagea dans les buissons. Se dirigeant vers la colline, il en escalada le flanc ; ce qui ne fut pas facile car il n'avait rien pour éclairer le chemin. Il dérapa et dut plusieurs fois sortir des bruyères à reculons mais il réussit tout de même à arriver au taillis du sommet sans trop de problèmes. Il choisit un arbre aux branches nettes et grimpa jusqu'à la plus haute capable de supporter son poids.

De là, il pouvait voir au-dessus de la barrière. A part l'unique lumière sur la grille, la zone n'était pas illuminée. Ses yeux s'étaient habitués à l'obscurité et il put bientôt distinguer plusieurs formes. Il comprit qu'il contemplait un vaste complexe de bâtiments, certains rectangulaires, d'autres cylindriques, tous dominés par une pyramide massive et au sommet aplati. Le tout était fait d'une pierre blanchâtre qui paraissait luire sous la faible lumière de la lune.

« Tu parles d'une cabane de chasse ! » murmura-t-il.

C'était à peine croyable ! Une ville ancienne en plein milieu de la campagne texane ! Il essaya d'appeler Austin mais son téléphone cellulaire ne trouva aucun signal. Après plusieurs minutes pendant lesquelles il scruta l'obscurité et tenta vainement de distinguer les détails, il décida qu'il avait vu tout ce qu'il y avait à voir.

Il allait redescendre de l'arbre quand une lumière clignota. Il aperçut une chose étrange. Il s'accrocha à la branche, fasciné, tandis qu'une scène extraordinaire se déroulait sous ses yeux.

33

Raoul Gonzalez frissonna dans l'obscurité et attendit que la balle lui perce le dos, souhaitant que cela arrive avant que le froid de la nuit ne l'ait tué. De nouveau il maudit cette femme américaine. En l'empêchant de réussir complètement sa mission au Maroc, elle était responsable de ce qui lui arrivait maintenant. Mais ses coléreuses ruminations furent interrompues. Un spot s'alluma et Gonzalez vit devant lui une créature fantastique, mi-homme mi-bête.

Du cou aux pieds, la créature ressemblait à un homme à la peau de bronze, d'un physique musclé. Il portait sur les reins un pagne de couleurs vives, vert, jaune et vermillon. Les grosses protubérances sur ses hanches se révélèrent, en y regardant bien, des rembourrages de cuir. Le visage était caché derrière un masque créé par le cauchemar d'un fou. Le museau vert jade était long et plein d'écailles, les yeux semblaient affamés et la bouche fendue en un sourire plein de dents pointues, tranchantes comme des rasoirs. De longues plumes de quetzal partaient de sa nuque. Le monstre se tenait immobile comme une statue, ses bras musclés croisés sur sa vaste poitrine glabre.

— *Madre mía !*

Le gémissement terrifié venait de la gauche de Gonzalez.

— *Silencio !* grogna-t-il au capitaine de l'hovercraft.

On leur avait ordonné de garder le silence ou de mourir. Et Gonzalez n'avait pas l'intention d'être tué parce qu'un trouillard pleurnicheur était incapable de fermer sa gueule.

L'homme calmement debout à sa droite était bien plus à son goût. Mince et souple comme un serpent dans ses mouvements, c'était un vrai assassin comme lui-même. En d'autres circonstances, Gonzalez aurait bien parlé boutique avec lui et discuté des méthodes létales qu'il avait apprises lorsque, orphelin maigrichon nourri de haine dans les quartiers misérables de Buenos Aires, il avait échappé aux escadrons de la mort au service d'hommes d'affaires locaux. Ces hommes d'affaires considéraient les gamins des rues comme de la vermine. Gonzalez était tout juste adolescent quand il approcha les boutiquiers et leur offrit d'infiltrer les bandes qu'il connaissait si bien et d'en finir avec ses pairs pendant leur sommeil par le couteau ou le garrot. En prenant de l'âge, il obtint des boulots plus importants. Des concurrents, des politiciens, des épouses infidèles. Tous envoyés à leur tombe avant l'heure au fusil, au couteau, par la torture. Gonzalez eut bientôt la réputation de livrer exactement ce que son employeur désirait.

Blink !

Un second cercle de lumière révéla une autre silhouette musclée, avec un masque différent, la bouche féroce et la langue rouge sang d'un jaguar.

A nouveau Gonzalez jura à mi-voix. Comment pouvait-il être là, dans le froid, pendant que des imbéciles s'amusaient à se déguiser comme pour un défilé de carnaval ? Ce n'était pas juste. Tout ça parce qu'il avait un peu raté quelques boulots. Les affaires allaient plutôt aux tueurs plus jeunes quand les émissaires de la Fraternité l'avaient approché. Il ignorait l'existence du groupe mais eux savaient tout de lui. Ils le voulaient pour des missions spéciales et l'homme de main vieillissant avait accepté avec plaisir. C'était bien payé et le travail n'était pas difficile. Juste comme autrefois dans la rue : attendre un appel, infiltrer et tuer. Des jobs faciles, comme celui du Maroc.

Le Maroc ! Il aurait voulu n'en avoir jamais entendu parler !

« Un boulot tranquille », avait dit le correspondant de Madrid. Des scientifiques sans armes ne se doutant de rien. Infiltrer l'expédition, préparer l'embuscade, sortir les victimes de leur lit, les égorger comme des moutons et enterrer les corps sans laisser de traces. S'il n'y avait pas eu cette putain au nom russe ! Jésus, Marie, il avait eu de sacrés projets pour elle ! Il avait étudié son joli corps mince, la regardant avec envie quand elle s'asseyait devant sa tente en peignant ses cheveux couleur de blé mûr dans le soleil de l'après-midi. Quand ils parlaient, elle était poliment insolente. Elle le repoussait comme s'il n'était qu'une fourmi grimpant le long d'une de ses jambes. Comme il allait jouir en l'obligeant à mendier pour sa vie avec la seule chose qu'elle pouvait offrir, ce corps magnifique !

Malheureusement, elle ne dormait pas quand il était entré dans sa tente et quand, avec les autres, il lui avait donné la chasse, elle avait couru comme le vent. Trois fois la Fraternité l'avait eue à sa portée et trois fois elle avait manqué son coup. L'hovercraft n'avait pas réussi à la noyer, l'escadron de choc chargé de finir le travail sur le navire de la NUMA avait été tué ou brûlé, le seul survivant étant le solitaire à côté de lui.

L'ordre de venir au Texas ne l'avait pas tellement surpris. Gonzalez s'attendait à une bonne engueulade, à voir sa paye rognée et lui-même muté. Au lieu de cela, des hommes armés de mitraillettes l'avaient conduit avec les autres. Au crépuscule, on les avait escortés dans la nuit et obligés à se mettre au garde-à-vous. Prévenus qu'ils seraient abattus s'ils bougeaient ou s'ils parlaient. Alors ils avaient attendu, écoutant le cri des coyotes dans l'air nocturne du désert. Jusqu'à cette seconde.

Blink !

Une troisième silhouette se matérialisa. Elle portait une tête de mort avec des yeux vides et un sourire terrifiant.

Une voix sortit de la nuit, amplifiée par des haut-parleurs.

— Salutations, mes frères, dit-elle en castillan aristocratique.

— Salutations, Lord Halcon, répondirent en écho des voix aux bouches invisibles.

— Nous savons pourquoi nous sommes ici. Trois d'entre nous se sont vu confier des tâches servant notre noble cause et ne les ont pas menées à bien. (La voix marqua un silence.) La punition de l'échec est la mort.

« Et voilà la balle, pensa Gonzalez. Oh ! Et puis tant pis, j'ai eu une bonne vie. »

Il se prépara au choc du morceau de plomb qui allait bientôt s'enfoncer dans sa chair, espérant que tout cela irait vite. Il avait mal aux pieds, peu habitué à la station debout. Il fut surpris par un objet rond qui sortit de l'obscurité et frappa le sol en rebondissant. Gonzalez pensa que la sphère blanc et noir était un ballon de football jusqu'à ce qu'elle roule et s'arrête à peu près au milieu des deux lignes d'hommes face à face. Là, il vit que le ballon ressemblait à un crâne.

Le voix retentit à nouveau.

— Nous vous offrons une chance de racheter vos vies. Le jeu de ballon décidera si vous vivrez ou si vous mourrez.

Les lumières s'éteignirent. Les trois silhouettes disparurent. Mais seulement pendant un moment. Une batterie de brillantes lumières s'alluma et Gonzalez vit que lui et les autres se tenaient entre deux murs de pierre parallèles. Les trois hommes déguisés avaient enlevé leurs masques et s'étaient placés au bout de l'allée. Au milieu de chaque mur était gravé un grand rond avec la tête de ce qui ressemblait à un ara. Dans la semi-obscurité, il eut la sensation qu'il y avait des hommes au-dessus du mur, des centaines d'hommes d'après le volume de leurs voix.

— Le ballon représente le destin, cria le haut-parleur. Le tribunal, c'est le cosmos. L'alligator, le jaguar et la tête de mort symbolisent les maîtres du monde souterrain, vos adversaires. Les règles sont celles qui s'appliquent depuis deux mille ans. Vos maîtres utiliseront leurs pieds. Vous pouvez utiliser vos mains et vos pieds. Votre but est d'amener le ballon à l'autre bout du terrain de jeu. Si une équipe fait passer le ballon à travers un rond, cette équipe gagne. Les perdants seront les vainqueurs.

Gonzalez était sidéré. *Du football !* Pour l'amour du ciel ! Ils allaient devoir taper dans un ballon pour sauver leurs vies ! Il avait jadis joué au foot dans les rues pendant son enfance et, plus tard, organisé une équipe d'amateurs et ne s'était pas montré si mauvais que cela. Mais il n'avait plus la forme maintenant, à cause de la boisson, de la drogue et des femmes. Son corps basané était encore puissant mais bien mou au niveau de l'estomac et son souffle était court.

— T'as déjà joué ? demanda-t-il du coin des lèvres.

— Un peu, dit l'assassin. Je jouais avant.

— Moi, j'étais goal, dit timidement le conducteur de l'hovercraft.

— Nous jouons pour sauver notre peau, rappela Gonzalez. Il n'y aura pas de règles. Tous les coups sont permis. Vous avez compris ?

Les deux hommes firent signe que oui.

Le trio situé à l'autre extrémité du terrain attendait qu'ils bougent.

— Je donne le coup d'envoi, dit Gonzalez.

Les yeux fixés sur le ballon, il frappa un premier coup, recula son pied et le relança en avant. Le ballon était plus lourd qu'il ne s'y attendait. Probablement en cuir massif. Le coup se répercuta douloureusement dans sa jambe. Il y avait mis toute la puissance de son corps mais le but était loin. Le ballon rebondit contre le mur et revint sur le terrain devant leurs opposants. Le buteur fut sur la balle en un éclair et la poussa jusqu'au milieu du terrain à petits pas agiles, ses équipiers de chaque côté. Les trois hommes auraient pu être des triplés, tous trois musclés comme des statues, les cheveux noirs coupés au bol et les yeux sombres et indifférents.

Celui qui tenait le ballon vit Gonzalez courir vers lui et fit une passe à son équipier de gauche. Mais Gonzalez ne dévia pas sa course. Le ballon ne l'intéressait pas. Ce qu'il voulait, c'était *estropier.* Il avait fait mentalement un calcul sommaire. Blesser un des adversaires et l'équipe d'en face perdrait un tiers de son effectif. Celui-ci attendit tranquillement que Gonzalez soit à un cheveu de lui et fit un souple pas de côté en tendant méchamment son pied. Gonzalez essaya de s'arrêter, n'y réussit pas, bascula par-dessus la jambe tendue et s'abattit si violemment par terre que ses dents s'entrechoquèrent.

Ignorant la douleur de ses côtes fêlées, il réussit à se relever et essaya vainement de se remettre au jeu rapide. Son coéquipier l'assassin, essoufflé par une tentative ratée de voler le ballon, envoya un grand coup de coude dans le sternum du joueur d'en face et réussit à lui tirer un grognement de douleur.

Gonzalez suivit, entra violemment en collision avec l'homme par-derrière. Le joueur tomba à genoux comme l'aurait fait quiconque à sa place mais se releva en une seconde, se hâtant de rattraper son équipier qui poussait le ballon vers la zone du fond. Gonzalez en fut consterné.

Déjà !

Trois à un.

Il ne restait que l'homme du hovercraft pour empêcher le but. Le détenteur de la balle vit son opposant, le sous-estima et décida de foncer avec le ballon au lieu de le passer sur le côté pour marquer plus facilement du pied. Il courait trop vite pour faire demi-tour sans perdre le ballon. Il feinta, regardant à gauche mais filant à droite.

L'homme du hovercraft comprit la feinte et avança en levant l'avant-bras. Son coude rencontra la mâchoire de l'homme avec la force de leurs vitesses combinées et lui fit quitter le sol. Il y eut un craquement sinistre lorsque la mâchoire de l'homme se cassa et il tomba en crachant du sang. Gonzalez cherchait de l'air à chaque respiration mais la superbe manœuvre de son coéquipier lui redonna des forces. Il coinça le ballon sous son talon et le fit voler entre les deux opposants qui le marquaient, sans un regard pour leur camarade à terre. Avec un cri rauque de triomphe, il suivit son coup de pied et rentra à fond la caisse dans le chou des deux joueurs comme une balle de bowling avec l'intention de les renverser comme des quilles. L'un des hommes saisit Gonzalez et aurait pu lui rompre le cou si la paume de sa main n'avait été emplie par les bajoues énormes de celui-ci. Gonzalez se rappela que le règlement interdisait de toucher le ballon de la main mais pas de le défendre.

L'assassin avait saisi la balle mais elle lui fut vite reprise et dirigée dans la direction de Gonzalez. Le joueur vit le pilote de l'hovercraft courir pour l'arrêter et choisit de passer près de Gonzalez, plus lent. De nouveau celui-ci se concentra non sur la balle mais sur l'homme, visant les parties génitales de sa chaussure pointue.

Le joueur l'évita, pivota de telle sorte que le coup n'atteignit que sa protection de cuir. Puis à nouveau il emmena le ballon vers le bout du terrain. L'assassin arriva comme un éclair par le flanc et le renvoya au milieu du terrain. Avant que quiconque ait pu l'arrêter, il avait saisi le ballon à deux mains et l'avait lancé vers le cercle.

Il aurait pu réussir mais, juste avant que la balle quitte ses mains, il reçut un coup violent entre les omoplates qui fit dévier son tir. Le ballon frappa le haut du cercle et rebondit sur le terrain.

Résolument partiale, la foule hurla son approbation dans l'obscurité.

C'était un nouveau jeu. Trois à deux. Gonzalez était vexé et haletant mais il sentait la victoire à sa portée.

Les opposants les regardaient, leurs larges visages aux hautes pommettes aussi impassibles que des statues de granit. La sphère représentant le destin reposait entre eux. Gonzalez se fatiguait et savait qu'à cette allure, il ne tiendrait pas plus de quelques minutes.

— *Attrapez-les !* aboya-t-il.

Soudés par le désespoir, les deux hommes se ruèrent vers leurs adversaires tandis que Gonzalez chargeait au centre pour reprendre le contrôle du ballon. Prenant son temps, il se prépara à lancer un long coup de pied qui devait envoyer la balle très haut. La sensation de son pied au contact de la boule de cuir fut forte et satisfaisante. La sphère s'éleva comme si rien ne pouvait l'arrêter. Pendant ce temps, l'homme que marquait l'assassin sauta sur le côté et fit en l'air une figure de ballet en se contorsionnant de telle sorte que sa hanche fit dévier le ballon. Il rebondit avec un son mat jusqu'à l'équipier de l'homme, qui tomba par terre.

Gonzalez pensa qu'il avait trébuché mais en fait, il était tombé délibérément. Il ramassa le ballon entre ses chevilles et, utilisant ses jambes comme des leviers, l'envoya en l'air. Son équipier, d'une tête, lui donna de la vitesse et le ballon vola vers le cercle. Pendant un moment, on eut l'impression qu'il n'avait pas assez de force pour traverser le cercle mais la visée était bonne et le ballon passa par l'ouverture et rebondit sur le terrain.

Le jeu était terminé.

Une clameur s'éleva des gorges des spectateurs au-dessus des murs.

Puis le silence tomba.

Gonzalez et ses équipiers étaient essoufflés, suants, leurs vêtements trempés et tachés de terre et d'herbe. Le ballon était entré dans le but avec une aisance qui prouvait l'entraînement des autres. Il réalisa qu'on s'était bien fichu d'eux. Leurs adversaires avaient vraiment joué comme des dieux et ne leur avaient laissé aucune chance de gagner.

Le mur intérieur du terrain était sculpté d'une série d'images. Gonzalez ne s'était guère intéressé à l'art auparavant mais suivait maintenant les regards de l'équipe d'en face. Les sculptures montraient une série de joueurs se faisant face au-dessus d'un ballon marqué de crânes. Sur l'une de ces images, un vainqueur tenait un couteau dans une main et une tête dans l'autre. La victime décapitée était agenouillée devant lui. Du sang jaillissait de son cou sous forme de serpents.

La foule se rapprocha et le força, lui et ses compagnons, à se mettre à genoux. On le prit vivement par les cheveux, exposant son cou et Gonzalez comprit ce qui allait lui arriver. Trois couteaux en forme de sabres jaillirent et trois têtes tombèrent sur le sol presque en même temps, avec un son mat, les yeux clignotant frénétiquement tandis qu'elles roulaient pour s'arrêter près du ballon qui avait scellé leur destin.

Là-haut, de son poste d'observation sur l'arbre, Zavala murmura d'une voix tremblante :

— Oh ! Mon Dieu !

Il ne pouvait en croire ses yeux. Il avait suivi le jeu de ballon, plus curieux que concerné, s'amusant presque. Même de loin, il voyait que la partie était extrêmement rude. Mais ce n'est qu'à la dernière minute qu'il se rendit compte à quel point il était mortel pour les perdants. Il descendit très vite de l'arbre et traversa le champ en courant vers sa voiture.

La pièce dans la pyramide était immense, ses murs de pierre recouverts de vitrines de verre contenant des dizaines de jades inestimables. Sur un des murs s'étalait un énorme écran. Halcon regarda Gonzalez et ses coéquipiers jouer les dernières minutes sanglantes de leur vie puis se tourna vers l'homme balafré assis dans un fauteuil de cuir et tirant sur un cigare.

— Voulez-vous regarder à nouveau le match, Guzman ?

— Je regarderai plus tard les moments les plus marquants, si cela ne vous ennuie pas, monsieur, répondit l'homme à la cicatrice.

Halcon appuya sur une télécommande invisible et l'écran s'éteignit.

— Ne me dites pas que vous n'appréciez plus le jeu de balle !

— Je ne suis pas encore prêt à suivre un match de cricket, monsieur, dit Guzman en buvant une gorgée d'alcool. Mais les jeux sont beaucoup trop courts et manquent d'adresse et de finesse.

Halcon choisit un cigare dans l'humidificateur de cuir fin rehaussé d'or et regarda Guzman à travers le rideau de fumée. La franchise de la réponse ne le surprit pas. Il connaissait Guzman depuis sa naissance, à l'époque où son père avait engagé son fidèle homme à tout faire comme protecteur officiel de son fils. L'homme était totalement loyal, ce qui le rendait si reposant aux yeux d'un intrigant aussi machiavélique que Halcon. Celui-ci jeta un coup d'œil à l'écran.

— Vous avez raison, dit-il d'un air dégoûté. Une bagarre comme celle-ci rabaisse le but du jeu qui est d'insuffler la peur et l'obéissance à mes partisans tout en leur donnant la fierté de la culture de leur passé.

Sa main avança vers la console du téléphone.

— Faites aligner l'équipe gagnante pour la remise des prix là où je peux la voir, ordonna-t-il sèchement.

Puis il s'approcha d'une vitrine contenant des fusils et des pistolets. Il en sortit un fusil à lunette.

— Venez, Guzman.

Halcon passa sur un balcon sombre surmontant le

complexe. Les gagnants du jeu de ballon étaient alignés sur le terrain vert et brillant. Halcon leva la crosse du fusil contre son épaule et visa par la lunette. Le fusil cracha trois fois sous son doigt. Quand l'écho de la fusillade mourut, trois silhouettes immobiles reposaient sur l'herbe.

— Je sais que vous préférez le fusil autrichien pour vos missions, dit Halcon en contemplant le mortel résultat de son ouvrage avec satisfaction, mais j'ai toujours eu de la chance avec le L.42A1 anglais.

Guzman regarda le terrain de jeu et sa bouche se tordit en un sourire sardonique.

— Je suppose que vous venez de rompre leur contrat.

Cela fit rire Halcon et ils rentrèrent. Il replaça soigneusement le fusil dans la vitrine et se tourna vers le balafré.

— Toutes mes excuses, Guzman. J'aurais dû éviter de suggérer que l'homme qui, à lui tout seul, a fait couler le plus beau paquebot du monde, avait perdu le goût des jeux sanglants. Je dois m'excuser aussi de ne pas vous avoir révélé mes projets depuis si longtemps. Je ne vous ai pas fait venir dans mon sanctuaire ce soir pour regarder cette misérable partie de ballon. Vous devez être le premier à apprendre les détails de mon grand projet d'avenir.

— J'en suis très honoré, Don Halcon, dit Guzman avec un léger salut de la tête.

Halcon leva son verre d'alcool devant un grand portrait dans son cadre doré, au-dessus de la cheminée digne d'un château du Moyen Age.

— A mon distingué ancêtre, fondateur de la Fraternité. Je lui dédie mon rêve le plus cher.

La peinture était dans le style du Greco, sauf que dans ce portrait, le visage long et les oreilles pointues du sujet n'étaient pas exagérés. L'homme saturnien, tonsuré, vêtu de la robe sombre des moines, avait une peau pâle et presque transparente qui contrastait avec les lèvres rouges et voluptueuses.

Des yeux gris clair, durs comme des diamants, brillaient comme reflétant des flammes. Le fond restait dans l'ombre sauf dans un coin où un reflet laissait entrevoir une silhouette se tordant sur un bûcher. Guzman avait vu pour la première fois le portrait d'Hernando Perez lorsque, jeune initié, il était entré dans la Fraternité. Le père d'Halcon avait expliqué avec un sourire amusé que Perez avait fait mettre à mort l'artiste, l'accusant d'hérésie, car il voulait que son portrait fût le dernier que le peintre exécutât jamais.

Guzman fut le premier et l'unique membre non latin de l'ordre. Il était le fils illégitime d'un pilote de Stuka allemand stationné en Espagne et d'une infirmière danoise au service des Halcon. Le pilote mourut pendant la guerre et l'infirmière se suicida. Le vieux maître éleva le garçon dans sa maison et s'occupa de son éducation. Non par altruisme. Il avait compris qu'il valait mieux avoir près de soi un suivant indiscutablement loyal qu'un escadron lié à lui par le seul intérêt. Il lui donna un nouveau nom et l'envoya dans les meilleures écoles où il apprit plusieurs langues. Puis il le confia à des tuteurs plus spécialisés qui lui apprirent les arts martiaux et l'usage des armes. Guzman tua un homme pour la première fois au cours d'un duel au sabre dont il garda sa hideuse cicatrice. La prédiction du vieil homme se réalisa. Guzman devint un assistant dévoué dont les dons naturels pour le meurtre et la destruction se révélèrent avantageux.

— Je me rappelle votre père lorsqu'il disait que Perez était, au fond, un homme simple, dit Guzman.

— C'était un nihiliste fanatique. Le bon archidiacre fonda la Fraternité du Sabre Sacré de la Vérité parce qu'il trouvait Torquemada trop doux avec les hérétiques. Heureusement, ajouta Halcon avec un sourire, ses vœux religieux ne l'empêchèrent pas de prendre des plaisirs charnels avec les jeunes novices. Ni son zèle religieux de voler les biens de ceux qu'il avait condamnés. Ses croyances se traduisirent par les directives essentielles de la Fraternité.

Guzman récita ces directives comme une machine.

— Le premier devoir de la Fraternité consiste à effacer toute preuve de contacts entre l'Ancien et le Nouveau Monde avant Christophe Colomb.

— C'est toujours notre devoir mais je vais y apporter certains changements.

— Des changements, monsieur ? La directive fait partie des saintes écritures de la Fraternité.

— Ne soyez pas surpris. La Fraternité a déjà changé d'orientation auparavant. Nous sommes passés d'un groupe religieux à une organisation terroriste pour la protection de la couronne d'Espagne. Nous avons bien fait notre travail. La Fraternité a éradiqué toute idée de contact précolombien qui remettrait en question les dogmes de l'Eglise et, par conséquent, l'infaillibilité des décisions royales. En défendant la croyance que Colomb fut le premier Européen à voyager jusqu'au Nouveau Monde, nous avons empêché d'autres nations de réclamer nos richesses. C'est pour cela que douter de ses exploits était un crime capital. Quand j'étais jeune, je me rappelle avoir demandé à mon père pourquoi c'était encore important. Le roi Ferdinand et la reine Isabelle sont morts et l'Espagne n'est plus une grande puissance.

— Ce n'est pas l'idée elle-même, murmura Guzman, c'est la pureté de l'idée.

— Mon père vous a bien instruit. Il m'a fait entrer de force la même chose dans la tête. Ce n'est qu'en obéissant à notre vœu sacré de maintenir notre mission d'origine que nous resterons un ordre d'élite, uni dans une cause sacrée. Sous l'égide de la Fraternité, Colomb a presque atteint la sainteté. Même de nos jours, les enseignants qui dévient des prémices instaurés par nos frères médiévaux risquent leur carrière. Le monde s'étonne du fait que le généralissime Franco ait pu rester au pouvoir jusqu'à l'heure de sa mort. C'est grâce aux alliances qu'il avait forgées avec la Fraternité. La plus grande menace contre notre Fraternité a été écartée, grâce à vous.

— Votre père m'a dit que l'objet qui reposait à bord du navire pouvait détruire la Fraternité. Mais il voulait aussi montrer à ses disciples qu'il était prêt à aller très très loin pour conserver la raison d'être de *Los Hermanos*.

— Oui, il a comparé l'événement à la destruction de ses navires par Cortez lui-même pour empêcher ses hommes d'avoir d'autre choix que de rester à ses côtés.

— Votre père était un homme sage.

— Sage oui, mais son obsession du passé aurait fini par détruire la Fraternité. Nous étions en train de devenir une simple mafia espagnole quand j'ai pris le contrôle. Si la Fraternité doit vivre encore cinq cents ans, nous devons faire comme Cortez, brûler nos navires. Nous n'agissons plus pour protéger une souveraineté espagnole qui n'existe plus mais pour poser les fondations d'un nouvel empire. Notre inspiration sera Quetzalcóatl, le Serpent à Plumes des Mayas, qui reviendra sous des formes différentes pour commencer une ère nouvelle. Cette fois, Quetzalcóatl renaîtra sous la forme d'un aigle.

— Je ne comprends pas.

— La raison pour laquelle nous continuons à cacher les contacts précolombiens est celle de donner aux Hispaniques une plus grande fierté de leur propre héritage. Si l'on apprenait par les médias que toutes les grandes cultures méso-américaines viennent de l'Europe, de la Chine ou du Japon, cela rabaisserait considérablement les réalisations de notre peuple et les renverrait dans les eaux stagnantes de l'Histoire. Grâce à un autre de mes robustes ancêtres, j'ai dans les veines du sang maya. Je ne suis pas un simple Hispanique mais un *Indio*. Je personnifie l'héritage de deux grandes civilisations. Il est répugnant de suggérer que la glorieuse culture de mon peuple a été importée de civilisations étrangères venues d'au-delà des mers. Qu'on insinue que les Olmèques, les Mayas et les Incas n'étaient guère plus que des peuplades sauvages, qui n'ont créé des merveilles architecturales, une science astronomique ingénieuse et un art magnifique que parce qu'elles ont reçu l'influence et l'enseignement d'intrus venus d'Asie et d'Europe, ça je ne le supporte pas. Les enfants d'Amérique latine et leurs enfants doivent croire que leurs ancêtres ont atteint la grandeur grâce à leur propre génie et seulement grâce à lui. Ceci est vital pour que nous puissions susciter une résurgence de notre ancienne gloire et prendre notre place de civilisation de premier plan du XXe siècle.

— C'est une consigne gigantesque !

— Ecoutez-moi jusqu'au bout, dit Halcon. En moins de temps que vous ne pouvez l'imaginer, le tiers des Etats-Unis du Sud vont faire sécession et devenir la nation latino-américaine.

— Avec tout le respect que je vous dois, Don Halcon, je vous rappelle que l'Amérique s'est lancée dans une guerre civile la dernière fois que quelqu'un a parlé de sécession.

— La situation est totalement différente, déclara sèchement Halcon. Ce que je propose arrivera, que je vive ou que je meure. Dans cinquante ans, les non-Latins seront minoritaires aux Etats-Unis. C'est déjà le cas dans les Etats frontaliers comme le Nouveau-Mexique. Je propose simplement d'accélérer le processus en dirigeant un mouvement hispanique pour l'indépendance qui s'étendra rapidement, avec votre aide.

— Je ferai de mon mieux, comme toujours, Don Halcon.

— Ce ne sera pas aussi difficile que vous pouvez le croire. (Halcon fit tourner une antique mappemonde sur son axe.) Voyez comme le monde a changé. L'URSS, l'Allemagne de l'Est, disparus. (Il arrêta d'un doigt le mouvement de la mappemonde.) Ce n'est pas Halcon, ce sont les géographes qui affirment que la Belgique se scindera un jour entre

Flandres et Wallonie. L'Australie se composera de quatre pays séparés. La Chine explosera en une série de zones autonomes comme Hong Kong. L'Italie se partagera entre le Nord prospère et le Sud misérable. Et le plus important, c'est ce que disent les savants de l'Amérique du Nord.

Il guida Guzman jusqu'à une longue table d'acajou où était étalée une grande carte. Il tapa sur un mot inscrit en travers de la partie occidentale des Etats-Unis.

— Angelica ? lut Guzman.

— Le mélange des frontières est inévitable et même les gouvernements savent que l'Amérique du Nord doit changer. La carte est en train de se faire pendant que nous parlons. Quand le Canada perdra le Québec, les villes maritimes sans accès à la mer rejoindront les Etats-Unis. L'Alaska s'unira à la Colombie britannique et aux Etats du nord-ouest pour créer la Pacifica, une entité dont l'intérêt commun réside sur la côte du Pacifique. L'état du nord du Mexique se joindra aux Etats du sud-ouest des U.S.A. (Il balaya la carte de la main.) J'unifierai tous les descendants d'Indiens et d'Espagnols en une vague nouvelle qui déferlera sur tout le territoire que possédait autrefois le Mexique.

— Comment pourrez-vous lutter contre la puissance armée d'une superpuissance ?

— Comme l'a fait Cortez qui, avec une poignée de ses compagnons, a vaincu le grand empire des Aztèques, avec ses millions d'âmes, en créant des alliances et en montant un groupe contre un autre. Les lignes de la confrontation militaire sont déjà tracées. Les villes frontières seront noyées dans le sang. Personne ne sera épargné. Plus les atrocités seront grandes, plus forte sera la réaction et plus vite elle se répandra. Quand la violence commencera, les Etats-Unis me *supplieront* de l'arrêter. Je prendrai la place qui me revient, celle de leader, et nous remettrons en place les anciennes valeurs et les anciens modes de vie. Un jour, poursuivit-il en ricanant, notre jeu de ballon sera aussi populaire que les corridas ou les ligues de football. La rébellion sanglante que nous avons fomentée au Chiapas prouve que c'est faisable.

Guzman sourit.

— Ce fut aussi facile que de jeter une allumette dans un seau d'essence.

— Exactement. Le gouvernement a réagi en massacrant les Indiens. Les rebelles zapatistes mayas ont montré la même férocité que leurs ancêtres en obtenant par la force des concessions du gouvernement. Aux Etats-Unis, les Californiens s'arment contre l'immigration illégale que nous encourageons.

— Les ranchers veulent un rôle militaire plus important pour combattre les seigneurs de la drogue dont nous supervisons les opérations le long de la frontière, dit Guzman.

— Et tout cela selon mes plans. Les Etats-Unis vont perdre patience. La violence unira les millions d'Hispaniques et de Latinos dans tout le Sud-Ouest. C'est pour cela que nous ne pouvons pas nous permettre de réécrire notre glorieux passé. J'ai dépensé une fortune à acheter des territoires, des votes, des influences politiques. Les Industries Halcon n'ont pas de limites. J'ai bâti une nouvelle Chichen Itzà pour qu'elle devienne la capitale du nouveau pays. Mais même les vastes ressources de notre cartel ne peuvent équiper une armée pour se défendre contre les Etats-Unis s'ils ne reconnaissent pas l'orientation du futur. C'est pourquoi il est vital pour nous de trouver les vastes richesses qui nous permettront de mener à bien notre projet. Car nous ne réussirons pas sans le trésor.

— Nous sommes sur le point d'assembler toutes les pièces du puzzle. Nos agents ont rassemblé des documents venus de toutes sortes de sources en Espagne et dans d'autres pays.

— Y a-t-il eu des protestations ?

— Pas encore. L'*International Herald Tribune* a raconté l'incompréhensible vol d'objets colombiens dans les salles des ventes et dans les musées mais personne n'a fait de rapprochements.

— Pas encore, dit Halcon avec un sourire fourbe.

Guzman haussa les sourcils.

— Nos experts ont analysé les vieux documents, continua Halcon. Ils ont identifié la clef du secret qui nous échappe depuis si longtemps.

— Bravo, Don Halcon, j'en suis ravi.

— Vous le serez moins quand vous entendrez les détails. Voyez-vous, la clef que nous cherchons repose au fond de l'océan, dans les soutes de l'*Andrea Doria.*

Guzman était stupéfait.

— Pas la pierre ? Comment est-ce possible ? Votre père m'a donné l'ordre de couler le navire !

— Comme je vous le disais, mon père n'était pas infaillible. Il pensait que la pierre nous détruirait.

— Il n'y a pas d'erreur ?

— J'ai fait vérifier les documents encore et encore. Je les ai lus moi-même. Non, mon ami. J'ai bien peur qu'il n'y ait pas de doute. L'objet dont mon père craignait qu'il ne détruise un jour la Fraternité nous montrera le chemin de la plus grande gloire. Je veux que vous mettiez au point immédiatement un projet de récupération. Vous disposerez de toutes les ressources des Industries Halcon. Et ce doit être fait aussi vite que possible.

— Je me mettrai au travail dès que nous en aurons fini ici, monsieur.

— Excellent. Y a-t-il d'autres expéditions archéologiques qui pourraient contrarier nos projets entretemps ?

— Il semble qu'il y ait un regain d'activité dans le monde entier. Sauf pour le projet avorté de la NUMA en Arizona, évidemment.

— Mes compliments pour avoir cautérisé cette infection si vite. Quelle menace représente la NUMA ?

— Il ne faut pas les sous-estimer. Vous avez vu ce qui est arrivé au Maroc ?

— Je suis d'accord. Je pense que vous devez rester en charge de toutes les opérations pour lesquelles la NUMA est concernée. Utilisez toute la force nécessaire.

Le téléphone portable de Guzman sonna. Il s'excusa pour écouter.

— Oui, immédiatement. Insérez-le dans le circuit privé de Don Halcon.

Un instant plus tard, l'écran de télévision rallumé montrait une scène bucolique en noir et gris pâle.

— Qu'est-ce que c'est ? s'impatienta Halcon.

— C'est ce qu'a filmé une caméra de surveillance dans la petite colline au nord du complexe.

Pendant qu'ils regardaient, on régla les couleurs pour agrandir à tout l'écran le visage d'un homme courant dans les bois.

Guzman jura à voix basse.

— Vous le connaissez ? demanda Halcon.

— Oui. Il s'appelle Zavala. Il faisait partie de l'équipe de la NUMA sur le projet en Arizona.

— Vous avez raison, la NUMA n'est pas qu'un chien édenté.

Halcon contempla l'écran en réfléchissant.

— Vous m'avez dit qu'il y avait un autre homme qui mène l'équipe ?

— Kurt Austin. C'est lui qui s'occupe du projet.

— Ils feront l'affaire pour commencer. Faites-le tuer et celui-ci aussi. Et remettez à plus tard le projet de récupération si c'est nécessaire.

— Comme vous voudrez, Don Halcon.

Halcon renvoya Guzman et revint à la carte.

Guzman n'avait aucune illusion concernant Halcon. Il le connaissait depuis son enfance, s'était penché sur lui comme un ange gardien. Il pensait que le projet mégalomaniaque d'Halcon concernait davantage sa poursuite égoïste de pouvoir et de richesses que la restauration de l'ancienne grandeur de ceux qu'il appelait son peuple. Il utilisait les descendants d'Indiens pour ses fins propres et les réduirait à l'esclavage comme l'avaient fait ses ancêtres conquistadores. Ce qu'il proposait signifiait la guerre civile, des rivières de sang et sans doute des milliers de morts.

Guzman savait tout cela et s'en moquait. Quand le vieux maître avait pris sous son aile le petit garçon blond d'autrefois, il avait créé un être d'une indéfectible loyauté. Ce serait peut-être une grosse erreur de tuer d'importants personnages de la NUMA, se disait-il en quittant la pièce. Mais son travail était devenu monotone ces dernières années. La seule chose intéressante était le jeu. Les hommes de la NUMA seraient des adversaires dignes de lui. Son esprit commença à travailler sur le projet de leur assassinat.

34

Yucatán, Mexique.

Les hamacs du Yucatán n'avaient vraiment pas été prévus pour un homme de la taille de Paul Trout. Les fibres tressées à la main avaient été destinées aux Mayas et à leur stature minuscule. Quand il ne se battait pas contre les moustiques, Trout essayait de trouver une position pour ses bras et ses jambes qui pendaient sur le sol de terre battue de la hutte indienne. Ce fut pour lui un soulagement de voir apparaître la première lueur grise de l'aube. Il s'extirpa du hamac, essaya d'effacer les plis de son costume, décida qu'il ne pouvait rien contre sa barbe naissante et, avec un regard étonné pour Morales qui ronflait dans un autre hamac, sortit dans la brume du matin. Il traversa un champ de maïs jusqu'à l'orée du bois où reposait l'hélicoptère couché sur le côté comme un gros insecte mort. Le pilote avait essayé de se poser dans le champ tandis que l'appareil consumait ses dernières vapeurs d'essence mais il avait plongé dans le dais de feuillages qui paraissaient si doux vus d'en haut. Le fuselage s'était brisé et enfoncé entre les cimes avec un bruit horrible de branches cassées et de métal déchiré.

Trout en avait perdu la respiration. Le pilote s'était cogné la tête et était dans les pommes. Morales n'était qu'étourdi. Quant à Ruiz que le bruit avait réveillé, il s'était assis là, ahuri, de la bave coulant sur son menton poilu. Morales et Trout avaient tiré le pilote hors de l'appareil et l'air frais l'avait fait revenir à lui. Tout le monde avait des bleus et des ecchymoses aux genoux et aux coudes mais rien de sérieux. Trout fut heureux que Ruiz ait survécu. Il serait peut-être une bonne source de renseignements pour retrouver Gamay.

Les mains sur les hanches, il évalua les dommages et secoua la tête, étonné. Les arbres avaient ralenti et amorti la chute de l'hélicoptère. Les patins avaient lâché, le rotor principal et ceux de la queue étaient fichus mais le corps de l'appareil demeurait miraculeusement intact.

Trout frappa sur le fuselage cabossé. Il y eut un mouvement à l'intérieur. Le pilote, qui avait choisi d'y passer la nuit, sortit en rampant, s'étira et ouvrit la bouche pour un énorme bâillement. Le bruit éveilla Ruiz, allongé par terre, menotté aux restes du patin. Il cilla d'un air ensommeillé et aperçut Trout. Les moustiques l'avaient apparemment épargné. Il fallait bien que son odeur de porcherie ait un avantage, se dit Trout. Il contourna l'appareil et pensa à nouveau au miracle qui leur avait permis de s'en sortir sains et saufs. Il avait relevé sept impacts de balles dans l'hélicoptère, y compris celui qui avait frappé le réservoir.

Quelques minutes après la chute du Jet Ranger, une silhouette s'était approchée en traversant le champ de maïs. Un fermier indien habitant non loin de là avait vu l'accident. Il les accueillit avec un sourire amical sous son chapeau de paille. Il ne paraissait nullement perturbé, comme si des étrangers tombaient du ciel tous les jours. Le pilote fit une rapide évaluation des dégâts et découvrit que la radio était inutilisable. Ils suivirent le fermier jusqu'à sa hutte où son épouse leur offrit à manger et à boire et où quatre jeunes enfants les contemplèrent de loin avec un peu de crainte.

Morales questionna longuement le fermier puis se tourna vers Trout.

— Je lui ai demandé s'il y avait un village ou une ville avec un téléphone pas trop loin. Il dit qu'un prêtre, dans un village près d'ici, a une radio. Il va aller le trouver, lui parler de nous et lui demander de faire envoyer de l'aide.

— Il est loin ce village ?

— Très, dit Morales en secouant la tête. Il va y passer la nuit et reviendra demain.

Pensant à Gamay, Trout déplora ce temps perdu mais il ne pouvait rien faire d'autre. L'épouse du fermier prépara un en-cas pour son mari, le mit dans un sac à dos en coton et l'homme grimpa sur un âne grisonnant, salua sa famille et partit pour sa grande aventure. Trout regarda l'âne se frayer un chemin et pria pour que l'animal vive assez longtemps pour revenir. L'épouse du fermier leur laissa l'usage de sa maison, disant qu'elle allait s'installer chez des parents. Elle était de retour lorsque Trout et le pilote revinrent à la hutte voir si Morales était réveillé. Puis elle prépara des tortillas et des haricots pour tout le monde.

Après ce petit déjeuner, Trout alla porter quelques tortillas à Ruiz. Morales détacha les menottes du *chiclero* mais laissa ses chevilles entravées. Ruiz dévora bruyamment les crêpes de maïs et Morales lui donna une cigarette. Il la fuma avec reconnaissance. L'accident avait fait disparaître son petit sourire supérieur et il se montra presque coopératif quand Morales lui posa des questions.

— Il a commencé à travailler avec cette bande de pillards il y a environ six mois, traduisit le policier. Il prétend qu'avant, il ramassait le *chicle* mais je ne le crois pas. (Il interrogea l'homme à nouveau mais cette fois plus sèchement.) *Sí*, dit-il en riant, c'est bien ce que je pensais. C'était un voleur. Il dépouillait les touristes venant à Merida. Un ami lui a dit qu'il se ferait plus d'argent en volant des objets d'art. Le travail est plus dur mais la paie est meilleure et il y a moins de risques.

— Demandez-lui pour qui il travaille, suggéra Trout.

Ruiz haussa les épaules.

— Il travaillait pour un ancien policier gardant les ruines, traduisit Morales. Il y a une petite bande, une douzaine d'hommes, peut-être. Ils trouvent des lieux et creusent des tranchées. Les jades et les vases peints de lignes noires sont les meilleurs, d'après ce qu'il dit. Ils valent entre deux cents et cinq cents dollars pour un pot. Son patron prend son bénéfice et se débrouille pour les expéditions.

— Les expéditions pour où ?

— Il n'est sûr de rien. Il pense que son patron est en relation avec des gens qui travaillent hors du Petan, de l'autre côté de la frontière du Guatemala.

— Comment fait-il pour y envoyer les objets ?

— Il dit qu'ils leur font descendre la rivière dans de petits bateaux jusqu'à un endroit où des camions les attendent. Ensuite ils vont peut-être à Carmelita ou probablement passent la frontière pour Belize. J'ai appris ce qui se passe après. Les objets sont mis à bord d'avions ou de bateaux pour la Belgique ou les Etats-Unis où des gens paient de très grosses sommes pour les avoir. (Il jeta un regard de pitié à Ruiz.) Si cet imbécile édenté savait que ces gens se font des centaines de milliers de dollars alors que c'est lui qui prend les risques !

Il ricana. Ruiz, sentant qu'on blaguait mais ne comprenant pas, à cause de son anglais limité, qu'il était au centre de la plaisanterie, sourit en montrant ses gencives édentées.

Trout tourna le renseignement dans tous les sens. Gamay et Chi avaient dû tomber sur une opération de contrebande. Ils s'étaient échappés par la rivière, prenant le même chemin que les pillards et essayaient de s'en tirer quand l'hélicoptère les avait trouvés. Il demanda à Morales de chercher à quelle distance des rapides se faisait le chargement sur les camions.

— A deux nuits d'ici sur la rivière, d'après lui. Il

ne connaît pas la distance en kilomètres. Il dit que la rivière se tarit par endroits quelquefois et qu'ils travaillent après la saison des pluies.

A la demande de Trout, le pilote sortit une carte de l'hélicoptère. Aucune rivière n'y était indiquée, ce qui confirmait les dires de Ruiz. Il n'y avait rien pour marquer la route que Gamay allait prendre.

L'interrogatoire fut interrompu par l'arrivée d'un gamin d'une dizaine d'années qui traversait en courant le champ de maïs en criant d'une voix haut perchée. Il atteignit l'hélicoptère et annonça que son père était revenu. Ils remirent les menottes aux poignets de Ruiz et retournèrent vers la hutte.

Le fermier dit qu'il aurait pu rentrer plus vite mais qu'il en avait profité pour rendre visite à son frère qui vivait près du village. « Oh ! Oui ! dit-il après une longue description de sa réunion de famille, j'ai parlé au prêtre qui n'avait plus de radio. »

Trout sentit son cœur s'arrêter. Pour reprendre vie peu après, quand le fermier annonça que le prêtre avait utilisé un téléphone cellulaire dont il se servait en cas d'urgence, notamment médicale. Le prêtre avait appelé à l'aide et demandé au fermier de rapporter le message suivant qu'il avait noté sur un papier : « Dis aux hommes de l'hélicoptère que quelqu'un va être envoyé à leur recherche. »

Le sauvetage étant imminent, Trout se sentit encore plus impatient. Il fit les cent pas le long du champ de maïs en regardant fréquemment le ciel sans nuage. Avant longtemps, il entendit un vague battement. Il tendit l'oreille. Le bruit s'amplifia puis, peu à peu, Trout distingua les vibrations d'un rotor.

Un Huey, d'un brun verdâtre, apparut au-dessus des arbres et un autre derrière lui. Trout agita les bras. Les appareils firent un cercle autour du champ puis se posèrent au bord d'une rangée de maïs. Les portes s'ouvrirent avant même l'arrêt des rotors et des hommes en treillis de camouflage en descendirent. Morales, le pilote, le fermier et sa famille allèrent accueillir les nouveaux arrivants. Ils étaient six en comptant un capitaine, dans le premier appareil et un aide médical dans le second. L'aide-soignant examina tout le monde et déclara qu'à part des blessures superficielles, il n'y avait rien à signaler.

Trout et Morales allèrent à l'hélicoptère accidenté mais Ruiz avait disparu. Le *chiclero* avait réussi à se débarrasser de ses liens. Après une rapide discussion, ils renoncèrent à une poursuite qui leur ferait perdre du temps. Trout aurait aimé savoir si Ruiz avait encore des renseignements à fournir même si, d'après ses propres dires, il était tout en bas de l'échelle des pillards. Prenant la chose avec optimisme, il se dit que Ruiz serait peut-être dévoré par un jaguar. Ils remercièrent le fermier et sa famille de leur hospitalité et montèrent dans les Hueys. En quelques minutes, ils furent à plus de cent mètres de la cime des arbres.

Moins d'une heure après, ils atterrissaient sur une base militaire. Le capitaine expliqua que la base avait été établie près de Chiapas une année plus tôt, quand les Indiens s'étaient révoltés. Il leur proposa de manger, de prendre un bain et de changer de vêtements. La douche pourrait attendre, Trout avait d'autres priorités. Il demanda un téléphone.

Austin était dans son bureau, au Q.G. de la NUMA. Il examinait les photos prises par Zavala dans le garage souterrain d'Halcon quand le téléphone sonna. Zavala venait de décrire le voyage jusqu'au complexe de Halcon et le jeu de ballon sanglant. Austin lui avait raconté sa rencontre à Nantucket avec Angelo Donatelli. Il eut un grand sourire en reconnaissant la voix de Trout.

— Paul ! Je suis content de t'entendre. Joe et moi parlions de toi il y a quelques minutes. As-tu trouvé Gamay ?

— Oui et non.

Trout lui raconta comment ils l'avaient manquée sur la rivière et le crash ainsi que le sauvetage de l'hélicoptère.

— Que veux-tu faire, Paul ? demanda Austin.

A l'autre bout de la ligne, il y eut un gros soupir.

— Ça m'embête de vous laisser tomber, Kurt. Mais je ne peux pas rentrer. Pas avant d'avoir retrouvé Gamay.

Austin avait déjà pris sa décision.

— Tu n'as pas besoin de rentrer. C'est nous qui irons jusqu'à toi.

— Mais le travail sur lequel tu es ? Ce machin archéologique ?

— Gunn et Yaeger peuvent travailler sur un modus operandi pendant notre absence. Ne bouge pas avant notre arrivée.

— Que dira l'amiral ?

— Ne t'inquiète pas. J'arrangerai les choses avec Sandecker.

— J'apprécie ce que tu fais, Kurt. Plus que tu ne l'imagines !

Cette déclaration était assez extraordinaire étant donné le caractère réservé de Trout.

Austin composa le numéro de Sandecker et lui raconta ce qui s'était passé.

Sandecker avait la réputation de mener ses projets à leur fin sans se laisser détourner de son but. Mais sa loyauté envers son équipe était également légendaire.

— Il m'a fallu des années pour constituer cette équipe de Missions spéciales. Je ne vais pas laisser ses principaux membres se faire kidnapper par une bande de bandits mexicains. Allez la chercher. Vous aurez tout le soutien que la NUMA peut offrir.

C'était bien la réaction qu'attendait Austin mais on ne savait jamais avec l'imprévisible amiral.

— Merci, monsieur. Je vais commencer tout de suite par une demande de transport rapide pour le Mexique.

— Quand voulez-vous partir ?

— Il faut que je prépare un équipement spécialisé. Disons dans deux heures ?

— Soyez, Zavala et vous, à la base militaire

d'Andrews avec vos brosses à dents. Un jet vous y attendra.

Austin raccrocha.

— Gamay a des ennuis et Paul a besoin de notre aide. (Il nota les détails.) Sandecker a donné son aval. Nous partons d'Andrews dans deux heures. Tu t'en sortiras ?

Zavala se dirigea vers la porte.

— Je m'en occupe.

Une minute plus tard, Austin était à nouveau au téléphone. Après une brève conversation, il sortait à son tour du bureau et se rendait à son hangar à bateaux où il entassa dans un sac des vêtements et du matériel. Puis il partit pour l'aéroport. Sandecker avait tenu parole. Un Cessna Citation X à ailes en flèche, aux couleurs turquoise de la NUMA chauffait déjà ses moteurs sur le tarmac. Zavala et lui passaient leurs sacs au copilote quand une camionnette militaire s'approcha d'eux. Deux hommes des Forces spéciales en descendirent et surveillèrent le chargement d'une grande caisse en bois dans la soute cargo de l'avion.

Zavala leva les sourcils.

— Je suis content que tu aies pensé à apporter de la bière pour le voyage.

— Je me suis dit que la panoplie Austin de sauvetage pourrait être utile.

Austin signa un reçu qu'il remit à un des hommes des Forces spéciales. Peu après, lui et Zavala attachaient leurs ceintures dans la luxueuse cabine prévue pour douze passagers, et l'avion n'attendit plus que l'autorisation de décoller.

La voix du pilote emplit le haut-parleur.

— Nous sommes prêts à décoller. Nous volerons à une vitesse de croisière de Mach 0,88, ce qui devrait nous amener au Yucatán en moins de deux heures sans problème. Installez-vous bien et profitez du vol. Vous trouverez le whisky dans le placard aux alcools et du soda et des cubes de glace dans le réfrigérateur.

Puis l'avion fut en l'air, gagna son altitude de croisière à une vitesse de 300 mètres par minute. Dès qu'ils l'eurent atteinte, Zavala se leva.

— C'est l'avion commercial le plus rapide après le Concorde, dit-il avec des étoiles dans les yeux car il avait emprunté tout ce qui vole sous le soleil. Je vais aller bavarder avec les gars dans le cockpit.

Austin lui conseilla d'y aller. Cela lui laisserait une chance de réfléchir. Il abaissa le dossier de son siège, ferma les yeux et essaya d'imaginer les événements que Trout lui avait décrits par téléphone. Quand Zavala revint avec le message du pilote disant qu'ils étaient sur le point d'atterrir, Austin était en train de construire mentalement un cadre comme un ingénieur faisant un pont lancé de poutrelles d'acier.

Trout les attendait quand le Citation roula et s'arrêta. Il avait pris un bain, s'était rasé et avait emprunté un treillis de camouflage pendant qu'on nettoyait son costume. L'uniforme avait été coupé pour les G.I. mexicains plus petits et ne faisait que souligner la longueur de ses bras et de ses jambes, lui donnant une allure d'araignée.

— Merci d'être venus si vite, les gars, dit-il en leur serrant la main.

— Pour rien au monde je n'aurais manqué cette image de toi dans cet uniforme, dit Austin avec un sourire.

— On nettoie mon costume, répondit Trout, mal à l'aise.

— T'es drôlement bien en treillis, reprit Austin. On dirait Rambo en plus distingué. Pas vrai, Joe ?

Zavala secoua lentement la tête.

— J'sais pas. Je pense que Paul est plus du genre Steven Seagal. Ou peut-être Jean-Claude Van Damme.

— Ravi de voir que vous êtes venus à toute vitesse aux frais de la NUMA pour évoquer la splendeur de mon uniforme.

— Aucun problème. C'est le moins qu'on puisse faire pour un copain.

Le visage de Trout reprit son sérieux.

— Blague à part, c'est chouette de voir vos sales gueules. Merci d'être venus aussi vite. Gamay a besoin de soutien comme jamais.

— Elle aura plus que du soutien, répondit Austin. J'ai un plan.

Zavala jeta un coup d'œil aux caisses des Forces spéciales en cours de déchargement.

— Ouais, ouais, dit-il.

La principale qualité d'un tireur d'élite n'est pas la précision, se dit Guzman, mais la patience. Il était assis sur une couverture dans les buissons, sur les rives du Potomac, ses yeux froids fixés sur le hangar à bateaux victorien, juste en face. Il était là depuis des heures, dans une sorte d'état second, détaché de tout et pourtant en alerte, ce qui lui permettait d'ignorer l'engourdissement de ses fesses et les piqûres d'insectes. Il avait vu le soleil se coucher, conscient de la beauté de la rivière mais sans être émotionnellement touché par les reflets et les ombres changeantes.

Il savait qu'Austin ne viendrait peut-être pas avant que la veilleuse s'allume dans le salon de la maison obscure. Il leva le fusil autrichien Steyr SSG 69 appuyé sur ses genoux et regarda par le viseur télescopique Kahles ZF 69 la photo d'un bateau accrochée au mur. Une petite pression sur la détente et une balle traverserait la rivière à 846 mètres par seconde. Il fit claquer sa langue puis abaissa le fusil, prit un téléphone cellulaire et composa un numéro au Q.G. de la NUMA.

Le répondeur l'informa que M. Austin était absent du bureau pour quelques jours, indiqua les heures d'ouverture de la NUMA et demanda à Guzman de laisser un message. Il sourit. Il n'y avait qu'un message qu'il souhaitât laisser à M. Austin. Il composa un autre numéro. Le téléphone sonna dans une voiture garée devant la maison de Zavala, à Arlington.

— Fini pour l'instant, dit Guzman en se levant.

Les deux hommes dans la voiture échangèrent un coup d'œil, haussèrent les épaules, mirent le moteur en marche et démarrèrent.

Là-bas, le long du Potomac, Guzman enveloppa soigneusement son fusil dans la couverture et partit à travers les bois, silencieux comme un fantôme.

35

Le canot glissait dans la brume fantomatique comme dans un rêve. Les exhalaisons de la rivière se matérialisaient à la façon d'ectoplasmes agitant leurs bras spectraux comme pour dire « *allez-vous-en !* ».

Gamay gouvernait pendant que Chi, assis à l'avant comme une statue taillée dans l'acajou, scrutait la gaze de brume, à l'affût d'obstacles, humains ou autres. Ils étaient partis le matin à l'aube après avoir passé la nuit sur un îlot au milieu de la rivière. Chi avait dormi sur la rive dans un hamac trop grand pour lui. En repensant à la rencontre avec ce vieux Barbe Jaune, Gamay avait encore la chair de poule. Chi l'assura qu'ici il n'y avait rien à craindre des serpents. Elle répondit que même un ver de terre lui ficherait les jetons en ce moment. Elle préféra le manque de confort mais la sécurité relative du canot. Un fort sifflement la réveilla en sursaut et elle respira en constatant que ce n'était que la chaudière du camp. Chi préparait du café. Ils prirent un rapide petit déjeuner et repartirent très tôt.

Le garde-manger des *chicleros* leur permettrait de tenir plusieurs jours. Vu le peu de place disponible sur la barque, ils en avaient rempli une autre de nourriture, de bouteilles d'eau et de fioul et l'avaient attachée à la leur. Le poids supplémentaire ralentissait leur progression mais les provisions étaient vitales s'ils voulaient survivre.

Le soleil du matin brûla les fantômes et la visibilité revint avec cependant une humidité suffocante. Gamay avait trouvé un vieux chapeau de paille pour éviter les coups de soleil et protéger ses yeux de l'aveuglante lumière tropicale.

La rivière n'en finissait pas de tourner. A l'approche de chaque coude, Chi levait une main et Gamay réduisait les gaz presque au point mort. Pendant une minute ils flottaient avec le courant et tendaient l'oreille, cherchant des voix et des bruits de moteurs. Ne craignant plus d'attaques venant de l'arrière, ils se concentraient sur les surprises pouvant venir de l'avant. Pas question de se jeter sur un bateau plein de brigands au détour d'un nouveau méandre. La seule incertitude était encore l'hélicoptère. Ils ignoraient s'il s'agissait d'amis ou d'ennemis. L'appareil les avait sauvés des rapides mais il les avait aussi jetés dans la rivière.

Parfois un poisson sautait dans l'eau et faisait, en retombant, le bruit d'une balle entrant dans le canon d'une arme. Autrement, à part le gargouillement métallique de l'eau contre la coque d'aluminium, ils n'entendaient que le pépiement des oiseaux dans les arbres et le bruissement des insectes. Gamay se félicitait d'avoir suffisamment de crème contre les insectes car il fallait en appliquer souvent pour remplacer celle que la sueur ou une éventuelle averse faisait disparaître. Quant à Chi, les insectes ne le gênaient pas. La sélection naturelle, conclut Gamay. Les Mayas, sensibles à la malaria ou à toute autre misère apportée par les insectes, devaient être vaccinés naturellement depuis longtemps.

Le caractère de la rivière changea. Le lit n'avait plus que la moitié de sa taille d'origine. Mais quand la même quantité d'eau doit passer par un espace moitié moins large, le courant se fait plus fort. Les rives plates étaient maintenant accidentées, plus pentues et plus hautes, couvertes d'une végétation impénétrable. Gamay s'était irritée de sa lenteur régulière d'*African Queen.* Maintenant, elle n'était pas sûre d'aimer son aspect de toboggan. La vitesse augmentant, elle disposait d'une marge d'erreur réduite.

— Je me demande où nous sommes, murmura-t-elle en considérant les murs calcaires couverts de vigne vierge qui paraissaient se refermer sur eux de chaque côté.

— Je me demandais la même chose, répondit Chi en regardant le ciel. Nous savons que nous sommes à l'est car c'est là que s'est levé le soleil. Nous avons grand besoin de votre expérience de girl scout.

— Ce dont nous avons *vraiment* besoin, dit-elle en riant, c'est d'un récepteur GPS[1] portable.

Chi sortit de son sac l'instrument ancien trouvé dans la caverne temple. Le soleil fit briller le métal terni. Il le tendit à Gamay.

— Vous sauriez faire fonctionner un de ces machins ?

— En tant que biologiste de marine, je passe la plus grande partie de mon temps sous l'eau et je laisse à d'autres le soin de m'y amener. J'ai dû prendre un ou deux cours de navigation, pas plus.

Chi prit le gouvernail pendant que Gamay examinait l'instrument. C'était la première fois qu'elle pouvait le regarder depuis qu'ils l'avaient découvert. De nouveau, elle s'émerveilla du travail superbe de la boîte de bois et des instruments circulaires imbriqués. L'écriture était assurément du grec ancien, citant les noms de plusieurs dieux. Elle appuya son index sur la roue la plus grande mais, comme les autres parties mobiles, elle était immobilisée par la corrosion. Sur la grande roue étaient gravées des images d'animaux. Des moutons, des chèvres, des ours et même un lion. Gamay conclut de leurs positions qu'ils représentaient des constellations. Cela lui rappela les cartes des étoiles en carton, avec des cadrans tournants qui montrent le ciel nocturne à une date donnée de l'année. Ingénieux.

1. Global Positioning System : système de positionnement par satellite.

— Celui qui a assemblé cet instrument était un génie, dit-elle. Je n'ai encore décelé qu'une partie de ses fonctions. Il montre le ciel de nuit à une date donnée de l'année. Plus important encore, il permet de préciser la date en regardant le ciel.

— En d'autres termes, un calendrier céleste qui serait très utile pour savoir quand arrivera la saison des pluies, quand planter et quand récolter.

— Et quand prendre la mer aussi. Et savoir *où* vous êtes. On peut utiliser l'arrière comme un sextant qui donne approximativement mais justement l'azimut du soleil.

— A quoi servent les autres roues ?

— Pour ce que j'en sais, ça pourrait aussi bien être un ouvre-boîtes. Il va falloir demander une expertise technique à quelqu'un. Dommage que le mécanisme soit rouillé. Je voudrais bien savoir où nous sommes.

Chi fouilla de nouveau dans son sac et sortit une carte qu'il étala sur ses genoux.

— La rivière n'y figure pas, dit-il en traçant sa route approximative du bout du doigt. A mon avis, elle n'est aussi grosse qu'après la saison des pluies. Si l'on tient compte de notre direction et de notre vitesse, je suppose que, si nous n'avons pas passé la frontière du Guatemala, nous ne devons pas en être très loin. Les objets volés passent en douce le Guatemala jusqu'au Belize et au-delà.

— Je n'avais pas prévu un voyage au Guatemala quand je suis venue ici pour la NUMA. Mais je suppose que je n'ai guère le choix.

— Prenez ça du bon côté, dit Chi. Nous avons toutes les chances de mettre fin à ce terrible trafic d'antiquités.

Gamay leva les sourcils. Elle aurait bien voulu que Chi se montre un peu moins optimiste. Etant donné la précarité de leur situation, elle ne se voyait pas dans la peau d'un chasseur de contrebandiers. Tout ce qu'elle voulait, c'était *survivre !* Et elle était lasse de jouer les *Périls de Pauline.* Le fait qu'ils ne soient pas morts tenait probablement du miracle.

Elle montra plusieurs croix inscrites au crayon sur la carte.

— Avez-vous une idée de ce que ces croix représentent ?

Chi réfléchit un moment.

— Ça peut être n'importe quoi. Des sortes de fouilles, des lieux de stockage d'objets ou de matériels, des lieux de distribution.

— Et nous sommes en train de filer en plein milieu d'après ce qu'indique ce machin !

Elle souleva l'instrument et le rendit à Chi.

— Intéressant, dit pensivement le professeur en remettant l'instrument ancien dans son sac. Dans notre hâte à mettre cette chose en pratique, nous avons oublié son sens archéologique.

— Je laisse cette recherche à d'autres. Moi, je suis une biologiste de marine.

— Mais vous ne pouvez nier que le fait de trouver un objet grec dans un environnement précolombien pose quelques questions ?

— Des questions auxquelles je ne suis pas préparée à répondre.

— Moi non plus. Pas encore. Mais je sais que je vais attirer sur ma tête la colère de la communauté archéologique si je suggère qu'il y a eu un contact précolombien avec l'Europe. Cet instrument n'est pas venu ici tout seul. Ou il a été apporté par des Européens en Amérique, ou il a été apporté par des Américains qui sont allés en Europe.

— C'est peut-être une chance que nous n'ayons personne à qui raconter tout cela, dit Gamay.

Le courant se renforça, mettant fin à leur discussion. La rivière était devenue encore plus étroite, ressemblant à des gorges, les parois plus hautes et plus pentues. Chi avait du mal à contrôler le bateau et Gamay prit le relais. Aucun bruit d'eau bouillonnante n'indiquait qu'ils approchaient de nouveaux rapides, enfin pas encore, mais Gamay resta attentive.

— Nous prenons de la vitesse, annonça-t-elle à Chi.

— Ne pouvons-nous ralentir ?

— Le moteur est pratiquement au point mort pour maintenir le contrôle de la direction. Ouvrez les yeux et les oreilles. Si j'ai l'impression que ça bouge en aval, je me dirigerai vers la rive et nous verrons ce que nous devons faire.

Au pied des rives semblables à des murailles était une plage boueuse d'environ deux mètres de large. Assez pour sortir un peu de la rivière et respirer un moment. Une autre considération s'imposait à son esprit. Les *chicleros* ne pourraient venir que par là. Par conséquent la rivière était navigable pour un petit bateau. Il était difficile de contrôler le canot qu'ils tiraient en remorque. Le moment était donc venu de se mettre sur la rive, de transférer les fournitures et de couper les amarres.

Soudain, le cours d'eau se rétrécit considérablement et la vitesse de l'eau doubla.

Gamay et Chi échangèrent un regard étonné. Toujours pas de bruit de rapides. Ils suivaient une longue courbe et les rives se rapprochaient au point qu'on avait l'impression qu'elles allaient se toucher. Gamay avait prévu de prendre largement le tournant de sorte qu'elle amena la barque en plein sur la plage étroite. Le canot de ravitaillement rebondit puis sauta dans la direction opposée, annulant sa direction. Elle savait par expérience que quand les choses vont mal sur un bateau, elles vont *vraiment mal*. Seule une action drastique pouvait éviter la catastrophe.

— Libérez-le ! cria-t-elle.

Chi la regarda sans comprendre.

Elle fit le geste de couper avec le bord de sa main.

— Coupez la corde du canot de ravitaillement ou il va se prendre dans notre hélice.

Dès qu'il eut compris, Chi agit rapidement. Il coupa la corde d'un coup de machette. Le canot chargé pivota lentement puis fonça droit sur eux.

Gamay et Chi le surveillèrent, espérant qu'il les dépasserait sans les heurter. Une collision dans ce canyon étroit serait un vrai désastre. Elle regarda par-dessus son épaule, essayant de gouverner pour éviter un crash et ne vit qu'à la dernière seconde le mur calcaire qui s'élevait sur leur chemin.

Elle baissa la tête pour ne pas se cogner quand le canot passa par une ouverture dans le mur. En quelques secondes, la rivière rapide les avait avalés et les vestiges de la lumière du jour disparurent.

— Il nous faut une lampe de poche, professeur, dit-elle.

Sa voix résonna dans l'obscurité totale.

La lampe de poche s'alluma et le rayon tomba sur des rochers mouillés à quelques mètres de là. Elle balança le gouvernail, trop vivement dans sa hâte d'éviter une collision et fut poussée sur le côté par le courant. Après quelques secondes risquées, elle reprit le contrôle de la barque qui suivit le mouvement de la rivière.

Chi balaya du rayon de la lampe les murs et les plafonds humides, devant et au-dessus d'eux. La rivière souterraine rappela à Gamay un après-midi à la foire, sauf que cette fois ça n'avait rien de drôle. Surtout quand le rayon lumineux frappa ce qui ressemblait à des grappes de feuilles noires couvrant le plafond. La lumière se reflétait sur des milliers de points lumineux rouges. Elle retint son souffle, non tant de peur que pour éviter la forte puanteur d'ammoniac.

— *Je déteste* les chauves-souris, murmura-t-elle entre ses dents.

— Restez tranquille et tout ira très bien, conseilla Chi.

Inutile de le lui rappeler. Gamay s'était figée sur place rien qu'en imaginant les ailes parcheminées et les dents pointues.

Les créatures restèrent où elles étaient et, peu à peu, leur nombre diminua.

— C'est fascinant, dit Chi. Je n'ai jamais vu de rivière devenir si vite souterraine.

— Pardonnez ma franchise, professeur Chi, mais votre pays a trop de cavernes et de trous pour mon goût.

— *Sí,* docteur Gamay. Je crains qu'il ne ressemble à un fromage suisse.

Gamay essaya de voir le bon côté de l'aventure mais n'en trouva aucun. Ils avaient été avalés dans les entrailles de la terre et rien ne disait qu'ils en sortiraient jamais. Au mieux, c'était la route que suivaient les *chicleros,* ce qui supposait qu'ils pourraient en rencontrer d'autres. Gamay sortit l'hélice de l'eau et ils utilisèrent une pagaie pour se diriger, poussant des mains et des pieds quand le canot heurtait trop fortement les murs de la caverne.

Gamay saisit un petit stalactite et y entoura le bout de corde coupé. Ce taquet improvisé voulut bien tenir. Ils rampèrent sur un rocher plat et allumèrent la lampe de camping. Gamay espérait que leur canot errant de ravitaillement viendrait se heurter par ici mais il avait dû se coincer quelque part. Chi regrettait la perte de son sandwich. Gamay le consola en lui disant qu'ils le rattraperaient peut-être plus tard. Ce n'était pas la viande en boîte qui leur manquerait mais le fioul et l'eau.

Après avoir avalé les galettes de maïs froides, ils firent le point de la situation et décidèrent qu'ils n'avaient qu'une option : continuer. Ni l'un ni l'autre n'exprima sa crainte que la rivière finisse en cul-de-sac mais l'idée demeura au-dessus de leur tête comme un nuage noir.

Ils remontèrent dans le canot, remirent le moteur en marche pour contrôler leur course et naviguèrent environ une demi-heure, toussant frénétiquement à cause de l'humidité et de l'odeur de moisi. Gamay avait l'impression que ses bronches étaient aussi rouillées que le reste de sa personne. Le courant sembla s'apaiser. Chi, qui éclairait la voie devant eux, annonça bientôt que la rivière avait pratiquement repris sa largeur d'avant les rapides. Il avait placé la lampe de camping à l'avant de l'embarcation et sa lueur jaunâtre illuminait ce qui ressemblait à une vaste caverne.

— Stop ! cria-t-il soudain par-dessus le bruit du moteur.

Gamay coupa la puissance et fit tourner le levier, évitant de près une collision avec le mur noir qui s'élevait devant eux. De nouveau la rivière avait disparu. Elle supposa qu'elle s'était encore enfoncée. Ils étaient au milieu d'un grand bassin. Un étroit affluent partait du cours principal. En l'absence d'une meilleure direction possible, Gamay dirigea le canot vers ce qui lui parut un canal creusé par les hommes.

Chi éteignit la lanterne et se pencha en avant, scrutant dans l'obscurité une lueur rouge qui s'élargissait et brillait à mesure qu'ils s'approchaient pour se matérialiser enfin en une lanterne au kérosène allumée sur une petite jetée de pierre. Gamay glissa le canot près de deux canots identiques attachés au dock et coupa le moteur. Ils écoutèrent intensément mais n'entendirent rien de plus que leur respiration angoissée.

— Je suppose que c'est la fin du voyage, dit Gamay.

Ils mirent dans le sac de Chi ce qui leur restait de ravitaillement et avancèrent avec précaution le long de la jetée construite contre une plate-forme de calcaire de la largeur d'un trottoir. Ce trottoir s'élargit et les murs rugueux se firent plus lisses. Ils suivirent une piste de lumières allant d'une lanterne à une autre et arrivèrent dans une large chambre. Les murs et le plafond étaient lisses et coupés au carré.

Chi reconnut l'environnement.

— Ceci était une carrière, probablement utilisée par les anciens pour tailler le calcaire nécessaire à leurs temples et à leurs maisons. Nous sommes au centre de l'activité maya.

— Je ne crois pas que les anciens utilisaient des lanternes au kérosène.

— Moi non plus. La bonne nouvelle pour nous, c'est qu'il doit y avoir une entrée quelque part.

Ils poursuivirent leur exploration et tombèrent sur des dizaines de caisses en bois empilées sur des palettes. Chi longea la rangée et regarda dans les caisses.

— Incroyable ! murmura-t-il. Il doit y avoir des centaines d'objets mayas ici. Ils utilisent cette carrière pour garder les antiquités volées !

— Ça se tient, dit Gamay. Le butin est acheminé par la rivière et expédié d'ici. (Une idée s'imposa à elle.) Ils ont besoin de transports terrestres pour sortir leur butin.

Chi n'écoutait pas. Il se tenait devant un ensemble de larges planches construites contre un mur de la pièce. Il promena le rayon de sa lampe de poche sur de gros blocs de pierre alignés sur les planches, comme sur un étalage de marbrier funéraire.

— Encore les bateaux ! dit-il entre ses dents.

Gamay s'approcha et vit à son tour les sculptures des pierres.

— Ce sont les mêmes que celles que nous avons vues dans les ruines.

— Oui, on dirait que le pillage est plus important que ce que j'imaginais. Ils ont dû trouver d'autres sites archéologiques semblables à celui que nous avons visité. Ils ont utilisé de puissantes scies électriques à pointes de diamant pour couper ces morceaux de murs. C'est une véritable tragédie, ajouta-t-il avec un profond soupir.

Leur curiosité intellectuelle prit un instant le pas sur leur instinct de survie. Ils auraient pu rester là toute la journée à comparer leurs impressions si Gamay n'avait aperçu une lueur blanchâtre à l'extrémité de la carrière. *La lumière du jour !* Enfin un endroit d'où sortir de cet endroit terrifiant. Depuis qu'ils étaient sortis du canot, elle avait eu la désagréable impression qu'ils n'étaient pas seuls. Jetant un rapide coup d'œil par-dessus son épaule, elle saisit Chi par le bras et l'entraîna loin des objets de pierre.

La lumière venait d'une ouverture aussi large qu'une porte de garage surmontée d'une arche typiquement maya. Ils sortirent. Le changement soudain entre la fraîcheur obscure et la chaleur éblouissante leur fit un choc et ils cillèrent pour accommoder leurs yeux à la brillante lumière du soleil. Devant l'ouverture, ils virent une plate-forme de chargement rudimentaire et un treuil pendant d'une grue. Autour de la plate-forme, la terre était gorgée d'huile de moteur et déchirée de traces de pneus.

Gamay s'avança pour mieux voir et s'arrêta net en distinguant quelque chose du coin de l'œil. Elle se tourna à droite puis à gauche. Et ce qu'elle vit ne lui plut pas du tout. De chaque côté de l'entrée de la carrière taillée dans la colline se tenait un homme, l'un portant une mitraillette pointée sur elle, l'autre un fusil dirigé vers Chi. Tous deux avaient aussi des pistolets à la ceinture. Gamay et Chi eurent à peine besoin de se regarder pour décider de ne pas faire de mouvement brusque. Leur seule voie de salut aurait été de repartir par où ils étaient venus mais ce chemin-là aussi fut rapidement bloqué par un troisième personnage armé qui sortit de la carrière. Elle se dit qu'elle avait eu raison de penser qu'ils étaient suivis.

Les trois hommes avaient l'air sale et mal rasé qu'elle avait appris à reconnaître sur les indigènes mais ces *chicleros* avaient un aspect plus dur et plus discipliné que ceux qui leur avaient donné la chasse sur la rivière. C'était logique. Les hommes de l'excavation étaient au bas de la pyramide, les travailleurs qui déterraient les antiquités et les mulets qui les transportaient. Ceux-ci devaient être des gardes. Le troisième homme lança un ordre aux autres. Ils firent signe de leurs armes à Gamay et à Chi d'avancer le long d'un chemin de terre s'éloignant de la caverne.

Ils le suivirent quelques minutes à travers la forêt

puis atteignirent un endroit où l'on avait coupé les arbres et les buissons pour garer un pick-up GMC à quatre roues motrices couvert de poussière et de boue. La porte ouverte d'une petite cabane révélait des outils graisseux pendus à l'intérieur. Un homme travaillait sur le moteur. Il sortit de dessous le capot en entendant les autres approcher. C'était un homme petit au teint cireux, avec une barbe étroite et broussailleuse qui le faisait ressembler au Satan des pauvres. Il échangea quelques mots avec le chef des gardes. Même sans connaître l'espagnol Gamay comprit que celui-là commandait aux autres.

Il posa une question à Chi qui avait repris son allure d'humble péon. Ils parlèrent une minute puis l'homme fronça les sourcils, secoua la tête comme pour dire « Il ne manquait plus que ça ! ». Gamay nota avec soulagement qu'il n'avait pas l'air d'un violeur comme ceux qu'elle avait vus avant. Mais elle ne fut pas plus rassurée en constatant qu'il gardait en main son pistolet tout le temps qu'il parla à Chi. L'homme réfléchit un moment puis monta dans la cabine du camion et parla d'une voix grave à une radio qui grésillait. La conversation parut chaude par instants mais le mécanicien souriait en redescendant. Il donna un ordre aux gardes. Ceux-ci saisirent Gamay et Chi et les jetèrent sans ménagement au sol derrière le camion. Là, ils leur lièrent les pieds et attachèrent leurs bras aux pare-chocs.

— Qu'est-ce qu'il a dit ? murmura Gamay quand on les eut laissés seuls.

— Je leur ai dit que nous étions perdus, que vous étiez une scientifique et moi votre guide et que nous avions été attirés dans la caverne par accident.

— Et il vous a cru ?

— Ça n'a pas d'importance. Il a dit qu'il avait ordre de tirer sur tous ceux qu'il trouverait ici. Mais il a demandé des instructions à ses patrons par radio et ils ont dit qu'on nous amène à eux.

— Il avait l'air rudement content de leur avoir refilé le bébé. De quel temps disposons-nous ?

— Le camion a des problèmes de moteur. Quand il sera réparé, *nos vamos*.

Gamay prit une profonde inspiration et souffla. Elle n'avait pas peur. Elle était seulement fatiguée et un peu découragée d'avoir été capturée si près de la liberté après ces derniers jours de lutte contre la rivière. En dépit de tous leurs efforts, ils n'étaient pas plus avancés que lorsqu'on les avait enfermés dans la caverne souterraine. Essayant de voir les choses sous un meilleur angle, elle se dit que ces *chicleros* au moins ne regardaient pas son corps avec lubricité et ne menaçaient pas de la violer. Et qu'ils n'auraient plus à cheminer dans la forêt. Elle concentra sa pensée sur le camion. Cela pourrait être leur billet de sortie s'ils pouvaient trouver le moyen d'en faucher les clefs à quatre hommes armés. Elle appuya sa tête contre le pare-chocs et réfléchit aux options qui s'ouvraient à eux. Elle comprit très vite que, dans la situation où ils se trouvaient, une seule chose pouvait les sortir de là. Un miracle.

Elle ferma les yeux. La nuit allait être longue.

— Le canton a des prêtres [illegible] notaire [illegible]
[illegible] nos vertus.

Ganney prit une profonde inspiration et souffla. Elle n'était pas peu [illegible] un peu découragée d'avoir [illegible] liberté après ces derniers mois de lutte contre [illegible] de tous leurs efforts. Ils n'étaient pas plus avancés que lorsqu'ils avaient [illegible] la caverne [illegible] de [illegible] meilleur [illegible] au moins [illegible] et ne [illegible] pas de la violer. Et qu'ils n'avaient plus aucune influence dans la forêt. Elle craignait déjà [illegible] le canton. Cela pouvait être [illegible] de [illegible] s'ils pouvaient trouver [illegible] les [illegible] à une [illegible] armée. Elle [illegible] sa tête contre [illegible] aux [illegible] qui [illegible] Elle [illegible] dans la [illegible] une [illegible] pour [illegible] miracle. [illegible]

Elle [illegible]

[illegible]

sept [illegible] sortit [illegible] les asp[illegible] la [illegible] à la fin [illegible] vers l'avant [illegible]

36

Zavala aperçut les corps dans la lumière de l'aube depuis l'hélicoptère de tête. Le Huey volait au-dessus des arbres en suivant les tours et les détours serpentins de la rivière quand il remarqua l'épave humaine prise dans un tournant serré. Il demanda au pilote d'aller y voir de plus près. Le Huey descendit et se mit en surplace. Zavala se pencha par la porte et inspecta les cadavres boursouflés. Puis il appela par radio le second appareil qui tournait paresseusement au-dessus.

— Paul et Kurt, d'après ce que je peux voir, il n'y a rien à craindre ici. Il n'y a que des cadavres d'hommes. En d'autres termes, Gamay n'est pas parmi les morts.

— Tu en es certain ? demanda Trout.

— Autant qu'on puisse l'être d'ici.

— Merci, intervint la voix d'Austin. C'est un bon endroit pour notre insertion. Notre limousine est-elle prête ?

— Le plein fait et prête à partir.

— Très bien. Allons-y.

Les deux hélicoptères empruntés à l'armée mexicaine avaient survolé les ruines où Gamay avait été capturée la première fois. Trout avait souhaité que ses collègues de la NUMA voient tous les aspects de la fuite de Gamay et de Chi, du début à la fin. Il leur fit survoler les rapides et continuer vers l'aval jusqu'à ce qu'ils voient les corps.

Zavala relaya les ordres d'Austin au pilote. Le Huey passa sur la partie la plus haute de la rivière puis descendit lentement jusqu'à ce que son gros ventre touche l'eau. Zavala appuya sur un bouton de déclenchement et l'hélicoptère s'éleva, soulagé du poids qu'il avait transporté. L'appareil s'éloigna et l'hélico dans lequel étaient Austin et Trout vint prendre sa place.

Austin sortit le premier et attacha d'un coup sec une corde de rappel à quelque chose de très gros qui ressemblait vaguement à une baignoire en forme de banane. Il lâcha la corde de rappel et appuya sur un bouton de mise en marche puis manœuvra le curieux appareil pour qu'il reste en dessous de Trout pendant que celui-ci descendait le long de la corde.

Puis un sac imperméable prit le même chemin. Trout le guida jusqu'en bas, ce qui n'était pas facile avec l'air que dégageait le rotor. La taille de Trout lui permit d'attraper plus facilement le paquet contenant les fournitures de survie. Bien que ses manières dignes trahissent son milieu académique et que son corps mince suggère un physique délicat, il s'était bâti des épaules et des bras musclés au cours de sa période de commerce de pêche. Il décrocha facilement le paquet de son crochet et le Huey reprit sa course.

— Je ne prends généralement pas d'auto-stoppeur mais tu as une bonne tête, cria Austin dans le bruit du moteur.

Trout sourit. Malgré son inquiétude à propos de Gamay, il était heureux de pouvoir enfin faire quelque chose. Il décrocha la radio qu'il portait à sa ceinture.

— Merci d'avoir apporté la limousine, Joe, dit-il.

— Je t'en prie. Mais il vaudrait mieux l'essayer avant de l'emmener en balade.

La « limousine » était un Seal[1] pour deux personnes, un des plus petits hovercrafts du marché. La

1. Marque déposée.

coque, d'un vert vif, faite de fibre de verre et de mousse, avec son arrière arrondi et son avant pointu, n'avait que quatre mètres cinquante de long. Sous l'effet combiné de son hélice de poussée et de sa soufflante de sustentation, le Seal pouvait planer sur un coussin d'air, sur l'eau ou sur la terre avec sa charge utile, à une vitesse d'environ 40 kilomètres/heure. Repensant à l'expérience de Nina Kirov avec l'hovercraft géant, Austin s'était dit que les méchants ne seraient pas les seuls à conduire des bateaux amusants.

Le Seal était fait pour les chasseurs et les amateurs de nature sauvage désireux de se rendre en des endroits autrement d'accès impossible. Les Forces spéciales avaient modifié le modèle civil, ajoutant des supports pour une mitrailleuse légère, des projecteurs et des capteurs nocturnes à infrarouge.

Austin démarra le moteur Briggs et Stratton de 20 chevaux et sentit l'embarcation de l'eau sur son coussin d'air. Il le testa en parcourant quelques cercles, planant à haute et à basse vitesse. Satisfait de l'avoir bien en main, il passa les contrôles à Trout.

Pendant que celui-ci s'habituait au petit engin, Austin sortit du sac son pistolet et deux CAR-15, des carabines d'une version plus petite de la M-16. Non seulement l'arme tirait 950 balles à la minute en automatique mais on pouvait aussi l'utiliser comme lance-grenades.

Austin aurait bien aimé ne pas avoir à s'en servir mais il n'était guère optimiste. Il ne se moquait plus de l'uniforme de camouflage de Trout. Il en avait demandé un pour lui, avec une casquette assortie pour cacher ses cheveux blancs.

Rien ne les avait préparés à l'odeur épouvantable qui les assaillit lorsqu'ils approchèrent des corps flottants. Les hommes de la NUMA trempèrent leurs mouchoirs dans la rivière et les attachèrent autour de leurs nez avant d'approcher davantage. On aurait dit que les corps avaient été gonflés à la pompe. La bouche de Trout n'était plus qu'une ligne serrée tandis qu'il s'obligeait à inspecter chaque cadavre un par un.

Quand il fut sûr de ce qu'il avait vu, il prit la radio.

— Ça va, Joe, Gamay n'est pas ici.

— Content de l'apprendre, vieux.

— A mon avis, ce sont ces types qui nous ont canardés dans l'hélico.

Il frissonna en repensant à quel point Gamay avait été proche des rapides.

— On va survoler la rivière vite fait. Peut-être attend-elle un peu plus loin que Kurt et toi veniez à son secours.

— Encore merci de m'avoir laissé ta place.

— Pas de problème, *amigo*.

Ils avaient eu une brève discussion la veille pour savoir qui accompagnerait Austin. Zavala avait très envie d'y aller mais il savait que Trout devait être présent s'ils retrouvaient Gamay, morte ou vive. Pour des raisons plus pratiques, il leur fallait quelqu'un parlant espagnol au poste de commandement qui servirait de liaison avec les Mexicains.

Un instant après, les deux Hueys disparurent au-dessus des arbres. Austin dirigea le Seal vers l'aval et dégomma le moteur. L'hovercraft s'éleva sur l'eau et bondit en avant comme s'il sortait d'un lance-pierres. Quand il avait demandé aux Forces spéciales s'ils avaient quelque chose qui leur permettrait de se faufiler n'importe où, Austin savait qu'une reconnaissance aérienne couvrirait une vaste zone en un temps réduit mais que la forêt épaisse cacherait une chose aussi petite qu'un être humain.

Ils se relayèrent aux commandes, gardant une vitesse de 30 kilomètres/heure. Malgré le temps qu'ils avaient passé sur l'eau, Gamay et Chi avaient à peine couvert quatre-vingts kilomètres depuis qu'ils avaient quitté les rapides. L'hovercraft allant plus vite et n'étant pas tenu de s'arrêter la nuit, il devrait couvrir la même distance bien plus rapidement. L'œil de Trout saisit le reflet du soleil, plus loin, au milieu de l'eau. Ils s'arrêtèrent près du minuscule îlot et Trout sortit de l'embarcation. Chi avait fait très attention à ne pas salir mais il avait laissé tomber un emballage. Sans un mot, Trout revint au bateau et montra sa trouvaille à Austin qui hocha la tête, remit les gaz et fila aussi vite que le lui permit le moteur. La chasse commençait.

La radio grésilla et la voix de Zavala se fit entendre.

— Kurt, c'est dingue !

— Nous t'entendons, Joe. Que se passe-t-il ?

— Je n'en suis pas sûr. Nous suivons la rivière devant vous. Elle tourne puis se rétrécit après un moment en une sorte de canyon. Aucun signe de Gamay ni de Chi mais on continue et d'un seul coup, la rivière disparaît !

— Répète ça ?

— La rivière a *disparu*. Une seconde elle coulait devant nous, la seconde après, elle n'était plus là.

— Où êtes-vous maintenant ?

— On suit une grille de recherche pour tenter de la retrouver. Sinon, nous remonterons vers l'amont pour vous rejoindre.

Le mini-hovercraft continua à effleurer l'eau. Eux aussi remarquèrent le rétrécissement de la rivière et la pente sans cesse plus abrupte des rives.

Zavala revint à la radio.

— Rien, Kurt. Nous allons devoir faire demi-tour. Les hélicos vont bientôt manquer de carburant.

Ils avaient apporté du carburant en réserve et l'avaient laissé près des ruines. Il ne leur faudrait pas longtemps, à la vitesse de leurs appareils, pour y retourner, refaire le plein et reprendre la recherche sur la rivière. Austin annonça que Trout et lui iraient aussi loin en aval qu'ils le pourraient et retrouveraient les Hueys après.

Ils firent de grands signes d'adieu aux hélicoptères qui retournaient se ravitailler et l'hovercraft continua son chemin.

Ils étaient dans la gorge et avançaient d'autant plus vite que le courant les entraînait lorsqu'ils virent le canot, enfoncé dans la boue le long de la rive. Austin grimpa sur la berge et, suivi de Paul, bondit à terre. Le canot était plein de cartons et c'est probablement leur poids qui avait empêché le courant de déloger l'engin et de le jeter dans la rivière.

— Qu'en penses-tu, Paul ?

— Je dirais qu'ils n'étaient pas dans ce canot. A mon avis, ils le tiraient. Regarde, il est si rempli qu'il n'y a pas de place pour s'asseoir. Le moteur hors-bord est relevé et la corde à l'avant a été coupée.

Austin tira un mince tuyau de caoutchouc.

— Tu as raison, regarde, le tuyau d'essence n'est même pas relié au moteur.

Ils remontèrent le canot plus haut sur la berge et retournèrent à l'hovercraft. Ils n'avaient vogué que quelques minutes quand la rivière disparut. Austin donna plus de puissance à l'hovercraft pour le faire tenir immobile.

— Voilà la réponse à Joe et à sa rivière qui disparaît, dit Trout. Il n'y a pas de mystère. Elle prend seulement une route souterraine.

Il essaya de joindre Zavala par radio mais, n'obtenant pas de réponse, il supposa qu'ils étaient trop loin ou que les murailles rocheuses bloquaient la transmission. Sans hésiter, ils décidèrent de continuer. Lentement, descendant le coussin d'air, ils avancèrent, sous le rayon de la lampe de poche que Trout dirigeait vers l'avant.

La vibration et le bruit créés par l'hélice dérangèrent les chauves-souris. Elles se détachèrent du plafond, comme soufflées par le courant d'air en une masse glapissante d'ailes membraneuses et de griffes aiguisées. Austin doubla leur vitesse, remettant l'hovercraft sur son coussin d'air. Les deux hommes s'accroupirent dans l'espace réduit dont ils disposaient, discernant à peine l'essaim volant de petits corps de fourrure noire. L'embarcation heurta plusieurs fois les rives rocheuses mais tant qu'ils pouvaient avancer, Austin laissa la pédale enfoncée.

Puis ils se retrouvèrent en plein air.

Austin mit le moteur au ralenti et le courant les porta seul en avant.

— Ça va ? demanda-t-il.

— Mes cheveux vont sans doute devenir aussi blancs que les tiens mais à part ça, ça va. On continue.

Le bruit du moteur était horrible dans cet environnement clos, se répercutant encore et encore sur la roche rugueuse. Austin pria pour que les adversaires potentiels qu'ils pourraient rencontrer soient sourds comme des pots car leur arrivée serait annoncée à des kilomètres. Ils avançaient régulièrement, envoyant des vagues de chaque côté et pénétrèrent bientôt dans une grande caverne. Ils firent rapidement le tour du bassin pour prendre des repères et virent que la rivière s'arrêtait à nouveau mais qu'une sorte de canal la prolongeait.

Le canal se terminait près d'une petite jetée illuminée par une lanterne. Ils s'amarrèrent près de trois canots et quittèrent l'hovercraft. Leurs armes prêtes, ils parcoururent le quai allant à la carrière.

Ils s'arrêtèrent pour inspecter le contenu des caisses puis pressèrent le pas.

Le soleil brillait un peu plus loin.

37

Austin s'arrêta sous l'arcade et écouta la musique vaguement audible. Un rythme latin. Le dos au mur, il passa le coin, le CAR-15 prêt à tirer, le doigt sur la détente. Il pencha la tête, examina la zone autour de la plate-forme de chargement et, ne voyant personne, avança avec précaution dans l'éblouissante lumière. Il fit signe à Trout de le suivre. Austin en tête, ils avancèrent silencieusement le long de l'étroit chemin de terre, restant aussi près que possible du feuillage qui le bordait.

Près de l'endroit où les ornières du chemin quittaient la route principale, ils se fondirent dans les buissons et s'accroupirent. Ils rampèrent le long de la piste puis se mirent à plat ventre et se glissèrent jusqu'à l'orée d'une sorte de clairière. Austin, avançant la tête, regarda à travers l'herbe haute. La main de Trout lui saisit l'épaule mais Austin avait déjà aperçu la chevelure couleur de vin rouge. Gamay ! Elle était attachée au pare-chocs arrière d'un vieux GMC. Son visage avait la teinte d'une langouste bouillie, le nez pelé, sa glorieuse chevelure était un fouillis de boucles grasses mais, à part ça, elle paraissait aller bien. L'Indien près d'elle devait être le Dr Chi. Gamay avait les yeux fermés mais elle les ouvrit pour regarder prudemment autour d'elle, comme si elle avait senti leur présence.

Austin enregistra rapidement le reste de la scène. La musique venait d'un poste stéréo portable posé sur le bâti du camion. Trois hommes étaient assis par terre derrière le camion, occupés à jouer aux cartes. Leurs armes reposaient à portée de mains et tous trois avaient des pistolets. A l'avant du GMC, Austin aperçut un quatrième homme qui travaillait sur le moteur. Lui aussi avait un pistolet, mais le plus inquiétant était le AK-47 appuyé contre un pneu. Austin fit signe à Trout de le couvrir. Paul hocha la tête, comprenant la nécessité d'une reconnaissance mais la déception se lisait sur son visage.

Quelques minutes plus tard, adossés à un arbre, ils faisaient le point de la situation.

— Nous avons quatre hommes armés qui normalement ne poseraient pas de problèmes en face des armes que nous possédons, dit Austin. Mais Gamay et le Dr Chi sont directement dans la ligne de feu. Je n'aime guère l'idée du quatrième homme séparé des autres. Il a le AK à portée de main et il pourrait faire des dégâts. As-tu une idée ?

— Il faudrait appeler des renforts, dit Trout en tapotant sur le talkie-walkie à sa ceinture. Mais même s'ils arrivent ici assez vite, il y aura des tirs et plus de risques encore que quelqu'un soit blessé.

— C'est exactement ce que je pense, dit Austin en se grattant le menton. Gamay et Chi ont l'air d'aller bien, ce qui signifie que quelqu'un souhaite les garder en vie, pour le moment du moins.

— A mon avis, ils partiront dès que leur problème mécanique sera résolu.

— C'est alors que la situation deviendra indécise. Le jeu de cartes cessera, les gardes pourront s'éloigner de la ligne de tir. Ou bien nous aurons peut-être une chance quand ils mettront Gamay et Chi dans le camion. Une fois qu'ils seront à l'abri, nous pourrons bouger.

— Il y a une autre possibilité, dit Trout. C'est que d'autres types arrivent.

— Je sais bien que ça voudrait dire passer d'une situation connue à une situation inconnue et je n'aime pas ça plus que toi. Mais je ne vois pas ce que nous pouvons faire de mieux que d'attendre.

Trout accepta à regret. Ils se retirèrent discrètement jusqu'au bord de la clairière. La partie de cartes n'était pas terminée et le mécanicien continuait à s'occuper du moteur. Austin fut heureux de voir que Gamay et Chi avaient tous deux les yeux ouverts. Il s'efforça de chasser la bouffée de colère qui l'envahit en constatant leur situation.

Longtemps après qu'Austin eut conclu qu'il ne voulait plus entendre de musique latino de sa vie, le mécanicien sortit de dessous le capot, s'essuya les mains sur un chiffon graisseux et monta dans la cabine. Le moteur démarra à la première sollicitation, remplissant l'air d'un grondement sonore. Un nuage de fumée pourpre sortit du pot d'échappement et enveloppa Gamay et Chi qui tournèrent la tête de tous les côtés en essayant vainement d'échapper à la fumée.

La partie de cartes prit fin. Les joueurs ramassèrent leur argent, se levèrent et, se cachant la bouche et le nez de la main, s'éloignèrent de l'arrière du camion. Et de leurs armes, nota Austin avec plaisir. Ils commencèrent à crier quelque chose au mécanicien qui venait de redescendre de la cabine. Voyant que les gardes ne montraient guère d'enthousiasme pour sa réparation, il alla saisir le plus proche par le col, le traîna devant le véhicule et l'obligea à écouter le moteur. Les autres gardes éclatèrent de rire et se postèrent à l'avant.

— On y va ! dit Austin.

Ce qui compte le plus dans une embuscade de ce genre, c'est la surprise et la dissimulation. Ils auraient pu abattre les *chicleros* d'un seul tir de leurs carabines mais Austin était venu pour un sauvetage et non pour un meurtre. Trout et lui se levèrent et avancèrent avec une apparente désinvolture dans la clairière. Trout tira quelques coups en l'air tandis qu'Austin visait les *chicleros*. L'idée était de les intimider. Les coups de feu eurent l'effet désiré. Du moins en partie. Les trois gardes virent les deux terminators marcher vers eux, regardèrent leurs armes inutiles puis à nouveau l'homme aux cheveux blancs et son compagnon géant. Ils s'éparpillèrent dans la forêt comme des feuilles poussées par le vent.

Le mécanicien se réfugia dans la cabine, passa une vitesse et appuya sur l'accélérateur. Les pneus ouvrirent des tranchées dans le sol et déclenchèrent des pluies jumelles de poussière. Avec un rugissement du moteur, le camion commença à rouler, tirant Gamay et Chi comme les boîtes vides que l'on accroche aux voitures des jeunes mariés. La musique hurlait toujours de la stéréo sur la plate-forme du camion.

Austin cria à Trout de couvrir les *chicleros* en fuite et tira le Bowen de sa ceinture aussi vite qu'un cowboy de Dodge City. Le tenant à deux mains, il visa calmement l'arrière de la cabine. Le canon cracha cinq fois et la vitre se désintégra en une explosion de verre. Les dernières balles furent inutiles car la première avait atteint la nuque du conducteur.

Le camion roula encore sur quelques mètres comme en pilotage automatique mais s'arrêta enfin quand le moteur cala. Austin courut vers le GMC mais Trout l'atteignit avant lui, coupa rapidement les liens de Gamay avec un couteau de chasse et prit sa femme dans ses bras.

38

Cambridge, Massachusetts.

Une semaine plus tard, un taxi longeait la grille noire en fer forgé qui entourait les pelouses ombragées de Harvard Yard, tournait dans une rue tranquille bordée d'arbres et s'arrêtait devant un édifice en briques de style géorgien, haut de cinq étages, tout à fait incongru au milieu des immeubles scientifiques plus modernes qui s'élevaient autour. Zavala sortit du taxi et regarda l'enseigne du musée Peabody d'Archéologie et d'Ethnologie. Se tournant vers Austin et Gamay il dit avec révérence :

— C'est un grand jour pour la famille Zavala. Ma mère a toujours espéré que j'entrerais un jour à Harvard.

— Votre mère devra remercier Paul, mon mari, du succès de son petit garçon, répondit Gamay. Mais je vous en félicite tout de même.

— Merci. Et ma mère vous en remercie aussi. Et maintenant, entrons dans ces lieux sacrés, dit-il avec un grand salut cérémonieux, bien dans son personnage.

En effet, c'est Trout qui avait invité ses collègues de la NUMA ce matin-là à Cambridge. Trout n'était pas rentré directement de la jungle du Yucatán. Après avoir retrouvé sa femme, lui et les autres avaient gagné le *Nereus* à bord d'un hélicoptère mexicain. En attendant l'arrivée des appareils, ils avaient examiné de plus près les antiquités empilées dans la caverne.

Chi avait ouvert le chemin, longeant les caisses et vidant les rayonnages. Il hochait tristement la tête en expliquant la signification des objets et les dommages qu'ils avaient subis lors de leur exhumation sans précaution. S'arrêtant devant les panneaux de pierre gravée, il s'était lamenté :

— Je sais que ces pierres racontent une histoire, une histoire importante. Mais étant donné le manque de soins avec lequel on les a déterrés et apportés ici, il nous faudra des mois, peut-être même des années, avant que nous puissions savoir de quoi il s'agit.

Les paroles de Chi résonnèrent aux oreilles de Trout tandis que l'hélicoptère les emmenait vers le *Nereus*. Là, Gamay subit des examens qui la déclarèrent fatiguée mais en bonne santé. Quand sa femme fut allongée dans une couchette confortable, après un bon repas dans les cuisines du navire, Paul était retourné au camp des *chicleros* muni d'un équipement photographique.

L'armée avait installé un camp pour garder les objets d'art et attraper les pillards égarés. Chi était resté pour inventorier les artefacts volés. Quand Trout dévoila ce qu'il avait en tête, le professeur l'encouragea avec enthousiasme. Trout prit une centaine de photos des pierres et de leurs inscriptions. Puis il retourna au navire de recherches pour passer prendre Gamay et rentrer avec elle à la maison. Ensuite, de retour à Washington, il avait saisi les données sur son ordinateur.

En tant que géologue des grands fonds océaniques, Trout était devenu un spécialiste des graphiques informatisés pour ses projets sous-marins. Son travail allait bien plus loin que le sondage des fonds à l'aide d'œils et d'oreilles électroniques. Ses recherches sur les strates ou les cheminées thermales devaient être présentées de telle sorte qu'il n'était pas utile d'être un spécialiste pour les comprendre. L'archéologie utilisait les images par ordinateur pour reconstituer tout ce qu'on découvrait, depuis les cités anciennes jusqu'aux restes humains. Il conféra souvent par téléphone avec le Dr Chi qui était retourné à Mexico. Après son analyse, il avait appelé Austin.

— Je sais que ça a l'air dingue, dit-il, mais le travail que je viens de faire pour le Dr Chi pourrait avoir un rapport avec la mission qu'on nous a confiée.

Austin n'eut pas besoin d'encouragement. Il téléphona brièvement à Nina Kirov afin de l'informer des trouvailles de Trout et lui demander si elle pouvait trouver un spécialiste des Mayas pour aider Paul. Nina recommanda immédiatement le Dr Orville. Trout emporta ses disquettes à Cambridge et s'installa à Peabody.

Un totem esquimau dominait le hall de réception du musée. Son visage grotesque observait de haut la jeune étudiante qui servait de réceptionniste. Austin déclina leurs noms et elle appuya sur une touche de son téléphone. Une guide aussi jolie qu'elle apparut et les conduisit par un escalier métallique au cinquième niveau en passant devant la sculpture grimaçante d'un guerrier maya assis.

Leur guide fit un commentaire sur le musée.

— Le Peabody est l'un des plus anciens musées du monde pour ce qui concerne l'anthropologie, dit-elle. Il a été fondé en 1866 grâce à une subvention de cent cinquante mille dollars de George Peabody. La construction des cinq étages du bâtiment principal a commencé en 1877. Le musée renferme quinze millions d'objets mais nous en rendons beaucoup, notamment des œuvres d'art trouvées par E.H. Thompson au cénote sacré de Chichen Itzà, où l'on sacrifiait des vierges.

— Je connais de meilleurs usages des vierges, murmura Zavala.

Heureusement, la jeune femme n'entendit pas son commentaire. Nina était là, près d'un lutrin, en pleine discussion avec un homme mince aux cheveux roux indomptés. Elle sourit en les voyant arriver, surtout Austin qui ne manqua pas de le noter avec satisfaction. Elle vint lui serrer la main. Il sentait son cœur battre plus vite chaque fois que ses yeux se posaient sur la bouche pleine de sève de Nina et les courbes de son corps de mannequin. Il se promit de l'emmener quelque part où ses amis et collègues ne seraient pas.

Nina présenta les nouveaux venus au Dr Orville. Austin avait depuis longtemps appris à ne pas se fier aux apparences mais cette fois, il eut un doute. Le spécialiste des Mayas portait un costume de tweed froissé, boutonné en dépit de la chaleur du jour et une cravate totalement démodée décorée de vieilles taches. Le regard égaré de ses yeux noisette était largement souligné par les verres épais, mais son intelligence aiguë repoussait l'ombre de sa folie. A peine. Austin s'attendait presque à voir les yeux jaillir de leurs orbites, comme ceux d'un personnage fou de dessins animés. Il décida de remettre à plus tard l'étude de l'étroite frontière qui sépare le génie de la folie.

— Paul met la dernière touche à la présentation. Il sera avec nous dans quelques minutes, annonça Nina.

La porte s'ouvrit. Gamay s'attendait à voir entrer son mari, tête baissée pour ne pas heurter le chambranle. D'abord bouche bée, elle eut ensuite un grand sourire. Elle tendit la main à un petit homme mince.

— Je vous ai à peine reconnu sans votre machette, professeur, dit-elle.

Le changement d'apparence du professeur allait plus loin que la simple absence d'un couteau à couper les cannes à sucre. Vêtu d'un costume sur mesure gris fer d'Armani, avec une cravate jaune, il semblait aussi à l'aise que dans ses vêtements de paysan.

Le visage classique d'Indien de Chi était aussi

impassible qu'une gargouille mais le regard de ses yeux sombres dansait d'amusement.

— Quand on vit à Rome[1]... dit-il en haussant les épaules.

— C'est une excellente surprise, professeur. Vous avez l'air en pleine forme, dit-elle.

— Vous aussi, docteur Gamay.

La dernière fois qu'elle avait vu le professeur, il lui faisait du sol un signe d'adieu alors que l'hélicoptère dans lequel elle était prenait de l'altitude. Chi ne semblait pas avoir été trop perturbé par leur aventure sur la rivière. Gamay, en revanche, ne s'était sentie elle-même qu'après son retour à Washington. Le violent soleil du Yucatán et les nuits sans sommeil, hantées de rêves de serpents, n'avaient pas arrangé les choses.

La salle de conférence commençait à ressembler à une réunion mondaine quand Trout entra. Comme il convenait à son entourage très *Yvy League*[2], Trout était vêtu de façon toute britannique d'une très élégante veste de sport fauve, faite sur mesure à Londres à cause de sa grande taille, d'un pantalon vert olive au pli impeccable et de son inévitable nœud papillon. Il s'excusa de son retard et, tandis que le professeur prenait place devant le lutrin, Trout alla glisser une disquette dans un ordinateur portable relié à un écran de projection. L'installation était semblable à celle utilisée par Hiram Yaeger au Q.G. de la NUMA. Nina s'installa près de la table et le reste de l'équipe s'assit au premier rang de l'amphithéâtre comme des étudiants impatients de première année.

Orville ouvrit la réunion.

— Je vous remercie tous d'être venus. Nina vous dira que j'ai la réputation de faire des affirmations extravagantes dans la presse locale. (Un sourire étira

1. Proverbe anglais : quand on vit à Rome il faut vivre comme les Romains.

2. Universités prestigieuses du Nord-Est américain.

ses lèvres sur le côté.) Mais je dois admettre que même mon imagination débridée n'aurait jamais pu trouver une histoire aussi fantastique que celle que vous allez entendre. Alors, sans rien ajouter, je vais passer la parole à mon cher ami et très estimé collègue, le Dr Chi.

Le lutrin faisait paraître Chi encore plus petit. Il se tint à côté, les mains derrière le dos.

— Je voudrais remercier le Dr Orville pour avoir organisé cette réunion et pour m'avoir permis d'utiliser les locaux de cet institut où j'ai passé des heures très heureuses en tant qu'étudiant, commença le Dr Chi d'une voix aussi cassante que des feuilles sèches. Comme vous le savez, le Dr Gamay et moi avons découvert la cachette de centaines d'antiquités volées. Il y avait parmi ces objets certains blocs de pierre sculptés très curieux, ainsi que des stèles arrachées à des temples et à des maisons, sans égard pour leur origine et dont beaucoup étaient abîmées. Bien sûr, j'aurais préféré que ces antiquités reposent tranquillement dans la terre et soient cataloguées *in situ* mais les gens qui les ont déterrées ont sans le vouloir rendu service à mes amis de la NUMA en les aidant à résoudre un problème dont j'ai pu comprendre qu'il présentait une certaine urgence.

Chi leva un doigt et Trout appuya sur une touche du clavier de l'ordinateur. Une photographie aérienne remplit l'écran.

— Voici le site pillé, expliqua Chi. Les monticules que vous voyez sont les restes de bâtiments disséminés autour de ce qui fut autrefois la place centrale d'une cité maya. La suivante, s'il vous plaît.

Une autre photo s'afficha.

— Ceci est un observatoire. Remarquez les détails de la frise. La suivante. La construction ne se borne pas au niveau du sol. Voici un temple souterrain. Ce n'est qu'une des particularités qui rendent ce site tout à fait inhabituel.

Austin se pencha en avant comme s'il essayait de se mettre dans l'image.

— Inhabituel en quel sens, docteur Chi ?

En montrant l'image derrière lui, le professeur expliqua :

— La plupart des cités mayas sont des combinaisons de bâtiments administratifs, religieux et résidentiels. Ce centre, en revanche, n'est voué qu'à la science... Surtout à l'étude du temps et de l'astronomie. A la fin, la science maya se mêla à la religion, de même que la religion se mêla au pouvoir politique. Mais j'ai le sentiment qu'une science plus pure était pratiquée dans ce lieu-ci. Son nom maya était « la place du Ciel ». Pour nos besoins, je l'appellerai M.I.T.

— Comme le Massachusetts Institute of Technology[1] ? demanda Zavala.

L'université de recherche et d'enseignement connue du monde entier n'était qu'à quelques kilomètres de là.

— Oui, répondit Chi, mais dans le cas qui nous occupe, M.I.T. signifie pour moi *Mayan* Institute of Technology[2].

Comme un comédien consommé, Chi attendit que les rires cessent puis laissa la parole à Trout et prit place à la table.

Contrairement au professeur, Trout dut se pencher sur le lutrin.

— Depuis le début, le Dr Chi était convaincu que les images et les glyphes sur les pierres racontaient une histoire, commença-t-il. Notre problème, c'est que tout est mélangé. C'est comme si on avait déchiré puis mélangé les pages d'un roman. En fait, de plusieurs romans, car les pierres viennent de sources différentes. Et c'est encore plus difficile parce que les « pages » sont de lourdes pierres. Alors nous avons fait des dizaines de photos et inséré leurs données dans un ordinateur où nous pouvions

1. Massachusetts Institute of Technology, la fac de sciences la plus importante des Etats-Unis.

2. Institut Maya de Technologie.

remettre les images en ordre sur un écran. Nous avons utilisé le bon sens et les renseignements donnés par les écrits mayas que le Dr Chi et le Dr Orville ont traduits. Ensuite, nous avons classé les pierres en une séquence, comme le conducteur utilisé pour une publicité à la télévision. L'histoire qu'elles racontent, comme le laissait entendre le Dr Orville, est en effet très étrange et incroyable.

Trout retourna aux contrôles de projection et Orville prit sa place.

— Il a été assez aisé de classer les images. Nous nous sommes concentrés sur les images de bateaux comme celles de l'observatoire du M.I.T. que vous avez vues tout à l'heure et on est partis de là. Voici la première chronologiquement.

Austin étudia un moment la scène d'activité.

— On dirait l'armada espagnole prenant la mer.

— En effet, d'après le nombre de bateaux, il s'agit bien d'une flotte et non d'une simple activité de pêche dans un port. L'activité est forcenée mais organisée. Ici, vous voyez des navires alignés que l'on charge puis qui attendent avec leurs charges.

La photo fut remplacée par une série de scènes montrant la flotte à la mer.

— Ici, nous avons un voyage assez bizarre avec toutes sortes d'étranges créatures marines, poursuivit Orville. Beaucoup de ces scènes ne diffèrent que par de petits détails. Probablement une façon artistique de donner le sentiment du passage du temps.

— Sait-on combien de temps ? demanda Gamay.

— Les écrits mayas disent que le voyage a duré un cycle lunaire. Environ trente jours. Les Mayas étaient précis en ce qui concerne le temps. Voici le dernier de la série. Les bateaux sont arrivés à destination. On les salue pendant qu'ils déchargent. Il se dégage une sorte de familiarité qui laisse à penser qu'ils étaient connus des habitants de ce pays. (Il se tourna vers Trout.) Il est temps, mon ami, de présenter la magie de votre ordinateur.

Trout hocha la tête. Le curseur clignotant choisit

trois silhouettes de la scène, encadra leurs visages d'un trait blanc puis les agrandit. Un des visages représentait un homme barbu au profil aquilin et portant un chapeau conique. Le second était large avec des lèvres pleines et un bonnet ou un casque serré. Le troisième montrait un homme aux pommettes hautes, avec une coiffure de plumes très élaborée.

Trout plaça les images à gauche de l'écran, les unes au-dessus des autres. Trois nouveaux visages apparurent à droite.

— On dirait des jumeaux séparés à la naissance, remarqua Zavala en observant les associations.

— Leur ressemblance est assez évidente, non ? dit Orville. Retournons à la scène complète. Docteur Kirov, en tant qu'archéologue de marine, nous aimerions avoir votre avis.

Utilisant un curseur laser, Nina montra un navire puis un autre.

— Ce que nous avons ici est, en gros, le même bateau utilisé pour deux tâches différentes. Les lignes sont identiques. Voyez les coques longues et les fonds plats et droits. L'absence de bôme, les cargues ou les cordages utilisés pour monter et descendre la voile pendue à une vergue fixe. Les lignes fuient jusqu'à la poupe en porte-à-faux. Trois points. Les haubans avant et arrière, la proue sculptée. (Le curseur rouge demeura une seconde immobile.) Ici, nous avons un double aviron de queue. La protubérance de cet autre côté est un bélier. Ici, c'est une rangée de boucliers le long du pont.

— Alors c'est un navire de guerre ? dit Zavala.

— Oui et non, dit Nina. Sur le pont supérieur d'un de ces navires, on voit des hommes armés de lances. Sans aucun doute, des soldats ou des marins. Il y a des trous dans les proues et la place pour de nombreux rameurs.

Le laser passa à un autre bateau.

— Mais ici, le pont est réservé à un personnage de qualité. Vous voyez cette silhouette d'homme allongée dans la lumière du soleil ? Le haut du mât porte un croissant, indiquant qu'il s'agit d'un navire amiral. Cette chose qui pend à l'arrière pourrait être une décoration, un riche tapis peut-être, qui indique que l'amiral est là pour commander.

— Quelle longueur peut avoir ce bateau ? demanda Austin.

— A mon avis, ils mesurent tous entre trente et soixante mètres. Peut-être davantage. Ce qui les ferait peser autour de mille tonnes.

— Nina, intervint Orville, pouvez-vous parler de cette comparaison que vous avez faite pour nous autres terriens ?

— Avec plaisir. Ce navire est beaucoup plus long qu'un navire anglais du XVIIIe siècle. Le *Mayflower*, par exemple, ne pesait que cent quatre-vingts tonnes.

— Donc, à votre avis, Nina, demanda Orville, qu'avons-nous sous les yeux ?

Nina regarda les images comme si elle rechignait à exprimer ce à quoi elle pensait. Puis la scientifique en elle se décida cependant.

— A mon avis, dit-elle, en qualité d'archéologue nautique, les navires que nous voyons ici ont les mêmes caractéristiques que les navires phéniciens capables de traverser les océans. Et même si cela vous paraît un peu vague, oui, je refuse de m'engager davantage avant d'avoir d'autres preuves.

— De quelles preuves avez-vous besoin, Nina ? demanda Austin.

— Un vrai navire, pour commencer. Nous avons surtout appris ce que nous savions des navires phéniciens en examinant les représentations sur leurs pièces de monnaie. Certains récits affirment qu'ils mesuraient jusqu'à quatre-vingt-dix mètres. Je veux bien le croire mais même si on ne prend que la moitié de ce chiffre, ça fait tout de même un gros navire pour l'époque.

— Assez gros pour traverser l'Atlantique ?

— Sans aucun doute, répondit-elle. Ces vaisseaux étaient beaucoup plus gros et bien plus capables de naviguer que certains des minuscules bateaux à voiles qui ont effectué la traversée. Il y a des gens qui ont traversé l'océan à la rame dans un doris[1], nom d'une pipe ! Ce vaisseau aurait été idéal. Rien ne vaut la voile carrée pour traverser l'océan. Avec un gréement avant et arrière, on a toujours la possibilité d'un virage lof pour lof dangereux, car la bôme se balance violemment dans les coups de vent. Tandis qu'avec les cargues, on peut réduire la voile en cas de souffle brusque. Ils pouvaient avoir un roulis avec cette petite quille, mais les rameurs pouvaient aider à tenir le navire en équilibre et la longueur du bateau les y aidait. Une trirème comme celle-ci pouvait couvrir plus de cent milles par jour quand les circonstances s'y prêtaient.

— A moins d'avoir sous les yeux le navire lui-même, que vous faudrait-il de plus pour vous convaincre que celui-ci est phénicien ?

— Je n'ai pas besoin d'être convaincue, dit Gamay. Je le suis déjà presque. Pourrions-nous revenir à ces visages, Paul ?

Les six têtes sculptées reparurent sur l'écran. La tache du laser toucha celle de l'homme barbu puis passa à son jumeau.

— Le chapeau pointu de ces messieurs ressemble à ceux que portaient les marins phéniciens.

— Ceci n'est pas une surprise, intervint Orville. L'image de droite vient d'une stèle phénicienne découverte près de la Tunisie. Le personnage d'en dessous ressemble à certains des visages de type africain trouvés à La Venta, au Mexique. Le troisième type vient des ruines mayas d'Uxmal.

— Je crois comprendre qu'une conclusion se cache dans ce commentaire, dit Austin.

Orville s'appuya au dossier de sa chaise et mit les pointes de ses doigts les unes contre les autres.

— Fonder des conclusions sur des ressemblances picturales, c'est bien si vous n'êtes qu'un pseudo-

1. Bateau de pêche à fond plat.

scientifique essayant de vendre un roman de gare, mais ce n'est pas une bonne archéologie, dit-il. Mes collègues mettraient en pièces ce qui reste de ma réputation en lambeaux s'ils m'entendaient affirmer ce genre de chose. L'archéologie marine n'est pas mon fort aussi ne puis-je juger ses affirmations. Mais ce que je sais, c'est que les inscriptions de ces roches montrent des Phéniciens, des Africains et des Mayas, tous ensemble en un même lieu. De plus, le Dr Chi et moi avons traduit les glyphes ensemble et séparément, et nous sommes arrivés aux mêmes conclusions chaque fois. Les pierres disent que ces bateaux sont arrivés en pays maya après avoir fui un désastre dans leurs propres pays. Qui plus est, ils furent accueillis non comme des étrangers mais comme de vieilles connaissances.

— Est-ce que les glyphes indiquent une date ?

— Connaissant l'obsession des Mayas pour tout ce qui concerne le temps, j'aurais été surpris qu'il n'y en ait pas. Les navires sont arrivés l'année qui correspond, pour notre calendrier, à 146 avant J.-C.

Nina contempla l'image et murmura en latin. Voyant que tout le monde la regardait, elle expliqua :

— C'est quelque chose qu'on apprend en première année de latin. *Delenda est Cartago.* Carthage doit être détruite. Caton l'Ancien terminait par cette phrase chacun des discours qu'il prononçait devant le Sénat romain. Il essayait d'attiser le sentiment national en faveur d'une guerre contre la cité phénicienne de Carthage.

— Si j'ai bonne mémoire, il a réussi. Carthage a bien été détruite, dit Austin.

— Oui, en 146 avant J.-C.

— Ce qui signifie que ces navires ont peut-être échappé aux Romains ?

— Une date est une date, dit Nina en essayant d'éviter d'aller trop loin dans la théorie d'Austin. J'ai simplement souligné la coïncidence. Je n'ai pas tiré de conclusions. En tant que scientifique, ce serait irresponsable de ma part, ajouta-t-elle sans pouvoir cacher cependant l'émotion qui montait dans ses yeux gris.

— Je comprends pourquoi, en tant que scientifique, vous ne voulez pas avancer ce que vous pensez sans preuves solides, insista Austin. Mais après ce que j'ai vu aujourd'hui, je suis convaincu que les inscriptions de ces pierres suggèrent que des voyageurs sont arrivés en Amérique bien avant Christophe Colomb. Et vous savez que les Phéniciens étaient capables de faire la traversée.

— Je sais qu'ils furent les plus grands explorateurs du monde jusqu'au XVe ou XVIe siècle. Ils ont fait le tour de l'Afrique et sont allés jusqu'en Cornouailles, sur les côtes anglaises et aussi jusqu'au Cap-Vert. Au cours d'un voyage, ils emmenaient, paraît-il, des milliers de gens sur soixante navires.

— J'ai terminé ma démonstration, dit Austin avec une feinte suffisance.

— Pas si vite, Perry Mason[1] ! Ceux qui doutent diront que ces inscriptions sont intéressantes, mais qui peut affirmer qu'elles sont authentiques ? Il y a des années, au Brésil, des inscriptions décrivaient une prétendue expédition phénicienne en 531 après J.-C. Tout le monde a dit qu'elles étaient fausses. Cela paraît incroyable mais il y a des gens qui prétendent que des pillards auraient pu graver ces choses pour les vendre à des touristes naïfs. Bien sûr, vous pouvez vous fonder sur le fait que les « navires de Tarshich » ont fait des voyages transatlantiques mais il faut des preuves plus substantielles pour que la communauté scientifique accepte votre hypothèse.

— Et que dites-vous de l'astrolabe que vous avez trouvé avec le professeur ?

— Même ça ne suffirait pas, Kurt. On dirait que Cortez ou un autre hidalgo espagnol a pu l'apporter, qu'un Indien l'a volé et l'a caché dans un vieux temple. On n'est pas loin mais vous n'aurez pas le

1. Personnage d'avocat enquêteur d'un feuilleton télévisé américain.

dernier mot avant qu'on sache exactement comment il s'est retrouvé là.

— Est-ce que les écritures indiquent ce que transportaient les navires ?

— Nous avons gardé ça pour la fin, dit Orville en gloussant comme un jeune écolier.

— Oh ! Oui ! Nous savons quel était leur fret, s'exclama Chi. Les écrits mayas disent qu'il s'agissait surtout de cuivre, de bijoux, d'or et d'argent.

Austin parut avoir reçu un coup sur la tête.

— Vous voulez dire que les navires étaient chargés de *trésors* ?

Chi fit oui de la tête.

— Il ne s'agit pas ici d'une expédition commerciale de routine, dit Austin dont les yeux verts étincelaient. Carthage subissait le siège des Romains. Les Carthaginois auraient fait tout leur possible pour que les Romains ne mettent pas la main sur le trésor royal !

— A-t-on une idée de ce qui est arrivé à ce trésor ? demanda Zavala.

— Malheureusement, aucune des sculptures ne va plus loin que ce que vous avez vu de l'arrivée saine et sauve des bateaux, dit Chi.

Nina fronça les sourcils.

— Toute cette histoire de trésor est très excitante, dit-elle avec impatience, mais l'attrait de l'or et des bijoux ne doit pas nous empêcher de chercher une réponse à mon problème : pourquoi mon expédition a-t-elle été massacrée au Maroc ?

— Nina a raison, dit Austin. Nous devons nous concentrer sur le lien qui relie ces inscriptions aux autres découvertes au-delà des mers. Christophe Colomb. Nous savons que des centaines d'années après que ces pierres ont été sculptées, Colomb avait entendu parler d'un grand trésor. (Il montra l'écran.) Est-ce que ceci pourrait être ce que nous cherchons ?

— Je regrette de devoir doucher votre théorie, contra Orville. Les rumeurs que suivait Colomb auraient pu être fondées sur les richesses réelles que possédaient les Aztèques. Comme nous le savons, les Espagnols ont tiré le gros lot plus tard. Vous dites que Colomb suivait une route bien définie. Dois-je comprendre qu'il suivait une carte ?

— Pas exactement, dit Austin. Vous rappelez-vous cet article de journal que Nina vous a demandé de chercher dans vos dossiers ?

— Oh ! Oui ! L'article de mon dossier Forte concernant l'objet de pierre.

— Colomb a écrit qu'il était guidé par une « pierre parlante ».

— Maintenant je m'en souviens. Le monolithe gravé qu'on a trouvé en Italie. On l'avait expédié dans un fourgon blindé. Destiné justement au Peabody, d'ailleurs.

— Cette pierre pourrait être la clef de tout ce bazar, dit Austin. Trésor et assassinats.

— Quel dommage que nous ne puissions y jeter un coup d'œil.

— Qui dit que nous ne pouvons pas ? La NUMA s'est occupée de projets plus profonds et plus difficiles.

— Voyons si je suis bien votre pensée, reprit Orville d'un ton incrédule. Vous avez l'intention de plonger à plus de soixante mètres dans un paquebot coulé, Dieu seul sait en quel état, pour extraire un objet de pierre massif d'un camion blindé et verrouillé ?

Zavala adressa un clin d'œil à Austin.

— Avec un peu de chance, nous pourrons faire ça entre le petit déjeuner et le déjeuner et fêter notre réussite au dîner.

— Hum ! dit Orville avec mépris. (Il se pencha et pointa un doigt vers les deux hommes de la NUMA.) Et on dit que *moi* je suis dingue !

39

Détroit de Nantucket Sound.

Le mini-submersible était à quelques brasses à peine des eaux bleu-vert du détroit de Nantucket Sound et Austin regrettait déjà de plonger avec Zavala. Non qu'il eût quelque chose à lui reprocher quant à son talent de pilote. Il y avait peu de choses que Joe ne puisse faire sur, dans ou au-dessus de l'eau. Mais voilà, Zavala chantait faux. Et dès que la grue eut soulevé du pont l'embarcation à deux places et l'eut mise dans l'eau, Zavala avait entonné une version espagnole du *Yellow Submarine.*

Austin aboya dans son micro.

— Est-ce que tu connais une autre chanson ?

— Je chante ce que mon public me demande.

— Que dirais-tu de « Far Far Away » ?

Le rire tranquille de Zavala résonna dans ses écouteurs.

— Mince, je n'avais pas entendu celle-là depuis que j'étais un *muchacho* !

— Aux situations désespérées, mesures désespérées.

— *No problema.* C'est plus joli avec une guitare. Où veux-tu aller, *amigo* ?

— Que dirais-tu d'aller *en bas* pour commencer ?

Zavala fit signe qu'il avait compris, ce qu'Austin aperçut par la bulle d'observation. Il aurait pu tendre la main et toucher son collègue sur l'épaule si leurs têtes n'avaient été entourées de Plexiglas. Les dômes jumeaux étaient montés à l'avant du mini-sub dépassant de sa surface plate de céramique verte en faisant un angle, comme les yeux bulbeux d'une grenouille.

Le Deep Flight II différait de la plupart des submersibles et des bathyscaphes de grands fonds qui avaient plus ou moins la forme d'un gros homme, rond et épais autour de la taille. Il ressemblait davantage à un avion de chasse futuriste qu'à un véhicule sous-marin. Le fuselage plat et rectangulaire, les bords d'attaque et les bords de fuite étaient effilés comme la pointe d'un burin. Les flancs étaient perpendiculaires au toit et au fond plats avec des arêtes aiguës, comme une toile tendue sur un cadre. Les ailes ramassées et trapues étaient équipées d'un éclairage permanent. On avait monté des soufflantes de propulsion derrière les ailes et les dômes d'observation. A l'avant, il y avait deux bras manipulateurs et un phare mobile.

Contrairement à l'équipage d'un submersible traditionnel, assis bien droit comme devant un bureau, Austin et Zavala étaient à plat ventre comme des sphinx, le visage vers l'avant, attachés dans des sortes de berceaux enveloppants, les coudes appuyés dans des réceptacles rembourrés. Ils avaient des contrôles doubles dont un levier servant de gouvernail de profondeur et un autre pour la vitesse. Zavala maniait le submersible tandis qu'Austin s'occupait des autres circuits, comme les lumières, la vidéo et les bras manipulateurs. Il gardait un œil sur les chiffres des cadrans de l'afficheur-lecteur contenant la boussole, le compteur de vitesse et l'odomètre ainsi que la jauge de profondeur, le conditionneur d'air, le stroboscope et le sonar. L'appareil était à peu près capable de flotter et plongeait en réglant dans l'eau les gouvernes de profondeur dans la partie arrière, comme un avion.

Leurs corps étaient surélevés à un angle de trente degrés pour simuler la position naturelle d'un nageur. Cette position rendait moins effrayantes les ascensions et les descentes rapides. L'espace était assez grand pour la haute taille d'Austin mais un peu étroit pour ses larges épaules. Il dut cependant admettre que, malgré la sérénade de Zavala, c'était une façon agréable de se déplacer autour de l'épave du paquebot.

L'épave était marquée d'une balise rouge sphérique. Zavala fit descendre le submersible en tournant lentement et de plus en plus bas autour de la corde de la bouée qui descendait à cinquante-quatre mètres de la surface, à une longueur de chaîne attachée au troisième portemanteau de canots, côté bâbord. Pour descendre normalement jusqu'à la partie la plus haute de l'épave, il fallait entre trois et quatre minutes. Grâce à sa vitesse de 5 nœuds, le mini-submersible pouvait couvrir la distance beaucoup plus vite mais Austin voulait s'imprégner de l'environnement dans lequel ils allaient travailler. Il demanda donc à Zavala de les mener doucement jusqu'au fond.

A mesure qu'on descendait, l'eau filtrait les couleurs des rayons solaires baignant la surface. Les teintes rouges disparurent les premières puis, une à une, toutes celles du spectre. A cinq brasses, toutes les nuances avaient été perdues sauf un vert froid et bleuâtre. Mais comme pour compenser ce crépuscule artificiel, l'eau devint claire comme du cristal tandis que l'appareil traversait les couches plus chaudes du thermocline où des particules de végétation tenaient en suspension.

Le mini-sub descendait en tire-bouchon autour de la ligne d'ancre. Une immense masse sombre apparut bientôt sur le fond de sable pâle et emplit leur vision. Avec une excellente visibilité, le petit submersible était descendu sans lumière. Lorsqu'il atteignit trente-six mètres, Zavala aplatit leur trajectoire, ralentit l'appareil et alluma la lumière ventrale. Le navire était couché sur le flanc. Le grand cercle de lumière transformait une partie de sa coque, en dessous d'eux, en une vaste tache allant du noir au gris vert cadavérique, marqué çà et là de taches lépreuses jaunes, avec des plaques de rouille semblables à du sang séché. Une patine marine faite de millions d'anémones de mer s'étendait loin dans l'obscurité, au-delà de la portée de la lumière.

Austin trouvait difficile d'imaginer que cet immense Léviathan mort ait pu être autrefois le plus beau et le plus rapide navire de son temps. On peut se tenir devant un immeuble aussi haut que le *Doria* sans être étonné par sa taille. Mais si cette même tour de cinq cent dix mètres est horizontale et placée sur une plaine plate et vide, elle vous coupe le souffle, immédiatement.

Couché sur son flanc tribord, c'est-à-dire son flanc droit, cachant la déchirure fatale infligée par le bec aiguisé du *Stockholm,* le *Doria* ressemblait à une monstrueuse créature marine allongée au repos et endormie, que la mer à présent réclamait. Le minisub alluma sa caméra vidéo et glissa vers l'arrière, à une courte distance au-dessus de la rangée des hublots. Ecrasé par la taille de la coque massive, le submersible ressemblait à un petit crustacé aux yeux ronds nageant au-dessus d'une baleine. Près de l'hélice gauche de seize tonnes, Zavala tourna vivement et nagea au-dessus des rectangles noirs bien découpés qui avaient autrefois servi de fenêtres au pont promenade. Quand il rencontra l'eau extérieure au navire, il fit plonger le petit engin à une profondeur de soixante mètres et le dirigea vers la proue, parallèlement au chemin qu'il avait suivi auparavant. Les nombreux étages de ponts formaient un mur vertical de vingt-sept mètres sur leur gauche. Ils longèrent les trois piscines où s'étaient autrefois rafraîchis les passagers selon la classe de leur voyage à travers l'océan, passèrent le pont des canots de sauvetage dont les portemanteaux ne fonctionnaient pas mieux maintenant qu'en 1956.

Des dizaines de filets de pêche s'étaient pris dans les bossoirs semblables à des crochets. Et ces filets voilaient les ponts comme de grands suaires drapés sur un immense cercueil. Les mailles étaient couvertes d'un duvet neigeux de plantes marines. Certains filets, pris dans la mâture de l'épave et retenus par leurs bouées, piégeaient encore les poissons des bancs de morues qui passaient dangereusement près. Notant les arêtes prises dans les mailles, Zavala prit soin de tenir le mini-sub à distance respectueuse des filets encore dangereux.

La grande cheminée rouge et blanc du navire était tombée, laissant un énorme puits carré jusqu'à la salle des machines. D'autres ouvertures marquaient l'emplacement de cages d'escaliers. La superstructure avait glissé et s'était désintégrée en un fouillis de débris sur le fond marin. Privé de sa cheminée et de sa superstructure, l'*Andrea Doria* ressemblait plus à une grande péniche qu'à un navire. Ce n'est qu'en passant près des restes de la timonerie et en voyant les bômes massives, les canots de treuils et les bollards intacts sur le pont avant, qu'ils commencèrent à réaliser qu'il s'agissait d'un immense paquebot. Il était difficile de croire qu'un aussi gros navire ait jamais pu couler, mais on avait déjà dit cela à propos du *Titanic,* se rappela Austin.

Ils étaient restés aussi silencieux que des parents affligés lors de funérailles, mais maintenant Austin brisa le silence.

— Voilà à quoi ressemblent trente millions de dollars après quelques décennies au fond de la mer.

— C'est une bien grosse somme pour un gros bateau à attraper les poissons, répondit Zavala.

— Et ça, ce n'est que pour la coque. Je ne compte pas les millions en ameublement, en objets d'art et pour les quatre cents tonnes de fret. L'orgueil de la marine italienne.

— J'ai du mal à réaliser, dit Zavala. Je sais qu'il y avait un gros brouillard mais ces deux navires avaient des radars et des vigies. Comment ont-ils pu, sur ces millions de kilomètres carrés d'océan, occuper le même endroit au même moment ?

— Le hasard, je suppose.

— Ils n'auraient pas pu faire mieux s'ils avaient planifié la collision.

— Cinquante-deux morts. Un paquebot de vingt-neuf mille tonnes par le fond. Le *Stockholm* très endommagé. Des millions de fret perdus. Ça demande une grosse planification.

— Je suppose que tu vas encore me dire qu'il s'agit d'un de ces mystères non résolus de la mer.

— As-tu une meilleure réponse ?

— Aucune qui soit raisonnable, répondit-il avec un soupir que le micro rendit audible. Où allons-nous maintenant ?

— Remontons au trou de Gimbel pour jeter un coup d'œil, dit Austin.

Le mini-sub fit demi-tour, aussi gracieusement qu'une raie manta et retourna vers la proue puis navigua sans heurts jusqu'au centre du flanc gauche et d'une ouverture abîmée sur quatre côtés.

Le trou de Gimbel.

Ce trou, de deux mètres cinquante par six mètres était l'héritage de Peter Gimbel. Moins de vingt-huit heures après le naufrage du *Doria,* Gimbel et un autre photographe nommé Joseph Fox, plongèrent au-dessus du paquebot et passèrent treize minutes à explorer l'épave. Ce fut le début de la fascination de Gimbel pour le navire. En 1981, il conduisit une expédition utilisant une cloche de plongée et des techniciens de plongées à saturation. Les plongeurs avaient découpé les portes d'entrée du salon de première classe pour atteindre un coffre-fort censé contenir un million de dollars d'objets de valeur. Au milieu d'un grand brouhaha, le coffre fut ouvert devant les caméras de télévision mais il ne renfermait que quelques centaines de dollars.

— On dirait une porte de grange, remarqua Zavala.

— Il a fallu deux semaines pour ouvrir cette porte de grange au chalumeau, dit Austin. Nous ne disposons pas d'autant de temps.

— Il serait peut-être plus facile de remonter tout ça. Si la NUMA a pu soulever le *Titanic,* le *Doria* devrait être un jeu d'enfant.

— Tu n'es pas le premier à le proposer. Il y a eu un tas de projets pour le renflouer. De l'air comprimé, des ballons remplis d'hélium, un batardeau, des bulles de plastique. Et même des balles de ping-pong.

— Le gars qui a proposé le ping-pong doit avoir des *cojones*[1], dit Zavala avec un sifflement admiratif.

Austin grogna devant ce jeu de mots à double sens en espagnol.

— A part cette spirituelle remarque et après ce que tu as vu, quelle est ton opinion ?

— Je pense que nous avons du pain sur la planche.

— Je suis d'accord. Remontons voir ce qu'en pensent les autres.

Zavala leva les pouces, remit le moteur et releva le nez du submersible. Tandis qu'ils remontaient rapidement grâce à la puissance des quatre propulseurs, Austin regarda le fantôme gris disparaître dans les ténèbres. Quelque part dans cette énorme coque se trouvait la clef d'une étrange série de meurtres. Il rejeta ces pensées sombres lorsque Zavala entama, en espagnol, le refrain de « Octopus's Garden ». Austin remercia le ciel de la brièveté du voyage.

Le Deep Flight creva la surface dans une explosion d'écume et d'embruns. A travers les bulles d'observation tachées d'eau, ils aperçurent un gros bateau à la coque grise et à la superstructure blanche, à une cinquantaine de mètres. Sous l'eau, le mini-sub était aussi agile qu'un poisson. A la surface, ses plans plats étaient sensibles aux vagues et il roulait sous l'effet des vaguelettes soulevées par une brise rafraîchissante. Austin n'avait généralement pas le mal de mer mais il commença à avoir mal au cœur et fut heu-

1. Balles, au même sens qu'en français.

reux que le navire couvre rapidement la distance qui les séparait.

Ce navire avait le profil type des bateaux de sauvetage et de surveillance dont la fonction principale était de servir de plate-forme pour descendre, remorquer et haler des instruments et des véhicules. Il avait la proue bien agencée d'un remorqueur et un grand gaillard d'avant. Mais la plus grande partie de ses vingt mètres de long était aménagée en pont ouvert. De chaque côté du pont s'élevait une grue coudée. Un portique en pyramide occupait la quasi-totalité des six mètres soixante de bau à l'arrière, où une rampe descendait jusqu'à la mer.

Deux hommes en combinaison humide poussèrent un canot gonflable jusqu'à l'eau, y sautèrent et voguèrent sur la crête des vagues jusqu'au mini-sub. Pendant que l'un s'occupait du gouvernail, l'autre attachait un gros crochet sur un œillet à l'avant du petit submersible.

La corde menait à un treuil de pont qui tira le petit plongeur pour le rapprocher. Le navire manœuvra jusqu'à ce que le Deep Flight soit sur son flanc droit. Alors une grue vira sa flèche et descendit un palan que les hommes du canot pneumatique attachèrent à des taquets sur le submersible. Le câble se tendit et le submersible et ses passagers remontèrent, dégoulinants, de la mer, se balancèrent au-dessus du pont et furent déposés dans un berceau d'acier. L'opération fut menée avec une précision de montre suisse. Austin n'en attendait pas moins, sur le plan de la perfection, d'un des navires de son père.

Après l'intéressante réunion au Peabody, il avait appelé Rudi Gunn pour le mettre au courant et lui avait demandé un navire de sauvetage. La NUMA en possédait des dizaines mais tous étaient engagés dans des opérations lointaines. C'était le problème, avait expliqué Gunn. Les navires de l'agence étaient dans tous les coins du monde. La plupart transportaient des scientifiques qui avaient longtemps attendu qu'on les prenne à bord. Le navire le plus proche était le *Nereus*, toujours au Mexique. Austin dit qu'il n'avait pas besoin d'un aussi gros bateau mais Gunn lui expliqua qu'il n'avait rien d'autre avant une semaine. Austin raccrocha après lui avoir demandé d'en réserver un. Puis, ayant réfléchi un moment, il avait composé un autre numéro.

La voix qui avait répondu ressemblait à celle d'un ours enrhumé dans les bois. Austin avait expliqué à son père ce dont il avait besoin.

— Ah ! avait dit le vieil homme en riant bruyamment. Mince, alors ! Je croyais que la NUMA avait plus de bateaux que l'US Navy. Est-ce que l'amiral n'a pas un dinghy de sa flotte à te prêter ?

Austin avait laissé son père profiter de son avantage.

— Pas dans les délais dont je dispose. Mais je suis sûr que tu peux m'aider, Papa.

— Hum ! L'aide, ça se paie, mon garçon, avait dit M. Austin senior sournoisement.

— La NUMA te remboursera tous tes frais, Papa.

— Je n'ai rien à faire de ton fric, avait-il grogné. Mon comptable se débrouillera pour mettre ça au compte des œuvres de charité si on ne l'envoie pas à Alcatraz avant. Si je te trouve quelque chose qui flotte, est-ce que tu es prêt à laisser tomber les idioties que te fait faire Sandecker pour venir me voir avant que je sois trop gâteux pour te reconnaître ?

— Je ne peux rien te promettre. Mais il y a des chances.

— Hum ! Tu sais, trouver un bateau, ce n'est pas comme appeler un taxi. Je vais voir ce que je peux faire.

Et il avait raccroché.

Austin avait ri à voix basse. Son père savait exactement où se trouvait chacun de ses bateaux et ce qu'il y faisait, jusqu'au plus petit canot à rames. Papa voulait le laisser un moment sur le gril. Il n'avait donc pas été surpris quand le téléphone avait sonné quelques minutes plus tard.

La voix bourrue avait annoncé :

— Tu as de la chance. J'ai trouvé un vieux rafiot. Nous avons un navire de sauvetage qui travaille pour la marine au large de Sandy Hook, dans le New Jersey. Ce n'est pas l'un de vos gros navires de recherches mais il devrait faire l'affaire. Il sera au port de Nantucket demain matin. Il t'y attendra.

— Merci, Papa, j'apprécie beaucoup.

— Il a fallu que je force le commandant et je vais perdre de l'argent sur cette affaire, avait-il ajouté moins sèchement. Mais je suppose que ça en vaut la peine, pour faire venir un peu mon fils ici sur mes vieux jours.

« Quel acteur ! » avait pensé Austin. Son père pourrait en remontrer à bien des vedettes. Fidèle à sa parole, Austin père avait fait en sorte que le bateau soit à Nantucket le lendemain. Le *Monkfish* n'avait rien d'un rafiot. C'était un navire de sauvetage de taille moyenne, d'excellente facture et lancé depuis moins de deux ans. Et en plus, son commandant était John McGinty, un Irlandais dur à cuire au visage rougeaud venant de Sud Boston. Le commandant avait plongé sur l'*Andrea Doria* des années auparavant et était ravi d'y revenir.

Austin enlevait la cassette de la vidéo du mini-sub quand McGinty s'approcha.

— Ne me laisse pas dans le noir, dit-il d'un ton impatient. A quoi ressemble ce machin ?

— Il commence à faire son âge mais tenez, voyez vous-même, répondit Austin en lui tendant la cassette.

Le commandant jeta un coup d'œil au mini-sub et gloussa.

— Dis donc, il a un moteur bien gonflé !

Puis il se dirigea vers ses quartiers, suivi d'Austin et de Zavala. Il les installa dans de confortables fauteuils, leur servit à boire et inséra la cassette dans le lecteur. McGinty resta étrangement silencieux, suivant chaque détail de la coque et de sa patine d'anémones de mer qui s'affichait sur l'écran. Quand le film s'arrêta, il appuya sur la touche de rembobinage.

— Vous avez fait du beau travail, les gars. Il ressemble assez à ce qu'il était en 88, quand j'ai plongé pour là dernière fois. Sauf qu'il y a davantage de filets de pêche. Et comme vous l'avez dit, il commence à montrer des traces d'usure. Mais le problème, c'est ce qu'on ne voit pas. J'ai entendu dire que les cloisons intérieures tombaient en ruines. Il ne faudra pas très longtemps pour que tout ça s'effondre complètement.

— Pouvez-vous nous dire à quoi nous devons nous attendre, là-bas ?

— Je vais faire de mon mieux. Encore une goutte ?

Sans attendre leur réponse, il versa l'équivalent d'un double Jack Daniel's dans chaque verre et y ajouta deux glaçons symboliques. Puis il en but une gorgée, les yeux perdus sur l'écran vide.

— Il y a une chose qu'on ne peut pas oublier. Le *Doria* a peut-être l'air joli même avec toute cette saloperie sur sa coque, mais ce navire est un mangeur d'hommes. Ce n'est pas pour rien qu'on l'appelle l'Everest des plongeurs. Il n'a pas tué autant que l'Everest — il y en avait dix la dernière fois que j'ai fait le compte — mais les gars qui plongent sur le *Doria* cherchent la même montée d'adrénaline que le montagnard, à cause du danger.

— Chaque épave a son caractère propre, dit Austin. Quels sont les principaux dangers de ce bateau ?

— Oh ! Il a plus d'un tour dans son sac ! D'abord, la profondeur. Avec deux heures de décompression. Il faut une combinaison sèche à cause du froid. Il y a des requins qui viennent manger les poissons. Surtout des bleus. Ils n'ont pas la réputation d'être dangereux mais quand on est pendu à une ligne d'ancre, en train de décompresser, on ne peut que prier pour qu'un requin myope ne vous prenne pas pour un éperlan bien gras.

— Quand j'ai commencé à plonger, mon père m'a dit de ne jamais oublier que, dans l'eau, on n'est plus en haut de la chaîne alimentaire, dit Austin.

McGinty grogna son accord.

— Mais tout ça n'est pas un gros problème. Il y a toujours un méchant courant. Il peut être mauvais jusqu'en bas et parfois même il se faufile dans l'épave. Il y a des fois où on a l'impression qu'il va vous arracher de la ligne d'ancre.

— Je l'ai senti pousser le mini-sub, en effet, dit Zavala.

— Vous avez vu à quoi ressemble la visibilité ?

— On a bien vu, aujourd'hui. Nous avons trouvé l'épave sans les phares, dit Austin.

— Vous avez eu de la chance. Le soleil brillait et la mer ne bougeait guère. Mais par temps de nuages ou de brouillard, vous pouvez arriver en plein sur l'épave sans la voir. Mais ce n'est rien comparé à l'intérieur. Noir comme l'enfer, avec de la vase partout. Il suffit de toucher quelque chose pour être entouré d'un nuage si épais que votre lumière ne peut la pénétrer. Il est très facile de se perdre. Mais le plus gros problème, c'est le risque de s'emmêler. On peut avoir de gros ennuis avec tous les fils et les câbles qui pendent des plafonds. Et encore, à condition d'avoir échappé à tous ces filets et ces cordes partout dans la coque et à tout ce qui pendouille des bateaux qui pêchent l'épave. C'est invisible. Vous ne savez pas que c'est là avant que ça se prenne dans votre respirateur. Avec un scaphandre autonome, vous n'avez que vingt minutes au plus pour vous sortir du pétrin.

— Ça ne laisse pas grand temps pour explorer un navire aussi énorme.

— C'est l'une des raisons pour lesquelles c'est aussi dangereux. Les gens veulent telle pièce de poterie ou telle assiette avec l'écusson italien dessus. Ils ont passé un temps fou et dépensé plein de fric pour aller plonger là-bas. Et ils oublient tout. On se fatigue très vite, surtout quand il faut lutter contre le courant et respirer du trimix. Ils font des erreurs. Ils se perdent. Ils oublient les plans qu'ils avaient mémorisés. Et puis l'équipement doit être impeccable. Il y a un type qui est mort parce qu'on avait mis un mauvais trimix dans ses bouteilles. Pour ma dernière plongée, j'avais cinq réservoirs, une ceinture de lestage, des lampes, des couteaux. En tout, je portais cent quatorze kilos. Il faut l'expérience de toute une vie pour plonger sur une épave. Le navire est couché sur le flanc, alors le pont et les planchers sont au-dessus de ta tête et les cloisons entre les ponts sont verticales.

— On dirait que l'*Andrea Doria* est fait pour nous, n'est-ce pas, Joe ?

— A condition qu'on serve de la tequila au bar.

McGinty fronça les sourcils. En général, ce genre de vantardise avant un plongeon sur le *Doria* se terminait par un aller simple au cimetière. Et il n'était pas sûr de ces deux-là. Le grand avec les cheveux trop blancs pour son visage sans rides et l'autre, le brun à la voix douce et aux yeux de chambre à coucher, montraient un peu trop de confiance. L'expression inquiète du commandant disparut et il sourit comme un vieux chien de chasse. Non, ça ne le surprendrait pas de les voir flotter sur le dos dans le bar des premières classes du *Doria* et commander un verre au fantôme du barman.

— Comment le temps va-t-il évoluer, commandant ? demanda Austin.

— La météo a tendance à être acariâtre comme l'enfer dans ce coin de petits fonds. C'est calme un jour et déchaîné le lendemain. Le brouillard est célèbre par ici. Les types à bord du *Doria* et du *Stockholm* auraient pu vous dire à quel point il peut être épais. Le vent souffle au sud-est maintenant mais il va tourner à l'ouest, et à mon avis, on aura une mer plate. Mais j'ignore combien de jours ça va durer.

— C'est parfait. Nous sommes assez pressés de finir ce travail, dit Austin. On ne dispose pas de plusieurs jours.

McGinty sourit. Ouais, ils étaient bien prétentieux !

— Nous verrons. Enfin, je dois admettre que vous

avez bien du culot. Qu'est-ce que vous cherchez ? Un camion blindé dans le garage ? Il va falloir se bouger. Surtout sans connaître l'épave. (Il secoua la tête.) Je voudrais bien pouvoir vous aider mais il y a longtemps que je ne plonge plus. Vous feriez bien de prendre un guide.

Austin aperçut une coque bleue à travers un hublot. Le nom *Myra* était peint sur sa proue.

— Excusez-moi, commandant, dit-il. Je crois que notre guide vient d'arriver.

40

Georgetown, Washington, D.C.

— Gamay, tu as une minute ? appela Trout depuis son bureau.

Il était penché sur l'écran de son ordinateur, regardant intensément le grand écran qui lui servait à développer des graphiques pour ses divers projets sous-marins.

— Ouais, répondit Gamay depuis la pièce voisine, avec un grognement étouffé.

Couchée sur le dos, elle était suspendue horizontalement au-dessus du sol comme un yogi en transes, en équilibre sur la planche étroite d'un échafaudage soutenu par deux échelles. Paul et elle remodelaient sans cesse l'intérieur de leur maison de Georgetown. Rudi Gunn lui avait ordonné de prendre quelques jours de repos avant de revenir au Q.G. de la NUMA. Mais dès qu'elle avait mis les pieds chez elle, elle s'était remise à un projet qu'elle avait dû abandonner : peindre des guirlandes de fleurs au plafond de leur salon.

Elle entra dans le bureau en s'essuyant les mains sur un chiffon. Elle portait de vieux jeans et une chemise de batiste sale. Elle avait ramassé ses cheveux roux foncé sous une casquette blanche marquée Tru-Test Paint. Son visage était zébré de taches vertes et rouges sauf autour des yeux car elle portait des lunettes de protection, ce qui lui donnait un air de raton laveur.

— Tu ressembles à une peinture de Jackson Pollock, dit Trout.

— Comment Michel-Ange a pu peindre le plafond de la chapelle Sixtine, ça me dépasse ! Je n'y suis que depuis une heure et j'ai déjà la douleur cubitale du peintre.

Trout regarda par-dessus les lunettes qu'il ne portait pas et eut un grand sourire.

— Que signifie ce sourire de loup ? demanda Gamay.

Il entoura sa taille fine de ses mains et l'attira près de lui. Il se retenait à peine de la toucher à chaque occasion depuis son retour, comme s'il craignait qu'elle ne disparaisse à nouveau dans la jungle. Son absence avait été un vrai cauchemar mais son éducation yankee l'empêchait de l'avouer.

— Je te trouve juste sexy avec ton visage peinturluré.

Gamay ébouriffa doucement ses cheveux fins et les tira sur son front.

— Espèce de pervers, tu sais vraiment comment embobiner une faible femme, hein ? (Ses yeux tombèrent sur les images de l'écran.) Est-ce pour ça que tu m'as appelée ?

— Et voilà comment sont récompensés les gestes romantiques impérieux ! (Il montra l'écran.) Oui. Dis-moi ce que tu vois.

Elle se pencha sur l'épaule de son mari et loucha sur l'écran.

— Tête de piaf ! Je vois des dessins magnifiquement détaillés de huit têtes fantastiques. (Sa voix reprit le sérieux des scientifiques, aussi monotone que celle d'un médecin légiste pendant une autopsie.) A première vue, les profils semblent identiques mais en y regardant mieux, je vois de subtiles différences, surtout autour de la mâchoire et de la bouche et aussi sur le crâne. Est-ce que je m'en tire bien, Sherlock ?

— Non seulement tu vois mais tu observes, mon cher Watson.

— Elémentaire, mon cher ami. Qui a fait ces dessins ? Ce sont des œuvres d'art !

— L'estimable Dr Chi. Il a tous les talents.

— J'ai assez vu le bon professeur pour n'être pas surprise de ce qu'il fait. Comment se fait-il que tu les aies ?

— Chi me les a montrés quand j'étais à Harvard. Il m'a demandé de te les soumettre. Il s'est rappelé que tu avais étudié l'archéologie avant de te lancer dans la biologie. Mais ce qu'il cherche surtout, c'est un œil neuf.

Trout pencha son long corps mince en arrière et appuya sa tête sur ses doigts entrelacés.

— Je suis géologue de marine. Je peux prendre ce truc et en faire toutes sortes de belles images mais pour moi, ça ne veut rien dire.

Gamay tira une chaise près de son mari.

— Regarde-le comme ça, Paul. C'est presque comme si quelqu'un te donnait un caillou ramassé au fond de l'océan. Quelle est la première chose que tu demanderais ?

— Facile. Où on l'a trouvé.

— Bravo, dit-elle en lui posant un baiser sur la joue. C'est pareil pour l'archéologie. L'étude des Mayas n'était pas ma spécialité avant que je passe à la biologie marine mais c'est la première question que je te pose. D'où viennent ces glyphes ?

Trout tapa l'écran du doigt.

— Celui-ci vient du site que Chi appelle le M.I.T. Là où tu as rencontré les premiers *chicleros*.

Gamay sentit un frisson remonter sa colonne vertébrale au souvenir du soleil brûlant, de l'odeur pourrissante de la jungle et des hommes mal rasés et inamicaux.

— Et les autres ?

— Ils viennent de divers endroits que Chi a visités.

— Qu'est-ce qui lui a fait choisir ceux-ci, en dehors du fait qu'ils sont presque identiques ?

— Le lieu. Chaque visage venait d'un observatoire sculpté avec la frise montrant les bateaux qui peuvent ou non être phéniciens.

— C'est bizarre.

— Ouais. C'est ce que pense le professeur. C'est le thème du bateau qui les relie.

— Et qu'est-ce que tout cela veut dire ?

— Je ne sais pas, dit-il en haussant les épaules. J'ai bien peur que mon expertise méso-américaine s'arrête là.

— Pourquoi n'appelons-nous pas le professeur Chi ?

— Je viens d'essayer. Il n'est pas dans son bureau de Mexico. On m'a dit qu'il était passé mais qu'on ne pouvait pas le joindre.

— Ne le dis pas : on t'a dit qu'il était sur le terrain !

— J'ai laissé un message, dit Trout en faisant oui de la tête.

— Inutile de retenir ton souffle maintenant qu'on lui a rendu son Hum Vee. Et Orville ?

— Le professeur fou ? C'est exactement à lui que j'ai pensé. Mais je voulais d'abord te montrer tout ça au cas où ça t'inspirerait.

— Appelle Linus Orville. C'est ce que ça m'inspire.

Trout chercha dans son carnet d'adresses et composa un numéro. Quand Orville répondit, Trout mit le haut-parleur.

— Ah ! Mulder et Scully ! dit Orville en se référant aux personnages du FBI du feuilleton célèbre. Comment ça va avec les *X Files* ?

Du ton le plus sérieux qu'il put, Trout répondit :

— Nous avons découvert une preuve solide que ces mystérieux navires sculptés viennent de Mu, le continent disparu.

— Vous plaisantez ! dit Orville, le souffle coupé.

— Oui, je plaisante. Mais j'aime bien dire « Mu ».

— Alors, je vous dis mu, Mulder. Maintenant, dites-moi la vraie raison de votre appel.

— Nous avons besoin de votre opinion à propos de ces dessins que le professeur Chi a laissés à Paul, dit Gamay.

— Oh ! Les glyphes de Vénus.

— Vénus ?

— Oui, la série de huit dessins. Chacun représente une incarnation de la déesse Vénus.

Gamay regarda les profils grotesques avec leurs mâchoires et leurs fronts protubérants.

— Ugh ! J'ai toujours cru que la déesse de l'Amour était une délicate jeune femme sortant de l'écume sur une coquille Saint-Jacques.

— C'est parce que vous vous êtes laissé impressionner par la vision de Botticelli et que vous avez perdu votre temps à faire des études classiques avant de sortir du jeu du Temple du Destin. La Vénus maya était *un homme.*

— Je trouve cela macho !

— Jusqu'à un certain point seulement. Les Mayas croyaient fermement à l'égalité des sexes en ce qui concerne les sacrifices humains. Vénus symbolisait Quetzalcóatl ou Kukulcan, le Serpent à Plumes. Tout est relié. L'analogie de la naissance et de la renaissance. Comme Quetzalcóatl, Vénus disparaît pendant une partie de son cycle pour renaître après.

— Je comprends, dit Trout. Les Mayas décoraient leurs temples de représentations du dieu pour lui faire plaisir ou pour qu'il revienne.

— Il y avait un peu de ça, oui. Une flagornerie, en somme. Mais vous devez comprendre l'importance de l'architecture dans leur religion. Les bâtiments mayas étaient souvent fixés sur des points clés, comme le solstice et l'équinoxe, ou encore là où Vénus apparaît et disparaît. En d'autres termes, une calculatrice céleste.

— Le professeur Chi a comparé la tour d'observation du site du M.I.T. à la machine d'un ordinateur, dit Gamay, les inscriptions gravées sur ses flancs représentant les logiciels. Il pensait que ce n'était qu'une partie d'un tout, comme un circuit est une partie d'un ordinateur.

— Oui, il m'a expliqué cette théorie mais votre tour gravée est tout de même loin de pouvoir être comparée à une machine IBM.

— Peut-être mais il est possible que la tour et le reste fassent partie d'un plan unique, non ? insista Gamay.

— Comprenez-moi bien. Les Mayas étaient incroyablement sophistiqués et trouvaient toujours le moyen de surprendre. Ils reliaient souvent les portes des palais et les rues à des points du soleil et des étoiles à divers moments de l'année. Vous voyez, prédire les mouvements de Vénus aurait donné aux prêtres un pouvoir considérable. Le dieu Vénus indiquait aux fermiers les dates importantes comme les semailles, les moissons et la saison des pluies. Le Caracol, à Chichen Itzà, a des fenêtres alignées sur Vénus en divers points de l'horizon.

— Il n'y a pas de bateaux gravés sur le Caracol, pour autant que je sache, remarqua Gamay.

— Il n'y en a que sur ces huit temples dont proviennent les glyphes. Vénus disparaît huit jours pendant son cycle. Ça fiche la trouille quand on dépend de cette planète pour prendre d'importantes décisions. Alors les prêtres jetaient quelques jeunes filles dans un puits, faisaient couler un peu de sang et tout rentrait dans l'ordre. A propos de saignée, j'ai une classe dans cinq minutes. Pourrions-nous reprendre cette passionnante conversation plus tard ?

Gamay n'en avait pas fini.

— Vous dites que Vénus disparaît huit jours et qu'il y a huit temples connus avec des sculptures de navires. Est-ce une coïncidence ?

— Chi ne le croit pas. Il faut que j'y aille. Je suis impatient de parler à la classe des Mu-vements de foules.

Il raccrocha. Paul prit un bloc de papier jaune.

— Voilà qui était édifiant. Revoyons ce que nous savons. Nous avons huit temples avec observatoires.

Chacun a été construit pour marquer les mouvements de Vénus. Ces bâtiments étaient aussi tournés vers un seul thème, l'arrivée de navires qui pourraient avoir été phéniciens et avoir apporté un grand trésor. Rien de certain, bien sûr. Mais les observatoires et Vénus ont un rapport avec le trésor.

Gamay était d'accord. Elle prit le carnet et dessina huit cercles au hasard.

— Disons que ce sont les temples. (Elle relia les cercles par des traits et contempla un moment son dessin.) Il y a là quelque chose, dit-elle enfin.

Paul regarda le dessin et secoua la tête.

— On dirait une araignée aux pieds plats.

— C'est parce que nous pensons en termes humains. Regarde. (Elle dessina deux étoiles près du bord de la page.) Quitte un peu la terre, élève-toi. Disons que ça, c'est Vénus à son point extrême sur l'horizon. Ce temple que j'ai vu au M.I.T. avait deux ouvertures étroites comme des meurtrières dans un château. Voilà ce que tu vois si tu tires un trait de la fenêtre à l'un des points extrêmes de Vénus. Maintenant, je le fais à partir de l'autre fenêtre.

Satisfaite de son dessin, elle tira des traits de chaque observatoire aux points de Vénus. Puis elle mit la grille grossière sous le nez de Paul.

— Maintenant, on dirait la gueule d'un alligator sur le point de dîner, dit-il.

— Peut-être. Ou d'un serpent affamé.

— Tu penses encore à ce serpent ?

— Oui et non. Le Dr Chi portait une amulette autour de son cou. Il l'appelait le Serpent à Plumes. Et c'est à ça que me fait penser ce dessin, les mâchoires de Kukulcan.

— Il te faut les emplacements exacts des observatoires, même en admettant que tout cela puisse avoir un sens. Dommage que Chi soit sur le terrain.

Gamay n'écoutait qu'à moitié.

— Je viens de penser à quelque chose. Cette pierre qui parle que cherchent Kurt et Joe. Est-ce qu'elle n'est pas supposée montrer une sorte de grille ?

— En effet. Je me demande s'il y a un rapport.

Trout prit le téléphone.

— Je vais appeler Chi et laisser un message pour qu'il nous rappelle au plus vite. Ensuite, nous appellerons Kurt pour lui dire que tu as peut-être trouvé quelque chose.

Elle examina à nouveau son griffonnage.

— Oui, mais *quoi* ?

41

Nantucket Shoals.

Le cabin-cruiser qui avait tourné autour du bateau de sauvetage vint se ranger à portée de voix et mit son moteur au point mort. Le drapeau vert, blanc et rouge d'Italie flottait sur le mât de signaux, sous le drapeau américain. La silhouette mince aux cheveux argentés d'Angelo Donatelli sortit du poste de pilotage et salua de la main.

— Bonjour, monsieur Austin, je viens vous sauver. J'ai entendu dire que vous étiez à court de *grappa*. Pouvons-nous vous en livrer ?

— Bonjour, monsieur Donatelli, répondit Austin. Merci de cette livraison. En vous attendant, nous n'avions à boire que l'acide de nos batteries.

Le commandant McGinty mit ses mains en porte-voix, ce qui était bien inutile étant donné sa voix tonitruante.

— Skipper, je vous remercie aussi et je vous invite à venir à bord achever votre mission miséricordieuse.

Donatelli salua pour acquiescer et retourna dans le poste de pilotage. L'ancre plongea avec un bruit métallique et un grand éclaboussement. Le moteur s'arrêta complètement. Donatelli et son cousin Antonio montèrent sur le canot que le yacht leur avait envoyé et furent bientôt à bord du navire de sauvetage.

Donatelli remit au commandant une bouteille du brûlant alcool italien.

— Avec mes compliments, dit-il.

Puis il se tourna vers Austin et montra de la main le cabin-cruiser.

— Aimez-vous ma beauté bleue, monsieur Austin ?

Donatelli, pensa Austin, a tellement eu l'habitude de s'adresser à une clientèle riche qu'il ne cessait d'employer des formules de politesse très Vieux Monde et des manières de restaurateur de luxe. Cela changeait agréablement des prénoms tronqués et des « Salut, je m'appelle Bud » qu'Austin détestait.

Son regard balaya le cruiser de la proue à la poupe, la coque bleu marine et la superstructure crème, comme s'il admirait les courbes d'une jolie femme.

— Il a des lignes à la fois classiques et superbes, dit-il. Est-il facile à manœuvrer ?

— Un rêve ! Je suis tombé amoureux de ce bateau la première fois que je l'ai vu, abandonné dans un chantier de construction à Bristol, en Rhode Island. J'ai dépensé des milliers de dollars pour le restaurer. Il a treize mètres cinquante de long mais la courbure de sa proue le fait paraître plus long. C'est un bateau très stable, parfait pour emmener ses petits-enfants en promenade. Et une façon d'échapper à la famille quand j'ai besoin d'un peu de paix et de tranquillité, ajouta-t-il en riant. Mon comptable futé l'a inclus dans mon affaire, de sorte que je dois pêcher un peu de poisson de temps en temps pour les restaurants.

Il se tut et promena un regard humide sur la mer où un vol de mouettes tachait l'eau sombre comme des flocons de neige.

— Alors, c'est ici que c'est arrivé ?

Austin montra la bulle de plastique rouge flottant dans l'eau clapotante.

— Le haut du navire est à trente brasses sous le marqueur. Nous sommes juste au-dessus.

Il était inutile d'employer le nom du *Doria*. Tous deux savaient de quel navire il s'agissait.

— J'ai navigué tout autour de l'île, dit Donatelli, mais je ne suis jamais, jamais revenu ici. Nous autres Siciliens sommes superstitieux et croyons aux fantômes.

— Voilà une raison de plus pour vous remercier de nous aider sur ce projet.

Donatelli fixa sur Austin le regard perçant de ses yeux enfoncés.

— Je n'aurais manqué ça pour rien au monde. Où commençons-nous ?

— Nous avons un jeu de plans dans la cabine du commandant.

— *Bene*. Viens, Antonio, dit-il à son cousin. Voyons ce que nous pouvons faire pour ces messieurs.

Le commandant McGinty déroula une feuille de papier lourd et blanc sur la table de sa cabine. Le papier portait un titre en italien : *Piano della sistemazione passaggeri* ou « plan des cabines des passagers ». En haut figurait une photo du paquebot en mer au temps de sa splendeur. Sous la photo, les plans des neuf ponts.

Donatelli tapa du doigt la partie montrant le salon Belvédère à l'avant du pont des canots.

— Je travaillais ici quand le *Stockholm* nous a heurtés. Boum ! Je me suis étalé. (Son doigt se déplaça jusqu'au pont promenade.) Tous les passagers sont là. Ils attendent qu'on les sauve. Une grande pagaille, dit-il en secouant la tête avec dégoût. M. Carey me trouve et nous descendons à sa cabine. Ici. Sur le côté droit du pont supérieur. La pauvre Mme Carey est coincée. Alors je file comme un lièvre pour trouver un cric. Jusqu'ici en bas. (Son doigt retraça le chemin parcouru cette nuit-là.) Je suis passé devant les boutiques du foyer mais la voie était bloquée, alors je suis revenu jusqu'ici, à l'arrière puis là, jusqu'au pont A.

Donatelli arrêta son récit sans fioritures, se rappelant la terreur qui l'avait saisi tandis qu'il descendait dans les entrailles obscures du navire en train de couler.

— Excusez-moi, dit-il en étouffant un sanglot. Même après toutes ces années... (Il aspira une grande gorgée d'air et la relâcha doucement.) Cette nuit-là, j'ai compris ce que Dante a ressenti lors de sa descente aux Enfers. Bon. Finalement j'ai atteint le pont B où se trouve le garage. Tout le monde connaît le reste de l'histoire ?

Autour de la table, tous hochèrent la tête.

— Bien, dit Donatelli avec un soulagement évident. Bien qu'il fasse frais dans la cabine, son front luisait de transpiration et une veine battait sur le côté de sa tête.

— Pourriez-vous nous dire exactement où, dans le garage, vous avez vu le camion blindé ? demanda Austin.

— Bien sûr, il était là, dans ce coin. (Il prit un crayon et traça une croix.) On m'avait dit qu'il y avait neuf voitures garées, y compris celle, très luxueuse, que les Italiens avaient construite pour Chrysler. Je n'ai pas trouvé ce que je cherchais, acheva-t-il avec un petit sourire de ses lèvres serrées.

— Nous avons l'intention d'entrer par les portes du garage, dit Austin.

Donatelli hocha la tête.

— Les voitures y entraient directement depuis le quai. Je pense que c'est un bon plan mais je n'y connais pas grand-chose, dit-il avec un hochement de tête.

Le commandant McGinty fut moins équivoque. Il avait dû s'absenter un instant pour répondre au téléphone de bord. Maintenant, à nouveau assis avec les autres, il secoua lui aussi la tête.

— J'espère que vous ne vous lancez pas là en pure perte, les gars. Je vois un gros problème qui me regarde au fond des yeux.

— C'est peut-être un euphémisme. Je serais surpris que les problèmes ne nous tombent pas dessus les uns derrière les autres, dit Austin.

— Ce type est un marrant ! Je connais des gars qui sont entrés dans ce garage en passant par les ponts. (Il indiqua le mur tribord du garage.) Tout ce qui est dans cet espace — voitures, camions, chargement — serait tombé sur ce côté-là, qui repose sur le sable. Votre camion blindé pourrait bien être enterré sous des tonnes de ferrailles. Les types qui sont allés dans ce garage ont vu cette Chrysler futuriste que les Italiens envoyaient mais ils n'ont jamais pu l'approcher parce que tout l'espace était plein de poutres tordues et de cloisons en morceaux. Vous descendez en costume de sport comme vous en avez l'intention, mais vous risquez de vous faire attraper.

Austin avait tout à fait conscience de ce que cette mission serait sans doute la plus ardue d'une carrière pourtant bien remplie. Plus difficile, dans son genre, que de renflouer ce porte-conteneurs iranien ou le sous-marin russe.

— Merci de vos conseils, commandant. Mon idée est d'agir comme si nous cherchions une cible là où le fond a été jonché d'épaves. Comme dans l'East River, par exemple. Vous avez peut-être raison en disant que c'est impossible. Mais je pense que ça vaut le coup de jeter un coup d'œil. Peut-être pourrons-nous même trouver le cric de M. Donatelli, ajouta-t-il avec un sourire.

McGinty éclata d'un gros rire.

— Eh bien ! Si c'est une folle entreprise, j'aime le genre de fous que vous êtes. Voulez-vous boire à votre succès ?

Donatelli sortit la *grappa* et remplit les verres avec ce tour de main du professionnel qui ne l'avait jamais quitté.

— A propos, les marins ont appelé d'en bas, dit McGinty. Ils viennent de faire un trou dans la coque. Je leur ai demandé de tout préparer pour demain à l'aube pour faire le boulot.

Austin leva son verre.

— Aux causes perdues et aux missions impossibles !

Le rire tranquille qui suivit fut interrompu par Donatelli qui leva son verre.

— A l'*Andrea Doria* et aux âmes de ceux qui sont morts avec lui.

Quand ils reposèrent leurs verres, ce fut en silence.

42

La vie n'est jamais ennuyeuse autour de l'*Andrea Doria* pour les bancs de poissons argentés ayant élu domicile dans les luxueuses cabines qui avaient coûté à leurs précédents occupants des milliers de lires. Mais rien n'avait préparé les hôtes de ce monde crépusculaire à l'arrivée de deux créatures plus bizarres que tous les habitants des abîmes. Leur corps rond était recouvert d'une peau jaune et brillante, leur dos protégé par une carapace noire. Au centre de leur tête bulbeuse luisait un œil unique. Deux bosses sortaient de leur corps arrondi. Près de leur tête, ils avaient des appendices semblables, quoique plus courts, à des pinces.

Les créatures pendaient dans l'eau comme des ballons autour de la parade de Mickey. La voix rieuse de Zavala jacassait dans le casque d'Austin.

— T'ai-je jamais dit à quel point tu ressembles au bonhomme Michelin ?

— Après le repas d'hier soir avec McGinty, rien ne me surprend plus. Ma combinaison de gym me serre un peu à la taille.

Le « Ceramic Hard Suit » avait dû être baptisé par quelqu'un ayant des problèmes de vision. Ce que l'on appelait une combinaison de gym était en réalité un sous-marin individuel en forme de costume. La peau d'aluminium forgée était techniquement une coque. Des propulseurs verticaux et latéraux de chaque côté étaient activés par des commandes aux pieds. Avec sa capacité de nettoyer l'oxygène de tout oxyde de carbone avant de le remettre en circulation, le costume permettait six à huit heures de plongée et quarante-huit heures de survie en cas d'urgence. A l'extérieur, il pesait près d'une demi-tonne mais, dans l'eau, son poids descendait à moins de quatre kilos. Il permettait une mobilité, un long temps de plongée et ne nécessitait aucune décompression. Son seul désavantage était son volume.

Pénétrer dans le navire échoué par le chemin suivi par Donatelli aurait été un suicide. En quelques minutes, ils auraient été pris au piège des cordes et des fils électriques.

En préparant son plan d'action, Austin avait étudié toutes les plongées passées faites sur le *Doria*, avec ou sans succès. A son avis, l'expédition Gimbel était partie d'une bonne idée. L'essai de 1975 avait essayé d'utiliser un submersible pour reconnaître les lieux. Mais l'appareil n'avait pas eu la puissance suffisante pour lutter contre le courant. La cloche de plongée utilisée comme ascenseur et poste de travail n'avait pas été correctement lestée et avait failli échapper au contrôle de Gimbel. Ce qui impressionnait Austin, c'était que les plongeurs à saturation, travaillant depuis la surface avec des tuyaux ombilicaux, réussissaient à accomplir un énorme travail en dépit de risques formidables. Ils avaient réussi à entrer dans le garage. L'expédition Gimbel de 1981 avait été mieux préparée. Le système de cloche avait bien fonctionné. Bien qu'ils aient rencontré toutes sortes de problèmes, y compris le mauvais temps et un courant qui emmêlait les tuyaux d'air, les plongeurs avaient réussi à trouver le coffre-fort et à l'accrocher à une grue.

En fin de compte, Austin choisit un mélange de Hard Suit et de plongée à saturation. Il mit en place une expédition relativement bien équipée pour ce travail. Son père avait prêté le *Monkfish* et son équipage. Gunn avait réussi à trouver, dans les réserves de la NUMA, la cloche de plongée et une chambre de décompression équipée de douches et de couchettes. Le mini-sub emprunté, avec ses capacités opérationnelles, représentait un avantage supplémentaire. Surtout avec les six plongeurs expérimentés de la NUMA, arrivés par avion de Virginie. Depuis leur arrivée sur le *Monkfish,* ils avaient travaillé en équipes jour et nuit pour percer un trou dans la coque du paquebot.

Le temps sur les Nantucket Shoals fut aussi changeant qu'on le disait. Quand Austin et Zavala sortirent de leur couchette ce matin-là, l'air était transparent. La mer, grumeleuse la veille, avait disparu et l'océan était calme comme un miroir, reflétant comme un verre poli l'image des mouettes éparpillées à la surface. Deux nageoires noires coupèrent l'eau. Des dauphins. McGinty assura que c'était un signe de chance et que les dauphins éloignaient les requins. En surface, le courant ne dépassait pas un nœud. Il prédit qu'un épais brouillard tomberait plus tard sur les shoals et que le courant pourrait augmenter mais qu'ils s'en débrouilleraient sans aucun doute.

Enfermés dans leurs lourdes combinaisons, les deux hommes de la NUMA furent mis à l'eau par une grue. Ils passèrent plusieurs minutes à la surface pour se familiariser avec leurs équipements tandis que la grue, après un tour complet, lançait un câble Kevlar de quatre courts tuyaux terminés par de robustes attaches métalliques. Ils saisirent le tuyau fermement dans leurs serres mécaniques. Accompagnés du ronronnement des propulseurs verticaux, ils descendirent dans la mer indigo.

Le *Monkfish* était immobilisé juste au-dessus de l'épave par quatre lignes d'ancres, deux à l'avant et deux à l'arrière, cent mètres dans chaque direction. La stabilité était en effet essentielle. Autrement la cloche de plongée se balancerait au bout de son attache comme un pendule.

Bien que les Hard Suits soient équipés de phares et qu'ils aient apporté des lampes supplémentaires, ils n'avaient besoin d'aucune lumière. La visibilité allait au moins jusqu'à neuf mètres et les bords lumineux du navire se détachaient en relief sur le fond pâle. Ils se dirigèrent vers un endroit de la coque éclairé par une lueur froide et vibrante.

Au centre de la couronne bleuâtre tourbillonnante, deux plongeurs à saturation étaient accrochés au flanc bâbord renversé du navire comme des insectes sur une bûche. L'un d'eux, agenouillé sur la coque, tenait un chalumeau dans sa main gantée tandis que l'autre tendait le câble Kerry amenant le carburant, et surveillait l'opération en général. Ils étaient descendus plus tôt par la cloche de plongée qui servait d'ascenseur et d'habitacle sous-marin pour l'équipe de plongée.

Suspendue par un câble épais qui se déroulait d'un treuil placé sur le pont du *Monkfish,* la cloche dominait la coque de quelques mètres. Elle avait la forme d'une lampe de camping. Les quatre côtés présentaient un léger arrondi aux angles et le toit était en pente autour du trou où passait le câble de relevage. Un autre câble servant aux communications et à l'alimentation en énergie entrait dans la cloche, en un point situé plus bas sur le toit. Des réservoirs, attachés à l'extérieur, contenaient de l'air comprimé et du carburant pour les torches.

Le fond de la cloche s'ouvrait sur la mer et tenait en suspension par la pression de l'air. De l'ouverture partaient les tuyaux d'aspiration qui allaient aux plongeurs et transportaient le mélange du caisson et de l'eau chaude pour le réchauffement de leurs combinaisons Divex Armadillo. En plus, chaque plongeur était muni d'un réservoir dorsal d'air comprimé pour les cas d'urgence.

Les plongeurs travaillaient sur un panneau plaqué d'acier qu'ils avaient débarrassé des anémones de mer pour arriver à la peinture noire de la coque. La chaleur des baguettes de magnésium, sous la haute pression des chalumeaux oxyacétyléniques, avait décoloré le métal et soulignait un grand rectangle autour des portes du garage.

Le plongeur à saturation qui aidait le soudeur remarqua l'approche des deux petits dirigeables jaunes. Avec ce mouvement au ralenti qu'implique toute action en profondeur marine, il tendit le bras pour attraper le câble d'Austin et de Zavala. Les hommes de la NUMA pouvaient communiquer directement avec eux et avec le navire de sauvetage mais il n'y avait aucun lien direct avec les plongeurs à saturation, sauf par l'intermédiaire de la cloche. Cela n'était nullement gênant car tout avait été maintes fois répété et les signaux manuels suffisaient, sauf pour les messages plus compliqués.

Le plongeur agenouillé éteignit sa torche quand il vit les nouveaux arrivants. Il montra chaque point du rectangle où il avait découpé des doubles trous puis il leva les pouces pour indiquer que tout allait bien. Son compagnon et lui attachèrent aux trous les crochets de la ligne de surface. Les plongeurs se retirèrent alors de quelques mètres et l'un d'eux fit un geste rappelant celui du chauffeur de locomotive, qui tire plusieurs fois sur la corde actionnant le sifflet.

Austin informa par radio l'équipage du pont.

— Allez-y, commencez à tirer.

Sur le pont, l'ordre fut relayé au grutier. La corde Kevlar fut bientôt aussi tendue qu'un arc. Les secondes s'écoulèrent. Il ne se passait rien. Le chambranle de la porte avait été fendu de pointillés comme un carton à découper. Austin se demandait s'il ne faudrait pas ajouter des points quand soudain, une explosion de bulles arriva du pont. Tout le morceau fut dégagé avec un sourd mugissement.

Austin avertit l'équipe de surface qu'il fallait faire tourner la grue afin de laisser tomber les portes sur la coque. Un énorme trou rectangulaire avait été ouvert dans le flanc du navire au niveau du pont B. On avait installé les cabines de la classe touriste à l'avant et à l'arrière de ce pont et du pont C, juste en dessous. Sur la zone avant des ponts, les cabines étaient séparées par l'*autorimessa,* autrement dit par le pont qui abritait neuf voitures et un camion blindé.

Zavala fit avancer son « costume » pour aller se placer au-dessus de l'ouverture nouvellement créée.

— On pourrait faire passer un Hum Vee dans ce machin !

— Pourquoi faire les choses à moitié ? Réfléchis. Tous les plongeurs qui iront voir l'épave à partir d'aujourd'hui appelleront ce trou « le trou de Zavala N.

— Je te laisse cet honneur. On pourrait l'appeler « l'ouverture d'Austin ».

— Que dirais-tu d'aller reconnaître les lieux ?

— Eh bien, allons-y tout de suite.

— Je suis d'accord. Nous y allons mais tout doucement. Fais attention aux câbles qui pendent des plafonds et aux cloisons démolies. Rappelle-toi de laisser une bonne distance entre nous.

Mais Zavala n'avait pas besoin de conseils de prudence. Les Hard Suits avaient l'air de costumes de spationautes et, comme pour les spationautes flottant dans l'espace sans gravité, il fallait faire attention à ne bouger que délibérément et sans excès. Même à vitesse réduite, une collision entre leurs deux scaphandres de cinq cents kilos leur ferait claquer les dents.

Austin passa sous Zavala pour que sa lumière ventrale soit dirigée sur l'intérieur du navire. Le puissant rayon fut avalé par l'obscurité. Il donna une petite poussée à ses propulseurs verticaux, descendit dans le garage les pieds les premiers puis s'arrêta et fit pivoter le scaphandre sur 360 degrés. L'eau n'était encombrée d'aucun bout de corde ni d'obstacle. Il fit signe à Zavala que la voie était libre et suivit la silhouette jaune et boursouflée qui descendait dans le trou bleu et s'arrêta près de lui.

— Ça me rappelle la Baja Cantina à Tijuana, dit Zavala. En fait, c'est même moins obscur.

— On s'arrêtera pour boire un coup de Cuervo en

rentrant, répondit Austin. Le navire fait vingt-sept mètres de large. La charge a dû glisser au fond, comme l'a dit le commandant McGinty. Tout est à un angle de 90 degrés, donc le sol du garage est en réalité ce mur vertical juste derrière toi. Nous resterons près du mur pour ne pas être désorientés.

En descendant, Austin fit mentalement une check-list, anticipant les obstacles et les réactions. Pendant qu'il travaillait sur des problèmes pratiques et leurs solutions, son cerveau passait aux suivants, ce qui est probablement le mécanisme de survie qui donnait la chair de poule à ses ancêtres. Il entendait Donatelli décrire sa terrifiante descente dans le fond du navire. Mais Austin conclut que le vieil homme avait tort. Parce que c'était *pire* que tout ce que Dante avait pu imaginer. Il était prêt à affronter le feu et le soufre de l'Enfer. Dante, lui, y voyait quelque chose, ne serait-ce que des démons et des damnés.

Il était difficile de croire maintenant que les ponts de cette vaste coque vide avaient autrefois vibré à la puissance des diesels de 50 000 chevaux et que plus de douze cents passagers s'étaient prélassés dans la beauté sensuelle du navire, avec un équipage de six cents personnes prêtes à répondre à tous leurs désirs. La première personne à avoir plongé sur l'*Andrea Doria* après qu'il eut atteint le fond de l'Atlantique avait dit que le navire paraissait vivre encore, vibrant d'une cacophonie fantomatique de grognements et de craquements, du claquement des débris desserrés et de l'eau qui entrait et sortait par toutes les portes. Austin, lui, ne voyait que délabrement, vide et silence où le seul bruit venait de leurs respirateurs. L'immense cairn de métal était un lieu hanté où l'on pouvait devenir fou si l'on y restait trop longtemps.

Le navire parut se refermer sur eux et Austin ne cessait de vérifier sa jauge de profondeur. Ils n'étaient qu'à soixante mètres de la surface et pourtant tout semblait plus profond à cause de l'obscurité. Il regarda vers le haut. Le rectangle bleu-vert qui marquait l'ouverture était diffus dans l'eau vaseuse et aurait même pu devenir invisible si les plongeurs à saturation n'avaient placé une lampe stroboscopique sur le bord pour servir de balise. Austin regarda le point lumineux clignotant, ce qui suffit à le rassurer. Il tourna son attention vers ce qui s'étendait à ses pieds.

Des objets massifs ressortaient des ténèbres dans le cercle lumineux de leurs torches. Des lignes droites et des angles. Des tonnes de débris emmêlés dans l'espace horizontal de ce qui avait été autrefois la cloison tribord de l'*Andrea Doria.* Quand le navire était encore debout, de lourds réseaux de métal et de passerelles recouvraient le garage. Maintenant, cela aussi était à la verticale. Austin et Zavala entamèrent une grille de recherche, avançant en lignes parallèles, allers et retours, entre les séparations verticales formées par l'ancien plancher et l'ancien plafond du garage. C'était le même type de recherches qu'ils faisaient quand, en surface, ils cherchaient une épave. Ils rencontrèrent des fils qui se balançaient çà et là, venant d'anciennes installations électriques mais qui n'étaient pas assez nombreux pour être dangereux et l'on pouvait facilement les éviter.

Leurs lampes frappaient parfois des objets de métal ou de verre aux formes reconnaissables.

— Hé ! Kurt ! N'est-ce pas une Rolls-Royce que je vois là-bas ?

Austin passa par-dessus la Rolls et aperçut une autre voiture aux lignes fluides et inhabituelles.

— On dirait la Chrysler expérimentale construite par Ghia. Dommage que Pitt ne soit pas là. Il ferait n'importe quoi pour sortir cette bagnole de là et l'ajouter à sa collection.

— Il aurait pas mal de boue à remuer !

Les voitures, tombées les unes sur les autres, étaient maintenant couvertes de débris et de vase. Austin rêva un instant à la manière de remuer tout cela mais ce n'était qu'un exercice intellectuel. Trop dangereux, trop coûteux et trop long. Si l'on bougeait quelque chose ici, il se formerait un nuage si épais qu'il faudrait des jours pour qu'il se dissipe.

D'après ce qu'avait dit Donatelli sur la position du camion, le véhicule avait dû tomber sur le dessus de tout le reste et devrait donc être visible. Le vieil homme s'était-il trompé ? Il avait été très stressé cette nuit-là. Peut-être le camion était-il dans une autre cale. Austin grogna. On avait fait des efforts considérables pour découper un accès à ce garage. Ils n'auraient ni le temps ni les moyens d'en découper un autre. Son expédition était faite de bric et de broc et de moyens empruntés pour quelques jours seulement.

Plus ils cherchaient, plus ses doutes augmentaient. Ils parcoururent chaque centimètre carré des débris visibles.

— Comment s'est terminé le projet de remonter ce machin avec des balles de ping-pong ? demanda Zavala.

— Je ne crois pas qu'il y ait assez de balles de ping-pong en Chine pour faire ce boulot. Qu'est-ce que tu en penses ?

— Je pense qu'Angelo Donatelli est un gars qui avait de l'estomac. Cet endroit doit être le plus gros réservoir de perte de repères du monde. Difficile de croire que nous sommes encore sur la planète Terre. Je me sens comme une mouche dans un pot de mélasse.

— Je commence à me demander si le camion est ici.

— Et où pourrait-il être ?

— J'aimerais bien le savoir, répondit Austin.

— Nina va être déçue.

— Je sais. Que dirais-tu de ressortir pour annoncer la mauvaise nouvelle ?

— Ça me va. Mon foie me dit que j'ai bu trop de café ce matin.

Ils mirent en marche leurs propulseurs verticaux, remontant lentement mais régulièrement vers la balise au-dessus d'eux. En remontant, ils réglèrent le rayon de leurs lampes vers le haut pour être sûrs de ne pas heurter des obstacles invisibles. La lampe de Zavala éclaira l'obscurité dans un coin du garage. Il s'en éloigna une seconde puis y revint.

— Kurt ! dit-il d'une voix excitée. Il y a quelque chose dans ce coin.

Ils arrêtèrent leur ascension. Austin vit deux yeux rouges brillant dans le noir d'encre environnant.

Ils avaient passé plus d'une heure dans cet environnement d'un autre monde. Aussi sa première réaction fut qu'ils étaient en présence d'une énorme créature marine qui avait fait son nid dans le navire. Il dirigea sa lampe vers les deux orbites et son pouls manqua quelques battements. Non, ce n'était pas possible ! Les deux hommes s'approchèrent pour mieux voir et dirigèrent toute la puissance de leur éclairage vers le coin.

— Oh ! Non ! Ce n'est pas vrai ! dirent-ils en même temps.

43

Des dizaines d'années avant qu'Austin et Zavala ne se frayent un chemin jusqu'au garage de l'*Andrea Doria,* un officier du navire avait imaginé les terribles conséquences qu'entraînerait un camion blindé de plusieurs tonnes s'écrasant dans les cales pendant un orage en mer. Pour éviter ce risque, le véhicule avait été attaché par de gros câbles passés autour de la carrosserie et fixés au sol. Plus de cinquante ans après, les câbles tenaient toujours le camion en place, à angle droit du mur vertical qui était autrefois le plancher du garage.

La grosse masse noire était mangée de rouille et le caoutchouc des pneus s'était ramolli en une vilaine bouillie. Les chromes avaient un reste de brillant, cependant, et le camion lui-même était en un seul morceau. Après une inspection aussi complète que le permettait la situation, Austin et Zavala quittèrent la coque et retrouvèrent l'océan à ciel ouvert. Les plongeurs à saturation avaient regagné le confort sec de la cloche pressurisée. Austin ne les en blâma pas. Le trimix est huit fois plus difficile à respirer que l'air d'un réservoir de plongeur normal.

Austin appela McGinty.

— Dites à M. Donatelli que nous avons localisé le camion.

— Nom de Dieu ! Je savais que vous réussiriez. Est-il possible de le remonter ?

— Avec un peu de chance et l'équipement approprié, oui. J'ai toute une liste de courses à faire !

Austin dressa rapidement l'inventaire du matériel dont il aurait besoin.

— Pas de problème. Une nouvelle équipe va bientôt descendre. Elle vous apportera tout ça.

La cloche remonta à la surface et les plongeurs qui en sortirent laissèrent la place à une équipe venant de la chambre de décompression. Quand la cloche redescendit, l'équipement demandé par Austin y était attaché. Austin parla par radio aux plongeurs de remplacement avant qu'ils quittent le navire. Il expliqua son projet. Les plongeurs quittèrent le fond de la cloche et nagèrent jusqu'au trou ouvert dans la coque. Austin et Zavala y rentrèrent les premiers, suivis des plongeurs à saturation traînant leurs tuyaux de survie derrière eux. L'un d'eux portait un chalumeau à oxygène.

Austin regrettait de ne pas avoir de contact direct avec les plongeurs. Il aurait aimé entendre leurs commentaires lorsqu'ils avaient aperçu le camion suspendu à angle droit. Du moins vit-il leurs gestes stupéfaits. Après leur première réaction, ils se mirent au travail sur les portes arrière du camion. Elles refusèrent de céder à une pince à levier ainsi qu'aux griffes mécaniques des scaphandres.

Donatelli avait affirmé que les assassins des gardes s'étaient contentés de claquer les portes du camion. Depuis le temps, la rouille devait tenir lieu de verrouillage, se dit Austin. On ralluma le chalumeau et le plongeur dirigea le scalpel de la flamme le long de la serrure et des gonds. La rouille explosa en une pluie d'étincelles. Le dos contre la paroi, les deux hommes essayèrent à nouveau la pince à levier. Soudain les portes tombèrent et un nuage brunâtre de débris rouillés, expulsés par l'eau de mer envahissant le véhicule, enveloppa les quatre hommes. Quant tout retomba et que l'eau redevint claire, Austin s'avança et balaya du rayon de sa lampe l'intérieur du camion.

L'endroit était plein de coffres-forts de métal tombés des rayonnages. L'eau tourbillonnante avait arraché les vêtements, les cheveux et les restes de chair des crânes grimaçants sur lesquels se posa le rai de lumière. Ils avaient l'air d'avoir été fraîchement nettoyés alors que, hors du camion, ils auraient été couverts d'algues vertes dont ils auraient pris la couleur. Leurs os s'étaient empilés d'un côté du camion avec d'autres débris.

Austin se poussa pour laisser la place à son partenaire. Zavala resta un moment silencieux.

— Ça ressemble aux ossuaires qu'on peut voir sous les vieilles églises, au Mexique et en Espagne, dit-il enfin.

— Ça ressemble davantage à un charnier, répondit Austin avec une grimace. Angelo Donatelli a une excellente mémoire. Ces coffres-forts contiennent probablement les bijoux expédiés par bateau. (Il se força à ne pas regarder les yeux vides des crânes.) On s'occupera de ça plus tard.

Il fit signe aux plongeurs qui s'approchèrent pour inspecter l'intérieur du camion. En leur parlant du bloc de pierre, un peu plus tôt, Austin les avait mis en garde.

— Vous allez aussi trouver des ossements humains. Je vous raconterai plus tard comment ils sont entrés là. J'espère que vous n'êtes pas superstitieux ?

Les plongeurs hochèrent la tête en voyant l'intérieur du véhicule blindé mais leur réaction de stupeur ne fut que temporaire. Ils étaient des professionnels et appartenaient à la NUMA. Ils pénétrèrent sans hésitation et commencèrent à déplacer les coffres et les ossements. En quelques minutes, ils avaient dégagé le coin apparemment massif d'un objet gris sombre.

La pierre qui parle depuis longtemps perdue !

Tandis que les plongeurs mettaient de l'ordre à l'intérieur, Austin et Zavala retournèrent à la cloche de plongée dont ils revinrent avec un palan et des crochets-moufles attachés à un câble de remontée en Kevlar allant jusqu'au bateau. Les ossements furent respectueusement empilés et les coffres entassés pour laisser un passage, sauf un que les plongeurs avaient mis à part. En grande cérémonie, l'un d'eux l'ouvrit pour mettre au jour son contenu. La lumière fit scintiller une fabuleuse fortune de diamants, de saphirs et autres pierres précieuses.

Austin entendit Zavala prendre une inspiration.

— Il doit y en avoir pour des millions !

— Peut-être des milliards si les autres coffres en contiennent autant. Ce qui confirme bien qu'il s'agissait de meurtres et non d'un cambriolage.

Il fit signe aux plongeurs de déplacer le coffre et installa le double palan à moufle dans la porte. Zavala transportait une grande boucle de métal que les plongeurs attachèrent autour du bloc de pierre puis ils fixèrent la corde à la poulie.

Austin savait qu'il fallait maintenir le centre du levage juste au-dessus du centre de gravité. Il savait aussi que c'était presque impossible, comme si l'on demandait à quelqu'un de soulever une charge avec ses jambes et non avec son dos. Un bon conseil à donner mais qui ne sert pas à grand-chose quand la charge est au fond d'un cagibi ou sous l'escalier de la cave. Le câble Kevlar passait à travers la coque puis faisait un angle jusqu'au camion. Le palan mouflé agirait latéralement tout en doublant la force de tirage.

Austin était face à plusieurs inconnues. Et, pour commencer, le poids du bloc. Un objet est soutenu à flot par l'eau qu'il déplace et Austin savait que la pierre serait plus légère dans l'eau. Mais étant donné qu'il ne pouvait que supposer son poids originel, cela ne signifiait pas grand-chose. Il avait demandé à McGinty deux engins de levage mouflés, équipés d'un frein continu, capables de lever des charges deux fois plus lourdes qu'avec un moufle simple. Ils étaient passés dans une poulie pour lofer au bon angle. Ce jargon technique signifiait qu'ils avaient fait de leur mieux pour compenser le peu maniable système de levage.

Le problème suivant, après qu'ils eurent tiré la pierre comme un dentiste extrait une dent, fut d'éviter qu'elle ne tombe à pic au fond de l'océan. Ils essayèrent une solution consistant à utiliser des boudins de sauvetage, un concept assez nouveau. Les sacs allongés en toile de Nylon servaient normalement aux bateaux de sauvetage. Chacun ayant une capacité de levage d'une tonne et demie, ils pourraient même remonter tout le camion blindé jusqu'à la surface.

Les plongeurs se servirent du palan mouflé pour amener le bloc de pierre jusqu'à l'endroit où ils pourraient y fixer un sac non gonflé de chaque côté. Austin inspecta de près tout cet ensemble, surtout les câbles fragiles retenant le camion au mur, puis il donna le signal. Utilisant un tuyau venant de la cloche, les plongeurs envoyèrent de l'air dans les tubes qui se gonflèrent bientôt comme des baudruches. L'air entrait lentement afin d'établir une flottabilité positive. Le bloc de pierre s'éleva, comme l'assistante d'un magicien flottant sous ses doigts.

Sans détacher le câble de levage qu'il valait mieux laisser en cas d'urgence, les plongeurs sortirent la pierre du camion jusqu'à ce qu'elle passe les portes en flottant. Austin se dit que c'était une des choses les plus étranges qu'il ait jamais vues. Quelque chose comme une peinture de Dali où tout est de guingois. La pierre noire flottant dans l'espace au-dessus des abysses ressemblait à un tapis magique dans une immense chambre noire, avec les plongeurs pendus comme de jeunes salamandres au bout de leur cordon ombilical. Avec, derrière, le camion mangé par l'eau de mer, pendu sur le mur à angle droit.

Flanqués d'Austin et de Zavala pour leur éclairer le chemin, les plongeurs poussèrent en nageant le bloc vers l'ouverture. C'était un travail délicat, surtout avec le courant qui circulait dans l'épave. Enfin la pierre fut exactement sous le trou qu'on avait ouvert dans la coque.

— J'aimerais parler à ces plongeurs pour leur dire quel travail magnifique ils font, dit Zavala. (Il essaya de faire le geste signifiant « bien fait » avec ses griffes mécaniques mais ça ne marcha pas.) Je suppose qu'il est inutile de faire une pause avant d'être sortis de ces scaphandres. Et j'espère que ça ne va pas tarder.

— Normalement, dans quelques minutes, nous devrions laisser le reste du boulot à McGinty. Vous entendez, commandant ?

Les conversations entre les scaphandres étaient communiquées au pont afin que les hommes à bord puissent savoir ce qui se passait au fond.

— Un peu, mon neveu ! aboya McGinty. J'ai suivi toute la baignade. J'ai une caisse de Bud[1] au frais. Sortez ce machin de l'épave et on s'occupe du reste.

Les plongeurs devaient rester en profondeur à cause des tuyaux. Lorsque la charge serait sortie de l'épave, Austin et Zavala prendraient le relais pour la guider jusqu'à la surface. Et quand la pierre serait près de la surface, ils s'en occuperaient encore jusqu'à ce que la grue finisse le travail.

— Comment est le temps, là-haut ? demanda Austin.

— Toujours le calme plat mais l'usine à brouillard de Nantucket travaille plein pot. Un banc de brouillard est en train de se former et il est si épais qu'on pourrait en découper un morceau et le frire comme un beignet.

Austin et le commandant auraient sûrement été plus inquiets s'ils avaient su ce que cachait ce brouillard. Tandis qu'Austin et les autres luttaient pour sortir la pierre du camion blindé et la remonter à la surface, un gros navire dont la coque grise le rendait presque invisible, s'approchait du *Monkfish,* naviguant juste assez vite pour rester dans le

1. Budweiser, marque de bière supposée préférée par M. Tout-le-Monde.

mur mouvant du brouillard. Le navire, d'une forme étrange, mesurait cent quatre-vingts mètres de long avec une proue profonde, en V, et un arrière large. Six propulseurs d'eau lui permettaient d'avancer au-dessus de l'eau à 45 nœuds, une vitesse incroyable pour un navire de cette taille.

Austin répondit au bulletin météo du commandant d'un « grand merci, commandant », empruntant une des expressions favorites de Trout. Il fit signe aux plongeurs d'augmenter l'air dans les tuyaux de levage. Lentement, la charge commença à sortir du trou. Les plongeurs restaient près de la pierre pour s'assurer qu'elle n'oscillerait pas en rencontrant le courant, plus fort au-dessus de l'épave. Austin et Zavala, eux, restèrent dans le navire, un peu décalés pour ne pas risquer de prendre la pierre sur la tête si elle redescendait d'un seul coup. Ils voyaient clairement les deux plongeurs, de chaque côté du bloc, montant à la même vitesse que lui en agitant à peine leurs palmes. Une opération menée de main de maître. Une opération d'anthologie.

Jusqu'à ce que l'enfer se déchaîne !

L'un des plongeurs exécuta soudain une danse sauvage et sans grâce, ses bras et ses jambes s'agitant comme s'il était épileptique et atteint de *haut mal*. Puis il se plia en deux, les mains sur le tuyau ombilical. Il reprit tout aussi soudainement le contrôle de son corps, flotta un moment sur place puis se lança dans un plongeon qui le fit repasser par l'ouverture jusqu'aux entrailles de l'*Andrea Doria*.

Toute cette folle séquence ne dura que quelques secondes. Austin n'eut pas le temps de réagir. Mais comme l'autre plongeur se rapprochait de lui, il comprit ce qui se passait. L'ombilical de l'homme traînait derrière lui, inutile. Le second plongeur était rapidement passé sur son réservoir de secours. Mais que diable était-il arrivé ? Le tuyau n'aurait pas pu être abîmé par le bord coupant de l'ouverture. Austin n'avait pas quitté la scène des yeux. Le plongeur nagea vers lui, la partie visible de son visage blanc comme du marbre. Austin s'en voulut de n'avoir pas exigé un système total de communication sous-marine. L'homme battait l'eau au-dessus de sa tête.

Zavala, qui avait lentement fait demi-tour, hurla dans l'intercom.

— Kurt ! Que se passe-t-il ?

— Je n'en sais fichtre rien, dit Austin. (Il regarda fixement l'endroit où le bloc de pierre était suspendu au-dessus de l'ouverture.) Il faut qu'on ramène ce type dans la cloche. Il a son réservoir de secours et ça ira mais il risque de mourir de froid sans l'alimentation en eau chaude. Je vais l'aider à remonter et je jetterai un coup d'œil en même temps.

Il tendit son épais bras de métal comme s'il escortait une petite amie. Le plongeur comprit et s'accrocha à son coude. Austin activa les propulseurs verticaux et ils s'éloignèrent de l'épave. Le second plongeur semblait avoir disparu.

Pendant qu'Austin le cherchait, quelque chose remua dans la lumière vaseuse. Une silhouette fantomatique bougea dans le faisceau de lumière projeté par la cloche de plongée. C'était un plongeur revêtu d'un scaphandre de métal poli qui rappela à Austin l'armure fabriquée pour l'énorme carcasse de Henry VIII.

Austin soupçonna l'étranger d'avoir joué un rôle dans les problèmes du plongeur de la NUMA. Ce soupçon fut renforcé une seconde plus tard lorsque le nouveau venu leva l'objet qu'il tenait à la main. Il y eut une explosion de bulles et le reflet voilé du métal. Un projectile passa près de l'épaule droite d'Austin, le manquant de peu.

Le plongeur de la NUMA s'élança vers la cloche en battant rapidement des palmes. Austin le vit disparaître par l'écoutille du fond puis reporta son attention vers les problèmes plus pressants.

D'autres silhouettes argentées s'étaient matérialisées soudain et nageaient vers lui. Austin en compta cinq avant de pousser sur le levier de son propulseur vertical et de replonger dans le *Doria*.

44

McGinty criait anxieusement dans le micro.

— Mais qu'est-ce qui se passe, nom de Dieu ? Est-ce que quelqu'un va me répondre ou faut-il que je descende voir moi-même ?

— Je ne vous le conseille pas, répondit Austin. Il y a six bonshommes en Hard Suit qui viennent de s'inviter à prendre une tasse de thé et ils ne sont pas amicaux du tout. Il y en a un qui vient de me tirer dessus !

McGinty explosa comme un volcan.

— Jésus, Marie, Joseph et tous les saints de la mer !

Une autre voix intervint, proche de l'hystérie.

— Ces salauds ont coupé l'ombilical de Jack !

Le plongeur manquant parlait depuis la cloche. Austin reconnut son accent texan.

— Il va bien ?

— Ouais, il est ici avec moi. Il a eu la trouille de sa vie mais il va bien.

— Restez où vous êtes, Jack et vous, conseilla Austin. McGinty, combien de temps faut-il pour remonter la cloche à la surface ?

— J'ai déjà la main sur le bouton.

— Alors commencez à la remonter.

— C'est en train. Voulez-vous que j'appelle les gardes-côtes ?

— Une équipe de SEALs[1] de la Marine serait bien utile mais vous pouvez appeler les lanciers du Bengale, ça ne servira pas davantage. Cette attaque sera finie avant qu'on ne vienne à notre aide. Il faut qu'on s'en occupe nous-mêmes.

— Austin, occupez-vous de vos fesses ! Ça fait des années que je n'ai pas participé à une bagarre. J'aimerais bien descendre pour castagner un peu.

— Moi aussi. Je ne voudrais pas être impoli, commandant, mais il faut que j'y aille. Ciao !

Derrière le Plexiglas sombre protégeant le visage d'Austin, ses yeux bleu-vert étaient aussi vifs que des turquoises. La plupart des hommes dans sa situation auraient réagi avec crainte mais pas Austin. Il aurait pu expliquer que ses cheveux étaient devenus blancs à cause de toutes les frayeurs salutaires qu'il avait eues au cours de sa carrière. S'il avait vu six requins blancs descendre vers lui, il aurait sans doute regretté de ne pas avoir renouvelé son assurance sur la vie. Les forces de la nature sont étourdies mais aussi implacables. Malgré le danger que présentaient les intrus, Austin savait que, sous leur peau d'aluminium, ils n'étaient que des hommes, fragiles comme tous les hommes.

Il revit mentalement les attaques du Maroc. La seule différence, cette fois, c'était le décor sous-marin. Ils voulaient la pierre qui parle et les plongeurs de la NUMA se trouvaient sur leur chemin. Mais il est dangereux de trop réfléchir. Les pensées peuvent être aussi glissantes que des peaux de bananes. Ce qu'il fallait pour l'instant, c'était de la ruse, pas de l'intelligence. Un loup ne pense pas à sa proie avant de sauter dessus. Austin laissa son esprit chercher la façon dont il pouvait survivre et son instinct guider ses mouvements. La chaleur envahit son corps, chassant le frisson glacé qui l'avait saisi en voyant les attaquants. Sa respiration redevint régulière, presque lente, et son cœur battit normalement.

1. Commandos spéciaux de l'US Navy.

En même temps, il ne se faisait pas d'illusions. Les loups ont des griffes et des dents.

Zavala avait entendu l'échange radio avec McGinty.

— Quel est le plan de bataille, Kurt ?

Le ton était mesuré sans cacher cependant un peu d'anxiété.

— Les laisser venir à nous. Nous connaissons les lieux, pas eux. Il va nous falloir des armes.

— C'est ma spécialité. Je vais voir ce que je peux trouver.

Zavala se laissa glisser jusqu'à l'arrière du camion blindé.

— De quoi couper les câbles. Qu'est-ce qu'ils ont, ces types ?

— Je ne sais pas. J'ai cru que c'était un fusil sous-marin mais je n'en suis pas sûr.

Zavala brandit les pinces.

— Si je peux m'approcher assez près, je peux toujours leur faire quelques entailles.

L'esprit d'Austin, qui tournait à la vitesse du son, s'arrêta brusquement. Il regardait au-delà de Zavala la porte ouverte du camion, hypnotisé par le brillant rectangle de lumière qui ressortait de l'obscurité ambiante. Il s'en approcha. Les lampes halogènes portables dont ils s'étaient servis pendant qu'on sortait la pierre illuminaient l'intérieur.

— J'ai une meilleure idée, dit Austin. La dionée[1].

Gardant un œil sur l'ouverture de la coque, il expliqua son plan à Zavala.

— Simple mais audacieux, commenta celui-ci. Ça en éliminera un mais que fais-tu pour les autres ?

— On improvise.

Zavala leva les pinces comme un brave Indien son tomahawk avant d'affronter les fusils de la cavalerie. Il se fondit dans l'obscurité derrière le camion, juste au-delà du moteur. Austin souleva le couvercle de deux coffres pleins de pierres précieuses.

1. Plante carnivore aussi appelée attrape-mouches.

Ce fut comme s'il avait ouvert des boîtes pleines d'étoiles. Même sous l'eau, le scintillement des diamants, des saphirs et des rubis était aveuglant. Il disposa les coffres en une rangée bien nette dans le camion, là où ils seraient bien visibles, les soulevant un peu par l'arrière. Il y posa quelques crânes pour faire plus théâtral puis s'éloigna du camion et se fondit à son tour dans la nuit artificielle du grand navire, s'immobilisa dans le vide, regardant alternativement derrière et devant lui, le camion et l'ouverture de la coque là-haut. Bien que l'intérieur du scaphandre fût sec et tiède, il transpirait.

Il y eut bientôt une lumière près du trou de la coque puis deux plongeurs entrèrent dans le navire comme des furets dans un terrier de lapin, leurs torches jumelles perçant l'eau boueuse, cherchant ici et là. Surveillant leur entrée précautionneuse, Austin se rappela la façon aussi timide dont Zavala et lui avaient pénétré dans l'épave la première fois, leur nervosité devant l'inconnu et comment ils avaient dû s'habituer à un monde sens dessus dessous qui les avait désorientés et où leurs références ne signifiaient plus rien. Il comptait bien sur cette première confusion et aussi sur la tendance naturelle qu'a l'œil de ne se fixer que sur les objets visibles dans le vide abyssal. Le camion blindé, hors du temps, insolite.

Les plongeurs bougeaient çà et là, cherchant probablement une ligne de conduite, se demandant s'ils ne se jetaient pas droit dans un piège. Ils approchèrent le camion, restant près les uns des autres, se réglant sur le courant, s'approchant jusqu'à ce que leurs scaphandres polis se découpent contre la porte.

Austin jura. Ils étaient épaule contre épaule. Tant qu'ils garderaient cette position, son plan serait inopérant et ni lui ni Zavala ne pourraient rien faire. Puis la nature humaine reprit le dessus. Un des plongeurs repoussa les autres. Il passa la porte du camion, le corps en avant, la tête baissée. Les lèvres d'Austin s'étirèrent en un sourire féroce. « L'arrivisme ne paye pas, l'ami. »

Il alerta Zavala.
— Tu fonces !
— C'est comme si j'étais parti !
Austin poussa ses deux propulseurs en vitesse latérale maximale et se dirigea vers l'arrière du camion. Le scaphandre accéléra lentement puis prit de la vitesse quand sa demi-tonne surmonta la force d'inertie et la résistance de l'eau.
Il vola pratiquement vers le camion comme une boule de bowling essayant de faire tomber la dernière quille, priant pour que le plongeur reste en position. Il ne voulait pas que Zavala passe l'éternité à lui rappeler comment il avait vécu ses derniers moments sur la terre à imiter un accordéon.
La chance fut avec lui. Le plongeur resta ébahi par les joyaux, essayant probablement d'imaginer comment il pourrait les emporter.
Austin visa le large arrière du scaphandre métallique, juste en dessous de la coquille de plastique solide couvrant les réservoirs d'air comme une carapace de tortue. Mince, il arrivait trop bas. Il se donna un léger angle un peu plus vertical.
Puis il visa sa cible.
— Maintenant ! cria-t-il bien qu'il sût qu'il était inutile d'élever la voix.
Tout en fonçant en avant, il leva les pieds comme un enfant plongeant en bombe, essayant de s'imaginer sur une piste invisible de bobsleigh. Mais les joints métalliques réduisaient ses mouvements et tout ce qu'il put faire fut de lever les genoux.
Zavala travaillait fiévreusement. Les mâchoires de ses pinces avaient déjà grignoté plusieurs brins du câble qui tenait l'avant du camion. Il craignait de le couper trop tôt. Dès qu'il entendit l'ordre d'Austin, il mit toute la puissance de ses épaules, résultat de nombreuses heures de frappe sur un sac de sable à l'époque où il faisait de la boxe, dans les longues poignées de la pince. Le centre du câble semblait vivant et il y eut d'abord une légère résistance. Puis les mâchoires coupèrent, comme un formidable bec, les

brins restants, aussi facilement qu'un milan déchiquette sa proie.

Austin fit un effort pour lancer ses pieds à l'horizontale mais ses genoux métalliques frappèrent le postérieur de métal du plongeur admirant les joyaux. Sans le scaphandre, Austin aurait détendu ses genoux comme un skieur exécutant une culbute à l'envers, mais la raideur du scaphandre le sauva. Le plongeur fut projeté en avant, comme frappé par un taureau, et alla voler la tête la première dans le camion. Austin rebondit et pivota pour se mettre hors de portée des autres.

Le plongeur essaya désespérément de sortir du camion mais ses propulseurs s'étaient pris dans le châssis d'une étagère. Austin avait ses propres problèmes. Il fila dans l'espace liquide en se demandant quelle position des propulseurs pourrait le stabiliser.

Il entendit crier Zavala.

— La bombe est amorcée !

Un des câbles avait été coupé. Le camion blindé était tombé en avant et pendait du mur en position précaire à un angle dangereux, ses phares dirigés pratiquement vers le bas. Pendant un instant, Zavala, qui s'était prudemment éloigné, crut que le véhicule allait rester dans cette position. Puis tout le poids du camion usa la résistance du câble restant. Celui-ci claqua et le camion tomba du mur. Il plongea dans l'obscurité, rejoignant le cimetière automobile en une grosse explosion de vase, emmenant avec lui les ossements des hommes qui l'avaient défendu, les joyaux et le plongeur qui luttait encore pour se dégager.

Tout cela ne prit que quelques secondes. Le plongeur survivant avait aperçu l'attaque d'Austin et regardé avec stupéfaction le camion disparaître mais il surmonta vite le choc. Austin avait enfin retrouvé la stabilité et luttait contre l'étourdissement quand la lumière de la torche du plongeur explosa sur son visage. Il actionna le propulseur de descente, sachant le temps qu'il lui faudrait pour descendre de quelques mètres et se prépara à résister à la douleur aiguë qui allait venir, il le savait. La lumière aveuglante resta sur son visage puis dévia et il aperçut l'autre plongeur qui luttait sauvagement.

Zavala !

Voyant la situation difficile d'Austin, Joe était arrivé par-derrière et avait passé un bras derrière le bras armé du plongeur, lui faisant perdre l'équilibre. Ils luttèrent au ralenti, comme deux robots monstrueux. De sa serre mécanique gauche, Zavala tenait sa tenaille mais il comprit très vite que son adversaire n'allait pas rester immobile assez longtemps pour qu'il déchire son scaphandre, comme il en avait eu l'intention. Le verrouillage du bras artificiel glissait et de plus, Zavala était fatigué de tous les efforts de la matinée.

— *Improvise !* se rappela Zavala.

Il enfonça les tenailles dans le propulseur latéral du scaphandre. L'outil lui fut arraché des mains. Le propulseur se désintégra dans son logement. Zavala se recula et le plongeur tenta de manœuvrer ses deux propulseurs pour s'enfuir mais la poussée inégale l'envoya tournoyer dans l'eau. Il disparut dans l'obscurité en une course en spirale fracassante.

Réglée pour une flottabilité neutre, l'arme du plongeur flotta jusqu'à ce qu'Austin l'attrape dans sa pince métallique. L'objet était de conception primitive mais constitué de métaux modernes qui en faisaient un instrument mortel sous l'eau, où les armes à feu sont inutilisables... Elle comportait un magasin en forme de berceau pouvant contenir six flèches courtes, munies d'ailettes d'un côté et, de l'autre, de quatre lames, aiguisées comme des rasoirs et capables de pénétrer son scaphandre d'aluminium comme un ouvre-boîtes. Les commandes étaient simplifiées pour que même une pince mécanique puisse lancer une flèche.

Zavala s'approcha.

— Qu'est-ce que c'est que ce machin ? demanda-t-il en haletant après sa lutte avec le plongeur.

— On dirait la version moderne d'une vieille arbalète.

— Une arbalète ! La dernière fois, c'étaient des pistolets de duel ! s'exclama Zavala d'un ton étonné et dégoûté à la fois. La prochaine fois, nous lapiderons les méchants !

— Nécessité fait loi, Joe. Je me demande si ça fonctionne vraiment.

Austin tint la crosse de l'arme contre sa poitrine et visa.

— Mortel en effet mais je pense que ce n'est guère précis, sauf à bout portant.

— Tu vas avoir l'occasion de vérifier. On a des perdreaux à une heure.

Deux fines lumières flottèrent par le trou de la coque. Deux autres plongeurs, tous deux armés et moins enclins à l'embuscade que leurs prédécesseurs.

— Je ne crois pas que nous pourrons feinter ces types aussi facilement, dit Austin. Ils ont probablement été en contact radio avec les autres et savent donc ce qui les attend.

— Nous avons tout de même un ou deux atouts. Ils ignorent que nous sommes armés et, pour l'instant, ils ne savent pas où nous sommes.

Austin passa en revue les options dont ils disposaient. Ils pouvaient aller se cacher mais ils allaient se fatiguer et risquaient de commettre des erreurs. Les scaphandres n'étaient pas prévus pour ce genre d'exigences et finiraient par manquer de puissance ou d'air.

— D'accord. Montrons-leur où nous sommes. Je paierais bien pour savoir qui va servir d'appât mais je n'ai pas de monnaie sur moi. Montre-moi comme tu imites bien la luciole.

— Ta petite arbalète est prête, Robin des Bois ?

Les intrus s'étaient arrêtés, distraits par leur camarade qui tournoyait et rebondissait curieusement autour de la cale. Zavala alluma toutes les lumières dont disposait son scaphandre et les fit clignoter pour faire de l'effet. Il resta un moment suspendu dans l'obscurité comme un bizarre panneau routier. Puis il disparut. C'est ce qui attira leur attention. Les attaquants nagèrent vers son dernier signal lumineux mais il n'y était plus. Il s'était éloigné de plusieurs mètres à droite.

Un éclair, clic clac ! Les lumières à hauteur de sa tête et de sa poitrine s'allumèrent puis s'éteignirent. Il bougea encore. Lumière... Plus de lumière.

L'effet fut saisissant, même pour Austin qui savait, lui, ce qui se passait. Les clones de Zavala semblaient surgir de partout à la fois.

— J'aurais jamais cru finir comme exhibitionniste[1] !

— Ta mère serait fière de toi, Joe. Ça marche. Ils se rapprochent.

Ils allaient être au-dessus de Zavala en quelques secondes.

— Encore une fois, Joe. Je suis juste derrière toi.

Zavala clignota encore comme un arbre de Noël. Les attaquants prirent de la vitesse et foncèrent vers l'endroit où ils l'avaient vu pour la dernière fois. Directement vers Austin.

Celui-ci épaula.

— Cinq secondes pour sortir de la ligne de tir, Joe, dit-il d'une voix calme. Fonce !

— *Je descends,* dit Zavala en imitant un liftier de grands magasins.

Il descendit de plusieurs mètres. Austin compta lentement, les yeux transperçant l'obscurité derrière la lumière la plus proche se dirigeant vers lui. Quand il fut sûr que Zavala était à l'abri, il appuya sur le mécanisme de détente et sentit l'arbalète reculer légèrement lorsque sa flèche partit. Il était impossible de distinguer le missile mais il avait dû faire mouche car le rayon de lumière sauta follement.

Austin prépara l'arme pour un nouveau tir, met-

1. Jeu de mots entre « celui qui fait des flashes » et « l'exhibitionniste ».

tant une nouvelle flèche dans le berceau, jurant à cause du côté peu commode du mécanisme, surtout dans les ténèbres. Quand il fut prêt à épauler encore, le second attaquant avait compris ce qui se passait et éteint sa lumière. Austin tira malgré tout mais sentit très vite qu'il avait manqué sa cible.

— J'en ai eu un, Joe, mais j'ai raté l'autre. Voyons si nous pouvons le trouver. C'est moi qui ai l'arme, alors je passe devant.

Il scruta l'obscurité. Inutile. Il allait devoir prendre le risque. Il alluma les lampes à l'avant de son scaphandre et vit un reflet vers lequel il se dirigea.

— Il va vers le trou.

— Je le vois, dit Zavala. Je suis juste derrière toi.

Ils suivirent leur proie comme deux vieilles culottes de peau au cours d'une attaque. Austin était remonté par l'exaltation mais tandis qu'il nageait, Zavala derrière lui, il ne pouvait s'empêcher de penser qu'il participait à l'une des plus étranges batailles de tous les temps. Des hommes enfermés dans des scaphandres de métal qui livraient une lutte à mort, avec des armes anciennes, dans l'énorme cale d'un navire coulé.

Une ombre passa par l'ouverture et disparut.

Merde !

— Trop tard, Joe, cria Austin. Il est sorti du navire.

— Tu as dit qu'ils étaient six. L'un est tombé sous le camion, tu en as tiré un et un troisième imite le tourniquet. Ça en laisse trois.

— C'est ce que je pense mais je ne le jurerais pas. Rappelle-toi comme j'avais mal compté sur le *Nereus*.

— Comment pourrais-je l'oublier ? Le compte est assez bon pour un fonctionnaire, comme on dit. Allez, on finit ce boulot, dit-il d'un ton las. Je suis mort de fatigue et il faut que j'aille pisser. Et puis j'ai rendez-vous ce samedi avec un membre ravissant d'un groupe de pression agricole. Elle a des yeux de fleur de cactus, d'un bleu que tu n'as jamais vu, Kurt.

Un jour, les scientifiques mettront en perce la

libido de Zavala et déclencheront les plus grandes forces de l'univers, se dit Austin.

— Je n'ai aucune envie de me mettre entre toi et tes pulsions sexuelles, Joe. Ça pourrait être dangereux. Mais c'est toi l'officier d'armement. As-tu un atout dans ta manche ?

— Je crois apercevoir le tuyau électrique. (Il remonta de quelques mètres et saisit la torche qui pendait.) Je l'ai ! Je ne sais pas à quoi il sert mais... Hé ! La pierre a disparu !

Austin remonta jusqu'à ce qu'ils soient tous les deux juste en dessous de l'énorme trou dans le flanc du navire. A l'endroit où le bloc de pierre flottait auparavant, soutenu par ses boudins pleins d'air, l'eau bleu-vert n'était gênée que par quelques poissons curieux.

— Ils l'ont piquée pendant que nous étions occupés, dit Austin en imaginant le vol. Il leur a fallu au moins deux types pour emporter une pareille charge dans l'eau. Ils doivent avoir à faire, en ce moment, et ils n'imaginent sûrement pas une seconde que nous pourrions les poursuivre.

— Qu'est-ce qu'on attend ? demanda Zavala.

Il jeta la torche inutile et tous deux déclenchèrent leurs propulseurs verticaux. Ils émergèrent du bateau dans l'océan. Ils étaient encore très loin de la surface, dans les eaux sombres et froides de l'Atlantique mais Austin était heureux d'échapper à l'obscurité claustrophobique qui régnait à l'intérieur du *Doria*.

La cloche de plongée était partie et l'on ne voyait plus que le reflet tremblant et filtré de la surface. La coque géante de l'*Andrea Doria* s'étendait au-dessous, grisâtre près d'eux et noire au-delà. Austin aperçut un reflet métallique au loin mais il ne s'agissait peut-être que d'un poisson. Il avait très envie de remonter et de se frotter les yeux. Il ne put que les fermer très fort et les rouvrir mais cela ne servit à rien. Il ne distinguait que le ton bleuâtre monotone que rien ne brisait.

Attendre.

Puis il le vit à nouveau. Cette fois, il en était sûr.

— Je crois l'apercevoir près de la proue.

Ils remontèrent et, se mettant à l'horizontale, glissèrent en direction de la proue en formation de combat aérien. Zavala aperçut un mouvement et le signala à Austin. Les plongeurs ennemis étaient en train de pousser la pierre qui flottait toujours sur ses pontons d'air. Deux hommes, un de chaque côté. Un câble de remorquage s'étirait devant eux dans l'eau glauque, probablement tiré par un plongeur invisible.

— Essayons de les bluffer. Donne-leur ton spectacle de lumière. Moi, je vais tirer.

Les rayons enveloppèrent la pierre et les deux plongeurs. Ceux-ci accélérèrent, comme s'ils croyaient pouvoir semer leurs poursuivants. Austin lâcha une flèche en prenant soin de ne pas toucher un boudin d'air. Il crut voir le projectile rebondir contre la pierre. Les attaquants disparurent dans la vase et le câble de levage se détendit. Le bloc s'arrêta lentement au-dessus du vieux pont latéral du *Doria.*

— Laisse-les partir, Joe. Nous devons nous occuper de la pierre.

Ils plongèrent et commencèrent à ramener le bloc vers l'ouverture de la coque où McGinty pourrait les trouver avec la cloche. Le courant passant au-dessus du navire ralentissait leurs mouvements.

Une voix retentit dans le casque d'Austin.

— Ici McGinty. Ça va ?

— Nous allons bien tous les deux et nous avons la pierre. Nous revenons vers la zone de travail. Vous pouvez descendre la cloche quand vous voulez.

Il y eut un silence suivi d'un petit grognement.

— Ça va poser un problème, dit le commandant d'une voix que l'irritation rendait rauque. Nous avons perdu les ancres de proue. D'après l'aspect des câbles, on nous les a coupés. Le courant de surface nous pousse dans tous les sens. Si nous descendons la cloche, elle va se balancer comme un gros pendule et pourrait même nous retourner.

— On dirait que nos copains ont couvert leur fuite, Joe.

— J'ai entendu. Aucune chance de rattacher les câbles d'ancres ?

Austin et Zavala étaient dangereusement fatigués. Les scaphandres n'étaient pas faits pour des combats au corps à corps et leurs peaux métalliques avec tout leur attirail étaient devenues des prisons personnelles.

— Ça peut se faire mais pas par nous. Il nous sera plus facile de remonter ce machin tout seul. Et quand je dis facile, ce n'est pas exactement le terme.

Austin demanda au commandant s'il pouvait maintenir le bateau à peu près dans la même position qu'avant et éviter qu'il bouge.

— Pas exactement dans la même position, mais à peu près, dit McGinty.

Ils approchaient de l'ouverture de la coque. Le *Monskfish* aurait dû être juste au-dessus d'eux.

McGinty fit du bon travail. Le câble qu'ils avaient utilisé pour lever le morceau de la coque pendait à peu de distance au-dessus de l'épave. Ils l'attachèrent au bloc de pierre, ce qui ne fut pas chose aisée sans les doigts des plongeurs à saturation pour accomplir la partie la plus minutieuse du travail. Enfin ils donnèrent le feu vert au commandant...

— Allez-y, commandant. Nous remontons.

45

Austin, suspendu à un câble et se balançant au-dessus de l'océan comme un carrelet au bout d'une ligne, avait une bonne vue sur le mur de brouillard impénétrable qui enveloppait le *Monkfish*. La grue pivota et le posa sur le pont où les marins l'aidèrent à sortir de son scaphandre comme des pages enlevaient autrefois l'armure de leur seigneur.

Déposé quelques minutes avant, Zavala paraissait étrangement maigre sans les rondeurs de son scaphandre. Comme pour les spationautes après une longue période en apesanteur, les premiers pas d'Austin furent un peu chancelants. Zavala lui tendit une tasse de café très chaud. Quelques gorgées du breuvage fort aidèrent son sang à circuler normalement. Ils purent alors s'occuper de leur problème prioritaire, une course jusqu'aux toilettes les plus proches malgré leurs jambes raides. Ils en ressortirent souriants. Après avoir enfilé des vêtements chauds et secs, ils remontèrent sur le pont.

Ils avaient remonté la pierre de l'*Andrea Doria* sans problème malgré une certaine appréhension, surtout pendant les premières minutes. En effet, le treuil avait diminué la tension du câble par de lents mouvements en paliers. En approchant de la surface, la charge perdait sa flottabilité. L'équipage compétent du *Monkfish* lui avait donc attaché des flotteurs supplémentaires pour s'assurer qu'on ne risquait pas de la perdre, puis l'avait mise dans une élingue et enfin remontée à bord en utilisant le portique arrière.

Austin regarda le bloc à l'aspect inoffensif, reposant maintenant sur une palette de bois. Il lui était difficile d'imaginer que cette pierre ait pu déchaîner tant de passions et coûté tant de vies. Elle avait vaguement la forme d'une pierre angulaire d'énormes dimensions, ce qui était une comparaison assez appropriée étant donné le nombre de gens qui avaient été tués pour elle. L'objet était un peu plus long qu'un homme grand, presque aussi large et aussi épais. Austin s'agenouilla sur le pont et caressa sa surface de la main. En séchant, sa couleur passait du noir au gris foncé. Il suivit du doigt les hiéroglyphes dont il ne comprenait pas le sens. Du reste, dans cette affaire, rien n'avait de sens.

L'équipage couvrit le bloc d'une épaisse couverture puis d'une bâche de plastique. Une petite grue à fourches le transporta dans un espace clos au niveau du pont. Il ne paraissait pas fragile après avoir survécu presque un demi-siècle dans un camion blindé au fond de l'océan, puis à une difficile remontée jusqu'à la surface. Mais Austin ne voulait pas prendre le risque de le voir se casser en mille morceaux.

Le regard triste, Donatelli regarda la pierre qu'on emportait.

— Alors, c'est pour ça que tous ces hommes sont morts ?

— Et ce n'est pas fini, répondit sombrement Austin en regardant le brouillard qui enveloppait maintenant le navire de sauvetage comme une tombe jaunâtre étouffant les sons et la lumière. La température avait baissé d'au moins 10 degrés. Il frissonna en repensant à la description que lui avait faite Angelo d'un brouillard semblable qui avait empêché le *Stockholm* de voir l'*Andrea Doria*.

— Allons voir où on en est avec le commandant, proposa-t-il.

Ils montèrent sur le pont.

Dans la timonerie, McGinty leur fit signe de s'approcher de l'écran radar et montra un petit signal blanc ressortant sur le fond vert. Austin cilla. Peut-être était-il resté trop longtemps sous l'eau. L'avance rapide du signal sur l'écran suggérait plus un avion qu'un navire.

— Est-ce que ce bateau avance aussi vite que je le crois ? demanda Zavala.

— Il avance comme une sirène, grogna McGinty.

Austin tapota l'écran d'un doigt.

— Ce sont peut-être nos méchants.

Les yeux de McGinty brillèrent soudain.

— Quand j'étais gamin, dans le Sud, les flics arrivaient à toute allure sur la rivière et on voyait des types qui partaient en courant dans toutes les directions. Ils trouvaient toujours un type recherché pour quelque chose. Pour qui n'avait pas la conscience tranquille, il suffisait de voir leurs uniformes bleus au-dessus du pont de leurs croiseurs pour retrouver des jambes agiles. Et je parie que c'est la même chose ici.

— Les coupables fuient même si on ne les poursuit pas, dit Austin.

Le signal dépassa d'autres navires voguant dans la même direction, comme s'ils étaient immobiles.

— A mon avis, ces types font au moins 50 nœuds.

McGinty émit un sifflement.

— J'ai l'impression qu'il s'agit d'un gros navire. Mais je n'en connais aucun d'aussi gros qui aille à cette vitesse-là.

— Moi, si. Ça s'appelle un Fast Ship[1]. C'est un nouveau modèle. La société qui les fabrique s'appelle Thorycraft & Giles. Ils utilisent un monocoque hydrofoil avec des turbines à eau qui éliminent les phénomènes de cavitation de l'hélice. Même un Fast Ship servant de porte-conteneurs peut atteindre les 45 nœuds. Et les derniers modèles vont même plus

1. Navire rapide.

vite que ça. Commandant, avez-vous vu de gros navires dans le coin de l'épave avant l'attaque ?

— Cet endroit voit passer beaucoup de monde, dit McGinty en repoussant sa casquette comme si cela pouvait aider sa mémoire. Des tas de bateaux, surtout des bateaux de pêche qui vont et viennent. Est-ce que nous avons vraiment vu ce navire ? Peut-être. Il y avait un bateau de bonne taille à environ quinze cents mètres de nous mais nous l'avons perdu dans le banc de brouillard. J'étais occupé avec les plongeurs.

— Je suis sûr que si nous pouvions chercher un peu, nous découvririons qu'il appartient aux Industries Halcon.

— Peut-on avoir une surveillance aérienne ? demanda McGinty.

— Impossible avec ce brouillard. Mais que ferions-nous si nous le trouvions ? Il nous faudrait un mandat pour aller à bord.

Zavala avait écouté sans rien dire, avec une expression inhabituellement sérieuse.

— Il y a un truc qui me chagrine, dit-il. Ces types savaient où nous étions et ce que nous faisions. Comment l'ont-ils su ? Nous n'avons décidé de mener cette opération qu'il y a quelques jours. Et nous n'avons pas vraiment fait de publicité là-dessus.

Austin et McGinty échangèrent un coup d'œil.

— Cette opération a impliqué un tas de gens. N'importe qui a pu faire une allusion qui a vendu la mèche.

Même Austin ne croyait pas à cette explication. Ses attaquants étaient trop bien préparés.

Avant longtemps, le vent changea et balaya le brouillard. Donatelli dit au revoir aux hommes de la NUMA et au commandant du *Monkfish* et retourna sur son yacht avec Antonio. Austin promit au survivant du *Doria* de le tenir au courant de tout ce que ferait la NUMA.

Le *Monkfish* reprit son chemin, traversa le banc de brume et contourna Cape Cod. Peu après, ils virent les phares des avions qui décollaient et atterrissaient sur l'aéroport de Logan. Ils longèrent les îles de Boston Harbor et allèrent s'ancrer le long d'un quai près de l'aquarium.

Austin appela le Dr Orville, très excité, et lui demanda d'envoyer un camion pour charger la pierre. Austin et Zavala suivirent ce camion jusqu'à Harvard et assistèrent à son transport en un lieu sûr et verrouillé. Orville assura qu'il travaillerait toute la nuit si nécessaire pour déchiffrer les inscriptions. Il les invita à rester mais Austin déclina l'invitation. Zavala et lui étaient épuisés par les événements de la journée et voulaient prendre un vol pour Washington tôt le matin. Après un dîner léger, ils avalèrent un whisky irlandais avec McGinty puis s'allongèrent sur leurs couchettes où ils s'endormirent aussitôt.

La tour ronde de verre teinté du Q.G. de la NUMA leur parut un phare accueillant tandis que le taxi se frayait un chemin dans l'océan imprévisible de la circulation à Washington. Austin et Zavala avaient pris la navette fluviale jusqu'à l'aéroport de Logan et arrivèrent à Washington en fin de matinée. McGinty leur dit adieu avec une solide claque dans le dos et un chapelet de compliments. Austin, déclara-t-il, était le digne fils de son père.

— Je me demande ce que les Trout sont en train de faire, dit Zavala en interrompant les réflexions de son ami.

Austin avait appelé ses collègues la veille depuis le navire de sauvetage pour leur raconter la bagarre dans le *Doria* et leur annoncer qu'ils avaient récupéré la pierre. Gamay lui avait dit que Paul et elle avaient de nouveaux renseignements qu'ils leur expliqueraient le lendemain. Austin était trop fatigué pour demander ce dont il s'agissait.

Les Trout attendaient, en compagnie d'Hiram Yaeger, dans la salle de conférence privée où ils avaient tenu leur première réunion. Rudi Gunn arriva une minute plus tard et les informa que Sandecker déjeunait à la Maison Blanche. L'amiral aurait envoyé promener le vice-président mais n'avait pas osé le faire avec le Président.

Gamay prit la parole la première.

— Vous avez tous été briefés aussi n'entrerai-je pas dans les détails de mes aventures dans la jungle du Yucatán avec le Dr Chi. Comme vous le savez, nous avons découvert une cache d'objets mayas volés en instance d'expédition hors du pays. La cache était située au point le plus central, en fonction des routes et des voies maritimes. Nous avons trouvé des centaines d'objets arrachés à des sites importants, connus ou inconnus des archéologues agréés. Quand le Dr Chi a inventorié les objets, en plus des céramiques il a trouvé de nombreuses pierres sculptées, apparemment arrachées à des constructions mayas avec des scies à pointes de diamant. Le motif inhabituel représentant des bateaux doit avoir attiré l'attention des *chicleros*. Le Dr Chi a pensé que ces sculptures avaient été prises dans des temples-observatoires semblables à celui qu'il m'a montré sur le site maya qu'il a baptisé le M.I.T. Il n'y a qu'un problème : les sculptures ne peuvent être identifiées comme appartenant à un lieu précis.

Elle se tut pour que Trout passe la pile des dossiers qu'il avait apportés pour les autres et attendit qu'ils aient fini de les feuilleter pour reprendre la parole.

— Le feuillet que vous voyez sur le dessus montre huit dessins exécutés par le Dr Chi. Ces profils sont des glyphes représentant le dieu maya Quetzalcóatl, qui porte aussi le nom de Kukulcan. Au premier coup d'œil, les dessins paraissent identiques, mais si vous regardez de plus près, vous distinguerez de subtiles différences.

Yaeger, doué pour noter les détails, remarqua ces différences.

— La mâchoire est un peu plus proéminente sur celui-ci, dit-il. Et celui-là a un sourcil plus épais.

Gunn examina les esquisses.

— Le nez de ce type a l'air d'être dévié à droite.

Gamay sourit comme une institutrice satisfaite.

— Vous comprenez vite, messieurs. Ces différences de visage indiquent un *endroit* particulier. Chaque ville, chaque centre urbain interprétait le dieu d'une façon qui lui était propre.

— Comme la chouette qui symbolisait Athènes autrefois ? suggéra Austin.

— C'est exact. Dans ce cas, le dieu représente aussi la planète Vénus.

Austin bougea impatiemment sur son siège, le regard terne. Il s'attendait à des informations en rapport direct avec l'affaire qui les intéressait, pas à une conférence sur la théologie maya.

— Gamay, tout ça est très intéressant, dit-il sans chercher à cacher son impatience, mais je ne comprends pas où tu veux en venir.

Elle lui adressa son sourire désarmant de garçon manqué.

— Ces glyphes font tous partie des sculptures du motif des bateaux.

L'intérêt d'Austin se réveilla.

— Le bateau *phénicien* ? demanda-t-il en se penchant.

— Nous ne sommes pas encore sûrs qu'il soit phénicien. Mais oui, les inscriptions marquent apparemment l'événement que nous avons vu, les étranges navires et les gens bizarres reçus par les Mayas.

Paul Trout intervint.

— Le Dr Chi a déjà deviné que les sculptures venaient de temples-observatoires. Il a utilisé les glyphes de la ville pour déterminer l'emplacement des observatoires. Les observatoires mayas sont éparpillés dans toute l'Amérique centrale. Mais il n'y en a que huit, pour autant que nous le sachions, qui possèdent ce thème particulier des bateaux.

— Si j'ai bien compris, vous avez huit observatoires identiques, dit Austin, dans des lieux séparés, dédiés à Vénus, réglés sur ses cycles et ayant tous un rapport avec la mystérieuse flotte.

— C'est exact, répondit Gamay en reprenant ses

explications. Et le chiffre huit est au cœur du problème. Quetzalcóatl, ajouta-t-elle en voyant leur expression déconcertée, Quetzalcóatl et Kukulcan étaient les incarnations du dieu le plus important des Mayas, Vénus. Ils calculaient le cours de la planète avec une incroyable précision. Ils savaient qu'il y avait huit jours dans son cycle pendant lesquels elle disparaissait. Ils croyaient que Vénus passait ces huit jours dans le monde souterrain. Ils utilisaient des figures architecturales pour garder la trace de Vénus et d'autres objets célestes. Des portes, des sculptures, des piliers, le dessin des rues. Le professeur Chi pense que ces observatoires faisaient partie d'un plan bien plus vaste. Une carte, un graphique, voire même un ordinateur primitif pour résoudre un problème donné.

— Comme le problème des navires phéniciens — excusez-moi, des navires pas-encore-identifiés-comme-phéniciens, dit Austin.

— Exactement, répondit Paul. A la page deux du dossier, il y a une carte montrant les emplacements.

Il y eut un nouveau bruissement de papiers feuilletés.

— Nous avons essayé de relier les temples, dit Gamay, en tirant des lignes parallèles à partir de chacun. Mais rien n'avait de sens. Pendant que nous nous arrachions les cheveux, nous avons reçu un appel du Dr Chi. Il était revenu de ses randonnées pour se réapprovisionner et avait entendu dire que nous tentions de le joindre. Nous lui avons expliqué que nous tâtonnions pour trouver quelque chose qui, nous en étions sûrs, se trouvait là et que nous avions besoin de son aide.

Paul reprit la parole.

— Page trois de vos dossiers, messieurs. Le Dr Chi nous a envoyé ce fax depuis le musée national. Les Espagnols ont détruit les livres mayas sauf quelques-uns. Celui-ci fait partie des rares qui ont survécu. On l'appelle le Codex de Dresde. Il contient des tables d'observation détaillées de Vénus. Les données ont été rassemblées à partir des observatoires.

— Et quel rapport a-t-il avec notre mystère ? demanda Gunn.

— C'est essentiellement le type de renseignements qui comptaient tant pour les Mayas, répondit Gamay. Essayez d'imaginer les prêtres mayas observant les étoiles nuit après nuit. Ils rassemblent des informations sur leurs mouvements puis, à l'aide de caractéristiques architecturales construites dans ces mêmes temples, prévoient ce que vont faire ces étoiles et ces planètes.

— Ça y est, j'y suis ! s'exclama Yaeger. Ça aide parfois d'être un peu crétin ! Vous dites que ces huit temples et les sculptures représentent le *hardware* de leur ordinateur. Le Codex serait le *software* qui dit au hardware ce qu'il faut faire. (Yaeger cilla rapidement derrière ses lunettes à monture métallique.) Si on poursuit l'analogie, la forme physique du software peut être malléable, comme la disquette contenant le programme, ou dure, comme l'unité de disque dur.

— Ou, pour ce qui nous occupe, *dur comme une pierre,* ajouta Austin.

— Bingo ! s'écria Gamay. Quels génies nous avons à la NUMA !

Galvanisé maintenant, Austin compta sur ses doigts.

— *Un,* nous avons huit temples dédiés à Vénus. *Deux,* les temples sont disposés selon un schéma qui va nous aider à résoudre un puzzle se rapportant à ces mystérieux bateaux et leur chargement. *Trois,* la pierre qui parle nous dit comment tout cela fonctionne.

— Je n'en aurais pas juré jusqu'à ce que le Dr Orville appelle ce matin. Il a trouvé les mêmes huit glyphes sur la pierre. Il y a une copie envoyée par fax de la tablette dans votre dossier. L'inscription est composée de trois éléments principaux. Les glyphes et une interprétation condensée de l'accostage des navires constituent le premier et le second éléments.

— Sait-on pourquoi le navire est sur le point d'être avalé par le gros serpent ? demanda Zavala en regardant le fax.

— Ça, c'est le troisième élément, expliqua Gamay. Le Serpent à Plumes est l'incarnation terrienne de Quetzalcóatl-Kukulcan.

— Ah ! dit Zavala, voilà qui éclaire les choses !

— Regarde-le comme ça, poursuivit Gamay. Les glyphes te disent *où*. L'inscription du navire te dit *quoi*. Le Serpent te dit *comment*. Regarde le Kukulcan et dis-moi ce que tu vois.

— Surtout des plumes, dit Gunn après un moment.

— Non, dit Yaeger. Il y a quelque chose d'autre. Les plumes sont déroutantes mais regarde les mâchoires. Elles représentent une sorte de grille.

— *Bravo !* le félicita Gamay, manifestement ravie. Notre gourou de l'ordinateur prend la tête de la classe.

— Je ne vois pas pourquoi, dit Yaeger en haussant les épaules. Du diable si je sais de quoi je parle.

— Vérifie sur l'image suivante de ton dossier. Elle montre un des huit temples. Il est assez typique : cylindrique, avec un balcon entourant le sommet, des frises sur la partie inférieure. Regarde bien les deux fenêtres verticales comme des meurtrières. Nous supposons qu'ils s'en servaient pour une sorte de calcul astronomique. Nous avons aussi supposé que les fenêtres étaient reliées à Vénus aux points extrêmes de sa position dans le ciel. Ça ne voulait toujours rien dire jusqu'à ce que Paul ait l'idée de regarder les temples du dessus, comme si nous étions en avion.

Reprenant l'explication, Paul leva la dernière feuille du dossier.

— Nous avons allongé les traits partant de chaque fenêtre et vu qu'ils se coupaient.

— Mince, alors ! dit Yaeger. C'est la même grille que celle du Serpent à Plumes !

Gamay hocha la tête.

— J'ai commencé à y penser quand j'ai remarqué que la grille me rappelait une amulette que j'avais empruntée au Dr Chi. Les mâchoires de Kukulcan.

— N'avons-nous pas dit que Colomb cherchait une sorte de grille ? demanda Gunn.

— C'est exact, dit Paul. La théorie d'Orville est que Colomb essaya de se servir de cette pierre mais qu'il était en position de faiblesse dès le début. Il savait qu'il y avait un trésor mais ne savait pas déchiffrer les glyphes. Il fit copier les dessins de la pierre pour les emporter sur le *Niña,* en espérant probablement que quelqu'un pourrait les lui traduire.

Austin regardait le diagramme.

— A l'époque où Colomb naviguait sur l'océan, les navires avaient des cartes avec des lignes noires appelées lignes de rumbs ou loxodromies[1]. Quiconque naviguait d'Espagne à Hispañola choisissait la ligne lui donnant la route la plus directe et définissait une route à la boussole. Les Mayas étaient beaucoup plus avancés que Colomb ne l'imaginait. Avez-vous pu vérifier cela sur une carte ?

— Au début, ça n'avait pas de sens, dit Paul. Vénus occupait sûrement une position différente dans le ciel il y a mille ans. Il fallait tout recalculer. Nous avons pensé que l'intersection en V des mâchoires, ici, où vous voyez le bateau, est l'endroit où se trouve *quelque chose.*

Austin avait une autre question.

— A votre avis, combien de temps faudra-t-il à Halcon pour comprendre ça ?

Les Trout échangèrent un coup d'œil.

— On sait que les papiers de Colomb et des documents mayas ont été volés dans plusieurs musées, répondit Paul. Je suspecte M. Halcon d'essayer de

1. Courbes tracées sur une sphère et coupant les méridiens sous le même angle. *(N.d.T.)*

mettre les pièces en place, mais nous avons la pierre et nous savons comment nous en servir.

— Nous ferions bien de régler ce problème, au cas où M. Halcon serait plus malin que nous ne le pensons, dit Austin.

Gunn se racla la gorge et disposa les papiers en un tas bien net.

— Avec tout le respect que je te dois, Kurt, peut-être qu'avant de sauter dans les mâchoires de Kukulcan, nous ferions bien de chercher ce que tout ceci signifie. Et d'abord, de savoir pourquoi Halcon cause un pareil bazar.

— Je vois ce que tu veux dire. D'accord. Je vais commencer à faire bouger les choses. Comme Christophe Colomb, Halcon cherche le trésor phénicien apporté de Carthage. La clef de ce trésor est cachée dans des témoignages précolombiens. Il ne veut voir personne d'autre sur son chemin alors il détruit tous les indices et ceux qui les trouvent.

— J'ai pensé à cette théorie et elle colle assez bien, dit Gunn, mais ce n'est qu'une partie du tableau. J'ai demandé à Yaeger de réunir un dossier sur Halcon. Dis-nous ce qui concerne ses finances, Hiram.

Yaeger jeta un coup d'œil aux feuilles imprimées devant lui.

— Entre la fortune familiale et ses énormes holdings, il pèse des milliards de dollars et je suis encore en dessous de la vérité.

— Merci, Hiram. C'est ça qui me dérange, Kurt. Pourquoi Halcon prendrait-il la peine de tuer des gens, de t'attaquer toi sur l'*Andrea Doria* ou d'essayer de voler ce que nous avons appelé la pierre qui parle juste pour trouver un trésor, aussi fabuleux soit-il ? Il a plus d'argent qu'une personne normale pourrait en désirer.

— Tu as peut-être répondu à ta propre question, rétorqua Austin. Tu as dit une personne *normale*. D'après ce que Zavala nous a rapporté des exécutions sur le terrain de football, Halcon a plutôt l'air d'un fou.

— J'ai aussi considéré cette possibilité. Mais je crois que le Señor Halcon est bien plus compliqué qu'un riche excentrique qui s'ennuie et que la recherche d'un trésor amuse. Hiram, peux-tu nous dire sommairement ce que tu as découvert en outre sur ce monsieur ?

Chaussant ses lunettes de grand-père, Yaeger reprit la parole.

— Francisco Halcon est né en Espagne d'une très ancienne famille. *Halcon,* qui signifie « faucon », n'était apparemment pas le vrai nom de sa famille mais je n'ai pas réussi à le trouver. Il a fréquenté les écoles les plus huppées de Suisse puis une université anglaise. Oxford, en fait, dit Yaeger avec dédain. Il devint torero et fut célèbre sous le nom d'El Halcon. Il se débrouillait bien mais quitta le milieu tauromachique pour éviter un scandale. On a dit qu'il avait mis du poison sur le fil d'une épée dont il se servait pour la mise à mort, de sorte que s'il ratait le point vital du taureau, celui-ci mourait quand même.

— Cela ne me paraît pas très sport pour un ancien d'Oxford, remarqua Austin en prenant un accent très british.

— Cambridge, peut-être, mais pas Oxford, ajouta Zavala.

Yaeger haussa les épaules.

— Des arènes, il passa à l'une des sociétés familiales. Les Halcon avaient d'excellents rapports avec le dictateur Franco et les militaires espagnols avant et pendant la guerre et se firent beaucoup d'argent en vendant des armes. A la mort de Franco, quand la monarchie fut rétablie et la démocratie restaurée, les activités commerciales d'Halcon firent l'objet de nombreux soupçons. Interpol prétend qu'on le soupçonnait d'être lié avec le syndicat du crime espagnol. Il quitta le pays pour le Mexique où une branche de sa famille, installée là depuis la conquête espagnole, possède un bon nombre d'affaires. Halcon reprit les affaires avec les Etats-Unis, utilisa son argent et son influence pour établir de solides relations politiques et devint en peu de temps citoyen américain.

— Il a joliment bien réussi, d'après ce que j'ai vu des sociétés sous son égide à San Antonio, dit Zavala.

— Le rêve américain personnifié, ajouta Gunn sans chercher à masquer son mépris.

— Et plutôt deux fois qu'une, ajouta Yaeger. Sa profession officielle n'est qu'une couverture pour des opérations plus véreuses, de part et d'autre de la frontière. On le soupçonne de trafic de drogue et d'émigrants sur une grande échelle depuis le Mexique.

— Ce qui signifie qu'il est proche des hautes sphères du Mexique, dit Zavala. Aucune grosse affaire légale ou illégale n'échappe à leur attention.

— Cela correspond bien à la façon dont la famille a procédé en Espagne et aux Etats-Unis, ajouta Austin. Quelqu'un a-t-il jamais mentionné devant vous la Fraternité ?

— Comme je vous l'ai expliqué, on l'a dit lié à une organisation mafieuse espagnole, répondit Yaeger. Cela pourrait être une seule et même organisation, bien que je n'en aie pas confirmation.

— Qu'est-ce que c'est que ce complexe que j'ai vu aux abords de San Antonio ? demanda Zavala. Que raconte-t-on là-dessus ?

— Il appartient à une de ses sociétés commerciales. Parfaitement légale, d'après les autorités locales. On le considère un peu comme un dingue, mais un dingue très riche, de sorte que si ça lui fait plaisir de construire son propre parc à thème, ça ne dérange personne. A propos, sur les plans du complexe, il y a bien un terrain de jeu de balle comme un terrain de football.

— Mais ça ne ressemblait à aucun match de foot que j'aie pu voir à ce jour, dit sobrement Zavala.

— Les gars du coin ont entendu des explosions de temps en temps et disent qu'il y avait eu plus de circulation que d'habitude. Mais à part ça, qu'il est un bon voisin et qu'il paie ses impôts.

— Hiram a gardé le meilleur pour la fin, dit Gunn.
— Ça m'a pris du temps à cause des sociétés écrans et des sociétés commerciales et fondations entremêlées, mais les Industries Halcon s'étendent sur tout le sud-ouest et la Californie. Halcon contrôle des banques, des sociétés immobilières, des personnages importants de la politique et de la presse, bref, tout ce qui est à vendre.
— De toute évidence, il essaie d'augmenter sa puissance autant que sa richesse, dit Austin. Il ne diffère en rien des autres trusts avec leurs armées de lobbies.
— C'est intéressant de constater que tu as employé le mot *armée,* dit Gunn. Par hasard, j'ai soumis ce qu'Hiram avait trouvé à une section des renseignements généraux. Ils ont immédiatement décelé quelque chose qui sentait très mauvais. Ils ont reconnu le nom d'une des sociétés de Halcon comme celui d'un acheteur d'armes à la République tchèque et à la Chine.
— Quelles sortes d'armes ?
— Toutes celles que tu peux nommer. Depuis les fusils d'infanterie jusqu'aux tanks. Des tas de missiles aussi. Des SAM, des antichars, tout ce genre de trucs. Les R.G. ont lancé un mandat pour fouiller les locaux de la société assurant les expéditions. Ils n'ont trouvé qu'un bureau vide.
— Et où était passé tout ça ?
— C'est précisément ce que personne ne sait. En général, ça va au nord du Mexique, dans les Etats-Unis du Sud-Ouest et en Californie.
— Ça coûte un paquet d'acheter des armes telles que celles dont tu parles, un gros paquet !
Gunn hocha la tête.
— Même un milliardaire peut se ruiner à force de dépenser pour acheter des armes afin de déclencher une révolution.
Le silence s'abattit sur la pièce tandis que les derniers mots de Gunn flottaient dans l'air.

— *Madre mía !* murmura Zavala. Le trésor ! Il a besoin du trésor pour réaliser ce qu'il veut faire !

— C'est ce que j'ai pensé, dit calmement Gunn. Cela peut paraître fou mais on dirait qu'il prépare une sorte de prise de contrôle à la fois militaire et politique.

— Avez-vous une idée du moment où ceci devrait se produire ? demanda Austin.

— A mon avis, bientôt. Les sources d'Hiram ont détecté que beaucoup d'argent circulait en Espagne en passant par des comptes en Suisse pour atterrir sur ceux de marchands d'armes. Il va falloir qu'il renfloue ça très vite s'il ne veut pas écoper d'un très vilain rapport bancaire. Et c'est pour ça qu'il est si pressé de trouver le trésor.

— Que font nos forces armées ?

— Elles sont en alerte. Mais même si on l'arrête militairement, un flot de sang innocent coulera.

— Il y a un autre moyen de l'arrêter. Pas de trésor, pas de révolution, dit Zavala.

— Merci, Paul et Gamay, toi et le Dr Orville avez fait un excellent travail en nous guidant vers la bonne direction, dit Austin.

Il se leva et regarda tous ceux qui étaient assis autour de la table.

— Maintenant, c'est à nous d'agir, ajouta-t-il avec un sourire sans joie.

L'élégante salle à manger était plongée dans l'ombre, sauf le centre de la table où était assis Angelo Donatelli, rédigeant le menu du lendemain. Le restaurant de Donatelli était aménagé à la mode de Nantucket mais, contrairement aux autres lieux enjolivés de thèmes nautiques, les décorations n'avaient pas été commandées à des grandes surfaces spécialisées. Les harpons et les fers de baleiniers avaient vraiment servi à capturer des baleines et les tableaux primitifs représentant des bateaux à voiles étaient des originaux. Antonio était assis en face de son cousin, un journal italien étalé sur la nappe immaculée. Il buvait de temps en temps une gorgée d'amaretto. Ni l'un ni l'autre ne réalisaient qu'ils n'étaient plus seuls quand soudain une voix tranquille appela.

— Monsieur Donatelli ?

Angelo leva les yeux et aperçut deux silhouettes debout juste au bord du cercle de lumière. Comment diable ces gens-là étaient-ils entrés ? Il avait lui-même verrouillé le portail. La visite tardive ne le surprenait pas vraiment. Il fallait des semaines pour réserver une table chez lui et les gens tentaient n'importe quoi pour raccourcir ce délai. La voix lui parut vaguement familière, aussi, ce qui le persuada qu'il pouvait s'agir d'un de ses clients.

— Je suis Angelo Donatelli, dit-il avec son habituelle politesse. Mais je crains que vous n'arriviez trop tard, le restaurant est fermé. Si vous appelez demain, le maître d'hôtel fera de son mieux pour vous satisfaire et vous réserver une table.

— Vous pouvez me satisfaire tout de suite en disant à votre homme de poser son arme sur la table.

Antonio prit le revolver posé sur ses genoux qu'il avait sorti discrètement de son holster et le posa lentement sur la table.

— Si vous êtes venus pour voler, c'est trop tard, dit Donatelli. Toute notre recette a été déposée à la banque.

— Je ne suis pas venu vous voler. Nous sommes ici pour vous tuer.

— *Nous tuer ?* Nous ne savons même pas qui vous êtes !

En réponse, la silhouette fit un pas en avant dans la lumière, révélant un homme mince et bronzé qui prit le revolver d'Antonio et le glissa dans la ceinture de son costume noir. Le regard d'Angelo se posa une seconde sur le pistolet dont le canon était allongé d'un silencieux. Mais ce fut surtout l'homme à la peau sombre qui le fit frissonner. Il avait vu ce visage en rêve. Non. Dans un *cauchemar.* Il l'avait aperçu tandis qu'il descendait vers les cales du navire mourant. Incroyablement, depuis plus de quarante ans, il n'avait pas vieilli.

— Je vous ai vu sur l'*Andrea Doria,* s'étonna Donatelli.

La bouche de l'homme s'étira en un sourire glacé.

— Vous avez une bonne mémoire des visages, dit-il. Mais il s'agissait de feu mon père. Il m'a dit qu'il avait senti une présence dans la cale, cette nuit-là. Vous et moi avons eu en outre une relation plus intime. Je vous ai parlé un jour au téléphone.

Donatelli se rappelait maintenant l'appel en pleine nuit qui l'avait tiré d'un profond sommeil par des menaces contre lui et sa famille.

— *La Fraternité,* murmura-t-il.

— Vous avez aussi une bonne mémoire des noms. Dommage que vous ayez oublié mes recommandations sur ce qui vous arriverait si vous ne vous taisiez pas. Normalement, je ne m'occupe pas en personne des opérations quotidiennes de mon organisation, mais vous m'avez causé beaucoup d'ennuis, vieil homme. Vous rappelez-vous ce que je vous avais dit ?

Donatelli fit signe que oui, la bouche trop sèche pour répondre.

— Bien. Permettez-moi de vous le rappeler néanmoins. Je vous ai prévenu que si vous parliez de cette nuit sur l'*Andrea Doria,* vous pourriez mourir en sachant que vous avez causé la mort de tous les membres de votre famille que nous pourrons trouver. Vos fils, vos filles, vos petits-enfants, tout le monde. La famille Donatelli cessera d'exister autre part que sur des croix plantées dans une chapelle funéraire.

— Vous ne pouvez pas faire ça ! répondit Donatelli retrouvant sa voix.

— Vous ne pouvez blâmer que vous-même. Il y a des choses énormes en jeu et personne ne vous a obligé à parler à la NUMA.

— *Non !* dit Antonio en parlant pour la première fois. La famille ne faisait pas partie du contrat !

Angelo se tourna pour regarder son cousin.

— Qu'est-ce qu'il raconte ?

La culpabilité se lisait sur le visage tourmenté d'Angelo.

— Votre cousin ne vous a pas dit qu'il travaillait pour moi ? demanda l'homme. Il a d'abord refusé mais vous n'imaginez pas l'effet que la perspective d'un voyage dans son pays a eu sur lui. Nous lui avons dit que s'il nous informait des activités de la NUMA par votre intermédiaire, je résoudrais ses problèmes avec les autorités, là-bas en Sicile.

— *Sí,* dit Antonio en avançant la mâchoire comme Mussolini. Mais pas la famille. Vous me permettiez de rentrer en Sicile, c'était ça le contrat.

— Je tiens parole. J'ai seulement oublié de dire que vous y retourneriez dans un cercueil. Mais à vous l'honneur, monsieur Donatelli. *Arrivederci !*

Antonio bondit de sa chaise avec un cri de rage et se jeta devant son cousin. Le pistolet fit un petit bruit, à peine comme celui d'une fermeture de porte. Une fleur rouge s'élargit sur le devant de la chemise d'Antonio qui s'écroula sur le sol.

Le pistolet toussa à nouveau.

Sans personne pour la bloquer, cette fois, la balle suivante frappa Donatelli à la poitrine. Il tomba à la renverse sur le dossier de son fauteuil tandis qu'Antonio, d'un geste discret, refermait la main sur un petit Beretta de 6 pouces caché dans son holster de cheville. Il se mit sur le coude avec difficulté et visa Halcon. Comme par magie, un trou rond et net apparut au milieu du front d'Antonio qui s'affaissa sur le sol, le tir de son propre pistolet dévié n'importe où.

La seconde silhouette sortit de l'ombre, un pistolet encore fumant dans la main. Il regarda froidement l'homme qu'il venait de tuer.

— Il ne faut jamais faire confiance à un Sicilien, dit-il calmement.

— Bon travail, Guzman. J'aurais dû m'attendre à sa traîtrise. Je me suis rouillé à force de travailler derrière un bureau et je ne suis plus à la hauteur sur le terrain.

— Vous serez le bienvenu si vous voulez m'accompagner pour démolir le reste de la famille, dit Guzman, les yeux brillants.

— Oui, j'aimerais bien. Malheureusement, ça devra attendre. Nous avons plus urgent à faire. (Il se tourna vers Angelo.) Dommage que tu ne puisses m'entendre, dit-il. J'ai décidé d'épargner ta famille un moment, le temps de réparer les dégâts que tu as aidé à créer. Mais ne désespère pas. Tu retrouveras bientôt tes chers trésors en enfer.

Des voix s'élevèrent en dehors du restaurant où le coup de feu d'Antonio avait attiré l'attention de quelques passants. Halcon jeta un dernier regard aux corps immobiles puis, suivi de son compagnon au visage balafré, il se fondit dans l'obscurité.

46

Guatemala.

— Comment as-tu dit qu'était cet avion ? cria Austin dans le cockpit envahi du bruit du monomoteur.

— Il avait environ cinquante ans, à quelques années près, répondit Zavala en criant aussi. Le propriétaire dit qu'il a toutes ses pièces d'origine. Sauf peut-être le porte-bonheur qui pend au rétroviseur.

Voyant la crainte envahir le visage d'Austin, il ajouta :

— Je plaisantais, Kurt. J'ai tout vérifié. Le moteur a été révisé si souvent qu'il est pratiquement neuf. J'espère que nous serons aussi en forme quand nous aurons son âge.

— Si jamais nous l'atteignons, dit Austin avec scepticisme en regardant par la fenêtre le terrain inhospitalier qu'ils survolaient.

— T'inquiète pas, mon vieux. Le De Havilland Beaver est l'un des meilleurs avions jamais construits. Ce zinc est aussi solide qu'un tank. C'est exactement ce que le docteur nous a prescrit.

Austin jeta un coup d'œil à la statuette de saint Christophe attachée au tableau de commandes par une ventouse de plastique et croisa les bras. Quand il avait proposé à Zavala de trouver un appareil discret pour voler, il n'avait pas envisagé cet antique Beaver aux lignes vieillottes un peu carrées, son hélice à deux pales et son nez émoussé et pas du tout aérodynamique. Il avait juste pensé à autre chose qu'un hélicoptère militaire qui ne pouvait violer l'espace aérien des pays voisins du Mexique sans permission. Même un appareil de la NUMA avec sa couleur turquoise et ses grosses lettres aurait attiré les regards.

Ils avaient trouvé le Beaver caché par une grande toile de peintre dans le coin sombre d'un hangar peu fréquenté de l'aérodrome de Belize City. Les yeux de Zavala s'étaient éclairés comme les *luminarias* d'un arbre de Noël. Il s'était frotté les mains, impatient de les poser sur les leviers de commandes. Un seul autre avion aurait pu déclencher une réaction aussi forte, s'était dit Austin. Heureusement, l'invention des frères Wright était au Smithonian, où aurait dû être aussi ce Beaver.

Comme le Cassius de Shakespeare, le Belizien propriétaire de l'appareil était maigre et osseux. Il ne parlait qu'en murmurant et regardait souvent pardessus son épaule comme s'il craignait l'arrivée de visiteurs indésirables. Il avait été recommandé à Austin par un ancien collègue de la CIA qui avait participé à des opérations clandestines et aidé les Contras à combattre les Sandinistes. Si l'on en jugeait par ses conseils prudents concernant le chargement possible et les zones discrètes d'atterrissage, il était évident qu'il pensait que les deux Américains passaient de la drogue. Etant donné les missions pas très claires de la CIA en Amérique centrale, cela ne surprenait personne. Il ne posa pas de question et insista pour être payé par ce qu'il appelait un dépôt de sécurité assez important pour lui permettre de s'acheter un Boeing 747, en dollars. Tandis qu'il comptait soigneusement chaque billet pour être sûr de ne pas se faire rouler, il leur conseilla de ne pas oublier les réclamations territoriales du Guatemala sur Belize et de faire de leur mieux pour ne pas se faire remarquer. Austin lui précisa que cela pourrait se révéler difficile étant donné la couleur jaune moutarde brillante du vieil avion. L'homme haussa les épaules et disparut dans l'ombre avec ses liasses de billets.

Austin dut admettre que l'avion convenait mieux pour le travail qu'ils voulaient faire qu'un appareil plus neuf et plus voyant. Ce n'était pas exactement le Concorde mais pourtant, avec une vitesse de 200 kilomètres/heure, il dévorait les distances tout en étant assez lent pour servir de plate-forme d'observation aérienne idéale. De plus, il était capable de décoller sur une courte distance et d'atterrir sur l'eau comme sur terre.

Zavala restait à moins de neuf cents mètres. Ils survolaient le Peten, la partie nord couverte d'épaisses forêts du Guatemala, qui s'enfonce en un vaste carré dans le Mexique. Au sol, le terrain avait d'abord été plat puis peu à peu s'était couvert de collines rondes coupées de rivières et de leurs affluents. Il avait autrefois été colonisé par les Mayas qui utilisaient les rivières pour commercer d'une ville à l'autre. Du reste, ils aperçurent plusieurs fois des ruines grises à travers les arbres. Les pics distants des Monts Mayas s'élevaient dans la brume, là-bas, vers le sud. Austin suivit leur progression sur la carte attachée à la planche de vol sur laquelle était posée la grille dessinée sur une feuille d'acétate. Il vérifiait constamment la boussole et le GPS.

— Nous arrivons au point de jonction où les mâchoires se rejoignent, dit-il en montrant la carte. (Il jeta un coup d'œil à sa montre.) Dans trente secondes, nous devrions y être.

Austin regarda à nouveau par la fenêtre. Ils suivaient le tortillement d'une rivière dont les méandres allaient et venaient comme un ruban bleu sur une boîte de chocolats, puis s'élargissait en un petit lac mort. Quelques secondes plus tard, il montra du doigt l'eau frémissante.

— C'est là ! Les mâchoires de Kukulcan.

— Nous aurions dû apporter le mini-sub, constata Zavala.

— Faisons quelques cercles autour du lac. Si nous ne sommes pas accueillis par la D.C.A., nous nous poserons.

Zavala souffla sur ses lunettes de style aviateur, en essuya les verres sur sa manche et les remit sur son nez. Il leva le pouce et fit pencher l'avion jusqu'à ce que l'horizon soit presque perpendiculaire. Il appliquait la même tactique de vol — un mélange de jockey de F-16 et de fou volant écervelé — à tous les appareils qu'il manœuvrait, qu'il s'agisse d'un submersible ou d'un avion datant de l'époque où Harry Truman entamait son premier mandat présidentiel.

Vu d'en haut, le lac ressemblait à un immense œil attentif. De forme ovale, il abritait une toute petite île à la place où aurait pu être la pupille. Il était petit, environ huit cents mètres de long et quatre cents de large. La rivière s'en échappait en un angle aigu puis le contournait jusqu'au point où elle rejoignait un autre petit cours d'eau sortant de l'autre extrémité du lac. Austin se dit que ce lac devait être alimenté par des sources ou des ruisseaux cachés par les arbres.

Le Beaver fit deux fois le tour du lac et ils ne virent rien qui sortît de l'ordinaire. La voie étant apparemment libre, Zavala abaissa le nez de l'appareil comme s'il voulait creuser un trou dans l'eau. Au dernier moment, il le redressa comme pour un plongeon en bombe et reprit une position parfaitement plane jusqu'à ce que les flotteurs blancs en caressent la surface. L'avion ricocha comme une pierre plate, déclenchant deux sillages en plumes de coq avant de s'arrêter enfin à mi-chemin entre la rive et l'île. Austin ouvrit la porte d'un coup de pied dès que l'hélice lâcha un dernier toussotement. Maintenant que le moteur ne tournait plus, ils furent enveloppés d'un silence presque palpable. Zavala appela le navire par radio pour donner leur position et Austin scruta le lac, les falaises basses et l'île avec ses jumelles, prenant son temps afin d'être sûr qu'ils étaient seuls, aussi loin que possible.

— Tout paraît parfait, dit-il en reposant ses

jumelles. Mais cette île a quelque chose qui m'inquiète, ajouta-t-il en observant le centre du lac.

Zavala regarda par-dessus l'épaule de son ami et enfonça sa casquette de base-ball sur son front pour protéger ses yeux des reflets du soleil.

— Elle me paraît tout à fait normale.

— C'est ça le problème. Cet endroit est trop parfait. Si tu tirais des lignes de rive à rive, du nord au sud et de l'est à l'ouest, cette île serait juste à l'intersection, comme une cible dans le viseur d'un fusil à lunette. Exactement au centre !

Zavala redémarra le moteur et donna assez de puissance à l'hélice pour atteindre environ 2 nœuds. Puis il coupa les gaz et laissa l'avion dériver vers l'île. Ils lâchèrent l'ancre et estimèrent, à la longueur du câble, que le lac avait plus de trente mètres de profondeur. Ils gonflèrent un canot pneumatique et s'y installèrent en passant par les patins de l'avion puis pagayèrent sur la courte distance qui les séparait de l'île. Après quoi ils hissèrent le canot sur la boue herbeuse de la rive.

Austin estima que l'île mesurait environ neuf mètres de diamètre. On aurait dit la carapace irrégulière d'une tortue géante, s'élevant très vite au-dessus de l'eau en un sommet arrondi d'à peu près quatre mètres cinquante de haut. Peu impressionné par l'épaisse végétation de fougères et de cactus, Zavala escalada la pente. Près du haut, il poussa un cri et recula, comme frappé par un coup invisible.

Austin se tendit et sa main se porta au pistolet attaché à sa ceinture.

— Qu'est-ce qui ne va pas ? demanda-t-il.

Sa première pensée fut que Joe avait trébuché sur un nid de vipères.

L'éclat de rire de Zavala effraya une nuée d'oiseaux blancs qui s'envolèrent comme des confettis dans le vent.

— L'île est occupée, Kurt. Viens ici, je vais te présenter le propriétaire.

Austin grimpa la minuscule colline à grandes

enjambées et regarda le squelette dont la mâchoire pleine de dents grimaçait dans les buissons. Il repoussa les feuilles pour découvrir une grotesque tête de pierre environ deux fois plus grosse que nature, gravée dans le linteau d'une ouverture carrée. Cette ouverture perçait le flanc d'une construction carrée, enterrée dans le sol meuble presque au sommet de son toit plat et crénelé, décoré d'une rangée de crânes semblables, en plus petits, à celui qu'ils avaient vu d'abord.

De la gaine de son couteau, Austin creusa la poussière pour élargir l'ouverture où Zavala passa la tête et les épaules.

Il éclaira l'intérieur de sa lampe de poche.

— Je crois que je peux me faufiler là-dedans, dit-il en joignant le geste à la parole.

Austin entendit un éternuement sonore puis la voix de Zavala.

— Faudrait un aspirateur, ici.

Austin réussit à élargir l'entrée et suivit Zavala.

— Ce n'est pas exactement le Hilton, constata-t-il en regardant autour de lui.

Sa voix résonna. L'endroit avait la taille d'un garage pour deux voitures, aux murs suffisamment épais pour supporter sans dommages un tir direct de canon. La tête d'Austin touchait presque le plafond bas. Les murs recouverts de plâtre étaient dépouillés mais des taches sombres recouvraient presque toute leur surface ainsi que quatre portes, du sol au plafond, semblables à celles par laquelle ils étaient entrés. Elles étaient bouchées par de la terre et des racines aussi dures que du ciment.

— Je me tâte, Kurt. Il y a un tas d'avantages. Vue sur la mer, décor simple...

— C'est ce que les agents immobiliers appellent « coquet pavillon pour bricoleurs ».

— Et il y a aussi une cave, reprit Zavala en éclairant un coin.

Austin s'agenouilla pour inspecter une dalle massive sur le sol. Elle était percée de plusieurs trous près des bords. En se servant de leurs couteaux, ils réussirent à soulever et à faire glisser la dalle qui révéla un escalier en spirale. Austin se porta volontaire pour voir où il menait. Il descendit la courte volée de marches et arriva dans un couloir bientôt bloqué par un immense bloc de pierre. Austin le balaya du rayon de sa torche.

— Tu ferais bien de descendre, dit-il tranquillement.

Sentant le sérieux de la voix de son ami, Zavala le rejoignit rapidement. Devant le bloc de pierre, des os s'empilaient. Contrairement à la tête de mort sculptée qu'ils avaient vue plus tôt, les six crânes qu'ils dénombrèrent étaient couverts de chair. Zavala prit un des crânes et le tint à bout de bras, comme Hamlet contemplant les restes de Yorrick.

— Des victimes sacrificielles. Si l'on tient compte du trou que l'on voit dedans, on a dû abréger leurs souffrances pour qu'ils n'aient pas à mourir d'inanition.

— Des bourreaux au grand cœur ! commenta Austin en examinant le bloc de pierre pour tenter de trouver un joint. La seule façon d'aller de l'autre côté de ce machin, c'est d'employer un marteau-piqueur ou de la dynamite.

Austin en avait assez vu. Ils remontèrent à la chambre du haut où Austin remarqua plusieurs fragments blanchis sur le sol. Il en ramassa un qui s'effrita dans sa main.

— Des coquillages d'eau douce, dit-il. Cet endroit était immergé il y a longtemps.

Zavala passa les doigts sur les murs sales.

— Tu as peut-être raison. Ça ressemble à la vase d'un étang asséché.

Ils regagnèrent l'air libre et explorèrent le périmètre de la construction. Elle était bâtie sur une plate-forme de pierre qui était devenue le réceptacle de tout ce qui flottait dans le lac. Des graines, probablement apportées par les oiseaux, avaient poussé, et leurs racines empêchaient la terre de s'envoler. En regardant au fond de l'eau, on apercevait une terrasse de pierre. Austin enleva ses bottes, et glissa dans l'eau où il fit quelques brasses avant de plonger.

— Ça ressemble à la partie immergée du fameux iceberg, dit-il en refaisant surface. Il devait s'agir d'un temple situé au sommet d'une très grande pyramide. Je ne sais pas jusqu'où ça va.

— Je t'avais bien dit qu'on aurait dû apporter un sous-marin, répondit Zavala en tendant la main à Austin pour le tirer sur la terre ferme. Alors, si ce que nous pensons est exact et si ce monument est un temple, nous sommes au point zéro. Les mâchoires.

— Il nous reste à trouver comment entrer dans le goulet.

— Rien que ça ! On pourrait essayer de faire sauter le bloc qui barre l'entrée.

— Ouais, on pourrait et ça pourrait même marcher. Mais ce n'est pas exactement ce que j'appellerais une approche chirurgicale. Nos copains archéologues ne nous adresseraient plus jamais la parole. Réfléchissons-y pendant que nous jetons un coup d'œil aux alentours.

Ils retournèrent à l'avion, regagnèrent l'extrémité du lac où ils descendirent et marchèrent un moment. La forêt était dans une semi-obscurité, sauf quelques taches de soleil passant à travers la cime des arbres si épais que presque rien ne poussait à leurs pieds. Il était donc facile d'avancer sur un véritable tapis de feuilles. Austin suivit un ruisselet jusqu'à sa source et s'arrêta à l'endroit où la rivière qu'ils avaient aperçue de l'avion était flanquée de fondations de pierres. Son lit, entre les fondations, était plein de terre et de végétation mais quelques filets d'eau coulaient vers le lac du réservoir substantiel qu'on avait construit derrière le barrage rudimentaire et autour de la vieille barricade. Le cours principal de la rivière tournait brusquement juste avant d'atteindre les fondations et partait vers la forêt. Austin suivit les eaux arrivant du réservoir et s'arrêta de nouveau devant deux autres fondations semblables.

— C'est exactement ce que je pensais, dit-il.

Zavala parut impressionné.

— Comment savais-tu que ces machins seraient là ?

— Tu me croirais si je te disais que je suis un génie des barrages ?

— Bien sûr que je te croirais ! Maintenant, dis-moi comment tu savais vraiment.

Austin prit une branche, la jeta dans la rivière et la regarda disparaître dans le bouillonnement agité de l'écume.

— Tu te rappelles à quoi ressemble cette rivière, vue d'en haut ? Je crois que tu as fait remarquer qu'elle tournait plus qu'une danseuse du ventre. Juste avant qu'elle rejoigne le lac, elle fait un angle sur une ligne parfaitement droite. Ma première impression fut que cette section était trop droite pour être naturelle. C'est comme ce temple au centre du lac. Rien n'est aussi parfait dans la nature. J'ai pensé qu'il s'agissait peut-être d'un canal. Tu connais le Chesapeake et le parc historique de l'Ohio, au nord de Washington ?

— Un des endroits que je préfère pour un premier rendez-vous pas trop cher, dit Zavala avec un sourire plein de souvenirs tendres. *Muy romántico !* Mais qu'est-ce que ça à voir ?

— Pense à ce temple. Il est parfois sous l'eau et parfois non.

Austin entendit presque grincer les rouages du cerveau de Zavala qui enregistraient l'information. Il se tapa le front.

— *Mais bien sûr !* Les écluses !

Austin dégagea une petite surface sur le sol, prit un bâton et le tendit à Zavala.

— A toi de faire, Professeur Z.

Zavala dessina une ligne dans la poussière.

— Ça, c'est le Potomac. On ne peut y faire ni monter ni descendre de bateaux à cause des rapides et des chutes. Alors on a creusé un canal autour de l'eau dangereuse. Ici, on a construit un système d'écluses pour contrôler le niveau de l'eau dans le canal, section par section. Voyons si j'ai raison. (Il dessina un ovale représentant le lac.) Dans son état normal, la rivière arrive ici, en haut, remplit la plaine alluviale pour créer le lac puis roule vers le bas et continue sa course jusqu'à la mer.

— Jusque-là, c'est bon, professeur.

— A un moment, des ingénieurs inconnus ont construit un barrage ici, reprit Zavala en traçant un trait à travers le haut du lac. Ça bloque l'eau dans le lac mais il faut bien qu'elle aille quelque part sinon elle va passer autour de la porte. (Il traça une autre ligne droite à l'extrémité du lac.) Si tu coupes ce canal, l'eau est déviée, sort du lac et va vers le lit d'une autre rivière. Et comme ça, acheva-t-il avec un regard triomphant, on peut vider le lac.

— Et on peut construire un temple. Ici, dit Austin en traçant une croix dans la terre avec la pointe de sa botte.

Zavala reprit son raisonnement.

— Après avoir posé la dernière pierre de la pyramide, on ferme l'écluse du canal et on ouvre la porte du lac. Celui-ci se remplit en un rien de temps et cache le temple. Ergo...

— *Ergo, ipso facto et voilà !* Le seul problème, c'est que la porte de l'écluse est faite de parties mobiles. Au bout d'un moment, elle se détériore et il n'y a pas d'équipe de travaux publics pour la réparer. Ce qui reste de la civilisation maya a été décimé par les Espagnols. Cette courbe est un fourre-tout naturel pour ce qui flotte sur la rivière. Tout ça se masse devant la porte du lac comme une digue, l'écluse du canal s'abîme et s'ouvre et la rivière s'écoule à nouveau hors du lac. Bien sûr, le lac reçoit quelques affluents mais, à la fin, le niveau de l'eau baisse et expose le haut du temple. Lequel se couvre de végétation.

— De sorte que si nous attendons assez longtemps, reprit Zavala, le lac sera finalement vidé au point d'exposer complètement le temple. A moins que la pression de l'eau de ce réservoir le fasse exploser et repasse dans le vieux réservoir, ce qui fera remonter le niveau du lac.

Austin réfléchit à ce que Zavala venait de dire et hocha la tête.

— Je t'expliquerai le reste de ma théorie sur le chemin du retour.

Pendant qu'ils cheminaient dans la forêt, Zavala prit sa revanche.

— Tu dois admettre que c'est un *sacré* bel exemple d'ingénierie.

A son tour, Austin ignora la tentative de calembour.

— Je suis d'accord. Ça leur permettait de vider le lac chaque fois qu'ils le voulaient. Et ça permet aussi d'imaginer qu'ils pouvaient désirer entrer à nouveau dans ce temple. L'entrée du sommet est peut-être un leurre. Comme ces fausses entrées qu'on construisait dans les pyramides égyptiennes pour tromper les voleurs. Ça ne m'étonnerait pas qu'ils aient mis les squelettes dans ce but. Juste des accessoires de théâtre.

— Tu parles d'un théâtre et tu parles d'accessoires ! s'écria Zavala.

— Demandons qu'on nous lâche quelques fournitures par avion.

Quelques minutes plus tard, depuis l'appareil, Zavala appela le *Nereus* pour donner la liste de ce dont ils avaient besoin. Il fronça les sourcils en découvrant certains des desiderata d'Austin mais ne posa pas de question.

Pendant qu'ils attendaient, ils mangèrent un peu puis s'allongèrent à l'ombre jusqu'à ce que la radio crépite et annonce : « On arrive dans dix minutes, les gars. »

Exactement dix minutes après, un hélicoptère turquoise portant le sigle de la NUMA arriva assez bas au-dessus du lac, s'immobilisa près de l'avion et lâcha une grande caisse enveloppée d'un lourd plastique, avec des flotteurs remplis d'air. Les pilotes de l'hélicoptère regardèrent les deux hommes prendre livraison de la caisse, leur adressèrent un signe d'adieu et repartirent par le chemin d'où ils étaient venus.

Dans la caisse il y avait deux équipements de plongée et plusieurs cartons. Austin chargea le tout sur le canot et regagna en pagayant la partie supérieure du lac tandis que Zavala garait l'avion dans un coude de la rivière. Il se garda bien de demander à son ami ce qu'il avait l'intention de faire. Kurt le lui dirait de toute façon en temps utile.

Zavala recouvrit l'avion d'un filet de pêche. Il y ajoutait des branches quand Austin approcha sur le canot pour l'aider à finir le travail. Les cartons avaient disparu. Quand ils considérèrent que l'avion était bien caché, ils mirent les équipements de plongée dans le canot et se dirigèrent vers l'île où ils effacèrent les traces de leur précédente visite. Ils dégonflèrent le canot, le cachèrent dans l'eau peu profonde en y mettant des pierres pour l'empêcher de remonter. L'eau était tiède, aussi enfilèrent-ils juste une combinaison de Lycra noir et non les combinaisons humides en Néoprène, plus épaisses.

Sans rien dire, Austin rangea la petite bourse qu'il portait dans une poche imperméable autour de son cou. Ils vérifièrent rapidement leurs équipements puis s'éloignèrent de l'île à la nage et, sans perdre de temps, vidèrent l'air de leur bouée d'équilibrage et commencèrent à s'enfoncer dans les eaux sombres du lac.

47

Agitant doucement et régulièrement leurs palmes, ils nagèrent vers le fond en s'éloignant du temple un peu en biais jusqu'au fond du lac, écrasés par la masse imposante de la construction en pointe. De larges niveaux en terrasse s'étageaient sur le flanc de la pyramide comme des marches géantes.

— Sacrés blocs de pierre, constata Austin d'une voix où passait l'admiration malgré le ton métallique que lui donnait le micro sous-marin.

— Heureusement que nous ne sommes pas superstitieux. J'ai compté treize terrasses.

— Touche du bois. Nous sommes à trente-quatre mètres vingt, dit Austin en regardant son profondimètre. Es-tu prêt à plonger un plan ?

Les plongeurs expérimentés ont une devise : *prépare ta plongée et plonge suivant ton plan.* Leur stratégie était simple. Explorer chacune des quatre faces du haut en bas. Ils commencèrent par faire le tour du temple dans le sens inverse des aiguilles d'une montre. C'était une construction solitaire et Austin se demanda si on l'avait construite dans un but unique. Le flanc suivant ressemblait au premier et ils ne passèrent que quelques minutes à l'explorer. Mais ils touchèrent le gros lot en atteignant le troisième.

Alors que les deux autres faces étaient relativement dépourvues d'ornements, celle-ci présentait un large escalier du haut en bas, jusqu'à ce qui avait dû être le niveau du sol en période d'assèchement. Au pied de l'escalier, aussi immense et solitaire que le portier d'un hôtel rupin de Las Vegas, se dressait un bloc de pierre. La stèle était verticalement posée sur le fond du lac.

Zavala dirigea le rayon blanc de sa torche halogène sur la surface sombre.

— Ça ne te rappelle rien ? demanda-t-il enfin.

Austin regarda la forme sculptée d'un serpent à plumes dévorant un bateau.

— Le monde est petit ! C'est la jumelle de la pierre du *Doria* !

Il leva les yeux vers l'escalier qui courait sur le flanc de la pyramide.

— Ça me rappelle aussi cette pierre qui ne cessait d'apparaître dans le film *2001*. Peut-être ce petit panneau d'affichage a-t-il quelque chose à nous dire ?

Avec Zavala sur sa droite et légèrement derrière lui, il remonta en nageant l'escalier comme un filet de fumée paresseux. Des sculptures bordaient les marches avec, en plus, des têtes de pierre sur certaines contremarches. A mi-hauteur, l'énorme face stylisée d'un serpent émergeait de sa couronne de plumes. La gueule, assez large pour avaler un homme, était grande ouverte, prête à mordre. D'épais crocs pointus, de la taille et de la forme de pylônes de circulation, émergeaient du haut de la gueule et rejoignaient des crocs semblables pointant vers le haut.

— Il a l'air amical, dit Zavala. Tu crois qu'il mord ?

— Je te présente le Serpent à Plumes. Plus connu dans ce coin sous le nom de Kukulcan.

— On dirait le résultat du croisement entre un Rothweiller et un alligator. Demande-lui s'il sait comment on entre dans la pyramide.

— Ce n'est peut-être pas une idée aussi bête qu'elle en a l'air !

Austin fit quelques battements de palmes, s'approcha de la gueule béante et en sonda les ombres avec sa torche.

— Dis « Ah ! » dit-il avant d'y pénétrer.

Son réservoir d'air cogna et ripa contre les crocs épais mais, à l'intérieur, il y avait assez de place pour faire demi-tour. Il sortit la tête de la gueule, fit signe à Zavala de le rejoindre et s'enfonça dans la pyramide. La lumière de sa lampe éclaira des prises de pied dans le sol en pente. Ils nagèrent ainsi pendant à peu près deux minutes, lentement, précautionneusement, jusqu'à ce que le passage débouche dans une chambre assez grande pour que tous deux puissent s'y tenir debout. Une volée de marches montait jusqu'à un autre passage.

— J'ai l'impression d'être un paquet de linge sale tombant dans le panier d'un blanchisseur. Tout ça est trop facile, dit Zavala d'un ton soupçonneux.

— J'étais en train de me dire la même chose. Mais rappelle-toi, les gens qui ont construit ce truc savaient qu'il allait être dans l'eau. Ils ont probablement pensé que quiconque essaierait d'entrer perdrait son temps à passer à travers la pierre qui est en bas du temple. Et que même s'ils voyaient cette entrée, ils n'oseraient pas pénétrer dans la gueule du serpent. Tout de même, ajouta-t-il, ouvre l'œil, il peut y avoir des pièges.

Ils montèrent l'escalier comme des fantômes dans une maison hantée. Austin entendit Zavala grommeler.

— Ils auraient tout de même pu se décider, non ? On monte, on descend !

Austin comprenait les ronchonnements de son coéquipier. Même un plongeur d'épaves expérimenté ne peut empêcher ce sentiment de vague claustrophobie quand il se dit que les milliers de tonnes de rochers au-dessus de sa tête pourraient bien lui tomber dessus. Et pire encore, qu'il pourrait rester coincé, incapable de bouger, en attendant de mourir douloureusement par suffocation. Aussi fut-il soulagé quand sa tête brisa la surface de l'eau. Zavala apparut une seconde plus tard. Ils promenèrent leurs lumières autour du bassin circulaire. Zavala sortit son détendeur de sa bouche. Austin tendit le bras et lui saisit le poignet.

— Attends ! prévint-il. Nous ne savons pas si cet air est respirable !

L'atmosphère avait peut-être deux mille ans. Austin ignorait si des micro-organismes, des spores ou des toxines ne s'étaient pas développés pendant cette période, et ne souhaitait pas prendre de risques. Il se hissa hors du bassin, enleva ses palmes et sa ceinture et aida Zavala à en faire autant. Ils grimpèrent jusqu'à l'endroit où le sol était plan. Le bruit de leur souffle dans les détendeurs paraissait bizarrement fort, hors de l'eau.

La longue chambre étroite avait un plafond haut et voûté supporté par des arches construites en encorbellement, comme les aimaient les Mayas, avec divers niveaux de blocs horizontaux. Le rayon de la lampe d'Austin quitta le plafond et souligna une tête allongée avec des oreilles pointues et des narines épatées.

— Est-ce que c'est ce que je crois que c'est ? demanda Zavala.

— Un cheval est un cheval.

— Bien sûr. Bien sûr. Mais dis-moi ce que M. Ed[1] fait ici ?

Austin baissa le rayon pour qu'il éclaire le long cou de bois du cheval.

— Eh bien ! Mince, alors ! C'est une figure de proue !

La tête sculptée du cheval surmontait la large proue d'un bateau aux flancs minces et rouge foncé qui se terminait par un bélier pointu. Ceux qui avaient fabriqué ce navire étaient de vrais artistes, pensait Austin en longeant la coque. L'embarcation était longue, étroite et à double face. Son fond plat, relevé à chaque extrémité, s'achevait en courbes gracieuses et parfaitement étanches si l'on considérait

1. Personnage de cheval qui parle d'un feuilleton télévisé américain.

les planches soigneusement imbriquées. Le mât était allongé de tout son long sur le pont. Des planches tombées du pont révélaient des dizaines d'amphores dans la cale. Des objets circulaires en métal étaient posés çà et là, peut-être des boucliers. Deux longues rames aux bords émoussés par l'âge reposaient contre la partie arrière du bateau comme dans l'attente de rameurs morts depuis longtemps. Le navire ne voguait pas sur l'azur de la mer mais sur un berceau de pierre. Alors que la plupart des madriers le soutenant étaient intacts, certains avaient pourri de sorte que le navire était un peu penché.

— Il est beaucoup plus beau en vrai, murmura Zavala.

Austin caressa le bois de la main comme s'il n'en croyait pas ses yeux.

— Alors je ne suis pas le seul à le voir ! Celui-ci est l'un de ceux qui sont représentés sur les stèles et les autres sculptures.

— Que fait un navire phénicien dans un temple maya submergé ?

— Il attend de mettre à mal toutes les affirmations archéologiques jamais énoncées, dit Austin. Attends un peu que Nina voie cette superbe reproduction. Elle va avoir de quoi ruminer avant que nous puissions apporter un appareil photo ici. A ton avis, combien mesure-t-il ?

— Plus de trente mètres, facile !

Zavala faillit buter contre un des quatre piliers ronds élevés le long du bateau. Quatre autres colonnes étaient également disposées de l'autre côté.

— Voilà encore de quoi ruminer, dit-il. Huit piliers.

— Chacun des jours importants du cycle de Vénus, ça colle.

Ils avaient atteint le gaillard d'avant peu profond du bateau. Austin pensait que la chambre s'achèverait sur un mur aveugle mais il y avait un nouvel arc en encorbellement et, au-delà, un escalier partant vers le haut jusqu'à une chambre plus petite dont le sol était occupé en grande partie par un puits rectangulaire à ras de terre. Dans le puits, ils virent un sarcophage dont le couvercle portait l'image répétitive du thème du Serpent à Plumes. Ils essayèrent vainement de l'ouvrir avec leurs couteaux.

— Il y a peut-être quelque chose sur le bateau qui pourrait nous servir à le bouger, suggéra Austin.

Ils redescendirent dans la grande pièce. Zavala s'approcha du bastingage du bateau et, avec l'aide d'Austin, réussit à grimper sur le pont. Se tenant au plat-bord, il fit un pas en avant, précautionneusement, pour essayer son poids.

— Le pont tient le coup mais je vais tout de même rester sur le barrotin, on ne sait jamais.

Le bois craqua un peu lorsqu'il traversa le pont.

— Il y a un paquet d'amphores. Je... Seigneur ! Kurt ! appela-t-il après un silence, il faut que tu voies ça !

Zavala revint sur le bord du pont et aida Austin à grimper. Ce pont était là depuis des siècles et maintenant, le plancher s'enfonçait un peu au milieu, là où étaient concentrées la plupart des amphores. Austin suivit Zavala sur la poutre centrale du pont. La coque bougea un peu sous leurs poids mais resta solidement posée sur son berceau de pierre.

Zavala se pencha sur une grosse jarre qui s'était cassée et se releva, la main pleine d'un feu vert étincelant. Le collier superbe incrusté d'émeraudes et de diamants venait d'un tas de pierres précieuses et d'or répandus dans la vallée artificielle formée par les planches en pente. Austin prit le collier et se dit qu'il n'avait jamais vu de bijou plus beau que celui-là. Les montures compliquées étaient travaillées avec soin. Tandis qu'Austin l'admirait, Zavala sortit d'une jarre intacte une poignée de gemmes non montées, des diamants, des rubis, des émeraudes. Il en resta bouche bée, stupéfait.

— Ce doit être le trésor le plus important de toute l'histoire du monde !

Austin s'accroupit près d'une amphore cassée.

— A côté de ça, les bijoux de la couronne britannique ont l'air de perles de verre, n'est-ce pas ? (Il fit couler entre ses doigts des pierres aussi grosses que des billes.) Les avocats internationaux vont avoir des transports au cerveau pour déterminer à qui appartient tout cela !

Zavala jeta un coup d'œil vers la chambre mortuaire.

— Peut-être le dernier propriétaire est-il dans le sarcophage ?

Austin saisit deux lances.

— Voyons s'il s'agit de quelqu'un que nous connaissons.

Ils sortirent du bateau et retournèrent à la chambre mortuaire. Les lances étaient solides et leurs pointes entrèrent sous le couvercle. Aucun appareil de levage, même entre les mains de deux hommes bien musclés et pleins de ressources, n'aurait pu égaler le talent de ceux qui avaient imaginé et réalisé ce sarcophage.

— Je crois que nous devrions retourner à l'école des pilleurs de tombes, dit Austin.

Zavala regarda sa jauge de pression.

— Rien ne vaut le présent. Il va falloir passer sur le réservoir de secours si nous restons plus longtemps.

— Nous avons vu tout ce que nous avions à voir. Peut-être les scientifiques trouveront-ils un sens à tout ceci.

Il commença à se diriger vers la chambre au bateau pour repartir quand le silence sinistre de la tombe fut secoué par une énorme explosion, quelque part au-dessus de leurs têtes. Austin imagina ce qu'on devait ressentir sous un volcan en éruption. Les synapses de leurs cerveaux deviennent folles tandis que l'instinct de survie, vieux comme le monde, entre en conflit avec leur maîtrise.

— *Cours, fiche le camp, dégage !*

Ils firent de leur mieux pour garder l'équilibre tandis que le plancher tremblait sous leurs pieds. L'explosion fit remonter l'air dans la chambre close, créant un effet de soufflerie. L'onde de choc renvoya Austin et Zavala dans la crypte. Leurs bras battirent l'air et ils se cognèrent contre le sarcophage avec un bruit de métal lorsque leurs réservoirs d'air et leurs tuyaux de respiration heurtèrent la pierre et glissèrent dans l'espace entre le cercueil et le mur qui le contenait. La chute leur causa coupures et ecchymoses mais leur sauva probablement la vie. Un morceau de plafond aussi gros qu'un moteur Diesel s'écrasa à l'endroit même où ils s'étaient tenus. Des rochers aux arêtes coupantes volèrent partout, comme tirés par un bombardier. Un nuage étouffant de poussière s'infiltra dans la chambre mortuaire et recouvrit tout d'une mince couche bleuâtre. Puis une pluie de graviers et de poussière crépita autour d'eux.

Austin cracha la poussière et demanda à Zavala s'il allait bien. Celui-ci révéla sa présence et son état en toussant puis en lâchant un chapelet de jurons en espagnol.

— Ouais, je vais bien, cracha-t-il. Et toi ?

— Je crois que je suis en un seul morceau. Mais j'aimerais bien arrêter le téléphone qui sonne dans ma tête.

— Que s'est-il passé ?

— On dirait une combinaison entre le Vésuve et le Cracatoa. Mais je penche plutôt pour quelques kilos de plastic C-4, grogna Austin. Je t'aime beaucoup, Joe, mais je ne crois pas que nous soyons prêts à nous engager l'un envers l'autre. Tu peux bouger ?

Il y eut quelques nouveaux jurons lorsqu'ils démêlèrent leurs bras et leurs jambes ainsi que les tuyaux de leurs respirateurs, avant d'être capables de se tenir debout. Zavala ramassa une lampe halogène qui était tombée près d'eux. Il en dirigea le rayon vers Austin puis vers son propre visage. Leurs masques étaient de travers mais les verres intacts avaient protégé leurs yeux de l'aveuglante poussière.

— Tu ressembles à un mime peu recommandable, dit en riant Zavala.

— Je déteste les mimes, même recommandables. Tu as l'air un peu pâle toi aussi. Et j'ai une autre révélation à te faire. Nous respirons sans nos régulateurs.

Zavala saisit la partie de son masque contenant le micro et le régulateur, la mit devant son visage et glissa l'embout entre ses dents.

— Il fonctionne toujours, dit-il.

— Le mien aussi mais on dirait que nous n'en aurons plus besoin. Je sens de l'air frais entrer.

— Cela veut dire que quelqu'un a fait sauter le haut de la pyramide. Il est temps de se bouger. Peux-tu marcher ?

Zavala fit signe que oui et sortit du puits en rampant puis aida Austin à sortir à son tour. Couverts de la tête aux pieds d'une poussière brun clair, ils avaient l'air de zombies. Austin éclaira le puits derrière lui et vit que le lourd couvercle de pierre du sarcophage s'était cassé et ouvert sous le choc. Il savait qu'il fallait quitter les lieux mais sa curiosité l'emporta. Il dirigea le rayon de lumière halogène vers la silhouette à l'intérieur.

Son visage était couvert d'un masque de jade avec des yeux ronds et un nez aquilin, son corps, d'un linceul de tissu sombre, peut-être du velours. Des mèches de cheveux blancs roux s'échappaient d'un chapeau informe du même tissu.

Austin abaissa la lampe. Les mains momifiées semblables à des griffes étreignaient des rouleaux de vieux parchemins. Il en retira un, l'examina d'un œil curieux et le replaça entre les mains osseuses. Il remarqua quelque chose de jaune sous le menton du masque. La forme lui parut familière mais cela n'allait pas avec le contexte. Austin voulut regarder de plus près mais n'en eut pas le temps.

Un bruit de voix arrivait de la chambre au bateau.

48

Le nuage presque impénétrable dans la chambre au bateau se dissipait rapidement, les grains de poussière virevoltant dans la lumière du soleil qui pénétrait par l'énorme trou ouvert là où, autrefois, se trouvait le plafond. De gros morceaux de rochers avaient aplati la partie arrière de la coque rouge sombre. Les colonnes s'étaient écroulées et leurs fragments répandus par terre. De plus petites pierres jonchaient le sol et la poussière calcaire volait partout. Austin n'eut pas le temps de pleurer la destruction du navire. Une échelle de corde descendit du trou irrégulier. Deux silhouettes vêtues de noir apparurent dans la brume poussiéreuse.

Le premier qui mit pied à terre tint l'échelle tendue pour l'autre.

— Désolé pour tout ce bazar, don Halcon, dit-il d'une voix monocorde, sans émotion ni confusion.

— Nous ne pouvions faire autrement, Guzman, répondit l'homme mince aux cheveux sombres en regardant les décombres. L'important, c'est que nous ayons atteint notre but et non la façon dont nous l'avons fait. (Il dirigea le puissant rayon d'une torche vers le bateau abîmé.) Mon Dieu ! Quel spectacle fantastique !

Les intrus marchèrent dans les gravats et escaladèrent les poutres cassées de la poupe, allant jusqu'à la partie moins abîmée du bateau. Quelques instants plus tard, Halcon cria d'excitation.

— Regarde ça, Guzman ! dit-il avec une joie hystérique. J'ai assez de pierres dans ma main pour équiper toute une armée !

Austin, debout à l'entrée de la chambre du navire avec Zavala, considérait la situation. Ils n'avaient pas d'armes, à part leurs couteaux de plongée. Halcon et son homme de main avaient probablement au moins une arme de poing. Si Zavala ou lui faisait un mouvement vers l'échelle ou vers l'entrée de l'eau, à l'autre extrémité de la chambre, ils se feraient tirer comme des canards dans un stand de foire.

Il exprima ses craintes à Zavala en murmurant.

— Peut-être pouvons-nous sortir en bluffant ?

Joe était arrivé à la même conclusion.

— Qu'avons-nous à perdre ?

« Nos vies et celles de beaucoup d'autres », pensa Austin.

— Il faut nous débrouiller pour retourner là où nous sommes entrés. Débarrassons-nous de nos réservoirs principaux. On garde ceux de secours et les régulateurs. (Il tapa sur la poche pendue à son cou.) J'ai là une surprise qui pourrait les distraire mais il faut que le timing soit parfait. Ils ne vont pas mettre longtemps à nous trouver. Si nous les surprenons, ils pourraient se mettre à tirer.

— D'accord, faisons-leur savoir que nous sommes là. Je ferai ce que tu feras, dit Zavala.

Austin tapa sur l'épaule de son ami, prit une bonne inspiration et entra dans la chambre au navire.

— Bonjour, messieurs, dit-il d'une voix forte et claire.

L'homme aux cheveux blancs et à la cicatrice tira très vite un pistolet de sa ceinture et le pointa sur Austin.

— Nous ne sommes pas armés. Et nous ne sommes que deux, se hâta de préciser Austin en regardant le canon de l'arme.

Il avait misé sur le fait que l'homme était trop professionnel pour tirer sous l'effet de la panique.

— Avancez pour que je vous voie.

Austin obéit et Zavala et lui firent quelques pas en avant. L'homme aux cheveux blancs descendit de l'épave, s'approcha prudemment et leur retira leurs couteaux de plongée. La cicatrice livide de son visage se fit plus visible quand il sourit.

— Il faut vraiment que nous cessions de nous rencontrer tout le temps comme ça, dit-il en jetant les couteaux hors de portée.

— Présentez-moi vos amis, Guzman, dit Halcon en s'approchant, un fusil à la main.

— Excusez mon impolitesse, don Halcon. Permettez-moi de vous présenter M. Austin et son coéquipier de la NUMA, M. Zavala, que j'ai rencontrés en Arizona. Zavala est le monsieur que notre caméra de surveillance a photographié.

— Bien sûr, maintenant je le reconnais.

— Il faudra m'envoyer une copie de la photo, Halcon, dit Zavala.

L'homme ricana.

— J'aurais été surpris que des hommes aussi pleins de ressources ne connaissent pas mon nom. Guzman m'a parlé de vous. En fait, je lui ai donné l'ordre de vous tuer. Vous avez de la chance, il est rare qu'il n'accomplisse pas son travail. Avant qu'il se rachète, je dois admettre que vous m'avez surpris par la façon dont vous êtes entrés dans ce temple.

— Nous avons été avalés par les mâchoires de Kukulcan, dit Austin.

Halcon étudia Austin comme un entomologiste examine un insecte dans un bocal.

— Ou vous nous dites la vérité ou vous essayez de faire de l'ironie, dit-il. D'une façon ou de l'autre, cela n'a aucune importance. Vous n'êtes pas près de repartir par les mâchoires avant longtemps.

— Je vous raconterai comment nous sommes entrés si vous répondez aux questions de deux hommes condamnés. Je suis seulement curieux de savoir si notre théorie est correcte.

Halcon devait savoir qu'Austin essayait de gagner du temps. Celui-ci, en fait, cherchait plutôt l'occasion de s'échapper. Il n'avait aucune intention de mourir dans cette tombe.

— Négociateur jusqu'au bout, hein ? dit Halcon visiblement intrigué par le jeu. Allez-y !

— D'abord, comment avez-vous trouvé le temple ?

— De la même façon que nous avons appris votre expédition sur l'*Andrea Doria*. Par le cousin de M. Donatelli, le Sicilien.

— Antonio ?

— Son nom importe peu. Quand vous avez dit à M. Donatelli que vous alliez en Amérique centrale, nous vous avons fait suivre par nos espions jusqu'au Guatemala. Ce ridicule petit avion jaune nous a facilité la poursuite.

« Bravo pour la discrétion du Beaver », pensa Austin.

— Je vous ai généreusement offert une question bonus, continua Halcon. Votre théorie m'intéresse toujours.

— Que diriez-vous de ça pour commencer, dit Austin. Les Phéniciens commerçaient avec les Amériques depuis des centaines d'années. Quand les Romains ont assiégé Carthage, une flotte phénicienne emporta ses trésors de l'autre côté de l'océan. Des siècles passent puis Colomb arrive au Nouveau Monde et entend parler d'un fabuleux trésor. Il trouve la pierre qui parle, conclut qu'elle doit lui montrer le chemin et entreprend un dernier voyage pour décrocher la timbale. Il a mal interprété les informations sur la pierre mais n'est pas tombé loin.

— Presque aussi près que vous, monsieur Austin. Maintenant, allez-vous me dire comment vous êtes entrés ?

— Nous sommes arrivés par cet escalier, dit Austin en jetant un coup d'œil à la chambre mortuaire.

Halcon sourit et se tourna vers son compagnon.

— Guzman...

— Je n'ai pas fini, interrompit Austin. Colomb a noué des liens avec une mystérieuse organisation appelée la Fraternité. Il est donc probable que ces gens connaissaient l'existence du trésor.

— Plus que probable ! (Halcon retint la main de son acolyte.) Je suis vraiment impressionné, monsieur Austin ! L'existence de la Fraternité est un des secrets les mieux gardés au monde. Même quand nous avons coulé un de vos plus célèbres transatlantiques, personne n'a jamais soupçonné notre existence.

— Vous voulez dire que la Fraternité a coulé l'*Andrea Doria* ? s'étonna Austin.

— En réalité, c'est Guzman. Alors que mon père et les autres s'occupaient des gardes du camion blindé dans la soute, Guzman s'occupait sur le pont du navire.

— Il s'est agi d'un accident ! contra Austin.

— C'est ce qu'on a dit. Ça n'a pas été aussi difficile que vous le pensiez. Nous savions que les deux navires passeraient assez près l'un de l'autre ce soir-là. Guzman était prêt à tuer tout le monde sur le pont du *Stockholm* et à lancer le vaisseau suédois contre l'autre. En réalité, il n'a eu qu'à profiter des erreurs des autres.

— Si ce que vous dites est vrai et si la Fraternité savait que la pierre qui parle indiquait le chemin du trésor, pourquoi l'ont-ils envoyée au fond de l'eau ?

— Malheureusement, la valeur de cette pierre ne fut connue que récemment. Mon père a donné l'ordre de la couler. Il ne faisait là qu'appliquer la loi d'origine qui voulait qu'on détruise tout ce qui pouvait discréditer les découvertes de Colomb.

Zavala ricana et dit quelque chose en espagnol.

— Vous avez tout à fait raison, monsieur Zavala, mon père a fait, comme vous dites, une sacrée connerie. Mais il ne pouvait savoir que je changerais le mandat de *Los Hermanos*.

— Et quand a-t-il eu un autre but que de couler des navires ou de déclencher des révolutions ? demanda Austin.

Un nuage passa sur le pâle et mince visage d'Halcon puis il rit et applaudit.

— Bravo, monsieur Austin. Vous venez de reculer un peu l'heure de votre mort. Dites-moi ce que sait la NUMA de mon projet.

— Je vais le faire quand vous aurez répondu à quelques questions que je me pose encore.

— Votre langue serait plus prompte à répondre si je commençais à trouer un peu les bras et les jambes de votre collègue, dit Halcon avec un sourire.

— Vous pourriez le faire, en effet, mais permettez-moi de vous faire une autre proposition. Dites-moi quel est votre plan et je vous révélerai un secret que je suis le seul à connaître sur toute la planète. Je vous en donne ma parole.

— Et je l'accepte.

Austin ne s'était pas trompé en jugeant que Halcon n'était qu'un mégalomane souhaitant faire connaître ses projets fous.

— Je peux résumer mon projet en un mot : *Angelica.* Le nouveau pays sera fondé à partir des Etats du Sud et de la Californie méridionale. Les descendants des Hispaniques recouvreront ce qu'on leur a volé par la force.

— Eh ben, bonne chance, mon vieux ! gloussa Zavala. Je connais une certaine superpuissance qui pourrait bien ne pas être d'accord.

— Faites-moi la grâce d'un peu de confiance. Je suis parfaitement conscient de la puissance des Etats-Unis et n'ai aucunement l'intention de me confronter à eux directement.

— Alors à quoi servent toutes ces armes que vous achetez ? A la chasse ?

— Oh ! Non ! Elles serviront à des fins militaires. Vous descendez d'Espagnols, monsieur Zavala, et vous savez ce que j'ai appris dans les arènes. En faisant un peu bouger et flotter une cape rouge et en marchant adroitement, on peut vaincre un ennemi bien plus gros et bien plus puissant que soi.

— Les Etats-Unis ne sont pas exactement un taureau de combat, dit Austin.

— Mais on peut leur appliquer le même principe. J'ai préparé le terrain. J'ai fait entrer des millions d'immigrants dans les anciens territoires espagnols qu'occupent maintenant illégalement les Etats-Unis, jusqu'à ce que leur nombre dépasse celui des non-hispaniques. J'ai dépensé des fortunes pour acquérir des industries telles que le gaz, le pétrole et les mines. Avec mes bénéfices, j'ai parrainé des candidats soumis à ma volonté à des postes de fonctionnaires et j'ai acheté ou fait chanter les autres. Maintenant je peux enfin réaliser mon projet. Dès que je partirai d'ici, je donnerai le signal. L'armée que j'ai entraînée envahira les villes frontières. D'autres feront des raids à l'intérieur. Il y aura une réaction brutale contre les Hispaniques, comme ça a été le cas pour les Américains d'origine japonaise pendant la Seconde Guerre mondiale. Sauf que, cette fois, nous leur donnerons les moyens de résister à leurs tourmenteurs américains ainsi qu'une bonne raison : racheter leur orgueil national que les Américains ont si souvent piétiné.

— Vous parlez de ruisseaux de sang et de chaos !

— C'est exactement mon but. Que peuvent faire les Etats-Unis ? Libérer Albuquerque et Phoenix en les atomisant ? Soutenir des combats de rues sur les boulevards de San Diego ? Ils savent que des règlements politiques suivent chaque conflit armé et je leur en donnerai l'occasion. Les gouverneurs que j'ai choisis plaideront pour la paix et proposeront que les Etats-Unis choisissent de parler à l'un des citoyens d'origine espagnole qui agira en médiateur. Je négocierai *de facto* la sécession de l'Union.

— Rien ne garantit que votre projet réussira, et si c'est le cas, des centaines de milliers de gens seront morts pour rien.

— Ils auront servi de moyens pour arriver à mes fins.

— Beaucoup de ces morts seront des Latinos, dit Zavala.

— Et alors ? ricana Halcon. Mes ancêtres *conquistadores* ont utilisé des factions indiennes en guerre pour anéantir l'empire aztèque puis les ont réduites en esclavage. J'offrirai aux survivants la possibilité de revivre la grandeur du passé en restaurant la gloire de deux civilisations, l'indienne et l'espagnole.

— Des gloires comme votre jeu de balle et comme l'Inquisition ? dit Austin.

— Et plus que vous n'en pourriez rêver, monsieur Austin. Beaucoup plus, répondit Halcon d'un ton inquiétant. Bon ! Je suis fatigué de ce jeu. Quel est ce grand secret ? Je ne vous blâmerai pas d'avoir menti mais ça ne vous sauvera pas.

— Je ne mens pas. C'est dans l'autre chambre.

Halcon échangea un regard avec Guzman.

— Pas de blague, hein ? Guzman a la détente facile. Montrez-nous le chemin.

Austin monta l'escalier, Zavala derrière lui suivi de Guzman et d'Halcon, jusqu'à ce qu'ils arrivent au bord du puits mortuaire.

— Vous êtes entrés par ici ? demanda Halcon en cherchant vainement un passage.

— Sur ce point-là j'ai menti, mais pas sur ceci.

La silhouette dans le sarcophage avait attiré l'attention de Halcon.

— Qui est-ce ? demanda-t-il.

— Puis-je ?

Le regard froid de Guzman suivait tous les mouvements d'Austin qui mit la main dans le cercueil de pierre et retira l'objet brillant des mains osseuses de la momie. Il le tendit à Halcon qui l'examina, les sourcils froncés d'incompréhension.

— Je ne comprends pas, dit-il avec suspicion.

— Réfléchissez ! Vous êtes le Maya, assis sur une pile de trésors pendant des années, attendant que les hommes qui vous ont apporté ces trésors reviennent les réclamer. Un jour, un homme blanc venu de l'est arrive chez vous et dit qu'il veut son or. Il meurt avant que vous puissiez le lui rendre. Vous vous demandez s'il personnifie le dieu Vénus ou le Serpent à Plumes, Kukulcan, mais vous n'en êtes pas sûr. Alors vous protégez vos paris, vous l'enterrez avec son trésor et vous dessinez une carte sur une pierre de telle sorte que seul le dieu Vénus puisse la comprendre. Ces rouleaux de parchemin qu'il tient sont les dessins de l'inscription sur la pierre. Mais si cela ne suffit pas à vous en convaincre, dites-moi ce que fait une croix chrétienne dans un temple maya !

— C'est impossible ! dit Halcon, incrédule.

— Don Halcon, je vous présente l'amiral des Mers océanes, Christophe Colomb.

Halcon contempla un moment la momie puis éclata d'un rire sans gaieté et rejeta la croix dans le sarcophage.

— Gardez-le, pauvre fou !

Alors que tous les regards étaient fixés sur le cercueil, Austin serra la pochette pendue à son cou. Quelques secondes plus tard retentit un grondement lointain suivi de plusieurs autres.

— Qu'est-ce que c'est que ça ? demanda Halcon en regardant autour de lui.

Guzman s'approcha de l'escalier et écouta.

— On dirait le tonnerre.

Tandis que l'attention de l'homme de main était ailleurs, Austin s'accroupit et en un mouvement rapide saisit une des lances pointues avec lesquelles Zavala et lui avaient vainement tenté d'ouvrir le cercueil. Il passa son bras bronzé autour du cou d'Halcon et pressa la lance contre sa peau.

Le pistolet de Guzman fit un quart de tour.

— On recule ou ceci entre dans sa jugulaire, prévint Austin.

Il poussa un peu la pique. Un filet de sang coula sur le cou d'Halcon.

A peine capable de parler tant Austin appuyait sur sa gorge, Halcon siffla :

— Faites ce qu'il dit.

— Remettez ce pistolet dans votre holster, ordonna Austin.

Il savait que Guzman n'abandonnerait jamais complètement son arme, qu'il tenterait d'abord de tirer dans la tête de Zavala.

Guzman sourit, un soupçon d'admiration dans le pli de ses lèvres minces, puis glissa le pistolet dans son étui. Alors Austin ordonna à Halcon de laisser tomber son arme.

Zavala restant à côté de lui, Austin sortit en reculant de la pièce et tira son bouclier humain en bas de l'escalier, dans la chambre principale. Guzman suivit avec circonspection. Ensemble, ils enjambèrent puis contournèrent les gravats et s'arrêtèrent sous la lumière pénétrant par le trou du plafond.

Halcon était revenu de sa surprise.

— On dirait un étal mexicain, dit-il d'une voix étouffée mais dédaigneuse.

Une courte averse les éclaboussa. Tout le monde leva les yeux sauf Austin.

— Il ne s'agit pas de pluie, au cas où vous vous poseriez des questions. Ces explosions que vous avez entendues tout à l'heure étaient des explosifs. J'ai utilisé un détonateur commandé à distance pour faire sauter le barrage qui bloque l'eau dans le lac. Des millions de litres sont en train de se déverser.

— Je ne vous crois pas, rugit Halcon.

— Vous devriez peut-être, don Halcon, dit Guzman. Il semble que M. Austin ne mente pas en ce qui concerne le détonateur.

— Vous n'avez pourtant pas pu prévoir les événements !

— En effet. Mon projet d'origine était de faire sauter le barrage après notre départ pour qu'il vous soit plus difficile de trouver le temple. De cette façon au moins nous mourrons tous ensemble.

Ils furent soudain trempés par un nouveau déluge venu du plafond, beaucoup plus fort que le précédent.

— A mon avis, ceci n'est qu'une simple vague dérivée de l'explosion. Le réservoir a dû éclater maintenant. Il va y avoir bien plus d'eau et il ne faudra pas longtemps pour agrandir ce trou que vous avez fait dans le temple. J'ignore combien cela mettra pour remplir cette pièce mais si j'étais vous, je ne resterais pas trop longtemps dans les parages.

Guzman regarda vers l'échelle et parut perdre un peu de son impassibilité.

— Il faut partir !

— Pas sans le trésor.

— Pour moi, ça ne fait aucune différence, dit Austin. Comme vous l'avez dit, nous sommes tous morts.

De l'eau se déversa encore, non plus en un jet bref cette fois, mais en un torrent continu.

— Don Halcon !

Il y avait de l'inquiétude dans la voix de Guzman.

— Il bluffe, imbécile ! répondit Halcon avec dédain.

— S'il a raison, ce trésor ne servira à personne, reprit Guzman.

Le regard d'Halcon s'emplit de haine.

— Tu n'as jamais été qu'un crétin meurtrier, depuis le jour où mon père t'a engagé, dit-il avec mépris. Tu es incapable de comprendre la gloire !

Un sourire dur étira les lèvres de Guzman. L'eau tombait comme une rivière maintenant, directement au-dessus d'eux de sorte qu'ils avaient du mal à se distinguer, pataugeant dans leurs chaussures et pourtant aucun d'eux ne bougea.

— Un sacré dilemme, hein, Guzman ? plaisanta Austin en haussant le ton pour se faire entendre. La loyauté à votre patron complètement dingue et à la Fraternité ou la noyade. J'espère sincèrement que vous pourrez résoudre votre querelle de famille mais vous devrez le faire sans moi. Allez, on se tire, Joe.

Zavala courut vers le puits de l'autre côté de la chambre et plongea. Austin lâcha la lance, saisit l'arrière-train d'Halcon et, d'un puissant coup de pied, l'envoya contre Guzman, un instant distrait par le sprint de Zavala. Ils tombèrent l'un contre l'autre mais, pendant sa chute, Guzman avait tout de même réussi à saisir son pistolet. Austin courut vers le puits. Déjà Guzman s'était relevé et tirait mais Austin était une cible difficile à atteindre dans la faible lumière. La balle le manqua et il plongea dans le trou.

Guzman jura et courut après lui. Gêné par le flot montant autour de ses chevilles et jusqu'à ses genoux, il fit quelques pas avant de réaliser qu'il serait suicidaire de rester dans la pièce. Sa conclusion se renforça quand, en se retournant, il vit que Halcon l'avait abandonné et se dirigeait vers l'échelle. Le rêve de gloire du milliardaire avait finalement laissé place à son instinct de survie. Il lutta difficilement contre la marée montante et arriva enfin sous le trou du plafond par lequel l'eau dégringolait comme un Niagara en miniature. Aveuglé par la force de la cascade, il chercha l'échelle à tâtons mais ses mains glissèrent. Serrant les dents, déterminé, il essaya encore. Cette fois il réussit à saisir un échelon.

A peine avait-il commencé son ascension qu'une main attrapa sa cheville et le tira vers le bas. Guzman entoura de ses bras les genoux d'Halcon et, de tout son poids, tenta de le faire redescendre dans la chambre. Halcon se retint d'une main à l'échelle et, de l'autre, sortit son pistolet de son holster et le balança de toute la force dont il était capable. Le canon de l'arme frappa la chair et l'os mais Guzman résista avec l'énergie du désespoir. Halcon leva à nouveau le pistolet et frappa deux fois encore la tête de Guzman avec le résultat escompté. Peu à peu, Guzman relâcha sa prise. Il perdit pied et fut projeté dans la chambre où son corps alla frapper une pile de morceaux de l'épave. Mais même alors il n'était pas hors de combat. A genoux, il luttait pour se remettre debout quand un mât de navire de la taille d'un homme le frappa au visage. Portée par le courant, la poutre de bois joua le rôle d'un bélier. Une douleur insupportable lui vrilla le cerveau. Assommé et aveugle d'un œil, les bras ballants et inutiles, il chercha son souffle mais s'enfonça aussitôt, les poumons pleins d'eau fétide. Ses mouvements frénétiques ralentirent enfin, faiblirent, et le courant l'emporta dans les profondeurs de la chambre sombre.

Halcon avait lui aussi des problèmes. Il n'avait grimpé que quelques mètres de l'échelle quand une vague surgit par l'ouverture du plafond et le frappa comme un poing géant jusqu'à ce qu'il ne puisse se maintenir sur l'échelle. Finalement, l'eau réussit à la lui faire lâcher. Comprenant que cette voie ne lui permettrait pas de s'échapper, il réussit tant bien que mal à atteindre l'escalier donnant sur la chambre mortuaire. L'eau lui léchait les talons mais, à genoux et s'appuyant sur ses mains, il réussit à monter les marches.

Zavala avait réussi à nager en chien quand Austin plongea dans le bassin. La balle de Guzman siffla au-dessus de leurs têtes. Ils plongèrent et nagèrent au fond du puits, respirant à deux sur un seul réservoir. Quelques minutes plus tard, ils ressortirent des mâchoires de Kukulcan. Ils vérifièrent leur boussole et nagèrent vers l'eau libre, utilisant chaque muscle de leurs jambes pour échapper au courant venant du temple englouti. Ils firent surface près de la baie où ils avaient caché l'avion. Otant rapidement les branches qui le recouvraient, ils mirent le moteur en marche et décollèrent à la surface de l'eau. Dès que l'avion prit de l'altitude, Zavala prit un grand virage autour du lac.

L'île qui avait été construite autour du temple avait disparu. A sa place, il n'y avait plus qu'un trou noir. L'eau du lac tournoyait avant de s'y précipiter, comme dans la bonde d'une baignoire, et tirait sur l'amarre d'un hydravion, probablement celui d'Halcon.

Ils en avaient assez vu. En un virage au-dessus du lac, ils jetèrent un dernier coup d'œil au vortex.

Zavala ne put résister à la tentation. Il se pencha par la fenêtre et cria :

— Adieu, Colomb !

Et ils se dirigèrent vers le *Nereus*.

49

Le voilier au mât trapu muni d'une seule voile à corne de grande taille voguait sur les eaux d'un bleu profond de Chesapeake Bay, poussé par un vent arrière sud-ouest régulier de 15 nœuds. Austin se prélassait dans le grand cockpit ouvert, un bras sur la lisse surélevée, l'autre sur le gros gouvernail. Il surveillait le trafic des bateaux, cherchant sa proie.

Sa chasse fut interrompue, très agréablement, par l'arrivée de Nina, venant du tillac avec deux verres à la main.

— Rhum et jus de fruits pour monsieur, dit-elle.

Elle portait un T-shirt de la NUMA et un short blanc très court qui mettait en valeur ses longues jambes et sa peau de miel. Austin était conscient de ses charmes mais très absorbé par sa tâche. Il murmura un remerciement en gardant les yeux fixés sur la mer.

— Ha ! Ha ! ma jolie, dit-il en prenant la voix de la méchante sorcière du Magicien d'Oz.

Il prit une paire de jumelles et examina une gracieuse corvette avec une coque blanche en fibre de verre, d'environ huit mètres de long. Comme Austin, elle prenait son temps, sa grand-voile et son foc à contre par vent arrière. Austin but son verre, le reposa sur le plateau, puis barra pour que le cat-boat se positionne parallèlement au sloop. Il fit un geste du bras aux deux jeunes gens assis dans le cockpit du bateau, agita le pouce comme un auto-stoppeur puis vira largement en se mettant sous le vent.

L'équipage du sloop comprit le défi et s'apprêta à faire la course. Austin dirigea sa proue plus près du vent et le sloop fit de même. Ils étaient maintenant parallèles, séparés par une trentaine de mètres, manœuvrant pour le départ.

Austin serra la voile, mettant la rambarde dans l'eau. Les hommes du sloop firent la même chose avec leur grand-voile et le foc, et bientôt les deux bateaux coupaient les vagues mousseuses en travers de la baie. Le sloop était fin et rapide, son équipage composé de bons marins. Mais avant longtemps, Austin commença à ramarrer l'autre bateau. Il était allongé en arrière contre le bastingage, image même de la décontraction, buvant à petites gorgées son jus de fruits et laissant le sloop loin derrière lui.

— Pourquoi faites-vous ça ? demanda Nina avec un sourire.

— J'ai appris à quelques marins de plus que ce n'est pas parce que ce truc a l'air d'une caisse à savon qu'il navigue comme une caisse à savon.

— Je crois que c'est un *superbe* bateau. Un grand pont. C'est incroyable l'espace dont on dispose en bas, pour une embarcation qui ne fait que cinq mètres de long !

— J'y ai souvent passé la nuit et, comme vous pouvez le voir d'après l'équipement de la cuisine et de la chambre, j'aime le confort et j'aime avoir la place de m'étirer. Le cat-boat, à l'origine, était construit pour travailler. Il suffit d'une personne pour manier la voile unique et il est assez gros pour attraper le léger vent de fin de journée. Il tient bien le gros temps aussi et vogue dans des conditions qui feraient couler un autre bateau. Et puis surtout, il est rapide et ne le montre pas. Comme ça, je peux en mettre plein la vue à des types qui ne se méfient pas, comme ceux de l'équipage de ce sloop, et leur montrer ma poupe. Et voilà.

Ils avaient atteint la pointe d'une petite île. Austin jeta l'ancre et ils commencèrent à manger le contenu d'un panier de pique-nique, détendus, tandis que le bateau se balançait paresseusement dans le clapotement des vagues. Après le déjeuner, Nina s'assit près d'Austin et posa sa tête sur son épaule.

— Merci de m'avoir invitée à cette promenade en mer.

— J'ai pensé que nous pourrions tous les deux nous détendre un peu après ces dernières semaines.

Elle regarda pensivement au loin.

— Je ne peux m'empêcher de penser à ces hommes terribles, vous savez. Quelle horrible mort !

— Ne les plaignez pas. Guzman a assassiné des centaines de personnes au cours de sa vie, sans parler du fait qu'il a coulé l'*Andrea Doria*. D'une certaine façon, il méritait bien de mourir noyé. Si le plan d'Halcon avait réussi, il y aurait eu des milliers de morts en plus. Guzman a eu de la chance. Halcon aurait eu le temps de réfléchir aux erreurs qu'il avait commises. L'air de la chambre mortuaire a repoussé l'eau un moment mais cela n'a duré que quelques heures. Et surtout, la Fraternité est morte avec lui. J'espère seulement qu'il a survécu assez longtemps pour voir ce qui est arrivé à son précieux trésor.

— Je lève mon chapeau à l'amiral Sandecker, dit Nina pour changer de sujet. Proposer que le trésor soit versé à un fonds international pour vaincre la pauvreté et la maladie dans le monde, c'était une idée géniale.

— S'il ne l'avait pas fait, il y aurait eu des années de discussions juridiques sans que personne ne gagne jamais. A qui appartient ce trésor ? Aux descendants des Phéniciens ? Aux Romains ? Aux Mexicains ? Aux Guatémaltèques ?

— Ou à Christophe Colomb ? dit Nina en hochant la tête. C'est ironique, non ? Comme Halcon, c'est son obsession de l'or qui l'a tué.

— Il n'était pas en très bonne santé quand il a

commencé ce voyage, d'après l'autopsie. Il aurait pu mourir très vite, même s'il n'avait pas entrepris ce cinquième voyage. Au moins, de cette façon, est-il devenu plus célèbre que jamais, qu'il l'ait ou non mérité. En plus, je lui dois beaucoup, à ce cher Christophe Colomb. Sans son obsession, nous ne nous serions peut-être jamais rencontrés.

Nina prit la main d'Austin dans les siennes.

— Dommage qu'il ne puisse savoir ce qui est ressorti de ce voyage. C'est le plus grand succès archéologique de l'Histoire que d'avoir retrouvé son corps et son trésor et que les nations et les gouvernements du monde entier aient coopéré à ce résultat. Je suis impatiente de me remettre au travail. Il a fait davantage pour rassembler les peuples par sa mort qu'au cours de toute sa vie. Dommage aussi que son héritage, comme la découverte de l'Amérique, ait été aussi imparfait.

— Ce n'est pas très important. J'ai vu les plans de la tombe grandiose qu'on veut lui construire à Madrid. Les Espagnols réclament sa dépouille à Washington et San Salvador aussi.

— Personne n'a proposé d'ériger un monument à ces anonymes Phéniciens et Africains qui ont, les premiers, posé le pied sur le Nouveau Monde, dit Nina

— Peut-être n'étaient-ils pas les premiers.

Elle haussa les sourcils.

— Je vous demande pardon ? Avez-vous une preuve pour étayer cette supposition, professeur Austin ?

— Peut-être. J'ai jeté un nouveau coup d'œil aux sculptures de ces bateaux. Vous rappelez-vous l'image de l'homme suspendu à un objet en forme de diamant ?

— Oui. J'ai pensé qu'il s'agissait d'une sorte de dieu.

— J'y suis arrivé par un autre raisonnement. Je me suis demandé comment les Mayas avaient fait pour avoir une vue d'en haut quand ils ont dessiné les plans menant aux mâchoires de Kukulcan. J'ai pensé qu'ils avaient utilisé d'énormes cerfs-volants.

— Des Mayas volants ! Voilà une théorie nouvelle ! Et où auraient-ils appris à faire ça ?

Ils furent interrompus par la sonnerie du cellulaire d'Austin. Il le pêcha au fond de son sac imperméable et l'approcha de son oreille. Son expression renfrognée s'éclaira d'un sourire en reconnaissant la voix. Il parla quelques minutes avant de raccrocher.

— C'était Angelo Donatelli qui appelait de l'hôpital, dit-il. Il sortira dans quelques jours.

— C'est un miracle qu'il ne soit pas mort.

— Plus qu'un miracle. Son cousin Antonio a détourné la balle qui lui était destinée en se jetant sur lui.

— J'en suis heureuse. M. Donatelli a l'air d'un brave homme, d'après ce que vous m'avez dit.

— Vous aurez l'occasion d'en juger par vous-même. Il organise une grande fête de famille dans sa maison de Nantucket. Et vous êtes invitée. Paul et Gamay y assisteront aussi.

— Je serai ravie d'y aller.

— Bien, alors c'est dit. Maintenant, aimeriez-vous entendre le reste de ma théorie du cerf-volant ?

Nina fit oui de la tête.

— Je crois que les Mayas ont appris à les fabriquer auprès des meilleurs spécialistes du monde. Les Japonais.

Elle éclata de rire.

— Je ne crois pas que je vais vous suivre, là.

— Alors, où me suivrez-vous ?

Nina prit le téléphone cellulaire.

— Quelque part où vous n'aurez pas besoin de ça.

Elle jeta le téléphone par-dessus bord. Puis, enlevant ses lunettes de soleil, elle sourit et ses lèvres pulpeuses s'entrouvrirent de façon attirante. Austin accepta l'invitation qui se révéla aussi chaude et douce que promise.

— Que diriez-vous de descendre et de... comment avez-vous dit ? vous étirer ? murmura Nina.

Sans un mot, Austin la prit par la main et la conduisit jusqu'à la spacieuse cabine dont il ferma la porte à claire-voie sur le monde. Du moins pour un petit moment.

Du même auteur :

RENFLOUEZ LE TITANIC, J'ai lu, 1979.
VIXEN 03, Laffont, 1980.
L'INCROYABLE SECRET, Grasset, 1983.
PANIQUE À LA MAISON-BLANCHE, Grasset, 1985.
CYCLOPE, Grasset, 1987.
TRÉSOR, Grasset, 1989.
DRAGON, Grasset, 1991.
SAHARA, Grasset, 1992.
L'OR DES INCAS, coll. « Grand Format », Grasset, 1995.
CHASSEURS D'ÉPAVES, Grasset, 1996.
ONDE DE CHOC, coll. « Grand Format », Grasset, 1997.
RAZ DE MARÉE, coll. « Grand Format », Grasset, 1999.
ATLANTIDE, coll. « Grand Format », Grasset, 2001.